본삼국지

| 제3권 |

《삼국지》를 사랑하며 제대로 된 진짜 원본을 기다리는 수많은 독자께 이 책을 바칩니다.

나관중 상

중국 12판본 아우른 세계 최고 원본 | 최종 원색 완성본

본삼국지

3
천하 셋으로 나누다

나관중 지음 | 모종강 엮음 | 리동혁 옮김 | 예슝 그림

금토

【3권 차례】

삼국정립도 (서기 262년)
부여
옥저
선비
고구려
대막
동부선비
현토
창려
요동
유성
낙랑
대방
진한
변한
마한
상곡
어양
주천
중산국
장액
양
강호
청
서하
기
북해국
상당
업
평양
태산
금성
하동
관도
낭야국
안정
장안
가정
농서
낙양
서
초
광릉
위수
옹
영천
허청
魏
위
강(羌)
기산
한중
남양
예
양
합비
건업
음평
한수
화수
강하
재동
무창
여강
회계
문산
파서
파동
형
적벽
이릉
신도
임해
성도
한가
동정
파
강양
장사
임천
건안
월준
수
강
형양
蜀
촉
吳
오
영릉
계양
영창
건녕
임하
교
운남
창오
합포
교지

58

마초에 쫓겨 조조 수염 자르고

마맹기는 군사 일으켜 한을 풀고
조아만은 수염 자르고 전포 버려

계책을 올리려는 사람은 특별검사 격인 치서시어사 진군(陳群)으로 자는 장문(長文)이고 후한 명사 진식(陳寔)의 손자였다.

“지금 유비와 손권이 입술과 이의 관계에 있으니 유비가 서천을 차지하려 하면 승상께서는 상장에게 명해 곧장 강남을 치도록 하십시오. 손권은 유비에게 구원을 청할 터인데 유비는 서천을 차지할 생각에 골몰해 손권을 구할 마음이 없습니다. 그러면 손권은 맥이 빠져 군사가 약해지니 강동 땅은 틀림없이 승상 손에 들어옵니다. 강동을 얻으면 형주는 북 한번 울려 진격하는 것으로 단숨에 평정할 수 있습니다. 형주를 얻으신 뒤 천천히 서천을 꾀하시면 천하가 승상께 돌아옵니다.”

“장문 말이 바로 내 뜻과 같소!”

조조는 즉시 30만 대군을 일으켜 강남으로 보내고, 합비의 장료에게 군량과 말먹이 풀을 공급하라고 명했다.

벌써 강동에 소식이 들어가 손권이 장수들을 모아 상의하자 장소가 제의했다.

"자경에게 일러 급히 형주에 글을 보내고 유현덕에게 힘을 합쳐 조조를 막도록 하십시오. 자경이 은혜를 베풀었으니 현덕은 반드시 따를 것입니다. 현덕이 오의 사위가 되었으니 도리로 보아서도 거절할 수 없습니다. 현덕이 도우면 강남은 걱정 없습니다."

손권이 노숙을 통해 글을 보내니 유비는 남군에 간 제갈량을 불러 상의했다.

"강남 군사도 움직이지 않고, 형주 군사도 움직이지 않으면서 조조가 감히 동남을 넘보지 못하게 할 수 있습니다."

제갈량은 웃으며 대답하고 노숙에게 답장을 보냈다.

'베개를 높이 고이고 아무 걱정 마시오. 북방에서 침범하면 황숙께서 마땅히 군사를 물리칠 계책이 있소.'

유비가 궁금해 물었다.

"조조가 30만 대군을 일으켜 몰려오는데, 군사는 어떤 묘한 계책이 있어 그들을 물리칠 수 있소?"

"조조가 평생 걱정한 것은 서량 군사입니다. 조조가 마등을 죽여 그 아들 마초가 서량 무리를 거느리고 이를 갈면서 조조를 미워합니다. 주공께서는 마초에게 글을 보내시면 됩니다. 그가 군사를 일으켜 동관 안으로 들어가면 조조가 무슨 경황이 있어 강남으로 내려오겠습니까?"

유비는 즉시 마초에게 글을 보냈다.

그 전에 서량에서 마초는 아버지가 허도로 떠나고 밤에 이상한 꿈을 꾸었다. 눈밭에 누웠는데 호랑이들이 무리 지어 와서 자기를 무는 것이었다. 놀랍고 두려워 깨어나 장수들을 불러 꿈 이야기를 하자 장막 아래에서 한 사람이 대답했다.

"이 꿈은 상서롭지 못합니다."

마등의 심복 교위로 남안 사람인데 성은 방(龐)이고 이름은 덕(德), 자는 영명(令明)이었다.

"눈밭에서 호랑이를 만나는 꿈은 아주 흉합니다. 노장군께서 허도에서 무슨 일이나 당하지 않으셨는지 걱정입니다."

그 말이 끝나기도 전에 한 사람이 비틀거리며 장막에 들어와 울면서 땅에 엎드렸다.

"숙부님과 아우들이 모두 죽었소."

사람들이 보니 마대였다. 마대가 전하는 아버지와 아우들 이야기를 듣고 마초는 울며 땅에 쓰러졌다. 사람들이 부축해 일으키니 부득부득 이를 갈며 원통해했다.

"조조 이 도적놈아!"

이때 보고가 들어왔다.

"형주의 유황숙께서 글을 보냈습니다."

마초가 받아보니 이런 내용이었다.

'엎드려 생각하니 한의 황실이 불행하여 역적 조조가 권력을 한 손에 거머쥐고 천자를 업신여기며 백성을 속여 나라가 마른 풀처럼 허약해졌소. 이 비는 전에 장군 부친과 함께 비밀조서를 받아 조조 도적놈을 죽이려고 맹세했는데, 뜻밖에도 부친께서 그에게 해를 입으셨으니 조조는 장군과는 같은 하늘을 이고 살 수 없고, 같은 땅을 디디고 지낼 수 없으며, 낮에는 같은 해를 쪼일 수 없고, 밤에는 같은 달을 볼 수 없는 원수가 되었소. 만약 장군이 서량 군사를 이끌어 조조 오른쪽을 친다면 이 비는 형주와 양양의 군사를 일으켜 그 앞을 막겠소. 그러면 역적 조조를 사로잡아 간사한 무리를 쓸어 없애고, 원수를 갚고 치욕을 씻어 한의 황실을 다시 일으킬 수 있소. 글로는 모두 이

야기할 수 없으니 선 채로 답장을 기다리겠소.'

마초는 눈물을 뿌리며 즉시 답장을 주어 사자를 돌려보냈다. 곧 서량 군사를 일으켜 나아가려 하는데 서량 태수 한수가 만나자고 했다. 마초가 달려가자 한수는 조조가 보낸 글을 보여주었다. 마초를 사로잡아 허도로 보내면 한수를 서량후로 봉하겠다는 내용이었다.

마초는 한수 앞에 엎드렸다.

"숙부께서는 당장 저를 묶어 허도로 압송하십시오. 숙부께서 창칼을 놀리시는 수고를 덜어드리겠습니다."

한수는 마초를 부축해 일으켰다.

"내가 조카의 아버지와 형제의 의를 맺었는데 어찌 해치겠나? 조카가 군사를 일으킨다면 내가 도와주겠네."

한수는 조조가 보낸 사자의 목을 치고 여덟 부 군사를 점검해 마초와 함께 나아갔다. 여덟 부 장수들은 후선, 정은, 이감, 장횡, 양흥, 성의, 마완, 양추였다. 한수와 마초가 20만 대군을 일으켜 장안으로 쳐들어가자 장안 태수 종요는 황급히 조조에게 보고하고, 2만 군사를 이끌고 나와 들판에 진을 쳤다.

서량 선봉 마대가 1만 5000명 군사로 기세 좋게 산과 들을 뒤덮으며 달려가자 종요가 말을 달려 맞섰으나 겨우 한 번 어울리자 크게 패하고 달아났다. 마초와 한수가 대군을 이끌고 장안에 이르러 성을 에워쌌다. 장안은 전한의 수도였던 만큼 성벽이 튼튼하고 해자가 넓고 깊어 서량 군사가 급히 무너뜨릴 수 없었다. 연이어 열흘이나 에워쌌는데도 깨뜨리지 못하자 방덕이 계책을 올렸다.

"장안성은 흙이 딱딱하고 물이 짜 마시기 어려운데 땔나무도 없습니다. 열흘을 에워싸 군사와 백성이 굶주렸으니 잠시 군사를 거두고 이러저러하게 움직이면 식은 죽 먹기로 쉽사리 얻을 수 있습니다."

마초가 즉시 명령을 전해 전군이 모두 뒤로 물러섰다. 이튿날 종요가 성 위에서 바라보니 서량 군사가 하나도 보이지 않아 알아보니 과연 멀리 갔다고 했다. 종요는 마음 놓고 군사와 백성을 풀어 성을 나가 땔나무를 하고 물을 긷게 했다.

서량 군사가 다시 올까 두려워 사람들은 나무와 물을 많이 날라 오느라 법석을 떠는데, 처음에는 조심했으나 사흘이 지나자 성문을 활짝 열고 마음대로 드나들었다. 닷새가 되자 서량 군사가 다시 온다고 하여 군사와 백성이 앞다투어 성안에 들어오니 종요는 성문을 닫아걸고 굳게 지켰다.

종요 아우 종진이 서문을 지키는데 밤중이 가까워 성문 안에서 불길이 일어났다. 종진이 급히 불을 끄러 가자 성벽 옆에서 한 사람이 돌아 나와 칼을 들고 말을 달리며 크게 호통쳤다.

"방덕이 여기 있다!"

종진은 손을 놀려볼 사이도 없이 칼에 맞아 말 아래로 떨어졌다. 방덕은 10여 명 용사를 이끌고 이리저리 쳐 장졸들을 쫓아버리고, 빗장을 풀어 성문을 열었다. 마초와 한수 군사가 밀려 들어가자 종요는 성을 버리고 동문으로 달아났다. 마초와 한수는 장안성을 얻고 삼군에 상을 내려 수고를 위로했다.

종요는 동쪽으로 달려 동관으로 물러가 조조에게 급한 소식을 전했다. 조조는 감히 더는 남방 정벌을 상의하지 못하고 조홍과 서황을 불러 명했다.

"먼저 1만 군사를 거느리고 가서 종요를 대신해 동관을 단단히 지키게. 만약 열흘 안에 관을 잃으면 두 사람 다 목을 치고, 열흘이 지나면 두 사람과 상관없네. 내가 대군을 거느리고 뒤를 이어 곧 가겠네."

두 사람이 군령을 받들고 가니 조인이 조조에게 말했다.

"조홍은 성질이 급해 일을 그르칠까 두려우니 제가 빨리 따라가야 하겠습니다."

"군량과 말먹이 풀을 호송하며 지원하게."

조홍과 서황이 관에 이르러 단단히 지키면서 나가 싸우지 않는데, 마초의 군사가 관 아래에 와서 조조의 삼대 조상까지 싸잡아 입에 담지 못할 욕을 퍼부었다. 조홍이 크게 노해 내려가 싸우려 하자 서황이 말렸다.

"마초가 장군을 꾀어 싸우려는 수작이니 절대 나가서는 아니 되오. 승상께서 대군을 거느리고 오신 뒤 마땅히 알아서 처리하실 것이오."

마초의 군사가 밤낮으로 번갈아 와서 욕을 해대니 조홍은 싸우고 싶어 안달이고, 서황은 말리느라 애를 썼다. 아홉째 날 조홍이 관 위에서 내려다보니 서량 장졸들은 모두 말을 버리고 관 앞 풀밭에 앉아 있는데, 태반이 곤하고 지쳐 아예 땅에 드러누웠다.

조홍은 바로 말을 갖추게 하여 3000명 군사를 이끌고 한달음에 관을 나가 달려 내려갔다. 서량 군사가 말에 오르지도 못하고 병기를 내던지며 달아나자 조홍은 놓칠세라 나는 듯이 쫓아갔다. 관 위에서 군량 수레를 점검하던 서황이 말을 듣고 깜짝 놀라 급히 군사를 이끌고 쫓아가면서 높이 외쳤다.

"조 장군은 말을 돌리시오!"

별안간 등 뒤에서 고함이 요란하게 울리며 마대가 군사를 이끌고 들이닥쳤다. 조홍과 서황이 급히 몸을 돌려 달아나자 북소리가 울리며 산 뒤에서 또 두 대의 군사가 길을 막았다. 마초와 방덕이었다.

조홍이 군사를 반 이상 잃고 간신히 포위를 뚫어 관 위로 달려가는데, 서량 대군이 뒤를 바짝 따라오자 관을 버리고 달아났다. 방덕이 뒤쫓아 달려가다 조인의 후원 군사와 맞닥뜨리니, 조인은 조홍의 군사를 구하고 마초는 방덕을 지원해 관으로 올라갔다.

동관을 잃은 조홍이 가서 뵙자 조조가 물었다.

"열흘 기한을 주었는데 어찌 아흐레 만에 잃었느냐?"

"서량 군사가 도저히 참기 어려운 욕을 했습니다. 그쪽 군사가 맥을 놓고 있어 달려갔는데, 뜻밖에도 간사한 꾀에 걸릴 줄은 몰랐습니다."

조조가 이번에는 서황을 나무랐다.

"조홍은 나이가 어리고 난폭하다지만 그대는 사리를 알 만한 사람이 아닌가?"

서황이 설명했다.

"여러 번 충고를 드렸으나 조 장군이 깜빡 잊었습니다. 이 황이 소식을 들었을 때는 조 장군이 관에서 내려간 뒤라 급히 쫓아갔으나 적의 간사한 계책에 걸리고 말았습니다."

조조가 크게 노해 조홍의 목을 치라고 하자 사람들이 용서를 빌었다.

"잠시 죄를 적어두십시오. 이후에 공로를 세우면 죄를 씻게 하고 공로가 없으면 그때 죽이셔도 됩니다."

목숨을 건진 조홍은 죄를 인정하고 물러갔다.

조조는 대군을 휘몰고 동관 밑에 다가가 먼저 영채 셋을 세우고 이튿날 동관으로 달려갔다. 조조가 말을 타고 나가 바라보니 서량 군사는 용맹하고 건장해 사람마다 영웅호걸인데 마초를 보니 얼굴은 분을 바른 듯 희고 입술은 연지를 칠한 듯 붉으며, 허리는 가늘고 어깨는 떡 벌어졌다. 목소리는 우렁차고 힘이 셌다. 흰 전포를 입고 은 갑옷을 걸치고 긴 창을 든 마초가 진 앞에 말을 세웠는데 왼쪽에는 방덕, 오른쪽에는 마대가 있었다.

조조는 속으로 은근히 감탄하면서 말을 달려 마초에게 말을 건넸다.

"너는 한의 명장 자손인데 어찌 배반하느냐?"

마초가 이를 부득부득 갈며 욕을 퍼부었다.

"조조 이 도적놈아! 너는 황제를 업신여기고 백성을 속이니 그 죄가 죽어 마땅하다! 네가 아버님과 아우들을 죽였으니 나와는 한 하늘을 이고 살 수 없는 원수가 맺혔다! 내가 너를 산 채로 붙잡아 생살을 씹어야겠다!"

마초가 창을 꼬나 들고 나는 듯이 달려오자 우금이 나가 맞았으나 아홉 합도 못 견디고 달아났다. 뒤를 이어 장합이 나갔으나 20합을 못 넘기고 돌아와, 이통이 달려나가니 마초는 더욱 위풍을 떨쳐 곧바로 그를 찔러 말 아래로 떨어뜨렸다.

마초가 창을 뒤로 돌렸다가 위로 치켜들어 부르자 서량 군사가 일제히 쳐 나와 조조 군사는 대패했다. 서량 군사의 기세가 하도 사나워 조조의 장수들은 도저히 막지 못하고 도망쳤다. 마초와 방덕, 마대가 100여 명 기병을 이끌고 중군에 뛰어들어 조조를 찾으니 어지러운 군사 속에서 서량 군사가 외쳤다.

"붉은 전포를 입은 자가 조조다!"

조조는 말 위에서 급히 붉은 전포를 벗어버렸다. 그러자 서량 군사의 고함이 다시 귀청을 때렸다.

"수염이 긴 자가 조조다!"

조조는 놀랍고 당황해 급히 검을 뽑아 수염을 잘랐다. 군사들이 또 그 일을 알려 마초는 부하들에게 소리 지르게 했다.

"수염이 짧은 자가 조조다!"

조조가 소리를 듣고 깃발을 찢어 목을 감싸고 달아나는데 등 뒤에서 누가 쫓아와 돌아보니 다름 아닌 마초라 깜짝 놀랐다. 좌우에서 따르는 자들은 마초를 보자 제각기 목숨을 살리려고 뺑소니쳐 혼자만 남았다. 마초가 목소리를 가다듬고 외쳤다.

"조조는 달아나지 마라!"

조조가 너무 놀라 채찍이 땅에 떨어지는데 마초가 바로 따라잡고 창을 냅다 찔렀다. 그 순간 조조가 나무를 감아 돌며 달아나니 마초의 창은 나무에 쿡 박히고 말았다. 마초가 급히 창을 뽑았을 때는 조조는 이미 달아난 뒤였다. 마초

마초의 창이 나무에 박히는 바람에 조조 도망쳐 ▶

가 말을 달려 쫓아가자 산비탈에서 한 장수가 달려 나와 높이 외쳤다.

“우리 주공을 해치지 마라! 조홍이 여기 있다!”

조홍이 칼을 휘두르며 마초를 가로막아 조조는 겨우 목숨을 건져 달아날 수 있었다. 조홍이 마초와 싸우는데 50여 합 되니 차츰 칼 쓰는 법이 흐트러지고 힘이 따라주지 못했다. 바로 이때 하후연이 수십 명 기병을 이끌고 달려오자 마초는 말을 돌려 돌아갔다.

조조가 영채로 돌아와 보니 조인이 죽기로써 단단히 지켜 군사를 많이 잃지는 않았다. 조조는 장막에 들어와 한숨을 쉬었다.

“내가 조홍을 죽였으면 오늘 반드시 마초의 손에 결단 났을 것이다!”

조홍을 불러 후한 상을 내리고 군사를 수습해 영채를 굳게 지키면서 나가 싸우지 못하게 했다. 장수들이 나름대로 생각을 내놓았다.

“서량 군사는 긴 창을 쓰니 활과 쇠뇌로 맞서야 합니다.”

“싸우느냐 싸우지 않느냐는 나에게 달렸지 적에게 달린 게 아니오. 적이 긴 창을 가졌으나 어찌 우리를 찌를 수 있겠소? 여러분은 그저 담을 단단히 쌓고 구경이나 하시오. 적은 제풀에 물러갈 것이오.”

며칠이 지나 정탐꾼이 보고했다.

“마초에게 힘을 빼지 않은 군사 2만이 새로 왔는데 강인들에게서 왔습니다.”

소식을 듣고 조조가 아주 기뻐하니 장수들이 물었다.

“마초의 군사가 늘었는데 승상께서는 오히려 즐거워하시니 어찌 그러십니까?”

“승리한 뒤에 말해주겠네.”

사흘 후 동관 위에 다시 군사가 늘어났다는 보고가 들어오니 조조는 또 크게 기뻐하며 잔치를 베풀어 장수들은 모두 속으로 웃었다. 조조가 그들 마음을 알고 물었다.

"여러분은 내가 마초를 깨뜨릴 계책이 없다고 웃는데, 공들은 어떤 좋은 꾀가 있소?"

서황이 나섰다.

"승상께서 이곳에 대군을 주둔하셨는데 적들도 전부 관 위에 있습니다. 우리 군사가 황하 서쪽으로 옮기면 그들은 반드시 대비하지 않을 것입니다. 군사 한 대를 보내 가만히 포판 나루를 지나 황하를 건너 적이 돌아갈 길을 끊고, 승상께서 곧장 하북으로 나아가시면 적은 양쪽이 서로 호응할 수 없어 형세가 반드시 위급해집니다."

"서공명 말이 바로 내 뜻과 같소!"

조조는 서황에게 주령과 함께 정예 군사 4000명을 이끌고 황하 서쪽으로 건너가 산골짜기에 매복하게 했다.

"내가 하북으로 건너기를 기다려 동시에 적을 치시오."

서황과 주령이 명을 받들고 가만히 떠났다. 때는 건안 16년(211년) 윤달 8월이었다. 다시 조조는 명령을 내려 조홍에게 포판 나루에서 배와 뗏목을 갖추게 하고 조인에게 영채를 지키게 한 후 위하를 건너러 갔다.

【위하는 황하의 가장 큰 지류로 서량주에서 발원해 동쪽으로 흘러 평원을 지나 동관 부근에서 황하로 흘러든다. 위하가 황하와 합치는 물목을 위구라 불렀다.】

상황을 보고받고 마초는 한수와 상의했다.

"지금 조조가 동관은 공격하지 않고 배와 뗏목을 마련해 하북으로 건너려 하니 반드시 우리 뒷길을 끊자는 수작입니다. 제가 군사 한 대를 이끌고 황하를 따라 북쪽 기슭을 막겠습니다. 조조 군사가 강을 건너지 못하면 20일도 되지 않아 군량이 바닥나 어지러워집니다. 그때 황하 남쪽을 따라 들이치면 조조를 사로잡을 수 있습니다."

한수의 생각은 달랐다.

"그렇게 할 것 없네. 병법에 '군사가 반이 건너면 공격할 수 있다'고 하지 않던가? 조조 군사가 강을 반쯤 건너기를 기다려 그대가 남쪽 기슭에서 들이치면 모두 강에서 죽고 말 걸세."

마초가 들어보니 일리 있는 말이어서 조조가 언제 강을 건너는지 알아보았다.

조조가 군사를 정돈해 세 몫으로 나누어 위하를 건너려고 위구에 이르니 아침 해가 솟았다. 조조는 먼저 정예 군사를 보내 북쪽 기슭으로 건너가 영채를 세우게 했다. 심복 호위군 100명을 거느린 조조는 허리에 찬 검에 손을 얹고 남쪽 기슭에 펴놓은 호상(접는 걸상)에 앉아 군사가 강을 건너는 모습을 바라보는데 부하가 달려와 보고했다.

"뒤에 흰 전포를 입은 장군이 이르렀습니다."

마초가 온 것을 알고 군사들이 우르르 달려 내려가 서로 먼저 배에 오르려고 다투어 강변이 시끌벅적했다. 조조는 꼼짝 않고 앉아 한 손은 허리에 찬 검을 틀어쥐고 한 손으로 장졸들을 가리키며 법석 떨지 말라고 야단쳤다.

사람들이 고함치고 말이 울부짖는 소리가 들리며 서량 군사가 벌 떼처럼 몰려오자 배 위에서 한 장수가 몸을 날려 기슭으로 올라와 조조를 불렀다. 허저였다.

"적이 왔습니다! 승상께서는 어서 배에 오르십시오!"

조조는 태평한 소리를 했다.

"적이 왔다고 무엇이 잘못되겠나?"

머리를 돌려보니 어느새 마초가 바짝 다가와 100여 걸음 뒤에 있었다. 허저가 조조를 호위해 배에 타려 하자 배는 이미 열 자 남짓 멀어졌다. 허저가 조조를 업고 배에 뛰어오르자 군사들이 물에 뛰어들어 목숨을 건지려고 뱃전을 부여잡아 작은 배가 엎어지려 했다. 허저가 칼을 뽑아 마구 찍으니 배에 매달린 자들은 손이 잘려 물에 빠졌다. 허저는 급히 배를 하류로 몰며 고물에 서서 삿대질을 하고, 조조는 허저의 발치에 엎드렸다.

마초가 강기슭으로 달려오자 배는 벌써 강 가운데에 가 있었다. 마초가 활에 살을 먹이며 날쌘 장수들에게 호령해 강변으로 달려가며 활을 쏘게 하니 화살이 소나기처럼 배 위로 날아갔다. 허저는 왼손으로 말안장을 들어 조조를 가렸다.

마초가 날리는 화살은 빗나가는 법이 없어 시위소리가 윙 울리면 배를 모는 사람이 하나씩 털썩 물에 떨어졌다. 수십 명이 화살에 맞아 쓰러지자 노를 저을 사람이 없어 배가 급한 물살에 밀려 소용돌이쳤다. 허저는 홀로 신기한 위력을 발휘해 두 다리 사이에 키를 끼고 배의 방향을 잡으면서 한손으로는 삿대질을 하고, 한 손으로는 말안장을 들어 조조를 가렸다.

이때 위남 현령 정비(丁斐)가 남산 위에서 마초가 바짝 쫓는 것을 바라보고 조조가 다칠까 두려워 영채 안의 소와 말을 전부 밖으로 몰아냈다. 산과 들을 뒤덮으며 달리는 것들이 전부 소와 말이니 서량 군사는 모두 돌아서서 그놈들을 잡느라 조조를 쫓아갈 마음이 사라졌다. 그 덕에 몸을 뺀 조조는 북쪽 기슭에 이르러 배와 뗏목에 구멍을 내 강에 가라앉혔다.

조조가 강에서 곤경에 빠졌다는 소식을 듣고 장수들이 급히 구하러 오자 조조는 이미 기슭에 올라가고, 허저는 무겁고 두꺼운 갑옷에 화살이 잔뜩 박혀 있었다. 장수들이 조조를 모시고 들판의 영채에 들어가 절을 하자 조조는 껄껄 웃었다.

"내가 오늘 하마터면 어린놈에게 골탕을 먹을 뻔했소!"

허저가 말했다.

"누군가 말과 소를 풀어 유인하지 않았으면 적이 반드시 강을 건넜을 것입니다."

"적을 뀐 자가 누군가?"

조조 물음에 아는 자가 대답했다.

"위남 현령 정비입니다."

이윽고 정비가 들어와 뵈니 조조는 고맙다고 인사했다.

"공의 좋은 계책이 아니었으면 내가 적에게 사로잡혔을 것이오."

정비를 전군교위로 임명하니 그가 말했다.

"적이 잠시 돌아갔으나 내일 반드시 다시 옵니다. 좋은 계책으로 막으셔야 합니다."

"내게 이미 대책이 있소."

조조는 장수들을 불러 각각 나뉘어 황하를 따라 잠시 영채의 틀로 삼을 용도(甬道)를 만들게 했다. 용도란 양쪽에 담을 쌓은 통로를 말한다.

"적들이 오면 용도 밖에 군사를 늘여 세우고 용도 안에는 짐짓 깃발들을 세워 의심하게 하시오. 또 황하를 따라 참호를 파서 그 위를 살짝 덮고, 강물에 군사를 두어 적을 유인하시오. 그들이 급히 오면 반드시 참호에 빠질 것이니 바로 칠 수 있소."

마초는 돌아가 한수를 만났다.

"조조를 다 잡게 되었는데 한 장수가 용맹을 떨쳐 그를 업고 배에 올랐으니 누군지 모르겠습니다."

한수가 생각을 말했다.

"듣자니 조조는 지극히 건장한 사람들로 장막을 지키며 호위군(虎衛軍)이라 부른다네. 용맹한 장수 전위와 허저에게 이끌게 했는데, 전위는 죽었으니 반드시 허저일 걸세. 이 사람은 용맹과 힘이 남달라 사람들이 호치(虎癡)라 부른다니 그와 만나면 얕보아서는 아니 되네."

"저도 이름을 들은 지 오랩니다."

"조조가 황하를 건너 우리 뒤를 습격할 것이니 빨리 공격해야지 그가 영채를 다 세우게 해서는 아니 되네. 영채를 세우면 급히 깨뜨리기 어렵네."

"이 조카의 어리석은 생각으로는 역시 북쪽 기슭을 막아 그가 위하를 건너지 못하도록 하는 게 상책입니다."

"조카는 영채를 지키고 내가 강을 따라 조조와 싸우면 어떠한가?"

한수의 제의에 마초가 찬성했다.

"방덕을 선봉으로 세워 숙부를 따르게 하겠습니다."

한수와 방덕이 5만 군사를 이끌고 위하 북쪽에 이르자 조조는 용도 양쪽에서 서량 군사를 유인하게 했다. 방덕이 먼저 철갑기병 1000여 명을 이끌고 돌격하다 고함과 함께 사람과 말이 구덩이에 빠졌다. 방덕은 몸을 훌쩍 솟구쳐 구덩이에서 뛰어나와 땅에 발을 딛자마자 단숨에 몇 사람을 찍어 죽이더니 칼을 휘둘러 겹겹의 포위를 벗어났다.

한수가 조조 군사에 에워싸여 방덕이 두 다리로 달려가 구하다 마침 조인의 장수 조영과 마주쳤다. 방덕은 한칼에 그를 찍어 넘기고 말을 빼앗아 피로 물든 길을 뚫고 한수를 구해 동남쪽으로 달아났다.

등 뒤에서 조조 군사가 쫓아왔으나 때맞춰 마초가 군사를 이끌고 달려와 군사를 반 이상 구해냈다. 날이 저물도록 싸우고 영채로 돌아와 점검하니 장수 정은과 장횡을 잃고, 구덩이에 빠져 창에 찔려 죽은 자가 200여 명이었다.

마초는 한수와 상의했다.

"시일을 오래 끌어 조조가 하북에 튼튼한 영채를 세우면 물리치기 어렵습니다. 바로 오늘 밤 가벼운 기병을 이끌고 들판의 임시 영채를 습격하는 게 좋겠습니다."

한수가 조언했다.

"반드시 군사를 나누어 앞뒤에서 서로 구해주어야 하네."

마초가 선두가 되고 방덕과 마대에게 뒤를 맡게 하여 그날 밤 움직였다.

조조는 군사를 거두어 위하 북쪽에 주둔하고 장수들을 불렀다.

"적들은 군사를 많이 잃지 않았으니 우리가 영채를 제대로 세우지 못한 것을 넘보고 반드시 들판의 영채를 습격하러 올 것이오. 군사를 네 방향으로 매복하고 중군을 비우시오. 포 소리를 울려 매복한 군사를 모두 일으키면 단숨에 적들을 사로잡을 수 있소."

장수들은 명에 따라 매복을 마쳤다.

그날 밤 마초는 성의에게 먼저 기병 30명을 이끌고 정탐하게 했다. 영채를 지키는 군사가 보이지 않자 성의가 곧장 중군으로 쳐들어가니 서량 군사가 이른 것을 보고 신호포를 터뜨렸다. 네 방향에 매복한 군사들이 모두 나왔으나 겨우 기병 30명을 에워쌌을 뿐이었다. 성의가 하후연에게 죽자 마초가 방덕, 마대와 함께 세 길로 벌 떼처럼 몰려왔다.

이야말로

매복 군사 적을 기다리지만
힘센 건장들 당할 수 있으랴

승부는 어떻게 판가름 날까?

59

알몸으로 마초와 싸우는 허저

허저는 옷을 벗고 마초와 싸우고
조조는 글 흐려 한수 이간시키다

그날 밤 날이 밝을 무렵까지 어지러이 싸우고 양쪽에서 군사를 거두었다.

마초는 위구에 주둔해 밤낮으로 조조 군사의 앞뒤를 공격했다. 조조는 배와 뗏목을 이어 위하에 부교 세 개를 놓아 남쪽 기슭에 닿게 하고, 조인은 군량과 말먹이 풀 수레들을 울타리로 삼아 위하 옆에 영채를 세웠다. 마초가 군사들에게 풀을 한 단씩 끼고 조조 영채로 쳐들어가 불을 지르게 하니 세찬 불길에 조조 군사는 영채를 버리고 달아나고, 수레와 부교는 남김없이 불타버렸다. 크게 이긴 서량 군사는 조조 군사가 위하로 다니지 못하게 막았다.

조조가 영채를 세우지 못해 걱정하자 순유가 제의했다.

"위하의 모래를 파 토성을 쌓으면 굳게 지킬 수 있습니다."

조조가 3만 군사에게 흙을 날라 성을 쌓게 하니 마초가 방덕과 마대를 보내 들이치게 했다. 또 모래가 푸슬푸슬해 담이 자꾸 무너져 조조는 어찌해볼 대책이 없었다. 때는 9월이 다 지나고 초겨울이 다가와 날씨가 급작스레 추워지면서 먹장구름이 하늘을 뒤덮어 양쪽에서는 잠시 싸움을 멈추었다.

조조가 답답해하는데 한 노인이 찾아왔다. 학의 뼈에 소나무 모습을 하고 모양이 아주 고결한데, 경조 사람으로 장안 서남쪽 종남산에 숨어 살며 성은 누(婁), 이름은 자백(子伯)에 도호는 몽매거사라 했다. 조조가 예절을 차려 대하자 누자백이 물었다.

"승상께서는 위하를 가로 타고 영채를 세우려 하신 지 오래인데 어찌하여 지금 때를 틈타 보루를 쌓지 않으십니까?"

"모래흙이라 쌓을 수 없으니 선비께서 좋은 계책을 가르쳐주시오."

"승상께서는 군사를 부리심이 신선 같으신데 어찌 하늘이 도와주는 때를 모르십니까? 연이어 며칠 먹장구름이 덮였으니 곧 북풍이 불기만 하면 땅이 얼어붙습니다. 바람이 일어날 때 군사를 호령해 흙을 나르고 물을 뿌리게 하시면 날이 밝은 뒤에는 반드시 토성이 이루어져 있을 것입니다."

조조가 크게 깨달아 후한 상을 내렸으나 누자백은 사절하고 떠났다.

그날 밤 북풍이 세차게 휘몰아쳐 조조는 군사를 재촉해 흙을 나르고 물을 끼얹게 했다. 물을 담을 그릇이 없어 발이 촘촘한 비단으로 주머니를 만들어 물을 날라 모래흙에 끼얹게 하니 담을 쌓는 족족 얼어붙어 날이 밝자 훌륭한 토성이 완성되었다.

마초가 와서 보고 깜짝 놀랐다.

'이거 혹시 신선이 돕지 않았나?'

이튿날 대군을 몰아 북을 울리며 나아가니 조조가 말에 올라 영채를 나오는데 허저 한 사람만 뒤를 따랐다. 조조가 채찍을 쳐들고 높이 외쳤다.

"맹덕이 말 한 필을 타고 와서 마초를 청하니 어서 나와 물음에 답하라."

마초가 창을 꼬나 들고 나가자 조조가 물었다.

"너는 내가 영채를 세우지 못한다고 얕보더니 하룻밤 사이에 이미 세웠는데도 어찌 빨리 항복하지 않느냐?"

마초가 말을 달려 조조를 사로잡으려 하자 조조 등 뒤에 한 사람이 말을 버티고 있는데, 괴상한 눈을 둥그렇게 부릅뜨고 강철 칼을 들고 있어서 허저가 아닐까 생각해 채찍을 쳐들고 물었다.

"너희 군중에 호후(虎侯)가 있다던데 지금 어디 있느냐?"

허저가 칼을 들고 높이 외쳤다.

"내가 바로 초군의 허저다!"

눈에서 빛이 번쩍이고 위풍이 한껏 살아나 마초는 감히 움직이지 못하고 말을 돌려 돌아가니 조조도 허저를 데리고 영채로 돌아갔다. 그 광경에 양쪽 군사들은 놀라지 않는 자가 없었다. 조조가 장수들에게 말했다.

"적들도 중강이 호후임을 아는구먼!"

이때부터 사람들은 허저를 호후라 불렀다.

【정사《삼국지》〈허저전〉에 의하면 허저는 힘이 호랑이처럼 세지만 겉으로는 멍청한 인상을 주어 별명이 '멍청한 호랑이'라는 뜻인 호치(虎癡)였다. 마초가 그를 존경하는 뜻으로 별명을 그대로 부르지 않고 후작 '후(侯)'자를 붙여 '호후'라 높여 불렀더니 그것이 굳어져 수십 년 후 진수가 정사《삼국지》를 쓸 때까지도 사람들이 호후를 허저의 이름으로 알았다고 한다.】

"제가 내일 꼭 마초를 사로잡겠습니다."

허저가 다짐하자 조조가 충고했다.

"마초는 빼어나게 용맹하니 얕보아서는 아니 되네."

"저는 맹세코 그와 죽기로써 싸우겠습니다."

허저는 마초에게 싸움을 거는 글을 보냈다.

'호후가 마초 한 사람만 찾아 싸움을 거니 내일 결전을 벌이자.'

"감히 나를 우습게 보다니!"

마초는 크게 노해 회답했다.

'내일 맹세코 호치를 죽이겠다.'

【마초가 화가 나자 호후가 호치로 돌아가 버렸다.】

이튿날 양쪽 군사가 진을 치자 마초가 창을 꼬나 들고 나와 외쳤다.

"호치는 어서 나와라!"

조조는 진 앞에서 장수들을 돌아보며 말했다.

"마초는 여포의 용맹에 못지않네!"

허저가 칼을 춤추며 나가 100여 합을 싸웠으나 어느 쪽도 이기지 못했다. 사람보다 말이 먼저 지쳐 각기 돌아가 말을 갈아타고 다시 나가 또 100여 합을 넘겼으나 여전히 승부가 나지 않았다. 몸이 달아오른 허저가 진으로 돌아와 투구와 갑옷을 벗어버리니 온몸에 울퉁불퉁 튀어나온 힘살이 그대로 드러났다. 허저가 맨몸으로 칼을 들고 말에 뛰어올라 마초에게 달려가자 양쪽 군사들은 기겁했다.

두 사람은 또 30여 합을 싸웠다. 허저가 칼을 높이 쳐들어 휙 내리찍자 마초는 슬쩍 피하며 창을 들어 허저의 가슴팍을 향해 내찔렀다. 허저가 얼른 칼을 버리고 창을 겨드랑이에 덥석 끼니 두 사람은 말 위에서 창을 빼앗느라 실랑이를 벌였다. 힘센 허저가 기운을 쓰자 '뚝!' 소리가 나며 창대가 부러져 두 장수는 서로 반으로 동강 난 창대를 들고 마구 때렸다.

허저가 실수할까 두려워 조조가 하후연과 조홍에게 달려나가 협공하게 하니 마초의 진에서는 방덕과 마대가 철갑기병을 휘몰아 조조의 진을 마구 무찔러 조조 군사는 크게 어지러워졌다. 허저가 팔에 화살을 두 대 맞고 급히 영채

허저는 벌거벗고 마초와 싸우고 ▶

許諸裸衣鬥馬超
三國演義插圖之八十八
乙酉年春日 葉雄畫於滬上

로 물러 들어가자 마초 군사가 해자 앞까지 쳐들어가 조조 군사는 태반이 죽지 않으면 다쳤다. 조조는 문을 단단히 닫아걸고 나가 싸우지 못하게 했다.

마초는 위구로 돌아가 한수에게 말했다.

"내가 무서운 싸움을 많이 해보았지만 허저 같은 자는 없었습니다. 참으로 호치입니다!"

조조는 마초가 교만해져 계책으로 깨뜨릴 수 있다고 생각하고 가만히 서황과 주령에게 하서로 건너가 영채를 세우고 앞뒤로 협공하게 했다.

하루는 조조가 성 위에서 바라보는데 마초가 수백 명 기병을 이끌고 영채 앞으로 바짝 다가와 나는 듯이 오고 가니 한참 살펴보다 투구를 벗어 땅에 던지며 말했다.

"망아지가 죽지 않으면 내가 죽어도 묻힐 곳이 없으렷다!"

【망아지는 마초(馬超)를 깎아내려 이른 말이었다.】

하후연이 말을 듣고 분노가 치밀어 날카롭게 외쳤다.

"내가 죽을지언정 맹세코 마가 도적놈을 없애겠습니다!"

1000여 명 장졸을 이끌고 마초를 쫓아갔다. 조조가 급히 말렸으나 하후연이 벌써 나가버린 뒤라 황급히 말에 올라 몸소 지원하러 따라갔다.

조조 군사가 오는 것을 보고 마초는 선두를 후대로 삼고 후대를 선두로 바꾸어 벌려 세웠다. 하후연이 이르자 마초가 맞이하는데 허저보다는 쉬운 상대여서 여유 있게 싸우며 멀리 살펴보니 조조가 있었다. 마초가 하후연을 버리고 곧바로 달려들자 조조는 화들짝 놀라 말을 돌려 달아나고 조조 군사는 크게 어지러워졌다.

마초가 한참 쫓아가는데 별안간 조조가 하서에 영채를 세웠다는 보고가 들어와 깜짝 놀라 군사를 거두고 한수와 상의했다.

"조조 군사가 틈을 타 하서로 건너갔습니다. 우리가 앞뒤로 적을 맞게 되었으니 어찌해야 하겠습니까?"

한수의 부하 장수 이감이 말했다.

"하서를 떼어 주고 화해를 청해 양쪽에서 잠시 군사를 물리는 것이 좋겠습니다. 겨울이 지나고 날씨가 따뜻해지면 다시 상의하시지요."

한수가 찬성했다.

"이감의 말이 그럴듯하니 그에 따르세."

마초가 머뭇거리며 마음을 정하지 못하자 양추와 후선도 화해를 권했다. 한수가 양추를 사자로 삼아 글을 보내 화해를 청하니 조조가 대답했다.

"영채로 돌아가면 내일 사람을 보내 답을 주겠다."

가후가 장막에 들어와 물었다.

"승상 뜻은 어떠하십니까?"

"공의 소견은 어떠하오?"

"군사 일에는 속임수를 꺼리지 않는 법입니다. 짐짓 허락하고 그들 틈이 벌어지게 하는 책략을 써서 한수와 마초가 서로 의심하게 만들면 북 한 번 쳐서 진격하는 것으로 단번에 깨뜨릴 수 있습니다."

조조는 손뼉을 치며 기뻐했다.

"천하의 고명한 소견은 서로 맞아떨어지는 경우가 많소. 문화(가후의 자)의 꾀는 바로 내가 생각하던 바요."

조조는 서량군 영채로 사람을 보내 답장을 전했다.

"내가 서서히 군사를 물리고 하서 땅을 돌려주겠다."

조조가 부교를 세우고 군사를 물리는 듯이 하자 마초가 글을 받고 한수와 상의했다.

"조조가 화해를 약속했으나 간웅의 마음은 짐작하기 어려우니 대비를 하지 않으면 그에게 눌리고 맙니다. 이 초와 숙부께서 번갈아 군사를 움직이기로 하시지요. 오늘 숙부께서 조조 쪽으로 가시면 초는 하서의 서황 쪽으로 가고, 내일 초가 조조 쪽으로 가면 숙부께서는 서황 쪽으로 가십시오. 이렇게 나뉘어 속임수를 방비하시지요."

마초와 한수가 약속해 움직이자 조조가 가후에게 말했다.

"일이 이루어지게 되었소!"

이튿날, 한수가 자기 쪽으로 온다고 하자 조조가 장수들을 이끌고 영채를 나갔다. 과와 극을 열 겹으로 늘리고 장수들이 에워싼 가운데 조조가 말에 오른 모습이 홀로 두드러졌다. 한수의 장졸 중에 그를 모르는 자들이 많아서 진 앞에 나와 구경하자 조조가 높이 외쳤다.

"너희가 조공을 보려느냐? 나 역시 사람이다. 눈이 네 개에 입이 두 개 달린 게 아니고 다만 슬기가 많을 뿐이다."

장졸들은 두려워하는 기색이 있었다. 조조가 사람을 보내 한수를 청했다.

"승상께서 삼가 한 장군께 말씀을 나누자고 하십니다."

한수가 진 앞에 나와 바라보니 조조가 갑옷도 입지 않고 병기도 들지 않아, 그 역시 갑옷을 벗고 가벼운 차림으로 말에 올라 나아갔다. 두 사람이 말을 어울려 세우자 조조가 말을 걸었다.

"내가 장군 아버님과 같은 해에 효렴으로 추천되어 일찍이 숙부로 모셨소. 나 또한 장군과 함께 벼슬길에 올랐는데 어느덧 여러 해가 지났구려. 장군은 올해 연세가 몇이시오?"

"마흔이올시다."

한수가 대답하자 조조가 계속했다.

"전날 경사에 있을 때는 둘 다 청춘소년이었는데 어느덧 중년이 되었구려. 어찌하면 천하가 태평해져 함께 즐거움을 누릴 수 있겠소?"

조조는 옛날 일만 자상하게 이야기하며 싸움에 대해서는 말도 꺼내지 않았다. 말하는 중간중간 껄껄 웃음을 터뜨리며 두 시간이나 이야기하고 말을 돌려 작별하니 벌써 마초가 이 일을 전해 듣고 한수에게 달려갔다.

"오늘 조조가 진 앞에서 무슨 일을 말했나요?"

"그저 경사에서 보내던 옛날 일만 이야기했네."

마초는 의심이 들었다.

"싸움 일은 말씀하지 않으셨습니까?"

"조조가 말하지 않는데 내가 어찌 홀로 말하겠나?"

마초는 부쩍 의심이 들어 아무 말도 하지 않고 물러갔다.

조조가 영채로 돌아와 가후에게 물었다.

"공은 내가 진 앞에서 대화한 뜻을 아시오?"

"그 뜻이 묘하기는 하지만 두 사람 사이가 벌어지게 하기에는 아직 모자랍니다. 저에게 계략이 있으니 한수와 마초가 원수가 되어 저희끼리 죽이게 할 수 있습니다. 승상께서는 친필로 글 한 통을 쓰시어 한수에게 보내시되, 애매한 글들을 쓰고 중요한 곳들은 지우고 고치십시오. 그런 글을 봉해 한수에게 보내면서 일부러 떠들썩하게 만들어 마초가 알게 하십시오. 마초는 반드시 글을 달라 하여 읽어볼 텐데 중요한 대목들이 고치고 지워져 있으면, 자기가 무슨 기밀을 알까 두려워 한수가 그렇게 한 것으로 생각할 것입니다. 그렇게 되면 승상께서 말 한 필에 타고 한수와 대화하신 일과 맞아떨어져 마초는 의심하게 되고, 의심하면 틀림없이 틈이 생깁니다. 우리 쪽에서 한수의 부하 장수들과 연락해 그들을 더욱 이간하게 만들면 마초를 잡을 수 있습니다."

"아주 묘한 계책이오."

조조는 글을 써서 중요한 곳들을 고치고 지운 채 단단히 봉하고, 시끄러운 사람들을 많이 딸려 한수의 영채로 보냈다. 과연 마초가 바로 그 일을 알고 의심이 더해 한수 영채에 가서 글을 보자고 했다. 한수가 글을 넘겨주는데 고치고 지운 곳이 많았다.

"이 글이 어찌 모두 고치고 지워 애매해졌습니까?"

"글쎄, 처음부터 글이 이러하니 무슨 영문인지 모르겠네."

마초는 그 말을 믿을 수 없었다.

"조조가 어찌 이런 글을 보냈겠습니까? 숙부님이 혹시 제가 상세한 내용을 알까 봐 고치고 지우지 않으셨습니까."

"내가 왜 그러겠나? 조조가 초벌 원고를 잘못 봉해 보내지 않았을까?"

한수의 추측이 마초가 듣기에는 말도 안 되는 소리였다.

"조조는 대단히 꼼꼼한 사람인데 그런 실수를 할 리 있겠습니까? 저는 숙부와 힘을 합쳐 도적을 죽이려 하는데 숙부는 어찌하여 갑자기 다른 마음이 생기셨습니까?"

"자네가 내 마음을 믿지 못하겠으면 내가 내일 조조를 진 앞으로 불러내 이야기를 할 테니 자네가 뛰어나와 한 창에 찔러 죽이게."

"그렇게 하시면 숙부의 참마음을 알 수 있겠습니다."

이튿날 한수는 장수들을 이끌고 진 앞으로 나가고 마초는 깃발 뒤에 숨었다. 한수가 보낸 사람이 조조 영채 앞에 가서 높이 외쳤다.

"한 장군께서 승상을 청해 대화하자고 하십니다."

조조 명령으로 조홍이 수십 명 기병을 이끌고 진 앞으로 나와 한수와 가까워지자 말 위에서 몸을 약간 굽히며 크게 소리쳤다.

"어제 승상께서 하신 말씀을 부디 어기지 마십시오."

그러고는 곧 돌아가니 그 말을 들은 마초가 크게 노해 창을 꼬나 들고 한수에게 덤벼들었다. 장수들이 간신히 가로막고 권해 함께 영채로 돌아가자 한수가 다짐했다.

"조카는 나를 의심하지 말게. 나는 절대 다른 마음이 없네."

그 말을 믿지 못해 마초가 화가 나서 돌아가니 한수가 장수들에게 물었다.

"이 일을 어찌해야 하나?"

양추가 대답했다.

"마초는 무예와 용맹만 믿고 늘 주공을 업신여기는 마음이 있습니다. 조조를 이기더라도 어찌 주공께 양보하겠습니까? 생각해보면 차라리 가만히 조조에게로 넘어가는 편이 좋습니다. 뒷날 후작 자리쯤은 잃지 않겠지요."

"내가 마등과 형제를 맺었는데, 조카를 배신할 수는 없지 않나?"

양추가 부추겼다.

"일이 이 지경이 되었으니 그렇게 하지 않을 수 없습니다."

"누가 조조 쪽에 소식을 전하겠나?"

양추가 나서자 한수는 조조에게 가만히 밀서를 보내 항복의 뜻을 전하게 했다. 조조는 대단히 기뻐 한수를 서량후로 봉하고, 양추는 서량 태수로 만들며, 나머지 장수들에게도 벼슬과 작위를 주겠다고 약속하고, 불을 일으키는 것을 신호로 함께 마초를 공격하기로 했다.

양추가 돌아와 보고하니 한수는 중군 장막 뒤에 마른 나무를 쌓고 장수들은 각기 칼과 검을 지니고 명령을 기다리게 했다. 잔치를 베풀고 마초를 불러 술상에서 손을 쓰기로 했으나 그래도 성공하지 못할까 두려워 마음이 흔들렸다. 조조는 벌써 장수들을 보내 기병을 이끌고 서량군 영채 밖을 돌아보게 했다.

뜻밖에도 마초가 이미 상세한 내막을 알고 먼저 한수의 영채로 가면서 방덕과 마대에게 뒤를 따르게 했다. 마초가 소리 없이 한수의 장막 안으로 들어가니 다섯 장수가 모여 한수와 비밀 공론을 하는데 양추의 말이 들려왔다.

"일을 늦추어서는 아니 됩니다. 어서 계책을 쓰십시오!"

마초가 분통을 터뜨려 검을 휘두르며 버럭 호통쳤다.

"도적 무리가 감히 나를 해치려 꾀하느냐?"

모두 깜짝 놀라는데 마초가 검을 휙 내리찍자 한수가 엉겁결에 손으로 막다 왼손이 댕강 잘렸다. 장수들이 칼을 휘두르며 일어서자 마초는 장막 밖으로 뛰어나갔다. 장수들이 에워싸고 어지러이 달려드는데 마초가 보검을 휘두르니 검 빛이 번뜩이면 바로 붉은 피가 튀었다. 마완을 찍어 넘기고 양흥을 쓰러뜨리자 저마다 목숨을 건지려 달아났다. 마초가 다시 장막으로 들어갔으나 한수는 이미 피한 뒤였다.

장막 뒤에서 불길이 일어나면서 영채의 군사가 모두 뛰어나와 마초는 급히 말에 올랐다. 마침 방덕과 마대도 이르러 서량 군사끼리 어지러운 싸움이 벌어졌다. 마초가 한수의 영채를 나오자 조조 군사가 사방에서 쳐들어왔다. 허저와 서황, 하후연, 조홍이 네 방향에서 달려오는데 마초는 방덕과 마대가 보이지 않아 100여 명 기병을 거느리고 위하 다리 위를 막았다.

어슴푸레 날이 밝아오는데 이감이 군사를 이끌고 다리 아래로 지나가는 것을 보고 마초가 창을 꼬나 들고 달려가니 이감은 창을 끌며 달아났다. 이때 뒤에서 우금이 쫓아와 마초를 겨누고 화살을 날렸으나 시위 소리를 듣고 마초가 몸을 피하니 화살은 마초 앞에서 달아나던 이감을 맞혀 말에서 떨어뜨렸다.

마초가 말을 돌려 달려들자 우금은 말을 다그쳐 달아나고 마초는 다리 위로 돌아와 군사를 멈추어 세웠다. 조조 군사가 숱하게 몰려오는데 앞장선 호위군이 활을 쏘자 화살이 소나기처럼 날아왔다. 그러나 마초가 창을 휘둘러 쳐버리니 모두 땅에 떨어졌다.

마초가 기병들에게 조조 군사를 들이치게 했으나 너무 두껍고 단단히 에워싸 쳐나갈 수 없었다. 조조의 호위군이 차츰 다가와 위급해지자 마초는 냅다 호통치며 위하 북쪽으로 쳐들어갔다. 그를 따르던 기병들은 모두 뒤에 막

마초의 검에 한수의 왼손이 잘려 ▶

馬孟起怒劈韓遂
乙酉年春
葉雄畫

히고 마초 홀로 진 안에서 길을 찾아 달려갔다. 그런데 어디엔가 숨겨둔 쇠뇌가 날린 살에 말이 맞아 쓰러지니 마초는 땅에 나가떨어졌다. 조조 군사가 수없이 에워싸고 다가왔다. 바로 이 순간, 별안간 서북쪽 귀퉁이에서 군사가 한 떼 달려오니 앞장선 대장은 방덕과 마대였다. 두 사람이 마초를 구해 군마 한 필을 내주고, 몸을 되돌려 피로 물든 길을 뚫고 함께 서북쪽으로 달아났다.

마초가 달아났다는 말을 듣고 조조가 명했다.

"밤낮을 가리지 말고 망아지를 따라잡아라. 머리를 얻는 자는 천금을 내리고 만호후에 봉하며, 사로잡는 자는 대장군에 봉하리라."

장수들이 저마다 공로를 다투어 떼를 지어 쫓아가니 마초는 사람은 피로하고 말은 지쳤으나 그것을 돌볼 사이도 없이 기를 쓰고 달아났다. 따르는 기병은 차츰 줄고, 보병은 이미 모두 흩어져버렸다. 나중에는 기병 30여 명만 남아 방덕, 마대와 함께 농서군 임조현으로 달려갔다.

조조는 안정군까지 쫓다 군사를 거두어 장안으로 돌아갔다. 장수들이 모이는데 한수는 왼손이 없는 불구가 되어, 조조는 그를 장안에서 쉬게 하고 서량후로 봉했다. 양추와 후선은 열후로 봉 받고 위구를 지키게 되었다.

조조가 허도로 돌아간다는 명령을 내리자 양주 참군 양부(楊阜)가 찾아왔다. 그는 천수군 사람으로 자가 의산(義山)이었다.

"마초는 여포의 용맹을 지녔는데 또 강인들 마음을 많이 얻었습니다. 지금 승상께서 이긴 기세를 타고 그를 잡아 뿌리를 뽑지 않으시면, 뒷날 그가 힘을 기른 후에는 농산 일대 여러 군이 다시는 나라 소유가 되지 못합니다. 급히 회군하지 마시기 바랍니다."

양부가 청을 드리자 조조가 분부했다.

"내가 군사를 남겨 정벌하려 했으나 중원에 일이 많고 남방이 아직 안정되지 않아 여기 오래 머무를 수가 없으니 그대가 나를 위해 이곳을 지켜주게."

양부가 위강(韋康)을 추천해 양주 자사에 앉히고, 함께 천수군 기성에 주둔해 마초를 막았다. 조조가 떠날 무렵 양부가 다시 찾아와 청을 드렸다.

"장안에 반드시 강한 군사를 남겨 뒤를 지원해주십시오."

"이미 그렇게 했으니 마음 놓게."

양부가 떠나자 장수들이 조조에게 물었다.

"처음에 적이 동관을 차지하고 위하 북쪽을 막지 않아 그쪽 길이 막히지 않았을 때는 승상께서 하동으로 가셔서 풍익을 치지 않고 오히려 동관을 지키면서 시일을 오래 끄셨습니다. 그 후에야 북쪽으로 강을 건너 영채를 세우고 단단히 지키셨는데 어찌 그러셨습니까?"

조조가 설명했다.

"처음에 적이 동관을 지킬 때 내가 하동을 차지하면 적은 반드시 여러 나루터에 영채를 세워 지킬 테니 하서로 건너갈 수가 없네. 그래서 나는 일부러 대군을 동관 앞에 모아 적이 모두 남쪽을 지키게 하고 하서는 방비하지 않도록 만들어 서황과 주령이 그쪽으로 건너갈 수 있었네. 그 뒤에 내가 군사를 이끌고 북쪽으로 건너가 수레를 잇고 울타리를 세워 용도를 만들고 얼음 성을 쌓았으니, 적에게 약하게 보여 마음이 교만해지게 만든 것일세. 나는 그들 틈이 벌어지게 하는 계책을 쓰며 군사의 힘을 길러 하루아침에 깨뜨렸으니 이는 바로 '우레가 급하게 울리면 미처 귀를 막을 사이도 없다[疾雷不及掩耳질뢰불급암이]'는 격일세. 군사의 변화는 한 가지 도리에만 매인 게 아니라네."

장수들이 또 물었다.

"승상께서는 적이 군사를 늘려 무리가 불어날 때마다 기쁜 빛을 띠셨는데 어찌 그러셨습니까?"

"관중은 변방의 먼 곳이라 적의 무리가 여러 곳으로 나뉘어 각기 험한 곳에 의지해 항거하면 한두 해 안에는 평정할 수 없네. 그런데 모두 한 곳에 모이면 비록 무리는 많으나 마음이 하나로 뭉치지 않아 이간하기 쉬우니 일거에 궤멸시킬 수 있어서 내가 기뻐한 걸세."

장수들은 모두 절을 올렸다.

"승상의 신기한 꾀는 저희가 미치지 못할 바입니다!"

"이 역시 여러 모사와 장군들의 힘에 의지한 것일세."

조조는 부대마다 후한 상을 내린 후 하후연에게 군사를 남겨 장안에 주둔하게 하고, 항복한 장졸들은 여러 부대에 나누어 주었다. 하후연이 고릉현 사람 장기(張旣)를 장안과 일대 아홉 개 성을 다스리는 경조윤으로 추천하니, 그의 자는 덕용(德容)으로 하후연과 함께 장안을 지키게 했다.

조조가 군사를 돌려 허도로 돌아오자 헌제는 행차를 벌여 성 밖으로 나가 맞이하고 조서를 내려 몇 가지 특별대우를 했다. 옛날 동탁이 헌제를 황제로 세우고 상국이 되어 천자 앞에서 누린 특별한 영광과 같은 것이었다. 이런 예우는 전한 승상 소하의 특별한 선례에 따른 것이었으니 이때부터 조조는 위엄을 널리 떨쳤다.

소식이 한중 땅에 전해지자 한녕군 태수 장로(張魯)가 놀랐다. 장로는 예주 풍현 사람으로 할아버지 장릉이 서천 곡명산에서 도를 논하는 책을 만들어 사람들이 따랐다. 장릉이 죽은 후 아들 장형이 도를 퍼뜨렸는데 백성이 도를 배우려면 쌀 다섯 말을 내야 하므로 세상에서는 그 무리를 '쌀도적'이라 불렀다. 장형이 죽어 장로가 도를 퍼뜨리니 삼대가 전해졌다. 장로는 스스로 '사군'이라 일컫고, 그에게 도를 배우는 자들은 '귀졸'이라 불렀다. 귀졸의 우두머리를 '제주'라 하고 무리를 많이 거느린 자는 '치두대제주'라 했다.

그 도는 성실과 신용을 널리 권하고, 남을 속이지 못하게 하는 것이었다. 병자가 있으면 조용한 방에 들어가 잘못을 뉘우치며 죄를 털어놓게 하고, 제주가 병자를 위해 기도를 올렸다. 병자의 성명을 적고 죄를 인정하는 글 세

통을 지어, 한 통은 산꼭대기에 놓아 천관(天官)에게 아뢰고, 한 통은 땅에 묻어 지관(地官)에게 아뢰며, 한 통은 물에 넣어 수관(水官)에게 아뢰었다. 이렇게 하여 병이 나으면 쌀 다섯 말로 감사드렸다.

장로의 무리는 길손들이 공짜로 쉬어 가는 집도 지어 그 안에 식량과 땔나무를 갖추어 놓고, 길손이 스스로 음식을 지어 먹게 했는데 식량을 낭비하거나 욕심을 내면 하늘의 벌을 받는다고 했다. 경내에 법을 범한 자가 있으면 반드시 세 번 용서하고, 그래도 고치지 않으면 형벌을 내렸다. 경내에는 벼슬아치가 없고 제주들이 모두 관리했다. 장로가 이처럼 한중에서 30년을 웅거했으나 조정에서는 너무 멀어 정벌하지 못하고, 아예 장로를 진남중랑장에 임명하고 한녕 태수를 겸하게 하여 공물이나 바치게 했다.

조조가 서량 무리를 깨뜨려 위엄이 천하를 울린다는 소식을 듣고 장로가 사람들을 모아 상의했다.

"서량의 마등이 죽임을 당하고 마초가 패했으니 조조는 장차 반드시 우리 한중을 침범할 것이오. 나 스스로 한녕왕으로 일컫고 군사를 거느려 조조를 막을까 하는데, 여러분은 어찌 생각하시오?"

파서 사람 염포(閻圃)가 나섰다.

"한수 유역 백성은 호구가 10만이 넘습니다. 사람은 부유하고 식량은 넉넉하며 사방이 험하고 튼튼합니다. 위로 천자를 보좌하면 제환공, 진문공이 되고, 못해도 두융(竇融) 정도는 되어 부귀를 잃지 않습니다. 지금 마초가 패해 서량 백성 중에 자오곡(子午谷)을 통해 한중으로 들어온 자들이 몇만을 넘습니다. 이 어리석은 사람이 보면 익주의 유장이 어리석고 나약하니 먼저 서천의 41개 고을을 쳐 근거지로 삼은 다음 왕으로 일컬으셔도 늦지 않습니다."

【두융은 1세기 초 하서 땅을 차지하다 광무제 유수에게 들어가 큰 벼슬을 한 사람이다.】

장로는 크게 기뻐 군사를 일으키려고 아우 장위(張衛)와 상의했다.

'촉(蜀)'이라 불리는 서천 익주의 유장은 자가 계옥(季玉)으로 유언의 아들이고 전한 노공왕 후대였다. 후한 장제 때 그 후손의 봉지가 형주 강하군 경릉국으로 옮겨져 거기에 한 갈래가 살게 되었다.

아버지 유언이 익주 자사가 되었으나 종기가 나 일찍 죽자 고관 조위를 비롯한 사람들이 그 아들 유장을 조정에 추천해 아버지 뒤를 잇게 했다. 유장은 일찍이 장로의 어머니와 아우를 죽여 원수가 되었다.

파서 태수 방희(龐羲)가 장로의 소식을 전하자 평생 나약하기만 한 유장은 몹시 근심스러워 급히 사람들을 모아 상의하는데, 별안간 한 사람이 고개를 번듯 쳐들고 가슴을 내밀며 앞으로 썩 나섰다.

"주공께서는 마음 놓으십시오. 제가 비록 재주 없으나 썩을 줄 모르는 세 치 혀를 믿고 장로가 감히 서천을 쳐다보지 못하게 하겠습니다."

이야말로

촉 땅 모사가 나서니
형주 호걸 불러오더라

이 사람은 누구일까?

60

장송은 유비에게 서천 바치고

장영년은 오히려 양수 골탕 먹이고

방사원은 서촉 차지하려 의논하다

앞으로 나선 사람은 별가로 있는 장송(張松)이었다. 익주 성도 출신으로 자는 영년(永年)인데, 생김새를 보면 앞으로 비스듬히 내려온 이마는 호미 같고, 머리는 뾰족한데, 콧구멍은 하늘로 쳐들리고, 이는 입술 밖으로 드러났다. 키는 다섯 자도 되지 않건만 목소리는 우렁차 구리 종이 울리는 듯했다.

"별가에게 어떤 고명한 소견이 있어 장로가 몰고 올 위험을 풀 수 있소?"

"제가 듣자니 허도의 조조는 중원을 소탕해 여포와 원 씨 형제가 모두 그의 손에 멸망되었다 하고, 근래에는 또 마초를 깨뜨려 천하에 적수가 없답니다. 주공께서는 그에게 바칠 물건들을 갖추십시오. 이 송이 허도로 가서 조조에게 이익과 해로움을 따져 설득해, 군사를 일으켜 장로를 치도록 만들겠습니다. 그러면 장로는 조조를 막느라 틈이 없을 테니 어찌 감히 서천을 엿보겠습니까?"

"어디 그 이익과 해로움을 말해보시오. 내가 들어보겠소."

"마초는 저 옛날 한신, 경포와 같은 용맹을 지녔는데 승상과는 아버지를 죽인 원수를 졌으니 비록 잠시 패했으나 후에는 반드시 원수를 갚으려 합니다. 또 한중의 장로는 군사가 정예하고 식량이 넉넉하며 백성들이 한왕으로 높이려 하니 얼마 지나지 않아 황제를 자칭할 것이고, 그러면 반드시 중원을 침범합니다. 장로에게 모자라는 것은 대장뿐입니다. 마초가 급히 복수하려 서두른다면 반드시 농서 군사를 모아 장로에게 갑니다. 장로가 마초를 얻으면 호랑이에게 날개가 돋치는 격이니 장로와 마초가 함께 나오면 승상께서 어찌 당해내시겠습니까? 마초가 장로에게 가기 전, 한중에서 방비하지 않는 틈을 타 들이치면 북 한번 울려 진격하는 것으로 단숨에 깨뜨릴 수 있습니다. 이처럼 조조에게 이익과 해로움을 깨우치고 관계를 들어 설득하면 일이 이루어지지 않을까 근심할 필요가 없습니다. 지금 일찍 가지 않고 먼저 장로가 군사를 움직이면, 소진과 장의의 말이라도 조조는 듣지 않습니다."

유장은 크게 기뻐 금과 구슬, 비단 따위 예물을 마련해 장송을 사자로 보냈다. 장송이 가만히 서천 지리와 형편을 기록한 그림을 감추고 시종 몇을 데리고 허도로 떠나니 어느새 형주에서 제갈량이 알고 허도로 사람을 보내 장송의 소식을 살피게 했다.

허도에 이른 장송은 날마다 승상부에 들어가 조조를 만나려 했으나 조조는 마초를 깨뜨리고는 뜻을 이루었다고 여기고 날마다 잔치를 벌이며 밖으로 나오지 않고, 나랏일은 모두 승상부 관리들에 의해 돌아갔다. 장송은 사흘을 기다려서야 겨우 이름을 안에 들여보내고, 곁에서 모시는 자들에게 뇌물을 주고서야 안으로 들어갈 수 있었다. 대청 위에 앉은 조조가 장송의 절을 받고 물었다.

"그대 주인 유장은 여러 해나 공물을 바치지 않으니 어찌 그러는가?"

"길이 험하고 도적들이 설쳐 공물을 날라 올 수 없었습니다."

조조가 꾸짖었다.

"내가 중원을 쓸어 깨끗이 했는데 무슨 도적이 있단 말이냐?"

장송이 되받았다.

"남쪽에는 손권이 있고, 북쪽에는 장로가 있으며, 서쪽에는 유비가 있는데, 가장 적은 무리도 갑옷 입은 무사 10여 만을 거느렸으니 어찌 태평하다고 말할 수 있겠습니까?"

조조는 처음부터 장송의 모습이 꾀죄죄하고 볼품이 없어 별로 탐탁지 않게 여겼는데, 귀에 거슬리는 말까지 탁탁 뱉어내니 소매를 떨치고 일어나 뒤채로 들어가 버렸다. 사람들이 장송을 나무랐다.

"그대는 사자로 와서 어찌 이리도 비위를 거스르는 소리만 하는가? 다행히 승상께서 먼 길 온 것을 돌보시어 죄를 나무라지 않으셨으니 어서 돌아가게!"

장송은 웃으며 대꾸했다.

"우리 서천에는 아첨하는 사람이 없소."

별안간 섬돌 아래에서 한 사람이 크게 호통쳤다.

"서천에 아첨하는 사람이 없다면, 우리 중원에는 아첨쟁이가 있단 말인가?"

장송이 돌아보니 눈썹은 가늘고 눈은 좁은데 얼굴은 희고 맑은 정기가 돌아 성명을 물으니 전에 태위 벼슬을 한 양표의 아들 양수(楊修)로 자는 덕조(德祖)라고 했다. 승상부 창고를 맡은 장고주부로 있는 양수는 아는 것이 많고 말솜씨가 좋으며 슬기와 식견이 뛰어나니, 이때 나이 25세였다.

양수가 말 잘하는 선비임을 아는 장송은 슬그머니 그를 골탕 먹일 마음이 생겼다. 양수도 스스로 재주를 믿고 천하 사람들을 우습게 보는 터라 장송이 조조를 비꼬는 소리를 듣고는 그를 청해 바깥 서원으로 갔다. 자리에 앉자 양수가 먼저 인사했다.

"촉의 길이 평탄치 않은데 먼 길을 오시느라 수고가 많으셨소."

"주인의 명을 받들었으니 끓는 물에 뛰어들고 타오르는 불길을 밟더라도 감히 사양할 수 없었소."

"촉의 풍토는 어떠하오?"

장송이 고향 자랑을 늘어놓았다.

"촉은 서쪽에 있는데 익주라 부르오. 길을 보면 험한 금강이 있고, 땅은 웅장한 검각에 이어졌소. 넓기는 굽이굽이 돌아 200하고도 8정(程, 1정은 30리)이고 가로세로 3만여 리에 이르오. 닭 울고 개 짖는 소리가 끊이지 않고 거리와 마을이 잇닿았으니 빈 곳이 없소. 밭은 기름지고 땅에는 풀과 나무가 무성하며 큰물이 지거나 가뭄이 들 걱정이 없소. 나라는 부유하고 백성은 풍족하니 때때로 관악기를 불고 현악기를 뜯는 즐거움이 있소. 생산되는 물산이 많아 산처럼 쌓이니 천하를 두루 살펴보아도 촉에 미칠 곳은 없소!"

【앞으로는 서천, 즉 지금의 쓰촨성 [四川省사천성]이 《삼국지》의 중요한 무대가 된다. 유비가 세운 촉한(蜀漢)이 바로 이 지방에 있었다. 옛날 이 고장에는 촉이라는 작은 나라가 있었는데 진(秦) 혜왕이 정복하고 싶었으나 길이 험했다. 꾀를 내어 접경에 돌로 만든 큰 소들을 늘어놓고 꼬리 밑에 금덩이를 놓아두었더니 '돌 소가 금 똥을 싼다'는 소문을 듣고 촉 임금이 욕심이 생겨 힘센 장수 다섯을 보내 길을 내게 했다. 돌 소가 커서 원래의 길로는 움직이지 못한 것이다. 다섯 장수가 길을 내어 소를 날라오자 그 길을 따라 진의 군대가 쳐들어가 촉은 망하고 말았다. 이렇게 길이 뚫렸는데 촉은 지세가 험하고 산이 높으며 강이 세차기로 이름나 오랫동안 폐쇄적인 환경이었다. 자연조건은 상당히 좋았으나 하늘이 만들어준 곡창이 되기까지는 인간의 힘이 많이 필요했다. 전국시대에 만든 관개시설 도강언(都江堰)은 제갈량도 중요하게 여겼고, 대대로 보수해 지금도 계속 쓰이는데, 53만 헥타르(16억여 평)의 땅에 물을 대준다.】

양수가 또 물었다.

"촉의 인물은 어떠하오?"

"문(文)으로는 상여(相如)의 부(賦)가 있고, 무(武)로는 복파(伏波)의 재주가 있으며, 의술로는 중경(仲景)의 재능이 있고, 점으로는 군평(君平)의 비결이 있소. 구류삼교(九流三敎)에 빼어나고 뛰어난 자들을 이루 다 헤아릴 수 없으니 어찌 말할 수 있겠소?"

【사마상여는 전한의 이름난 문학가로 그 시대에 유행했던 부의 대가였다. 복파는 바로 마초의 선조인 복파장군 마원으로 후한의 개국공신이자 명장이었다. 중경은 이름이 장기(張機)이며 후한 말년 명의로 후세에 '한의의 아성(亞聖)'으로 불렸다. 또 군평은 전한 말년 촉군 사람 엄준의 자로, 평생 벼슬을 하지 않고 점으로 살았다. 마원과 장중경은 서천 사람이 아니나 장송의 말이 하도 거침없는 데다 명사의 후광을 빌린 것이므로 흠을 잡을 수 없었다. 구류삼교는 전국시대 아홉 가지 학술 유파와 유교, 불교, 도교를 합친 말로 모든 부류의 학문을 아울러 가리켰다.】

양수가 계속 물었다.

"지금 유계옥 수하에 공과 같은 사람은 몇이나 되오?"

장송의 자랑거리는 많기도 했다.

"문무를 두루 갖추고 슬기와 용맹을 넉넉히 지녔으며, 충성스럽고 의로우며 의기가 북받치는 이들은 100을 헤아리오. 이 송 같이 재주 없는 무리는 수레에 싣고 곡식을 되는 말로 되어야 하니 [車載斗量거재두량] 이루 다 말할 수가 없소."

"공은 근래에 어떤 벼슬을 하시오?"

"재주도 없으면서 별가 소임을 맡고 있으니 매우 어울리지 못하오."

장송은 겸손하게 대답하더니 물음을 던지기 시작했다.

"감히 묻겠는데 공은 조정에서 어떤 벼슬을 하시오?"

양수가 대답했다.

"승상부에서 주부로 있소."

조정에서 맡은 벼슬을 물었는데, 조조 개인 비서라니 한껏 비꼬았다.

"오랫동안 들은 바로는 공은 대대로 비녀를 꽂고 갓끈을 매어 관을 쓰던 귀한 가문에서 나왔다 하오. 그런데 어찌 묘당에 서서 천자를 보좌하지 않고 한낱 승상부의 아전 노릇을 하시오?"

양수는 부끄러운 기색이 가득해 억지로 변명했다.

"이 몸은 비록 낮은 자리에 있으나 승상께서 군사행정과 물자, 식량을 다루는 무거운 일을 맡기셨소. 아침저녁으로 승상의 가르침을 받아 깨우치는 바가 지극히 많아 이 자리에 앉아 있는 것이오."

장송이 웃으며 빈정거렸다.

"듣자니 조 승상은 문으로는 공자와 맹자의 바른 도에 밝지 못하고, 무로는 손무와 오기의 묘한 꾀에 통달하지 못하면서도 힘만 믿는 패자의 수단으로 높은 자리에 앉았다는데, 어찌 명공을 가르쳐 깨우쳐드릴 수 있겠소?"

"변경 한구석에 사시는 공이 어찌 승상의 큰 재주를 알겠소? 내가 보여드리리다."

양수는 작은 상자에서 글 한 두루마리를 꺼내 보여주었다. 장송이 제목을 보니 조조가 새로 쓴 책이라는 뜻으로 《맹덕신서》라 했다. 전부 13편인데 군사를 부리는 중요한 방법이었다. 장송은 처음부터 마지막까지 한 번 읽어보고 물었다.

"공은 이게 무슨 책이라고 생각하시오?"

"이는 승상께서 옛날 일을 가려 뽑으시고 지금의 상황에 비추어 '손자 13편(《손자병법》)'을 본받아 쓰신 책이오. 공은 승상께서 재주가 없다고 깔보았는데,

이 책이 후세에 전할 만하지 않소?"

장송은 껄껄 웃어댔다.

"이 책은 우리 촉 땅에서는 키가 석 자밖에 되지 않는 어린아이들도 암송할 수 있는데 어찌 새 책이라 하오? 전국시대 이름 없는 이가 지은 책을 승상이 훔쳐 자기 재주인 양 자랑하는 것이니 그대나 속일 수 있을 뿐이오!"

양수는 믿을 수 없었다.

"이것은 승상께서 비밀히 감추어두신 글이라, 책이 지어졌으나 아직 세상에 전해지지 않았소. 어찌 촉의 어린아이들이 물 흐르듯 외울 수 있겠소?"

"공이 믿지 못하겠으면 내가 한번 외워보리다."

장송이 처음부터 마지막까지 낭랑하게 외우는데 한 글자도 틀리지 않아 양수는 깜짝 놀랐다.

"공은 한 번만 보면 잊지 않으니 참으로 천하의 기재요!"

장송이 인사하고 서천으로 돌아가려 하자 양수가 말렸다.

"공은 잠시 역관에 머물러주시오. 다시 승상께 아뢰어 공이 천자를 뵐 수 있도록 하겠소."

장송은 역관에 들고 양수는 승상부로 가서 조조를 뵈었다.

"아까 승상께서는 어찌하여 장송을 푸대접하셨습니까?"

"생김새가 볼품없고 말이 불손해 그랬네."

"생김새로 사람을 고르시면 천하의 재사들을 잃을까 두렵습니다. 승상께서는 예형까지 용납하셨는데 어찌하여 장송을 받아들이지 않으십니까?"

"예형의 문장은 당대에 널리 퍼져 있어 내가 차마 죽이지 못했는데 장송이야 무슨 재주가 있겠나?"

조조가 대수롭지 않게 여기자 양수가 장송의 재능을 소개했다.

"그 말이 강물 흐르듯 거침없고, 얼음에 박 밀 듯 막힘없는 것은 둘째로 치고 머리가 대단합니다. 이 수가 승상께서 지으신 《맹덕신서》를 보여주었더니 딱 한 번 읽고 전부 외웠습니다. 이처럼 들은 것이 많고 기억력이 좋은 사람은 세상에 보기 드뭅니다. 장송은 이 책이 전국시대 이름 없는 사람이 지은 책인데 촉의 어린아이들도 안다고 했습니다."

"혹시 옛날 사람이 나하고 우연히 일치한 것은 아닐까?"

조조가 그 책을 불태우게 하니 양수가 다시 아뢰었다.

"이 사람은 천자를 만나도록 하여 조정의 기상을 보여줄 만합니다."

조조가 분부를 내렸다.

"그는 내가 군사를 부리는 법을 모를 걸세. 내가 내일 서쪽 교련장에서 군사를 점검하니 그곳으로 데려오게. 그에게 내 군사의 성대한 모습을 보여주어 서천으로 돌아가 말을 전하게 해야지. 내가 곧 강남을 차지하고 서천을 거두러 간다고 말일세."

양수는 명령을 받들고 이튿날 장송과 함께 서쪽 교련장으로 갔다. 조조가 호위군의 강한 장졸 5만 명을 벌려 세우니 과연 투구와 갑옷은 번쩍거리고, 옷과 전포는 울긋불긋하며, 징과 북이 하늘을 울리고, 과와 창이 햇빛에 번뜩였다. 사면팔방에 각기 대오를 지었는데, 깃발은 바람 따라 나부끼고 사람은 말과 더불어 허공에 뛰어올랐다. 그런데도 장송은 시답잖은 듯 그저 흘겨보기만 하니 조조가 불러 군사를 가리키며 물었다.

"자네 촉 땅에서 이런 영웅들을 보았는가?"

장송은 담담하게 대꾸했다.

"우리 촉에는 이런 군사는 볼 수 없고 인의(仁義)만 있을 뿐입니다."

조조는 낯빛이 변해 장송을 노려보았다. 장송은 겁내는 기색이 전혀 없어, 양수가 자꾸 눈짓했으나 소용없었다. 조조가 또 으름장을 놓았다.

"내가 천하의 쥐새끼 같은 무리를 지푸라기로 아네. 대군이 이르는 곳마다 싸우면 이기지 못할 때가 없고 치면 차지하지 못하는 곳이 없으니, 나를 따르는 자는 살고 거스르는 자는 패망하는 것을 자네는 아는가?"

"승상께서 군사를 휘몰아 가는 곳마다 싸우면 반드시 이기시고, 치면 반드시 차지하심을 이 송도 예전부터 잘 압니다. 옛날 복양에서 여포를 치실 때, 완성에서 장수와 싸우시던 날, 적벽에서 주랑을 만나신 일, 화용도에서 관우와 부딪친 순간, 동관에서 수염을 베고 전포를 버리신 때와 배를 빼앗아 위수에서 화살을 피하시던 날, 이 모두가 천하에 적수가 없으시다 하겠습니다!"

조조는 화가 머리끝까지 치밀었다.

"이 되어 먹지 못한 서생 녀석이 감히 내 흠을 잡다니, 이놈을 끌어내 목을 쳐라!"

양수가 말렸다.

"장송은 비록 목을 베일 죄를 지었습니다만 촉에서 공물을 바치러 온 사자이니, 그를 죽이면 먼 곳에 있는 자들의 마음을 잃을까 두렵습니다."

성이 날 대로 난 조조가 그 한마디에 화가 삭을 리 없었다. 순욱도 충고를 하여 조조는 겨우 목숨을 살려주었으나 어지러이 몽둥이찜질을 해 쫓아내게 했다. 장송은 그날 밤으로 성을 나가 대충 가다듬고 서천으로 돌아갈 일을 생각하니 기가 막혔다.

'내가 원래 서천의 주와 군들을 조조에게 바치려고 했는데 이런 대접을 받을 줄이야! 떠날 때 유장 앞에서 큰소리쳤으니 내가 풀이 죽어 빈손으로 돌아가면 촉 사람들은 반드시 비웃을 것이다. 형주의 유현덕은 인의가 널리 퍼진 지 오래라는데 차라리 그쪽으로 돌아서 가야겠다. 그가 사람이 어떤지 살펴보면 내가 마땅히 주장이 설 것이다.'

그가 말을 타고 시종을 이끌어 형주 경계에 이르자 별안간 500여 명 기병이 나타나더니 갑옷을 벗은 가벼운 차림의 대장이 말을 몰고 나와 물었다.

"오시는 분은 혹시 장 별가가 아니십니까?"

"그렇소."

대답을 듣고 대장은 황급히 말에서 내려 인사했다.

"조운이 여기서 기다린 지 오랩니다."

장송도 말에서 내려 답례했다.

"혹시 상산의 조자룡이 아니시오?"

"그렇습니다. 주공 유현덕 명을 받들었습니다. 대부께서 먼 길을 말달려 가신다는 말씀을 듣고 특별히 이 운에게 변변찮으나마 술과 음식을 올리게 하셨습니다."

군졸들이 땅에 무릎을 꿇고 술과 음식을 올리자 조운이 공손하게 권했다.

'유현덕은 너그럽고 어질며 손님을 좋아한다더니 과연 그렇구나.'

장송은 조운과 함께 몇 잔 마시고 말에 올라 형주로 갔다. 날이 저물어 역관에 이르니 문밖에서 100여 명이 공손하게 서서 북을 두드리며 맞이하는데 장수 하나가 장송의 말 앞에 와서 예절을 차려 인사했다. 바로 관우였다.

"관 아무개는 형님 군령을 받들었소이다. 대부께서 바람과 먼지를 무릅쓰고 먼 길을 가시니 역관 마당에 물을 뿌리고 깨끗이 쓸어 편히 쉬시도록 하라고 이르셨소이다."

장송은 말에서 내려 관우, 조운과 함께 역관에 들어가 예절에 따라 자리에 앉았다. 술상이 차려지고 관우와 조운이 정성껏 권해 장송은 밤이 깊도록 마시고 잠을 잤다.

이튿날 아침밥을 먹고 말에 올라 얼마 가지 못해 사람들이 마주 오니, 유비가 복룡 제갈량과 봉추 방통을 이끌고 친히 마중을 나온 것이었다. 먼발치에서 장송을 보고 유비가 얼른 말에서 내리니 장송도 황급히 말에서 내렸다. 유비가 말을 건넸다.

"오랫동안 대부의 높으신 이름을 들으며 우레가 귀를 울리듯 했으나 한스럽게도 구름과 산들이 가로막혀 가르침을 받지 못했습니다. 대부께서 성도로 돌아가신다고 하여 여기서 맞이하는 것이니 이 비를 버리지 않으신다면 황량하나마 우리 고을에서 잠깐 쉬시기를 바랍니다. 목마른 사람이 물을 그리듯 우러르던 마음을 풀게 되면 실로 천만다행이겠습니다!"

장송은 크게 기뻐 유비와 말머리를 나란히 하여 성안으로 들어갔다. 형주자사 대청에 이르러 자리에 앉자 유비가 잔치를 베풀어 대접했다. 술을 마시며 유비는 한담이나 하면서 서천 일은 입에 올리지도 않아 장송이 말로 건드려보았다.

"지금 황숙께서 형주를 지키시는데 몇 군이나 됩니까?"

유비를 대신해 제갈량이 대답했다.

"형주는 오에서 잠시 빌린 곳이라 그들이 자꾸만 사람을 보내 돌려달라고 합니다. 우리 주공께서는 오의 사위이셔서 잠시 여기에 몸을 붙이실 뿐이지요."

장송은 제갈량에게 눈길을 돌렸다.

"오는 여섯 군 81개 고을을 차지해 백성은 강하고 나라는 부유한데도 만족을 모른단 말이오?"

방통이 말을 받았다.

"우리 주공께서는 한의 황숙인데도 주와 군을 차지하지 못하시고, 다른 무리들은 한을 갉는 도적인데도 강한 세력을 믿고 땅을 침범하니 현명한 이들이 불만을 품지요."

유비가 점잖게 말렸다.

"두 분은 그런 말씀 마시오. 내가 무슨 덕이 있어 많은 것을 바라겠소?"

장송이 다시 유비를 향했다.

"그렇지 않소이다. 천하는 한 사람 천하가 아니라 천하 사람들 천하입니다.

다만 덕이 있는 자가 차지할 뿐이지요. 하물며 명공께서는 한의 황실 종친이시고 인의가 온 세상에 가득 퍼졌으니 주와 군을 차지하는 것이야 말할 나위도 없고, 정통을 대신해 황제 자리에 앉으시더라도 분에 넘치는 일이 아닙니다."

유비는 두 손을 모아 쥐고 황송해했다.

"공의 말씀이 너무하십니다. 이 비가 어찌 그런 말에 어울리겠습니까!"

유비는 연이어 사흘 동안 장송을 잡고 잔치를 베풀어 술을 마시는데, 서천 일은 입도 벙긋하지 않았다. 드디어 장송이 인사하고 돌아가려 하자 유비는 성 밖 10리 정자까지 따라가 잔치를 베풀었다. 유비가 장송에게 술을 따르며 말했다.

"대부가 이 비를 마다하지 않고 사흘이나 가르쳐주셔서 참으로 감사합니다. 오늘 이렇게 헤어지면 언제 다시 가르침을 받을지 모르겠습니다."

유비 눈에서 눈물이 주르르 흘러내리니 장송은 생각을 굴렸다.

'현덕이 이처럼 너그럽고 어질며 재주 있는 사람을 사랑하는데 내가 어찌 그를 버리랴? 그를 설득해 서천을 차지하도록 하는 게 좋겠다.'

장송은 서서히 이야기를 시작했다.

"이 송도 아침저녁으로 잰걸음 치면서 명공을 모시고 싶으나 한스럽게도 옳은 기회가 없었습니다. 송이 형주를 살펴보매 동쪽으로는 손권이 있어 늘 호랑이처럼 웅크리고 노리며, 북쪽으로는 조조가 있어 항상 고래처럼 삼키려 드니 이 역시 오래 머무를 땅이 못 됩니다."

유비가 답답한 듯 대답했다.

"그런 이치는 번연히 알건만 편안히 몸을 붙일 곳이 없습니다."

장송은 드디어 마음에 품은 말을 꺼냈다.

"익주는 험하고 꽉 막혔는데 비옥한 들판이 천 리에 펼쳐졌고, 백성은 살림이 넉넉하고 나라는 부유합니다. 고장이 좋아 훌륭한 인재들이 많이 나오고,

갑옷 입은 무사가 10만에 이르는데 슬기로운 이들이 황숙의 덕을 우러른 지 오래입니다. 만약 형주의 군사를 일으켜 서쪽으로 멀리 뻗어 나가시면 패업을 이루실 수 있고, 한의 황실이 부흥할 수 있습니다."

유비는 얼른 사절했다.

"이 비가 어찌 감히 그런 일에 합당하겠습니까? 유 익주도 황실 종친이고 촉 땅에 은혜를 베푼 지 오래인데 다른 사람이 어찌 그를 흔들어 촉을 얻겠습니까?"

장송이 계속 권했다.

"저는 주인을 팔아 영광을 구하려는 것이 아니라 명공을 만났으니 간을 쪼개고 담즙을 흘리며 솔직하게 말하지 않을 수 없습니다. 유계옥은 비록 익주 땅을 차지했으나 타고난 성품이 사리에 어둡고 나약해 현명한 이에게 일을 맡기지 못하고 유능한 자를 쓰지 못합니다. 게다가 북쪽에서 장로가 늘 침범할 궁리를 하니 촉 사람들은 마음이 흩어져 영명한 주인을 그리워합니다. 송은 이번 걸음에 처음에는 오로지 조조에게 귀순하려 했으나 그 역적 놈이 간웅이라 뽐내며 선비를 푸대접할 줄이야 누가 알았겠습니까. 그래서 특별히 찾아와 뵈었으니 명공께서 먼저 서천을 손에 넣어 기초로 삼으시고, 뒤에 북쪽으로 한중을 꾀하며 중원을 거두어 바로잡으시면 그 이름이 청사에 길이 빛나고 더없이 큰 공로를 세우시게 됩니다. 명공께서 과연 서천을 차지하실 뜻이 있으시면 이 송이 개와 말의 수고를 다 해 안에서 호응할 터이니 높으신 뜻은 어떠하십니까?"

바라 마지않던 제의였으나 유비는 서두르지 않았다.

"공의 두터운 성의는 대단히 고맙습니다. 이 비는 어렵고 구차하지만 유계옥은 비의 종친이니 그를 공격하면 천하 사람들이 침을 뱉으며 욕하지 않을까 두렵습니다."

장송이 도리어 안달이 나서 재촉했다.

"명공께서는 하늘이 돕는 때와 인간의 일을 모르십니까? 인간의 일 때문에 하늘이 돕는 때를 어기면 세월이 쓸데없이 흘러가 버리지 않겠습니까? 대장부가 세상을 살면서 힘을 내어 공로를 세우고 사업을 일으키려면 앞장서서 채찍을 들어야 하는데 [著鞭在先저편재선], 명공께서 지금 바로 서천을 손에 넣지 않으시면 다른 사람이 차지하니 뉘우쳐도 늦습니다."

유비가 근심했다.

"비가 듣자니 촉의 길은 험하고 산은 천으로 헤아리며 강은 만으로 센다 합니다. 수레는 나란히 갈 수 없고 말들은 가지런히 걷지 못한다 하니 설령 차지하려 해도 좋은 계책이 있어야 할 것입니다."

장송은 얼른 소매 속에서 둘둘 말린 그림을 꺼내 넘겨주었다.

"송은 명공의 크신 덕에 감동해 감히 이 그림을 바칩니다. 그림을 보시면 촉 땅의 길을 자세히 아시게 됩니다."

유비가 조금 펼쳐 보니 그림에는 촉의 지리가 환하게 그려져 있고, 길이 멀고 가깝고 넓고 좁은 곳이며 산과 강, 험한 요충지와 창고들이며 그곳에 있는 물자와 식량이 모두 단번에 알아볼 수 있게 적혀 있었다.

장송이 말을 이었다.

"명공께서는 어서 꾀하십시오. 송에게 심복으로 여기는 좋은 친구 둘이 있으니 법정(法正)과 맹달(孟達)이라 합니다. 두 사람은 반드시 명공을 도울 수 있으니, 그들이 형주로 오면 마음속 일을 상의하십시오."

유비는 두 손을 맞잡아 쥐고 고마워했다.

"푸른 산은 늙지 않고 파란 물은 길이 흐릅니다 [青山不老청산불노 綠水長存녹수장존]. 뒷날 일이 이루어지면 반드시 후하게 보답하겠습니다."

장송은 지도를 바치며 유비에게 권해 ▶

張松獻圖勸劉备
雄畫

"장송은 영명한 주인을 만나 성의를 다해 아뢰지 않을 수 없었을 뿐이니 어찌 감히 보답을 바라서겠습니까?"

장송은 말을 마치고 유비와 헤어졌다. 제갈량과 방통은 정자 아래에서 장송에게 절해 인사하고 유비는 관우를 비롯한 사람들을 시켜 수십 리를 모시고 가게 했다.

익주로 돌아온 장송은 먼저 친구 법정을 찾아갔다. 법정의 자는 효직(孝直)이니 우부풍 미현 사람으로 현명한 선비 법진의 아들이었다.

"조조는 현명한 이를 푸대접하고 재주 있는 선비를 거만하게 대하니 함께 근심할 수는 있어도 같이 즐거움을 누릴 수는 없는[只可同憂지가동우 不可同樂불가동락] 자요. 내가 이미 익주를 유황숙에게 주겠다고 약속했으니 오로지 형과 더불어 의논하려 하오."

법정도 찬성했다.

"나도 유장이 무능한 것을 헤아려 유황숙을 뵐 마음을 먹은 지 오래이오. 우리 두 사람 마음이 같으니 달리 의심할 게 있겠소?"

이윽고 맹달이 왔다. 그의 자는 자경(子慶)으로 법정의 고향 친구였다. 법정이 장송과 가만히 이야기하는 것을 보고 그가 말했다.

"내가 벌써 두 분 뜻을 알았소. 익주를 바치려는 게 아니오?"

장송이 말했다.

"바로 그러한데 누구에게 바칠지 형이 짐작해보시오."

맹달이 대뜸 집어냈다.

"유현덕이 아니면 감당할 수 없소."

세 사람은 손뼉을 치며 껄껄 웃었다. 법정이 장송에게 물었다.

"형이 내일 유장을 만나면 어찌하려 하오?"

"내가 두 분을 사자로 추천해 형주로 보내려 하오."

두 사람은 선선히 응낙했다.

이튿날 장송이 돌아온 인사를 하자 유장이 물었다.

"일은 어찌되었소?"

장송이 떠날 때와는 전혀 다른 소리를 했다.

"조조는 한의 도적이라 천하를 빼앗으려 하니 더불어 말할 나위도 없습니다. 그는 이미 서천 땅을 차지할 마음을 먹었습니다. 이 송에게 계책이 하나 있으니 장로와 조조가 감히 섣불리 서천을 침범하지 못하게 하겠습니다."

"어떤 계책이오?"

"형주의 유황숙은 주공의 종친인데 어질고 인자하며 너그럽고 순박해 어른 기풍이 있습니다. 적벽에서 격전을 벌인 뒤 조조가 그 이름을 듣고도 쓸개가 찢어지는데 하물며 장로이겠습니까? 주공께서는 사자를 형주로 보내 유황숙과 좋은 사이를 맺어 원군으로 쓰셔야 합니다. 유황숙 도움을 받으면 조조와 장로를 막을 수 있습니다."

유장은 별다른 생각 없이 그 말에 따랐다.

"누가 사자로 가면 되겠소?"

"법정과 맹달이 아니면 갈 수 없습니다."

장송 말에 따라 유장은 먼저 법정을 사자로 보내 유비와 좋은 정을 맺게 하고, 맹달에게 정예 군사 5000명을 거느리고 유비를 맞이해 도움을 받게 했다. 이렇게 상의하는데 한 사람이 뛰어들어와 얼굴에 땀을 철철 흘리며 높이 외쳤다.

"장송의 말을 들으시면 서천 41개 고을이 다른 사람에게 넘어갑니다!"

장송이 깜짝 놀라 쳐다보니 파서군 낭중현 사람 황권(黃權)이었다. 자는 공형(公衡)인데 주부로 있어 유장이 물었다.

"현덕은 종친이라 그와 손잡고 도움을 받으려 하는데 어찌 그런 말을 하는가?"

"저는 이전부터 유비가 사람을 너그럽게 대하고 부드러움으로 강함을 이기는 것을 압니다. 누구도 당할 수 없는 영웅이라 멀리 사람들 마음을 얻고 가까이 백성의 기대를 모읍니다. 게다가 제갈량과 방통의 슬기와 꾀를 얻고, 관우와 장비, 조운, 황충, 위연의 용맹을 날개로 삼았습니다. 그런 그를 촉으로 불러서 만약 부하로 대하면 어찌 얌전하게 아랫사람 노릇을 할 것이며, 만약 손님의 예절로 대하면 어찌 한 나라에 두 주인이 있을 수 있겠습니까? 신의 말을 들으시면 촉은 태산처럼 든든하나 신의 말을 듣지 않으시면 주공께서는 달걀을 쌓아 올린 듯 위급해지십니다. 장송은 전날 형주를 지나면서 반드시 유비와 함께 꾀했으니 장송의 목을 치고 유비를 거절하시면 서천은 천만다행이겠습니다."

"조조와 장로가 오면 어떻게 막겠나?"

"경계를 봉쇄하고 요새를 막으며 해자를 깊이 파고 보루를 높이 쌓아 천하가 태평해지기를 기다리시면 됩니다."

"적이 경계를 침범하면 눈썹에 불이 붙듯 위급한데 세상이 태평해지기를 기다린다면 늦은 계책일세."

유장이 황권의 말을 탐탁지 않게 여기자 또 한 사람이 막고 나섰다.

"아니 됩니다! 아니 됩니다!"

종사관 왕루(王累)가 머리를 조아렸다.

"주공께서 장송 말을 들으시면 화를 불러오게 됩니다."

유장이 대수롭지 않게 말했다.

"그렇지 않네. 내가 유현덕과 좋은 사이를 맺으려는 것은 실로 장로를 막기 위해서일세."

"장로가 경계를 범하는 것은 피부에 붙은 옴과 같지만, 유비가 서천에 들어

오면 가슴과 뱃속의 큰 걱정거리가 됩니다. 유비는 세상의 사나운 영웅이니 먼저는 조조를 섬기다 그를 해치려 꾀하고, 후에는 손권을 따르다 형주를 빼앗았습니다. 그 심보가 이러하니 어찌 함께 있을 수 있겠습니까? 그를 불러오면 서천은 끝장납니다!"

그러나 왕루의 말은 유장의 마음을 돌리지 못하고 꾸짖음만 자아냈다.

"더 이상 허튼소리 하지 마라! 현덕은 내 종친인데 어찌 내 기업을 빼앗겠느냐?"

유장이 황권과 왕루를 물리치고 떠나보내니 법정은 형주로 가서 유비에게 글을 올렸다.

'집안 아우 유장은 두 번 절하고 종친 형님 현덕 장군 휘하에 글을 올립니다. 높으신 성함을 들어 모신 지 오래이나 촉의 길이 험해 미처 선물을 보내지 못해 몹시 황송하고 부끄럽습니다. 이 장이 들은 바로는 친구는 '길흉을 만나면 서로 구하고, 환난을 겪으면 서로 돕는다[吉凶相求길흉상구 患難相扶환난상부]'고 했으니 하물며 종친끼리는 어떠하겠습니까? 장로가 북쪽에서 아침저녁으로 군사를 일으켜 경계를 침범하려 하니 이 장은 몹시 불안합니다. 삼가 글을 올려 귀한 귀에 사연이 들어가게 하니 만약 종친의 정을 생각하시고, 형제의 의리를 온전하게 하시려면 바로 군사를 일으켜 적을 쓸어 없애주시기 바랍니다. 영원히 입술과 이가 되면 마땅히 후한 사례를 드리겠습니다. 글로 다 말하지 못하니 오로지 전차와 군마를 기다립니다. 건안 16년(211년) 12월, 종친 아우 장이 올립니다.'

유비는 글을 읽고 크게 기뻐 잔치를 베풀어 법정을 대접했다. 술을 몇 순 마신 뒤 유비가 사람들을 물리치고 가만히 말했다.

"오랫동안 효직의 뛰어난 이름을 우러르고, 장 별가가 공의 높은 덕성을 여러 번 이야기했는데, 가르침을 받게 되니 평생의 위안이오."

법정은 겸손하게 대답했다.

“저는 촉의 자그마한 벼슬아치이니 어디 말할 나위나 있겠습니까? 대체로 듣자니 말은 백락(伯樂)을 만나면 울부짖고, 사람은 지기(知己)를 만나면 목숨을 바친다고 합니다. 장 별가가 지난날 드린 말씀에 장군은 아직 뜻이 있으십니까?”

【백락은 옛날에 말을 잘 알아본 사람이고, ‘지기’는 자기를 알아주는 사람을 말한다.】

유비가 대답했다.

“이 비는 남의 땅에 몸을 붙이고 손님 노릇을 하면서 서글퍼 탄식하지 않은 적이 없었소. 일찍이 생각하니 자그마한 굴뚝새도 나뭇가지 하나에 의지하고 교활한 토끼마저 굴 세 개에 몸을 숨기는데, 하물며 사람이겠소? 촉의 부유한 땅을 손에 넣고 싶지 않은 게 아니라 유계옥이 비의 종친이라 차마 공략할 수 없을 뿐이오.”

“익주는 하늘이 내린 곡창으로 난리를 다스리는 주인이 아니면 거느릴 수 없습니다. 유계옥이 현명한 이를 쓰지 못해 기업은 오래지 않아 다른 사람에게 돌아가는데, 오늘 스스로 장군께 드리려 하니 기회를 놓쳐서는 아니 됩니다. ‘토끼를 쫓으면 먼저 차지하는 사람이 임자[逐兎先得축토선득]’라는 말도 듣지 못하셨습니까? 장군께서 촉을 차지하시겠다면 죽음을 무릅쓰고 온 힘을 다하겠습니다.”

【‘만 사람이 토끼를 쫓다 한 사람이 얻으면 욕심을 내던 사람들은 모두 멈추어 서니 임자가 정해졌기 때문이다’라는 속담이 있다. 누군가 먼저 차지하면 다른 사람은 더 다툴 수 없다는 뜻이다.】

유비는 두 손을 모으고 고마움을 나타냈다.

"만약 하늘이 준다 하더라도 실은 공이 나에게 내리는 것이니 잠깐 쉬시고 앞으로 더 상의하도록 해주시오."

술상이 끝나 제갈량이 친히 법정을 배웅해 역관으로 돌아가고 유비가 홀로 생각에 잠겨 있는데 방통이 충고했다.

"일을 결정해야 할 때 결정하지 못하면 어리석은 사람입니다. 주공께서는 고명하신 분인데 어찌 의심이 많으십니까?"

"공이 보기에는 어떻게 해야 하겠소?"

"형주는 거칠어져 쓸쓸하고 인물들이 다 사라졌는데, 동쪽에는 손권이 있고 북쪽에는 조조가 있어 뜻을 펴기 어려운 고장입니다. 익주는 호구가 100만에 이르러 땅이 넓고 재물이 많아 대업을 받쳐줄 수 있습니다. 다행히 장송과 법정이 안에서 도우니 이는 하늘이 익주를 주공께 내리는 것인데 무엇을 더 의심하십니까?"

유비가 속마음을 털어놓았다.

"지금 나하고 물과 불처럼 싸우는 자는 조조이니 조조가 급하게 굴면 나는 너그럽게 움직이고, 조조가 폭력을 행사하면 나는 어질게 행동해야 하오. 조조가 속임수를 쓰면 나는 충정을 내세우며 때마다 다르게 해야 일이 이루어지오. 만약 자그마한 이익 때문에 천하 사람들에게 믿음과 의리를 잃는다면 나는 차마 그렇게 하지 못하겠소."

방통이 빙긋이 웃었다.

"주공 말씀은 하늘의 도리에 어울립니다만 난리에서 군사를 부려 상대를 이기려면 갖가지 방법이 있으니 한 가지 도리만 옳은 것이 아닙니다. 보통 이치에만 얽매이면 한 걸음도 내디딜 수 없으니 적당히 임기응변할 줄 알아야 합니다. '약한 자를 아우르고 어두운 자를 공격하며 [兼弱攻昧겸약공매], 거스르는 수단으로 차지하고 순한 방법으로 지키는 것 [逆取順守역취순수]'은 탕왕(湯王)과 주무왕의 길입니다. 일이 정해진 후 유장을 의롭게 대해 큰 곳을 나누어주면 믿음을 저버리는 게 무엇입니까? 오늘 차지하지 않으시면 바로 다른 사람 손에 들어가니 깊이 생각하셔야 합니다."

【'약한 자를 아우르고 어두운 자를 공격하며'는 《상서(尙書)》 〈중훼지고〉에 나오는 말로 '다른 나라의 힘이 약하면 삼키고, 정치가 혼란하면 군사를 풀어 공격한다'는 뜻이다. '거스르는 수단으로 차지하고 순한 방법으로 지키는 것'은 《한서(漢書)》 〈육가전〉에 나오는 말이 약간 다듬어져 생겼다. 한 고조가 천하를 차지한 뒤 육가가 그 앞에서 《시경》과 《상서》를 높이 평했으나 원래 글을 싫어하는 유방은 퉁명스럽게 말했다.

"나는 말 위에서 천하를 얻었는데 무슨 놈의 《시경》과 《상서》를 따지느냐?"

"말 위에서 얻었다고 어찌 말 위에서 다스릴 수 있겠습니까?"

육가가 날카롭게 반박하면서 탕왕과 주무왕의 선례를 들었으니, 천하를 차지할 때는 무력을 쓰지만 다스릴 때는 어루만지는 수단을 써야 한다는 것이다. 탕왕은 임금인 걸을 무력으로 뒤엎고 주무왕은 천하의 주인인 주를 갈아치웠는데, 걸과 주가 폭군이라 하여 탕왕과 주무왕의 행위는 반역으로 인정되지 않고 오히려 길이 칭찬받았다.】

방통의 말이 걱정을 시원하게 풀어주어 유비는 문득 깨달았다.

"솥에 써넣고 비석에 새겨 후세에 길이 전할 좋은 말씀이니 가슴 깊이 간직하겠소."

유비가 드디어 군사를 일으켜 서쪽으로 갈 일을 상의하자 제갈량이 귀띔했다.

"형주는 중요한 곳이니 반드시 군사를 나누어 지켜야 합니다."

"내가 방사원, 황충, 위연과 함께 서천으로 가고 군사는 관운장, 장익덕,

조자룡과 함께 형주를 지키시오."

제갈량이 응낙하고 형주를 맡아 지키게 되었다. 관우는 양양의 중요한 길을 지켜 청니의 요충지를 막고, 장비는 영릉, 계양, 무릉, 장사의 네 군을 맡아 강을 순찰하며, 조운은 강릉에 주둔해 공안까지 지키기로 했다.

유비는 황충에게 선두를 이끌게 하고 위연에게 후군을 맡겼다. 자신은 유봉, 관평과 함께 중군에 있는데 계책을 내는 군사는 방통이었다. 기병과 보병 합쳐 도합 5만 군사가 길을 떠나 서쪽으로 움직이는데, 길에 오를 무렵 별안간 요화가 군사 한 대를 이끌고 와서 관우를 도와 조조를 막게 했다.

유비가 군사를 이끌고 나아가는데 몇 정 가지 않아서 맹달이 맞이해 절을 올렸다.

"유 익주께서 저에게 군사를 거느리고 멀리 나가 맞이하라 하셨습니다."

유비가 사람을 보내 소식을 알리자 유장은 오는 길에 있는 군과 고을들에 연락해 물자와 식량을 대도록 했다. 친히 성도 동북쪽 부성으로 나가 유비를 맞이하려고 수레와 휘장, 깃발과 갑옷을 갖추게 하는데, 모두 산뜻하고 번쩍거려야 한다고 명했다.

주부 황권이 충고했다.

"주공께서 가시면 반드시 유비에게 해를 당하십니다. 이 권은 여러 해 녹을 먹은 몸으로 차마 주공께서 다른 사람의 간사한 계책에 걸리시는 것을 보고만 있을 수 없으니 깊이 생각하시기 바랍니다!"

유장이 입을 열기 전에 장송이 나섰다.

"황권의 말은 친족 의리에 틈이 벌어지게 하고 적의 위풍을 부풀리니 실로 주공께 무익합니다."

유장이 황권을 꾸짖었다.

"내 뜻은 이미 굳어졌는데 자네는 어찌 거스르는가!"

황권은 머리를 바닥에 찧어 이마에 피를 흘리면서도 앞으로 다가가 유장의 옷을 꽉 물고 제발 가지 말라고 잡았다. 유장이 크게 노해 옷을 잡아채고 일어나자 황권의 앞니 두 대가 빠졌다. 유장이 호령해 밖으로 끌어내니 황권은 목 놓아 울며 돌아갔다.

유장이 떠나려 하는데 또 한 사람이 외쳤다.

"주공께서 충성스러운 말을 받아들이지 않으시니 스스로 죽을 땅에 가려 하십니까?"

그 사람이 섬돌 앞에 엎드려 간절히 말리니 건녕군 유원현 사람 이회(李恢)였다.

"듣자니 '임금에게는 바른말로 간하는 신하가 있고, 어버이에게는 옳은 소리로 권하는 아들이 있다[君有諍臣군유쟁신 父有諍子부유쟁자]' 합니다. 황공형의 충성스럽고 의로운 말을 주공께서는 반드시 들으셔야 합니다. 만약 유비를 서천에 들어오게 하면 호랑이를 문 안으로 맞아들이는 것과 같습니다."

"현덕은 종친 형님인데 어찌 나를 해치겠느냐? 더 말하는 자는 목을 치리라!"

유장이 이회를 밖으로 쫓아내게 하니 장송이 말했다.

"지금 촉의 문관들은 모두 제 아내와 자식들만 돌보느라 주공을 위해 힘을 내지 않고, 장수들은 공로를 믿고 교만해 각기 딴 뜻을 품었습니다. 유황숙을 얻지 못하면 적이 밖에서 들이치고 백성이 안에서 변을 일으키게 되니 반드시 패하고 맙니다."

유장에게는 그 말이 그럴듯하게 들렸다.

"공이 꾀한 바가 나한테 큰 이익을 줄 것이오."

이튿날 유장이 말에 올라 성을 나가는데 부하가 보고했다.

"종사 왕루가 스스로 밧줄로 묶고 성문 위에 거꾸로 매달렸습니다. 한 손에는 주공께 올리는 글을 쥐고 한 손에는 검을 들었는데, 만약 주공께서 충고를 따르지 않으시면 스스로 밧줄을 베어 떨어져 죽겠다고 합니다."

유장이 글을 가져오게 하여 읽어보았다.

'익주 종사 신 왕루는 눈으로 피를 흘리며 간절히 말씀드립니다. 듣자오니 '좋은 약은 입에 쓰나 병을 고치기에 이롭고, 충성스러운 말은 귀에 거슬려도 일을 행하기에 이롭다[良藥苦口利於病양약고구이어병 忠言易耳利於行충언역이이어행]' 합니다. 옛날 초회왕이 충신 굴원(屈原) 말을 듣지 않고 진에 갔다가 억류되었는데, 이제 주공께서 든든한 군을 떠나 유비를 맞이하러 가시니 가는 길은 있어도 돌아오는 길이 없을까 두렵습니다. 어서 장송의 목을 치고 유비와 약속을 끊으시면 촉 땅 늙은이와 어린아이들은 참으로 다행이고, 주공의 기업 역시 참으로 행운이겠습니다.'

유장은 글을 읽고 크게 노했다.

【하필 초회왕에 비유하다니! 그는 전국시대 무능한 임금의 표본이 아닌가? 회왕은 간신 근상을 신임하고 시인이자 충신인 굴원을 멀리해 나라가 극도로 부패해졌다. 이름난 세객 장의의 꾐에 빠져 제와 동맹을 포기하고 진과 무모한 싸움을 벌이다 8만 군사를 잃었는데도 진왕이 혼인을 맺겠다고 부르자 의심하지 않고 갔다.

"진은 호랑이나 이리 같아 믿을 수 없으니 가지 마십시오."

굴원이 애타게 말렸으나 듣지 않고 갔는데, 진이 억류하고 땅을 떼어 달라고 협박했다. 회왕이 그래도 비겁하지는 않아 끝까지 대답하지 않고 진에서 죽으니 굴원도 멱라수에 뛰어들어 죽었다.】

"내가 어진 사람과 만나는 것은 상서로운 지초(芝草)가 난초와 가까이하는 격이거늘 너희는 어찌하여 몇 번이나 나를 모욕하느냐?"

"아쉽구나!"

왕루는 높이 소리치고 검으로 밧줄을 잘라 땅에 떨어져 죽었다.

유장은 군사 3만 명을 거느리고 재물과 식량, 비단 따위를 실은 수레 1000여 대를 몰아 유비를 맞이하러 갔다. 유비의 선두는 이미 파군 점강현에 이르렀다. 이르는 곳마다 필요한 물자를 나누어주고, 백성을 털끝만큼도 건드리지 않아 백성이 나와 길을 메우고 우러르며 향을 피우고 절을 올렸다. 유비는 모두 좋은 말로 위로했다.

법정이 은밀하게 방통에게 말했다.

"장송이 밀서를 보내 부성에서 유장과 만날 때 바로 처치하라고 했으니 이 기회를 절대 놓쳐서는 아니 되오."

방통은 신중했다.

"그건 잠시 말하지 마시오. 두 유씨가 만난 뒤에 틈을 보아 결행합시다. 미리 말이 새나가면 중간에 변이 있을까 두렵소."

법정은 비밀에 부치고 말하지 않았다.

부성은 성도에서 360리 떨어졌는데 유장이 이르자 유비가 성안으로 들어가 만나고 형제의 정을 나누었다. 두 사람은 눈물을 뿌리며 마음속 생각을 털어놓고, 잔치가 끝나 각기 영채로 돌아갔다.

유장이 부하들에게 말했다.

"우습게도 황권, 왕루의 무리는 종친 형님 마음을 모르고 함부로 의심했다. 내가 오늘 형님을 보니 참으로 어질고 의로운 분이다. 그의 힘을 얻었으니 조조, 장로를 걱정할 게 무엇인가? 장송이 아니었으면 형님을 잃을 뻔했다."

입고 있던 초록색 두루마기와 황금 500냥을 성도로 보내 장송에게 내려주게 했다. 부하 장수 유괴와 영포, 장임, 등현을 비롯한 사람들이 충고했다.

"주공께서는 너무 일찍 기뻐하지 마십시오. 유비는 부드러움 속에 강인함이 들어 있어 [柔中有剛유중유강] 그 마음을 짐작할 수 없으니 대비를 늦추지 않으셔야 합니다."

유장은 웃었다.

"자네들은 너무 걱정이 많네. 우리 형님 같은 분이 어찌 두 마음을 먹겠는가?"

사람들은 모두 한숨을 쉬며 물러갔다.

유비가 영채로 돌아오니 방통이 장막에 들어와 말했다.

"주공께서는 오늘 유계옥의 움직임을 보셨습니까?"

"계옥은 참으로 성실한 사람이오."

방통은 그렇게 간단하지 않았다.

"계옥은 비록 착하다 해도 신하 유괴와 장임을 비롯한 사람들은 불만스러운 기색이 가득하니 아직 길흉을 보장할 수 없습니다. 이 통의 계책으로 보면 내일 잔치를 베풀어 계옥을 청하고 휘장 속에 칼잡이 100명을 매복시켜 주공께서 잔을 던지는 것을 신호로 죽이는 것이 제일 좋습니다. 그 뒤 우르르 성도로 몰려가면 칼을 들고 활을 쓸 것도 없이 손쉽게 평정할 수 있습니다."

유비는 거절했다.

"계옥은 종친이고 성심성의로 나를 대하오. 나는 지금 막 촉에 들어와 은혜를 베풀지 못하고 믿음도 얻지 못했소. 만약 이런 일을 하면 위로는 하늘이 용납하지 않고 아래로는 백성들이 원망할 것이오. 군사의 계책은 아무리 강한 패자라도 쓰지 않을 것이오."

방통은 쉽사리 물러서지 않았다.

"이 통의 계책이 아닙니다. 법효직이 장송의 밀서를 받았는데, 일을 늦추어서는 아니 되니 일찍 꾀해야 한다고 했답니다."

말이 끝나기도 전에 법정이 들어와 유비에게 권했다.

"저희를 위해서가 아니라 하늘의 명에 따르는 것입니다."

유비는 여전히 응하지 않았다.

"유계옥은 종친이니 차마 칠 수 없소."

법정이 반박했다.

"명공께서는 틀렸습니다! 그렇게 하지 않으시면 촉에서 어머니를 죽여 원수가 된 장로가 반드시 촉을 차지합니다. 명공께서 산을 넘고 물을 건너서 군사와 말을 휘몰아 먼 길을 오신 터에 더 나아가면 공이 있지만 물러서면 이익이 없습니다. 만약 의심 많은 여우와 같은 마음으로 시일을 끄신다면 크게 잘못된 일입니다. 계책이 새나가면 도리어 상대에게 당하니 그러면 명공께서는 어디로 가시겠습니까? 하늘이 내려주고 사람들 마음이 따르는 이때 상대의 예상에서 벗어나는 움직임으로 일찍 기업을 일으키시는 것이 실로 상책입니다."

방통도 두 번 세 번 끈질기게 권했다.

이야말로

주인은 몇 차례나 후덕하게 대하는데
신하는 한마음으로 권모술수 드리누나

유비는 어떻게 생각했을까?

61

조운은 다시 어린 주인 구하다

조운은 강 막아 아두를 빼앗고

손권은 글 보내 아만 물리치다

건안 17년(212년) 정월, 방통과 법정이 잔칫상에서 유장을 죽이자고 권했으나 유비는 끝내 듣지 않았다. 이튿날 다시 대청에서 잔치를 베풀어 유장과 서로 마음에 맺힌 정을 자상하게 이야기하며 점점 다정한 사이가 되었다. 차츰 술기운이 오르자 방통이 법정과 상의했다.

"일이 이 지경에 이르렀으니 주공의 뜻을 돌볼 사이가 없소."

위연을 불러 대청에 올라가 검춤을 추며 틈을 보아 유장을 죽이라고 이르니 위연이 검을 뽑아 들고 나섰다.

"잔칫상에 즐길 거리가 없으니 검을 춤추어 웃음을 보이겠습니다."

방통은 무사들을 대청 아래에 줄지어 서게 하고 위연이 손을 쓰기만 기다렸다. 유장의 장수들이 보니 이것은 보통 일이 아니어서 종사 장임도 검을 뽑아 들고 나섰다.

"검춤에는 반드시 짝이 있어야 하니 제가 위 장군과 함께 춤추고 싶습니다."

두 사람이 상 앞에서 마주 보며 검을 놀려 춤을 추는데 장임의 눈길이 유비에게 쏠렸다. 위연이 눈짓해 유봉도 검을 뽑아 들고 일어서자 유괴와 영포, 등현도 각기 검을 뽑아 들고 나갔다.

"우리는 무리로 춤을 추어 웃음을 좀 더 자아내겠습니다."

유비가 깜짝 놀라 급히 시종이 찬 검을 뽑아 들고 자리에서 일어섰다.

"이게 무슨 짓이냐? 우리 형제는 즐겁게 술을 마시며 아무 의심이나 거리낌이 없다. 여기는 '홍문 모임'도 아닌데 어찌 검춤을 추느냐? 검을 버리지 않는 자는 당장 목을 치겠다!"

"형제가 만나 앉았는데 어찌 검을 지니느냐?"

유장도 꾸짖으며 호위병들까지 검을 풀게 하여 장수들이 모두 내려가고 병기가 사라졌다. 유비는 장수들을 대청 위로 불러 술을 내렸다.

"우리 형제는 같은 핏줄에서 나온 혈육으로 함께 대사를 의논하며 다른 마음이 없으니 의심하지 말게."

장수들은 고맙다고 인사하고, 유장은 유비 손을 잡고 눈물을 흘렸다.

"형님 은혜를 맹세코 잊지 않겠습니다!"

두 사람은 날이 저물도록 즐겁게 마시고 헤어졌다. 유비는 영채로 돌아와 방통을 나무랐다.

"군사는 어찌 이 비를 의롭지 못하게 만드오? 이후에는 절대 이런 일을 하지 마시오."

방통은 한숨을 쉬며 물러갔다.

유장이 영채로 돌아가자 유괴를 비롯한 부하들이 충고했다.

"주공께서는 뒷날 걱정거리가 생기지 않도록 일찍 돌아가시는 게 좋겠습니다."

"형제가 만나는데 어찌 검을 지니느냐?" ▶

涪城會
杀機四伏
乙酉春
畫

유장은 아무런 근심도 하지 않았다.

"우리 형님 유현덕은 다른 사람과 비교할 바가 아닐세."

"현덕은 그런 마음이 없어도 아랫사람들은 모두 서천을 삼켜 부귀를 차지하려 합니다."

"자네들은 우리 형제의 정에 쐐기를 박지 말게."

유장은 부하들 말을 듣지 않고 날마다 유비와 만나 즐겁게 이야기를 했다.

별안간 장로가 가맹관을 치러 온다는 보고가 들어왔다. 유비는 어서 막아 달라는 유장의 부탁을 받아 그날로 군사를 이끌고 가맹관을 향해 나아갔다.

서천 장수들은 유비 군사가 변을 일으킬지도 모르니 용맹한 장군들을 보내 여러 관과 요충지들을 단단히 지키라고 유장에게 권했다. 처음에는 말을 듣지 않던 유장도 여러 사람이 자꾸 권하자 촉의 두 맹장, 백수도독 양회와 고패에게 부수관을 지키게 하고 성도로 돌아갔다.

유비는 가맹관에 이르러 군사를 엄히 단속하고 은혜를 널리 베풀어 민심을 모았다.

소식이 오에 전해져 고옹이 오후 손권에게 아뢰었다.

"유비가 군사를 나누어서 험한 산길을 걸어 먼 곳으로 갔으니 쉽게 돌아오지 못합니다. 군사 한 대를 보내 먼저 천구를 막아 그가 돌아올 길을 끊고, 우리 군사를 모두 일으키면 단숨에 형주를 차지할 수 있으니 잃어서는 안 되는 좋은 기회입니다."

"거 참 묘한 계책이오!"

손권이 찬성하고 사람들과 상의하는데 별안간 병풍 뒤에서 한 사람이 버럭 호통치며 돌아 나왔다.

"이 계책을 드린 자는 목을 쳐야 한다! 내 딸 목숨을 해치려 하느냐?"

사람들이 놀라 돌아보니 오 국태였다.

"내 일생에 하나밖에 없는 딸을 유비에게 시집보냈는데 너희가 군사를 움직이면 딸의 목숨은 어찌 되느냐?"

한바탕 화를 내던 오 국태는 손권을 꾸짖었다.

"너는 아버지와 형의 사업을 이어받아, 앉아서 81개 고을을 거느리면서도 아직 만족을 모르고 자그마한 이익을 따지느라 혈육은 생각도 않느냐?"

"어머님 훈계를 어찌 감히 어기겠습니까?"

손권은 '예예' 대답하며 사람들을 꾸짖어 물리쳤다. 오 국태가 한탄하면서 안으로 들어가자 손권은 창문 아래에 서서 홀로 궁리했다.

'이 기회를 놓치면 형주는 언제 얻을 수 있겠나?'

장소가 대청에 올라와 물었다.

"주공께서는 무슨 근심과 의문이 있으십니까?"

"조금 전에 상의하던 일을 생각하오."

장소가 계책을 냈다.

"이것은 지극히 쉬운 일입니다. 장수 한 사람을 형주로 보내 가만히 군주께 밀서 한 통을 올리게 합니다. 국태께서 병세가 위독해 따님을 보고 싶어 하시니 밤낮을 이어 돌아오시라고 하는 것이지요. 현덕은 평생에 아들 하나밖에 없으니, 그 아들 아두도 데려오게 하면 현덕은 반드시 형주와 아두를 바꿀 것입니다. 꼭 그렇게 되지 않더라도 그 후에는 군사를 움직이는 데에 거치적거릴 게 무엇이겠습니까?"

"거 참 묘한 계책이오! 나에게 한 사람이 있으니 성은 주(周)고 이름은 선(善)인데 담이 매우 크오. 어릴 적부터 우리 집에 드나들며 형님을 많이 따랐으니 그를 보내면 되겠소."

"바로 보내시고 절대 일이 새나가지 않도록 하십시오."

손권이 은밀히 주선을 떠나보내는데, 500명 군사를 장사꾼으로 꾸며 배 다섯 척에 나누어 앉히고, 가짜 국서를 만들어 관을 지키는 군사들에 대비하며, 배 안에 병기를 숨겨두었다. 명령을 받들고 물길을 따라가 형주 강변에 배를 멈춘 주선은 가만히 성으로 들어가 손 부인에게 밀서를 올렸다. 오 국태가 위독하다는 말에 손 부인이 눈물을 흘리자 주선이 땅에 엎드려 청했다.

"국태께서는 병이 몹시 심해 아침저녁으로 군주만 그리시니 늦게 가시면 뵙지 못할까 두렵습니다. 국태께서는 아두도 데려와 얼굴을 보자고 하십니다."

손 부인은 선뜻 움직이지 못했다.

"황숙께서 멀리 나가셨는데, 내가 돌아가려면 반드시 사람을 보내 제갈 군사에게 알려야 떠날 수 있다."

주선은 그 말을 들어주지 않았다.

"제갈 군사가 황숙의 회답을 받은 후에 가시라고 하면 어쩌시겠습니까?"

"알리지 않고 떠나면 막을까 두렵구나."

주선이 재촉했다.

"장강에 이미 배를 갖추어 두었으니 바로 성을 나가시기 바랍니다."

어머니 병이 위독하다는 말에 당황하지 않을 수 없어 손 부인은 급히 일곱 살 먹은 아두를 수레에 태웠다. 30여 명 따르는 사람들이 칼을 들며 검을 차고 말에 올라 형주성을 떠나 배를 타러 갔다. 사람들이 제갈량에게 달려가 아뢰려 서둘 때는 손 부인은 이미 나루에 가서 배에 올라앉았다. 주선이 막 배를 띄우려 하는데 언덕 위에서 한 사람이 높이 외쳤다.

"잠시 배를 세우시오! 부인을 배웅하도록 해주시오!"

조운이었다. 조운이 순찰 나갔다 오는 길에 소식을 듣고 깜짝 놀라 기병 네댓 명만 데리고 회오리바람처럼 강변을 따라 쫓아온 것이다. 주선은 손에 긴 과를 들고 호통쳤다.

"네가 누구인데 감히 주모(主母, 주인의 부인)를 막느냐?"

주선의 명령으로 군사들이 일제히 배를 띄우고 병기를 꺼내 배 위에 벌려 놓았다. 순풍이 불고 물살도 세차 배들이 빠르게 하류로 내려가자 조운은 강변을 따라 쫓아가며 소리쳤다.

"부인께서는 마음대로 가셔도 됩니다! 다만 한마디만 여쭙겠습니다!"

주선은 아랑곳하지 않고 배를 재촉해 급히 나아가기만 하는데, 강변을 따라 한참 쫓아가던 조운의 눈에 여울에 비스듬히 매어놓은 고깃배가 들어왔다. 조운이 말에서 내려 창을 들고 고깃배에 뛰어오르자 부하 둘이 따라서 올라 노를 저어 손 부인의 큰 배를 쫓아갔다. 주선이 군사들에게 활을 쏘게 했으나 조운이 창으로 쳐버리자 화살은 모두 물에 떨어졌다.

고깃배가 큰 배에서 열 자 남짓 되는 곳에 이르자 오군이 창을 마구 찔러대 더 나아갈 수 없었다. 조운이 쪽배 위에 창을 버리고 허리에 찬 청강검을 뽑아 어지러이 내미는 창들을 툭툭 쳐서 막고, 훌쩍 몸을 날려 큰 배에 내려서자 오군은 모두 놀라 고물 쪽으로 물러갔다. 조운이 선창으로 들어가니 손 부인이 아두를 안고 있다 사납게 호통쳤다.

"어찌하여 무례하게 구느냐?"

조운은 검을 집에 꽂고 공손하게 인사하고 물었다.

"주모께서는 어디로 가십니까? 어찌하여 군사께서 모르게 떠나려 하십니까?

"어머님 병세가 심해 알릴 틈이 없었네."

"주모께서 병문안을 가신다면 어찌하여 어린 주인을 데리고 가십니까?"

"아두는 내 아들인데 안 데려가면 돌볼 사람이 없네."

"주모께서는 틀렸습니다! 주공께서는 평생에 혈육이 하나뿐이시고, 소장이 당양 장판 언덕에서 100만 대군을 헤치고 구해냈는데, 오늘 부인께서 안고 가려 하시니 이게 무슨 이치에 따르는 일입니까?"

조운이 바짝 들이대자 손 부인은 화를 냈다.

"너희야 장막 아래 무부일 따름인데 어찌 집안일에 끼어드느냐?"

조운은 단호했다.

"부인께서 가시겠으면 가시더라도 어린 주인만은 남겨두십시오."

손 부인이 호통쳤다.

"네가 중도에서 배에 올랐으니 반란할 뜻이 있으렷다."

조운은 굽히지 않았다.

"어린 주인을 두고 가시지 않으면 만 번 죽더라도 부인을 보내지 못합니다."

손 부인이 시녀들을 호령해 조운을 비틀어 잡게 했으나 조운이 냅다 떠밀자 모두 넘어졌다. 조운은 성큼 나아가 손 부인 품에서 아두를 빼앗아 끌어안고 선창을 나와 뱃머리에 섰다. 배를 기슭으로 몰아가야 하는데 도와줄 사람 하나 없고, 무력을 휘두르려 하니 도리에 어긋날까 두려워 이러지도 저러지도 못하게 되었다.

손 부인이 시녀들에게 아두를 빼앗아 오라고 호통쳤으나 조운이 한 손으로 아두를 단단히 안고 한 손에 검을 드니 누구도 감히 가까이 다가들지 못했다. 주선이 고물에서 키를 끼고 배를 몰아 하류로 내려가기만 하는데 순풍이 불고 물흐름도 세차 배는 거침없이 흘러갔다. 손뼉이 한쪽 손으로는 울지 못하는 법이라 조운은 아두를 보호하기만 할 뿐 점점 멀어지는 배를 기슭으로 옮겨갈 수 없었다.

별안간 하류 항구에서 배 10여 척이 줄을 지어 나오는데 배 위에서 깃발을 휘두르고 북을 두드리자 조운은 속으로 '아차!' 싶었다.

'내가 이번에는 틀림없이 오의 계책에 걸렸구나!'

앞장선 배에서 긴 창을 든 대장이 목청을 돋우어 외쳤다.

조운은 강에서 아두를 빼앗아 ▶

"형수님은 조카를 여기 두고 가시오!"

장비였다. 순찰하다 소식을 듣고 급히 강물이 갈라지는 곳으로 달려와 마침 오의 배와 맞닥뜨려 가로막은 것이다. 배가 가까워지자 장비가 검을 들고 오의 배로 뛰어올랐다. 주선이 칼을 들고 맞섰으나 장비의 검이 휙 내려오니 배 위에 쓰러지고 말았다. 장비가 주선의 머리를 베어 앞에 던지자 손 부인은 깜짝 놀랐다.

"아주버님은 어찌 이토록 무례하게 구세요?"

"형수님이 형님을 무겁게 여기지 않고 몰래 친정으로 돌아가기에 이렇게 예절을 차리지 않는 것이오!"

"어머님 병세가 몹시 위급하시다니 형님 회답을 기다리려면 시간을 놓칠 거예요. 나를 돌려보내 주지 않으면 강에 뛰어들어 죽겠어요!"

장비는 조운과 상의했다.

"주모를 핍박해 죽이면 신하 된 도리가 아니니 아두만 보호해 건너가세."

조운도 같은 생각이라 장비가 손 부인에게 말했다.

"우리 형님은 한의 황숙이시니 형수님께 욕되지 않소. 오늘 비록 헤어지는데 형님의 은혜와 의리가 생각나시면 일찍 돌아오시오."

장비는 아두를 안은 조운과 함께 자기 배로 돌아가 손 부인 배를 놓아 보냈다. 두 사람이 몇 리를 가지 못해 제갈량이 숱한 배를 이끌고 맞이해, 아두를 빼앗아 온 것을 보고 크게 기뻐하며 형주로 돌아가 유비에게 글을 보냈다.

손 부인이 오로 돌아가 장비와 조운이 주선을 죽이고 아두를 빼앗은 일을 이야기하자 손권은 크게 노했다.

"누이가 돌아왔으니 이제 그들과는 아무 사이도 아니다. 주선을 죽인 원수를 어찌 갚지 않겠느냐?"

사람들을 모아 형주를 칠 일을 상의하는데 별안간 조조가 40만 대군을 일으켜 적벽의 원수를 갚으러 온다는 보고가 들어왔다. 손권은 놀라 잠시 형주를 버려두고 조조를 막아 싸울 일을 상의했다.

이때 장사 장굉이 세상을 떠났다. 장굉은 병으로 집에 돌아가 죽었는데, 손권에게 유서를 올려 도읍을 말릉으로 옮기라고 권했다.

'말릉의 산천에는 제왕의 기운이 있으니 어서 그곳으로 옮겨 만대에 길이 전할 기업을 이룩하십시오.'

손권은 목 놓아 울고 부하들에게 말했다.

"장자강이 나에게 말릉으로 옮기라는데 어찌 그 뜻을 좇지 않겠소?"

말릉으로 도읍을 옮겨 건업(建業)으로 이름을 바꾸고 석두성을 쌓게 하니 여몽이 권했다.

"조조 군사가 오면 유수구에 성을 쌓아 막으십시오."

장수들이 반대했다.

"기슭에 올라 적을 물리치고 배에 돌아오면 그만인데 성을 쌓을 건 뭐요?"

여몽이 설명했다.

"싸우다 보면 순조로울 때도 있지만 불리한 때도 있으니, 싸움에서는 반드시 이긴다는 법은 없소[戰無必勝전무필승]. 만약 급하게 적들과 만나 바짝 다가오면 강으로 갈 틈도 없는데 어찌 배에 돌아갈 수 있겠소?"

손권이 결론을 내렸다.

"예로부터 '사람이 멀리 걱정하지 않으면 반드시 가까이에 근심이 생긴다[人無遠慮인무원려 必有近憂필유근우]' 하오. 자명의 소견은 아주 멀리 내다본 것이오."

손권은 수만 군사를 일으켜 밤에 낮을 이어 유수성을 쌓게 했다.

조조의 위력과 권위가 날로 강해지자 승상부 일을 도맡은 장사 동소가 말씀을 올렸다.

"예로부터 신하 된 사람으로 승상과 같은 공로를 세운 이는 없었으니 주공과 여망도 미치지 못하는 바입니다. 비바람을 무릅쓰며 30여 년 수고하시어 흉악한 무리를 모두 물리치고 백성의 해를 없앴으며 한의 황실이 다시 보존되게 하셨으니 어찌 뭇 신하와 같은 줄에 서시겠습니까? 위공(魏公)의 자리를 받으시고 구석(九錫)을 더해 공덕을 표창해야 합니다."

구석은 천자가 특별한 공로가 있는 신하에게 내리는 아홉 가지 은전으로, 거마(車馬, 황금 수레와 전차) · 의복(곤룡포와 면류관) · 악기(악대와 무용수) · 주호(朱戶, 붉은 칠 대문) · 납폐(納陛, 궁전 계단) · 호분(虎賁, 개인 경호대) · 궁시(弓矢, 붉은활과 화살) · 부월(斧鉞, 병권 상징 도끼) · 거창(秬鬯, 좋은 술)으로, 황제 비슷한 대우를 말한다.

시중 벼슬을 하는 순욱이 반대했다.

"아니 됩니다. 승상께서는 의로운 군사를 일으켜 한의 황실을 보좌하셨으니 마땅히 충성스럽고 지조 높은 뜻을 변치 마시고, 겸손하며 물러서는 절개를 지키셔야 합니다. 군자는 덕으로 사람을 사랑하니 그렇게 하는 것은 취할 바가 아닙니다."

조조가 발끈해 낯빛이 변하자 동소가 아뢰었다.

"어찌 한 사람 때문에 여러 사람의 소망을 막겠습니까?"

동소가 헌제에게 표문을 올려 조조를 위공으로 높이고 구석을 더할 것을 청하니, 순욱은 눈물을 훔치며 밖으로 나와 한숨을 쉬었다.

"내가 오늘 이런 일을 보게 될 줄이야!"

조조는 그 말을 듣고 순욱이 이제 자신을 돕지 않으리라 생각했다.

그해 10월, 조조가 군사를 일으켜 강남으로 내려가며 순욱에게 함께 가기를 명했으나 조조가 자기를 죽일 마음이 있음을 아는 순욱은 병을 핑계로 수춘에 머물렀다. 조조가 곧 음식 한 합을 보냈는데 합 위에 친필로 봉한 표지가 있었다. 그러나 합을 열어보니 안에는 아무것도 없었다. 순욱은 그 뜻을 알아차리고 독약을 먹고 죽으니 나이 50세였다.

【모종강은 이렇게 설명했다.

'한 문제는 주아부에게 음식을 내리며 젓가락을 주지 않았는데, 조조가 빈 합을 내린 것은 음식을 끊으라는 뜻이니 순욱이 어찌 죽지 않으리오?'】

그 아들이 글을 올려 소식을 전하니 조조는 뉘우치며 후한 장례를 치러 묻게 하고 시호를 경후(敬侯)라 했다. 대군이 유수에 이르자 조조는 조홍에게 철갑기병 3만을 이끌고 강변을 살피게 했다.

"강변을 따라 깃발들이 무수한데 군사가 어디 있는지 알 수 없습니다."

조조가 마음이 놓이지 않아 몸소 군사를 거느리고 나아가 진을 치고, 100여 명을 거느리고 언덕에 올라 바라보았다. 싸움배들이 여러 대오로 나뉘어 순서에 따라 늘어섰는데, 깃발은 다섯 빛깔로 갈라지고 병기들이 번쩍번쩍 빛났다. 가운데 큰 배 위의 푸른 비단 해 가리개 밑에 손권이 앉아 있고 좌우에 사람들이 모시고 서 있으니 조조가 채찍으로 그를 가리켰다.

"자식을 보려면 저런 아들을 낳아야지 유경승 아들 같아서야 돼지나 개와 다름없다!"

갑자기 무슨 소리가 나더니 남쪽 배들이 나는 듯이 다가오고, 유수성 안에서 군사 한 대가 달려 나와 조조 군사를 들이쳤다. 군졸들이 물러서서 달아나는데 장수들이 아무리 호령해도 말릴 수 없었다. 별안간 1000명쯤 되는 기병이 산 옆으로 달려오는데 앞장선 말 위에 탄 사람은 눈알이 푸르고 수염이 자줏빛이라, 누구나 알 만한 사람이었으니 다름 아닌 손권이었다.

언덕 위에서 조조가 깜짝 놀라 급히 말을 돌리는데 오의 대장 한당과 주태가 말을 달려오니 허저가 칼을 춤추며 두 장수를 막았다. 덕분에 조조는 몸을 빼 영채로 돌아올 수 있었다. 허저가 두 장수와 30합을 싸우고 돌아오자 조조는 후한 상을 내리고 장수들을 나무랐다.

"먼저 물러서서 내 기세를 꺾었으니 또 그런 일이 있으면 목을 치겠다!"

그날 밤이 깊어 별안간 영채 밖에서 고함이 요란하게 울렸다. 조조가 급히 말에 오르니 네 방향에서 불이 일어나면서 오군이 쳐들어와 날이 밝을 때까지 싸우고, 군사를 50여 리 물려 영채를 세웠다.

조조가 답답해 장막에서 병서를 뒤적이는데 정욱이 들어왔다.

"승상께서 병법을 아시는데 '군사를 부림에는 신속함을 귀하게 여긴다'는 것을 어찌 모르시겠습니까? 승상께서 군사를 일으키고 시일을 끄시는 바람에 손권이 유수구에 성을 쌓아 공격하기 어렵게 만들었습니다. 잠시 군사를 물리고 허도로 돌아가 따로 좋은 방도를 찾으시는 편이 좋겠습니다."

조조는 대꾸하지 않았다.

정욱이 나가고 조조가 상에 엎드렸는데 별안간 조수가 세차게 올라오는 소리가 귀를 울리니 마치 만 마리 말이 내달리는 듯했다. 조조가 놀라 바라보자 장강 속에서 물결이 붉은 해를 하나 밀어 올려 그 빛이 눈을 따갑게 해서, 고개를 들어 하늘을 보니 거기에 또 해가 둘이 마주 걸려 비추었다. 그런데 갑자기 강 가운데에 있던 붉은 해가 곧장 날아올라 영채 앞산에 떨어졌다. 그 소리가 우레 울리듯 하여 화들짝 놀라 깨어나니 꿈이었다. 장막 앞의 군사가 정오의 시각을 알렸다.

조조가 말을 갖추게 하여 50여 명 기병을 이끌고 꿈속에서 해가 떨어진 산 곁으로 달려가 살피는데, 사람들과 말 한 무리가 눈에 띄었다. 앞장선 사람은 금 투구를 쓰고 금 갑옷을 걸친 손권이었다. 손권은 조조가 온 것을 보고도 당황하지 않고 산 위에 말을 멈추고 채찍으로 가리키며 물었다.

"승상은 중원을 가로 타고 앉아 부귀가 극에 이르렀는데, 어찌 만족하지 못하고 우리 강남을 침범하시오?"

"네가 황실을 존중하지 않아 천자의 조서를 받들고 토벌하러 왔노라!"

조조의 대답에 손권은 웃었다.

"그 말이 부끄럽지 않으냐? 천하 사람들이 어찌 네가 천자를 끼고 제후들을 호령하는 줄을 모르겠느냐? 나는 한의 조정을 존중하지 않는 게 아니라 너를 토벌해 한을 바로잡으려 하노라!"

조조가 크게 노해 산으로 올라가 손권을 잡으라고 호령하자 갑자기 북소리가 '둥!' 울리며 산 뒤에서 군사 두 대가 나타나니 대장이 오른쪽은 한당과 주태이고, 왼쪽은 진무와 반장이었다. 네 장수가 3000명 활잡이와 쇠뇌잡이를 거느리고 어지러이 살을 날려 화살이 소나기 오듯 했다.

조조가 급히 군사를 데리고 달아나자 네 장수가 바짝 쫓아가는데 허저가 호위군을 이끌고 와 가까스로 조조를 구해 돌아가고, 오군은 일제히 개선가를 부르며 유수로 돌아갔다. 영채에 돌아온 조조는 생각이 많아졌다.

'손권은 보통 인물이 아니다. 붉은 해가 떨어진 바로 그곳에서 나타났으니 뒷날 반드시 제왕이 되리라.'

조조는 군사를 물리고 싶었지만 오의 사람들이 비웃을까 두려워 나아갈지 물러설지 마음을 다잡지 못했다. 양쪽이 다시 한 달 남짓 대치하며 몇 번 싸웠는데, 서로 한 번 이기면 한 번 지는 식이었다. 이듬해 정월이 되자 봄비가 주룩주룩 내려 물이 가득 차, 흙탕에 들어 있는 군사의 고생이 말이 아니었다.

조조는 몹시 근심스러웠다. 모사들과 상의하니 군사를 거두라는 의견도 있고, 따스한 봄이라 대치하기 좋으니 물러가서는 안 된다는 견해도 있었다. 조조가 머뭇거리며 결정을 내리지 못하는데 손권이 글을 보내왔다.

'나와 승상은 같은 한의 신하인데, 승상이 백성을 편안히 할 궁리는 하지 않고 함부로 창칼을 움직이니 어찌 어진 이의 행동이라 할 수 있겠소? 봄물이 불어나기 시작하니 승상은 어서 돌아가 서로 편안히 지내도록 하시오. 그

렇지 않으면 적벽의 재앙이 다시 생길 것이니 깊이 생각하기 바라오.'

뒷장에도 두 줄이 쓰여 있었다.

'그대가 죽지 않고는 내가 편안하지 못하리라.'

조조는 글을 읽고 껄껄 웃었다.

"손중모가 나를 속이지는 않는구나."

오의 사자에게 후한 상을 내리고 군사를 돌리라고 명했다. 여강 태수 주광에게 유수구 서남쪽 환성을 지키게 하고 대군을 이끌고 허도로 돌아가자 손권도 군사를 거두어 말릉으로 돌아갔다.

손권이 장수들과 상의했다.

"조조는 돌아갔는데 유비가 아직 가맹관에서 돌아오지 않았으니, 조조를 막던 군사를 이끌고 어찌 형주를 치지 않겠소?"

장소가 계책을 드렸다.

"잠시 군사를 움직이시면 아니 됩니다. 저에게 계책이 하나 있으니 유비가 다시는 형주로 돌아올 수 없게 하겠습니다."

이야말로

맹덕이 억센 군사 북으로 물리자
중모는 장한 뜻 남쪽으로 향한다

장소는 어떤 계책을 내놓을까?

62

노장 황충의 시들지 않는 기백

부관 차지하니 양회와 고패 머리 내놓고

낙성을 치면서 황충과 위연 공로 다투다

장소가 계책을 드렸다.

“잠시 군사를 움직이지 마십시오. 군사를 일으키면 조조가 다시 옵니다. 글을 두 통 지어, 한 통은 유장에게 보내 유비가 오와 손잡고 서천을 차지하려 한다고 전하여 그가 의심해 손을 쓰게 하고, 한 통은 장로에게 보내 형주로 쳐들어가라고 부추겨 유비의 머리와 꼬리가 서로 구하지 못하게 만드는 것이 좋습니다. 그 다음 군사를 일으켜 형주를 치면 반드시 일이 이루어집니다.”

손권은 그 말에 따라 두 곳으로 글을 보냈다.

유비는 가맹관에 머물며 민심을 많이 얻었는데 별안간 손 부인이 오로 돌아갔다는 글이 왔다. 그런데 또 조조가 군사를 일으켜 오를 침범한다는 소식을 듣고 방통과 상의했다.

“조조가 이기면 반드시 형주를 칠 것이고, 손권이 이기더라도 꼭 형주를 손에 넣으려 할 것이니 우리는 어찌해야 하오?"

방통이 대답했다.

"주공께서는 걱정하지 마십시오. 공명이 그쪽에 있으니 제가 헤아려보건대 오는 감히 형주를 침범하지 못합니다. 주공께서는 급히 유장에게 글을 보내시어 핑계 하나만 대십시오. '조조가 쳐들어와 손권이 형주로 구원을 청한다, 나는 손권과는 이와 입술 같은 이웃이라 도와주지 않을 수 없다, 장로는 기왕에 얻은 것이나 지키는 자이므로 감히 이곳 경계를 침범하지 못하니 나는 군사를 거느리고 형주로 돌아가 손권과 힘을 합쳐 조조를 깨뜨리려 하는데 군사가 적고 식량이 모자란다, 종친의 정을 보아 정예 군사 3만을 빌려주고 군량 10만 섬을 도와 달라.' 그리하여 군사와 돈, 식량을 얻으면 다시 상의할 바가 있습니다."

유비가 성도로 사람을 보내 사자가 부수관에 이르자 고패는 남아 관을 지키고 양회는 사자와 함께 성도로 들어가 유비의 글을 올렸다. 유장이 글을 읽고 양회에게 사자와 함께 온 까닭을 물었다.

"오로지 이 글 때문에 왔습니다. 유비는 서천에 들어와 은덕을 널리 베풀고 민심을 모으는데 그 뜻이 아주 좋지 못합니다. 지금 군사와 물자, 식량을 달라고 하는데 절대 내주셔서는 아니 됩니다. 그를 도와주면 타오르는 불에 장작을 던지는 격입니다."

"나는 현덕과 형제의 정이 있는데 어찌 돕지 않을 수 있나?"

신하 중에 한 사람이 나섰다.

"유비는 사나운 영웅이라 촉에 있으면 호랑이를 방에 들여놓은 것처럼 됩니다. 그런데 군사와 식량까지 보내주면 호랑이에게 날개를 달아주는 것과 무엇이 다르겠습니까?"

사람들이 보니 형주 영릉군 증양국 사람으로 성은 유(劉)에 이름은 파(巴)며 자는 자초(子初)였다. 유장이 머뭇거리며 마음을 정하지 못하자 다시 황권이 유비를 돕지 말라고 애타게 말렸다. 유장은 결국 늙고 약한 군사 4000명과 쌀 1만 섬을 보내면서 유비에게 글을 전하고 양회와 고패에게 관을 단단히 지키라 명했다.

유장의 사자가 와서 답장을 올리자 유비는 크게 노했다.

"나는 너희를 위해 마음과 힘을 다해 적을 막는데 너희가 재물을 쌓아두고 상을 아끼니 내가 어찌 군사들에게 목숨을 걸고 싸우게 하겠느냐?"

유비가 글을 찢고 욕을 퍼붓자 사자는 놀라 도망쳐 성도로 돌아갔다. 방통이 말했다.

"주공께서 인의만 무겁게 아셨는데 글을 찢으셨으니 이전의 정은 모두 사라졌습니다."

"이제 어찌해야 하오?"

"세 가지 계책이 있으니 주공께서 골라 쓰시기 바랍니다. 당장 정예 군사를 이끌고 밤낮을 이어 평소의 배 이상 빠른 속도로 성도를 습격하면 이는 상책입니다. 양회와 고패는 촉 땅의 맹장으로 강한 군사를 거느리고 관을 지키는데, 주공께서 짐짓 형주로 돌아가신다는 말을 퍼뜨리면 반드시 배웅하러 나올 것이니 그 자리에서 그들을 죽이고 관을 빼앗아 먼저 부성을 차지하고, 다음에 성도로 나아가면 이는 중책입니다. 백제로 물러나 밤낮없이 형주로 돌아가서 서서히 다음에 나아갈 일을 꾀하면 이는 하책입니다. 마음속으로 궁리만 하면서 움직이지 않으시면 장차 깊은 궁지에 몰리게 될 것이니 누구라도 구할 수 없습니다."

유비가 결정을 내렸다.

"상책은 너무 빠르고 하책은 너무 느리오. 중책이 적당하니 쓸 수 있겠소."

유비는 유장에게 글을 보냈다.

'조조가 부하 장수 악진을 보내 청니진에 이르렀는데, 장수들이 막지 못하니 내가 친히 가서 막아야 하겠소. 미처 만날 겨를이 없어 글로 작별하오.'

글이 성도에 이르자 유비가 정말 형주로 돌아가는 줄 알고 장송은 안달이 나서 글을 지어 막 유비에게 보내려 하는데, 공교롭게도 친형인 광한군 태수 장숙이 찾아왔다. 장송이 글을 얼른 소매 속에 감추고 형님과 함께 이야기하니 그 기색이 안정되지 못해, 장숙이 은근히 의심스러워 술을 달라고 청해 함께 마셨다. 차츰 술기운이 올라 권하거니 받거니 하다 소매 속의 글이 누구도 모르게 땅에 떨어지자 장숙을 따르는 사람이 주웠다. 잠시 후 술상이 끝나 아우와 헤어진 장숙에게 그 사람이 글을 올렸다.

'이 송이 전날 황숙께 드린 말씀은 거짓이 아니고 틀린 데가 없는데, 어찌하여 늦추며 움직이지 않으십니까? 거스름으로 차지하고 부드러움으로 지키는 것은 옛사람이 귀하게 여기는 바입니다. 이미 대사가 손바닥에 들어있는데 어찌하여 버리고 형주로 돌아가려 하십니까? 이 송은 소식을 들으니 무언가 잃은 듯 허전합니다. 올리는 글이 이르는 날 재빨리 진군하십시오. 송이 안에서 호응할 터이니 절대 스스로 그르치지 마시기 바랍니다.'

장숙은 깜짝 놀랐다.

"아우가 가문을 몰살시킬 짓을 하니 고발하지 않을 수 없다."

그날 밤으로 유장을 찾아가 장송이 유비와 통해 서천을 바치려 한다고 자세히 이야기하자 유장은 발끈했다.

"내가 평소 박대하지 않았는데 어찌하여 반란을 꾀한단 말이냐?"

명령을 내려 장송과 집안 식솔을 모두 저잣거리에서 목을 치게 하고 부하들과 상의했다.

"유비가 내 기업을 빼앗으려 하니 어찌해야 하오?"

황권이 주장했다.

"일을 늦추어서는 아니 됩니다. 급히 여러 관에 알리고 군사를 늘려 단단히 지키면서 형주 군사는 사람 하나 말 한 필도 들여놓지 못하게 해야 합니다."

유장은 그날 밤으로 격문을 여러 관에 띄웠다.

유비가 군사를 거느리고 부성으로 돌아가면서 부수관으로 사람을 보내 관 밖에서 작별하자고 청하자 고패가 양회와 상의했다.

"유비가 죽게 되었소. 우리가 날카로운 칼을 몸에 숨기고 작별하는 자리에서 그를 죽여 주공의 걱정거리를 뿌리 뽑는 게 좋겠소."

양회가 찬성해 두 사람은 군사 200명만 데리고 유비를 배웅하러 나갔다.

유비의 대군이 부수에 이르자 방통이 깨우쳐 주었다.

"양회와 고패가 기꺼이 나오면 암살에 대비해야 합니다. 또 나오지 않으면 곧바로 관을 쳐야지 늦추어서는 아니 됩니다."

이때 회오리바람이 휙 일어나며 말 앞에서 들고 가는 깃발을 하나 넘어뜨리니 군사를 총지휘하는 '수'자 깃발이었다. 유비가 방통에게 물었다.

"이건 무슨 징조요?"

"경보입니다. 양회와 고패가 틀림없이 주공을 암살하려 하니 조심하셔야 합니다."

유비가 무거운 갑옷을 걸치고 허리에 보검을 차 암살에 대비하는데 양회와 고패가 배웅하러 온다고 했다. 유비 명령으로 군사는 그 자리에 머물고 방통이 황충과 위연에게 일렀다.

"관에서 온 군사는 기병이든 보병이든 하나도 돌려보내지 마시오."

품속에 칼을 지닌 양회와 고패가 군사를 거느리고, 양을 끌고 술을 지게 하여 이르러 살펴보니 유비 군사가 아무 경계도 하지 않아 은근히 기뻐 장막에 들어가 인사했다.

"황숙께서 먼 길을 돌아가신다고 하여 배웅하러 왔습니다."

두 사람이 술을 내어 권하자 유비가 말했다.

"두 장군이 관을 지키는 일이 쉽지 않을 것이니 먼저 잔을 받으시오."

두 사람이 술을 다 마시자 유비가 말했다.

"두 장군과 상의할 일이 있으니 다른 사람들은 물러가도록 하시오."

서천 군사 200명이 중군에서 물러나자 유비가 호령했다.

"나를 위해 두 도적을 잡아라!"

소리에 맞추어 유봉과 관평이 재빨리 뛰어나와 한 사람씩 붙들자 유비가 호통쳤다.

"나는 너희 주인과 종친 형제인데 어찌 우리 형제의 정을 벌어지게 하느냐?"

방통이 명해 두 사람 품을 뒤지니 날카로운 칼이 한 자루씩 나왔다. 방통의 호령으로 무사들이 장막 앞에서 두 사람 목을 쳤다. 200명 서천 군사는 황충과 위연이 붙들어놓은 지 옛날이었다. 유비가 그들에게 술을 내려 놀란 가슴을 진정시키며 말했다.

"양회와 고패가 우리 형제를 이간시키고 날카로운 칼을 감추어 나를 암살하려 해서 죽였다. 너희는 죄가 없으니 놀라고 의심하지 마라."

군졸들이 저마다 절을 하자 방통이 말했다.

"너희를 길잡이로 쓰려 하니 우리 군사를 안내해 관을 차지하면 후한 상을 내리겠다."

군졸들이 응해 그날 밤 서천 군사가 앞서고 대군이 뒤따라 관 밑에 이르러 외쳤다.

"두 장군께서 돌아오셨으니 어서 관을 열어라."

앞에 선 서천 군사를 알아보고 성에서 즉시 관문을 열자 대군이 우르르 몰려 들어가니 칼에 피 한 방울 묻히지 않고 부수관을 얻었다. 서천 군사가 모두 항복하자 유비는 각기 후한 상을 내리고 군사를 나누어 앞뒤를 지켰다.

이튿날 장졸들을 위로하고 잔치를 베풀어 술이 거나해지자 유비가 방통에게 물었다.

"오늘 술자리가 즐겁다고 할 만하오?"

방통이 대답했다.

"남의 나라를 정벌하고 즐거워하시면 어진 이의 도리가 아닙니다."

유비가 짜증을 냈다.

"내가 듣자니 옛날 주의 무왕은 은의 임금 주를 정벌하고 음악을 울리고 춤을 추어 공을 기렸다 하는데, 이 역시 어진 이의 도리가 아니란 말이냐? 그대 말은 이치에 맞지 않으니 썩 물러가라."

방통이 껄껄 웃으며 자리에서 일어나자 유비도 부축을 받아 뒤채로 들어갔다. 유비가 한밤중까지 자고 술이 깨어 좌우에서 방통을 쫓아낸 일을 깨우쳐 주자 몹시 뉘우쳤다.

다음 날 아침 유비가 관복을 차려입고 대청 윗자리에 올라 방통을 청해 사죄했다.

"어제 취해서 존엄을 건드리는 말을 했으니 속에 두지 않으시면 고맙겠소."

방통은 들었는지 말았는지 태연히 웃으며 다른 말만 하여 유비가 또 말했다.

"어제 일은 전부 내 잘못이오."

그제야 방통이 대꾸했다.

"주인과 신하가 같이 실수했는데 어찌 주공뿐이겠습니까?"

그러면서 하하 웃으니 두 사람은 예전과 같이 다시 마음이 즐거워졌다.

이때 유장은 유비가 두 장군을 죽이고 부수관을 차지했다는 말을 듣고 깜짝 놀랐다.

"오늘 과연 이런 일이 일어날 줄이야!"

사람들을 모아 유비를 물리칠 계책을 묻자 황권이 권했다.

"어서 낙현에 군사를 보내 목구멍 같은 길목을 꽉 막으십시오. 유비는 정예 군사와 사나운 장수가 있어도 넘어올 수 없습니다."

유장은 유괴(劉璝)와 장임(張任), 영포(冷苞), 등현(鄧賢)에게 5만 대군을 점검해 급히 낙현으로 달려가 유비를 막게 했다. 네 장수가 군사를 움직이는데 유괴가 말했다.

"금병산에 이인(異人)이 하나 있어 도호를 자허상인이라 하는데, 사람이 살고 죽고, 귀하고 천하게 되고를 다 안다 하오. 우리가 오늘 나아가면서 마침 금병산을 지나니 어찌 한번 찾아가 물어보지 않을 수 있소?"

장임은 반대했다.

"군사를 움직여 적을 막으러 가면서 어찌 산과 들에 묻혀 사는 사람에게 묻소?"

유괴가 고집했다.

"그렇지 않소. 성인께서도 '정성이 지극하면 앞일을 내다볼 수 있다[至誠之道지성지도 可以前知가이전지]'고 하셨으니 고명한 사람에게 물어 길한 일에는 잰걸음으로 나아가고 흉한 일은 피해야 하오."

네 사람이 기병 한 무리를 이끌고 나무꾼에게 길을 물어 그 사람이 사는 산꼭대기에 이르자 아이 하나가 나와 안으로 안내했다. 부들자리 위에 자허상인이 앉아 있어 네 사람이 절을 하며 앞일을 물었으나 대답을 피했다.

"빈도는 산과 들에 사는 쓸모없는 인간인데 어찌 길흉을 알겠소이까?"

유괴가 거듭 절을 하며 묻자 아이에게 붓과 종이를 가져오게 하여 글을 써 주었다.

> 왼쪽은 용이요, 오른쪽은 봉황인데
> 용과 봉이 더불어 서천으로 날아오다
> 어린 봉황 떨어져 땅바닥에 내려오고
> 누운 용은 솟구쳐 하늘로 올라간다
> 하나는 얻겠지만 하나는 잃게 되니

하늘이 정한 운수 원래 그런 법이라
기회를 보아가며 행동해야 하거니
땅 밑에 묻혀 목숨 잃지 말지어다

알쏭달쏭한 말에 유괴가 다시 물었다.

"우리 네 사람 운수는 어떠합니까?"

"정해진 운수는 벗어나기 어려우니 다시 물을 게 무어요?"

유괴가 또 묻자 그는 눈썹을 드리우고 눈을 지그시 감더니 잠이 든 듯 대답이 없었다. 네 사람은 더 알아보지 못하고 산에서 내려왔다. 유괴가 말했다.

"신선 말을 믿지 않을 수 없소."

가뜩이나 그를 찾는 것이 마땅치 않았던 장임이 반박했다.

"미친 영감인데 그 말을 들어 좋을 게 무엇이오?"

그들이 낙현에 이르러 군사를 나누어 여러 험한 길목을 지키는데 유괴가 주장했다.

"낙현성은 성도의 담이니 이곳을 잃으면 성도를 지키기 어렵소. 우리 넷이 상의해 둘은 성을 지키고, 둘은 고개 앞으로 가서 산에 의지해 험한 곳에 영채 둘을 세우고 적군이 성에 다가오지 못하도록 해야 하오."

영포와 등현이 나섰다.

"우리가 가서 영채를 세우겠습니다."

유괴는 두 사람에게 2만 군사를 주어 성에서 60리 떨어진 곳에 영채를 세우게 하고 장임과 함께 성을 지켰다.

부수관에서 유비가 방통과 함께 낙성을 칠 일을 상의하는데, 영채를 세웠다는 보고가 들어와 장수들에게 물었다.

"누가 감히 첫 공로를 세워 두 장수의 영채를 치겠소?"

황충이 나섰다.

"이 늙은이가 가고 싶습니다."

유비가 허락해 황충이 기뻐 군사를 이끌고 떠나려 하는데 또 한 사람이 나섰다.

"어찌 노장군이 가실 수 있습니까? 비록 재주 없으나 이번에는 소장이 가겠습니다."

위연이었다. 황충이 불쾌해했다.

"내가 이미 군령을 받았는데 자네가 어찌 감히 순서를 뒤집는가?"

"연세 많은 분은 힘살과 뼈로 기운을 자랑하지 말아야 하오. 영포와 등현은 촉 땅의 명장이고 한창 피가 끓어오르는 나이라 노장군이 다가붙지 못할까 두렵소. 그러면 주공의 대사를 그르치게 되어 대신 가려고 나섰으니 실은 좋은 뜻이오."

위연 말에 황충은 머리끝까지 화가 치밀었다.

"자네가 나를 늙었다고 하는데 감히 나하고 무예를 겨루어보겠는가?"

"바로 주공께서 보시는 이 자리에서 겨루어봅시다. 이긴 사람이 가기로 하지요!"

황충은 성큼성큼 섬돌 아래로 내려가 부하를 불렀다.

"내 칼을 가져오너라!"

유비가 급히 말렸다.

"아니 되오! 내가 지금 군사를 거느리고 서천을 차지하려 하는 것이 모두 두 장군에 의지하는 바인데, 두 호랑이가 싸우면 반드시 하나가 상해 대사를 그르치게 되오. 두 사람은 다투지 마시오."

방통이 해결책을 내놓았다.

"영포와 등현이 영채 둘을 세웠으니 두 사람이 하나씩 치도록 하시오. 영채를 먼저 빼앗으면 첫 공로를 세우는 것이오."

황충이 영포의 영채를 치고 위연이 등현의 영채를 치도록 정해 명령을 받들고 떠나자 방통이 유비에게 말했다.

"두 사람이 길에서 다툴까 걱정이니 주공께서 후원해주셔야 합니다."

유비는 방통에게 부성을 지키게 하고, 유봉과 관평을 데리고 5000명 군사를 이끌어 뒤를 이어 떠나기로 했다.

황충이 영채로 돌아와 명령을 돌렸다.

"내일 새벽 동트기 전에 밥을 짓고 동틀 무렵 왼쪽 산길로 나아간다."

위연이 가만히 황충이 언제 군사를 일으키는지 알아내고 장졸들에게 명했다.

"우리는 밤중에 밥을 짓고 동트기 전에 나아가 동틀 무렵 영채에 다가간다."

위연의 군사가 말은 방울을 떼고 사람은 하무를 물며, 깃발을 감아쥐고 갑옷을 졸라매어 때를 기다리다 캄캄할 때 가만히 나아가는데, 길에서 위연은 다른 생각이 들었다.

'등현의 영채만 쳐서는 실력을 보여줄 수 없다. 먼저 영포의 영채를 들이쳐 이기고 등현의 영채를 치면 두 곳 공로가 모두 내 것이 된다.'

말 위에서 명령을 내려 장졸들에게 왼쪽 산길로 가게 하니, 날이 부옇게 밝아올 무렵에는 영포의 영채에 가까이 이르러 군사를 잠깐 쉬게 하며 징과 북, 깃발과 창칼, 기구들을 벌려 세웠다. 벌써 길에 매복한 서천 군사가 나는 듯이 보고해 영포가 이미 채비를 갖추고 기다리다 삼군을 이끌고 쳐 나왔다. 위연이 칼을 들고 말을 달려 영포를 맞이해 30합을 겨루는데 서천 군사가 두 길로 나뉘어 협공했다.

밤길을 오래 걷고 달린 위연의 군사는 사람과 말이 모두 지쳐 그들을 막아내지 못해 도망치고, 위연 또한 진이 흐트러지자 영포를 버리고 달아나 참패하고 말았다. 몇 리도 가지 못해 북소리가 땅을 울리며 등현이 쳐나왔다.

"위연은 말에서 내려 항복하라!"

위연이 채찍질해 달려가는데 뜻밖에도 말이 앞발굽을 접질려 무릎을 꿇고 나뒹굴어 위연도 땅에 떨어졌다. 등현이 말을 달려와 창을 막 내찌르는데 활시위 소리가 울리더니 화살에 맞아 말에서 떨어졌다. 산비탈에서 대장이 말을 달려오며 높이 외쳤다.

"노장 황충이 여기 있다!"

황충이 칼을 춤추며 덮쳐들자 등현을 구하려던 영포는 당하지 못해 달아나고 서천 군사는 크게 어지러워졌다. 급히 위연을 구한 황충이 등현을 베고 영채 앞까지 쫓아가자 영포가 말을 돌려 싸우는데 황충의 군사가 몰려왔다.

영포가 왼쪽 영채를 버리고 오른쪽 영채로 달려갔으나 영채 안의 깃발들이 완전히 달라, 깜짝 놀라서 말을 세우고 살펴보니 앞장선 대장은 금 갑옷을 입고 비단 전포를 걸쳤으니 바로 유비였다. 양쪽에 유봉과 관평을 세우고 유비가 버럭 호통쳤다.

"영채는 내가 이미 빼앗았다. 너는 어디로 가려 하느냐?"

유비가 황충과 위연을 지원하러 오다 등현이 영포를 도우러 간 틈을 타 그의 영채를 빼앗은 것이다. 어느 쪽으로도 갈 수 없게 된 영포는 낙성으로 돌아가려고 후미진 오솔길로 들어섰다. 그러나 10리도 가지 못해 좁은 길에 매복한 군사가 불시에 일어나 일제히 갈고리를 쳐들고 그를 사로잡았다. 위연이 지은 죄를 변명할 수 없음을 깨닫고, 서천 군사에게 길을 안내하게 하여 영포를 사로잡은 것이다. 위연은 영포를 묶어 유비에게 압송해갔다.

유비는 죽음을 면하는 깃발을 세우고 서천 군사가 병기를 버리고 갑옷을 벗으면 죽이지 않는다고 선포했다. 서천 군사를 해치는 자는 자기 목숨으로 갚아야 한다고 명하고 항복한 장졸들에게 일렀다.

"노장 황충이 여기 있다!" ▶

老黃忠勇救魏延
乙酉春 葉雄畫

"너희는 모두 아버지와 어머니, 아내와 자식들이 있다. 항복하는 자는 군사가 되게 하고, 항복하기 싫은 자는 돌려보내겠다."

즐거운 외침이 땅을 울렸다. 황충이 영채를 세우고 위연이 군령을 어겼으니 목을 쳐야 한다고 주장하는데 마침 위연이 영포를 압송해오니 유비가 말했다.

"위연이 죄를 지었으나 이 공로로 그 죄를 씻을 만하오."

위연을 불러 황충에게 목숨을 구해준 은혜에 감사드리고 다시는 다투지 말라고 이르자 위연은 머리를 조아리며 황송해했다. 유비는 황충에게 후한 상을 내린 후 영포의 밧줄을 풀어주고 술을 내려 놀란 가슴을 진정시켰다.

"그대는 항복하겠는가?"

영포가 얼른 대답했다.

"죽음을 면해주셨는데 어찌 항복하지 않겠습니까? 유괴와 장임은 저하고 삶과 죽음을 함께 하는 친구이니, 돌려보내 주시면 두 사람을 데려와 항복을 드리고 낙성을 바치도록 하겠습니다."

유비가 옷과 말을 주고 영포를 낙성으로 돌려보내자 위연이 근심했다.

"이 사람을 놓아주셔서는 아니 됩니다. 몸을 빼면 다시 돌아오지 않습니다."

"내가 인의로 대하는데 그가 나를 저버리겠나?"

낙성으로 돌아간 영포는 유괴와 장임에게 유비가 풀어준 일은 말하지 않고 엉뚱한 무용담을 만들어냈다.

"10여 명을 죽이고 말을 빼앗아 돌아왔습니다."

유괴가 성도로 구원을 청하자 등현을 잃은 것을 안 유장이 놀라 무리를 모아 상의하니 맏아들 유순(劉循)이 나섰다.

"이 아들이 나아가 낙성을 지키겠습니다."

"내 아들이 가겠다니 누구를 보내 보좌해야 하겠소?"

사돈인 장군 오의(吳懿)가 나서서 오란(吳蘭)과 뇌동(雷銅)을 부장으로 삼아 유순과 함께 2만 군사를 거느리고 낙성으로 갔다. 유괴와 장임이 맞이해 그동안 싸운 일을 이야기하자 오의가 물었다.

"적군이 성 아래에 이르면 막아내기 힘들다는데 그대들은 고명한 소견이 있는가?"

영포가 대답했다.

"이 일대는 부강과 가까운데 물살이 매우 거셉니다. 앞의 영채는 산기슭에 자리 잡아 지세가 낮으니 저에게 5000명 군사를 주시면 삽과 괭이를 들고 가서 부강 물을 터뜨려 유비 군사를 죄다 물에 빠뜨려 죽이겠습니다."

오의는 영포에게 부강 물을 터뜨리게 하고 오란과 뇌동이 뒤를 받쳐주게 했다.

이때 유비는 황충과 위연에게 영채를 하나씩 지키게 하고 부성으로 돌아가 방통과 상의하는데 급보가 왔다.

"오의 손권이 사자를 보내 동천의 장로와 좋은 관계를 맺고 가맹관을 치러 온답니다."

유비는 흠칫 놀랐다.

"가맹관을 잃으면 뒷길이 끊어져 내가 나아가지도 못하고 물러서지도 못하게 되니 어찌해야 하오?"

방통이 맹달에게 물었다.

"공은 촉 땅의 사람이라 지리를 잘 아니 가맹관을 지키면 어떻겠소?"

"제가 한 사람을 추천해 함께 관을 지키면 만에 하나도 실패가 없습니다. 전에 형주에서 유표의 중랑장으로 일한 바 있는데, 남군 지강 사람으로 성은 곽(霍)이고 이름은 준(峻)이며 자는 중막(仲邈)입니다."

유비가 맹달과 곽준을 보내 가맹관을 지키게 하고, 방통이 역관으로 돌아가니 손님이 찾아왔는데 처음 보는 사람이었다. 키는 여덟 자에 모양이 아주 웅장하며 머리카락은 짧아 목에 드리우고 옷차림은 깔끔하지 못했다.

"선생은 어떤 분이오?"

그 사람은 대답도 하지 않고 곧장 방으로 올라가 침상 위에 벌렁 드러누웠다. 방통이 매우 의심스러워 거듭 묻자 대꾸가 심드렁했다.

"잠깐 기다리게. 내가 곧 천하 대사를 이야기해주겠네."

방통이 한층 의심이 더해 사람을 불러 술과 음식을 내놓자 그 사람은 얼른 일어나 사양하지 않고 한바탕 먹고 마시더니 다시 침상에 드러누워 잠이 들었다. 방통이 의심이 가시지 않아 사람을 보내 법정을 불러 그 사람 모양새를 자세히 설명해주었다.

"혹시 팽영언이 아닌지 모르겠소."

법정이 섬돌에 올라가자 그 사람이 벌떡 일어났다.

"효직은 헤어진 다음 별고 없었는가?"

이야말로

서천 사람 옛 친구 만나니
부수의 홍수가 가라앉누나

이 사람은 도대체 누구일까?

63

어린 봉황 낙봉 언덕에 떨어져

제갈량은 방통 위해 통곡하고

장비는 의리로 엄안 놓아주다

법정은 그 사람을 보자 손뼉을 치며 웃었다.

"이 사람은 광한 태생으로 성은 팽(彭)이요, 이름은 양(羕), 자는 영년(永年)인데 촉 땅 호걸이오. 바른말을 하다 유장의 비위를 거슬러 머리를 깎고 쇠고리를 목에 씌워 고역수로 만들었소. 그래서 지금 머리가 짧소."

그의 내력을 알게 된 방통이 손님 예절로 대하자 그가 알려주었다.

"내가 그대들 수만 명 목숨을 구하려고 특별히 찾아왔으니 유 장군을 만나야 하오."

법정이 급히 보고해 유비가 친히 찾아와 그의 말을 들었다.

"장군은 저 앞 영채에 군사를 얼마나 두셨습니까?"

유비는 사실대로 이야기했다.

"장수가 되어 어찌 그리도 지리를 모릅니까? 앞 영채는 부강에 바짝 붙었으니 강물을 터뜨리고, 앞뒤로 군사를 풀어 막으면 한 사람도 달아날 수 없습니다."

말투가 좀 거슬리기는 했으나 유비는 크게 깨달았다. 팽양이 또 말했다.

"강성이 서방에 있고 태백이 이 땅에 이르러 불길한 일이 있을 것이니 반드시 신중하게 움직여야 합니다."

【강성이란 북두칠성의 자루로, 별을 보는 사람들은 아주 흉한 신으로 여겼다. 촉은 나라 서쪽인데 강성이 서쪽으로 향했으니 심상치 않은 징조였다. 금성인 태백은 싸움을 주관하는 별로 항상 경계해야 하는데, 그 별이 이 고장에 해당하는 분야에 이르렀다니 위험하기 짝이 없었다.】

유비는 팽양을 고문으로 청하고, 서천 군사가 물을 터뜨리지 못하도록 황충과 위연에게 군사를 이끌고 하루씩 번갈아 부강을 지키게 했다.

밤에 비바람이 세차게 몰아치자 영포가 5000명 군사를 이끌고 강변에 나가 강물을 터뜨리려 하는데, 고함이 어지러이 일어나자 이미 유비 군사가 막은 것을 알고 급히 군사를 되돌려 세웠다. 앞에서 위연이 몰아쳐 서천 군사는 자기편끼리 짓밟으며 황급히 달아났다. 영포는 정신없이 달아나다 위연과 맞닥뜨려 곧바로 사로잡혔다. 오란과 뇌동이 달려왔으나 황충이 힘을 떨쳐 물리쳤다.

위연이 영포를 압송해가자 유비가 호통쳤다.

"내가 인의로 대해 놓아주었는데 배반하다니! 이번에는 용서할 수 없다!"

장막 밖에서 영포의 목을 치고 위연에게 후한 상을 내렸다. 유비가 잔치를 베풀어 팽양을 대접하는데, 별안간 형주에서 제갈 군사가 특별히 마량을 보내 글을 보내왔다.

'이 양이 밤에 태을수를 계산해보니 금년은 계사년인데 강성이 서방에 있습니다. 또 천상을 살펴보니 태백이 낙성 분야에 이르러, 장수 몸에 흉한 일

이 많고 길한 일은 적으니 반드시 신중하게 움직이셔야 합니다.'

유비는 글을 읽고 마량을 돌려보냈다.

"내가 곧 형주로 돌아가 의논하겠네."

방통은 속으로 궁리했다.

'공명은 내가 서천을 손에 넣어 공로를 이룰까 시기해 글을 보내 막는구나. 내 목숨이 하늘에 달렸지 어디 사람에게 달렸더냐?'

그래서 유비에게 말했다.

"이 통도 태을수를 계산하는데, 이미 강성이 서쪽에 있음을 압니다. 이는 주공께서 서천을 얻으실 일을 말해주는 것이지 다른 흉한 일을 예고하는 것이 아닙니다. 이 통도 천문을 알아 태백이 낙성 분야에 이른 것을 보았는데, 서천 장수 영포를 죽여 이미 흉한 징조에 응했으니 주공께서는 의심하지 말고 어서 나아가십시오."

방통이 재촉해 유비가 군사를 이끌고 황충과 위연의 영채로 들어가자 방통이 법정에게 물었다.

"여기서 낙성으로 가려면 어떤 길들이 있소?"

법정이 땅에 금을 그어 지도를 그리는데 유비가 장송이 준 그림과 비교해 보니 똑같았다. 법정이 말했다.

"산 북쪽에 큰길이 있어 곧바로 낙성 동문으로 통하고, 산 남쪽에 오솔길이 있어 낙성 서문에 이르니 양쪽 다 군사가 나아갈 수 있습니다."

방통이 유비에게 말했다.

"통은 위연을 선봉으로 세워 남쪽 오솔길로 갈 터이니 주공께서는 황충을 선봉으로 세워 북쪽 큰길로 가십시오. 두 군사가 낙성에 이르러 만나기로 하시지요."

유비는 다른 주장을 내놓았다.

"나는 어릴 적부터 활 쏘고 말 달리기에 익숙해 오솔길을 많이 다녔으니 군사가 큰길로 가서 동문을 치시오. 내가 서문을 치겠소."

방통이 고집했다.

"큰길에는 반드시 막는 군사들이 있으니 주공께서 군사를 이끌고 맞서십시오. 방통은 오솔길로 가겠습니다."

"군사는 그래서는 아니 되오. 밤에 신인 한 분이 쇠몽둥이로 내 오른팔을 후려갈기는 꿈을 꾸었는데, 깨어난 다음에도 팔이 아프니 이번 걸음이 혹여 시원치 않을지도 모르오."

"장사가 싸움판에 이르러 죽지 않으면 다치는 것은 자연스러운 이치인데 어찌하여 꿈속 일을 걱정하십니까?"

유비가 속마음을 털어놓았다.

"내가 염려하는 것은 공명의 글이니 군사는 돌아가 부관을 지키는 것이 어떻겠소?"

방통은 껄껄 웃었다.

"주공께서는 공명에게 홀리셨습니다. 그는 이 통이 홀로 큰 공을 세우는 것을 바라지 않아 일부러 주공께서 의심하시게 했습니다. 마음이 흔들리면 꿈이 생기게 마련이니 무슨 흉한 일이 있겠습니까? 이 통은 간과 뇌수를 땅에 쏟아 충성을 다 바쳐야 소원이 풀리겠습니다. 주공께서는 더 말씀하시지 말고 내일 아침 반드시 떠나십시오."

이튿날 새벽, 유비 군사가 동틀 무렵 말에 올라 황충과 위연이 먼저 가고 유비는 다시 방통을 만났다. 별안간 방통이 탄 말이 무언가 낯선 것을 보고 놀라 날뛰다 앞다리를 접질려 방통을 땅에 떨어뜨렸다. 유비가 말에서 뛰어내려 손수 그 말을 붙들고 물었다.

"군사는 어찌 이런 시원치 않은 말을 타시오?"

방통이 대답했다.

"이 말을 탄 지 오래인데 이런 적은 없었습니다."

"싸움터에서 낯선 것을 보고 놀라면 사람 목숨을 해치게 되오. 내가 타는 백마가 지극히 온순하니 군사가 타면 만에 하나도 잘못될 리 없을 것이오. 그 말은 내가 타겠소."

유비는 방통과 말을 바꾸었다.

"주공의 두터운 은혜에 깊이 감동하오니 실로 만 번 죽더라도 보답할 수 없습니다."

방통이 고마워하고 두 사람이 말에 올라 길을 나누어 나아가는데, 떠나는 방통을 바라보는 유비는 왠지 모르게 불안하고 울적했다.

낙성 안에서 오의와 유괴가 영포를 잃은 것을 알고 상의하니 장임이 나섰다.

"성 동남쪽 후미진 산속에 오솔길이 하나 있는데 매우 요긴한 길목입니다. 저희가 군사 한 대를 이끌고 지킬 테니 여러분은 낙성을 단단히 지켜 실수가 없도록 하십시오."

이때 유비 군사가 두 길로 성을 공격하러 온다는 보고가 들어와 장임이 급히 3000명 군사를 이끌고 오솔길로 달려가 매복하고 바라보니 위연의 군사가 지나갔다. 그러나 장임은 서두르지 않았다.

"모두 놓아 보내고 놀라게 하지 마라."

뒤이어 방통의 군사가 이르자 장임의 부하가 멀리 보이는 대장을 가리켰다.

"백마를 탄 자는 틀림없이 유비입니다."

장임은 가까이 다가오면 그를 향해 활을 쏘라고 명령했다.

오솔길을 따라 구불구불 나아가던 방통이 머리를 들어보니 두 산이 바짝 붙었는데 나무들이 우거지고, 때는 마침 늦여름이라 가지와 잎이 무성해 덜컥 의심이 들어 고삐를 당겨 말을 세우고 물었다.

"이곳이 어디냐?"

지리를 아는 군사가 대답했다.

"낙봉(落鳳) 언덕이라고 합니다."

【낙봉 언덕이란 봉황새가 떨어지는 언덕이라는 뜻이다.】

방통은 흠칫 놀랐다.

"내 도호가 봉추(鳳雛, 어린 봉황)인데 낙봉 언덕이라니 나에게 불리하다!"

방통이 군사에게 재빨리 물러서라고 명하는데, 산비탈 앞에서 포 소리가 '탕!' 울리더니 화살이 메뚜기 떼처럼 날아왔다. 화살은 그가 유비인 줄 알고 백마를 탄 사람만을 향해 날아와, 가엾게도 방통은 그만 어지러이 날리는 화살 아래 죽고 말았다. 나이 겨우 36세였다.

후세 사람이 시를 지어 탄식했다.

험한 산 이어지고 푸른 빛 가득한데
사원의 집은 산굽이에 있었네
어린 시절 비둘기 흔히 불렀고
마을에서 뛰어난 재주 펼쳤어라
셋으로 갈라질 것 내다보고 움직여
만 리 길 달려 홀로 돌아다녔네
그 누가 알았으랴, 별똥이 떨어져
장군이 비단옷 입고 돌아오지 못할 줄을

장임의 군사가 화살을 날려 방통을 죽이는데, 방통의 군사는 떼로 몰려 밀어닥치던 터라 길이 막혀 나아갈 수도 없고 물러설 수도 없어 반 이상이 죽었다. 앞쪽 군사가 나는 듯이 보고해, 위연이 급히 군사를 이끌고 돌아서려 했으나 산길이 너무 좁아 도무지 싸울 수가 없고, 장임이 높은 언덕에서 강한 활과 센 쇠뇌로 살을 무수히 날려 매우 당황했다.

지리를 잘 아는 군사가 아뢰었다.

"차라리 낙성 아래로 달려가 큰길을 찾아 나아가는 것이 좋겠습니다."

위연이 앞장서서 길을 뚫어 낙성으로 달려가니 앞에서 먼지가 보얗게 일며 군사 한 대가 달려왔다. 낙성을 지키는 오란과 뇌동이었다. 뒤에서는 장임이 쫓아와 앞뒤로 협공하니 위연은 죽기로써 싸웠으나 몸을 뺄 길이 없었다. 그런데 별안간 오란과 뇌동의 후군이 걷잡을 수 없이 어지러워져 두 장수는 급히 말을 돌려 구하러 가고 위연이 틈을 타 쫓아가는데, 군사 한 대를 거느린 장수가 칼을 춤추며 달려왔다.

"문장! 내가 자네를 구하러 왔네!"

노장 황충이었다. 두 사람이 오란과 뇌동을 물리치고 낙성 아래까지 달려가자 유괴가 대군을 이끌고 나왔으나 마침 유비가 이르러 막아주어 몸을 돌려 돌아왔다.

유비가 영채로 돌아오자 장임이 오솔길로 달려와 앞을 치고, 유괴와 오란, 뇌동이 힘을 합쳐 뒤를 쫓아와 유비는 영채를 지키지 못하고 달아났다. 부관에 거의 이르자 다행히 유봉과 관평이 힘을 빼지 않은 군사 3만을 거느리고 길을 막아 장임을 물리치고, 그 기세로 20리를 쫓아가 잃은 군마를 거의 다 빼앗아 왔다.

유비가 부관으로 돌아와 방통이 낙봉 언덕에서 말과 함께 화살에 맞아 죽었다는 보고를 듣고 서쪽을 향해 통곡하면서 넋을 부르는 제사를 지내니 장수들이 모두 울었다. 황충이 유비에게 물었다.

"방통 군사를 잃었는데, 장임이 부관을 치러 오면 어찌하시겠습니까? 사람을 형주로 보내 제갈 군사를 청해 서천을 차지할 계책을 세우셔야 하지 않겠습니까?"

이때 장임이 성 아래에 와서 싸움을 걸어 황충과 위연이 나가려 하자 유비가 말렸다.

"우리 군사의 날카로운 기세가 꺾였으니 굳게 지키면서 제갈 군사가 오기를 기다리는 게 좋겠소."

황충과 위연은 명령을 받들고 엄중히 지키기만 했다. 유비가 글을 써서 관평에게 일렀다.

"형주에 가서 제갈 군사를 모셔오너라."

관평은 밤에 낮을 이어 형주로 달려가고, 유비는 부관을 지키며 나가 싸우지 않았다.

형주를 지키는 제갈량이 명절인 칠석을 맞아 밤에 사람을 모아 잔치를 베풀며 서천 일을 이야기하는데, 별안간 서쪽 하늘에서 곡식을 되는 말만큼이나 큰 별이 하나 나타나더니 곧바로 떨어져 빛이 사방으로 흩어졌다. 제갈량은 깜짝 놀라 잔을 던지더니 얼굴을 감싸 쥐고 울었다.

"슬프도다! 아프도다!"

사람들이 놀라 까닭을 묻자 제갈량이 대답했다.

"내가 전에 천상을 헤아려보니 우리 군사에 매우 불리해, 주공께 글을 올려 조심해 대비하시라고 전했소. 그런데 오늘 밤 서방에서 별이 떨어질 줄이야 누가 알았겠소! 틀림없이 방사원 목숨이 끝장난 것이오!"

말을 마치고 제갈량은 목 놓아 울었다.

"이제 우리 주공께서 한쪽 팔을 잃으셨소!"

사람들은 모두 놀라 믿지 않았다.

"며칠 안으로 틀림없이 소식이 있을 것이오."

그날 밤 사람들은 술을 양껏 마시지 못하고 흩어졌다.

며칠 후, 제갈량과 관우가 사람들과 앉아 있는데 별안간 관평이 왔다고 하여 모두 놀랐다. 관평이 유비의 글을 올렸다.

'지난 7월 초이레에 방 군사가 화살에 맞아 낙봉파에서 돌아갔소.'

제갈량이 목 놓아 울자 모두 눈물을 흘렸다.

"주공께서 부관에서 나아가지도 못하고 물러서지도 못하는 어려운 지경에 빠지셨으니 이 양이 가지 않을 수 없소."

관우가 물었다.

"군사가 떠나면 누가 형주를 지키오? 형주는 중요한 땅이니 책임이 가볍지 않소."

"주공께서는 글에서 이름을 밝히지 않으셨지만 내가 이미 뜻을 알았소."

제갈량이 유비의 글을 보여주었다.

"주공께서는 글에서 형주를 부탁하시면서 실력을 가늠해 일을 맡기라고 하셨소. 비록 이렇게 쓰셨으나 관평에게 글을 가져오게 하셨으니, 그것은 운장공이 이 무거운 책임을 맡아야 한다는 뜻이오. 운장은 복숭아 뜰에서 의리로 형제를 맺은 정을 생각하고 힘을 다해 이 땅을 지키시오. 책임이 가볍지 않으니 애를 쓰셔야 할 것이오."

관우는 사양하지 않고 시원스레 승낙했다. 제갈량이 사람들 앞에서 도장과 끈을 정중하게 넘겨주어 관우가 두 손을 내밀어 받으려 하자 제갈량은 도장을 받쳐 들고 당부했다.

"여기 일이 모두 장군 한 몸에 달렸소."

"대장부가 무거운 책임을 맡았으니 죽기 전에는 그만두지 않겠소."

관우가 갑자기 죽는다는 말을 꺼내자 제갈량은 마음에 걸렸으나 이미 일을 맡기기로 했으니 일에 관해 묻기만 했다.

"조조가 군사를 이끌고 오면 어찌하시겠소?"

"힘으로 막겠소."

"조조와 손권이 일제히 군사를 일으켜 오면 어찌하시겠소?"

제갈량은 더 힘든 상황을 예상했으나 관우의 대답은 별로 다르지 않았다.

"군사를 나누어 막겠소."

제갈량이 깨우쳐 주었다.

"정말 그렇게 하면 형주가 위태로워지오. 내가 한마디를 알려드릴 테니 장군이 단단히 기억하면 형주를 지킬 수 있을 것이오."

제갈량이 또박또박 말했다.

"북으로 조조를 막고, 동으로 손권과 화해하시오[北拒曹操북거조조 東和孫權동화손권]."

관우가 선선히 대답했다.

"군사 말씀을 폐부에 깊이 새기겠소."

제갈량은 도장과 끈을 넘겨주고 관우를 보좌해 형주를 지킬 사람들을 뽑았다. 문관은 마량과 이적, 향랑(向朗), 미축이고, 무장은 미방과 요화, 관평, 주창이었다.

제갈량이 군사를 거느리고 서천으로 가는데, 정예 군사 1만을 내어 장비가 거느리고 큰길로 해서 파주와 낙성 서쪽으로 나아가게 하여 먼저 낙성에 이르면 첫 공로를 세우는 것이라고 정했다. 또 한 갈래 군사를 내어 조운을 선봉으로 하여 강을 거슬러 올라 낙성에서 유비와 만나게 했다. 제갈량은 조운의 뒤를 따라 간옹과 장완(蔣琬)을 비롯한 사람들을 이끌고 길에 올랐다. 형주 명사 장완은 자가 공염(公琰)으로 영릉군 상향현 사람인데 문서 일을 맡은 서

제갈량은 도장을 받쳐 들고 당부해 ▶

關羽輕松領荊州
乙酉春

기로 있었다.

제갈량은 1만 5000명 군사를 거느리고 길을 떠나며 같은 날 출발하는 장비에게 부탁했다.

"서천에는 호걸들이 아주 많으니 얕보아서는 아니 되오. 길에서 삼군을 단단히 단속해 민심을 잃는 일이 절대 없도록 하시오. 가는 곳마다 백성을 아끼고 구제해야 하오. 사람이 세상을 살면서 오로지 덕으로만 사람을 다스릴 수 있으니 [以德服人 이덕복인] 마음대로 군졸을 때리지 마시오. 장군과 하루빨리 낙성에서 만나기를 바라니 어겨서는 아니 되오."

장비는 기꺼이 응하고 말에 올라 길을 따라 나아가며 가는 곳마다 항복한 자는 털끝 하나 건드리지 않았다. 장비가 곧바로 한천 길로 나아가 파군에 이르니 선두에서 보고했다.

"파군 태수 엄안(嚴顔)은 촉의 명장으로 나이는 많으나 정력이 쇠퇴하지 않아 강한 활을 당기고 큰 칼을 쓰는데, 만 사람이 당하지 못할 용맹을 지녔습니다. 그는 성을 단단히 지키며 항복하는 깃발을 세우지 않았습니다."

장비는 성에서 10리 떨어진 곳에 영채를 세우고 군사를 하나 불렀다.

"성안에 들어가 늙다리에게 전하라. 빨리 나와 항복하면 성의 백성을 살려주지만 말을 안 들으면 성을 짓밟아 평지로 만들고 나이를 가리지 않고 씨를 말리겠다고!"

그 전에 엄안은 유장이 법정을 형주로 보내 유비를 서천으로 불러들인다는 소식을 듣고 가슴을 치며 안타까워했다.

"이는 민둥산 위에 홀로 앉아 호랑이를 끌어들여 지켜달라고 하는 것이나 다름없다!"

그 후 유비가 부관을 차지했다고 하자 엄안은 크게 노해 여러 번 군사를 거느리고 싸우러 가려 했으나 이 길로 쳐들어오는 군사가 있을까 염려해 움직이지 못했다. 그런 판에 장비 군사가 이르렀다는 소식을 듣고 5000여 명 군사를 모두 일으켜 싸울 채비를 하니 아래에 중원에서 온 사람이 있어 계책을 드렸다.

"장비는 당양 장판 언덕에서 호통 한 번으로 조조의 100만 대군을 물리쳤습니다. 조조까지 이름만 듣고도 피할 정도이니 얕보아서는 아니 됩니다. 도랑을 깊이 파고 보루를 높이 쌓아 굳게 지키며 나가 싸우지 않으시면 식량이 없어 한 달도 지나지 않아 물러갑니다. 장비는 성질이 타오르는 불같아 군졸을 때릴 줄밖에 모르니 우리가 상대해주지 않으면 반드시 화가 치밀어 군졸에게 분풀이합니다. 그때 군졸들 마음이 변하기를 기다려 들이치면 사로잡을 수 있습니다."

엄안이 군사를 성벽에 올려보내 지키는데 장비의 군사 하나가 성에 다가와 외쳤다.

"문을 열어라!"

엄안이 들어오게 하여 군사가 장비의 말을 그대로 전하니 크게 노했다.

"같잖은 녀석이 어찌 감히 무례하게 구느냐! 나 엄 장군이 도적에게 항복할 사람이냐? 네 입을 빌려 장비에게 알려야겠다!"

엄안이 군사의 귀와 코를 베어 돌려보내자 장비는 이를 갈며 눈을 둥그렇게 부릅뜨더니 수백 명 기병을 이끌고 성 아래로 달려갔다. 성 위에서 별의별 욕을 퍼부어 성질이 솟구친 장비는 몇 번이나 조교까지 쳐들어가 해자를 건너려 했으나 그때마다 어지러운 화살에 막혔다. 날이 저물도록 성안에서는 한 사람도 나오지 않아 장비는 간신히 화를 참고 영채로 돌아왔다.

이튿날 장비가 또 성 아래에 가서 싸움을 걸자 엄안이 적루 위에서 화살을 날려 장비의 투구를 맞혔다. 장비는 엄안을 손가락질하며 다짐했다.

"이 늙다리 녀석을 잡으면 내가 친히 생살을 씹겠다!"

저녁까지 기다리다 장비는 또 빈손으로 돌아왔다. 다음날 장비는 군사를 모두 이끌고 성을 따라 돌며 욕을 퍼부었다. 파군은 산성이라 주위에 산이 많아, 장비가 말을 타고 산에 올라 성안을 굽어보니 군사들은 투구 쓰고 갑옷 입고 대오를 지어 매복하고, 백성이 분주히 오가며 벽돌을 나르고 돌을 굴려 성을 지켰다. 장비는 기병은 말에서 내리게 하고, 보병은 땅에 앉혀 엄안이 나와 싸우도록 꾀었으나 성안에서는 아무 움직임이 없었다.

또 종일 욕만 퍼붓다 허탕 치고 돌아온 장비는 불현듯 계책을 하나 짜내고 장졸들에게 모두 싸울 채비를 단단히 한 채 영채에서 기다리게 하고는 30여 명 군사만 성 아래로 보내 욕을 퍼붓게 했다. 엄안 군사를 꾀어내기만 하면 곧바로 뛰어나가 싸울 생각으로 주먹을 불끈 쥐었다가는 손바닥을 썩썩 비비면서 군사가 나오기만 기다렸다.

사흘이나 연이어 욕을 퍼부었으나 엄안은 성 밖으로 한 걸음도 내디디지 않았다. 장비는 눈썹을 찡긋거리며 계책을 또 하나 짜내고는 군사를 사방으로 흩어 땔감을 장만하면서 길을 찾게 했다.

엄안이 성안에서 내다보는데 며칠 동안 장비는 아무 움직임이 없었다. 의심이 들어 군사 10여 명을 장비의 땔감 구하는 군사로 꾸며 가만히 성 밖으로 내보내, 장비의 군사 속에 섞여 영채 안으로 들어가게 했다. 저녁이 되어 여러 곳으로 나갔던 군사가 돌아오자 장비는 발을 구르며 욕을 퍼부었다.

"엄안, 이 늙다리 녀석이 내가 화가 나서 미치게 만드는구나!"

장막 앞에서 서너 사람이 말했다.

"장군은 속을 태우지 마십시오. 오솔길을 하나 알아냈으니 파군을 지나갈 수 있습니다."

장비는 일부러 목청을 돋우어 외쳤다.

"그런 길이 있으면 어찌하여 일찍 말하지 않았느냐?"

"이제야 알았습니다."

"일을 늦추어서는 아니 된다. 바로 오늘 이른 밤에 밥을 짓고 달이 환할 때를 틈타 영채를 모두 뽑는다. 사람은 하무를 물고 말은 방울을 떼어 슬그머니 움직이는데 내가 몸소 앞에서 길을 열 테니 너희는 순서에 따라 나아가라."

장비가 명령을 영채에 두루 전하게 하니 성에서 나온 군사들이 듣고 몰래 성안으로 돌아가 엄안에게 보고했다.

"나는 벌써 하찮은 녀석이 참지 못할 줄 알았다. 오솔길로 지나간다면 식량과 말먹이 풀과 군수품은 뒤에 있을 텐데, 내가 중간에 길을 막으면 어찌 지나가겠느냐? 거 참, 꾀 없는 놈이 내 계책에 걸렸구나!"

엄안은 즉시 명령을 내렸다.

"오늘 밤 이른 밤에 밥을 짓고 밤중에 성을 나가 나무가 우거진 곳에 숨어 장비가 지나가기를 기다린다. 수레가 지나갈 때 북소리가 울리면 일제히 쳐나가라."

밤이 되어 엄안 군사는 모두 배불리 먹고 가만히 성을 나가 네 방향으로 매복해 북이 울리기만 기다렸다. 한밤중에 엄안이 10여 명 비장을 이끌고 멀리 바라보니 장비가 앞에서 긴 창을 들고 가만히 지나가는 것이었다. 그가 지나가자 뒤를 이어 수레와 군사가 지나갔다.

엄안이 그것을 분명히 바라보고 명령을 내려 일제히 북을 두드리자 네 방향에서 매복한 군사가 모두 일어났다. 그들이 수레를 빼앗으려 달려드는데 등 뒤에서 징 소리가 '쾅!' 울리며 군사 한 떼가 나타나더니 앞장선 장수가 버럭 호통쳤다.

"늙다리 도적은 달아나지 마라! 내가 너를 기다렸다!"

엄안이 고개를 홱 돌려보니 머리는 표범 같고 눈은 고리눈인데, 아래턱은 제비 턱처럼 힘 있고 수염은 호랑이처럼 빳빳한 사람이 18자 긴 창을 들고 새

까만 말 위에 올라탔으니 다름 아닌 장비였다.

사방에서 징 소리도 요란하게 군사들이 몰려오니 뜻밖에 장비를 만난 엄안은 손이 제대로 놀려지지 않았다. 두 장수가 맞붙어 장비가 곧 빈 구석을 보여주니 엄안이 기회를 놓칠세라 한칼 내리찍었다. 장비가 칼을 슬쩍 피하면서 바짝 달려들어 엄안의 갑옷 끈을 틀어쥐더니 홱 잡아당겨 자기 말 위로 끌어왔다가 내동댕이치자 군사들이 꽁꽁 묶었다. 먼저 지나간 장비는 가짜였다. 엄안의 군사는 태반이 갑옷을 벗고 병기를 버리며 항복했다.

장비가 군사를 휘몰아 파군성으로 달려가니 후군이 먼저 성안에 들어가 있었다. 장비가 백성을 건드리지 않게 명하고 방문을 내걸어 안정시키자 무사들이 엄안을 떠밀고 들어왔다. 대청 위에 앉은 장비는 엄안이 무릎을 꿇지 않자 성난 눈을 부릅뜨고 이를 북북 갈며 소리 높여 꾸짖었다.

"대장이 왔는데 어찌하여 항복하지 않고 감히 항거하느냐?"

엄안은 전혀 두려워하지 않고 맞받았다.

"너희가 의로움도 없이 군을 침범했는데, 이곳에는 목이 잘려도 항복하는 장군은 없다!"

장비가 크게 노해 호령했다.

"여봐라, 저놈 목을 쳐라!"

엄안도 지지 않고 호통쳤다.

"하찮은 사내야! 목을 치면 그만이지 소리는 왜 지르느냐?"

엄안의 목소리가 우렁차고 얼굴빛도 변하지 않자 장비는 화가 풀리고 기쁨이 솟았다. 섬돌 아래로 내려가 부하들을 물리치고 친히 엄안의 밧줄을 풀어주고는 대청 가운데 높이 부축해 앉히고 머리를 숙여 넙죽 절을 했다.

"방금 장군 위엄을 모독했는데 나무라지 않으시면 고맙겠소. 내가 예전부

장비는 엄안을 높이 앉히고 절을 해 ▶

張翼德義釋嚴顔
乙酉春
美雄畫

터 노장군이 호걸임을 아오."

장비가 술을 올려 놀란 가슴을 진정시키니 엄안은 장비의 의로움에 감동해 항복하고 말았다. 장비가 서천으로 들어갈 계책을 묻자 엄안이 장담했다.

"싸움에 진 장수가 두터운 은혜를 입었으나 보답할 길이 없으니 개와 말의 수고를 아끼지 않을까 하오. 칼 한 자루, 활 한 장 쓰지 않고 곧장 성도를 손에 넣을 수 있소."

이야말로

한 장수가 마음 바치니
여러 성이 귀순하누나

그 계책이란 어떤 것일까?

64

충신이 어찌 두 주인 섬기랴

공명은 계책 정해 장임을 잡고
양부는 군사 빌려 마초 깨뜨려

장비가 계책을 묻자 엄안이 알려주었다.

"여기부터 낙성까지 관과 요충지를 모두 내가 맡아 군사를 관리하오. 장군 은혜에 보답할 길이 없으니 이 늙은이가 앞장서서 가는 곳마다 모두 불러 항복하게 하겠소. 장군은 창칼을 놀릴 필요가 없소."

장비는 너무나 고마워 거듭 인사했다. 엄안이 앞에 서고 장비는 뒤를 따르는데, 가는 곳마다 엄안이 지키는 자들을 불러 항복하게 했다. 머뭇거리며 마음을 정하지 못하는 자가 있으면 엄안이 달랬다.

"나도 항복했으니 자네가 어쩌겠는가?"

군사들은 엄안과 장비가 온다는 말만 듣고도 앞다투어 귀순해 한 번도 싸우지 않았다.

이보다 앞서 제갈량이 길 떠난 날짜를 보고하고 낙성에서 만나기로 약속하자 유비가 부하들과 상의했다.

"공명과 익덕이 두 길로 오니 낙성에서 만나 함께 성도로 들어갈 것이오. 물길로 배를 타고 뭍길로 수레를 몰아 7월 20일 떠났다니 우리는 곧 진군할 수 있소."

황충이 제안했다.

"장임이 날마다 와서 싸움을 거는데 우리가 나가지 않아 그쪽 군사가 긴장을 풀고 싸울 채비를 하지 않습니다. 오늘 밤 군사를 나누어 영채를 습격하면 낮에 싸우는 것보다 좋습니다."

황충은 영채 왼쪽을 치고 위연은 오른쪽을 치며 유비는 가운데를 공격하기로 하고 저녁 일찍 떠났다. 장임은 과연 대비하지 않아 유비 군사가 영채에 불을 지르자 곧바로 달아났다. 유비가 밤중에 낙성까지 쫓아가니 장임이 급히 성으로 들어가 유비는 성 가까이 영채를 세웠다.

이튿날 유비가 낙성을 에워쌌으나 장임은 군사를 움직이지 않았다. 나흘째 날 유비는 몸소 군사 한 대를 이끌고 서문을 치면서 황충과 위연에게 동문을 공격하게 하며, 남문과 북문은 남겨두어 적이 달아나게 했다. 남문 일대는 모두 산길이고 북문 밖에는 강이 있었다.

장임이 성 위에서 바라보니 유비가 서문에서 말을 타고 오가며 군사를 지휘하는데, 아침 일찍부터 움직여 한낮이 지나자 사람과 말이 모두 힘이 빠졌다. 장임은 오란과 뇌동에게 북문으로 나가서 동문으로 돌아가 황충, 위연과 싸우게 하고, 자신은 남문으로 빠져 서문으로 돌아가 유비와 맞서기로 했다. 민병들이 성벽에 올라 북을 두드리며 고함을 쳐 기세를 돋우었다.

서문을 치던 유비가 하늘을 올려다보니 붉은 해가 서쪽으로 기울어, 후군을 먼저 물러서게 하고 군사들이 몸을 돌리는데 성 위에서 고함 소리가 일어나며 갑자기 남문으로 군사가 뛰쳐나왔다. 장임이 잡으려고 달려오니 유비 군사는 크게 어지러워졌다. 황충과 위연 또한 오란과 뇌동이 나타나 힘든 싸움을 벌였다.

유비가 장임을 당하지 못해 후미진 산속 오솔길로 달아나자 장임이 뒤를 쫓아와 금방이라도 따라잡힐 것 같았다. 유비는 혼자이고 장임은 기병 몇이 있어 유비가 힘을 다해 달려가는데 느닷없이 산길에서 군사가 한 무리 달려왔다.

"뒤로는 추격 군사가 이르고 앞에는 매복 군사가 막으니 하늘이 나를 망하게 하는구나!"

당황해 탄식하는데 마주 오는 군사를 보니 뜻밖에도 앞장선 대장이 장비였다. 장비가 엄안과 함께 오다 멀리 앞에서 먼지가 이는 것을 보고, 아군이 싸우는 줄 알고 앞장서서 달려온 것이다. 장비가 장임과 말을 어울리자 뒤에서 엄안이 대부대를 이끌고 기세 좋게 달려왔다. 장임은 부랴부랴 돌아서서 성 안으로 달려가 조교를 끌어올리고 굳게 지켰다.

장비가 돌아와 유비를 뵈었다.

"제갈 군사는 강을 거슬러오는데도 아직 이르지 못하고, 나에게 첫 공로를 빼앗겼소."

유비가 의심했다.

"산길이 험한데 어찌 막는 군사도 없이 순조롭게 달려와 먼저 이르렀는가?"

"길에서 관과 요새 45곳을 지났으나 엄안 노장군 덕분에 조금도 힘들지 않았소."

장비가 의로움을 무겁게 알아 그를 풀어준 이야기를 모두 하고 엄안을 데려와 뵈니 유비는 몹시 고마워했다.

"노장군이 아니었으면 아우가 어찌 여기 올 수 있었겠소?"

유비는 입고 있던 황금 쇄자갑을 벗어 내려주었다.

【싸움하는 장수에게는 훌륭한 무기 못지않게 중요한 것이 갑옷이었다. 쇄자갑은 쇳조각을 쇠고리로 꿰어 만들었는데 몸에 착 붙고 가벼웠다. 고리 다섯 개가

서로 맞물려, 화살이 고리 하나에 맞으면 다른 고리들이 움직이면서 막아주어 뚫고 들어오지 못했다. 이렇게 좋은 갑옷인데, 더구나 주공이 입던 황금 갑옷을 받으니 항복한 장수로서는 크나큰 영광이었다.】

유비가 잔치를 베풀어 술을 마시려 하는데 보고가 들어왔다.

"황충과 위연, 두 장군이 서천의 오란, 뇌동과 싸우는데 성안에서 또 오의와 유괴가 쳐 나와 크게 패하고 동쪽을 향해 달려갔습니다."

그 말을 듣자 장비가 서둘렀다.

"내가 마침 그놈들 뒤에 있소."

장비와 유비가 양쪽으로 달려나갔다. 오의와 유괴는 뒤에서 고함이 일어나자 황급히 성안으로 물러 들어가고 오란과 뇌동은 군사를 이끌고 쫓아가다 돌아갈 길을 끊겼다. 황충과 위연이 군사를 돌려 공격하자 두 사람은 막아내지 못할 것을 알고 항복했다. 유비는 군사를 거두어 성에 다가가 영채를 세웠다.

장임이 두 장수를 잃고 근심에 싸여 있는데 오의가 주장했다.

"형세가 위급하니 죽기로써 한번 싸우지 않고 어찌 적을 물리치겠소? 사람을 성도로 보내 주공께 위급을 알리고 계책을 써서 맞서야 하오."

장임이 대답했다.

"내가 내일 군사 한 대를 이끌고 싸움을 걸어 적을 성의 북쪽으로 유인하겠습니다. 그때 성안에서 군사가 뛰어나가 중간을 끊으면 이길 수 있습니다."

오의가 결정을 내렸다.

"유 장군은 공자를 보좌해 성을 지키시오. 내가 나가 장 장군을 돕겠소."

이튿날 장임이 수천 군사를 이끌어 깃발을 휘두르고 고함치며 성을 나가 싸움을 걸었다. 장비가 맞이해 말도 걸지 않고 두 장수가 맞붙어 10여 합이나 싸웠을까, 장임이 못 견디는 척 성을 돌아 달아나자 장비가 힘을 떨쳐 쫓아가니 오의가 성에서 뛰쳐나와 뒷길을 막아버렸다. 장임도 군사를 되돌려 장비를 가운데로 몰아넣었다.

장비가 차츰 위급해지는데 별안간 강변에서 군사 한 대가 달려왔다. 앞장선 대장이 창을 꼬나 들고 말을 달려 오의와 한 번 어울리더니 바로 그를 사로잡고 군사를 물리쳐 장비를 구했다. 장비가 보니 조운이라 반가워 물었다.

"군사는 어디 계시는가?"

"군사께서는 이미 이르셨는데 지금쯤은 주공과 만났을 것이오."

두 사람은 오의를 사로잡아 영채로 돌아가고 장임은 동문으로 물러 들어갔다. 장비와 조운이 장막에 들어가자 제갈량이 간옹, 장완과 함께 와 있다가 장비를 보고 놀라 물었다.

"익덕이 어찌 먼저 오셨소?"

유비가 장비 대신 의로움으로 엄안을 풀어준 일을 이야기하자 제갈량이 축하했다.

"장 장군이 이렇게 지모를 쓰니 모두 주공의 크나큰 복이십니다!"

조운이 오의를 데려오자 유비가 물었다.

"그대는 항복하겠는가?"

"이미 잡혔으니 어찌 항복하지 않겠습니까?"

유비가 크게 기뻐 친히 밧줄을 풀어주자 제갈량이 오의에게 물었다.

"몇 사람이 성을 지키오?"

"유계옥의 아들 유순이 있고 보좌하는 장수로는 유괴와 장임이 있습니다. 유괴는 별것 아니나 촉군 사람 장임은 담력이 아주 강하고 지략이 지극히 많아 얕보아서는 아니 됩니다."

제갈량이 물었다.

"먼저 장임을 붙들고 그다음 낙성을 손에 넣어야 하겠소. 성 동쪽 다리는 이름이 무엇이오?"

"금안교입니다."

제갈량이 말에 올라 다리에 가서 강을 두루 살피고 돌아와 황충과 위연을 불렀다.

"금안교 남쪽 5리쯤 떨어진 곳은 양쪽 기슭에 갈대가 우거져 군사를 매복할 수 있소. 문장은 창잡이 1000명을 이끌고 왼쪽에 매복해 오로지 말 위의 장수만 찌르고, 한승은 칼잡이 1000명을 이끌고 오른쪽에 매복해 오로지 말만 찍으시오. 그쪽 군사를 쳐서 흩어버리면 장임은 반드시 산 동쪽 오솔길을 향해 달려갈 테니 익덕은 1000명 군사를 이끌고 매복해 사로잡으시오."

제갈량은 또 조운을 불렀다.

"자룡은 북쪽에 매복해 장임이 지나가면 다리를 끊고 공격 형세를 취하시오. 장임이 감히 북쪽으로 가지 못하고 남쪽을 향하게 만들면 계책에 걸리는 것이오."

군사를 나누어 작전을 마치고 제갈량은 몸소 적을 유인하러 갔다.

이때 유장이 장익(張翼)과 탁응(卓膺)을 낙성으로 보내 싸움을 돕게 했다. 장임은 장익에게 유괴와 함께 성을 지키게 하고, 탁응과 같이 선후 두 대를 이루어 적을 물리치러 나갔다. 장임이 선두를 이끌고 금안교를 향해 가자 제갈량이 줄도 바로 서지 못한 군사를 한 무리 이끌고 다리를 건너와 진을 쳤다. 푸른 비단띠 두건을 쓰고 깃털 부채를 든 제갈량이 네 바퀴 수레에 앉아 나오니 100여 명 기병이 곁에 둘러섰는데, 제갈량이 장임을 가리키며 꾸짖었다.

"조조는 100만 무리를 거느리고도 내 이름을 듣기만 하면 달아난다. 지금 너희는 어떤 사람이기에 감히 항복하지 않느냐?"

장임은 적군의 대오가 정연하지 못해 싸늘하게 웃었다.

'제갈량이 군사를 부리는 것이 신선 같다고 하더니 헛소문만 흘렸지 실속은 없구나.'

그가 창을 들어 앞을 가리키자 높은 장교와 낮은 군졸들이 일제히 쳐나갔다. 제갈량은 재빨리 수레를 버리고 말에 올라 다리를 건너 달아났다. 장임이 쫓아가 금안교를 지나자 유비와 엄안이 양쪽에서 쳐 나왔다. 장임이 계책에 걸린 것을 알고 급히 군사를 되돌렸으나 다리가 이미 끊겨, 북쪽으로 가려고 보니 조운이 기슭에 군사를 늘여 세웠다.

장임은 남쪽으로 달려 강을 돌아 달아났다. 5리쯤 달려가 갈대가 우거진 곳에 이르자 위연의 군사가 불시에 일어나 긴 창을 마구 내찌르고, 황충의 군사가 갈대 사이에 엎드려 기다란 칼로 사정없이 말발굽을 찍었다. 기병이 거의 쓰러져 붙잡히자 보병은 감히 다가오지 못해 장임은 수십 명 기병을 이끌고 산길을 향해 달아났다. 장비가 산비탈에 용맹한 군사를 늘여 세우고 기다리다 버럭 호통치니 장졸들이 일제히 달려와 장임을 사로잡았다.

이보다 앞서 탁응은 장임이 계책에 걸리는 것을 보고 조운에게 항복해 함께 큰 영채로 갔다. 유비가 탁응에게 상을 내리는데 장임이 잡혀 오자 물었다.

"촉의 장수들이 소문만 듣고도 항복하는데 그대는 어찌 일찍 항복하지 않았느냐?"

장임은 눈을 부릅뜨고 분개해 외쳤다.

"충신이 어찌 두 주인을 섬기겠느냐?"

유비가 달랬다.

"그대는 하늘의 때를 몰랐을 뿐이니 항복하면 죽음을 면해주겠다."

"오늘 비록 항복하더라도 끝까지 항복하지는 않는다! 어서 나를 죽여라!"

유비가 차마 죽이지 못하자 장임은 날카롭게 욕을 퍼부었다. 제갈량이 무사에게 목을 치게 하여 그의 명성을 이루어주니, 유비는 감탄하며 주검을 거두어 금안교 곁에 묻게 하고 그 충성을 표창했다.

이튿날 유비는 낙성에 이르러 엄안과 오의를 비롯해 촉에서 항복한 장수들을 앞세워 높이 외쳤다.

“어서 문을 열고 항복해 성안 백성이 고생하지 않게 하라!”

유괴가 성 위에서 욕을 퍼부어 엄안이 화살을 쏘려고 시위에 먹이는데 별안간 성 위에서 한 장수가 검을 뽑아 유괴를 베고 성문을 열었다. 유비 군사는 낙성으로 들어갔다. 유순은 서문으로 도망쳐 성도로 달려가고, 유비는 방문을 내걸어 백성을 안정시켰다. 유괴를 벤 자는 익주 건위군 무양 사람 장익으로 자는 백공(伯恭)이었다.

유비가 장수들에게 후한 상을 내린 후 제갈량이 건의했다.

“낙성이 깨지니 성도는 바로 눈앞입니다. 바깥의 군과 고을들이 불안해할까 걱정되니 항복한 장수 장익과 오의를 조운과 함께 보내 민강 일대 강양과 건위를 비롯한 여러 군과 고을을 위로하게 하고, 엄안과 탁응에게는 장비를 안내해 파서와 덕양 일대 여러 군과 고을을 어루만지게 하십시오. 관리들을 임명해 백성을 안정시킨 후 곧 성도로 들어가 모두 모이게 하십시오.”

유비 명령을 받든 장비와 조운이 떠나자 제갈량은 항복한 장수에게 물었다.

“앞으로 가면 어떤 관이 있느냐?”

“면죽에만 강한 군사가 있으니 그곳만 얻으면 성도를 얻기는 식은 죽 먹기입니다.”

제갈량이 면죽으로 나아가려고 상의하자 법정이 제안했다.

“낙성이 깨져 촉이 위급해졌습니다. 주공께서는 인의로 뭇사람 마음을 얻으려 하시니 잠시 나아가지 마십시오. 제가 글을 올려 이익과 해로움을 이야기하면 유장은 어쩔 수 없이 항복합니다.”

“효직의 의견이 제일 좋소.”

제갈량이 찬성하고 법정에게 글을 짓게 하여 성도로 보냈다.

성도로 돌아간 유순이 낙성 일을 말해 유장이 상의하자 종사 정도(鄭度)가 계책을 올렸다.

"유비가 비록 성을 빼앗았으나 군사가 많지 않고 백성이 따르지 않습니다. 또 들판의 곡식에 의지할 뿐 군대에는 식량이 없습니다. 파서와 재동 백성을 모두 부수 서쪽으로 옮기고, 창고 식량과 들판 곡식을 남김없이 태워버리며, 도랑을 깊이 파고 보루를 높이 쌓아 굳게 지키면 됩니다. 그가 싸움을 청하면 절대 응하지 마십시오. 오랫동안 먹을 게 없으면 100일도 되지 않아 제풀에 물러갑니다. 그때 우리가 틈을 타 치면 유비를 사로잡을 수 있습니다."

유장은 들어주지 않았다.

"그렇지 않소. 나는 적을 막아 백성을 편안히 한다는 말만 들었지, 백성을 움직여 적을 막는다는 말은 듣지 못했소. 그 말은 우리 고장을 고스란히 보존하는 계책이 아니오."

이때 법정이 글을 보내왔다.

'전날 저는 주공 부름을 받고 유 형주와 좋은 사이를 맺으려고 떠났는데, 뜻밖에도 주공 곁에 올바른 사람이 없어 일이 이렇게 되고 말았습니다. 지금 유 형주는 옛정을 그리고 종친의 정을 잊지 않으십니다. 주공께서 바로 깨달아 귀순하시면 유 형주는 반드시 나쁘게 대하지 않을 것이니 세 번 생각하고 분부를 내리시기 바랍니다.'

유장은 크게 노해 글을 찢고 욕을 퍼부었다.

"법정은 주인을 팔아 제 영광을 구하니 의리를 저버린 도적놈이다!"

유장은 법정의 사자를 성 밖으로 쫓아내고 처남 비관을 면죽으로 보내 지키게 했다. 비관이 함께 갈 사람을 추천하니 남양 사람으로 성은 이(李)에 이름은 엄(嚴)이며 자는 정방(正方)이었다. 두 사람이 3만 군사를 이끌고 면죽을 지켰다.

익주 태수 동화(董和)가 유장에게 한중 군사를 빌려오자고 청하자 유장이 걱정했다.

"장로는 나하고 윗대부터 원수였는데 어찌 나를 도와주겠소?"

"비록 우리와 원수를 졌으나 유비 군사가 낙성에 있어 우리 형세가 위급합니다. 입술이 없어지면 앞니가 시리기 마련이니 이익과 해로움을 들어 설득하면 장로는 반드시 우리 청을 받아줄 것입니다."

유장은 한중으로 글을 보냈다.

이보다 앞서 마초는 조조에게 패하고 강인 땅에 들어간 지 2년이 넘었다. 건안 18년(213년) 8월, 그가 강인 군사와 협정을 맺고 농서의 주와 군을 쳐서 함락시키자 가는 곳마다 모두 항복했으나 기성만은 함락시키지 못했다.

기성을 지키는 양주 자사 위강이 장안에 있는 하후연에게 여러 차례 구원을 청했으나 하후연은 조조 허락을 받지 못해 감히 군사를 움직이지 못했다. 구원병이 오지 않자 위강이 무리와 상의했다.

"마초에게 항복하는 편이 낫겠소."

참군 양부가 울면서 충고했다.

"마초 무리는 천자를 배반했는데 어찌 항복합니까?"

위강은 제 뜻을 고집했다.

"이렇게 되었으니 항복하지 않고 무얼 기다리겠소?"

양부가 말렸으나 위강은 성문을 열고 마초를 찾아가 항복을 청했다. 마초는 크게 노했다.

"너는 형세가 급해지자 항복을 청하니 참마음이 아니다!"

마초가 위강과 40여 명 식솔의 목을 치자 누군가 마초에게 권했다.

"양부도 위강의 항복을 말렸으니 목을 쳐야 합니다."

마초 생각은 달랐다.

"이 사람은 의리를 지켰으니 죽여서는 아니 된다."

마초는 양부를 다시 참군으로 써주었다. 양부가 기성의 군관 양관과 조구를 추천해 모두 군관으로 쓰게 하고 기회를 보아 마초에게 청했다.

“이 부의 아내가 임조에서 죽었으니 두 달 휴가를 주시기 바랍니다. 돌아가 아내를 묻고 곧 돌아오겠습니다.”

마초가 허락해 길을 떠난 양부는 역성을 지나다 무이장군 강서(姜敍)를 찾아갔다. 강서와 양부는 사촌으로 강서 어머니는 양부의 고모였는데 이때 나이 82세였다. 양부가 강서 집에 가서 고모에게 울며 절했다.

“이 부는 성도 지키지 못하고, 주인이 죽었는데 같이 죽지도 못해 고모님을 뵐 낯이 없습니다. 마초는 천자를 배반하고 자사를 죽여 온 주의 백성이 미워합니다. 지금 우리 형님은 역성에 자리를 틀고 앉아서도 역적을 토벌할 마음이 없으니 어찌 신하의 도리라 할 수 있겠습니까?”

양부가 눈물을 줄줄 흘리는데 피까지 흐르니 강서 어머니가 아들을 불러 나무랐다.

“위 사군께서 죽임을 당하신 것은 너에게도 책임이 있다.”

그리고 양부에게 물었다.

“너는 항복해 그의 녹을 먹으면서 어찌 다시 그를 토벌할 마음이 생겼느냐?”

“제가 도적을 따른 것은 구차한 목숨을 살려 주인의 원수를 갚기 위해서입니다.”

강서가 근심했다.

“마초는 뛰어나게 용맹하여 급히 꾀하기 어렵습니다.”

“용맹하나 꾀가 없어 토벌하기 쉽습니다. 이미 가만히 양관, 조구와 약속했습니다. 형님이 군사를 일으키면 두 사람이 즉시 안에서 호응합니다.”

양부 말을 듣고 강서 어머니가 아들에게 말했다.

“너희가 일찍 움직이지 않고 언제까지 기다리려 하느냐? 누구인들 한 번은 죽지 않는다 하더냐? 충성과 의리를 위해 죽는다면 제대로 죽는 셈이니 내 걱정은 하지 마라. 네가 만약 의산(양부) 말을 듣지 않는다면 내가 먼저 죽어 네 걱정을 덜어주겠다."

강서는 부하 교위 윤봉, 조앙과 상의해 마초와 싸우기로 약속했다. 이때 조앙의 아들 조월이 마초 밑에서 비장으로 있어, 조앙이 집으로 돌아가 아내 왕씨에게 말했다.

"내가 오늘 강서, 양부, 윤봉과 함께 위 자사의 원수를 갚기로 약속했소. 그런데 아들 조월이 마초를 따르고 있으니 우리가 군사를 일으키면 마초가 반드시 아들부터 죽일 텐데 어찌해야 하오?"

아내가 날카롭게 대답했다.

"주인과 어버이의 큰 수치를 갚기 위해서는 목숨을 잃더라도 아까울 게 없거늘 하물며 아들 하나이겠어요! 당신이 아들을 걱정해 움직이지 않는다면 내가 먼저 죽겠어요!"

조앙은 마음을 다잡고 이튿날 강서와 함께 군사를 일으켰다. 강서와 양부는 역성에 주둔하고 윤봉과 조앙은 기산에 주둔했다. 왕씨는 장신구와 비단을 모조리 꺼내 친히 기산에 가서 군사들에게 상을 주고 수고를 위로했다.

마초는 강서와 양부가 윤봉, 조앙과 힘을 합쳐 반대하는 군사를 일으켰다는 소식을 듣고 크게 노해 당장 조월의 목을 치고, 방덕, 마대와 함께 군사를 거느리고 역성으로 달려가니 강서와 양부가 군사를 이끌고 나왔다. 양쪽 군사가 마주해 진을 이루자 강서와 양부가 상복인 흰 전포를 입고 나와 욕을 퍼부었다.

"천자를 배반하고 의리도 저버린 도적놈아!"

마초가 크게 노해 달려가자 양쪽 군사가 어지러이 싸웠다. 강서와 양부가 마초를 당할 수 없어 크게 패해 달아나자 마초가 군사를 휘몰아 쫓아가는데 등 뒤에

강서의 어머니는 마초에 반대하라고 ▶

姜母勸子反馬超
三國演義插圖之九十六 乙酉春葉雄畫

서 고함치며 윤봉과 조앙이 달려와 마초는 급히 돌아섰다. 그러자 강서와 양부, 윤봉과 조앙이 앞뒤로 협공해 마초는 머리와 꼬리가 서로 돌볼 수 없게 되었다.

이때 옆에서 대군이 달려오니 하후연이 드디어 조조의 군령을 받들고 마초를 깨뜨리러 오는 것이었다. 마초가 세 길 군사를 당할 수 없어 달아나 하룻밤을 꼬박 달려 기성에 이르러 문을 열라고 소리치자 문이 열리기는커녕 성 위에서 수많은 화살이 날아와 깜짝 놀랐다.

양관과 조구가 성 위에서 욕을 퍼부으며 단칼에 마초의 아내 양씨를 베어 밑으로 던졌다. 이어 마초의 어린 세 아들과 가까운 친척 10여 명을 차례로 베어 성벽 아래로 던지니 마초는 기가 꽉 막혀 말에서 떨어질 뻔했다.

이때 등 뒤에서 하후연이 군사를 이끌고 쫓아오니 마초는 그 엄청난 세력에 싸울 엄두가 나지 않아 방덕, 마대와 함께 길을 뚫고 달아났다. 앞으로 달려가다 강서, 양부와 마주쳐 한바탕 싸우고 지나가는데, 다시 윤봉, 조앙과 맞닥뜨리니 군사가 줄고 줄어 50여 명 기병만 남아 밤길을 달려갔다.

동트기 전에 역성 아래에 이르자 문을 지키는 군졸들이 강서의 군사가 돌아온 줄 알고 성문을 열었다. 마초는 남문부터 시작해 성안의 백성을 보이는 대로 죽였다. 강서 집에 이르러 늙은 어머니를 끌어내자 전혀 두려워하지 않고 손가락질하며 욕을 퍼부어 마초가 크게 노해 직접 목을 베었다. 윤봉과 조앙의 식솔들도 모조리 죽임을 당하고 조앙 아내 왕씨만 군중 속에 있어 난을 면했다.

이튿날 하후연의 대군이 이르러 마초는 성을 버리고 서쪽으로 달아났다. 20리도 가지 못해 군사 한 대가 앞을 막으니 앞장선 사람은 양부였다. 마초는 한을 품고 이를 부득부득 갈며 말을 다그쳐 창을 내찔렀다. 양부의 집안 아우 일곱이 양부를 도와 싸웠으나 모두 마초의 창에 찔려 죽고 말았다. 양부는 다섯 군데나 창에 찔리고도 죽기로써 싸웠다. 이때 뒤에서 하후연의 대군이 쫓아와 마초가 또 달아나니 방덕과 마대를 비롯해 겨우 5~6명이 그를 따랐다.

하후연은 농서 여러 고을 백성을 위로해 안정시키고 강서를 비롯한 사람들을 여러 곳에 나누어 지키게 했다. 양부를 허도로 보내 조조를 뵙게 하니 조조가 관내후 작위를 내렸으나 양부는 사절했다.

"이 부는 난리가 일어나도 침범을 막은 공로가 없고 주인을 따라 죽을 절개도 없었으니, 응당 죽음을 내려야 하거늘 무슨 낯으로 벼슬을 받겠습니까?"

양부가 그럴수록 조조는 더욱 갸륵하게 여겨 기어이 작위를 주었다.

【나관중 본에는 조조가 양부에게 상을 받도록 설득한 말을 정사에서 인용해 실었다.

"그대가 큰 공로를 세웠으니 서쪽 땅의 사람들은 모두 아름다운 이야기로 알고 있소. 옛날 자공(子貢)이 상을 사절하자 스승 중니(仲尼, 공자)가 다른 사람들의 착한 일을 막는다고 나무랐소. 그대는 마음을 바쳐 나라 명령에 따르시오."

옛날 춘추시대 노나라에는 특별한 규정이 있었으니 노의 사람이 다른 나라에서 노예가 된 동포를 찾아 돈을 내고 데려오면 나라에서 보상한다는 것이었다. 공자의 제자 자공은 부유한 상인으로, 다른 나라에서 노예로 있던 노의 사람을 찾아왔으나 작은 일을 했을 뿐이니 보상이 필요 없다고 생각해 나랏돈을 사절했다. 공자는 자공을 나무랐다. 이런 전례가 생기면 이후에 나라에서 그런 일에 상을 주지 않을 수도 있고, 다른 사람들이 외국에서 동포를 구해오지 않을 수도 있기 때문이었다.】

농서에서 밀려난 마초가 방덕, 마대와 함께 한중으로 찾아가자 장로는 대단히 기뻐했다. 마초를 얻으니 서쪽으로 익주를 삼킬 수 있고, 동쪽으로 조조를 막을 수 있어 한중의 사업을 영원히 지킬 수 있다고 믿었다. 장로가 너무 기뻐 마초를 사위로 삼으려 하자 대장 양백이 말렸다.

"그 아내와 자식들이 참혹하게 된 것은 모두 마초가 화를 불러왔기 때문인데 주공께서 어찌 따님을 주십니까?"

그 말에 장로가 뜻을 접으니 마초가 알고 크게 노해 양백을 죽일 마음을 품었다. 양백 또한 그런 마음을 전해 듣고 장로의 모사인 형님 양송(楊松)과 상의해 마초를 처치할 궁리를 했다.

이때 유비가 낙성을 차지하자 유장이 사자를 보내 구원을 청했으나 장로는 응하지 않았다. 유장은 다시 황권을 보내 뇌물을 들고 양송을 찾아가게 했다.

"동천과 서천은 실로 입술과 이의 사이입니다. 서천이 깨지면 동천도 보존하기 어려우니 서천을 구해주시면 고을 20개를 떼어 보답하겠습니다."

양송은 뇌물을 받고 매우 기뻐 황권을 데리고 장로를 찾아가 이해관계를 설명하고 유장을 구원하기를 권했다. 이익을 탐낸 장로가 그 말에 따르려 하자 염포가 충고했다.

"유장은 주공과 대를 이은 원수인데 일이 급해지자 구원을 바라며 땅을 주겠다고 거짓으로 약속하니, 그 말을 믿어서는 아니 됩니다."

이때 섬돌 아래에서 한 사람이 나섰다.

"저는 비록 재주 없으나 군사 한 대를 빌려 유비를 사로잡고 기어이 땅을 받아 돌아오겠습니다."

이야말로

참된 주인 서촉으로 오자마자
정예 군사 한중에서 나오누나

그 사람은 누구일까?

65

유비, 드디어 익주에 자리 잡다

마초는 가맹관에서 크게 싸우고

유비는 스스로 익주 자사를 맡다

섬돌 아래에서 나선 사람은 다름 아닌 마초였다.

"이 초는 주공 은혜에 감격하면서도 보답할 길이 없었으니 군사를 한 대 얻어 가맹관을 빼앗고, 유비를 사로잡아 유장이 20개 고을을 떼어 주공께 바치게 하겠습니다."

장로는 크게 기뻐 2만 군사를 점검해 내주었다. 방덕은 병에 걸려 움직일 수 없어 한중에 남고, 양백이 군사를 감독하는 자리를 맡아 마초와 마대는 날짜를 골라 길을 떠났다.

유비가 낙성에 머물고 있는데 법정이 성도로 보내 유장에게 글을 전한 사람이 돌아왔다. 정도가 유장에게 들판의 곡식을 불태우고 백성을 옮기라고 했다는 말을 전하자 유비와 제갈량은 깜짝 놀랐다.

"그 말대로 하면 우리 형세가 위험해지지 않소?"

법정이 웃으며 위로했다.

"주공께서는 걱정하지 마십시오. 유장은 그 계책을 쓰지 않습니다."

며칠 후 소식이 들어와 유장이 백성을 움직이라는 정도의 말에 따르지 않았다고 하자 유비는 마음이 놓였다. 제갈량이 재촉했다.

"어서 나아가 면죽을 치십시오. 이곳을 얻으면 성도는 손에 넣기 쉽습니다."

유비가 황충과 위연에게 군사를 이끌고 나아가게 하니 비관이 이엄에게 3000명 군사를 이끌고 성을 나가 막게 했다. 양쪽에서 진을 치고 황충과 이엄이 말을 달려 맞섰으나 50여 합이 되도록 승부가 나지 않자 제갈량이 징을 울려 군사를 거두었다. 황충이 진으로 돌아와 물었다.

"내가 막 이엄을 잡으려 하는데 군사는 어찌하여 군사를 거두었소?"

"이엄의 무예를 보니 힘으로 이길 사람이 아니오. 내일 다시 싸울 때 짐짓 져주고 산골짜기로 끌어들이시오. 내가 기이한 군사를 내어 잡겠소."

이튿날 이엄이 다시 군사를 이끌고 오자 황충이 맞이해 열 합도 어울리지 못하고 달아나니 이엄이 쫓아왔다. 구불구불 달려 산골짜기에 들어서자 이엄이 불현듯 깨닫고 급히 되돌아서려 하는데 앞에 위연이 군사를 벌려 세우고 산 위에서 제갈량이 말을 걸었다.

"양쪽에 강한 쇠뇌를 숨겼으니 공이 항복하지 않으면 방사원을 위해 복수하겠소."

이엄이 어쩔 수 없어 말에서 내려 갑옷을 벗고 항복하니 군사는 하나도 다치지 않았다. 제갈량이 데리고 가자 유비가 아주 후하게 대접해 이엄은 감복했다.

"비관이 유 익주 처남이지만 저와 아주 가까우니 가서 설득해보겠습니다."

유비가 보내주어 이엄이 성에 돌아가 설득하자 비관은 문을 열고 나와 항복했다. 유비가 면죽으로 들어가 백성과 군사를 위로하고 성도 일을 상의하는데 보고가 들어왔다.

"동천의 장로가 마초와 양백, 마대에게 군사를 주어 맹달과 곽준이 지키는 가맹관을 공격합니다. 구원이 늦어지면 관이 끝장납니다!"

유비가 깜짝 놀라자 제갈량이 나섰다.

"장익덕이나 조자룡이라야 맞설 수 있습니다."

유비가 서둘렀다.

"자룡은 밖에 있는데 돌아오지 않았고, 익덕이 여기 있으니 어서 보내야 하겠소."

제갈량이 당부했다.

"주공께서는 잠시 말씀하지 마시고 이 양이 익덕을 자극하게 해주십시오."

이때 마초가 가맹관을 친다는 말을 듣고 장비가 높이 소리치며 들어왔다.

"형님께 인사드리고 마초와 싸우러 가겠소!"

제갈량은 짐짓 못 들은 척하고 유비에게 말했다.

"마초가 관을 침범하는데 맞설 사람이 없으니 형주의 관운장을 데려와야 합니다."

장비가 물었다.

"군사는 어찌 나를 얕보시오? 나는 홀로 조조의 100만 대군을 막았거늘 어찌 한낱 마초라는 사내를 걱정하겠소!"

제갈량은 장비의 속을 더욱 긁었다.

"익덕이 대군을 막고 다리를 끊은 것은 조조가 허실을 몰라 그랬을 뿐이지 실상을 알았으면 장군이 어찌 무사할 수 있었겠소? 마초의 용맹은 천하가 아는 바이니 위교에서 여섯 번 싸워 조조가 수염을 베고 전포를 버리며 목숨까지 위태롭게 만들었소. 다른 사람과는 비교가 안 되니 운장도 그를 이길 수 있을지 알 수 없소."

장비는 속이 뒤집혔다.

"나는 바로 가겠소. 마초를 이기지 못하면 군령에 따라 달게 벌을 받겠소!"

"익덕이 군령장을 쓰겠다니 선봉이 되도록 하시오."

그제야 제갈량이 허락하고 유비에게 말했다.

"주공께서 친히 가보십시오. 양은 면죽을 지키다 자룡이 오면 다시 상의하겠습니다."

위연 역시 마초와 싸우고 싶은 모양이었다.

"저도 가고 싶습니다."

제갈량은 위연에게 정찰병 500명을 주어 먼저 가게하고, 장비가 뒤를 따르며, 유비가 후대가 되어 가맹관을 향해 나아가게 했다.

위연이 먼저 가맹관 아래에 이르러 양백과 부딪쳐 싸우자 열 합도 되지 않아 양백은 패하고 달아났다. 위연이 먼저 공로를 차지하려고 기세를 몰아 쫓아가니 앞에서 군사가 나오는데 앞장선 장수는 마대였다.

그가 마초인 줄 알고 위연이 칼을 춤추며 달려가니 마대 역시 열 합도 싸우지 않고 달아나 쫓아가자 마대가 화살을 날려 위연 왼팔에 꽂혔다. 위연이 말을 돌려 돌아오니 마대가 관 앞까지 쫓아왔다. 그러자 관 위에서 한 장수가 우레같이 고함지르며 말을 달려 마대 앞에 이르렀다. 장비가 위연을 구하러 온 것이었다.

"너는 누구냐? 먼저 성명을 통하고 싸우자!"

장비가 호통치자 마대가 외쳤다.

"나는 서량의 마대다!"

"너는 마초가 아니구나. 내 적수가 되지 못하니 어서 돌아가 마초를 불러오너라. 연인 장비가 왔다고 일러라."

장비 말에 마대는 약이 바짝 올랐다.

"네가 감히 나를 얕보다니!"

마대가 창을 꼬나 들고 달려들었으나 열 합도 싸우지 못하고 달아나 장비가 쫓아가는데 관 위에서 누가 말을 달려 내려오며 소리쳤다.

"아우는 가지 말게!"

돌아보니 유비였다. 장비가 마대를 쫓지 않고 함께 관 위로 올라가자 유비가 말했다.

"아우가 성급하게 굴까 두려워 뒤따라 쫓아왔네. 마대를 이겼으니 하룻밤 쉬고 내일 마초와 싸우도록 하게."

이튿날이 밝자 관 아래에서 북소리가 요란하게 울리며 마초의 군사가 이르렀다. 유비가 내려다보니 진문 앞 깃발 사이로 창을 든 마초가 말을 달려 나오는데 사자 모양 투구에 짐승 무늬 띠를 두르고, 은 갑옷에 흰 전포를 입었으니 차림새부터 비범한 데다 생김새 또한 뛰어나 감탄했다.

"사람들이 비단 마초라 칭찬하더니 과연 명성을 헛되이 날리지 않았구나!"

장비가 당장 관에서 내려가려 서두르자 유비가 말렸다.

"잠시 기다리게. 먼저 날카로운 기세를 피해야 하네."

관 아래에서 마초가 이름을 찍어 어서 나오라고 싸움을 걸자 장비는 한입에 꿀꺽 삼키지 못해 몸살이 났으나 몇 번을 유비에게 막혔다.

시간이 흘러서 오후가 되어 유비가 바라보니 마초의 진에서 사람과 말이 모두 지친 빛이 드러나니 그제야 기병 500명을 골라 장비를 따라 관에서 쳐내려가게 했다.

장비가 이른 것을 보고 마초가 창을 들어 뒤로 내저으니 군사들이 화살이 날아갈 만큼 거리를 두고 물러섰다. 장비의 군사가 멈추어 진을 치자 관 위에서 군사가 뒤를 이어 내려가, 장비가 말을 달려나가 높이 외쳤다.

"연인 장익덕을 아느냐?"

마초가 대꾸했다.

"우리 가문은 대대로 공작, 후작인데 시골구석의 같잖은 녀석을 알 게 뭐냐?"

장비가 분이 치밀어 달려나가자 두 말이 일제히 마주 달리고, 두 자루 창이 똑같이 상대를 겨누어 싸움이 100 합을 넘겼으나 승부가 나지 않았다. 유비가 감탄했다.

"진짜 호랑이 같은 장수로구나!"

장비가 실수라도 할까 두려워 징을 울려 군사를 거두자 장비는 돌아와 잠깐 말을 쉬게 하더니 투구도 쓰지 않고 수건으로 머리를 싸매고 다시 말에 올라 싸움을 걸었다. 마초가 나와 또 100여 합을 싸우는데 두 사람은 더욱 힘이 솟는 모양이었다.

장비가 염려되어 진 앞에서 지켜보던 유비가 징을 울려 두 장수는 각기 진으로 돌아갔다. 이미 날이 저물어 유비가 장비를 타일렀다.

"마초는 빼어나게 용맹해 얕보아서는 아니 되네. 관 위로 올라가 내일 다시 싸우게."

싸움에 정신이 팔린 장비가 들을 리 없어 높이 외쳤다.

"죽어도 돌아가지 않겠소!"

"오늘은 날이 저물어 싸울 수 없네."

장비는 굽히지 않았다.

"횃불을 환하게 밝혀 밤 싸움을 준비하시오!"

군사들은 야단났다고 아우성쳤다.

마초도 말을 갈아타고 진 앞에 나와 높이 외쳤다.

"장비야! 너 감히 밤 싸움을 하겠느냐?"

몸이 한창 달아오른 장비는 유비와 말을 바꿔 타고 나가 맞받아 외쳤다.

"내가 너를 잡지 않고는 맹세코 관 위로 올라가지 않겠다!"

마초도 다짐했다.

"내가 너를 이기지 않고는 맹세코 영채로 돌아가지 않겠다!"

양쪽 군사가 고함치며 수없이 횃불을 밝혀 싸움터가 대낮처럼 환해졌다. 두 장수가 다시 격전을 벌이는데 20여 합이 되지 않아 마초가 말을 돌리니 장비가 높이 외쳤다.

"어디로 달아나느냐?"

마초는 장비를 이길 수 없자 짐짓 패한 척하며 그를 꾀어 쫓아오도록 하고 슬며시 사슬 달린 구리 추를 꺼내 장비를 노리고 던졌다. 장비 또한 마초가 달아날 때부터 은근히 방비하던 터라 추가 날아오자 슬쩍 피해 귓가로 흘리고 말을 돌려 돌아가니 이번에는 마초가 쫓아왔다. 장비가 말 위에서 화살을 날리자 마초 역시 옆으로 몸을 피해 두 장수는 진으로 돌아갔다.

유비가 진 앞에서 외쳤다.

"나는 인의로 사람을 대하니 간사한 계책은 쓰지 않소. 마맹기는 군사를 거두어 휴식하시오. 내가 그 틈에 쫓지는 않겠소."

마초가 뒤를 막아 군사들이 차츰 물러가고 유비도 군사를 거두어 관 위로 올라갔다. 이튿날도 장비가 내려가 마초와 싸우려 하는데 제갈량이 이르러 유비를 만났다.

"마맹기는 호랑이 같은 장수라고 들었습니다. 익덕이 그와 죽음을 무릅쓰고 싸우면 어느 한쪽은 반드시 다칩니다. 그래서 자룡과 한승에게 면죽을 지키게 하고 밤낮을 이어 왔으니 자그마한 계책을 써서 마초가 주공께 귀순하도록 하겠습니다."

유비 마음이 움직였다.

"나도 그 용맹을 보고 사랑하게 되었소. 어찌하면 얻을 수 있겠소?"

"동천의 장로는 한녕왕이 되려 하고 모사 양송은 뇌물을 지극히 밝힌다고 합니다. 사람을 보내 금과 은으로 양송의 환심을 사고 장로에게 주공의 글을 올리게 하십시오. '내가 유장과 서천을 다투는 것은 공을 위해 복수하는 것이니 이간하는 말을 들어서는 아니 되오. 일이 정해지면 공을 천자께 추천해 한녕왕으로 만들어 드리겠소.' 이렇게 하여 장로에게 마초를 불러들이게 하면 계책을 써서 귀순시킬 수 있습니다."

유비가 손건에게 글을 주고 금과 은을 보내니 손건은 오솔길로 한중에 이르러 양송에게 뇌물을 듬뿍 안겨주었다. 양송은 매우 기뻐 손건을 장로에게 데리고 가서 유비의 말에 따르도록 구슬렸다. 장로는 미심쩍어했다.

"유비는 좌장군인데 어찌 나를 추천해 한녕왕으로 만들 수 있는가?"

"한의 황숙이니 주공을 보증해 상주할 수 있습니다."

장로는 대단히 기뻐 마초에게 사자를 보내 군사를 물리라고 명했다. 그러나 마초는 성공하기 전에는 군사를 물릴 수 없다고 했다. 장로가 크게 노해 다시 사람을 보냈으나 마초는 여전히 돌아오려 하지 않았다. 연이어 세 번이나 불러도 말을 듣지 않자 양송이 험담을 했다.

"이 사람은 믿을 수 없습니다. 군사를 물리지 않으니 반란을 꾀하는 것입니다."

양송은 뜬소문을 퍼뜨렸다.

'마초가 서천을 빼앗아 촉의 주인이 되어 아버지 복수를 하려 한다. 그는 한중의 신하가 되려 하지 않는다.'

장로가 소문을 듣고 계책을 묻자 양송이 꾀를 냈다.

"두 가지 방법을 쓰는데, 먼저 마초에게 사람을 보내 전하십시오. '네가 성공하겠다면 한 달 기한을 주겠다. 나를 위해 세 가지 일을 이루어야 한다. 일을 이루면 상을 주지만 이루지 못하면 죽인다. 첫째 서천을 빼앗고, 둘째 유

마초가 장비에게 구슬 추를 던졌으나 ▶

馬超大戰葭萌關
乙酉春葉雄畫

장의 머리를 가져오며, 셋째 형주 군사를 물리쳐야 한다.' 그리고 장위를 보내 관을 단단히 지켜 마초가 변을 일으키지 못하도록 방비하십시오."

장로가 사람을 보내자 마초는 깜짝 놀랐다.

"어찌 일이 이렇게 변했느냐?"

차라리 군사를 물리는 편이 낫다고 마대와 상의하는데 양송이 또 소문을 퍼뜨렸다.

'마초가 군사를 돌려 돌아오려 하니 반드시 다른 마음을 품었다.'

장위가 군사를 나누어 험한 길목들을 굳게 지키며 마초의 군사를 들여보내지 않으니 나아가지도 물러서지도 못하게 된 마초는 어찌해볼 계책이 없었다. 제갈량이 유비에게 말했다.

"이제 이 양이 썩을 줄 모르는 세 치 혀를 믿고 찾아가 귀순을 설득하겠습니다."

유비가 말렸다.

"군사는 내 팔이자 다리요. 만약 잘못되기나 하면 어찌하오?"

제갈량은 기어이 가겠다고 하고 유비는 거듭 말리며 놓아주지 않는데, 마침 조운이 귀순을 청하는 서천 사람 하나를 보냈다. 유비가 불러들이니 건녕군 유원현 사람 이회로 자는 덕앙(德昻)이었다.

"공이 유장에게 나와 손잡지 말라고 애써 말렸다던데 어찌하여 내 아래로 오시오?"

"좋은 새는 나무를 살펴 깃들이고, 현명한 신하는 주인을 골라 섬긴다고 합니다. 전에 유 익주를 말린 것은 신하의 본분을 다하기 위해서였는데, 제 계책을 쓰지 않으니 패할 줄 알았습니다. 이제 장군의 인덕이 촉 땅에 널리 퍼져 틀림없이 일을 이루실 것을 알았으니 아래로 들어왔습니다. 어둠을 등지고 밝은 곳으로 가는[背暗投明배암투명] 행위는 옛사람이 귀하게 여긴 바이니 굽어살피시기 바랍니다."

이회의 대답에 유비는 말투를 바꾸었다.

"선생이 왔으니 반드시 이 비에게 이익이 있을 것이오."

"지금 마초의 처지가 매우 어려워졌다고 들었습니다. 이 회는 옛날 농서에서 그와 사귄 적이 있으니 찾아가 설득해 귀순시키겠습니다."

유비와 제갈량으로서는 참으로 반가운 말이었다.

"바로 한 사람을 찾아 보내려 하던 참인데 공이 어찌 설득할 건지 듣고 싶소."

이회가 가만히 속삭이자 제갈량이 크게 기뻐하며 즉시 떠나보냈다.

이회가 왔다는 말을 듣고 마초는 금방 알아차렸다.

'그가 말 잘하는 변사임을 아니 나를 설득하러 왔구나.'

마초는 칼잡이 20명을 장막 안에 매복시켰다.

"내가 찍으라고 하면 아주 묵사발을 만들어버려라."

잠시 후 이회가 머리를 번듯 쳐들고 성큼성큼 들어오자 마초는 장막 안에 단정히 앉아 까딱도 하지 않고 꾸짖었다.

"무엇하러 왔느냐?"

이회가 대답했다.

"특별히 설득하러 왔소."

"내가 칼집 속의 보검을 새로 갈아놓았으니 어디 말해보아라. 말이 이치에 맞지 않으면 검이 잘 드는지 네 목으로 시험해보리라!"

마초가 으름장을 놓았으나 이회는 태연히 웃었다.

"장군의 화가 멀지 않았으니 새로 갈아둔 보검으로 내 목을 시험하기 전에 장군이 스스로 시험해보지 않을까 두렵소!"

"나에게 무슨 화가 있느냐?"

이회가 뛰어난 말솜씨를 펼쳤다.

"듣자니 저 옛날 월나라 미녀 서시는 아무리 헐뜯기를 잘하는 자도 그 아름다움을 감출 수 없었고, 제나라 추녀 무염(無鹽)은 아무리 칭찬을 잘하는 자도 그 추함을 가릴 수 없었다고 하오. 해가 하늘 가운데에 올라오면 서쪽으로 기울기 마련이고 달이 한껏 둥글면 이지러지기 마련이니 [日中則移일중즉이 月滿則虧월만즉휴], 이는 천하의 보편적인 이치요. 지금 장군은 조조와는 아버지를 죽인 원수가 있고, 농서 사람들과는 이를 가는 한이 맺혔소. 앞으로는 유장을 구해 형주 군사를 물리칠 수 없고, 뒤로는 양송을 통제해 장로 얼굴을 볼 수 없게 되었소. 지금 이 넓디넓은 세상에서 발붙일 데를 찾기 어렵고, 한 몸의 주인이 없으니 만약 다시 위교에서 싸움에 지고, 기성을 잃은 것과 같은 일이 벌어지면 무슨 낯으로 천하 사람들을 보겠소?"

마초는 즉시 머리를 조아리며 잘못을 빌었다.

"공의 말씀이 지극히 옳소. 이 초는 사실 갈 길이 없소."

이회가 꼬집었다.

"장군은 내 말이 옳다면서 어찌 장막 안에 칼잡이들을 매복시켰소?"

마초가 몹시 부끄러워하며 칼잡이들을 호령해 물리치자 이회가 길을 가르쳐주었다.

"유황숙은 어진 사람을 존중하고 아랫사람을 예절로 대하니 나는 그가 반드시 성공할 것을 믿어 유장을 버리고 그 밑으로 들어갔소. 공의 아버님은 옛날 유황숙과 함께 역적을 토벌하기로 약속한 바 있는데 공은 어찌하여 어둠을 등지고 밝은 곳으로 나아가, 위로는 아버님 원수를 갚고 아래로는 공로를 세워 이름을 날리지 않으시오?"

마초는 크게 기뻐 곧 양백을 불러 단 한 번 검을 휘둘러 목을 베어 머리를 들고, 이회와 함께 관 위로 올라가 유비에게 항복했다. 유비가 맞아들여 귀한 손님의 예절로 대하니 마초는 머리를 조아리며 고마워했다.

"영명한 주인을 만나니 마치 구름과 안개를 걷어내고 푸른 하늘을 보는 듯 합니다!"

손건은 이미 돌아와 있었다.

유비가 다시 맹달과 곽준에게 관을 지키게 하고 군사를 돌려 성도를 치러 가자 조운과 황충이 면죽으로 맞아들였다. 마침 촉의 장수 유준과 마한이 쳐들어오자 조운이 유비에게 말했다.

"주공께서는 잠깐 기다리십시오. 제가 두 사람 머리를 베어오겠습니다!"

조운이 군사를 이끌고 나가자 유비가 성 위에서 마초를 대접해 술을 마시려 하는데, 자리를 다 차리기도 전에 벌써 조운이 돌아와 두 사람 머리를 바치니 마초는 더욱 놀라 존경하는 마음이 들었다.

"주공 군사는 싸우지 않으셔도 됩니다. 이 초가 가서 유장을 불러 여기 와서 항복하게 하겠습니다. 그가 항복하지 않으면 이 초가 아우 마대와 함께 성도를 쳐서 두 손으로 받들어 주공께 올리겠습니다."

유비는 크게 기뻐하고, 사람들은 모두 즐거워했다.

유준과 마한의 부하들이 익주로 돌아가 두 사람이 조운에게 죽었다고 보고하자 유장은 깜짝 놀라 문을 닫고 나오지 않다가 성도성 북쪽에 마초의 구원병이 이르렀다는 보고를 받고서야 성 위에 올라 바라보았다. 마초와 마대가 성 아래에서 높이 외쳤다.

"유계옥을 청하니 나와서 대답해주시오."

유장이 성벽에 올라서자 말 위에서 마초가 채찍으로 가리키며 소리쳤다.

"내가 장로의 군사를 이끌고 익주를 구하러 왔는데, 양송이 헐뜯는 말을 듣고 장로가 오히려 나를 해치려 할 줄이야 누가 알았겠소. 내가 이미 유황숙께 귀순했으니 공은 땅을 바치고 항복해 백성이 고생하지 않도록 하시오. 만약 그릇된 생각에 홀려 말을 듣지 않으면 내가 먼저 성을 공격하겠소!"

마초는 군사를 물려 영채를 세웠다.

유장은 너무 놀라 얼굴이 흙빛이 되어 성 위에 쓰러졌다. 사람들이 구해 겨우 정신을 차리자 입을 열었다.

"내가 밝지 못했으니 뉘우친들 무슨 소용이 있겠소? 문을 열고 항복해 온 성의 백성을 구하는 게 좋겠소."

동화가 반대했다.

"성안에 아직 3만여 군사가 있고, 식량과 말먹이 풀이 한 해는 족히 쓸 만큼 있는데 어찌 바로 항복하십니까?"

"우리 부자가 촉에서 20여 년을 살며 백성에게 베푼 은덕이 없소. 지금까지 3년이나 싸워 피와 살이 들판에 널렸는데 이게 모두 내 죄이니 어찌 내 마음이 편하겠소? 빨리 항복해 백성을 편안하게 하는 것이 좋겠소."

사람들이 듣고 눈물을 흘리는데 느닷없이 한 사람이 나섰다.

"주공 말씀은 바로 하늘의 뜻에 어울립니다."

사람들이 보니 파서군 서충국 사람으로 성은 초(譙)에 이름은 주(周), 자는 윤남(允南)인데 예전부터 천문에 매우 밝았다.

"제가 밤에 천상을 살펴보니 뭇 별이 촉군에 모였는데, 큰 별은 밝기가 흰 달 같아 제왕의 상이었습니다. 게다가 한 해 전에 아이들이 노래를 부르기를 '만약 새 밥을 먹으려면 반드시 선주가 오시기를 기다려야지'라고 했습니다. 이는 변화를 말해주는 징조이니 하늘의 뜻을 거슬러서는 아니 됩니다."

황권과 유파가 크게 노해 초주의 목을 치려 해 유장이 막는데 부하가 달려왔다.

"촉군 태수 허정이 성벽을 넘어 항복했습니다."

【허정은 인물평을 잘하기로 소문나 조조를 '난세의 간웅'이라 평한 허소의 사촌

형이다. 영제 때부터 벼슬을 한 명사인데 65세에도 주인을 바꾸려 마음먹었으니 유장으로서는 기막힌 일이 아닐 수 없었다.】

유장이 목 놓아 울자 성도 백성이 모두 슬퍼했다.

이튿날 부하들이 보고했다.

"유황숙이 막료 간옹을 보내 성문을 열라고 합니다."

유장이 문을 열게 하여 맞아들이자 간옹이 수레에 앉아 제집에 온 듯 거드름을 피우니 한 사람이 검을 뽑아 들고 호통쳤다.

"변변찮은 녀석이 뜻을 이루었다고 곁에 사람이 없는 줄 아는구나! 네가 감히 우리 촉에 인물이 없다고 깔보느냐?"

간옹이 황급히 수레에서 내려 그 사람을 맞이하니 광한군 면죽 사람 진복(秦宓)으로, 자는 자칙(子勅)이었다. 간옹이 웃으며 사과했다.

"현명한 형을 알아보지 못했으니 나무라지 않으시면 고맙겠소."

간옹이 유장을 만나, 유비가 너그러워 해칠 뜻이 전혀 없다고 이야기하자 유장은 항복하기로 마음먹고 간옹을 후하게 대했다. 이튿날 유장이 도장과 끈을 지니고 간옹과 같은 수레에 앉아 성 밖으로 나가 항복하니 유비가 맞이하며 손을 잡고 눈물을 흘렸다.

"내가 인의를 따르지 않는 게 아니라 형세가 그리하여 어쩔 수가 없었소!"

유비는 유장과 말 머리를 나란히 하여 성으로 들어갔다. 백성들이 향을 피우고 꽃을 들며 등불과 촛불을 켜고 자기 집 문 앞에 나와 맞이했다. 유비가 대청에 이르러 자리를 잡자 관리들이 모두 아래에 엎드려 절했다. 그러나 황권과 유파는 문을 닫아걸고 나오지 않았다. 장수들이 화를 내며 그들 집으로 달려가 죽이려고 하자 유비가 급히 명령을 돌렸다.

"두 사람을 해치는 자가 있으면 삼족을 멸한다!"

유비가 친히 두 사람 집으로 찾아가 나와서 벼슬하기를 청하니 두 사람은 은혜와 예의에 감복해 나오고 말았다. 촉의 신하들은 모두 즐거이 유비를 따랐다.

제갈량이 청을 드렸다.

"지금 서천이 평정되었으니 두 주인을 용납하기 어렵습니다. 유장을 형주로 보내십시오."

"내가 금방 촉을 얻었으니 계옥을 멀리 보내서는 아니 되오."

유비가 머뭇거리자 제갈량이 설명했다.

"유장이 기업을 잃은 것은 너무 나약했기 때문입니다. 주공께서 여인 같은 어지심을 버리지 않고 일에 맞닥뜨려 결단을 내리지 못하시면, 이 땅을 오래 지키기 어렵지 않을까 두렵습니다."

유비는 유장에게 큰 잔치를 베풀고 재물을 점검해 떠나게 했다. 진위장군의 도장과 끈을 되돌려주고, 식솔과 하인들을 모두 데리고 형주 남군 공안에 가서 살게 하고 그날로 떠나도록 했다.

익주 자사를 겸한 유비는 항복한 문관과 무장들에게 후한 상을 내리고 벼슬을 주었다. 엄안은 전장군이 되고, 법정은 촉군 태수가 되었으며, 동화는 장군중랑장에 임명되었다. 허정은 좌장군장사가 되고, 방희는 영중사마, 유파는 좌장군, 황권은 우장군이 되었다. 나머지 항복한 60여 명을 모두 승진시켰다.

원래의 부하들을 보면 제갈량은 군사가 되고, 장수들은 모두 잡호장군으로 임명되었다. 관우는 탕구장군이 되어 원래의 한수정후 작위를 유지했으며, 장비는 정로장군으로 오르면서 신정후 작위를 얻었다.

조운은 진원장군이 되고, 황충은 정서장군, 위연은 양무장군, 마초는 평서

유비, 드디어 익주를 얻다. ▶

劉备自領益州牧
乙酉春
兼雄畫

장군이 되었다. 이 밖에 손건을 비롯해 형주에 있는 문관과 무장들도 모두 벼슬을 높이고 상을 내렸다.

유비는 또 형주로 사자를 보내 황금 500근과 백은 1000근, 돈 5000만 전, 촉에서 나는 비단 1000필을 관우에게 내리고, 나머지 관원과 장수들에게도 등급에 따라 상을 주었다. 군졸들에게는 수당을 듬뿍 주고 곡창을 열어 백성을 구제하니 군사와 백성이 다 함께 즐거워했다.

익주가 완전히 정리되고 유비가 성도의 좋은 밭과 집들을 관리들에게 나누어 주려 하니 조운이 충고했다.

"익주 백성은 거듭된 난리에 밭은 황폐하고 집은 텅 비었습니다. 백성에게 돌려주어 편안히 살면서 생업에 전념하도록 해주셔야 부역에도 나올 수 있고, 민심이 진정으로 따를 것입니다. 빼앗아 사사로운 상을 내리신다면 바람직하지 않습니다."

유비는 크게 깨달아 그 말에 따랐다.

제갈량에게 나라를 다스리는 법을 정하게 하는데, 형법이 매우 엄해 법정이 권했다.

"옛날 고조께서는 법을 3장만 정하시어 백성이 모두 그 덕에 감격했소. 형벌을 너그럽게 하고 법을 줄여 백성의 소망에 맞추어주시기 바라오."

【진시황이 태어나기 전부터 진나라는 법가(法家) 사상에 따라 법이 아주 엄했다. 한 고조 유방은 진의 수도 함양을 정복한 다음, 백성이 엄격한 법에 얽매여 고생하는 것을 알고 세 가지 법률만 선포했다.

'사람을 죽인 자는 죽이고, 사람을 다치게 하거나 남의 물건을 훔친 자는 그 죄에 따라 처벌한다.'

나머지 가혹한 법률은 모두 폐지해 민심을 얻어, 뒷날 항우와의 싸움에서 이길 수 있었다.】

법정이 유명한 예를 이야기하자 제갈량이 생각을 밝혔다.

"진은 법이 가혹해 백성이 모두 원망했소. 그래서 고조께서는 너그러움과 인자함으로 민심을 얻으셨소. 유장은 너무 나약해 덕을 베푸는 정치를 하지 못하고, 형벌의 위엄이 엄숙하지 못해 주인과 신하의 도가 차츰 흐트러졌소. 무릇 사람이란 총애한다고 벼슬을 올려주다 보면 벼슬이 더 올라가지 못할 자리에 이르면 태만해지고, 말을 잘 듣는다고 은혜를 베풀다 보면 은혜가 바닥나면 오만해지게 마련이니 폐단의 근본은 실로 여기에 있소. 내가 법의 위엄을 알리면 그것이 시행될 때 사람들이 은혜를 알게 되고, 벼슬을 제한하면 그것을 높여줄 때 영광을 알게 되오. 은혜와 영광을 두루 섞으면 아래위가 절도 있게 되는 법이니 다스리는 도리가 바로 여기에서 밝혀지는 것이오."

법정은 절을 하며 탄복했다. 이때부터 군사와 백성이 전혀 혼란해지지 않고 편안히 살았다. 유비와 제갈량은 41개 고을에 군사를 나누어 지키고 백성을 어루만져 모두 평정했다.

법정은 촉군 태수가 되더니 평소 밥 한 끼 대접받은 은혜도 잊지 않고 다 갚는 것은 괜찮은데, 눈 한 번 흘긴 정도의 자그마한 원한도 빠짐없이 보복해 말썽이 생겼다. 누군가 제갈량에게 이 일을 말하며 충고했다.

"효직이 너무 횡포하니 조금 나무라셔야 하겠습니다."

제갈량이 말했다.

"옛날 주공께서 어려운 형편으로 형주를 지키실 때, 북쪽으로는 조조가 두렵고 남쪽으로는 손권이 꺼림칙했소. 그런데 효직이 날개가 되어준 덕분에 주공께서는 훨훨 날아오르시어 이제 누구도 얽어맬 수 없게 되셨소. 그런데 어찌 효직이 제 뜻을 조금 펴보지 못하도록 금할 수 있겠소?"

제갈량은 그 일에 상관하지 않았으나 법정은 말을 듣고 스스로 행동을 단속했다.

어느 날 관우가 관평을 보내 유비가 내린 금과 비단에 감사드린다고 했다. 유비가 불러들이자 관평이 아버지의 글을 올렸다.

"아버지는 마초의 무예가 남달리 뛰어나다고 들으시어 서천에 들어와 높고 낮음을 가리려 하십니다. 저를 보내 큰아버님께 이 일을 아뢰게 하셨습니다."

유비가 깜짝 놀랐다.

"운장이 맹기와 무예를 겨룬다면 둘 다 안전할 수 없을 것이오."

제갈량이 안심시켰다.

"괜찮습니다. 이 양이 글을 보내 회답하겠습니다."

관평이 제갈량의 글을 받아 형주로 돌아가자 관우가 물었다.

"내가 마맹기와 무예를 겨루려는 일을 네가 아뢰었느냐?"

"예, 제갈 군사의 글이 여기 있습니다!"

관우가 뜯어보았다.

'이 양이 듣자니 장군이 맹기와 높고 낮음을 가리려 한다 하오. 양이 헤아려보건대 맹기는 비록 용맹이 남다르지만 역시 고조의 맹장 경포와 팽월의 무리에 불과하오. 익덕하고나 나란히 달리면서 앞을 다투어볼 수 있을 뿐 뭇 사람을 뛰어넘는 미염공에는 미치지 못하오. 공은 형주를 지키고 있으니 그 책임이 무겁다 하지 않을 수 없소. 서천에 들어와 혹시 형주를 잃기나 하면 그 죄가 더없이 크니 잘 살펴보시기 바라오.'

관우는 글을 다 읽더니 기다란 수염을 움켜쥐고 웃었다.

"공명이 내 마음을 아는구나!"

손님들에게 글을 두루 돌려 보이고 서천으로 들어갈 뜻을 버렸다.

오의 손권은 유비가 서천을 삼키고 유장을 공안으로 쫓아 보냈다는 소식을 듣고 장소와 고옹을 불러 상의했다.

"애초에 유비가 형주를 빌릴 때, 서천을 얻으면 돌려주겠다고 약속했소. 이제 그가 파촉 41개 고을을 얻었으니 내가 형주 여러 군을 찾아와야 하겠소. 만약 돌려주지 않으면 창칼을 움직이겠소."

장소가 말했다.

"오 땅이 이제 막 안정되었으니 군사를 움직이셔서는 아니 됩니다. 이 소에게 계책이 하나 있으니 유비에게 형주를 두 손으로 받들어 주공께 돌려드리도록 하겠습니다."

이야말로

서촉에서 새 세상 시작하는데
동오는 또 옛 산천 달라 하네

도대체 어떤 계책일까?

66

관우, 칼 한 자루 들고 모임에

(單刀赴會단도부회)

관운장은 칼 한 자루로 모임에 가고

복 황후는 나라를 위해 목숨 바치다

형주를 되찾으려는 손권에게 장소가 계책을 올렸다.

“유비가 믿는 자는 제갈량인데 그 형 제갈근이 오에서 벼슬을 합니다. 그런데 어찌하여 그의 식솔을 잡아 들이고 그를 서천으로 보내 아우에게 청해 형주를 받아오게 하지 않으십니까? 식솔이 위태롭다고 애원하면 유비는 제갈량을 보아 반드시 승낙할 것입니다.”

손권은 곤란해했다.

“제갈근은 성실한 군자인데 어찌 그 식솔을 잡아 들이오?”

“잠시 쓰는 계책이라고 알려주면 마음을 놓을 것입니다.”

그 말도 그럴듯해 손권은 제갈근의 식솔을 장군부에 가두고, 글을 지어 그를 서천으로 보냈다. 제갈근이 성도에 이르자 유비가 제갈량에게 물었다.

“군사의 형님이 오신 것은 무엇 때문이오?”

제갈량이 딱 잘라 말했다.

"형주를 달라고 왔지 다른 일이 있겠습니까?"

"그렇다면 어찌해야 하오?"

"그저 이러저러하게 하시면 됩니다."

계책을 정하고 제갈량이 성 밖으로 나가 형님을 맞이하는데, 집으로 데려가지 않고 손님을 맞이하는 역관으로 데려가는 것이었다. 인사를 마치자 제갈근이 목 놓아 울음을 터뜨려 제갈량이 물었다.

"일이 있으면 말씀하시면 되는데 어찌 슬피 우십니까?"

"내 온 집안 식솔이 끝장나게 되었네!"

제갈근이 더 말하기도 전에 제갈량이 앞질러 짚었다.

"혹시 형주를 돌려주지 않은 일 때문입니까? 아우 때문에 형님 식솔이 붙잡혔다면 아우 마음인들 편안할 수 있겠습니까? 형님은 걱정하지 마십시오. 아우에게 마땅히 계책이 있으니 곧 형주를 돌려드리면 됩니다."

제갈근이 매우 기뻐 아우와 함께 들어가 손권의 글을 올리자 유비는 불같이 화를 냈다.

"손권은 누이를 나한테 시집보내고도 내가 없는 틈을 타 몰래 데려갔으니 용납할 수 없는 일이오! 그가 이토록 무례하게 구는데 내가 무슨 체면을 보겠소? 싸우고 싶으면 마음대로 군사를 한껏 일으켜 오라고 하시오. 내가 형주에서도 전혀 두려워하지 않았거늘 이제 서천을 얻어 갑옷 입은 무리가 수십만에 달하고 식량은 20년을 먹어도 남는데 무엇이 두렵겠소. 그러지 않아도 내가 서천 군사를 크게 일으켜 강남으로 내려가 원한을 풀려 하는데 도리어 형주를 찾으러 온단 말이오?"

제갈량이 울며 땅에 엎드려 절했다.

"오후가 형님 식솔을 잡았으니 형주를 돌려주지 않으면 우리 형님은 온 집안이 죽게 됩니다. 형님이 죽으면 이 양이 어찌 홀로 살겠습니까? 주공께서 양의 낯을 보아 형주를 오에 돌려주시어 형제의 정에 흠이 가지 않도록 해주시기 바랍니다!"

유비는 거절했으나 제갈량이 한사코 울며 청을 드리니 마지못해 대답하는 듯 했다.

"군사를 보아 형주의 반을 돌려주겠소. 장사, 영릉, 계양, 세 군을 가져가시오."

제갈량이 청을 드렸다.

"허락하셨으니 글을 보내 운장에게 세 군을 떼어주게 해주십시오."

유비가 대답했다.

"자유가 그곳에 이르면 반드시 좋은 말로 아우에게 부탁하셔야 하오. 아우는 성질이 활활 타오르는 불같아 나도 두려워하는 바이니 반드시 조심하셔야 할 것이오."

제갈근이 유비의 글을 얻어 형주로 가자 관우는 대번에 낯빛을 바꾸었다.

"나는 형님과 복숭아 뜰에서 형제를 맺으며 함께 한의 황실을 보좌하기로 맹세했소. 형주는 원래 한의 강토였으니 어찌 한 자, 한 치인들 함부로 다른 사람에게 떼어주겠소? 장수가 바깥에 있으면 임금의 명이라도 듣지 않을 때가 있다고 했소. 비록 형님이 글을 보내셨지만 나는 돌려드리지 못하겠소."

제갈근이 부탁했다.

"오후께서 이 근의 식솔을 잡아, 형주를 얻지 못하면 죽임을 당하게 되니 장군이 가엾게 여기시기 바라오."

"오후의 약은 계략이 어찌 나를 속일 수 있소?"

관우 말이 틀리지는 않았으나 제갈근으로서는 귀에 거슬렸다.

"장군은 어찌 이렇게 매정하시오?"

관우가 검을 쑥 뽑아 들었다.

"더 말하지 마시오! 이 검은 인정이 무엇인지 모르오!"

옆에서 관평이 권했다.

"자칫하면 제갈 군사 얼굴이 뜨겁게 되니 화를 삭이시기 바랍니다."

관우가 제갈근에게 말했다.

"군사의 낯을 보지 않았으면 그대를 오로 돌려보내지도 않았을 것이오!"

제갈근은 낭패한 기색이 가득해 다시 배에 올라 급히 서천으로 제갈량을 찾아갔다. 마침 그가 바깥 군들을 돌아보러 나가고 없어서 부득이 다시 유비를 찾아가 울면서 관우가 자기를 죽이려 한 일을 하소연했다.

"아우는 성질이 급해 그와 말하기가 지극히 어렵소. 자유는 먼저 돌아가시오. 내가 곧 동천과 한중 여러 군을 얻어 운장을 그쪽으로 옮겨 지키게 할 테니 그때는 형주를 내줄 수 있소."

대답을 듣고 제갈근이 오로 돌아가 상세히 이야기하자 손권은 크게 노했다.

"자유가 이번에 거듭 뛰어다녔는데 혹시 모두 아우의 계책이 아니오?"

"아닙니다. 아우도 울면서 현덕에게 부탁해 겨우 세 군을 먼저 돌려준다는 허락을 받았는데 운장이 억지를 부리면서 내주지 않았습니다."

"유비가 세 군을 돌려주겠다고 약속했으니 관리들을 장사와 영릉, 계양으로 보내겠소. 관우가 어찌하나 봐야지."

손권은 제갈근의 식솔을 내보내고, 관리들을 세 군으로 보냈으나 며칠 안에 모두 쫓겨 돌아왔다.

"운장이 받아들이지 않고 가는 날 밤 쫓아냈습니다. 지체하면 죽인다고 했습니다."

손권은 크게 노해 노숙을 불러 나무랐다.

"자경이 보증을 서서 내가 형주를 빌려주었소. 유비가 서천을 얻고도 돌려주지 않는데 어찌 앉아서 구경만 한단 말이오?"

"이 숙이 계책을 하나 마련하고 막 주공께 말씀드리려던 참입니다."

"어떤 계책이오?"

"육구에서 모임을 열어 칼잡이들을 매복시키고 관우를 청합니다. 그가 오면 좋은 말로 설득하여 따르지 않으면 죽이고, 오지 않으면 바로 진군해 형주를 빼앗습니다."

【육구는 육수가 장강으로 흘러드는 요충지로 오의 군사가 지키고 있었다.】

"바로 내 뜻과 같소! 곧 그대로 하시오."

손권이 노숙의 꾀를 칭찬하는데 감택이 말렸다.

"아니 됩니다. 관우는 호랑이 같은 장수이니 보통 사람들이 미칠 바가 아닙니다. 일이 이루어지지 못하고 해나 입을까 걱정입니다."

"그렇다고 질질 끌다가는 어느 세월에 형주를 얻겠소!"

손권이 화를 내더니 어서 계책을 시행하라고 명했다.

노숙은 육구에 가서 여몽, 감녕과 상의해 영채 밖 임강정에서 잔치를 베풀기로 하고 관우에게 초청장을 보냈다.

"자경이 청하니 내일 잔치에 가겠다."

관우의 대답을 듣고 사자가 돌아가자 관평이 물었다.

"노숙이 청하는 데에는 좋은 뜻이 없는 게 분명합니다."

관우가 웃었다.

"내가 어찌 모르겠느냐? 내가 세 군을 돌려주지 않으니 손권이 노숙을 시켜 강한 군사가 지키는 육구로 청해 형주를 돌려달라고 협박하려는 것이다. 내가 가지 않으면 그들은 비겁하다고 할 것이다. 내일 나는 칼 한 자루 들고 쪽배를 몰아 10여 명만 데리고 가서 그들이 어찌 나오는지 보겠다!"

"아버님은 어이하여 만금 같은 몸을 움직여 호랑이와 늑대 굴에 들어가려 하십니까? 큰아버님 부탁을 무겁게 여기는 행동이 아닐까 두렵습니다."

"나는 천 자루 창이 찌르고 만 자루 칼이 찍으며 화살과 돌이 비 오듯 엇갈려 날아오는 싸움터에서도 한 필 말로 가로세로 누비며 사람 하나 없는 곳을 노니는듯 했는데, 어찌 강동의 쥐새끼들을 걱정하겠느냐!"

마량도 충고했다.

"노숙은 비록 점잖은 어른의 기품이 있으나 급하면 다른 마음이 생길 수도 있습니다. 장군께서는 가볍게 가셔서는 아니 됩니다."

"옛날 전국시대 조의 인상여(藺相如)는 닭의 목을 비틀 힘조차 없는데도 민지의 모임에서 강국인 진의 임금과 신하들을 자리에 없는 듯이 다루었소. 그런데 나는 예전에 만 사람을 대적하는 법을 배우지 않았소? 이미 승낙했으니 신용을 잃어서는 아니 되오."

【당시 진은 조보다 훨씬 강했다. 진의 소양왕과 조의 혜문왕이 민지에서 만났는데, 소양왕은 강한 국력을 믿고 혜문왕을 모욕하려 들었다. 그러나 조의 대신 인상여가 왕을 방어하면서 조금도 밀리지 않아 소양왕은 우세를 차지하지 못했다.】

마량이 귀띔했다.

"장군께서는 철저히 대비하셔야 합니다."

"빠른 배 열 척에 강한 수군 500명을 숨겨 아들에게 강 위에서 기다리게 하면 되오."

관평에게 분부했다.

"내 성이 적힌 깃발이 일어나는 것을 보면 곧 강을 건너오너라."

사자가 돌아가 관우가 쾌히 승낙하더라고 전하자 여몽이 나섰다.

"그가 군사를 데리고 오면 저와 감녕이 군사를 매복해 뛰어나가 싸우겠습니다. 군사가 없으면 울안에 칼잡이 50명을 숨겨 잔칫상에서 죽이십시오."

이튿날 노숙이 나루를 바라보니 물 위에 배 한 척이 다가오는데 사공은 몇 사람뿐이고 붉은 깃발 한 폭이 바람에 나부끼면서 눈같이 희고 큼직한 '관'자를 드러냈다. 배가 가까워지자 관우는 푸른 두건에 녹색 전포를 입고 배 위에 앉았고, 곁에 주창이 큰 칼을 들고 섰으며, 덩치 큰 사나이 8~9명이 허리에 요도 한 자루씩만 차고 둘러서 있었다.

노숙이 놀랍고도 의심스러워 관우를 정자로 맞아들여 인사를 마치고 술을 마셨다. 잔을 들어 권하는 노숙은 감히 관우를 쳐다보지도 못하는데 관우는 태연히 말하고 웃음을 터뜨렸다. 술기운이 차츰 오르자 노숙이 말을 꺼냈다.

"군후께 한마디 말씀을 드리니 들어주시면 고맙겠소. 전에 형님 유황숙께서 이 숙에게 보증을 서게 하여 우리 주공에게 형주를 잠시 빌리셨소. 황숙께서 서천을 차지하면 형주를 돌려주기로 약속했는데 서천을 얻고도 돌려주지 않으시니 신용을 잃는 게 아니겠소?"

관우는 대답을 피했다.

"나랏일이니 술자리에서 논할 바가 아니오."

노숙이 계속했다.

"우리 주공께서 크지 않은 강동을 차지하고도 형주를 빌려주신 것은 군후를 비롯한 여러분이 싸움에 지고 먼 길을 왔으니 몸 붙일 곳이라도 있어야 한다고 배려하셨기 때문이오. 이제 익주를 얻었으니 형주는 당연히 돌려주셔야 하오. 지난번에 황숙께서 먼저 세 군이라도 떼어주겠다고 약속하셨는데 군후께서 그 말에 따르지 않으셨으니, 서로 말이 통하지 않은 게 아니오? 군후께서는 어릴 적에 유가 책을 많이 읽어 인(仁), 의(義), 예(禮), 지(智)를 다 갖추셨으나 다만 신(信, 믿음)이 모자라오."

관우가 반박했다.

"오림 싸움에서 좌장군(유비)께서 몸소 화살과 돌을 무릅쓰며 힘을 내 적을 깨뜨리셨는데, 어찌 고생만 하고 땅 한 자 얻지 못하시겠소? 그런데 공이 다시 땅을 달라고 하는 것이오?"

"그렇지 않소. 군후께서는 황숙과 함께 장판 언덕에서 패하시어 계책은 궁하고 힘은 다해 멀리 도망가려 하셨소. 우리 주공께서는 황숙께서 몸 두실 곳 없는 것을 딱하게 여겨 발붙일 곳을 마련해주시고 뒷날 공로를 세우기 바라셨소. 그런데 황숙께서 덕을 잃고 좋은 교분을 망치면서 서천을 얻고도 형주를 내주지 않아 의리를 저버리셨으니 천하 사람들의 비웃음을 받을까 두렵소. 군후께서 살펴보시기 바라오."

노숙이 설명하자 관우는 적당한 핑계를 댔다.

"이는 형님 일이니 이 몸이 끼어들 바가 아니외다."

노숙은 기어이 결말을 보려고 들었다.

"저희가 듣자니 군후께서는 황숙과 복숭아 뜰에서 형제 의리를 맺으며 같이 살고 함께 죽기를 맹세하셨다 하오. 그러니 황숙이 바로 군후이신데 어찌 구실을 대어 사절하실 수 있소?"

관우가 대답하기 전에 주창이 섬돌 아래에서 날카롭게 외쳤다.

"천하는 덕이 있는 이가 차지하게 마련인데 어찌 오에서만 차지한단 말이오?"

관우가 낯빛을 확 바꾸더니 자리에서 일어나 주창이 든 큰 칼을 빼앗아 잡고 꾸짖었다.

"이것은 나랏일인데 어찌 네가 감히 말을 하느냐? 어서 나가지 못할까!"

주창이 얼른 알아듣고 나루로 가서 붉은 깃발을 휙 저어 신호를 보내자 관평의 배가 쏜살같이 미끄러져 강동으로 건너왔다. 오른손에 칼을 든 관우는 왼손으로 노숙의 손을 잡고 취한 척했다.

"오늘 공이 나를 잔치에 청했으니 형주 일은 말하지 마시오. 내가 이미 취해 옛정이 상하지나 않을까 두렵소. 뒷날 사람을 보내 공을 형주로 청할 터이니 모임에 오시면 그때 다시 상의하겠소."

노숙은 넋이 허공으로 달아나 관우에게 이끌려 강변으로 갔다. 여몽과 감녕이 군사를 이끌고 나오려 했으나 관우가 큰 칼을 들고 노숙의 손을 꽉 잡고 있어서 노숙이 다칠까 두려워 감히 움직이지 못했다.

관우는 배에 이르러서야 노숙의 손을 놓아주더니 어느덧 뱃머리에 서서 작별했다. 노숙이 멍해서 취한 듯 멀거니 서 있는데 관우 배는 바람을 타고 수면 위를 미끄러져 갔다.

관우가 형주로 돌아가자 노숙은 여몽과 상의했다.

"계책이 또 성사되지 못했으니 어찌해야 하오?"

"주공께 보고를 올리고 군사를 일으켜 운장과 결전을 벌이시지요."

여몽이 대답해 노숙이 즉시 보고하니 손권은 크게 노해 군사를 일으켜 형주를 치려 했다. 이때 별안간 보고가 들어왔다.

"조조가 또 30만 군사를 일으켜 쳐들어옵니다!"

손권은 깜짝 놀라 노숙에게 잠시 형주를 건드리지 말게 하고 합비와 유수로 군사를 옮겨 조조를 막게 했다.

조조가 남방 정벌을 떠나려 하자 자가 언재(彦材)인 참군 부간(傅幹)이 글을 올렸다.

'이 간이 듣자니 천하를 다스리는 방법은 무(武)와 문(文), 두 가지라 합니다. 무력을 쓰려면 먼저 위엄을 보이고 문화를 펴려면 우선 덕을 펼친다 하는데, 위엄과 덕성이 서로 어울리면 왕업이 이루어진다 했습니다. 전에 천하가 크게 어지러울 때 명공께서 무력으로 열에 아홉을 평정하시어 지금 천자의 명

관우는 한 손에 칼을 들고 노숙을 꽉 잡아 ▶

關雲長單刀赴會
乙酉春蕉雄畫

을 받들지 않는 땅은 오와 촉뿐입니다. 오는 험한 장강을 차지하고, 촉은 높은 산이 막아주니 위엄으로 이기기는 어렵습니다. 이 어리석은 사람이 보기에는 문화를 펴며 덕성을 기르고, 갑옷을 내려놓고 병기를 눕히며, 군사를 쉬게 하고 인재를 기르며 시기를 기다려 움직이시는 편이 더 바람직합니다. 수십만 무리를 몰아 장강 가에 머무르다 적이 깊숙이 숨어 우리 장졸과 말들이 힘을 펼쳐보지 못하게 만들고, 기이한 변화로 임기응변하지 못하게 하면 신과도 같은 위엄이 손상되오니 명공께서는 깊이 생각하시기 바랍니다.'

조조는 남방 정벌을 포기하고 학교를 세우고 예절을 차려 문사들을 청해 왔다. 그러자 시중 왕찬, 두습, 위개, 화흡 네 사람이 조조를 위왕(魏王)으로 높이려 했다.

조조의 봉국인 위국 정사를 맡은 상서령 순유가 반대했다.

"안 됩니다. 승상께서는 벼슬이 위공에 이르시고 영광이 구석을 더하셨으니 지위가 더 오를 곳이 없는데 다시 왕으로 오르시는 것은 이치에 어긋납니다."

조조는 그 말을 듣고 크게 노했다.

"이 사람이 순욱을 본받으려 하는가?"

순유는 그 말을 전해 듣고 근심과 통탄이 가슴에 사무쳐 자리에 누웠다가 며칠 후 세상을 떠났다. 나이 58세였다. 조조는 후하게 장사를 지내고 위왕에 오르는 일을 그만두었다.

어느 날 조조가 검을 차고 궁궐로 들어가니 헌제는 마침 복 황후와 같이 앉아 있었다. 조조가 오는 것을 보고 복 황후는 황급히 자리에서 일어나고 헌제는 부들부들 떠는데 조조가 물었다.

"손권과 유비가 땅을 차지하고 조정을 받들지 않으니 어찌해야 합니까?"

헌제가 간단히 대답했다.

"위공이 알아서 하면 되오."

"폐하께서 그런 말씀을 하시니 사람들이 내가 천자를 업신여기는 줄 알 것 아닙니까?"

조조가 화를 내자 헌제는 밑져야 본전이라는 듯 한마디 했다.

"경이 나를 보좌하고 싶다면 참으로 다행이지만 그렇지 않으면 은혜를 베풀어 나를 놓아주시오."

조조가 분이 치밀어 헌제를 노려보다 밖으로 나가자 근시들이 아뢰었다.

"위공은 왕이 되려 한다는데 곧 폐하의 자리를 빼앗으려 할 것입니다."

헌제와 복 황후는 목 놓아 울었다. 복 황후가 울다 청했다.

"첩의 아버지 복완은 늘 조조를 죽일 마음을 품었으니 첩이 글을 지어 가만히 아버지와 함께 꾀하겠습니다."

"옛날 동승이 비밀을 지키지 못해 큰 화를 입었는데, 또 일이 새나가 짐과 그대가 모두 끝장날까 두렵소!"

헌제가 걱정하니 복 황후가 결정했다.

"아침저녁으로 바늘방석에 앉은 것 같으니 이렇게 살 바에야 차라리 죽는 편이 나아요. 첩이 보건대 환관 가운데 충성스럽고 의롭기로 목순보다 나은 자가 없으니 그에게 글을 가져가도록 하시지요."

헌제와 복 황후는 사람들을 물리치고 목순을 병풍 뒤로 불러 눈물을 흘렸다.

"조조가 위왕이 되려 하니 곧 내 자리를 빼앗을 것이다. 짐이 황장 복완에게 조조를 없애도록 명하려는데 좌우가 모두 조조 심복이라 부탁할 사람이 없다. 너에게 황후의 밀서를 전하려 하니 너는 충성스럽고 의로워 짐의 기대를 저버리지 않을 것이다."

목순은 눈물을 주르르 흘렸다.

"신은 폐하의 크나큰 은혜에 감격할 뿐이니 어찌 죽음으로써 보답하지 않겠습니까! 신은 곧 떠나기를 청합니다."

목순은 복 황후의 글을 상투 속에 감추고 황궁을 빠져나가 아무도 몰래 복완에게 올렸다. 황후의 친필을 받고 복완은 한참 생각하다 의견을 말했다.

"조조의 심복들이 아주 많아 급히 꾀할 수는 없네. 바깥에서 오의 손권과 서천의 유비가 군사를 일으키면 조조가 싸우러 갈 테니, 그때 안에서 충성스럽고 의로운 신하들을 구해 안팎으로 협공하면 일이 이루어질지도 모르네."

"황장께서 글을 지어 천자의 비밀조서를 받아서 오와 촉으로 보내 군사를 일으키게 하시면 됩니다."

복완이 글을 지어 목순은 상투 속에 감추고 궁궐로 돌아갔다. 벌써 이 일을 눈치챈 자가 있어 조조가 친히 궁문 안에서 목순을 기다리다 물었다.

"어디를 갔다 오느냐?"

"황후께서 병이 나시어 의원 구하러 갔다옵니다."

"불러온 의원은 어디 있느냐?"

"아직 불러오지 못했습니다."

목순이 둘러대자 조조가 호령해 몸을 샅샅이 뒤졌으나 아무것도 없어 놓아주는데 난데없이 바람이 불어 목순의 모자가 땅에 떨어졌다. 조조가 모자를 받아 아무리 꼼꼼히 살펴보아도 별다른 것이 없어 돌려주었다. 그런데 목순이 두 손으로 모자를 받아 머리에 쓰다 엉겁결에 돌려쓰고 말았다. 조조가 의심이 들어 상투 속을 뒤지게 하니 복완의 글이 나왔다.

조조가 크게 노해 밀실에 가두고 캐어물었으나 목순은 불지 않았다. 조조는 그날 밤으로 갑옷 군사 3000명을 보내 복완의 집을 에워싸 식솔을 빠짐없이 잡고, 복 황후의 친필 글을 찾아 삼족을 모두 감옥에 처넣었다. 동틀 무렵 조조는 어사대부 치려(郗慮)에게 절을 들고 궁궐로 들어가 먼저 황후의 도장과 끈을 거두게 했다.

헌제가 궁전에 있다 치려가 군사를 이끌고 들어오는 것을 보고 물었다.

"무슨 일이 있는가?"

"위공 명을 받들어 황후의 도장을 거두러 왔습니다."

일이 새나갔음을 안 헌제는 심장과 쓸개가 부서지는 듯했다. 치려가 뒤쪽 궁전에 이르렀을 때는 복 황후가 막 침상에서 일어났는데, 치려가 황후의 도장을 관리하는 자를 불러 옥새를 빼앗자 복 황후는 일이 틀어졌음을 알고 궁전 뒤쪽 초방의 겹벽 속에 숨었다.

【황후의 궁전은 산초 씨를 흙에 섞어 벽에 발라 초방이라 불렀다. 산초가 향기롭고 씨가 많아 황후가 자식을 많이 낳기를 바라서였다. 여기에 두 겹으로 된 벽이 있어 복 황후는 그 사이에 들어간 것이다.】

이윽고 조정 정무를 맡은 상서령 화흠이 무사 500명을 이끌고 뒤쪽 궁전으로 들어가 궁인들에게 물었다.

"복 황후는 어디 있느냐?"

궁인들은 모두 모른다고 잡아뗐다. 화흠이 무사들에게 궁전의 붉은 문을 열게 해 찾았으나 복 황후가 보이지 않자 벽을 헐고 수색해 드디어 찾아내고는 직접 손을 대 황후의 족두리를 틀어쥐고 끌어냈다.

"목숨만은 살려주기 바라오!"

복 황후가 애걸하자 화흠이 꾸짖었다.

"네가 직접 위공께 빌어보아라!"

머리가 헝클어지고 신도 신지 못한 복 황후는 무사들에게 떠밀려 나갔다.

원래 화흠은 일찍부터 재주 높다는 명성을 누려 병원(邴原), 관녕(管寧)과 친구로 사귀었다. 그때 세 사람을 합쳐 용이라 불렀으니 화흠은 머리, 병원은 배, 관녕은 꼬리라고 칭찬했다.

관녕과 화흠이 울안에서 채소를 가꾸는데 괭이로 땅을 파다 금이 나왔다.

관녕은 계속 괭이를 휘두르며 금을 거들떠보지 않았으나 화흠은 금을 집어 살펴보다 내던졌다. 또 두 사람이 자리에 앉아 책을 읽는데, 문밖에서 길을 비키라는 떠들썩한 소리가 나면서 귀인이 헌(軒)이라 부르는 장막 수레를 타고 지나갔다. 관녕은 단정히 앉아 움직이지 않았으나 화흠은 책을 버리고 구경을 나갔다. 이때부터 관녕은 화흠의 사람됨을 얕잡아보아 삿자리를 잘라 나누어 앉고, 다시는 친구로 사귀지 않았다.

후에 관녕은 요동으로 피해 살았는데, 늘 흰 모자를 쓰고 앉으나 누우나 한 누각에 살면서 발을 땅에 딛지 않고, 평생 위의 벼슬을 하려 들지 않았다. 그러나 화흠은 손권을 섬기다 조조 아래로 들어가더니 복 황후를 잡아내는 일까지 저지르고 말았다.

화흠 무리가 복 황후를 에워싸고 바깥 궁전에 이르니 헌제가 전에서 내려와 황후를 끌어안고 울었다. 화흠이 재촉했다.

"위공 명이시니 어서 가야 합니다!"

복 황후는 울면서 헌제에게 애걸했다.

"저를 살려주실 수 없단 말씀입니까?"

헌제가 맥없이 대꾸했다.

"내 목숨도 언제 끝날지 모르오!"

무사들이 복 황후를 끌고 가자 헌제는 가슴을 탁탁 치며 통곡하다 치려에게 한탄했다.

"치 공! 천하에 어찌 이런 일이 있단 말이오?"

헌제가 울다 땅에 쓰러지니 치려는 안으로 부축해 들어가게 했다.

화흠이 복 황후를 끌고 가자 조조가 화를 냈다.

"내가 성심껏 대하는데 너희는 어찌하여 나를 해치려 드느냐? 내가 너를 죽이지 않으면 네가 반드시 나를 죽이리라!"

측근에 호령해 복 황후를 몽둥이로 때려죽이고, 궁궐로 들어가 복 황후가 낳은 두 아들도 독주를 먹여 죽였다. 그날 밤 복완을 비롯한 종족들과 목순까지 200여 명을 저잣거리에서 목을 치니 조정 신하와 백성은 놀라고 두려워하지 않는 사람이 없었다. 때는 건안 19년(214년) 11월이었다.

복 황후가 잘못되어 헌제가 음식을 넘기지 못하는데 조조가 들어왔다.

"폐하께서는 근심하지 마십시오. 신은 다른 마음이 없습니다. 신의 딸이 이미 폐하의 귀인이 되었는데 어질고 효성이 지극하니 정궁에서 살 만합니다."

헌제가 감히 그 말에 따르지 않을 수 없어 건안 20년(215년) 정월 초하루, 원단을 축하하는 자리에서 조조 딸 조 귀인을 정궁황후로 세우니 신하들은 감히 아무 말도 하지 못했다.

조조의 위세가 날로 강해져 대신들을 모아 오를 수복하고 촉을 멸망시킬 일을 상의하자 가후가 건의했다.

"하후돈과 조인을 허도로 불러 상의해야 합니다."

【조조 아래로 들어와 수도 치안과 경비를 맡은 집금오가 된 가후는 태중대부를 겸해 조정 정사를 의논하고 황제의 물음에 답하는 고문 노릇까지 했다. 하지만 황제보다는 조조를 위해 꾀를 낼 때가 더 많았는데, 당시 사람들은 슬기로운 인물로 제일 먼저 가후를 꼽았다.

주인이 무겁게 쓰고 사람들이 인정했으나 가후는 처음부터 조조 사람이 아니어서 남들 의심을 받을까 두려워 늘 문을 닫아걸고 다른 이들과 사귀지 않았다. 집안 자녀가 혼인할 때도 절대 고귀한 가문과 사돈을 맺지 않고 자기보호에 신경을 썼다. 노인이 되어 더욱 안정된 삶을 바라서였는데, 예전부터 소문난 판단력은 변함없이 날카로웠다.】

조조가 두 사람을 부르니 조인이 먼저 도착해 그날 밤 승상부에 들어가 조조를 뵈려 했다. 이때 조조는 술에 취해 누웠고, 허저가 검을 들고 대청 앞에 서서 안으로 들어가는 것을 막자 조인은 크게 노했다.

"나는 조씨 일족인데 네가 어찌 감히 막느냐?"

허저가 대답했다.

"장군은 승상 집안이지만 바깥에서 군사를 거느리고, 허저는 승상 집안은 아니나 안을 지키고 있소. 주공께서 취하시어 대청 위에 누우셨으니 감히 들여보내지 못하오."

조인이 끝내 들어가지 못하자 조조가 뒤에 말을 듣고 감탄했다.

"허저는 참으로 충신이로다!"

며칠 지나지 않아 하후돈도 와서 함께 정벌을 의논하니 하후돈이 제의했다.

"오와 촉은 급히 공격할 수 없으니 먼저 한중의 장로를 쳐서 이긴 군사로 촉을 공격하면 단숨에 차지할 수 있습니다."

"바로 내 뜻과 같네!"

조조는 군사를 일으켜 서쪽으로 정벌을 떠났다.

이야말로

악한 꾀로 약한 임금 무시하더니
강한 군사 몰아 구석 나라 치누나

뒷일은 어찌 되어갈까?

67

조조 침공에 무너진 오랜 천국

조조는 한중 땅을 평정하고
장료는 소요진에 위엄 떨쳐

조조는 군사를 세 대로 나누었다. 선두는 하후연과 장합이 이끌고, 조조는 장수들을 거느리고 중간에서 나아가며, 조인과 하후돈이 뒤에서 식량과 말먹이 풀을 날랐다. 벌써 한중에서 소식을 알고 장로가 적을 물리칠 계책을 상의하자 아우 장위가 말했다.

"한중에서 양평관보다 더 험한 곳은 없습니다. 관의 좌우 산에 의지해 영채 10여 개를 세우고 조조 군사를 맞이해 싸우겠습니다. 형님은 한녕에서 식량과 말먹이 풀을 많이 날라 뒤를 받쳐주십시오."

장로가 대장 양앙(楊昻)과 양임(楊任)에게 그날로 장위와 함께 길을 떠나게 하여 양평관에 영채를 세우자 하후연과 장합 군사가 이르러 15리 떨어진 곳에 영채를 세웠다. 그날 밤 조조의 장졸들이 피곤해 곯아떨어졌는데 영채 뒤에서 불길이 일며 양앙과 양임이 대군을 이끌고 쳐들어와 하후연과 장합은 크게 패하고 물러갔다.

두 장수가 쫓겨 돌아오자 조조는 크게 화를 냈다.

"두 사람은 여러 해 군사를 움직였는데도 '군사가 먼 길을 걸어 피곤하면 반드시 영채 습격에 대비해야 한다'는 말을 몰랐느냐?"

조조가 두 사람 목을 쳐 군법을 밝히려 들었으나 장수들이 빌어 살려주었다.

이튿날 조조가 친히 군사를 이끌고 나아가 살펴보니 산세가 험악하고 숲이 깊이 우거졌다. 어느 곳에 매복 군사가 있을까 두려워 바로 되돌아와 허저와 서황에게 탄식했다.

"이 고장이 이렇게 험한 줄 알았으면 내가 군사를 일으키지 않았으리라!"

이튿날 조조는 허저와 서황만 데리고 장위의 영채를 보러 갔다. 말 세 필이 산비탈을 돌아가자 벌써 장위의 영채가 바라보여 조조는 채찍을 들어 가리켰다.

"이처럼 견고하니 급히 깨뜨리기 어렵네!"

곧바로 고함이 일어나며 화살이 소나기 퍼붓듯 날아오고, 양앙과 양임이 두 길로 달려와 조조가 깜짝 놀라자 허저가 높이 외쳤다.

"내가 적을 막겠소! 공명은 주공을 잘 보호하시오!"

허저는 칼을 들고 말을 달려 두 장수와 힘껏 싸웠다. 양앙과 양임이 허저의 용맹을 당하지 못해 물러가니 군사들은 감히 앞으로 나오지 못했다.

서황이 조조를 보호해 산비탈을 돌아가자 앞에서 또 군사 한 대가 이르니 하후연과 장합이 고함을 듣고 도우려고 달려온 것이었다. 조조는 네 장수에게 후한 상을 내리고 50여 일을 대치하면서 싸우지 않았다. 조조가 군사를 물리라는 명령을 전하자 가후가 물었다.

"적의 형세가 어떤지 아직 알기 어려운데 주공께서는 어찌 물러서십니까?"

"적이 날마다 튼튼히 방비해 급히 이기기 어렵소. 내가 군사를 물린다는 소문을 듣고 적이 느슨해진 후에 가벼운 기병들을 보내 뒤로 돌아가 치면 이길 수 있소."

조조의 설명에 가후가 감탄했다.

조조는 하후연과 장합에게 가벼운 차림을 한 기병 3000명씩을 이끌고 양평관 뒤로 돌아가게 하고, 대군의 영채를 모두 뽑았다. 조조 군사가 물러간다는 말을 듣고 양앙이 양임을 청해 틈을 타 공격하자고 주장하자 양임은 신중했다.

"조조는 간사한 계책이 많으니 허실을 정확히 알기 전에는 쫓아갈 수 없소."

양앙은 뜻을 굽히지 않았다.

"공이 가지 않으면 나 혼자라도 가겠소."

양임이 말렸으나 양앙은 듣지 않고 다섯 영채의 군사를 모두 거느리고 나아가면서 얼마 안 되는 군사를 남겨 영채를 지키게 했다. 그날은 안개가 짙어 얼굴을 맞대고도 알아볼 수 없어, 양앙의 군사는 중도에서 더 나아가지 못하고 잠시 멈추어 섰다.

이때 하후연이 군사를 거느리고 산 뒤로 돌아가는데 짙은 안개 속에서 사람들이 떠들고 말들이 울부짖자 매복한 군사가 있을까 두려워 급히 움직이다 안개 속에 길을 잘못 들어 양앙의 영채 앞으로 갔다. 영채를 지키는 군사는 말발굽 소리가 들리니 자기편이 돌아온 줄 알고 문을 열었는데 하후연의 군사가 우르르 달려 들어가 불을 지르자 달아났다.

안개가 흩어지자 양임의 군사가 영채를 구하러 와서 하후연의 군사와 맞붙는데 등 뒤로 다시 장합의 군사가 이르니 못 견디고 달아나 한중 태수가 있는 남정으로 갔다.

양앙이 영채로 돌아오니 이미 하후연과 장합이 차지하고 등 뒤로 조조의 대부대가 쫓아왔다. 피할 길이 없어 양앙은 진을 뚫고 달려가다 장합과 부딪쳐 제대로 싸워보지도 못하고 죽고 말았다. 패한 군사가 양평관으로 장위를 찾아갔으나 장위는 두 장수가 패해 달아나고 영채들을 잃었다는 소식을 듣고 관을 버리고 남정으로 달아나 버렸다. 조조는 어렵지 않게 양평관과 여러 영채를 얻었다.

장위와 양임이 남정으로 돌아가 장위가 먼저 장로에게 양임과 양앙이 요충지들을 잃어 관을 지키지 못했다고 변명하니 장로는 크게 노해 양임의 목을 치려 했다. 양임이 설명했다.

"양앙에게 조조 군사를 쫓지 말라고 했으나 말을 안 들어 패했습니다. 이임은 다시 군사 한 대를 얻어 조조의 목을 치겠습니다! 이기지 못하면 군령에 따르겠습니다."

장로가 군령장을 받고 2만 군사를 내주어 양임은 남정을 떠나 영채를 세웠다. 이때 조조가 남정으로 가는 길을 정탐하게 해서 하후연이 군사를 이끌고 나아가다 양임과 맞닥뜨렸다.

양임이 부하 장수 창기를 내보냈으나 세 번도 어울리지 못하고 하후연의 칼에 맞아 말 아래로 떨어졌다. 양임이 창을 꼬나 들고 하후연과 맞붙어 30여 합을 겨루었으나 승부가 나지 않았다. 하후연이 짐짓 못 이기는 척 칼을 끌며 달아나다 뒤로 돌아 찍는 계책을 써서 양임도 죽고 말았다. 조조는 즉시 진군해 남정에 바짝 다가가 영채를 세웠다.

장로가 급히 상의하니 염포가 깨우쳐 주었다.

"전에 남안의 방덕이 마초를 따라 주공께 왔으나 마초가 서천으로 갈 때 병이 들어서 가지 못했습니다. 그는 주공께서 길러주시는 은혜를 입은 몸인데 어찌하여 이 사람을 내보내지 않으십니까?"

장로가 불러 후하게 상을 내리고 1만 군사를 점검해 나가 싸우게 하니 방덕은 성에서 10여 리 떨어진 곳에 이르러 조조 군사와 마주했다. 방덕이 말을 달려 싸움을 걸자 위교에서 그의 용맹을 익히 본 조조가 장수들에게 당부했다.

"방덕은 서량 맹장으로 원래 마초에게 있었네. 비록 장로에게 의지하나 그 마음은 달갑지 않을 걸세. 내가 이 사람을 얻으려 하니 그대들은 진정으로 싸우지 말고 그의 힘을 빼 사로잡도록 하세."

장합이 먼저 나가 몇 번 부딪치다 물러서니 하후연도 몇 합 싸우고 물러서고, 서황 역시 서너 합 어울리다 돌아오니 허저 또한 칼을 휘둘러 50여 합 맞붙다 물러섰다. 방덕이 힘을 떨쳐 네 장수와 싸우는데 조금도 겁내는 빛이 없어 장수들은 모두 조조에게 방덕이 무예가 훌륭하다고 칭찬했다. 조조는 대단히 기뻐 장수들과 상의했다.

"어찌하면 이 사람의 항복을 받아낼 수 있겠는가?"

가후가 꾀를 냈다.

"저는 장로에게 양송이라는 모사가 있음을 압니다. 그는 뇌물을 지극히 탐내니 가만히 금과 비단을 보내고 장로 앞에서 방덕을 헐뜯게 하면 방덕을 승상 아래로 데려올 수 있습니다."

"이쪽 사람을 어찌 남정에 들여보내오?"

"내일 싸울 때 짐짓 져주고 달아나 방덕이 우리 영채를 차지하게 하십시오. 깊은 밤에 우리가 영채를 습격하면 방덕은 반드시 성안으로 물러 들어갈 테니 그때 말 잘하는 사람을 그쪽 군사로 꾸며 끼어들게 하면 됩니다."

조조는 머리가 트인 군교를 골라 후한 상을 내린 후 금으로 만든 엄심갑 한 벌을 주어 살에 닿도록 입게 하고, 겉에 한중 군사 옷을 입혀 미리 방덕의 군사를 기다리게 했다. 조조가 가후의 계책대로 싸워 방덕이 성안으로 들어갈 때 군사에 끼어 들어간 첩자가 양송 집으로 찾아가 사연을 올렸다.

"위공 조 승상께서는 선생의 높으신 덕성을 들으신 지 오래인데 특히 저를 보내 금 갑옷을 증거로 밀서를 올리게 하셨습니다."

양송은 대단히 기뻐 밀서를 읽고 말했다.

“마음 놓고 기다리시면 좋은 계책으로 보답을 드리겠다고 위공께 말씀드리게.”

양송은 그날 밤으로 장로를 찾아갔다.

“방덕이 조조의 뇌물을 받고 물러나 성으로 돌아왔습니다.”

장로가 크게 노해 방덕을 불러 목을 치려고 하자 염포가 애타게 말려 방덕에게 명했다.

“내일 다시 나가 싸워라! 이기지 못하면 반드시 목을 치겠다!”

방덕은 한을 품고 물러갔는데 이튿날 조조 군사가 또 공격해왔다. 방덕이 군사를 이끌고 나가자 허저가 몇 합 싸우다 달아나 방덕이 쫓아가는데 조조가 산비탈 위에 말을 세우고 그를 불렀다.

“방령명은 어찌하여 일찍 항복하지 않는가?”

방덕은 항복할 마음이 없었다.

‘조조를 잡으면 상장 천 명과 맞먹겠지!’

방덕이 나는 듯이 말을 몰아 비탈로 올라가니 불현듯 고함이 일어나며 하늘이 무너지고 땅이 꺼져, 방덕은 말과 함께 구덩이에 빠지고 말았다. 사방에서 갈고리들이 나와 방덕을 걸어서 당겨 꽁꽁 묶어 비탈 위로 끌고 가니 조조가 말에서 내려 손수 밧줄을 풀어주고 항복하겠느냐고 물었다. 방덕이 생각하니 장로는 어질지 못해 기꺼이 절을 올려 항복했다.

조조가 친히 부축해 말에 올려 앉히고 말 머리를 나란히 하여 큰 영채로 돌아가면서 일부러 성 위의 사람들에게 보이니, 보고를 받은 장로는 점점 더 양송 말을 믿게 되었다.

이튿날 조조가 네 방향에 구름사다리를 세우고 발석거로 돌을 날려 사태가 위급해지자 장위가 장로에게 제안했다.

“식량 곳간과 재물 창고를 태워버리고 남산으로 달려가 파중을 지키면 됩니다."

양송이 다른 주장을 내놓았다.

"문을 열고 항복하는 것이 좋습니다."

장로가 머뭇거리며 마음을 정하지 못하자 장위가 재촉했다.

"어서 태워버리고 떠납시다."

드디어 장로는 결심했다.

"나는 나라에 귀순하려 했으나 뜻을 이루지 못했다. 이제 어쩔 수 없어 달아나는데 곳간과 창고는 모두 나라 것이니 태워서는 아니 된다."

장로가 곳간과 창고들을 봉하고 밤중에 온 집안 식솔을 이끌고 남문으로 달려나가자 조조는 쫓지 말라 명하고 군사를 거느리고 성안으로 들어갔다. 살펴보니 장로가 곳간과 창고들을 모두 봉했기에 몹시 갸륵하게 여겨[心甚憐之 심심련지] 파중으로 사람을 보내 항복을 권했다.

장로는 항복하려 하는데 장위가 굽히기 싫어하니 양송이 조조에게 밀서를 보내 진군하라고 부추기면서 안에서 호응하겠다고 했다. 조조는 친히 군사를 이끌고 파중으로 갔다.

장로가 장위에게 나가 싸우게 했으나 곧 허저의 칼에 맞아 죽었다. 장로는 파중이나 굳게 지키려 하는데 이번에는 양송이 싸우기를 주장하는 것이었다.

"지금 나가시지 않으면 앉아서 죽기를 기다리게 됩니다. 제가 성을 지킬 것이니 주공께서 친히 죽음을 무릅쓰고 한번 나가 싸우셔야 합니다."

염포가 나가지 말라고 애타게 말렸으나 장로는 양송 말에 따르고 말았다. 장로가 군사를 이끌고 나가 조조 군사를 맞이하니 미처 싸우기도 전에 후군이 먼저 달아나 버렸다. 장로가 급히 물러서서 성 아래에 이르자 뜻밖에도 양송이 문을 닫아걸었다. 뒤에서 조조가 바짝 쫓아와 높이 외쳤다.

"어찌하여 일찍 항복하지 않는가?"

갈 길이 없어진 장로는 말에서 내려 조조에게 절을 올려 항복했다. 조조는 대단히 기뻐하며 그가 창고를 봉한 마음을 생각해 예절을 차려 진남장군에 봉하고 염포를 비롯한 사람들에게도 열후 작위를 내렸다. 이로써 한중은 모두 평정되었다.

조조는 여러 군에 태수를 설치하고 군사를 맡은 도위를 임명하며 장졸들에게 큰 상을 내렸다. 다만 양송은 주인을 팔아 영광을 구한 것을 꾸짖어 저잣거리에서 목을 치고 머리를 사람들 구경거리로 만들었다.

조조가 동천을 얻자 주부 사마의가 말씀을 올렸다.

"유비가 간사한 수단으로 유장을 이겨 사람들 마음이 아직 그에게 쏠리지 않았습니다. 지금 주공께서 한중을 얻으시어 익주가 놀라 움직이니 어서 진군하십시오. 형세로 미루어 보아 반드시 기와가 쪼개지듯 순식간에 무너질 것입니다. 슬기로운 이는 때를 아는 것을 귀하게 여기니 기회를 놓쳐서는 아니 됩니다[智者貴于乘時지자귀우승시 時不可失也시불가실야]."

조조는 한숨을 쉬었다.

"사람은 만족을 몰라 어려워지는 것일세. 이미 농 땅을 얻었거늘 다시 촉 땅을 바라본단 말인가[人若不知足인약부지족 **旣得隴復望蜀**기득롱복망촉]?"

유엽이 권했다.

"사마중달 말이 맞습니다. 유비는 사람 가운데 뛰어난 호걸로 일을 헤아릴 줄 아나 움직임이 늦습니다. 지금 촉을 얻고 얼마 되지 않아 백성이 아직 그를 완전히 믿지 않는데, 또 한중이 깨져 사람들이 놀라 떨고 있으니 기세가 스스로 기울어질 것입니다. 승상의 신 같은 밝으심으로 기울어지는 기세를 누르시면 이기지 못할 수가 없습니다. 만약 조금이라도 늦추시어 문(文)으로는 제갈량이 나라를 다스리는 데에 밝아 재상이 되고, 무(武)로는 관우와 장비

갈 길이 없어진 장로는 조조 앞에 항복 ▶

曹操平定漢中地
乙酉春綦維畫於滬上

를 비롯한 용맹한 자들이 삼군의 장수가 되어, 촉의 백성이 안정되고 관과 요충지들이 굳건해지면 더는 그들을 범할 수 없습니다."

"장졸들이 먼 길을 걸으며 수고를 많이 했으니 아껴주어야 하오."

조조는 군사를 멈추고 움직이지 않았다.

서천 백성은 조조가 동천을 차지했다는 소식을 듣고 서천을 치러 오리라 짐작해 하루에도 몇 번이나 놀라 떨었다. 제갈량이 유비에게 말했다.

"이 양에게 조조가 스스로 물러가게 할 계책이 있습니다."

"어떤 계책이오?"

"조조가 군사를 나누어 합비에 주둔하는 것은 손권이 무서워서입니다. 우리가 강하, 장사, 계양 세 군을 떼어 돌려주고 사람을 보내 이해관계를 잘 따져 설득하여, 오가 군사를 일으켜 합비를 습격하게 만들면 조조는 반드시 군사를 물려 남쪽으로 갑니다."

마침 이적이 사자가 되겠다고 나서니 유비가 크게 기뻐 글과 예물을 갖추어 보내는데, 먼저 형주로 가서 관우에게 이야기하고 오로 들어가게 했다. 이적은 형주를 거쳐 말릉으로 가서 손권을 뵈었다.

"지난번에 제갈자유가 장사를 비롯한 세 군을 찾으려 했으나 제갈 군사가 성도에 있지 않아 돌려드리지 못했는데, 이번에 글을 올려 돌려드립니다. 원래는 형주 남군과 영릉도 돌려드리려 했으나 조조가 동천을 차지해 관 장군이 몸을 담을 땅이 없어지고 말았습니다. 지금 합비가 텅 비었으니 군후께서 군사를 일으켜 조조 군사가 남쪽으로 돌아오도록 해주시기 바랍니다. 우리 주공께서 동천을 얻으시면 형주 땅을 모두 돌려드리겠습니다. 군후께서 만약 의심하며 움직이지 않으시면 조조가 반드시 남방을 정벌하러 올 것이니 그때는 미처 손을 쓸 사이가 없지 않을까 두렵습니다."

"잠시 역관으로 가서 쉬시오. 상의해보겠소."

이적이 물러가고 손권이 모사들에게 묻자 장소가 대답했다.

"조조가 서천을 칠까 두려워 제갈량이 짜낸 계책입니다. 하지만 이 틈을 타서 합비를 차지해서 아니 될 게 무엇입니까?"

손권은 이적을 돌려보내고 군사를 일으켜 조조를 치려고 의논했다. 노숙을 보내 장사, 강하, 계양 세 군을 돌려받게 하여 육구에 군사를 주둔하며, 여몽과 감녕을 말릉으로 부르고 여항의 능통도 돌아오게 했다. 며칠 지나지 않아 여몽이 감녕과 함께 이르러 계책을 올렸다.

"조조는 여강 태수 주광에게 명해 환성에 군사를 두어 논을 많이 만들고, 곡식을 합비에 보내 군량으로 삼습니다. 먼저 환성을 친 다음 합비를 공격하면 좋습니다."

손권이 즉시 여몽과 감녕을 선두로, 장흠과 반장을 후대로 삼고 주태와 진무, 동습, 서성을 거느리고 중군이 되어 강을 건너 화주를 손에 넣고 환성에 이르니, 주광은 합비로 구원을 청하고 성을 단단히 지키면서 나오지 않았다. 손권이 친히 성 앞에 가서 살펴보는데 성 위에서 화살이 비 오듯 하여 손권의 지휘 깃발을 맞혔다. 화살에 맞을 뻔한 손권이 영채로 돌아와 장수들에게 물었다.

"어찌하면 환성을 얻을 수 있겠소?"

동습이 의견을 말했다.

"흙산을 쌓아 공격하시면 됩니다."

서성은 다른 주장을 내놓았다.

"구름사다리를 세우고 성안을 굽어보면서 공격하시지요."

여몽이 색다른 주장을 폈다.

"그런 방법은 모두 시일이 걸립니다. 일단 합비의 구원병이 이르면 성공할 수 없습니다. 우리 군사가 막 도착해 기세가 한창 성하니 이 기세로 밀고 나가 힘을 떨쳐 공격하면, 내일 동틀 무렵 진군해 한낮까지는 성을 깨뜨릴 수 있습니다."

손권이 그 말에 따라 이튿날 새벽에 밥을 먹고 대군이 나아가니 성 위에서 화살과 돌멩이가 일제히 날아왔다. 감녕이 쇠사슬을 들고 화살과 돌을 무릅쓰며 성벽 위로 올라가 빗발처럼 날아오는 화살을 쳐내며 쇠사슬을 한 번 휘둘러 주광을 때려눕혔다. 여몽이 직접 진군을 재촉하는 북을 두드려 장졸들이 우르르 올라가 주광을 죽이니 나머지 무리는 모두 항복해 단번에 환성을 얻었다. 때는 아직 오전이었다.

장료는 군사를 이끌고 오다 환성을 잃은 것을 알고 바로 합비로 돌아갔다. 손권이 환성에 들어가자 능통도 군사를 이끌고 이르렀다. 손권은 장졸들 수고를 위로해 삼군에 후한 상을 내리고 여몽과 감녕을 비롯한 장수들에게 무거운 상을 내렸다.

상을 받은 여몽이 잔치를 베풀어 축하하는데 겸손하게 감녕을 윗자리에 앉히고 공로를 입에 침이 마르도록 칭찬했다. 차츰 술기운이 오르자 능통은 감녕이 아버지를 죽인 오랜 원한이 되살아나고, 여몽이 감녕만 칭찬해 부아가 치밀었다. 눈을 딱 부릅뜨고 한참이나 감녕을 노려보던 능통은 순식간에 곁에 있는 사람이 찬 검을 뽑아 들고 일어서며 말했다.

"잔칫상에 오락이 없으니 내가 검을 춤추어보겠소."

뜻을 알아챈 감녕이 앞에 놓인 상을 밀어버리고 벌떡 일어나 곁에 있는 사람 손에서 극을 두 자루 빼앗아 팔에 끼더니 훌쩍 뛰어나와 말했다.

"내가 잔칫상에서 극을 다루어보겠소."

여몽은 두 사람 다 좋은 뜻이 아님을 알고 한 손에는 방패를 끼고, 한 손에는 칼을 들고 두 사람 사이에 섰다.

"두 분이 재주가 있다지만 내 교묘함보다는 못하오."

여몽이 칼과 방패를 춤추어 두 사람을 양쪽으로 떼어놓자 벌써 보고를 듣고 손권이 황급히 말에 올라 잔치 자리로 달려왔다. 장수들은 손권이 온 것을 보고서야 병기를 내려놓았다.

"내가 두 사람에게 옛날 원수를 새겨두지 말라 했거늘 어찌 또 이렇게들 하는가?"

손권이 꾸짖자 능통이 울며 땅에 엎드려 절해, 손권은 감녕과 싸우지 말라고 권했다. 이튿날 손권이 합비를 치러 가자 삼군이 모두 길에 올랐다.

환성을 잃은 후 장료가 합비로 돌아와 근심하는데 조조가 호군 설제(薛悌)를 통해 나무함 하나를 보내왔다. 함 위에는 '적이 오면 열어보라'는 글이 쓰여 있었다. 손권이 10만 대군을 이끌고 합비를 치러 온다는 보고를 받고 장료가 함을 여니 안에 이렇게 쓰여 있었다.

'손권이 오면 장 장군과 이 장군은 나가 싸우고 악 장군은 성을 지켜라.'

장료가 조조 명령을 보여주자 악진이 물었다.

"장군의 뜻은 어떠하오?"

"주공께서 멀리 정벌을 나가셨으니 오군은 반드시 우리를 깨뜨릴 수 있다고 믿을 것이오. 군사를 이끌고 나가 힘을 떨쳐 기세를 꺾고 우리 군사의 마음을 안정시키면 그다음에 지킬 수 있소."

평소에 장료와 사이가 좋지 않은 이전은 입도 뻥끗하지 않았다. 악진이 다시 나섰다.

"적은 군사가 많고 우리는 적어 맞서 싸우기 어려우니 굳게 지키는 편이 낫겠소."

장료가 단연코 선언했다.

"공들은 사사로운 뜻을 품고 공무를 돌보지 않는구려. 나 혼자라도 나가 죽기를 무릅쓰고 싸우겠소!"

부하에게 말을 갖추라고 지시하자 그제야 이전이 시원스레 일어나 그를 따랐다.

"장군이 이러시는데 이 전이 어찌 감히 사사로운 감정 때문에 공무를 잊어버리겠소? 내가 장군 지휘를 받으리다."

장료는 대단히 기뻐했다.

"만성(이전의 자)이 나를 돕겠다니 내일 소요진 북쪽에 매복해 오군이 지나기를 기다려 먼저 소사교를 끊으시오. 나는 문겸(악진의 자)과 함께 오군을 치겠소."

이전은 명령을 받들고 가서 군사를 매복했다.

손권은 여몽과 감녕을 앞에 세우고 능통과 함께 가운데에서 가고, 다른 장수들도 모두 움직여 합비를 향해 나아갔다. 선두가 악진과 마주쳐 감녕이 말을 달려 어울리니 몇 합도 되지 못해 악진이 달아나, 감녕은 여몽을 불러 일제히 쫓아갔다.

중군의 손권이 선두가 이겼다는 말을 듣고 군사를 재촉해 나아가 소요진 북쪽에 이르자 별안간 신호포 소리가 울리며 장료와 이전이 양쪽에서 달려왔다. 손권이 깜짝 놀라 여몽과 감녕을 부르는데 이미 장료의 군사가 이르렀다. 능통은 고작 기병 300여 명이 있을 뿐이라 산이 무너지듯 몰려오는 적의 기세를 당할 수 없어 높이 외쳤다.

"주공께서는 어서 소사교를 건너십시오!"

곧바로 장료가 2000명 기병을 이끌고 달려와 능통은 몸을 돌려 죽기로써 싸웠다. 손권이 말을 달려 다리에 오르니 다리 남쪽이 열 자 남짓 끊겨 널빤지 하나 남아 있지 않았다. 너무 놀라 손발을 제대로 놀리지 못하는데 하급장수 곡리가 외쳤다.

손권은 말을 솟구쳐 다리를 날아 넘어 ▶

張遼威震逍遙津
乙酉春 葉雄 畫

"주공께서는 말을 뒤로 물리셨다가 앞으로 달려 다리를 건너뛰십시오!"

손권이 말을 뒤로 물려 고삐를 늦추고 채찍을 휘갈기자 말이 훌쩍 몸을 솟구쳐 다리 남쪽으로 날아 넘어가니 서성과 동습이 배를 몰아 맞이했다.

능통과 곡리가 장료를 막는데 감녕과 여몽이 손권을 구하러 오다 뒤에서 쫓는 악진에게 밀리고 이전이 가로막아 군사를 반 이상 잃었다. 능통이 거느린 300여 명은 모두 죽고 말았다.

몇 군데 창에 찔린 능통이 싸우고 또 싸워 다리 앞에 이르자 다리가 끊겨 강을 따라 달아나는데, 손권이 배 안에서 보고 급히 동습에게 배를 저어 맞이하게 하여 겨우 돌아왔다. 여몽과 감녕도 죽기를 무릅쓰고 싸워 강 남쪽으로 돌아왔다.

이번에 장료와 그의 군사가 어찌나 무섭게 싸웠던지 강남 사람들은 저마다 겁을 먹어, 이름만 듣고도 어린아이가 울음을 그칠 정도였다.

장수들이 호위해 손권이 영채로 돌아가자 오군이 얼마나 죽었는지 셀 수 없어 놀란 마음이 가라앉지 않았다. 장수들이 충고했다.

"주공께서는 만백성의 주인이시니 마땅히 신중하게 움직이셔야 하는데, 오늘 일을 보고 부하들은 모두 떨며 놀랍니다. 만약 하늘과 땅이 보호하지 않았으면 목숨을 잃으실 뻔했으니 주공께서는 이 일을 평생 경계로 삼으시기 바랍니다."

손권은 눈물을 흘리며 대답했다.

"내가 오늘 참으로 부끄럽소. 글로만 적지 않고 가슴속에 아로새기겠소!"

손권은 능통과 곡리에게 무거운 상을 내리고 군사를 거두어 유수로 돌아갔다. 배들을 정돈해 물과 뭍으로 함께 진군하려고 강남 군사를 더 일으켜 싸움을 돕게 하니, 장료가 벌써 알고 합비의 군사가 적어 맞서기 어려우리라 짐작했다. 설제에게 부탁해 급히 한중으로 달려가 구원을 청하자 조조가 부하들과 상의했다.

"지금 서천을 수복할 수 있겠소?"

유엽이 말했다.

"이미 촉이 안정되고 대비를 했으니 공격할 수 없습니다. 군사를 물려 합비의 위급을 구하고 강남으로 내려가는 것이 좋겠습니다."

조조는 하후연을 남겨 정군산 요충지를 지키게 하고, 장합을 남겨 몽두암을 비롯한 요충지들을 지키게 했다. 나머지 군사는 영채를 뽑고 그 수를 40만이라 일컬으며 유수성으로 달려갔다.

이야말로

철갑기병 농우를 평정하자
깃발 또다시 강남 가리키네

어느 편이 이길까?

68

나막신 도사 좌자는 조조 조롱

감녕은 100명으로 영채 습격하고

좌자는 잔을 던져 조조 놀려주다

손권이 유수구에서 군사를 점검하는데 한중에서 조조가 40만 대군을 거느리고 합비를 구하러 온다는 보고가 들어왔다. 손권이 모사들과 상의해 동습과 서성 두 사람은 큰 배 50척으로 유수구에 매복하고, 진무는 군사를 거느리고 강기슭을 오가며 순찰하게 했다. 장소가 주장했다.

"조조가 먼 길을 왔으니 먼저 기세를 꺾어야 합니다."

손권이 누가 앞장서겠느냐고 묻자 능통이 나섰다.

"군사를 얼마나 데리고 가겠소?"

"3000명 군사면 넉넉합니다."

감녕이 끼어들었다.

"기병 100명이면 바로 적을 깨뜨릴 수 있는데 3000명이나 갑니까?"

능통이 크게 노해 두 장수가 또 다투자 손권이 말렸다.

"조조의 대군을 얕보아서는 아니 되오."

손권이 능통에게 3000명 군사를 주어 내보내자 먼지가 보얗게 일며 벌써 조조의 대군이 이르렀다. 선봉인 장료가 능통과 어울려 50합을 싸웠으나 승부가 나지 않자 손권은 능통이 잘못될까 두려워 여몽을 내보내 함께 영채로 돌아왔다.

능통이 돌아온 것을 보고 감녕이 손권에게 청했다.

"오늘 밤 군사 100명만 데리고 조조 영채를 습격하겠습니다. 군사 한 사람, 말 한 필이라도 잃으면 공로로 치지 않겠습니다."

손권이 기개를 장하게 여겨 정예 기병 100명을 뽑아 주고, 술 50병과 양고기 50근을 상으로 내렸다. 영채로 돌아온 감녕은 기병들을 줄지어 앉게 하고 먼저 하얀 사발에 술을 가득 따라 두 사발을 마시고 장졸들에게 말했다.

"오늘 밤 명을 받들고 조조 영채를 습격하니 한 잔씩 가득 마시고 힘을 내라."

너무 엄청난 말에 장졸들이 서로 멀거니 얼굴만 바라보자 감녕이 검을 빼 들고 꾸짖었다.

"나는 상장인데도 목숨을 아끼지 않거늘 너희가 어찌 머뭇거리느냐?"

감녕이 힘을 내는 것을 보고 장졸들은 모두 자리에서 일어나 절했다.

"죽을힘을 다하겠습니다!"

감녕은 군사들과 함께 고기와 술을 다 먹고 마신 뒤 밤이 되자 흰 거위 깃털을 투구 위에 꽂아 표지로 삼게 하고 나는 듯이 조조 영채로 달려갔다. 녹각을 뽑아버리고 '우와!' 고함치며 안으로 쳐들어가 곧장 조조를 잡으려고 달려갔으나 수레들을 길게 이어 중군을 철통같이 에워싸 쳐들어갈 수 없었다.

감녕이 장졸들과 함께 소리치며 왼쪽, 오른쪽으로 정신없이 무찌르니 조조 군사는 놀라고 당황해 적이 얼마나 되는지도 모르고 저희끼리 소란을 피웠다. 감녕과 기병 100명이 영채 안을 가로세로 누비며 닥치는 대로 죽이고 영채 남문으로 짓쳐나가는데 감히 막는 사람이 없었다. 손권이 주태를 보내 맞이해 감녕과 기병들은 무사히 유수로 돌아갔다. 조조 군사는 매복이 있을까 두려워 감히 쫓지 못했다.

감녕이 기병을 이끌고 영채로 돌아오는데 사람 한 명, 말 한 필 잃지 않았다. 영채 문에 이르러 감녕의 명령으로 100명이 모두 북을 두드리고 피리를 불며 소리 높이 '만세!'를 외치자 손권이 친히 나와 맞이했다.

"장군의 이번 싸움은 도적이 놀라고 무서워하게 하기에 충분하오. 내가 장군을 험한 곳에 내놓으려 한 게 아니라 담력을 보고 싶었을 뿐이오!"

손권이 비단 1000필과 날카로운 칼 100자루를 내리니 감녕은 장졸들에게 모두 나누어 주었다. 손권은 감녕을 평로장군으로 봉하고 장수들에게 말했다.

"조조에게 장료가 있다면 나에게는 흥패가 있으니 맞서 싸울 만하오."

이튿날 장료가 싸움을 걸자 감녕이 공로를 세운 것을 보고 능통이 선뜻 나섰다.

"이 통이 나가 싸우고 싶습니다!"

손권이 허락해 능통은 5000명 군사를 거느리고 나아가고 손권은 감녕을 데리고 진 앞에서 바라보았다. 맞은편에서 장료가 말을 달려 나오는데 이전과 악진이 양쪽에 있었다. 능통이 말을 달려나가자 장료가 악진을 내보내 50합을 싸웠으나 승부가 나지 않았다.

조조가 진문 앞에 와서 바라보다 조휴에게 가만히 화살을 날리게 했다. 화살은 바로 능통의 말에 꽂혀 말이 꼿꼿이 일어서면서 주인을 땅에 떨어뜨렸다. 악진이 급히 달려와 창을 내미는데 시위 소리와 함께 화살이 얼굴에 꽂혀 몸을 뒤집으며 말에서 떨어졌다. 양쪽 군사들이 달려가 장수들을 구해 돌아갔다. 양쪽이 징을 울려 싸움을 그치고, 영채로 돌아온 능통이 손권에게 절해 고맙다고 인사하자 손권이 가르쳐주었다.

"활을 쏘아 그대를 구한 사람은 감녕이오."

능통은 머리를 조아리며 감녕에게 절했다.

"뜻밖에도 공이 이처럼 은혜를 베풀어주실 줄 몰랐소!"

감녕이 대답했다.

"주공께서 나에게 원수를 은혜로 씻으라고 하셨는데, 이제 공을 위해 만에 하나라도 갚았으니 다행이오."

이때부터 능통과 감녕은 살고 죽기를 같이 하는 친구가 되어 다시는 사이가 나빠지지 않았다.

조조는 악진을 치료하게 하고 다음 날 다섯 길로 군사를 나누어 유수를 습격했다. 자신이 가운데로 나아가고 왼쪽은 장료와 이전, 오른쪽은 서황과 방덕이 이끌어, 길마다 1만 명씩 군사를 거느리고 강변으로 나아갔다. 동습과 서성이 거느리는 오의 군사가 높직한 누선 위에서 바라보고 두려워하는 기색을 띠자 서성이 씩씩하게 말했다.

"나라의 녹을 먹으면 임금에게 충성해야 하거늘 무서울 게 무어냐!"

서성은 용사 수백 명을 이끌고 쪽배를 타고 가서 강변 언덕에 올라 이전의 군사 속으로 쳐들어갔다. 동습이 배 위에서 북을 두드리고 고함을 쳐 위세를 돋우는데 별안간 세찬 바람이 불며 파도가 솟구치고 물결이 설레어 높은 배가 넘어지려 하자 군졸들이 목숨을 건지려고 다투어 쪽배로 내려갔다. 동습이 검을 들고 호통쳤다.

"장수가 주공 명을 받들고 적을 방어하는데 어찌 배를 버리고 갈 수 있느냐?"

그가 배에서 내려간 군사의 목을 치려 하는데 바람이 급히 몰아쳐 배가 넘어졌다. 동습은 물에 빠져 죽고 말았다.

서성이 이전의 군사 속을 오고 가며 들이치자 강변에서 싸우는 소리를 듣고 진무가 한 무리 군사를 이끌고 오다 방덕과 마주쳐 어지러이 싸웠다. 유수성안에 있던 손권은 조조가 쳐들어왔다는 소식을 듣고 친히 주태와 함께 군사를 이끌고 도우러 왔다. 마침 서성의 용사들이 이전의 군사와 한 덩이가 되어 싸우는 것을 보고 군사를 휘몰아 서성을 돕자 장료와 서황이 군사를 이끌고 달려와 사방으로 에워쌌다.

조조가 높은 언덕에서 바라보고 급히 허저를 내보내니, 허저가 쳐들어가 손권의 군사를 둘로 갈라놓고 서로 구하지 못하게 했다. 이때 주태가 싸우다 강변으로 왔으나 손권이 보이지 않아 다시 진 안으로 쳐들어가니 한 군졸이 군사들이 몰린 곳을 가리켰다.

"주공께서 단단히 에워싸여 아주 위급하십니다!"

주태는 용맹을 떨쳐 군사들 속으로 쳐들어가 손권을 찾아냈다.

"주공께서는 이 태를 따라 달려 나오십시오!"

손권을 뒤에 따르게 하고 주태가 앞서서 진을 빠져나와 돌아보니 또 손권이 보이지 않았다. 다시 진으로 쳐들어가 손권을 찾아내 앞에 세우고 자신은 뒤에 서서 화살과 쇠뇌를 막았다. 몸에 몇 군데 창에 찔리고 화살이 무거운 갑옷을 뚫었건만 주태는 기어이 손권을 구해 강변에 이르렀다.

여몽이 수군을 이끌고 와서 배에 오른 손권이 탄식했다.

"나는 다행히 주태가 세 번 들이쳐 싸운 덕분에 포위를 벗어났지만, 서성이 두껍게 에워싸였으니 어찌하오?"

"제가 가서 구해오겠습니다!"

주태가 다시 몸을 돌려 겹겹의 포위를 뚫고 들어가 서성을 구해내자 두 장수는 심한 상처를 입었다. 여몽이 어지러이 화살을 날려 적을 막고 두 장수를 구해 배에 태웠다.

다른 쪽에서 진무는 방덕과 싸우다 도와주는 군사가 없어 골짜기로 쫓겨 들어갔다. 숲이 울창한 곳에서 다시 몸을 돌려 싸우려 하는데 옷소매가 나뭇가지에 걸려 그만 방덕의 칼에 죽고 말았다.

조조는 손권이 몸을 빼 달아나는 것을 보고 친히 말을 채찍질해 군사를 휘몰고 강변으로 달려가 오군과 맞받아 화살을 쏘았다. 오군의 화살이 바닥나 여몽이 당황하는데, 별안간 맞은편에서 거대한 편대의 배가 이르니 앞장선 대장은 손책의 사위 육손이었다.

육손은 10만 군사를 이끌고 한바탕 화살을 날려 조조 군사를 물리치고, 기세를 몰아 기슭으로 올라가 군마 수천 필을 다시 빼앗았다. 조조 군사는 크게 패해 상한 자가 얼마인지 헤아릴 수 없고, 육손은 어지러운 군사 중에서 진무의 주검을 찾아냈다.

손권은 진무가 싸우다 죽고 동습이 강에 빠져 죽은 것을 알고 몹시 슬퍼하며 사람을 물속에 들여보내 동습의 주검을 찾아, 두 사람의 후한 장례를 치렀다.

주태가 구해준 공로에 감격해 잔치를 베풀어 대접하는데, 잔을 잡고 주태의 등을 두드리며 얼굴 가득 눈물을 흘렸다.

"경이 두 번이나 나를 구하면서 목숨을 아끼지 않고 수십 군데를 창에 찔려, 온몸이 찢어져 그림을 그린 것처럼 되었소. 내가 어찌 경을 혈육의 은혜로 대하지 않으며 경에게 군사를 맡겨 무거운 책임을 지우지 않겠소? 경은 내 공신이니 영광과 치욕을 같이 하고 기쁨과 슬픔을 함께 나누겠소!"

손권이 옷을 벗어 장수들에게 보이게 하니 주태는 칼에 찍힌 자국이 온몸에 가득했다. 손권이 손가락으로 상처를 하나하나 가리키며 물어, 주태는 싸우다 다친 이야기를 모두 했다. 상처 하나마다 술 한 잔씩을 마시게 하니 주태는 크게 취했다. 손권은 푸른 비단으로 지은 해 가리개를 내리고 드나들 때 펼쳐 쓰게 하여 영광을 누리도록 했다.

유수에서 손권이 한 달 남짓 대치하며 조조를 이기지 못하자 장소와 고옹이 간했다.

"조조는 세력이 커서 힘으로 이길 수 없습니다. 그와 오래 싸우면 군사를 많이 잃게 되니 화해를 구해 백성을 편안히 지키는 것이 상책입니다."

손권은 보즐을 보내 해마다 공물을 바치기로 하고 조조에게 화해를 청했다. 조조 또한 강남을 급히 차지할 수 없음을 알아 그 말에 따르기로 하고 손권에게 먼저 군사를 철수하라고 했다. 손권이 장흠과 주태에게 유수구를 지키게 하고 대군을 이끌고 말릉으로 돌아가니 조조도 조인과 장료를 합비에 주둔시키고 허도로 돌아갔다.

허도에서는 사람들이 모두 조조를 위왕으로 높이려고 의논하는데 상서 최염 혼자 안 된다고 애써 반대해 사람들이 말했다.

"자네 혼자만 순문약의 결과를 보지 못했는가?"

최염은 크게 노했다.

"시대여, 시대여! 변화할 때가 있게 마련이니 스스로 알아서 움직여라!"

최염과 사이가 벌어진 자가 있어 그 말을 조조에게 일러바치자 조조는 크게 노해 감옥에 집어넣었다. 그런 말을 한 까닭을 캐어물으니 최염은 호랑이 같은 눈을 부릅뜨고 곱슬곱슬한 수염을 흔들며 욕을 퍼부었다.

"조조는 임금을 속이는 간사한 도적이다!"

조조가 말을 전해 듣고 몽둥이로 때려죽이게 했다.

건안 21년(216년) 5월, 신하들이 헌제에게 표문을 올려 위공 조조의 공덕을 칭송했다.

'하늘에 닿고 땅끝에 이르니 이윤과 주공도 미치지 못할 바라 왕으로 올리셔야 합니다."

헌제가 종요에게 조서를 짓게 하여 위왕으로 올려세우니 조조는 짐짓 글을 올려 조서를 받들지 못하겠다고 세 번 사절하고, 헌제 또한 세 번 글을 내려 허락하지 않자 조조는 절하고 위왕 작위를 받았다.

조조의 차림은 황제와 다름없었다. 면(冕)이라 부르는 관에 옥을 열두 줄 드리우니 아홉 줄인 제후보다 높아 황제와 같고, 황금으로 장식한 수레도 황제와 똑같이 말 여섯 필이 끌었으며, 황제 옷에 의장도 황제와 같고 길에서 오고 갈 때 잡인을 물리쳐 얼씬 못하게 했다.

위왕에 오른 조조는 업군에 왕궁을 지으면서 세자를 세우려고 의논했다. 본처 정 부인은 자식을 낳지 못했고, 첩 유씨가 맏아들 조앙을 낳았는데 장수를 정벌할 때 완성에서 죽었다. 그 뒤 첩 변씨가 아들 넷을 낳았으니 맏이는 비(丕), 둘째는 창(彰), 셋째는 식(植), 넷째는 웅(熊)이었다. 조조는 본처를 내보내고 변씨를 왕후로 세웠다.

셋째 조식이 지극히 총명해 붓을 들면 글을 척척 지어, 조조가 후계로 세울 마음을 먹었다. 그러자 맏이 조비가 자리를 빼앗길까 두려워 태중대부 가후에게 계책을 구하니 이러저러하게 하라고 가르쳤다.

이때부터 조조가 정벌을 떠날 때 여러 아들이 배웅을 나가면 조식은 공덕을 칭송해 입만 열면 훌륭한 문장이 나왔다. 사람들이 모두 흠모해 우러르고 조조 또한 흐뭇해했다. 그런데 조비는 눈물을 흘리며 절을 올릴 뿐이라 사람들이 감동했다. 조조는 조식이 영리하기는 해도 깊은 마음은 조비에 미치지 못하지 않나 의심하게 되었다. 조비가 또한 조조 가까이 있는 자들을 매수해 늘 자신의 덕성을 말하게 하니 조조는 머뭇거리며 마음을 정하지 못해 가후에게 물었다.

"누구를 세워 내 뒤를 이어야 하오?"

가후는 얼른 대답하지 않다가 조조가 다시 묻자 입을 열었다.

"생각나는 바가 있어 바로 대답을 드리지 못했습니다."

"무슨 생각이 났소?"

"원본초와 유경승 일이 생각났습니다."

【원소와 유표는 둘 다 맏아들을 멀리하고 작은아들을 후계로 세워 망하고 말았다.】

조조는 껄껄 웃더니 황궁을 경호하는 오관중랑장으로 있는 조비를 왕세자로 세웠다.

10월에 위왕 궁이 완성되어 조조는 여러 곳으로 사람을 보내 기이한 꽃과 희한한 나무를 가져와 후원에 심었다. 오에도 사람이 이르러 온주에서 나는 귤을 청하니 손권이 위왕을 극진히 받들던 때라 큼직한 귤 40여 짐을 마련해 업군으로 가져가게 했다. 짐꾼들이 길을 가다 산기슭에서 쉬는데 눈이 하나 멀고 한쪽 다리를 절며, 흰 덩굴로 만든 관을 쓰고 푸른 옷을 후줄근하게 입은 도사가 다가와 인사를 했다.

"그대들 수고가 너무 많네. 빈도가 대신 좀 져다 줄까?"

짐꾼들이 기뻐해 도사는 모든 짐을 5리씩 져다 주었는데 짐이 이상하게 가벼워져 사람들이 놀랐다. 도사는 짐을 져다 주고는 몇 마디 남기고 소매를 떨치고 가버렸다.

"빈도는 위왕과 한 고향에서 자란 친구로 성은 좌(左)이고 이름은 자(慈), 자는 원방(元放)이고 도호는 오각(烏角)이라 하네. 업군에 가서 위왕을 만나거든 좌자가 인사드린다고 전해주게."

사람들이 업군에 이르러 귤을 올려 조조가 받아 쪼개 보니 속에 과육은 없고 빈 껍질뿐이었다. 깜짝 놀라 어찌 된 일이냐고 묻자 귤을 날라 온 사람이 좌자의 일을 말해 조조가 믿지 않는데 별안간 밑에서 보고했다.

"좌자라 하는 도사가 대왕을 뵙겠다고 합니다."

조조가 불러들이자 귤을 날라 온 사람이 말했다.

"이 사람이 바로 길에서 본 도사입니다."

조조가 좌자를 꾸짖었다.

"너는 무슨 요사한 술법으로 귀한 과일을 채갔느냐?"

"그런 일이 있을 리 있겠소이까?"

좌자가 웃으며 귤을 집어 껍질을 벗기자 모두 안에 속살이 있는데 아주 크고 달았다. 그런데 자기가 벗긴 것들은 죄다 빈 껍질뿐이라 조조는 더욱 놀라 자리를 내주고 어찌 된 일인지 물었다. 좌자가 술과 고기를 달라 하여 달라는 대로 주니 술 다섯 말을 마시고도 취하지 않고 양 한 마리를 먹고도 배부른 기색이 없었다.

"자네는 무슨 술법이 있어 이런 정도에 이르렀는가?"

"빈도는 서천 아미산에서 30년간 도를 닦았는데, 갑자기 돌벽 안에서 내 이름을 부르는 소리가 들렸소이다. 그러나 돌아보면 아무도 보이지 않았지요. 그러기를 며칠이 지나 별안간 하늘에서 벼락이 치며 돌벽이 깨져 천서 세 권을 얻으니 《둔갑천서》였소이다. 상권은 〈천둔〉, 중권은 〈지둔〉, 하권은 〈인둔〉인데, 천둔으로는 구름을 오르고 바람을 타며 허공에 날아오를 수 있고, 지둔으로는 산을 뚫고 돌을 깰 수 있으며, 인둔으로는 넓은 세상을 구름처럼 떠돌며 모양을 감추고 몸을 변하게 하고, 검을 날리고 칼을 던져 사람 머리를 벨 수 있습니다. 대왕께서는 신하로서 더 오를 수 없는 자리에 오르셨는데, 어찌하여 그만 물러서서 빈도를 따라 아미산으로 가서 수행하지 않으십니까? 빈도가 천서 세 권을 전수하리다."

"나도 벼슬이 높을 때 물러나는 것[急流勇退급류용퇴]을 생각한 지 오래이나 조정에 마땅한 사람이 없어 그럴 수 없었을 뿐일세."

말을 듣고 좌자는 웃었다.

"익주 유현덕은 황실 후예인데 어찌 자리를 양보하지 않느냐? 그러지 않으면 검을 날려 네 머리를 떼겠다."

"이놈, 너는 유비 첩자였구나!"

조조가 호령해 붙잡으라고 하자 좌자는 껄껄껄 그칠 줄 모르고 웃어댔다. 무사들이 붙잡아 옥졸들이 고문하며 힘껏 때렸으나 쿨쿨 단잠을 자는 품이 전혀 아프지 않은 모양이었다. 조조가 화가 치밀어 큰 칼을 씌우고 쇠사슬로 묶어 감방에 처넣게 하자 칼과 사슬이 모두 떨어져 나가고 태연히 누웠는데 몸에 상처 하나 없었다. 이레 동안이나 가두고 먹고 마실 것을 주지 않았건만 단정히 앉았는데 얼굴은 오히려 더 불그레해졌다.

옥졸의 보고를 듣고 조조가 물으니 좌자가 대답했다.

"나는 수십 년 먹지 않아도 탈이 없고, 하루에 양 천 마리를 주어도 다 먹을 수 있소."

조조는 어찌할 방법이 없었다.

어느 날 신하들이 왕궁에 모여 큰 잔치가 벌어지는데, 좌자가 나막신을 신고 나타나 사람들이 놀라자 아무렇지 않게 청했다.

"대왕께서 오늘 물에서 나는 음식과 뭍에서 나는 요리를 두루 갖추어 큰 잔치를 베푸시는데, 세상에는 기이한 물건이 지극히 많으니 잔칫상에 없는 걸 말씀하시면 빈도가 가져오겠소이다."

조조가 어려운 것을 골랐다.

"용의 간으로 국을 끓여 먹고 싶은데 가져올 수 있느냐?"

"무엇이 어렵겠소?"

좌자가 붓을 가져와 회칠한 벽에 용을 한 마리 그리고 도포 소매로 휙 스치자 용이 저절로 배가 갈라져 간을 꺼내는데 피가 줄줄 흘렀다. 조조는 믿지 않고 꾸짖었다.

"네가 소매 속에 미리 감추어둔 것이다!"

"날씨가 차가워 풀과 나무가 말라 죽었는데, 대왕께서 좋아하는 꽃을 구해 드리리다."

"나는 모란꽃만 보고 싶다."

"쉬운 일이지요."

좌자가 큰 화분을 날라오게 하여 물을 입에 머금었다가 훅 뿜으니 눈 깜짝 할 사이에 모란이 한 그루 자라나 꽃이 두 송이 피었다. 사람들은 깜짝 놀라 좌자를 청해 자리에 앉히고 음식을 먹게 했다.

잠시 후 물고기 회가 상에 오르자 좌자가 지적했다.

"회는 반드시 송강 농어라야 맛이 좋소이다."

"송강은 여기서 천 리 길인데 어찌 가져오는가?"

"그게 무엇이 어렵소이까?"

조조의 말에 좌자는 낚싯대를 가져오게 하더니 대청 아래 연못에서 잠깐 사이에 큼직한 농어 수십 마리를 낚아 윗자리에 올려놓았다. 조조가 억지를 부렸다.

"내 못 속에 원래 이 고기가 있었느니라."

"대왕께서는 어찌 남을 속이시오? 천하의 농어는 모두 아가미가 둘뿐인데 송강 농어는 아가미가 넷이니 이것으로 구별할 수 있소이다."

사람들이 보니 과연 아가미가 넷이었다. 좌자가 또 말했다.

"송강 농어로 요리를 하려면 반드시 촉 땅에서 나는 생강인 자아강이 있어야 합니다."

"그것도 가져올 수 있느냐?"

"쉬운 일이지요."

좌자가 대야를 하나 가져오게 하더니 위에 옷을 덮자 잠시 후 자아강이 대야에 가득 차 조조 앞에 갖다 바쳤다. 조조가 손을 내밀어 자아강을 잡는데 난데없이 대야 안에 책 한 권이 나타났다. 제목이 《맹덕신서》로 되어있어 펼쳐보니 한 글자도 틀리지 않아 조조는 덜컥 의심이 들었다. 좌자를 바라보며 죽일 마음을 품는데 그가 상 위의 옥잔을 들어 좋은 술을 가득 따르더니 조조에게 내놓았다.

"대왕께서 이 술을 마시면 천 년을 사실 수 있소이다."

"네가 먼저 마셔라."

조조 말에 좌자는 머리의 관에 꽂은 옥비녀를 뽑아 잔 가운데에 금을 그어 술을 두 쪽으로 나누더니 반을 마시고 반을 조조에게 올렸다. 조조가 꾸짖어 잔을 공중에 던지니 허공에서 비둘기로 변해 궁전을 돌며 날았다. 사람들이 얼굴을 쳐들고 보는데, 그 사이에 좌자는 어디로 갔는지 보이지 않고 별안간 밑에서 보고했다.

"좌자가 궁문을 나갔습니다."

"이런 요사한 자는 빨리 없애야지 그렇지 않으면 반드시 해가 된다!"

조조는 허저에게 철갑기병 300명을 이끌고 쫓아가 좌자를 사로잡게 했다. 허저가 성문까지 쫓아가 바라보니 앞에서 좌자가 나막신을 신고 느릿느릿 걸어가는데 나는 듯이 말을 몰아 쫓아갔으나 아무리 해도 따라잡을 수 없었다. 허저가 산속까지 쫓아가자 양치기 아이가 양을 한 무리 몰고 오니 좌자는 그 속으로 들어가 버렸다. 허저가 활을 쏘자 좌자가 양 무리 속에 모습을 감추어 허저는 애꿎은 양들만 죄다 죽이고 돌아갔다. 양치기 아이가 울자 별안간 땅에 떨어진 양 머리가 사람 말을 하며 아이를 불렀다.

"양 머리를 모두 죽은 양의 몸뚱이에 갖다 붙여라."

아이가 놀라 얼굴을 싸쥐고 달아나자 뒤에서 소리쳤다.

"아이야, 가지 마라. 양을 살려 돌려주겠다."

아이가 돌아보니 좌자가 죽은 양들을 모두 살려 몰고 왔다. 아이가 급히 물어보려 하는데 좌자는 벌써 소매를 떨치고 가버렸다. 걸음이 어찌나 빠른지 새가 나는 듯이 눈 깜짝할 사이에 흔적 없이 사라져버렸다.

양치기 아이가 집으로 돌아가 주인에게 이야기하자 주인은 감히 숨기지 못

좌자는 연못에서 송강의 농어를 낚아 ▶

魏王宮
左慈釣魚 乙酉春 萧雄畫

하고 조조에게 보고했다. 조조가 그림을 그리게 하여 여러 곳에 붙여 좌자를 찾자 사흘 만에 성안팎에서 눈 하나 멀고, 다리 하나 절며, 흰 덩굴 관 쓰고, 푸른 옷 입고, 나막신 신은 도사들 300여 명이 잡혀 오는데 모두 똑같은 모습이라 희한한 이야기로 거리가 떠들썩했다.

조조는 장수들에게 명해 요사한 술법을 깨는 돼지와 양의 피를 도사들에게 뿌리고 성 남쪽 교련장으로 끌고 가게 했다. 조조가 친히 갑옷 군사 500명을 이끌고 도사들을 에워싸 모두 목을 치자 도사들 목에서 푸른 기운이 한 가닥씩 솟아나 하늘로 올라가 엉키더니 좌자 한 사람으로 변했다. 그가 허공에 손짓해 흰 학 한 마리를 불러 타고 손뼉을 치며 껄껄 웃었다.

"흙 쥐가 금 호랑이를 따라가고 간웅이 하루아침에 망한다!"

조조가 장수들에게 명해 화살을 쏘자 별안간 검은 바람이 휘몰아치면서 돌멩이가 구르고 모래가 흩날렸다. 목이 잘린 시체들이 모두 뛰어 일어나 자기 머리를 손에 들고 연무청으로 달려 올라가 조조를 때리니 문관과 무장들은 얼굴을 감싸 쥐고 놀라 자빠져 서로 돌볼 겨를이 없었다.

이야말로

간웅의 권세 능히 나라 기울이지만
도사의 신선 재주 더욱 남다르구나

조조는 살 수 있을까?

69

대보름 밤에 일어선 다섯 충신

주역으로 점쳐 관로는 앞일을 내다보고
역적 토벌해 다섯 신하 절개 지켜 죽다

검은 바람 속에서 주검들이 모두 일어나자 조조는 놀라 땅에 쓰러졌다. 잠시 후 바람이 멎으니 주검들은 흔적 없이 사라졌다. 모시는 자들이 조조를 부축해 궁전으로 돌아갔으나 약을 먹어도 낫지 않았다. 마침 천문과 점괘에 밝은 태사승 허지(許芝)가 허도에서 와서 뵈니 조조가 《주역》으로 점을 치게 했다. 허지가 물었다.

"대왕께서는 신기한 점쟁이 관로(管輅)의 이름을 들어보셨습니까?"

"이름은 들었으나 술법은 모르니 이야기해보게."

허지가 긴 이야기를 시작했다.

관로는 자가 공명(公明)이니 평원 사람입니다. 모습이 거칠고 못생겼는데 술을 좋아하고 예절에 얽매이지 않아 거리낌 없이 행동합니다. 아버지는 낭야국 즉구현 현장으로 있었는데, 관로는 어릴 적부터 별을 우러러보기를 좋아해 밤에 잠을 자려 하지 않아, 부모가 말릴 수 없었답니다. 그는 늘 이렇게 말했답니다.

'집에서 기르는 닭이나 들판에서 사는 고니도 때를 아는데 사람이 세상을 살면서 어찌 때를 모르고 삽니까?'

이웃 아이들과 놀 때도 걸핏하면 땅에 금을 그어 천문(天文) 모양을 만들고 해와 달, 별들을 늘어놓았답니다. 차츰 나이가 들자 《주역》에 깊이 통달해, 우러러 별을 보는 데에 능하고 바람의 움직임을 살펴 점을 치는 풍각(風角)을 잘했으며, 수학에 귀신같이 통하고 관상을 잘 보았습니다.

낭야 태수 선자춘이 이름을 듣고 관로를 부르니, 그때 자리에 손님이 100여 명 앉아 있었는데 모두 말 잘하는 선비들이었습니다. 관로가 선자춘에게 말했습니다.

'이 로는 나이가 어려 용기가 약하니 먼저 맛좋은 술 세 홉을 얻어 마신 다음 이야기할까 합니다.'

선자춘이 기이하게 여겨 술을 세 홉 주니 관로가 다 마시고 물었습니다.

'오늘 자리에 앉으신 여러분이 저와 이야기하려 하십니까?'

'내가 그대와 맞서보려는 걸세.'

선자춘이 그와 《주역》의 이치를 논하는데 어린 관로가 얼마나 흥미진진하게 말하는지 마디마디가 다 오묘했습니다. 선자춘이 이리 꼬집고 저리 뒤집어 어려운 질문을 거듭 들이댔으나 관로는 전혀 막히지 않고 대답해 물이 흐르듯 거침이 없었습니다. 아침부터 저녁까지 대화 때문에 술이 돌지 않고 음식이 움직이지 못하니 선자춘과 손님들은 탄복하지 않는 사람이 없었습니다. 이후에 천하 사람들이 관로를 신동이라 불렀습니다.

곽은이라는 사람 세 형제가 모두 다리를 저는 병에 걸려 관로를 청해 점을 치게 했습니다.

'집안 윗대 무덤에 여자 귀신이 있으니 그대 큰어머니가 아니면 작은어머니요. 옛날 흉년에 그대들이 쌀 몇 홉을 탐내 여인을 떠밀어 우물에 빠뜨리고 큰 돌로 눌러 머리가 깨지게 했소. 외로운 넋이 고통스러워 하늘에 하소연해 형제들이 이런 앙갚음을 당하니 액풀이할 수 없소.'

형제들은 눈물을 흘리며 죄를 시인했습니다.

안평 태수 왕기가 그의 점을 신기하게 여겨 집으로 불렀는데, 마침 신도현 현령의 아내가 두통을 앓고 아들은 가슴이 아파 관로가 점을 쳤습니다.

'집 서쪽에 남자 시체 둘이 있어, 하나는 창을 쥐고 하나는 화살을 들었습니다. 머리는 벽 안에 있고 발은 벽 바깥에 있는데 창을 쥔 자가 머리를 찌르고, 화살을 든 자가 가슴을 찔러 각기 이렇게 아픕니다.'

땅을 여덟 자까지 파고 들어가자 과연 관이 둘 있어, 한쪽에는 창이 들었고 다른 쪽에는 각궁과 화살이 있는데, 나무는 이미 썩었으나 활에 있는 뿔과 화살촉은 남았더랍니다. 관로가 관들을 10리 밖에 내다 묻게 하니 현령 아내와 아들은 아픔이 나았습니다.

관도현 현령 제갈원이 신흥군 태수로 벼슬이 올라 임지로 떠나게 되어 관로가 배웅하러 갔더니 그를 알아본 사람이 그가 감추어놓은 물건을 잘 알아맞힌다는 말을 했습니다. 제갈원은 믿지 않고 가만히 제비 알과 벌 둥지, 거미를 세 함에 나누어 넣고 점을 치게 하니 관로가 첫 번째 함 위에 이렇게 적었습니다.

'기를 머금어 변화하니 처마에 매달리고, 암컷과 수컷이 모양을 이루어 날개를 펼치니 제비 알입니다.'

두 번째 함에 쓴 글은 이러했습니다.

'집이 거꾸로 매달리고 문이 수두룩한데 정화를 숨기고 독을 기르며 가을이 되면 변화하니 벌 둥지입니다.'

세 번째 함에는 이렇게 적었습니다.

'긴 다리 파들파들 떠는데 줄을 토해내 그물을 치고, 그물을 찾아 음식을 구하는데 어두운 밤에 이로우니 거미입니다.'

사람들은 모두 깜짝 놀랐습니다.

그 마을에 소를 잃은 여인이 있어 관로에게 점을 쳐달라고 청을 드리니 답을 주었습니다.

'지금 북쪽 냇가에서 일곱 사람이 소를 잡아먹으니, 급히 가면 아직 가죽과 고기가 있소.'

여인이 찾아가자 일곱 사람이 초가 뒤에서 소를 삶아 먹는데 가죽과 고기가 아직 있더랍니다. 태수 유빈에게 고발하니 붙들어 죄를 다스리며 여인에게 물었습니다.

'어찌 그들이 훔친 줄을 알았느냐?'

여인이 관로의 신묘한 점술을 이야기하자 유빈은 믿지 않고 관로를 불러 도장 주머니와 꿩 털을 함에 감추고 점을 치게 했습니다.

관로가 첫 번째 물건을 점쳤습니다.

'안은 모나고 밖은 둥근데 오색이 무늬를 이루고, 보배를 머금고 신용을 지키는데 바깥에 나오면 도장을 찍으니 도장 주머니입니다.'

두 번째 물건도 점쳤습니다.

'험한 산에 새가 있는데 알록달록한 몸뚱이에 붉은 옷을 입었고, 날개가 검으면서도 누렇고, 울면 아침을 지나지 않으니 꿩 털입니다.'

유빈은 깜짝 놀라 관로를 귀한 손님으로 대했습니다.

어느 날, 관로가 교외에 나가 한가로이 걷다 밭에서 일하는 젊은이를 잠시 바라보고 물었습니다.

'성명은 무엇이며 연세는 얼마나 되는고?'

'성은 조이고 이름은 안이며 나이는 열아홉 살입니다. 감히 여쭈어보는데

선생은 어떤 분입니까?'

'나는 관로라 하네. 그대 눈썹 사이에 몹쓸 기운이 있으니 사흘 안으로 죽게 되었네. 아름답게 생겼으나 아쉽게도 목숨이 길지 못하구먼.'

조안이 급히 집으로 돌아가 말하자 아버지가 관로를 쫓아가 울며 땅에 엎드려 빌었습니다.

'내 아들을 살려주십시오!'

관로는 사절했습니다.

'하늘이 정해준 운명을 어찌 액풀이로 쉽게 면할 수 있겠소?'

조안 아버지는 한사코 매달렸습니다.

'늙은것이 이 아들밖에 없으니 구해주시기를 빕니다!'

조안도 울면서 애원하니 관로는 하도 애달파 대답했습니다.

'그대는 깨끗이 거른 술 한 병과 말린 사슴고기 한 덩이를 들고 내일 남산으로 가게. 큰 나무 아래 바위 위에서 두 사람이 바둑을 둘 걸세. 남쪽을 향해 앉은 사람은 흰 두루마기를 입었는데 생김새가 아주 못 나고, 북향으로 앉은 사람은 붉은 두루마기를 입었는데 모습이 아주 아름답네. 둘이 바둑에 정신이 팔린 틈을 타 술과 사슴고기를 드리고 그들이 다 먹고 마시기를 기다려 울면서 목숨을 늘려달라고 애원하면 반드시 이익을 얻게 되네. 하지만 절대로 내가 가르쳐주었다는 말은 하지 말게.'

이튿날 조안이 술과 고기를 들고 남산에 올라 얼마쯤 가니 과연 두 사람이 커다란 소나무 아래 바위 위에서 바둑을 두면서 전혀 거들떠보지도 않더랍니다. 조안이 무릎을 꿇고 술과 말린 고기를 드렸더니 두 사람은 바둑에 홀려 저도 모르게 고기를 먹고 술을 다 마셔버렸습니다. 조안이 울며 엎드려 절하면서 목숨을 늘려달라고 비니 두 사람은 깜짝 놀라더랍니다.

붉은 두루마기를 입은 사람이 말했답니다.

'이건 틀림없이 관자(관로의 높임말)가 가르쳐준 것이오. 우리가 이 사람 음식을 받아먹었으니 반드시 가엾게 여겨주어야 하오.'

흰 두루마기를 입은 사람이 몸에서 장부를 꺼내 뒤져보더니 조안에게 말하더랍니다.

'너는 올해 열아홉 살이라 죽게 되었는데, 내가 지금 열 10자(十) 위에 아홉 9자(九)를 하나 더할 것이니 너는 99세까지 살 수 있다. 돌아가 관로에게 다시는 하늘의 비밀을 누설하지 말라 일러라. 그렇지 않으면 하늘의 벌을 받는다고.'

그 사람이 붓을 꺼내 글자를 더하자 향긋한 바람이 스치면서 그들은 두 마리 흰 두루미로 변해 하늘로 솟구쳐 올라갔답니다. 조안이 집으로 돌아와 관로에게 물으니 가르쳐주었습니다.

'붉은 옷을 입은 이는 바로 남두(南斗)이고 흰 옷을 입은 이는 북두(北斗)일세.'

조안이 물었습니다.

'북두는 별이 아홉이라는데, 어찌하여 다만 한 사람뿐입니까?'

'흩어지면 아홉이고 합치면 하나인데 북두는 사람이 죽는 일을 맡고 남두는 사는 일을 맡았지. 이미 목숨을 늘려주었으니 근심할 게 무엇인가?'

관로의 말을 듣고 조안 부자는 절을 하며 고마워했습니다.

이때부터 관로는 하늘의 비밀을 털어놓을까 두려워 다시는 가볍게 남을 위해 점을 치지 않았습니다. 이 사람이 지금 평원에 있는데 대왕께서 길흉을 아시려면 어찌하여 불러오지 않으십니까?

허지 이야기를 듣고 조조는 대단히 기뻐 사람을 보내 관로를 불러왔다. 관로가 이르러 좌자의 일을 점치게 하니 대뜸 대답했다.

아버지와 아들이 목숨을 살려달라고 빌어 ▶

管公明指點趙顏
乙酉春
秉雄畫於滬上

"환술(幻術)일 뿐인데 근심할 게 무엇입니까?"

【환술이란 마술처럼 실질적인 변화는 없이 눈속임이나 하는 술법이라는 말이다.】

조조는 마음이 놓여 차츰 병이 나았다. 조조가 천하의 일을 점치게 하니 관로가 말했다.

"3과 8이 가로세로로 누비면 누런 돼지가 호랑이를 만나고, 정군 남쪽에서 다리 하나가 부러집니다."

조조가 다시 위왕 자리를 오래 전할 수 있겠느냐고 묻자 관로가 점을 치고 대답했다.

"사자궁 안에 신의 자리를 안치하고, 왕도가 바뀌니 자손들이 지극히 귀하게 됩니다."

상세한 내용을 물었으나 대답을 피했다.

"하늘이 정해준 망망한 운수는 미리 알 수 없으니 뒷날 증명될 때가 있을 것입니다."

조조가 관로를 태사로 봉하려 했으나 그는 사양했다.

"운명이 박하고 상이 궁하여 감히 받지 못하겠습니다."

조조가 까닭을 물어 관로가 대답했다.

"이 로는 이마에 오래 사는 뼈가 없고 눈에는 모인 정기가 없으며, 코에는 기둥이 되어주는 콧대가 없고 발에는 뒤축이 없으며, 등에는 삼갑(三甲)이 없고 배에는 삼임(三壬)이 없어, 그저 태산에서 귀신이나 다스릴 뿐 산 사람은 다스리지 못합니다."

【삼갑이나 삼임은 장수하고 복을 누리는 것을 의미한다.】

조조가 또 물었다.

"내 상을 보아주게. 어떠한가?"

"신하로서 지극히 높은 자리에 오르셨는데 상은 보아 무엇 하십니까?"

조조가 거듭 물었으나 관로는 웃기만 할 뿐 대답하지 않았다. 신하들 상을 두루 보게 하니 한마디로 말했다.

"모두 태평한 세상의 신하입니다."

조조가 길흉을 물었으나 관로는 모두 상세히 이야기하지 않고, 오와 촉에 대해 점치게 하니 괘를 만들어보고 말했다.

"오에서는 대장이 하나 죽고, 촉에서는 군사가 경계를 침범합니다."

조조는 믿지 않는데 갑자기 합비에서 보고가 들어왔다.

"육구를 지키는 오의 대장 노숙이 죽었습니다."

조조가 깜짝 놀라 한중으로도 사람을 보내 알아보게 하니 며칠 지나지 않아 유비가 장비와 마초를 양주 무도군으로 보내 관을 공격한다는 급보가 들어왔다. 조조가 크게 노해 몸소 대군을 거느리고 한중으로 들어가려고 점을 치게 하니 관로가 대답했다.

"함부로 움직이시면 안 됩니다. 내년 봄 허도에서 화재가 일어납니다."

관로의 말이 맞아떨어지는 것을 본 조조는 섣불리 움직이지 못하고 조홍에게 5만 군사를 주어 한중으로 가서 하후연과 장합을 도와 동천을 지키게 했다. 하후돈에게 3만 군사를 주어 허도를 오가며 뜻밖의 일에 대비하게 하고, 장사 왕필(王必)에게 어림군을 총지휘하게 하니 주부 사마의가 충고했다.

"왕필은 술을 좋아하고 성품이 엄하지 못해 일을 맡기가 어렵지 않을까 합니다."

"왕필은 내가 가시덤불을 헤치며 어려운 고비를 겪을 때부터 따른 사람일세. 충성스럽고 부지런하며 마음이 굳으니 이 일에 제일 알맞네."

조조는 사마의의 말을 듣지 않고 왕필에게 어림군을 맡겨 허도 동화문밖에 주둔하게 했다.

이때 성은 경(耿)이고 이름은 기(紀)며 자는 계행(季行)인 낙양 사람이 있었다. 승상부의 낮은 보좌관으로 있다가 황궁 살림살이를 맡은 소부로 승진하고 궁전에서 임금을 모시는 시중까지 겸했다. 그와 사이가 아주 가까운 친구로 사직 벼슬을 하는 위황(韋晃)이 있었다. 경기는 조조가 위왕이 되어 천자의 수레를 타고 옷차림을 하자 매우 못마땅하게 여겼다.

건안 23년(218년) 정월, 경기는 집에서 위황과 술을 마시다 가만히 상의했다.

"조조가 간사하고 악한 짓이 날로 심해지니 반드시 황제 자리를 빼앗는 대역무도한 짓을 저지를 걸세. 우리는 한의 신하로서 어찌 그런 놈과 같이 일할 수 있는가?"

위황이 대답했다.

"나에게 믿을 만한 사람이 있으니 성은 김(金)이고 이름은 위(褘), 자는 덕위(德偉)인데 한의 옛 재상 김일제(金日磾) 후예일세. 평소 조조를 토벌할 마음을 품었는데 왕필과 사이가 좋으니 그와 함께 꾀하면 반드시 대사가 이루어지네."

【김일제는 흉노의 왕자로 한의 대신이 되어 궁전에서 일하면서 수십 년 동안 한 번도 잘못이 없었다고 한다. 자식들 또한 여러 대에 걸쳐 궁에서 황제를 모셨다.】

경기가 걱정했다.

"왕필과 사이가 좋다면 어찌 우리와 함께 일을 꾀하겠는가?"

"왕필과 사이는 좋으나 마음속으로 한의 조정을 일으켜 세우려 한 지 오래이니 가서 이야기해보세. 그가 어찌 나오는지 보면 되지 않나?"

두 사람이 집으로 찾아가자 김위가 맞이해 뒤채로 들어갔다. 위황이 말을 꺼냈다.

"덕위가 왕 장사와 사이가 좋다 하여 청을 드리러 왔소."

"무슨 청이오?"

"듣자니 위왕께서 조만간 선양을 받으시어 황제 자리에 오르신다 하오. 공과 왕 장사는 벼슬이 높아질 것이니 우리도 자리를 올려주면 고맙겠소!"

김위가 화를 내며 소매를 떨치고 일어나는데 마침 시종이 차를 받쳐 들고 오자 땅에 쏟아버렸다. 위황이 놀라는 척했다.

"덕위는 오랜 친구인데 어찌 이렇게 매정하게 구는가?"

김위가 쌀쌀하게 대꾸했다.

"내가 자네와 좋아한 것은 한의 신하 자손이었기 때문일세. 조상들이 입은 은혜에 보답할 생각은 하지 않고 반역자를 도우려 하니 무슨 얼굴로 친구가 되겠는가?"

경기가 한술 더 떴다.

"하늘이 정한 운수가 그렇다면 어찌 반대할 수 있겠소?"

김위가 대노하자 경기와 위황은 충성스럽고 의로움을 알고 속마음을 밝혔다.

"우리가 실은 역적을 토벌하려고 왔는데 말로 시험해보았을 뿐이오."

김위가 물었다.

"우리 집안은 대대로 한의 신하이니 어찌 도적을 따를 수 있겠소? 공들이 황실을 보좌하겠다면 고명한 소견이라도 있소?"

위황이 대답했다.

"나라에 보답할 마음은 있으나 역적을 토벌할 계책이 없소."

김위는 생각해둔 바가 있었다.

"나는 안팎에서 호응해 왕필을 죽이고 병권을 빼앗아 황제를 보좌하겠소. 유황숙이 바깥에서 도와주는 힘을 얻으면 마땅히 조조를 쓸어 없앨 수 있소."

두 사람이 손뼉을 치며 좋아하자 김위가 사람을 추천했다.

"나에게 두 사람이 있어 조조와 아버지를 죽인 원수가 맺혔는데, 성 밖에 살고 있으니 날개로 삼을 수 있소."

경기가 누구냐고 묻자 김위가 소개했다.

"태의 길평의 두 아들이오. 맏이는 길막(吉邈)으로 자가 문연(文然)이고, 둘째는 길목(吉穆)으로 자는 사연(思然)이오. 옛날 동승이 옷 띠에 감춘 조서를 받든 일이 드러나 조조가 아버지를 죽였는데, 두 사람은 멀리 빼소니쳐 난을 면하고 가만히 허도로 돌아왔소. 우리를 도와 역적을 토벌하게 하면 따르지 않을 리 없소."

경기와 위황이 기뻐하자 김위가 가만히 길씨 형제를 불러오니 두 사람은 눈물을 흘리면서 역적을 죽이기로 맹세했다. 김위가 계책을 내놓았다.

"정월 대보름날 밤에는 성안에 등불을 많이 걸고 경축하면서 놀게 되니 경 소부와 위 사직은 집안 종들을 거느리고 왕필의 영채로 달려가시오. 영채 안에서 불이 일어나면 두 길로 쳐들어가 왕필을 죽이고, 나를 따라 궁궐로 들어가 천자께 오봉루에 오르시게 하여 백관을 불러 역적을 토벌하라는 성지를 내리게 합시다. 길문연 형제는 불을 신호로 고함을 쳐 역적을 죽이자고 백성을 선동해 성 밖의 구원병을 막으시오. 천자께서 조서를 내려 관군을 모으시면 업군으로 진군해 조조를 사로잡고, 서천의 유황숙을 부르면 일이 이루어지오. 오늘 여기서 약속하고 그날 밤 일을 벌이도록 합시다. 동승처럼 스스로 화를 불러오지 않도록 힘씁시다."

다섯 사람은 하늘에 맹세하고 입가에 피를 발라 다짐한 후, 각기 집으로 돌아가 사람들을 모으고 병기를 갖추어 움직일 채비를 했다. 경기와 위황은 집안 종이 각기 300여 명씩 있어 병기를 미리 갖추고, 길막 형제도 300명을 불러 사냥을 한다는 구실로 준비를 마쳤다.

김위가 왕필을 찾아갔다.

"천하가 안정되고 위왕께서 위엄을 널리 떨치셨는데 대보름 명절이 다가오니 등불을 내걸어 태평스러운 기상을 보여주지 않을 수 없소."

왕필이 옳게 여겨 성안 백성에게 모두 등을 걸고 오색 비단을 걸쳐 좋은 명절을 경축하라고 선포했다.

정월 대보름 밤이 되자 하늘은 맑고 별과 달이 어울려 빛을 뿌렸다. 허도의 크고 작은 거리에는 무수한 꽃등이 걸려 그야말로 집금오가 야간통행을 금지하지 않고, 물시계가 어서 돌아가기를 재촉하지 않았다.

왕필이 어림군 장수들과 영채 안에서 술을 마시는데 밤이 깊어지자 별안간 고함이 일어나며 영채 뒤에서 불이 일어났다. 왕필이 장막에서 급히 나와 보니 불길이 마구 굴러다니고 '죽여라' '쳐라' 떠드는 소리가 하늘에 울렸다. 영채에서 변이 일어난 것을 알고 말에 올라 남문으로 달려가는데, 앞에서 오던 경기가 화살을 날려 왕필의 어깻죽지에 맞았다. 하마터면 말에서 떨어질 뻔하다 서문을 향해 달아나자 등 뒤로 군사가 쫓아왔다.

왕필은 말을 버리고 두 다리를 놀려 김위의 집에 이르러 황급히 문을 두드렸다. 김위는 영채 안에 불을 지르게 한 후 종들을 거느리고 싸우러 나가 집에는 아낙네들만 있는데, 문 두드리는 소리가 들리자 김위가 돌아온 줄 알고 아내가 문 뒤에 와서 물었다.

"왕필 놈을 죽였어요?"

왕필은 깜짝 놀라 김위도 함께 변을 꾀한 것을 알고 곧바로 조휴의 집으로 달려가 변란을 보고했다. 조휴는 급히 말에 올라 1000여 명 군사를 이끌고 성안에서 적을 막았다.

성안의 네 방향에서 불이 일어나자 오봉루에도 불길이 닿아 헌제는 궁궐 안으로 깊숙이 들어가 피했다. 조씨 심복들이 죽기를 무릅쓰고 황궁 문을 지키는데, 성안에서 사람들이 외치는 소리가 모두 같았다.

"역적 조조 무리를 몰살하고 한의 황실을 보좌하자!"

이때 하후돈은 조조 명을 받들고 허도를 오가며 순찰을 계속하는데, 그날 밤 3만 군사를 거느리고 허도 성에서 멀지 않은 곳에 주둔하다 성안에서 불이 일어나자 급히 대군으로 성을 에워싸고, 한 갈래 군사를 성에 들여보내 조휴를 지원하게 했다.

어지러운 싸움이 날이 밝을 때까지 이어졌다. 경기와 위황은 도와주는 사람도 없이 힘들게 싸웠으나 김위와 길씨 형제가 죽었다는 소식을 듣고는 도저히 승산이 없을 것을 알고 성문으로 달아나다 하후돈의 대군에 에워싸여 사로잡히고, 수하 100여 명은 모두 죽임을 당했다.

하후돈이 성안에 들어가 불을 끄며 반란을 꾀한 다섯 사람의 식솔과 종족을 모조리 붙잡고, 나는 듯이 업군에 보고하니 조조가 명령을 전했다.

"경기와 위황을 비롯한 다섯 집안은 모두 저잣거리에서 목을 쳐라! 조정의 높고 낮은 신하는 모조리 업군으로 압송해 처분을 기다리도록 하라."

하후돈이 경기와 위황을 압송해 저잣거리에 이르자 경기가 외쳤다.

"조아만아, 살아서 너를 죽이지 못했으니 죽어서 귀신이 되어 치겠다!"

형을 집행하는 무사가 칼로 입을 쑤셔 피가 철철 흘렀건만 경기는 욕을 그치지 않고 죽었다. 위황은 뺨을 땅에 부딪치며 안타까워했다.

"한스럽다, 한스러워!"

얼마나 으스러지게 이를 깨물었던지 모두 부러진 채 죽었다.

다섯 집안 식솔과 종족을 모두 처치한 하후돈이 백관을 압송해 업군으로 가자 조조는 군사교련장에 왼쪽에는 붉은 깃발, 오른쪽에는 흰 깃발을 세우고 명령을 내렸다.

"도적들이 허도를 태울 때 너희는 바깥에 나와 불을 끈 자도 있고, 문을 닫고 나오지 않은 자도 있다. 그날 밤에 밖에 나와 불을 껐다면 붉은 깃발 아래에 서고, 나오지 않았다면 흰 깃발 아래에 서라."

사람들은 궁리했다.

'불을 껐다고 하면 반드시 죄가 없겠지?'

붉은 깃발 아래로 달려가는 자들이 많고, 세 몫 중 겨우 한 몫만 흰 깃발 아래에 섰다. 조조는 붉은 깃발 아래에 선 사람들을 전부 체포하게 했다. 사람들이 죄가 없다고 해명하자 꾸짖었다.

"너희는 그때 불을 끄려 한 것이 아니라 도적을 도우려 한 것이다!"

모두 장하 곁에 끌어다 목을 치게 하니 죽은 자가 300여 명이 넘었다. 흰 깃발 아래에 선 사람들은 상을 내리고 허도로 돌려보냈다.

왕필이 화살 상처가 도져 얼마 후 죽자 조조가 후하게 묻도록 하고 조휴에게 어림군을 거느리게 했다. 조조는 종요를 상국으로 삼고 화흠을 그에 버금가는 어사대부로 임명해 조정 신하들이 크게 바뀌었다.

그제야 관로의 예언을 깨닫고 후한 상을 내렸으나 관로는 사양하고 받지 않았다.

이보다 훨씬 앞서 조홍은 군사를 이끌고 한중에 이르러 하후연과 장합에게 험한 곳들을 지키게 하고 직접 나아가 적을 막았다.

이때 장비는 뇌동과 함께 파서를 지키고, 마초는 하변에 이르러 오란을 선봉으로 세워 나아갔다. 오란이 조홍의 군사와 마주쳐 싸우지도 않고 물러서려 하니 아장(牙將) 임기가 붙잡았다.

"적이 이르렀는데 기세를 꺾지 않으면 어떻게 마 장군을 뵙겠습니까?"

임기가 창을 꼬나 들고 달려가자 조홍이 세 합 만에 찍어 넘기고 기세를 몰아 들이쳐 오란은 크게 패하고 돌아갔다. 마초는 군사를 멈추고 성도로 보고를 올려 지시를 기다렸다. 마초가 며칠을 나오지 않자 조홍은 속임수나 있지 않나 염려해 남정으로 돌아가니 장합이 찾아왔다.

"장군은 이미 장수를 베셨는데 어찌하여 군사를 물리셨소?"

"마초가 나오지 않으니 무슨 계책이 있을 것이오. 업군에서 신묘한 관로 말을 들었는데 이곳에서 대장 하나를 잃는다고 했소. 그 말이 걸려 선불리 나아가지 못하오."

장합은 껄껄 웃었다.

"장군은 반평생 군사를 움직이고도 어찌 한낱 점쟁이 말에 흔들리시오? 이 합은 재주 없으나 파서를 치고 싶소. 파서를 얻으면 촉군은 쉽게 깰 수 있소."

조홍은 탐탁하게 여기지 않았다.

"파서를 지키는 장비는 얕보아서는 아니 되오."

"모두 장비를 두려워하는데 내게는 어린아이나 다름없소! 이번에 꼭 사로잡겠소!"

장합이 큰소리를 치자 조홍이 물었다.

"만약 실수하면 어찌하오?"

"군령장에 적힌 대로 달갑게 벌을 받겠소."

조홍이 군령장을 받자 장합은 군사를 움직여 나아갔다.

이야말로

교만한 군사 지기 쉬우니
적 깔보아 이기기 힘들어

장합은 이길까 질까?

70

장비는 술타령으로 장합 이겨

용맹한 장비 슬기로 와구관 차지하고
늙은 황충은 계책으로 천탕산 빼앗다

장합이 3만 군사를 셋으로 나누어 험한 산에 영채를 세우니 이름이 탕거채, 몽두채, 탕석채였다. 장합은 세 영채에서 절반씩 군사를 뽑아 파서를 치러 가고 절반씩 남겨 영채를 지키게 했다.

소식을 듣고 장비가 급히 부르니 뇌동이 계책을 올렸다.

"낭중은 땅이 거칠고 산이 험해 매복할 수 있습니다. 장군께서 군사를 이끌고 나가 싸우시고, 제가 기이한 군사를 내어 도우면 장합을 사로잡을 수 있습니다."

그에게 정예 군사 5000명을 주어 보내고, 장비는 1만 군사를 이끌고 낭중에서 30리 나아가 장합 군사와 마주쳤다. 장비가 말을 달려 오로지 장합만 찾아 싸움을 걸어 20여 합에 이르자 장합의 후군이 소란스러워졌다. 산 뒤에 촉군 깃발이 나타나 군사들이 소리를 지른 것이다.

장합이 싸울 마음이 없어 말을 돌리자 장비가 쫓아가며 몰아치고, 산 뒤에서 뇌동이 쳐 나와 크게 패했다. 장비와 뇌동이 밤새 달려 탕거산까지 쫓아가자 장합은 굴리는 나무와 돌을 많이 갖추고 굳게 지키며 나오지 않았다.

장비는 탕거채 10리 앞에 영채를 세우고 싸움을 걸었으나 장합은 산 위에서 나팔 불며 북 두드리고 술을 마시면서 내려오지 않았다. 장비의 군사가 온갖 욕을 퍼부었으나 장합은 들은 척도 하지 않았다.

이튿날 뇌동이 산 아래에서 싸움을 걸었으나 역시 장합은 나오지 않았다. 뇌동이 군사를 휘몰아 산으로 올라가자 나무가 굴러 내리고 돌이 날아와 10여 명을 잃고 물러서는데, 탕석채와 몽두채 군사들이 습격해 패하고 말았다. 다음날 장비가 갔으나 장합이 역시 나오지 않아, 장졸들을 시켜 욕을 퍼붓자 장합도 맞받아 욕만 하면서 꼼짝하지 않았다.

양쪽이 50여 일을 대치하자 장비는 산 앞에 바짝 다가가 영채를 세우고 날마다 술을 마시면서 산 앞에 앉아 욕을 퍼부었다. 이때 유비가 군사를 위문하러 사람을 보냈는데, 장비의 모습을 보고 돌아가 그대로 전하니 유비는 깜짝 놀랐으나 제갈량은 허허 웃었다.

"그렇군요. 그곳에 좋은 술이 없을까 걱정입니다. 성도에 좋은 술이 많으니 50동이를 보내 익덕이 마시게 하면 좋겠습니다."

"아우는 술을 마시면 일을 그르치는 것을 잘 아는데 어찌 술을 보내오?"

유비가 걱정하자 제갈량이 설명했다.

"주공께서는 익덕과 오래 형제로 보내시면서 그 사람됨을 모르십니까? 익덕은 성질이 강합니다. 하지만 서천을 칠 때는 의로움을 무겁게 여겨 엄안을 풀어주었으니, 한낱 용맹만 아는 사내가 아닙니다. 지금 장합과 50여 일을 대치하면서 술을 마시고 욕을 퍼붓는데, 술을 탐하는 게 아니라 장합을 이기는 계책입니다."

"상대를 너무 얕잡아보아서는 아니 되니 위연을 보내 돕는 게 좋겠소."

제갈량이 위연에게 장비 영채로 술을 호송하게 하니, 수레마다 누런 깃발을 꽂고 군사들이 함께 마시는 좋은 술이라는 뜻으로 '군전공용미주'라는 여섯 글자를 큼직하게 썼다. 위연이 도착하자 장비는 절을 하며 술을 받고 위연과 뇌동에게 일렀다.

"군사를 이끌고 좌우 날개가 되어 중군에서 붉은 깃발이 일어서면 바로 진군하게."

그리고는 장막 앞에 술을 벌여놓고 군졸들에게 깃발을 휘두르고 북을 울리게 하면서 실컷 마셨다. 산 위에서 소식을 듣고 장합이 살펴보니 장비가 장막 앞에서 술을 마시는데, 군졸 둘이 씨름을 하고 장비는 껄껄 웃는 모양새였다.

"장비가 나를 너무 깔보는구나!"

장합은 은근히 분해 그날 밤 산을 내려가 영채를 습격한다는 명령을 돌리고 몽두채와 탕석채 군사도 모두 달려와 협공하게 했다.

밤에 장합이 희미한 달빛을 빌려 군사를 이끌고 산의 옆길로 내려가 영채로 달려가니 장비는 등불, 촛불을 환하게 밝히고 장막 안에 앉아 술을 마시고 있었다. 장합이 고함쳐 산 위의 군사가 북을 두드리며 단숨에 중군으로 쳐들어가는데, 장비는 꼼짝도 하지 않아 장합이 한 창에 쓰러뜨렸다. 그러나 짚으로 만든 허수아비였다. 장합이 급히 말을 돌려세우자 장막 뒤에서 연발 신호포 소리가 일어나며 한 장수가 길을 막았다.

고리눈을 둥그렇게 부릅뜨고 벼락같이 무서운 소리를 지르는 사람은 바로 장비였다. 장비가 긴 창을 꼬나 들고 덮쳐들어 불빛 속에서 두 장수가 30여 합을 싸우는데, 장합은 두 영채의 군사가 구하러 오기만 바랐으나 벌써 위연과 뇌동이 물리친 뒤였다. 그들은 이긴 기세를 몰아 두 영채까지 빼앗아버렸다. 구원병이 오지 않아 애가 타는 장합 눈에 산 위에서 불이 일어나는 것이 보였다. 장비의 후군이 산 위 영채마저 빼앗은 것이다. 장합은 완전히 패하고 와구관으로 달아났다.

장비가 큰 승리를 거두고 소식을 전하니 유비는 크게 기뻐하며 그제야 장비가 술을 마신 것은 장합을 꾀기 위한 계책이었음을 알았다.

장합이 3만 군사에서 2만이나 잃고 구원을 청하자 조홍은 크게 노했다.

"내 말을 듣지 않고 나가서 험한 요충지를 잃고 구원해달라고 하느냐!"

조홍이 군사는 주지 않고 어서 나가 싸우라고 재촉해 장합은 몹시 당황했으나 어쩔 수 없이 계책을 짜고, 군사를 나누어 관 앞 후미진 산속에 매복시켰다.

"내가 짐짓 져주면 장비가 반드시 쫓아올 것이니 그가 돌아갈 길을 끊어라."

장합이 나아가다 뇌동과 맞닥뜨리자 싸움이 몇 합도 되지 못해 장합이 못 견디는 척 달아나니 뇌동이 쫓아갔다. 군사들이 일제히 나아가 돌아갈 길을 끊고 장합이 돌아서서 번개같이 창을 뻗어 뇌동을 말 아래로 떨어트렸다.

소식을 듣고 장비가 달려오자 장합은 또 못 당하는 척 달아났으나 장비는 쫓지 않았다. 장합이 다시 돌아와 싸우다 달아났으나 계책임을 뻔히 아는 장비는 군사를 거두고 돌아가 위연과 상의했다.

"장합이 군사를 매복하는 계책으로 뇌동을 죽이고 나를 유인하려 하니 어찌 그것을 거꾸로 이용하지 않을 수 있나?"

"어떻게 하시겠습니까?"

"내일 내가 군사를 한 대 이끌고 나아갈 테니 자네는 정예를 이끌고 뒤따라, 매복한 군사가 나오기를 기다려 공격하게. 수레 10여 대에 땔감을 실어 오솔길을 꽉 막고 불을 지르면 내가 장합을 사로잡아 뇌동의 원수를 갚겠네."

이튿날 장비가 나아가자 장합이 달려와 맞서다 10여 합이 되자 또 못 당하는 척 달아나니 장비가 기병과 보병을 이끌고 쫓아갔다. 장합이 장비를 유인

장합은 장비의 허수아비를 쓰러뜨려 ▶

해 산골짜기로 들어가자 후군을 선두로 바꾸어 다시 맞섰다. 매복한 군사가 달려와 장비를 에워싸기를 기다렸으나 뜻밖에도 위연이 이미 골짜기 안으로 몰아넣고 수레로 길을 막아 불을 지른 뒤였다.

산골짜기가 온통 불바다라 장합의 군사는 벗어날 수 없었다. 장비가 기세를 몰아 공격해 크게 패한 장합은 죽기를 무릅쓰고 길을 뚫어 와구관으로 들어가 굳게 지키면서 나오지 않았다.

장비와 위연은 며칠간 공격했으나 관을 깨뜨리지 못하자 20리를 물러났다. 기병 수십 명을 이끌고 관의 양쪽으로 오솔길을 찾는데, 후미진 산길에서 남녀 백성 몇이 보따리를 매고 덩굴을 잡으며 올라가는 것이 눈에 들어왔다.

"와구관을 빼앗으려면 저 사람들에게 달렸다."

장비가 그들을 정중히 모셔오게 하여 좋은 말로 달래고 어디서 오느냐고 물었다.

"저희는 한중의 주민입니다. 집으로 돌아가는데 대군이 싸움을 벌여 큰길이 막혔다 하여 창계를 지나 재동산 회근천으로 돌아가려고 합니다."

"이 길로 와구관을 가면 거리가 얼마나 되는가?"

"재동산 오솔길로 가면 바로 와구관 뒤쪽입니다."

장비는 백성들에게 술과 음식을 주고 위연에게 일렀다.

"관 아래에 다가가 들이치게. 나는 기병을 이끌고 재동산으로 나가 뒤를 공격하겠네."

장비는 백성들을 길잡이로 삼아 가벼운 기병 500명을 이끌고 오솔길로 들어섰다.

이때 장합은 구원병이 없어 매우 답답해하다 위연이 가까이 다가오자 말에 올라 관 아래로 짓쳐 내려가려 하는데 별안간 보고가 들어왔다.

"관 뒤에서 불이 일어나니 어디 군사인지 모르겠습니다."

장합이 군사를 이끌고 나가자 깃발이 양쪽으로 갈라지며 장비가 모습을 드러내니 깜짝 놀라 싸우지도 못하고 급히 오솔길로 달아났다. 말이 약해 도무지 달리지를 못해, 말을 버리고 손발로 기어올라 산으로 달아났다. 겨우 몸을 빼고 보니 따르는 자는 10여 명뿐이었다. 그들을 데리고 걸어서 남정으로 돌아가니 조홍은 크게 노했다.

"내가 말려도 기어이 가더니 대군을 몽땅 잃었구나. 죽지 않고 어쩌겠다는 거냐?"

조홍이 목을 치라고 호령하자 행군사마 곽회(郭淮)가 말렸다. 그는 태원군 양곡현 사람으로 자가 백제(伯濟)였다.

"예로부터 삼군을 얻기는 쉬워도 장수 하나를 구하기는 어렵다고 합니다. 장합이 죄를 지었지만 위왕께서 깊이 사랑하시는 장수이니 가볍게 죽여서는 아니 됩니다. 다시 5000명 군사를 주어 가맹관을 쳐서 적의 여러 곳 군사들이 움직이게 만들면 한중이 자연히 안정됩니다. 성공하지 못하면 두 죄를 함께 처벌하시면 됩니다."

조홍이 다시 군사를 주어 장합은 가맹관을 치러 갔다. 가맹관은 맹달과 곽준이 지키고 있었는데 장합이 온다고 하자 곽준은 굳게 지키자고 했으나 맹달은 기어이 싸우기를 고집했다. 맹달이 내려가 싸우다 크게 패하고 돌아오자 곽준이 급히 성도로 보고를 올리니 제갈량이 장수들을 모았다.

"가맹관이 급하게 되었으니 낭중에 있는 익덕을 불러와야 장합을 물리치지 않겠소?"

법정이 대답했다.

"익덕이 와구에 주둔해 낭중을 지키니 역시 중요한 곳이라 불러와서는 아니 됩니다. 장막 안의 장수들 가운데 한 사람을 보내 장합을 깨뜨리시지요."

제갈량이 웃었다.

"장합은 명장이라 보통 사람이 미칠 바가 아니오. 익덕이 아니면 당할 사람이 없소."

별안간 한 사람이 앞으로 나섰다.

"군사는 어찌 사람을 얕잡아보시오? 내가 장합의 머리를 베어 휘하에 바치겠소."

노장 황충이었다. 제갈량이 다시 자극했다.

"한승은 비록 용맹하시지만 아무래도 연세가 많아 적수가 되지 못할까 두렵소."

황충은 하얀 머리카락을 곤두세웠다.

"비록 늙었으나 아직 석 섬 힘이 드는 활을 당기고 몸에 천 근 힘이 남았는데, 어찌 변변찮은 사내를 당하지 못하겠소?"

"장군은 연세가 70에 가까우신데 어찌 그런 힘이 있으시겠소?"

제갈량의 말이 떨어지자 황충은 빠른 걸음으로 섬돌 아래로 내려가 병기틀에서 큰 칼을 뽑아 나는 듯이 휘둘렀다. 그리고 강한 활을 당겨 두 장이나 부러뜨리니 제갈량이 물었다.

"장군이 가시겠다면 누구를 부장으로 삼으시겠소?"

"노장 엄안이 함께 갈 수 있소. 일이 잘못되면 이 허연 머리를 바치겠소."

황충과 엄안을 보내 장합과 싸우게 하니 조운이 충고했다.

"장합이 가맹관을 침범하는데 군사께서는 어린아이 장난으로 대하지 마십시오. 가맹관을 잃으면 익주가 위험하니 어찌 두 노장을 보내 큰 적수를 막게 하십니까?"

"자룡은 두 분의 연세를 걱정하는데, 한중은 반드시 두 분 손으로 얻을 수 있소."

제갈량의 대답에 조운을 비롯한 장수들은 비웃으며 물러갔다.

황충과 엄안이 가맹관에 이르니 맹달과 곽준 또한 사람을 잘못 골랐다고 생각했다.

'이처럼 중요한 곳에 어찌 두 늙은이를 보낸단 말인가!'

그래도 지휘권을 인계할 수밖에 없어, 두 장수는 이름이 쓰인 깃발을 관 위에 세웠다. 늙은이 둘이 왔다는 말을 듣고 장합이 비웃으며 싸움을 걸자 황충이 엄안과 상의했다.

"사람들 동정을 보았는가? 모두 우리가 늙었다고 웃는데 기이한 공로를 세워 그들이 탄복하도록 하세."

엄안과 약속하고 황충이 군사를 이끌고 내려가자 말을 달려 나온 장합은 웃었다.

"나잇살이나 처먹은 놈이 부끄러운 줄 모르고 싸우러 나왔느냐?"

황충이 소리쳤다.

"되지 못한 녀석이 내 나이가 많다고 얕잡아보느냐! 내 손의 보도는 늙지 않았다!"

황충이 말을 다그쳐 덮쳐들자 장합이 맞서 20여 합을 싸우는데 별안간 등 뒤에서 고함이 일어나니 엄안이 오솔길로 돌아가 뒤를 들이친 것이다. 앞뒤로 협공을 당한 장합은 참패하고, 황충과 엄안에게 밤새 쫓겨 80리를 물러섰다.

장합이 또 패해 조홍이 죄를 벌하려 하니 곽회가 다시 말렸다.

"장합이 핍박을 받으면 촉으로 가는데, 장수를 보내 도와주면 장군이 친히 가셔서 감독하는 것 같아 다른 마음을 먹지 못합니다."

조홍은 하후돈의 조카 하후상과 장사 태수 한현의 아우로 얼마 전에 항복한 장수 한호를 보내 5000명 군사를 이끌고 장합을 돕게 했다. 두 장수가 즉시 영채로 달려가 상황을 묻자 장합이 설명했다.

"늙은 황충이 용맹스럽고 엄안이 슬기롭게 도우니 얕보면 아니 되오."

한호가 나섰다.

"내가 장사에 있을 때 이미 늙은 도적이 센 줄을 알았소. 그가 위연과 함께 유비에게 성을 바치고 내 형을 해쳤는데, 여기서 만났으니 반드시 복수하겠소!"

한호는 하후상과 함께 군사를 이끌고 영채를 떠났다.

이때 황충의 군사가 주변을 정탐해 일대의 길을 알아내자 엄안이 제의했다.

"여기서 천탕산이 멀지 않은데 조조가 식량을 쌓고 말먹이 풀을 모으는 곳입니다. 그곳을 얻어 적의 식량과 말먹이 풀을 끊으면 한중을 얻을 수 있습니다."

"장군 말이 내 뜻과 같네."

황충의 계책에 따라 엄안이 군사를 이끌고 먼저 떠나고 황충은 하후상과 한호를 맞이하러 영채를 나갔다. 한호가 진 앞에서 욕을 퍼부었다.

"황충! 이 의리라고는 없는 늙다리 도적놈아!"

한호가 말을 다그쳐 덤비자 하후상도 협공했다. 황충이 맞서는데 10여 합쯤 싸우다 달아나니 두 장수는 20여 리를 쫓아가 황충의 영채를 빼앗았다. 황충은 물러나 다시 대충 영채를 세웠다.

이튿날 하후상과 한호가 쫓아가자 황충이 몇 번 어울리다 또 달아나니 두 장수는 다시 20여 리를 쫓아가 영채를 빼앗고, 장합을 불러 뒤쪽 영채를 지키게 했다. 장합이 충고했다.

"황충이 연이어 물러섰으니 반드시 간사한 계책이 숨었소."

하후상이 꾸짖었다.

"그대가 이처럼 겁이 많으니 거듭 진 까닭을 알겠네! 더 말하지 말고 우리가 공로를 세우는 것이나 구경하게!"

장합은 부끄러워 물러갔다.

이튿날 두 장수가 나가자 황충은 또 못 견디고 20리를 물러나 두 장수는 길을 따라 구불구불 쫓아갔다. 다음날은 황충이 싸우지도 않고 먼발치에서 그들이 오는 모습만 보고도 달아나 가맹관 위로 올라갔다. 두 장수는 관에 바짝 다가가 영채를 세우고, 황충은 굳게 지키며 나오지 않았다.

맹달이 유비에게 가만히 보고를 올려 황충이 여러 번 지고 관 위로 물러났다고 하자 제갈량이 웃으며 설명했다.

"노장군이 적을 교만하게 만드는 계책입니다."

조운을 비롯한 사람들이 믿지 않으니 유비는 유봉을 가맹관으로 보내 돕게 했다. 유봉이 오자 황충이 물었다.

"소장군이 싸움을 도우러 온 것은 무슨 뜻이오?"

"장군이 몇 번 지셨다고 하여 아버님이 저를 보내셨습니다."

황충이 웃으며 설명했다.

"이것은 적이 교만하도록 꾀는 계책이오. 오늘 밤 한 번 싸움으로 영채를 모두 되찾고, 그 안에 있는 식량과 말을 빼앗는 것을 보시오. 이는 영채를 빌려주어 재물을 쌓게 하는 방법이니 오늘 밤 곽 장군이 관을 지키고, 맹 장군은 나를 도와 식량과 말먹이 풀을 옮기고 말을 빼앗으시오. 소장군은 내가 적을 깨뜨리는 것이나 구경하시오!"

밤이 되자 황충은 5000명 군사를 이끌고 내려갔다. 하후상과 한호는 며칠이나 관 위에서 군사가 나오지 않아 안심하고 있는데, 느닷없이 황충이 쳐들어오자 갑옷을 걸칠 겨를도 없이 달아나고, 군사들은 서로 짓밟아 죽은 자를 헤아릴 수 없었다. 날이 밝을 때까지 황충이 영채 셋을 빼앗으니 적이 두고 간 군량과 병기와 말을 헤아릴 수 없었다.

모두 관으로 나르게 하고 황충이 군사를 재촉해 추격하자 유봉이 권했다.

"군사들이 지쳤으니 잠시 쉬시지요."

"호랑이 굴에 들어가지 않고서야 어찌 호랑이 새끼를 얻겠소[不入虎穴불입호혈 焉得虎子언득호자]?"

황충이 말을 채찍질해 나아가자 군사가 모두 힘을 내 따라갔다. 장합의 군사는 패한 군사에 밀려 영채를 지키지 못하고 황충이 온다는 말만 듣고도 달아나, 숱한 영채를 버리고 한수까지 달려갔다. 장합이 하후상과 한호를 찾아 상의했다.

"천탕산은 군량과 말먹이 풀을 쌓은 곳이고, 잇닿은 미창산도 군량을 모은 곳이오. 두 산은 한중 군사의 목숨을 지키는 젖줄이니 두 곳을 잃으면 한중도 잃고 마오. 어떻게든 지킬 궁리를 해야 하오."

하후상은 태연했다.

"미창산은 내 숙부 하후연이 군사를 보내 지키고 정군산에 잇닿았으니 걱정할 것 없소. 천탕산은 내 형님 하후덕이 지키니 우리는 거기로 가면 되오."

그들이 밤을 새워 천탕산으로 달려가자 하후덕이 격려했다.

"여기에 군사 10만이 있으니 데리고 가서 영채들을 되찾게."

장합이 반대했다.

"그냥 굳게 지켜야지 함부로 움직여서는 아니 되오."

이때 산 앞에서 징과 북이 요란히 울리며 황충의 군사가 오니 하후덕은 껄껄 웃었다.

"늙은 도적놈이 병법도 모르고 용맹만 믿는구나."

장합이 일깨워주었다.

"황충은 꾀가 많으니 그냥 용맹하기만 한 것이 아니오."

하후덕은 제 생각만 고집했다.

"적이 먼 길을 달려 우리 땅 깊숙이 들어왔으니 바로 꾀가 없는 짓이지!"

"얕보아서는 아니 되오. 굳게 지키는 것이 좋소!"

장합은 신중하기를 바랐으나 한호는 나가 싸우려 했다.

"정예 군사 3000명만 빌려주시면 황충을 사로잡겠습니다."

하후덕이 군사를 내주어 한호는 산에서 내려갔다. 황충이 군사를 정돈해 나아가자 유봉이 말렸다.

"해가 이미 기울었습니다. 군사들이 지쳤으니 잠시 쉬는 편이 좋겠습니다."

황충은 허허 웃었다.

"그렇지 않소. 하늘이 기이한 공로를 내려주는 때이니 받지 않으면 거스르는 것이오."

황충은 북 치고 고함지르며 기세 좋게 나아갔다. 한호가 말을 달려 덤볐으나 황충이 딱 한 번 칼을 휘둘러 말 아래로 떨어뜨렸다. 촉군이 높이 외치며 산 위로 달려가니 장합과 하후상이 마주나왔다. 이때 산 위에서 고함도 요란하게 불빛이 솟구쳐 하후덕이 놀라 달려가니 엄안의 한 칼에 말 아래 주검으로 변해버렸다. 황충이 엄안을 미리 산 위에 매복시킨 것이다.

황충의 군사가 영채에 불을 질러 세찬 불길이 산골짜기를 환하게 비추었다. 하후덕을 벤 엄안이 짓쳐 나오자 장합과 하후상은 앞뒤를 돌보지 못해 천탕산을 버리고 하후연이 있는 정군산으로 달아났다.

황충과 엄안이 천탕산을 얻어 유비가 사람들을 모아 경축하는데 법정이 논했다.

"조조가 한중을 평정하고도 기세를 몰아 촉을 공략하지 않고 하후연과 장합에게 맡기고 돌아간 것은 큰 실수입니다. 장합이 천탕산을 잃었으니 주공께서 대군을 거느리고 정벌하시면 한중을 얻을 수 있습니다. 한중을 얻어 군사를 훈련하며 힘을 기르고 식량을 저장해 틈을 노려 움직이면, 나아가서는 역적을 토벌할 수 있고 물러서서는 스스로 지킬 수 있습니다. 이는 하늘이 내려주는 때이니 놓쳐서는 아니 됩니다."

유비와 제갈량은 옳게 여기고 조운과 장비를 선봉으로 세워 10만 군사를 일으켜, 좋은 날을 골라 한중을 공략하러 나아갔다. 때는 건안 23년(218년) 7월 길일이었다. 대군을 거느리고 가맹관을 나온 유비는 황충과 엄안에게 후한 상을 내리고 특별히 황충을 격려했다.

"사람들은 장군의 연세를 염려했으나 제갈 군사만은 실력을 의심치 않아 오늘 과연 기이한 공로를 세우셨구려. 한중의 정군산은 남정을 지키는 방벽으로 식량과 말먹이 풀을 많이 쌓았으니 그곳을 얻으면 양평 일대는 걱정이 없게 되오. 장군은 정군산까지 공략할 수 있으시겠소?"

황충이 시원스레 응하고 나아가려 하자 제갈량이 급히 말렸다.

"장군은 용맹이 뛰어나지만 하후연은 장합에 비할 바가 아니오. 책략에 깊이 통하고 군사를 쓰는 비결을 아오. 조조는 그를 서량의 울타리로 믿어 장안에서 마맹기를 막게 하고, 한중에 주둔시켰소. 조조가 다른 사람을 내놓고 특별히 그에게 부탁한 것은 그가 진정한 장수의 실력을 지녔기 때문이오. 장군은 장합을 이겼으나 하후연까지 이길 수는 없소. 다른 사람을 보내 형주를 지키게 하고 관 장군을 청해 와야 비로소 맞설 수 있소."

황충은 선뜻 대답했다.

"옛날 염파(廉頗)는 나이 80이 되어서도 쌀 한 말과 고기 열 근을 먹었는데, 제후들은 그의 용맹이 두려워 감히 조나라 경계를 침범하지 못했다 하오. 이 충은 아직 70도 되지 않았소! 군사는 내가 쓸모없다고 하는데, 나는 부장도 쓰지 않고, 직속 군사 3000명만 데리고 가서 하후연의 머리를 얻어 휘하에 바치겠소!"

【전국시대 조의 명장 염파는 만년에 임금이 써주지 않아 다른 나라에 가서 살았다. 후에 진(秦)이 공격하자 조왕은 염파를 부르고 싶었으나, 그가 아직도 군사를 거느릴 수 있는지 의심해 사람을 보내 알아보니 염파를 미워하는 간신이 거짓 보

고를 올리게 했다.

"염 장군이 밥은 잘 먹던데 잠깐 사이에 세 번이나 뒤를 보러 갔습니다."

그래서 조왕이 부르지 않아 염파는 초에 가서 쓸쓸히 죽었다.】

제갈량은 두 번 세 번 허락하지 않았으나 황충이 기어이 가겠다고 하자 조건을 달았다.

"장군이 꼭 가시겠다니 한 사람을 감군으로 보내겠소. 어떠하오?"

이야말로

장수를 청하려면 자극해야 하니
소년은 역시 노인보다 못하구나

황충을 보좌할 감군은 누구일까?

71

손님이 도리어 주인 노릇 한다

[反客爲主반객위주]

고지의 황충은 적 지칠 때 기다리고

한수 지키며 조운은 많은 적 이기다

제갈량이 이름을 밝혔다.

"굳이 가시겠다니 법정을 보내 돕게 하겠소. 무슨 일이든 상의해 움직이시면 뒤에서 지원하겠소."

황충이 법정과 함께 떠나자 제갈량이 유비에게 부탁했다.

"노장은 미리 자극하지 않으면 성공하기 어려운데, 이미 떠났으니 주공께서 지원해주셔야 합니다."

제갈량은 다시 조운을 불렀다.

"군사 한 대를 이끌고 오솔길로 나아가 한승 뒤를 받쳐주시오. 그가 이기면 돕지 말고 패하면 바로 구해주시오."

유봉과 맹달에게도 분부했다.

"3000명 군사를 이끌고 가서 산속 험한 곳들에 깃발을 많이 세우고 군사 형세를 부풀려 적이 놀라도록 만들게."

하변의 마초에게도 사람을 보내 계책에 따라 움직이게 했다. 엄안을 보내 낭중을 지키게 하고 장비와 위연을 불러 한중을 치게 했다.

싸움에 패한 장합과 하후상이 하후연에게 호소했다.

“유비가 직접 군사를 이끌고 한중을 치러 온답니다. 위왕께 아뢰시어 하루 빨리 정예 군사와 용맹한 장수를 보내 막도록 하십시오.”

하후연이 곧바로 조홍에게 알리고, 조홍이 급히 허도에 보고해, 조조가 깜짝 놀라 사람들과 한중 구할 일을 상의하니 장사 유엽이 권했다.

“한중을 잃으면 중원이 놀라 흔들리니 대왕께서 친히 가서 정벌하셔야 합니다.”

조조는 스스로 뉘우쳤다.

“한스럽게도 그때 경의 말을 듣지 않아 이렇게 되었소.”

조조가 급히 40만 군사를 일으켜 정벌을 떠나니 때는 건안 23년(218년) 7월 말이었다. 군사를 세 길로 나누어 선두는 하후돈이 맡고, 조조는 몸소 중군을 거느리며, 조휴에게 뒤를 감독하게 했다.

금 안장을 얹은 백마에 오른 조조는 옥띠를 두르고 비단옷을 입었다. 무사들이 둘레에 금박을 두른 엄청나게 크고 붉은 비단 해 가리개를 들고, 좌우 사람들이 금과와 은도끼를 들었으며 봉과 과, 긴 창을 늘여 세우고 천자의 수레를 벌여 세웠는데, 해와 달, 용과 봉황이 그려진 깃발들이 펄럭였다. 위왕 행차를 호위하는 용호관군이 2만 5000명이나 되어 5000명씩 다섯 대로 나누고, 파랗고 노랗고 붉고 희고 검은 색으로 차이를 밝혀, 대마다 깃발과 갑옷, 말들이 모두 같은 색이니 참으로 찬란하고 지극히 웅장했다.

군사가 동관을 나와 조조가 말 위에서 바라보니 무성한 숲이 보여 물었다.

“이곳은 어디냐?”

따르는 자들이 대답했다.

"남전입니다. 숲속 나무 사이로 보이는 집이 채옹의 장원인데 딸 채염(蔡琰)과 사위 동사(董祀)가 삽니다."

조조는 전에 채옹과 사이가 좋았다. 그 딸 채염이 위중도라는 사람에게 시집갔다가 북방에 잡혀가 오랑캐의 아내가 되어 아들 둘을 낳았다. 그녀가 지은 거문고 곡 '호가십팔박'이 중원으로 전해지자 조조가 몹시 가엾게 여겨, 사람을 보내 천금을 주고 사서 자유로운 몸이 되게 했다. 흉노 좌현왕이 조조의 세력이 무서워 채염을 돌려보내니 조조는 둔전도위로 있는 동사와 짝을 지어 준 것이다.

장원 앞에 이른 조조는 채옹이 떠올라 군사들에게 먼저 가도록 이르고, 가까이 따르는 100여 명만 데리고 문 앞에서 말을 내렸다. 동사는 벼슬을 살러 나가고 채염만 집에 있다가 급히 나와 맞이했다.

조조가 대청으로 들어가자 채염이 문안을 올리고 옆에 모시고 섰는데, 벽에 걸린 그림이 눈에 들어와 자리에서 일어나 눈여겨보니 비석 글을 떠온 탁본(拓本)이었다. 내력을 묻자 채염이 대답했다.

"이것은 조아(曹娥)의 비석입니다. 옛날 한나라 순제 때 상우에 조우(曹盱)라는 무당이 있어 너풀너풀 춤을 추어 신을 즐겁게 해줄 줄을 알았는데, 5월 5일 술에 취해 배 안에서 춤을 추다 강에 빠져 죽고 말았습니다. 그때 열네 살 된 딸 조아가 일곱 낮 일곱 밤을 강을 돌며 슬피 울다 파도 속에 뛰어들었습니다. 닷새 후 딸은 아버지 주검을 등에 지고 강물에 떠올라 마을 사람들이 묻어주었습니다. 뒷날 상우 현령 도상이 그 일을 아뢰어 조정에서 효녀로 표창하니 도상은 한단순(邯鄲淳)을 시켜 글을 짓고 비석에 새겨 기념하도록 했습니다. 그때 한단순은 나이 겨우 열세 살이었는데 한 군데도 고치거나 지우지 않고 붓을 휘둘러 단숨에 글을 지어 돌무덤 곁에 세우니 사람들이 매우 기이하게 여겼습니다. 제 아비 채옹이 소문을 듣고 가서 볼 때 날이 이미 저물어 어둠 속에서 손으로 비문을 더듬어 읽고는 붓을 얻어 비석 뒷면에 큼직하게 여덟 글자를 썼더니 후에 사람들이 그것도 돌에 새겼습니다."

조조가 여덟 글자를 읽어보았다.

"황견유부(黃絹幼婦), 외손제구(外孫虀臼)라."

알쏭달쏭한 글이라 채염에게 물었다.

"이 뜻을 아느냐?"

"돌아간 아비가 남긴 글이지만 저는 그 뜻을 풀지 못합니다."

조조는 따라온 모사들을 돌아보았다.

"자네들은 풀이했는가?"

사람들이 모두 대답하지 못하는데 한 사람이 나섰다.

"저는 이미 그 뜻을 풀었습니다."

주부 양수였다. 양수는 그때 재물과 식량을 담당하면서 군사 계책을 정하는 일에도 참여했다.

"경은 잠시 말하지 말게. 내가 궁리해보도록."

조조는 채염과 작별하고 무리를 이끌고 장원에서 나왔다. 말에 올라 얼마쯤 가다 불현듯 깨달은 조조는 웃으며 양수에게 말했다.

"경이 어디 말해보게."

"이것은 수수께끼입니다. 황견이란 곧 빛깔이 있는 얇은 비단입니다. 빛깔이라는 색(色) 곁에 비단이라는 사(絲)를 붙이면 절(絕) 자가 됩니다. 유부란 젊은 여자이니 곧 소녀입니다. 여(女) 자 곁에 소(少) 자를 붙이면 묘(妙) 자가 이루어집니다. 외손은 곧 딸의 아들이니 딸 여(女) 자 곁에 아들 자(子) 자를 붙이면 호(好) 자가 생깁니다. 제구는 절구로 갖가지 매운 것을 받는 그릇이니 받을 수(受) 자 곁에 매울 신(辛) 자를 붙이면 사(辭)와 뜻이 같은 자가 됩니다. 모두 합치면 '절묘호사' 네 글자가 되니, 참으로 좋은 글이라는 뜻입니다."

"바로 내 생각과 똑같네."

사람들은 모두 양수의 빠른 판단에 감탄하며 부러워했다.

며칠 후 대군이 남정에 이르러 조홍이 장합의 일을 자세히 이야기하자 조조가 말했다.

"장합 죄가 아니다. 이기고 지는 것은 싸움하는 사람들이 늘 겪는 일이지."

조홍이 말했다.

"지금 유비가 황충을 보내 정군산을 치는데 하후연은 대왕의 군사가 오는 것을 알고 단단히 지키면서 나가 싸우지 않습니다."

"나가 싸우지 않으면 나약함을 보이는 노릇이다."

조조가 한마디 하더니 절을 든 사람을 정군산으로 보내 하후연에게 나가 싸우게 하자 유엽이 충고했다.

"하후연은 성격이 너무 강해 간사한 계책에 걸리지 않을까 두렵습니다."

조조는 친필로 글을 써서 하후연에게 보냈다.

'무릇 장수가 된 사람은 강함과 부드러움을 아울러야지 용맹만 믿어서는 아니 되네. 장수라면 용맹을 근본으로 하지만 움직일 때는 슬기로운 계책을 써야 하니, 만약 용맹만 떨친다면 한낱 어리석은 사내의 적수나 될 뿐일세. 내가 지금 대군을 남정에 주둔하고 경의 묘한 재주[妙才묘재]를 보려 하니 그 두 글자에 욕되지 않도록 하게.'

【묘한 재주라는 뜻의 묘재는 하후연의 자이기도 하니 칭찬과 충고를 곁들인 조조다운 글이었다.】

하후연은 글을 읽고 매우 기뻐 장합과 상의했다.

"위왕께서 대군을 거느리고 남정에 주둔해 유비를 토벌하려 하시는데 나와 자네가 오랫동안 이 땅을 지키기만 해서야 어찌 공로를 세우고 업적을 쌓을 수 있겠나? 내일 내가 나가 황충을 사로잡겠네."

장합이 말렸다.

"황충은 꾀와 용맹을 아울러 갖추었고 법정까지 도우니 얕보아서는 아니 됩니다. 여기는 산길이 험준하니 다만 굳게 지키는 것이 좋습니다."

"만약 다른 사람이 공을 세우면 나와 자네가 무슨 얼굴로 위왕을 뵙겠는가? 자네는 그냥 산을 지키게. 내가 나가 싸우겠네."

하후연은 명령을 내렸다.

"누가 감히 나아가 정탐하면서 적을 유인하겠는가?"

하후상이 가겠다고 나섰다.

"정탐하러 가서 황충과 싸우면 져야지 이겨서는 아니 된다. 나에게 묘책이 있으니 내 말에 따라 움직여라."

명령을 받든 하후상은 3000명 군사를 이끌고 정군산을 나갔다.

그동안 황충은 법정과 함께 정군산 어귀에서 거듭 싸움을 걸었으나 하후연은 굳게 지키기만 하고 나오지 않았다. 정군산 안으로 쳐들어가려니 산길이 험해 움직이지 못하는데 별안간 소식이 왔다.

"산 위에서 조조 군사가 내려와 싸움을 겁니다."

황충이 나가려 하자 부하 진식(陳式)이 나섰다.

"장군께서는 움직이지 마십시오. 제가 나가 막겠습니다."

진식이 1000명 군사를 이끌고 나가 하후상과 맞붙으니 그가 못 견디는 척 달아나 진식이 쫓아갔다. 산 위에서 나무가 굴러 내리고 돌덩이가 날아와 더 쫓아갈 수 없어 군사를 돌리는데, 하후연이 대군을 이끌고 달려와 냉큼 사로잡아 영채로 끌고 갔다. 군졸들은 항복하는 자가 많았다. 도망쳐온 자들이 보고하자 법정이 계책을 냈다.

"하후연은 사람됨이 가볍고 난폭해, 용맹만 믿고 꾀가 적습니다. 군사를 격려해 영채를 뽑고 나아가되, 걸음걸음 다시 영채를 짓고 하후연을 꾀어와 싸우게 하면 됩니다. '손님이 도리어 주인 노릇 한다'는 법이지요."

황충이 재물을 모두 털어 삼군에 상을 주니 즐거운 외침이 골짜기에 울려 퍼지며 장졸들은 죽기를 무릅쓰고 싸우겠다고 나섰다. 황충은 영채를 뽑고 나아가 중간중간 영채를 세워 하루 이틀 들어있다 또 나아가 영채를 세웠다. 하후연이 소식을 듣고 나가 싸우려 하자 장합이 말렸다.

"이것은 '손님이 도리어 주인 노릇을 한다'는 계책이니 나가 싸워서는 아니 됩니다. 싸우면 손실을 봅니다."

하후연이 듣지 않고 하후상에게 수천 군사를 이끌고 나가 싸우게 하니 단숨에 황충의 영채까지 달려갔다. 황충이 맞이하자 어느새 손을 뻗어 하후상을 사로잡아 영채로 끌고 갔다. 군사들이 돌아가 보고하니 하후연은 급히 사람을 보내 진식과 하후상을 바꾸자고 제의했다. 황충은 다음날 진 앞에서 바꾸기로 약속했다.

이튿날 양쪽 군사가 산골짜기에 진을 치고 황충과 하후연이 진문 앞에 말을 세우니, 각기 하후상과 진식을 데리고 나왔다. 사로잡힌 장수들에게는 전포와 갑옷을 주지 않고 몸이나 가리는 얇은 옷을 입혔는데, 북이 울리자 각자 자기편 진을 향해 달려갔다. 하후상이 진문 앞에 다다르는데 황충이 화살을 날려 그의 등에 꽂혔다.

하후연이 길길이 화를 내며 급히 말을 몰아 황충에게 덤벼들었다. 바로 황충이 바라던 바였으니 그의 화를 돋우어 싸우게 하려고 화살을 날린 것이다. 두 장수가 말을 어울려 부딪치기가 20여 합에 이르는데, 위군 진에서 별안간 징을 울려 군사를 거두었다. 하후연은 급히 말을 돌려 진으로 돌아가 물었다.

"어찌하여 징을 울렸느냐?"

"산의 움푹한 곳에 촉군 깃발들이 보이니 매복이 있지 않나 두려워 급히 돌아오시게 했습니다."

하후연이 그 말을 믿고 굳게 지키며 나오지 않자 황충은 군사를 휘몰아 정군산 아래까지 다가갔다. 법정이 손을 들어 가리켰다.

"정군산 서쪽에 산이 하나 우뚝 솟았는데 사면이 모두 험합니다. 이 산 위에서는 정군산의 허실을 굽어보기에 넉넉하니 장군이 이 산을 차지하면 정군산은 바로 우리 손바닥에 들어오게 됩니다."

황충이 자세히 살펴보니 조금 평평한 산꼭대기에 얼마 안 되는 군사가 지키고 있었다. 그날 밤 황충이 군사를 이끌고 징과 북을 두드리며 산꼭대기로 쳐 올라가자 하후연의 부하 두습(杜襲)은 겨우 수백 명을 이끌고 지키다 산을 버리고 달아났다. 황충이 산꼭대기를 얻으니 바로 정군산과 마주하게 되어 법정이 제안했다.

"장군은 중턱에 주둔하시지요. 이 몸이 산 위에서 지키다 하후연의 군사가 오기를 기다려 흰 깃발을 들면 장군은 군사를 움직이지 마십시오. 군사들 기세가 풀리는 게 보이면 붉은 깃발을 들 테니 바로 산을 내려가 치십시오. 우리가 편안히 앉아 그들이 지치기를 기다리면 반드시 이깁니다."

황충은 대단히 기뻐 계책에 따랐다.

두습이 도망쳐 큰 영채로 돌아가 황충에게 산을 빼앗겼다고 보고하자 하후연은 크게 노해 싸우러 나가려 했다. 장합이 말렸다.

"이건 법정의 꾀입니다. 나가셔서는 아니 되니 굳게 지키기만 하셔야 합니다."

"적이 맞은편 산을 차지하고 내 허실을 굽어보는데 어찌 나가 싸우지 않겠소?"

장합의 만류를 뿌리치고 하후연이 나가 군사를 나누어 맞은편 산을 에워싸고 욕을 퍼부으며 싸움을 걸자 법정이 산 위에서 흰 깃발을 휘둘렀다. 하후연의 군사가 온갖 욕을 퍼부어도 황충은 들었는지 말았는지 전혀 움직이지 않았다. 한낮이 지나 산 위에서 법정이 살펴보니 하후연의 군사는 지치고 맥이 풀려 날카로운 기세가 사라지고 말에서 내려 쉬는 자들이 많아, 붉은 깃발을 휘둘렀다.

북과 나팔을 일제히 울리며 고함도 요란하게 황충이 말을 몰아 산비탈을 달려 내려가자 하늘이 무너지고 성벽이 넘어지는 듯 기세가 맹렬했다. 하후연이 놀라 미처 손도 놀리지 못하는데 황충이 벌써 지휘 깃발 아래로 쳐들어가 버럭 호통치니 하후연은 변변히 맞서보지도 못하고 황충이 휘두른 칼에 머리와 어깨가 비스듬히 잘리고 말았다.

황충이 단칼에 하후연을 베어버리자 조조 군사는 크게 흐트러져 제각기 목숨을 건지려고 달아났다. 황충이 기세를 몰아 정군산을 빼앗으러 달려가자 장합이 군사를 이끌고 나오는데 황충과 진식이 앞뒤로 협공해 한바탕 어지러운 싸움이 벌어졌다. 장합이 견디지 못해 달아나는데 별안간 산 옆에서 군사 한 떼가 가로막았다.

"상산의 조자룡이 여기 있다!"

장합이 깜짝 놀라 정군산을 향해 달아나자 앞에서 또 군사 한 대가 나타나 앞장선 장수 두습이 외쳤다.

"정군산은 유봉과 맹달에게 빼앗겼습니다."

두 번 놀란 장합이 두습과 함께 패잔군을 이끌고 한수로 달려가 영채를 세우고 급히 보고하니 조조는 하후연이 죽었다는 소식에 목 놓아 울었다. 그제야 관로의 말을 깨달았다.

'3과 8이 가로세로로 누비면 누런 돼지가 호랑이를 만나고, 정군 남쪽에서

하후연은 순식간에 황충의 칼에 맞아 ▶

黃忠力斬夏侯淵
乙酉春秉生畫

다리 하나가 부러집니다.'

3과 8이 가로세로로 누비면 곱하여 24가 되니 건안 24년을 가리키고, 누런 돼지가 호랑이를 만난다는 것은 이 해가 돼지 해이고, 정월은 호랑이 달이니 이때 일이 생긴다는 뜻이었다. 다리 하나가 부러지는 것은 하후연이 조조의 집안 형제이므로 팔다리[手足수족]의 관계가 있기 때문이었다. 조조가 사람을 보내 관로를 찾았으나 어디로 갔는지 알 수 없었다.

조조가 황충이 몹시 원망스러워 친히 대군을 거느리고 정군산으로 달려가 원수를 갚으려 했다. 서황이 선봉이 되어 대군이 한수에 이르자 장합과 두습이 맞이했다.

"정군산을 잃었으니 먼저 미창산의 식량과 말먹이 풀을 북산 영채로 옮긴 뒤에 나아가는 것이 좋습니다."

조조가 그 말을 받아들였다.

황충이 하후연의 머리를 들고 가맹관으로 달려가자 유비는 대단히 기뻐 황충의 벼슬을 정서대장군으로 높이고 잔치를 베풀어 축하하는데 부장 장저가 보고했다.

"조조가 20만 대군을 거느리고 하후연의 복수를 하러 와서 장합이 미창산의 식량과 말먹이 풀을 한수 북산 기슭으로 옮깁니다."

제갈량이 분석했다.

"조조가 대군을 이끌고 왔는데 식량과 말먹이 풀이 모자랄까 두려워 군사를 멈추고 나오지 않으니, 누군가 그 안으로 깊이 들어가 적의 식량과 말먹이 풀을 불태우고 군수품을 빼앗으면 조조 군사의 기세가 꺾입니다."

황충이 얼른 나섰다.

"이 늙은이가 그 일을 맡고 싶소."

“조조는 하후연에 비길 바가 아니니 얕보아서는 아니 되오.”

제갈량이 말리자 유비도 거들었다.

“하후연은 높은 장수지만 용맹만 지닌 사내일 뿐이니 어찌 장합에 미치겠소? 만약 장합을 베면 하후연을 죽인 것보다 열 배는 낫소.”

황충이 선뜻 장담했다.

“내가 그 목을 베겠소이다!”

제갈량이 권했다.

“조자룡과 함께 군사 한 대씩 거느리고 가서 무슨 일이든 상의해 움직이면서 누가 먼저 공로를 세우나 보시지요.”

황충이 응하고 조운과 함께 떠나자 제갈량은 장저를 부장으로 삼아 같이 가게 했다. 조운이 황충에게 물었다.

“조조의 20만 무리가 영채 열 개에 나누어 주둔했소이다. 장군이 그곳에 가서 식량을 빼앗겠다고 주공에게 약속했으니 보통 일이 아닌데 어떤 계책을 쓰려 하시오?”

황충이 그 말에는 대답하지 않고 물었다.

“내가 먼저 가면 어떠하오?”

조운도 굽히지 않았다.

“내가 먼저 가겠소이다.”

“나는 주장이고 공은 부장인데 어찌 먼저 가겠다고 다투오?”

“나도 장군과 마찬가지로 주공을 위해 힘을 내는데 서로 따질 게 무엇입니까? 두 사람이 제비를 뽑아 먼저 가기로 하시지요.”

조운의 말이 괜찮아 제비를 뽑으니 황충이 먼저 가게 되어 조운이 약속했다.

“장군이 먼저 가시게 되었으니 이 몸이 도와드리리다. 시간을 정해 장군이 돌아오면 영채의 군사를 움직이지 않고, 시간이 지나면 지원하겠소이다.”

정오로 시간을 정하고 조운은 영채로 돌아와 부장 장익에게 말했다.

"내일 황한승이 식량과 말먹이 풀을 빼앗으러 가는데 정오까지 돌아오지 않으면 내가 가서 도와주어야 하네. 우리 영채 앞은 한수이고 지세가 위험하니, 내가 가면 조심스레 영채를 지키며 가볍게 움직이지 말아야 하네."

황충은 영채로 돌아가 부장 장저에게 지시했다.

"내가 하후연을 베어 장합은 넋을 잃었네. 나는 내일 명령을 받들고 식량과 말먹이 풀을 빼앗으러 가는데 500명 군사만 남겨 영채를 지키게 하고 자네는 나를 돕게. 새벽 동트기 전에 배불리 먹고 영채를 떠나 북산 기슭으로 달려가 먼저 장합을 사로잡고 식량과 말먹이 풀을 빼앗도록 하세."

새벽에 황충이 군사를 거느리고 앞서가고 장저가 뒤따라 가만히 한수를 건너 곧바로 북산 아래에 이르렀다. 동녘에 해가 올라오자 산처럼 쌓인 군량이 보이는데 얼마 안 되는 군사가 지키고 있다 촉군을 보자 달아났다. 황충이 기병들에게 명해 말에서 내려 군량 더미 위에 장작을 쌓고 불을 지르려 하는데 장합의 군사가 이르러 한 덩이가 되어 싸웠다. 조조가 듣고 급히 서황을 보내 황충을 에워쌌다.

영채에서 기다리던 조운은 정오가 되어도 황충이 돌아오지 않자 3000명 군사를 이끌고 급히 구하러 가며 장익에게 당부했다.

"영채를 굳게 지키고 활과 쇠뇌를 많이 배치해 대비하게."

조운이 창을 꼬나 들고 말을 다그쳐 달려가는데 장수 하나가 길을 가로막으니 문빙의 부하 모용열이었다. 그가 달려들자 조운이 한 창 콱 찌르니 곧바로 말 아래로 떨어졌다. 조운이 달려가는데 또 군사가 가로막으니 장수는 뾰족한 날이 셋인 삼첨도를 쓰는 초병이었다. 조운이 호통쳤다.

"촉군은 어디 있느냐?"

"남김없이 죽였다!"

조운이 크게 노해 또 한 창에 찔러죽이고 군사를 흩어버렸다. 그 길로 북산 아래로 달려가니 촉군은 장합과 서황에게 에워싸여 곤경에 빠진 지 오래였다.

조운이 호통치며 겹겹의 포위 속으로 뛰어들어 왼쪽, 오른쪽을 질풍같이 무찌르니 사람 하나 없는 곳을 오가는 듯했다. 그의 창이 몸 아래위로 움직이자 하얀 배꽃이 춤추는 듯하고, 몸을 감돌아 나왔다가 들어가니 풍년을 알리는 흰 눈송이가 흩날리는 듯했다. 장합과 서황은 염통이 떨리고 간이 오그라들어 감히 맞서지 못했다. 조운이 조조 군사를 물리치고 황충을 구해 돌아가는데 막을 사람이 없었다.

조조가 높은 곳에서 바라보고 놀라 장수들에게 물었다.

"저 장수가 누구인가?"

"상산의 조자룡입니다."

"옛날 당양 장판 언덕의 영웅이 아직 살아 있단 말이냐!"

조조가 한마디 던지더니 전군에 명령을 내렸다.

"조운이 가는 곳마다 가볍게 맞서서는 아니 된다."

황충을 구한 조운이 군사를 이끌고 포위를 뚫고 나오는데 군졸이 가리켰다.

"동남쪽에 에워싸인 사람은 틀림없이 부장 장저입니다."

조운은 영채로 돌아가지 않고 다시 동남쪽으로 쳐들어갔다. 가는 곳마다 '상산 조운'이라 쓰인 깃발이 보이기만 하면 옛날 당양 장판 언덕에서 용맹을 알게 된 자들이 서로 말을 전해 모두 빼소니쳐, 조운은 장저도 구해냈다.

조조가 바라보니 조운이 좌우로 맹렬히 움직이자 가는 곳마다 길이 훤히 열리며 누구도 감히 맞서 싸우지 못해, 황충을 구하고 장저까지 살려내니 크게 노해 친히 장졸들을 이끌고 쫓아갔다.

조운은 이미 영채에 이르렀는데, 장익이 맞이해 바라보니 뒤에서 먼지를 일으키며 조조 군사가 쫓아왔다.

"추격 군사가 따르니 영채 문을 닫고 적루에 올라 막으십시오."

조운이 호통쳤다.

"영채 문을 닫지 말게! 자네가 어찌 모르는가? 내가 옛날 당양 장판 언덕에서 창 한 자루, 말 한 필로도 조조의 100만 대군을 지푸라기로 알았네! 지금은 군사를 거느리고 장수들도 있는데 무엇이 두렵겠는가?"

조운은 활잡이, 쇠뇌잡이들을 영채 밖 해자 속에 매복시키고, 영채 안의 깃발과 창은 모두 눕히며 징과 북도 울리지 못하게 하고, 홀로 창 한 자루를 들고 영채 앞에 말을 세웠다.

장합과 서황이 촉군 영채에 이르렀을 때는 날이 이미 저물었다. 영채에는 깃발이 세워지지 않고 북소리도 들리지 않는데, 조운이 홀로 창을 들고 영채 앞에 말을 세우고 문이 활짝 열려 있어 감히 나아가지 못했다.

두 장수가 의심하는데 조조가 친히 이르러 급히 군사를 재촉해 내몰자 군사들이 '와!' 고함치며 영채 앞으로 달려갔다. 그런데도 조운이 끄떡도 하지 않자 군사들이 겁이 나서 몸을 돌리는데, 조운이 창을 뒤로 돌렸다가 앞을 가리키니 해자 속에서 활과 쇠뇌가 일제히 살을 날렸다. 날이 어두워 군사의 수를 알 수 없어 조조가 먼저 말 머리를 돌려 달아났다.

뒤에서 고함이 요란하게 울리고 북과 나팔이 일제히 소리를 내며 조운의 군사가 쫓아가자 조조 군사는 서로 짓밟고 밀치며 한수에 빠져 죽은 자가 얼마인지 헤아릴 수 없었다. 조운과 황충, 장저가 바짝 쫓으며 무찔렀다.

조조가 달아나는데 유봉과 맹달의 군사가 산길로 달려가 미창산의 군량과 말먹이 풀을 불태우니 조조는 북산의 군량과 말먹이 풀도 버리고 부랴부랴 남정으로 돌아가고, 서황과 장합도 버티지 못해 영채를 버리고 달아났다.

조운은 조조의 영채를 차지하고 황충은 군량과 말먹이 풀을 모두 빼앗았다. 한수에서 얻은 병기는 또 얼마나 많은지 헤아릴 수 없었다. 장수들이 완벽한 승리를 거두자 유비는 제갈량과 함께 한수로 와서 높은 곳에 올라 멀리 바라보며 조운의 군사에게 물었다.

"자룡이 어떻게 싸웠느냐?"

조운이 황충을 구하고 한수를 막은 일을 군사들이 자세히 이야기하자 유비는 크게 기뻐 산 앞뒤의 험하고 가파른 길을 살펴보고 제갈량에게 찬탄했다.

"자룡은 온몸이 간덩이로구려!"

유비는 조운을 호랑이 같은 위엄을 지녔다 하여 호위장군이라 부르고, 큰 잔치를 베풀어 날이 저물 때까지 장졸들을 위로했다.

별안간 조조가 다시 대군을 보내 야곡 오솔길로 나와 한수를 치러 온다는 보고가 들어왔다. 야곡은 긴 골짜기로 포곡까지 가는 길이 있어 한중과 촉을 이어주는 중요한 통로였다. 유비가 웃었다.

"조조가 이번에는 별 볼 일 없을 것이니 우리가 반드시 한수를 얻을 수 있소."

유비는 한수 서쪽에서 조조 군사를 맞이했다. 조조가 서황을 선봉으로 세워 결전을 벌이려 하는데 장막 앞에서 한 사람이 나섰다.

"제가 지리를 잘 아니 서 장군과 함께 가서 촉을 깨뜨리겠습니다."

파서군 탕거현 사람 왕평(王平)인데 자는 자균(子均)으로 하급 장수로 있었다. 조조는 왕평을 부선봉으로 임명해 서황을 돕게 하고 정군산 북쪽에 주둔했다. 서황이 한수에 이르러 물을 건너 영채를 세우게 하자 왕평이 물었다.

"군사가 물을 건넜다가 급히 물러서게 되면 어찌하시겠습니까?"

"옛날에 한신이 물을 등지고 진을 쳤으니, 이른바 '죽을 땅에 내놓으면 그 뒤에 살아난다[致之死地而後生치지사지이후생]'는 것일세."

【한신은 조나라와 싸울 때 일부러 물을 등지고 싸우다 적에 밀려 물가에 이르렀다. 적에게 죽지 않으면 물에 빠져 죽을 판이 되자 군사들은 힘을 떨쳐 적군을 깨뜨렸다. 이른바 '배수진(背水陣)'의 유명한 성공 사례였다. 사람들이 탄복하자 한신

이 설명했다.

"병법에 '죽을 땅에 내놓으면 그 뒤에 살아나고, 망할 땅에 빠트리면 그 뒤에 생존한다'고 했으니 물 앞에 진을 쳐서 군사들이 싸울 수밖에 없게 했소. 그렇지 않으면 군졸들이 달아날 테니 어찌 이기겠소?"】

왕평은 아는 글자가 열 개를 넘지 않았으나 싸움에서 잔뼈가 굵어 나름대로 안목을 갖추었다.

"그렇지 않습니다. 옛날에 한신은 적이 꾀가 없는 것을 헤아려 이 계책을 썼는데, 장군은 조운과 황충의 뜻을 짐작하실 수 있습니까?"

왕평이 말렸으나 서황은 자신만만했다.

"자네는 보병을 이끌고 적을 막으며 내가 기병을 거느리고 적을 깨뜨리는 것이나 구경하게."

그는 부교를 만들게 하더니 강을 건너 촉군과 싸우러 갔다.

이야말로

위의 사람 어림없이 한신 본받는데
촉의 승상 자방일 줄 어찌 알았으랴

서황은 과연 이길 수 있을까?

72

먹자니 귀찮고 버리자니 아깝고

[鷄肋계륵]

제갈량 슬기롭게 한중 차지하고

조아만은 야곡으로 군사 물리다

왕평이 애써 말렸으나 서황이 굳이 한수를 건너 영채를 세우자 황충과 조운이 유비에게 청했다.

"저희가 조조 군사를 맞이하겠습니다."

유비가 승낙해 두 사람이 나아가며 황충이 제안했다.

"서황이 용맹을 믿고 왔으니 잠시 그와 맞서지 마오. 날이 저물어 군사들이 지치기를 기다려 두 길로 나누어 들이치면 되오."

조운이 옳게 여겨 군사를 이끌고 영채를 지켰다. 서황이 새벽부터 싸움을 거는데 오후가 되어도 촉군이 움직이지 않으니 기다리다 못해 활잡이와 쇠뇌 군사들을 내보내 촉군 영채로 살을 날렸다. 황충이 이미 헤아린 바였다.

"화살을 다 쏘면 물러설 테니 그때 치면 되오."

이윽고 서황의 후대가 물러서자 촉군 영채에서 북소리도 요란하게 황충과 조운이 달려나가 양쪽에서 들이쳐 서황은 크게 패했다. 촉군에 밀려 한수에 빠져 죽은 자를 헤아릴 수 없었다. 서황은 죽기로써 몸을 빼 영채로 돌아가 왕평에게 호통쳤다.

"내가 위급한 것을 보면서도 어찌 구하지 않았느냐?"

"장군을 구하러 갔으면 영채를 지키지 못했을 것입니다. 제가 그렇게 말렸는데도 장군이 들으시지 않아서 지고 말았습니다."

서황이 크게 노해 죽이려 하자 왕평은 그날 밤 군사를 이끌고 영채에 불을 질렀다. 군사들이 어지러워지자 서황은 영채를 버리고 달아났다. 왕평이 한수를 건너 조운을 찾아가니 조운은 유비에게 데려갔다. 왕평이 한수의 지리를 소상하게 설명하자 유비는 크게 기뻐했다.

"내가 왕자균을 얻었으니 한중을 손에 넣을 수 있겠소."

왕평을 편장군으로 임명하고 길잡이를 겸하게 했다.

달아난 서황은 조조 영채로 돌아갔다.

"왕평이 반란을 꾀해 유비에게 항복했습니다!"

조조가 크게 노해 대군을 거느리고 한수 영채를 빼앗으러 가자 조운은 외로운 군사로 버티기 어려울까 걱정해 한수 서쪽으로 물러갔다. 양쪽은 물을 사이에 두고 대치했다.

유비와 제갈량이 지형을 살펴보는데, 한수 상류에 쭉 뻗어 나간 흙산이 있어 1000여 명은 넉넉히 매복시킬 수 있었다. 제갈량은 영채로 돌아와 조운을 불렀다.

"500명을 이끌어 북과 나팔을 지니고 흙산 아래에 매복하시오. 황혼이나 한밤중에 우리 영채에서 신호포가 울리면 한바탕 북과 나팔을 울리고, 나가 싸우지는 마시오."

조운이 떠나자 제갈량은 높은 산에 올라 가만히 조조 영채를 엿보았다.

이튿날 조조 군사가 다가와 싸움을 걸었으나 촉군 영채에서는 한 사람도 나오지 않고 활과 쇠뇌도 살을 날리지 않았다. 조조 군사가 허탕치고 돌아가 밤에 영채에서 자는데 별안간 신호포가 터지면서 북과 나팔이 일제히 울려 깜짝 놀랐다. 촉군이 영채를 습격하는 줄 알고 황급히 뛰쳐나오니 군사 하나 보이지 않아 다시 영채로 돌아가 쉬는데, 또 신호포가 터지고 북과 나팔이 울리며 고함이 땅을 흔들었다.

조조 군사는 밤새 불안했다. 연이어 사흘 밤을 이렇게 놀라고 의심하게 하자 조조는 영채를 뽑아 30리 물러서서 널찍한 빈터에 다시 세웠다. 제갈량이 웃었다.

"조조는 비록 병법을 알지만 교활한 계책을 모릅니다."

제갈량이 한수를 건너 물을 등지고 영채를 세우자 조조가 싸움을 거는 전서를 보내왔다. 제갈량은 다음날 결전을 벌이자고 회답했다.

이튿날 양쪽 군사가 오계산 앞에 진을 치고 조조가 말을 타고 나와 진문 앞에 멈추어 서니 용과 봉황을 그린 깃발들이 양쪽으로 늘어섰다. 한 통에 333번씩 북을 세 통 두드린 뒤 조조가 불러 유비가 장수들을 거느리고 나가자 조조가 말채찍을 들고 욕을 퍼부었다.

"유비야, 은혜를 모르고 의리도 없이 조정을 배반한 도적놈아!"

유비가 대꾸했다.

"나는 대한의 종친으로서 조서를 받들고 역적을 토벌한다. 너는 황후를 시해하고 왕이 되어 외람되이 천자의 수레를 타니 반란이 아니고 무엇이냐?"

조조가 분노해 서황을 내보내니 유봉이 맞이하고 유비는 진으로 들어갔다. 유봉이 서황을 당할 수 없어 말을 돌려 달아나자 조조가 명령을 내렸다.

"유비를 잡는 자는 서천 주인이 된다!"

대군이 고함치며 촉군 진으로 달려가자 촉군은 한수를 향해 달아나면서 영채를 버려 물건과 말이 길에 잔뜩 널렸다. 조조 군사가 앞다투어 말을 빼앗고 물건을 줍자 조조가 급히 징을 울려 군사를 거두었다. 장수들이 물었다.

"저희가 곧 유비를 잡으려 하는데 어찌하여 군사를 거두셨습니까?"

"촉군이 한수를 등지고 영채를 세웠으니 첫째로 의심스러운 일이고, 말과 물건을 많이 내버리니 둘째로 의심스러운 일일세. 급히 군사를 물리고 물건을 줍지 말게."

조조가 명령을 내렸다.

"물건을 함부로 줍는 자는 당장 목을 칠 것이다."

조조 군사가 막 뒤돌아서는데 제갈량의 신호기가 올라가자 유비가 군사를 되돌려 달려오고 황충과 조운이 양쪽에서 덮쳤다. 조조 군사가 크게 흐트러져 달아나자 제갈량은 밤새 쫓아갔다. 한수에서 밀린 조조가 남정을 향해 달아나는데 다섯 갈래 길에 모두 불이 일어났다. 엄안이 낭중을 지키자 장비와 위연이 달려와 먼저 남정을 얻은 것이다. 조조가 놀라 다시 양평관을 향해 달아나자 유비는 대군을 거느리고 남정 포주까지 쫓아가 백성을 안정시키고 제갈량에게 물었다.

"조조가 이번에는 어찌 이처럼 빨리 패했소?"

"조조는 평생 의심이 많습니다. 군사를 아무리 잘 부려도 의심이 많으면 패하기 쉽습니다. 그에게 의심을 자아내게 하는 군사를 설치해 이겼습니다."

유비가 또 물었다.

"조조가 형세가 외로워졌는데, 어떤 계책으로 물리치려 하오?"

"벌써 다 헤아렸습니다."

제갈량은 장비와 위연에게 군사를 나누어 조조의 군량 길을 끊게 하고, 황충과 조운에게 나아가 산에 불을 지르게 했다. 조조는 양평관으로 물러가 군사들을 내보내 정탐했다.

"촉군이 멀고 가까운 곳의 오솔길을 모두 막고 땔나무를 할 산을 모조리 불을 질러 태워버렸는데, 군사는 어디 있는지 모르겠습니다."

조조가 의심이 많아지는데 또 보고가 들어왔다.

"장비와 위연이 군사를 나누어 군량을 빼앗으러 옵니다."

누가 장비를 막겠느냐고 조조가 물어 허저가 나서자 조조는 정예 군사 1000명을 이끌고 군량과 말먹이 풀을 안전하게 호송해 오라고 명했다. 허저가 가자 군량 호송관이 기뻐했다.

"장군께서 오시지 않았으면 군량이 양평관에 이르지 못할뻔했습니다!"

수레 위의 술과 고기를 바치니 허저는 실컷 마시고 저도 모르게 잔뜩 취했다. 치미는 술기운을 빌려 수레를 재촉해 움직이자 호송관이 말렸다.

"날이 저물었고, 포주 땅은 산세가 험해 지나갈 수 없습니다."

"만 사나이를 당할 용맹을 지닌 내가 어찌 그런 것을 두려워하겠느냐! 오늘 밤 달빛이 환하니 군량 수레를 움직이기에 아주 좋다."

허저가 앞장서서 말을 달려 밤늦게 포주 길에 들어서자 산골짜기에서 북과 나팔이 요란하게 울리며 군사 한 대가 길을 막으니 앞장선 대장은 장비였다. 허저가 칼을 춤추며 나갔으나 술에 취해 장비를 당할 수 없어, 몇 합 만에 어깨를 찔리고 말에서 떨어졌다. 장졸들이 황급히 구해 달아나면서 활과 쇠뇌살을 마구 날렸다. 더 쫓아갈 수 없어 장비는 군량과 말먹이 풀 수레만 모두 빼앗아 돌아갔다.

장수들이 허저를 호위해 돌아가자 조조는 의원에게 상처를 치료하게 하고, 친히 군사를 거느리고 나아갔다. 유비가 맞이해 진을 치고 유봉을 내보내니 조조가 욕했다.

"신이나 팔던 녀석이 걸핏하면 가짜 아들을 내보내는구나! 내가 노랑 수염 아들(둘째 조창)을 불러오면 당장 짓이겨진 고깃덩이가 될 것이다!"

유봉이 창을 꼬나 들고 달려들자 서황을 내보내니 못 견디고 달아났다. 조조가 군사를 이끌고 쫓아가자 촉군 영채에서 네 방향으로 포 소리가 나고 북과 나팔이 일제히 울렸다. 조조는 매복한 군사가 있을까 두려워 급히 군사를 물렸다. 양평관까지 돌아와서야 숨을 돌리고 쉬는데 촉군이 벌써 성 아래에 이르러, 네 문에서 요란한 고함과 함께 불길이 일었다.

조조는 덜컥 겁이 나서 관을 버리고 달아났다. 한참 달아나는데 장비가 앞길을 막고, 조운이 뒤에서 쫓아오며, 황충이 옆에서 달려왔다. 장수들이 호위해 힘껏 달아나 간신히 야곡 입구에 이르는데 앞에서 먼지가 일며 또 군사 한 대가 달려왔다. 조조는 숨이 콱 막혔다.

"이 군사가 매복한 적군이라면 나는 끝장이다!"

가까이 와서 보니 군사를 거느린 장수는 둘째 아들 조창이었다. 자가 자문(子文)으로 어릴 때부터 말 잘 타고 활 잘 쏘며 기운이 남달라 맨손으로 맹수와 격투를 벌일 정도였다. 조조가 일찍이 경고한 바 있었다.

"너는 글을 읽지 않고 활 쏘고 말 달리기나 좋아하니 평범한 사내의 용맹인데 귀하게 여길 게 있겠느냐?"

조창이 대답했다.

"대장부는 위청(衛靑)과 곽거병(霍去病)을 따라 사막에서 공로를 세우고, 수십만 무리를 휘몰아 천하를 가로세로 누벼야지 어찌 박사 노릇이나 하겠습니까?"

【위청과 곽거병은 전한의 명장들로 나라의 가장 큰 위협이었던 북방 흉노와 싸워 멀리 쫓아냈다. 위청은 원래 종이었고, 곽거병은 황제가 주는 병서를 배우지 않겠다고 말한 일화를 남겼으니 둘 다 글에는 밝지 못했다. 박사란 유학을 가르치는 선생을 말한다.】

언젠가 조조가 여러 아들의 뜻을 묻자 조창이 말했다.

"장수가 되는 것이 좋습니다."

"장수가 되면 어찌해야 하느냐?"

"튼튼한 갑옷을 걸치고 날카로운 무기를 들며, 어려운 고비를 당하면 위험을 아랑곳하지 않고 군사에 앞서서 달리며, 공로에는 상을 주고 벌을 내리겠다고 했으면 그 말을 반드시 지켜야 합니다."

조조는 허허 웃었다.

건안 23년(218년), 북쪽 오환족이 반란을 일으켜 조조가 조창에게 5만 군사를 주어 토벌하게 하면서 경고했다.

"집에 있을 때는 아버지와 아들이지만 명을 받아 나가면 임금과 신하다. 법은 사사로운 정을 돌보지 않으니 너는 깊이 경계해야 할 것이다."

조창이 앞장서 싸우며 끝까지 쳐나가 북방을 모두 평정하고 돌아오다 조조가 양평관에서 패했다는 소식을 듣고 아버지를 도와 싸우러 온 것이었다. 조조는 대단히 기뻐했다.

"내 노랑 수염 아들이 왔으니 반드시 유비를 깨뜨린다!"

장수들이 물었다.

"지금 형세를 보면 크게 졌는데 어찌 다시 이기겠습니까?"

"내 아들이 단번에 북방을 쓸어 수천 리를 평정했는데, 승리한 군사를 거느리고 와서 나를 도우니 이기지 못할 리 있겠는가?"

조조는 야곡 입구에 이르러 영채를 세웠다.

유비가 소식을 듣고 물었다.

"누가 감히 가서 조창과 싸우겠는가?"

유봉이 나섰다.

"제가 가고 싶습니다!"

맹달도 가겠다고 하자 유비가 명했다.

"둘이 함께 가서 누가 성공하나 보기로 하자."

楊修猜鷄肋招禍
乙酉春 葉雄畫

유봉과 맹달이 각기 5000명씩 군사를 이끌고 나아가는데 유비의 위세를 빌려 유봉이 앞에 서고 맹달이 뒤를 따랐다. 조창이 말을 달려 겨우 세 번 어울리자 유봉은 못 버티고 돌아갔다. 맹달이 군사를 이끌고 나가 조창과 싸우려 하는데 별안간 조조 군사가 크게 어지러워졌다. 마초와 오란이 달려와 뒤를 들이친 것이다.

조조 군사가 흔들리자 맹달도 군사를 휘몰아 협공했다. 오랫동안 날카로운 기세를 기른 마초의 군사가 거세게 무예를 뽐내고 위엄을 떨치자 도저히 당할 수 없어 조조 군사는 참패하고 달아났다. 물러가던 조창이 오란을 만나자 몇 합 싸우지 않아 극을 내찔러 말 아래로 떨어뜨렸다. 조조는 군사를 거두어 야곡 경계에 주둔했다.

싸움에 패한 유봉은 아버지를 만날 면목이 없는데 맹달이 공로를 세우니 몹시 미워해 이때부터 원수가 되었다.

조조가 야곡에 주둔해 움직이지 않고 시일이 오래 흘렀다. 앞으로 나아가려니 마초가 길을 막고, 군사를 거두어 돌아가려니 촉군이 비웃을까 염려되어 결단을 내리지 못하는데, 식사 때 닭국이 올라왔다. 대접 속에 든 계륵(鷄肋, 닭갈비)을 보며 조조는 마음속에 떠오르는 바가 있었다. 이때 하후돈이 장막에 들어와 밤에 쓸 암호를 청하니 조조는 말이 나오는 대로 대답했다.

"계륵! 계륵!"

하후돈이 그날 밤 암호는 '계륵'이라고 명을 돌렸다. 양수가 듣고 곧 사람들에게 짐을 꾸려 돌아갈 채비를 하게 하니 하후돈이 놀라 장막으로 청했다.

"공은 어찌하여 짐을 꾸리오?"

"오늘 밤 암호로 보아 위왕께서는 곧 군사를 물려 돌아가십니다. 계륵이란 먹으려면 고기가 없고, 버리려면 맛이 좀 있어 아쉽습니다. 지금 나아가려면

◀ 조조가 영채를 돌아보니 군사들이 짐을 꾸려

이길 수가 없고 물러서려면 사람들이 웃을까 걱정인데, 여기 있어도 이익이 없으니 일찍 돌아가는 것이 좋습니다. 내일 위왕께서 회군하실 때 허둥대지 않도록 미리 준비한 것입니다."

"공은 참으로 위왕의 폐부를 속속들이 아는구려!"

하후돈이 감탄하며 그를 따라 짐을 싸자 장수들도 돌아갈 채비를 했다.

그날 밤 조조가 마음이 어수선해 편안히 잠을 이룰 수 없어 손에 강철 도끼를 들고 영채를 돌며 살피는데, 하후돈의 영채에 이르니 군사들이 짐을 꾸리는 게 아닌가. 깜짝 놀라 급히 장막으로 돌아와 하후돈을 불렀다.

"주부 양덕조가 먼저 대왕께서 돌아가신다는 뜻을 알았습니다."

하후돈의 대답을 듣고 양수를 부르니 계륵으로 맞추어본 뜻을 설명해 조조는 크게 노했다.

"네가 감히 말을 지어내 군사들 마음을 어지럽히느냐!"

무사들을 호령해 양수를 끌어내 목을 치고 머리를 영채 문에 걸어 모두에게 보였다.

양수는 태위 양표(楊彪)의 아들로 역시 태위였던 고명한 선비 양진(楊震)의 후손이었다. 배운 것이 깊고 본 것이 많은데 책을 보면 한 번에 다섯 줄을 읽고, 삼교구류에 통하지 않은 것이 없었다. 건안 연간 효렴으로 추천되어 낭중(郎中)으로 있다가 조조가 불러 창고를 맡은 주부로 쓰며 밖에서는 군사 계책을 정하는 참모 노릇까지 하여 안팎일을 다 맡았다.

사람됨이 재주를 믿고 제멋대로 움직이며 속된 예절에 매이지 않는데, 조조가 꺼리는 일을 여러 번 했다. 조조는 평생 재주 있는 사람을 불러 쓰면서도 속으로는 자기보다 나을까봐 겁을 냈다.

언젠가 조조가 화원을 만들게 하여 완성된 뒤에 돌아보더니 좋다 나쁘다 말하지 않고 붓을 들어 문에 '활(活)' 자를 쓰고 가버렸다. 사람들이 뜻을 몰라 어리둥절하니 양수가 가르쳐 주었다.

"글자로 보아 '문(門)' 안에 '활'이 있으면 넓을 활(闊)자가 되오. 승상께서는 문이 너무 넓다고 꺼리신 것이오."

사람들이 다시 벽돌을 쌓아 문을 고치니 조조가 보고 기뻐했다.

"누가 내 뜻을 알아냈느냐?"

"양수입니다."

조조는 입으로는 칭찬했으나 속으로는 몹시 꺼렸다.

또 장성 북쪽 사람들이 소(酥, 연유)를 한 함 보내오자 조조는 '일합소(一合酥)'라는 세 글자를 함에 써서 상 위에 놓았다. 양수가 방에 들어와 보더니 숟가락을 가져다 사람들과 나누어 먹어 조조가 까닭을 물었다.

"함 위에 '일인일구(一人一口)소'라고 쓰셨으니 어찌 명을 어기겠습니까?"

【'합(合)'자를 뜯어보면 사람 '인(人)'자와 한 '일(一)'자와 입 '구(口)'자가 된다. 그 앞에 '일(一)'자가 있으니 '한 사람이 한 입씩'이라는 뜻이 된다.】

조조는 즐겁게 웃었으나 속으로는 양수를 싫어했다.

남이 몰래 해칠까 두려워하는 조조는 늘 측근들에게 일렀다.

"나는 꿈속에서 사람을 곧잘 죽이니 내가 잠들면 절대 가까이 오지 마라."

어느 날, 조조가 장막 안에서 낮잠을 자는데 이불이 땅에 떨어져 근시 하나가 급히 집어 덮어주자 벌떡 일어나 검을 들어 찍어 죽이고 다시 침상에 올라가 잠이 들었다. 한참 지나 조조가 깨어나더니 놀라는 척했다.

"누가 내 근시를 죽였느냐?"

사람들이 대답을 올리자 조조는 통곡하면서 후하게 묻으라고 명했다. 사람들은 모두 조조가 정말 꿈속에서 사람을 죽이는 줄 알았으나 양수는 조조의 속마음을 알아, 그 사람이 땅에 묻히기 전에 손가락질하며 탄식했다.

"승상께서 꿈속에 계신 게 아니라 그대가 꿈을 꾼 걸세!"

조조는 말을 듣고 더욱 양수를 미워하게 되었다.

조조 셋째아들 조식은 양수의 재주를 사랑해 늘 청해 이야기를 나누는데, 밤이 새도록 그칠 줄 몰랐다. 조조가 조식을 세자로 세우려고 상의하자 큰아들 조비가 그 일을 알아내고 가만히 조가현 현장 오질(吳質)을 청해 대책을 상의했다. 다른 사람이 알까 두려워 커다란 참대 광주리에 사람을 감추어 비단을 날라온다는 구실을 대고 집으로 데려왔다.

【조비보다 열 살 많은 오질은 글재주가 뛰어나 글을 잘 짓는 조비와 사이가 두터웠는데, 하내군 조가현에서 벼슬을 살아 임지를 떠날 수 없었다. 그래서 조비가 매우 조심했으나 바람이 새지 않는 벽은 없다는 말이 맞았다.】

양수가 그 일을 알아내고 조조에게 일러바치니 조조는 사람을 보내 조비의 집 대문을 살펴보게 했다. 당황한 조비가 급히 알리자 오질이 가르쳐 주었다.

"걱정하실 것 없습니다. 내일 큰 참대 광주리에 진짜 비단을 들여오십시오."

조비는 그 말대로 광주리에 비단을 담아 집으로 날라왔다. 조조 사자가 광주리를 뒤져보고 과연 비단이 들어있어 돌아가 보고하니 조조는 양수가 조비를 헐뜯어 해치려 하지 않나 의심하고 갈수록 미워했다.

어느 날 조조는 조비와 조식의 재주를 시험하려고 각기 업성 문을 나가게 하면서, 가만히 사람을 보내 문을 지키는 관리들에게 못 나가게 막으라고 명했다. 조비가 먼저 성문에 이르자 문지기가 끝내 막아 도로 물러갔다. 조식이 소식을 듣고 방법을 묻자 양수가 가르쳐주었다.

"자건은 왕명을 받들고 나가니 막는 자의 목을 치시오."

조식이 옳게 여기고 성문에 이르자 문지기가 막았다.

"내가 왕명을 받들었거늘 화살이 시위를 떠난 격인데 누가 감히 막느냐! 너는 반란을 꾀하려 하느냐?"

조식은 당장 문지기의 목을 쳤다. 조조는 조식이 재주가 더 낫다고 여기는데 후에 누가 알려주었다.

"양수가 가르쳐준 것입니다."

조조는 크게 노해 조식까지 좋아하지 않게 되었다.

양수는 또 조식에게 조조 물음에 대비한 문답 10여 가지를 만들어주어, 조조가 물음을 던지면 조식은 언제나 반듯하게 대답할 수 있었다. 군사와 나라의 큰일을 물을 때마다 조식이 물 흐르듯 거침없이 대답을 올리자 조조가 속으로 의심하는데, 조비가 가만히 조식의 측근에게 손을 써서 문답을 손에 넣어 고발하니 조조는 크게 노했다.

"같잖은 녀석이 어찌 감히 나를 속이느냐?"

이때부터 양수를 죽일 마음을 먹었는데, 사람들 공론이 두려워 꾹 참아오다 마침내 군사들 마음을 어지럽혔다는 죄명을 씌워 죽이고 말았다. 양수 나이 34세였다.

조조는 양수를 죽이고 짐짓 화를 내며 하후돈도 목을 치려 했으나 장수들이 용서를 빌어 꾸짖어 물리치고, 다음날 진군하라는 명령을 내렸다.

이튿날 조조 군사가 야곡 입구를 나가니 앞에서 군사 한 대가 맞이하는데 대장이 위연이었다. 조조가 귀순을 권하자 위연이 대판 욕을 퍼부어, 방덕을 내보내 싸우는데 조조 영채 안에서 불이 일어났다.

"마초가 가운데와 뒤쪽 영채를 습격했습니다."

조조는 검을 뽑아 들고 호령했다.

"장수로서 물러서는 자가 있으면 목을 친다!"

장수들이 힘을 떨쳐 나아가자 위연은 짐짓 못 이기는 척 달아났다. 조조는 그제야 군사를 돌려 마초와 싸우게 하고, 높은 언덕에 말을 세우고 살펴보는데 별안간 코앞으로 군사 한 떼가 달려오며 장수가 높이 외쳤다.

"위연이 여기 있다!"

위연이 화살을 날려 조조는 몸을 뒤집으며 말에서 떨어졌다. 조조의 목을 베려고 위연이 칼을 들고 나는 듯이 산비탈로 올라가자 옆에서 장수가 달려 나와 높이 외쳤다.

"우리 주공을 해치지 마라!"

방덕이었다. 그는 힘을 떨쳐 위연을 물리치고 조조를 호위해 돌아갔다. 마초는 이미 물러간 뒤였다.

조조는 위연의 화살이 입술에 맞아 앞니 두 대가 부러진 채 영채로 돌아갔다. 급히 의원에게 치료를 받는데 양수의 말이 떠올랐다. 그리하여 그의 주검을 찾아 후하게 묻어주고 허도로 돌아가는 길에 올랐다.

조조의 명을 받들고 뒤를 막는 장수는 방덕이었다. 조조가 장막 수레 안에 눕고, 좌우로 호위해 돌아가는데 별안간 양쪽 산 위에서 불이 일어나며 매복한 군사들이 쫓아와 조조 군사는 깜짝 놀랐다.

이야말로

동관에서 당한 재앙 비슷하고
적벽에서 부딪친 위험 흡사해

조조 목숨은 어찌 될까?

【 알고 보면 더 재미있어 】

하늘이 알고, 신이 알고, 네가 알고, 내가 안다

양수 선조들은 대대로 한에서 큰 벼슬을 했다. 12대 조부 양희(楊喜)는 고조 유방을 따라 항우를 추격해 죽이는 데 공로를 세워 적천후 작위를 받았고, 9대 양창(楊敞)은 소제 때 승상 벼슬을 했다. 양씨 가문에서 가장 이름난 사람은 고조부 양진이었다. 증손자까지 4대에 걸쳐 네 사람이 삼공 벼슬을 했으니, 원소의 가문과 더불어 최고 명문이었다. 원씨네는 너무 세속적이어서 양씨네보다 명성이 떨어졌다.

양진은 젊은 시절부터 소문난 선비였는데 여러 번 나라의 부름을 사절하다 50세가 되어서야 벼슬길에 나섰다. 그가 동래 태수로 부임하러 가면서 창읍현을 지나는데, 이전에 형주 자사로 있을 때 추천해 벼슬길에 올려준 왕밀(王密)이 마침 그곳 현령으로 있었다. 밤에 왕밀이 찾아와 옛 은혜에 보답한다고 황금 열 근을 내놓자 양진은 조용히 사절했다.

"옛 친구는 그대를 알건만 그대는 옛 친구를 모르는구려. 이게 웬일인가?"

"깊은 밤이라 아무도 모릅니다."

왕밀 말에 양진은 정색했다.

"하늘이 알고 신이 알며, 그대가 알고 내가 알거늘[天知神知천지신지 **你知我知**니지아지] 어찌 아무도 모른다 하는가?"

왕밀은 그만 부끄러워 물러갔다.

양진은 집안이 가난해 자식들이 고기 구경하기 어렵고, 타고 다닐 말이 없어 걸어 다녔으나 누가 재산을 모으라고 권하면 사절했다.

"사람들이 청백리 자손이라고 부르면 역시 큰 재산이 아니겠소?"

양진은 사도, 태위 등 높은 벼슬을 하면서도 환관과 황실 사람들의 개인 부탁을 들어주지 않아 모함을 받고 벼슬을 잃었다. 고향으로 돌아가면서 낙양 서쪽 한 정자에 이르러 자식들과 제자들을 둘러보며 한탄했다.

"은혜를 입어 높은 벼슬을 한 자가 교활한 간신을 미워하면서도 죽이지 못했으니 무슨 낯으로 다시 해와 달을 보겠느냐?"

조상 무덤 곁에 묻지 말고 제사도 지내지 말라고 당부한 후 독주를 마시고 스스로 목숨을 끊었다. 그를 미워하던 환관 번풍이 아들 다섯을 모두 역졸로 만들어, 아들들은 1년 이상 고생하다 다음 황제가 즉위한 후에야 벼슬을 살게 되었다.

가장 높이 올라간 사람은 셋째 양병(楊秉)이었다. 마흔이 넘어 벼슬길에 들어섰는데 아버지 못지않게 깨끗이 살아 직급이 깎일 때도 많았으나 나중에는 태위까지 되었다. 그러나 그에게는 높은 벼슬이 자랑거리가 아니었다.

"내 평생 세 가지에 홀리지 않았으니 술과 여색, 재물이니라."

양병의 아들 양사(楊賜)는 사공 두 번, 사도 두 번, 태위 한 번 등 삼공을 두루 역임했는데, 역시 너무 정직해 영제의 비위를 많이 거슬렀다. 다행히 영제에게 학문을 가르친 스승이어서 용서를 받아 제 명에 죽었는데 그 아들이 양씨 가문 마지막 삼공인 양표였다.

양수가 죽임을 당한 뒤 조조가 그 아버지 양표에게 물었다.

"공은 왜 그리 여위었소?"

"아들을 미리 막지 못해 부끄러운데, 늙은 소가 송아지를 핥는 사랑[老牛舐犢 노우지독]은 남아 있어서 그렇습니다."

남의 아들을 죽이고도 잔인한 질문을 던져 독한 면을 드러낸 조조도 그 말에는 얼굴빛이 바뀌고 말았다고 한다.

73

촉의 유비도 한중왕에 오르고

현덕은 한중왕 자리에 오르고

운장은 양양을 들이쳐 빼앗다

조조가 군사를 물려 야곡에 이르자 그가 한중을 버리고 갈 것을 내다본 제갈량은 마초를 비롯한 여러 장수를 보내 10여 길로 나뉘어 수시로 조조 군사를 습격했다. 조조는 그곳에 오래 머무를 수 없는 데다 위연의 화살까지 맞아, 더욱 싸울 마음이 사라져 급히 돌아갔다. 삼군의 사기는 바닥에 떨어졌다.

선두가 떠나자마자 양쪽에서 불길이 일어나며 매복한 마초의 군사가 뒤를 쫓아 조조 군사는 저마다 간이 콩알만 해졌다. 조조는 급히 서둘러 밤에 낮을 이어 쉬지 않고 달려가 장안에 이르러서야 마음을 놓았다.

유비가 유봉과 맹달, 왕평 등 장수들을 시켜 한중군을 떼어내 만든 상용군의 여러 고을을 치게 하니 태수 신탐(申耽)을 비롯한 사람들은 조조가 한중을 버리고 간 것을 알고 모두 항복했다. 유비가 백성을 안정시킨 후 삼군에 후한 상을 내리자 사람마다 즐거워했다.

부하들은 유비를 추대해 황제로 모실 마음이 생겼으나 감히 직접 말하지는 못하고 제갈 군사를 찾아가 이야기했다. 제갈량도 같은 생각이었다.

"내 뜻은 이미 정해졌소."

그는 법정을 비롯한 여러 사람을 데리고 유비를 찾아갔다.

"조조가 권력을 휘둘러 백성은 주인이 없습니다. 주공께서는 어질고 의로운 이름이 천하에 널리 알려지고, 동천과 서천을 차지하셨으니 하늘의 뜻에 응하고 사람들 마음에 따라 황제의 자리에 오르실 수 있습니다. 명분이 바르면 말도 이치에 맞게 되니, 그렇게 하면 정정당당하게 나라의 도적을 토벌할 수 있습니다. 늦추어서는 아니 되는 일이니 당장 길일을 택하시기 바랍니다."

유비는 깜짝 놀랐다.

"군사의 말은 틀렸소. 유비가 비록 한의 황실 종친이기는 하나 신하로서 그런 짓을 하면 나라를 배반하는 것이오."

"지금 천하가 조각나 영웅들이 너도나도 일어서서 땅을 차지하고 패왕 노릇을 합니다. 세상의 재능 있고 덕 있는 이들이 죽음을 두려워하지 않고 상전을 섬기는 것은 모두 용에 매달리고 봉에 덧붙어 공명을 이루기 위해서입니다. 주공께서 남의 의심을 피하고 의로움을 지키려 하시다 사람들 신망을 잃을까 두려우니 깊이 생각하시기 바랍니다."

제갈량이 설득했으나 유비는 받아들이지 않았다.

"나에게 외람되이 존귀한 자리를 차지하라고 하면 나는 기필코 그리 하지 못할 것이니 다시 장구한 계책을 상의해 보시오."

사람들이 하나가 되어 권했다.

"주공께서 기어이 거절하시면 우리 마음이 흐트러집니다!"

제갈량이 적당한 해결책을 내놓았다.

"주공께서는 평생 의로움을 근본으로 삼으셨으니 단번에 존귀한 호칭을 받으실 수는 없겠지요. 형주와 양천(兩天, 서천과 동천)을 차지하셨으니 잠시 한중왕에 오르시면 됩니다."

"천자의 명문 조서가 없으면 그것은 외람된 짓이오."

유비가 한중왕도 마다하자 제갈량이 권했다.

"지금은 적당히 둘러 생각하셔야지 보통 이치에 얽매여서는 아니 됩니다."

성급한 장비가 갑갑해서 소리 질렀다.

"성이 유씨가 아닌 놈들도 모두 임금이 되려 하는데, 형님은 한의 황실 종친 아니오? 한중왕은 고사하고 황제가 된들 안 될 게 무어요?"

유비가 꾸짖었다.

"자네는 말을 많이 하지 말게!"

제갈량이 또 권했다.

"주공께서는 먼저 한중왕에 오르신 뒤에 천자께 상주문을 올리셔도 늦지 않습니다."

유비는 두 번 세 번 사양했으나 부하들이 고집하여 그들 뜻에 따랐다.

건안 24년(219년) 7월, 면수 북쪽 면양에 단을 쌓고 여러 신하가 순서대로 줄을 서자 허정과 법정이 청해 유비는 단에 올랐다. 신하들이 왕관과 함께 왕의 도장과 끈을 올리자 유비는 남쪽으로 얼굴을 향하고 앉아 문무백관의 축하를 받으며 한중왕이 되었다.

아들 유선을 왕세자로 세우고 허정을 최고벼슬인 태부로 봉하며, 법정은 실무를 맡은 상서령으로 임명했다. 제갈량은 군사가 되어 군대와 나라의 중요한 일을 도맡게 했다. 관우, 장비, 조운, 마초, 황충을 호랑이 같은 다섯 장수라 하여 오호대장으로 봉하고, 위연을 한중 태수로 임명하며 나머지 사람들도 각각 공훈에 따라 작위를 정했다.

유비는 한중왕이 되어 황제에게 표문을 올렸다.

劉备進位漢中王
乙酉春
萊雄畫

이 비는 재주가 없어 신하의 줄에서 자리나 차지하는 몸[具臣之才구신지재]으로 상장 책임을 맡아 삼군을 지휘하면서 조서를 받들고 밖으로 나왔으나 도적의 난을 평정하지 못하고 황실을 안정시키지 못해 오랫동안 폐하의 성스러운 가르침을 그르치게 했습니다. 하늘과 땅 사이가 막히고 사방이 태평하지 못하니, 생각하면 근심스러워 뒤척이고 열병에 걸린 듯 골머리를 앓습니다[惟憂反側유우반측 痰如疾首담여질수].

예전에 동탁이 난리를 일으켜, 흉악한 자들이 이리저리 뛰어다니며 세상을 잔혹하게 갉아먹었습니다. 다행히 폐하의 성스러운 덕성과 위엄에 힘입어 사람과 신령이 동시에 응하여, 혹은 충의지사들이 분노해 일어나 토벌하기도 하고, 혹은 하늘이 벌을 내리기도 하여 포악한 역적들이 없어지고 그 세력이 얼음 녹듯 줄었으나 유독 조조만은 오랫동안 제거되지 않아 나라 권력을 차지하고 제멋대로 혼란한 짓을 합니다. 신은 거기장군 동승과 함께 토벌하려 했으나 비밀을 지키지 못해 동승이 목숨을 잃었습니다. 신이 외지로 몸을 피해 근거를 잃고 충의를 행하지 못하니, 조조는 더없이 악한 짓을 하여 황후께서 시해되시고 황자께서 독살되셨습니다. 이 비는 그를 없애고자 뜻이 같은 이들을 모아 마음속으로 힘을 다하지만 나약하고 능력이 부족해 여러 해가 지나도록 효과가 없습니다. 이대로 죽어 나라의 은혜를 저버리게 될까 염려해 잠을 자면서도 탄식하고, 대낮부터 밤중까지 근심하며 스스로 경계의 마음을 늦추지 않습니다.

지금 신의 부하들은 이렇게 생각합니다. 옛 《우서(虞書)》에 이르기를, 구족을 멀고 가까운 순서대로 배치해 질서를 지키며 서로 친하게 만드니 현명한 이들 여럿이 부지런히 임금을 보좌해 날개가 되었는데, 오제(五帝, 전설 속의 다섯 임금)가 방법을 늘리거나 줄였으나 제도는 폐하지 않았다고 합니다. 주나라가 하(夏)와 상의 교훈에 비추어 왕실의 희(姬)씨들을 제후로 많이 세우자 같은

◀ 유비도 드디어 한중왕에 올라

희씨인 진(晉)과 정(鄭)이 보좌하는 덕을 보았습니다. 우리 한의 고조께서 크게 흥하실 때 왕의 자제들을 존귀하게 여기셔서 아홉 개 나라를 크게 여시니, 뒷날 유씨 왕들의 도움을 받아 드디어 황후 일족인 여씨들을 죽이고 유씨를 편안하게 할 수 있었습니다.

조조는 정직한 사람을 미워하고 바른 이를 해치는데, 그런 일에 호응하는 무리가 모여 나쁜 마음을 품고 대권을 빼앗을 조짐이 드러났으나 황실 힘이 약하고 종친들이 지위가 없어, 신의 부하들은 옛날 일을 본떠 임시로 신을 대사마 한중왕에 올렸습니다. 신이 엎드려 세 번 자신을 돌아보니 나라의 두터운 은혜를 입고 한 지방을 다스리는 책임을 맡아 애는 썼지만 별 효과를 보지 못했으면서도 이미 얻은 것이 분에 넘치는데, 또 높은 자리에 올라 죄와 비방을 무겁게 하는 것은 마땅치 않습니다. 그러나 부하들이 대의로 신을 강요하여 물러서서 생각하니, 도적을 제거하지 않으면 나라의 난이 그치지 않고, 종묘가 기울어지고 사직이 무너지게 되므로 신이 근심하며 머리가 부서지더라도 책임을 다해야 합니다. 성스러운 조정을 안정시킬 수 있다면 물과 불에 뛰어들더라도 마다하지 않을 터인데, 어찌 감히 보통 이치를 고려하다 뒷날 후회하겠습니까? 이렇게 생각하여 뭇사람 의논에 따라 절하고 도장을 받아 나라의 위엄을 높이려 합니다.

머리 들어 작위와 명칭을 생각하니 지위는 높고 총애는 두터운데, 고개 숙여 보답할 일을 궁리하니 근심은 깊고 책임은 무겁습니다. 놀랍고 두려워 숨을 가쁘게 몰아쉬니 골짜기가 내려다보이는 벼랑 끝에 선 듯합니다. 어찌 감히 힘을 다하고 성의를 다 바쳐 여섯 부대를 장려하고 의사들을 모아 하늘에 응하며, 때에 맞추어 흉악한 역적을 토벌해 사직을 안정시켜서 만 가지 은혜 가운데 하나라도 보답하지 않겠습니까.

삼가 표를 올리며 사람을 보내 전에 얻어 쓰던 좌장군 의성정후 도장과 끈을 돌려드립니다. 건안 24년 7월, 한중왕 겸 대사마 신 유비가 절하며 올립니다.

표문이 허도에 이르자 업군에서 조조가 듣고 크게 노했다.

"삿자리나 짜던 놈이 감히 이렇게 하다니! 내가 맹세코 멸망시키겠다!"

즉시 전국의 군사를 일으켜 양천으로 달려가 한중왕과 자웅을 결하려 하니 한 사람이 반열에서 나섰다.

"대왕께서는 한때의 분노로 인해 친히 수고스럽게 수레를 타고 원정하지 않으셔도 됩니다. 신에게 계책이 하나 있으니 활 한 장, 화살 한 대 쓰지 않고도 유비가 촉에서 스스로 화를 입게 할 수 있습니다. 그의 병력이 줄고 힘이 빠지기를 기다려 장수 한 사람을 보내 정벌하면 반드시 성공할 수 있습니다."

조조가 보니 주부 사마의였다.

"중달에게 어떤 고명한 견해가 있는가?"

"강동의 손권이 누이를 유비에게 시집보냈으나 가만히 되찾아갔습니다. 유비가 또 형주를 차지하고 돌려주지 않아 양쪽에서는 서로 이를 가는 원한이 맺혔습니다. 지금 말 잘하는 사람을 보내 글을 들고 손권을 찾아가 설득해 군사를 일으켜 형주를 치게 하면 유비는 반드시 양천의 군사를 보내 형주를 구할 것입니다. 그때 대왕께서 군사를 일으켜 한수 일대를 손에 넣으시면 유비는 머리와 꼬리가 서로 구하지 못하게 되어 형세가 위태로워집니다."

조조가 글을 쓰고 만총이 사자가 되어 강동으로 가니, 손권이 모사들과 상의하자 장소가 권했다.

"위와 오는 원래 원수를 지지 않았는데, 전에 제갈량이 구슬리는 말을 듣고 해를 이어 싸우다 백성이 고생하게 되었습니다. 만백녕이 온 데에는 반드시 화해할 뜻이 있으니 예절을 갖추어 맞이하시면 됩니다."

손권이 맞아들이자 만총은 조조의 글을 올렸다.

"위왕께서 저를 보내시어 장군과 함께 형주를 치자는 약속을 하려 하십니다. 장군께서 형주를 쳐서 차지하시면 위왕께서는 군사를 서천에 보내 양쪽에서 협공해 유비를 깨뜨려 땅을 나누어 가지고, 다시는 서로 침략하지 않기로 맹세하고자 하십니다."

손권이 모사들과 상의하자 고옹이 주장했다.

"우리를 설득하는 말이지만 들을 만한 것도 있으니 만총을 돌려보내 유비를 앞뒤로 몰아치기로 약속하고, 강 건너 운장의 동정을 알아보아야 합니다."

제갈근이 얼른 나섰다.

"제가 듣기에는 운장이 형주를 맡은 뒤 유비가 아내를 얻어주어 먼저 아들을 낳고 다음에 딸을 낳았답니다. 그 딸이 아직 어려 혼처를 정하지 않았는데 제가 가서 주공의 세자를 위해 청혼할까 합니다. 운장이 허락하면 그와 함께 조조를 깨뜨릴 일을 상의하고, 운장이 반대하면 조조를 도와 형주를 취하시지요."

그 말에 따라 손권이 제갈근을 보내 형주에 이르자 관우는 평생 선비들을 우습게 보는 터라 맞이하라는 명도 내리지 않았다. 제갈근이 스스로 찾아가 공손하게 말했다.

"특별히 두 집안이 좋은 정을 맺으려고 말씀드리러 왔습니다. 우리 주인 오후께 아드님이 한 분 있는데 아주 똑똑합니다. 장군께 따님이 계시니 두 집안이 굳게 맺어져 힘을 합쳐 조조를 깨뜨리면 참으로 아름다운 일이 아니겠습니까? 군후께서는 생각해보시기 바랍니다."

관우는 발끈했다.

"내 호랑이 딸을 어찌 개의 아들에게 시집보내느냐? 그대 아우 낯을 보지 않았으면 당장 머리를 베었을 것이니 더 말하지 마라!"

관우가 좌우를 호령해 쫓아내자 제갈근은 허둥지둥 강동으로 돌아가 오후에게 속이지 못하고 사실대로 이야기했다. 손권은 크게 노했다.

"그가 어찌 이처럼 무례하게 구는가!"

곧 사람들을 불러 형주를 칠 계책을 상의하자 보즐이 말했다.

"조조는 한을 찬탈하려 한 지 오래인데 다만 유비를 두려워했습니다. 오에 사자를 보내 군사를 일으켜 촉을 삼키라고 부추기는 것은 오에 화를 덮어씌우려는 것입니다."

"나도 형주를 차지하려 한 지 오래요."

손권이 못마땅한 듯 말하자 보즐이 계책을 내놓았다.

"조인이 지금 양양과 번성에 군사를 주둔했으니 험한 장강이 막지 않아 육로로 직접 형주를 칠 수 있습니다. 그런데 어찌 스스로 치지 않고 주공께 군사를 움직이라 하겠습니까? 그것만 보아도 조조 속셈을 충분히 알 수 있으니 주공께서는 조조에게 사자를 보내 먼저 조인에게 육로로 형주를 치게 하십시오. 운장은 반드시 형주 군사를 뽑아 번성을 차지하려 들것이니 그가 움직일 때 주공께서 장수 하나를 보내 가만히 형주를 치시면 단번에 얻을 수 있습니다."

손권이 옳게 여겨 즉시 조조에게 글을 보내니 조조는 크게 기뻐 만총을 번성으로 보내 조인을 도와 군사 일을 상의하게 하고, 오에 격문을 보내 군사를 일으켜 물길로 형주를 치라고 권했다.

이때 한중왕 유비는 위연에게 동천을 지키게 하고 군사를 이끌고 성도로 돌아왔다. 관리들을 보내 궁전을 짓고 손님을 접대하는 역관도 지어 성도에서 백수까지 400여 곳에 역관과 요새를 만들었다. 군량과 말먹이 풀을 모으고 병기를 마련해 중원을 치려고 준비하는데, 조조가 손권과 손잡고 형주를 치려 한다는 소식이 날아왔다. 서둘러 제갈량을 찾으니 그는 의외로 태연했다.

"이 양은 벌써 조조가 반드시 이런 꾀를 내리라 짐작했습니다. 하지만 오에 모사가 많으니 틀림없이 조조에게 먼저 조인을 시켜 군사를 일으키라고 할 것입니다. 사자를 보내 운장에게 먼저 군사를 일으켜 번성을 치게 하여 적의 간담을 서늘하게 만들면 조조와 손권의 동맹은 금방 깨집니다."

한중왕이 전부사마 비시(費詩)를 불러 관우에게 벼슬을 내리는 문서를 지니고 가게 하여 형주에 이르니 관우가 물었다.

"한중왕께서는 나에게 무슨 벼슬을 내리셨소?"

"오호대장의 으뜸입니다."

"오호대장이라면 어떤 사람들이오?"

"관 장군과 장 장군, 조 장군, 마 장군, 황 장군입니다."

관우는 벌컥 화를 냈다.

"익덕은 내 아우요, 자룡은 형님을 오래 따랐으니 역시 내 아우이며, 맹기는 대대로 유명한 가문에서 태어났으니 대우가 나와 같아도 되지만, 황충은 어찌 감히 나와 같은 반열에 들겠소? 대장부는 끝까지 늙은 군졸과 함께 있지 않겠소!"

관우가 도장을 받지 않자 중요한 사명을 띠고 온 비시는 길에서 미리 생각한 듯 빙그레 웃었다.

"장군은 틀렸소이다. 옛날 소하와 조참은 고조와 함께 봉기해 큰일을 시작한 사람들이라 고조와 가장 가까운 사이였으나 한신은 초에서 도망쳐온 장수에 지나지 않은데도 고조가 그를 왕으로 세워 소하와 조참보다 높은 지위를 주었을 때, 그 때문에 그들이 화를 냈다는 말은 듣지 못했습니다. 한중왕께서 오호대장을 봉하셨으나 장군과는 형제의 의가 있어 한 몸처럼 생각하십니다. 장군이 곧 한중왕이요 한중왕이 곧 장군이니 어찌 다른 사람과 같겠습니까? 장군은 한중왕의 후한 은혜를 입으며 마땅히 근심 걱정을 함께 하고 화와 복을 같이 하셔야 하니 관직의 높고 낮음을 따지는 것은 옳지 않습니다. 깊이 생각해보시기 바랍니다."

관우는 크게 깨달아 두 번 절했다.

"내가 밝지 못해 그대가 아니면 큰일을 그르칠 뻔했소."

관우가 절을 하고 도장과 끈을 받으니 비시는 그제야 한중왕의 문서를 꺼내 관우에게 군사를 거느리고 번성을 치라고 명했다. 관우는 명을 받들고 즉시 부사인(傅士仁)과 미방을 선봉으로 세워 먼저 한 무리 군사를 이끌고 형주성 밖에 주둔하게 하고, 성안에서 잔치를 베풀어 비시를 대접했다.

즐겁게 술을 마시며 밤이 되었는데 별안간 성 밖 영채에서 불이 일어났다. 관우가 급히 갑옷을 걸치고 말에 올라 나가보니 부사인과 미방이 술을 마시다 장막 뒤에서 잠깐 실수로 튕긴 불씨가 화포에 옮겨붙은 것이었다. 툭탁 튀는 소리가 온 영채를 울리고 각종 기물과 식량이 남김없이 불에 타 사라졌다. 관우가 군사를 거느리고 밤새 불을 꺼 겨우 불길을 잡고 부사인과 미방을 불러 크게 나무랐다.

"내가 너희를 선봉으로 삼았는데 출병도 하기 전에 숱한 군수품을 불태우고 군사들을 죽게 하여 일을 그르치니 너희를 살려두어 무슨 쓸모가 있겠느냐?"

관우가 두 사람 목을 치라고 호령하자 비시가 말렸다.

"출병하기 전에 먼저 대장을 베면 싸움에 이롭지 못하니 잠시 그 죄를 면해 주십시오."

노기가 가시지 않은 관우는 두 사람을 꾸짖었다.

"비 사마의 낯을 보지 않았으면 반드시 너희를 베었으리라!"

관우는 두 사람에게 곤장 40대를 치게 하고 선봉 도장과 끈을 벗겨버렸다. 벌을 주어 미방은 남군을 지키게 하고, 부사인은 공안을 지키게 하면서 조건을 달았다.

"내가 이기고 돌아오는 날, 조금이라도 잘못이 있으면 두 죄를 합쳐 벌을 주겠다."

두 사람은 얼굴에 부끄러운 빛이 가득해 떠났다. 관우는 요화를 선봉으로

關雲長怒斥二將
乙酉春

삼고 관평을 부장으로 하며 마량과 이적을 참모로 써서 정벌 길에 올랐다.

그보다 전에 호화의 아들 호반이 형주로 찾아왔다. 관우는 옛날 그가 구해 준 정을 보아 매우 아끼고 사랑하다 그에게 서천으로 가서 한중왕을 뵙고 벼슬을 받게 하려고 비시를 따라가게 했다.

그날 장수 깃발에 제사를 지내고 관우가 장막 안에서 잠깐 조는데 별안간 소만큼 크고 시커먼 돼지 한 마리가 뛰어들어와 관우의 발을 덥석 물었다. 크게 노한 관우가 급히 검을 뽑아 내리치자 비단을 찢는 소리가 나 놀라 깨어보니 꿈이었다. 이상하게도 꿈에 물린 왼발이 뜨끔뜨끔 아파와, 덜컥 의심이 들어 관평을 불러 꿈 이야기를 해주자 듣기 좋게 해몽했다.

"돼지에게도 용의 상이 있습니다. 용이 발에 붙었으니 날아오를 징조라 의심하고 꺼리실 게 없습니다."

관우가 그래도 속이 개운치 않아 사람들에게 꿈 이야기를 하자 상서로운 징조라는 이도 있고 상서롭지 못하다는 주장도 있어 공론이 같지 않았다. 관우는 시원시원하게 말했다.

"내가 대장부로서 나이 60에 가까우니 죽더라도 무슨 유감이 있겠소!"

사람들이 구구히 말하는데 촉에서 사자가 도착해 한중왕의 뜻을 전했다. 관우를 전장군에 임명해 절을 주어 군령을 행사하게 하고, 월을 주어 군사를 지휘하게 하며, 형주 아홉 군의 일을 도맡아보게 한다는 것이었다. 관우가 명을 받드니 사람들이 절하면서 축하했다.

"이로써 돼지용의 상서로움을 충분히 알 수 있습니다."

관우는 더 의심하지 않고 군사를 일으켜 양양을 향해 나아갔다.

조인은 갑자기 관우가 온다고 하자 깜짝 놀라 성을 굳게 지키려 했으나 부하 중에는 싸우고 싶어 하는 사람들이 있어 부장 적원이 주장했다.

◀ 관우는 두 사람 목을 치라고 호령

“위왕께서 장군께 오와 약속해 형주를 치게 하셨는데, 그가 제 발로 찾아오니 스스로 죽으러 오는 것인데 어찌 피합니까?”

참모 만총이 반대했다.

“나는 이전부터 운장이 용맹하고 슬기로워 가볍게 맞서서는 안 된다는 것을 알고 있소. 굳게 지키는 것이 상책이오.”

장수 하후존이 반박했다.

“그것은 허약한 선비의 말이오. ‘물이 밀려오면 흙으로 막고 장수가 다가오면 군사로 맞이한다[水來土掩수래토엄 將至兵迎장지병영]’는 말도 듣지 못하셨소? 우리 군사는 편안히 앉아 지친 적을 기다리니 마땅히 이길 수 있소.”

조인은 하후존 말에 따라 만총에게 번성을 지키게 하고 친히 군사를 거느리고 관우를 맞이하러 나갔다.

조조 군사가 온다는 소식을 듣고 관우가 관평과 요화에게 계책을 주어 나아가게 하니 양쪽 군사가 진을 치고 요화가 말을 몰아 나가 적원과 어울렸으나 이내 말을 돌려 달아나고, 적원이 뒤를 쫓아와 형주 군사는 20리를 물러섰다.

이튿날 또 나가 싸움을 걸자 하후존과 적원이 달려 나와 형주 군사가 또 물러서자 조조 군사가 뒤를 쫓았다. 20리를 쫓아가는데 갑자기 등 뒤에서 요란한 고함과 함께 북소리, 나팔 소리가 울려 조인이 선두에게 급히 돌아서라고 명했으나 관평과 요화가 쫓아와 조조 군사는 크게 어지러워졌다.

조인은 계책에 걸린 것을 알고 한 무리 군사를 뽑아 나는 듯이 양양으로 달려갔다. 성에서 몇 리 떨어진 곳에 이르자 앞에서 수놓은 깃발이 나부끼는데 관우가 말 위에 앉아 칼을 가로 들고 길을 막았다. 조인이 속이 떨려 감히 싸우지 못하고 양양을 비스듬히 스쳐 도망치자 관우는 쫓지 않았다.

잠시 후 하후존이 이르러 힘을 떨쳐 관우에게 달려들었으나 단번에 칼에 찍혀 말에서 떨어졌다. 그것을 보고 적원이 도망치자 관평이 따라가 단칼에 베어 버렸다. 이긴 기세를 몰아 들이쳐 조조 군사는 반 이상이 양강에 빠져 죽고 조인은 번성으로 물러가 지켰다.

양양을 얻은 관우가 장졸들에게 상을 주고 백성을 두루 어루만지자 종군사마 왕보(王甫)가 걱정했다.

"장군께서 북 한번 울려 진격하는 것으로 단숨에 양양을 빼앗으시니 조조 군사는 질겁했습니다. 저의 미련한 생각으로는 오의 여몽이 육구에 군사를 주둔하고 호시탐탐 형주를 삼키려 하고 있으니 만약 그가 곧장 형주를 취하면 어찌하시겠습니까?"

관우는 자신만만했다.

"나도 그 생각을 했네. 자네가 이 일을 맡게. 강기슭을 따라 아래위로 20리, 혹은 30리를 사이에 두고 높은 언덕을 골라 봉화대를 만들어 각기 50명 군사가 지키게 하게. 오군이 강을 건너면 낮에는 연기를 올리고, 밤에는 불을 지펴 신호를 올리게. 내가 직접 가서 물리치겠네."

왕보는 또 다른 근심거리를 지적했다.

"미방과 부사인이 중요한 두 곳을 지키며 힘을 다하지 않을까 두려우니 반드시 다른 사람을 보내 형주를 지키게 해야 합니다."

"치중 반준에게 지키게 했는데 무슨 걱정이 있겠나?"

"반준은 평생 시기가 심하고 이득을 너무 밝혀 쓸 수 없습니다. 군량과 말먹이 풀을 맡은 조루(趙累)에게 대신하게 하는 것이 좋습니다. 조루는 사람됨이 충성스럽고 청렴해 만에 하나도 문제가 없을 것입니다."

관우는 귀찮아했다.

"나도 평소 반준의 사람됨을 아는데, 지금 이미 보내기로 했으니 다시 바꿀 수가 없네. 조루가 맡은 군량과 말먹이 풀도 중요한 일이니 자네는 이것저것 의심하지 말고 가서 봉화대나 잘 쌓도록 하게."

왕보는 불편한 마음으로 관우에게 인사하고 떠나고, 관우는 관평에게 배를 갖추게 하여 양강을 건너 번성을 공격했다.

두 장수를 잃고 번성으로 물러난 조인은 무안해하며 만총에게 말했다.

"공의 말을 듣지 않아 군사는 패하고 장수는 죽었소. 양양을 잃었으니 어찌 해야 하오?"

"운장은 호랑이 같은 장수입니다. 슬기롭고 꾀가 많아 가볍게 맞설 수 없으니 굳게 지키기만 해야 합니다."

이때 관우가 강을 건너 번성으로 쳐들어온다고 하자 조인은 놀랐으나 만총은 침착했다.

"굳게 지키기만 하면 됩니다."

조인의 부하 여상이 분노해 나섰다.

"군사 수천 명을 주시면 양강에서 적을 막겠습니다."

"아니 되오!"

만총이 말리자 여상이 소리쳤다.

"당신네 문관들은 언제나 굳게 지키기만 해야 한다는데, 병법에 '적군이 강을 반쯤 건넜을 때는 칠 수 있다'하는 말을 듣지 못했소? 지금 관우 군사가 양강 가운데에 왔는데 어찌 치지 않겠소? 적군이 성벽 아래에 이르고 장수가 해자에 이르면 급히 막아내기 어렵소."

조인은 여상에게 군사 2000명을 주어 번성을 나가 적을 맞으라고 했다. 여상이 강어귀에 가보니 앞에서 수놓은 깃발이 양쪽으로 갈라지면서 관우가 칼을 가로 들고 말을 몰아 나왔다. 여상이 마주나가 싸우려 하는데 뒤에 늘어선 군사들이 관우의 늠름한 모습을 보더니 그 신 같은 위풍에 눌려 싸우지도 않고 슬금슬금 도망쳐 버렸다. 여상이 버럭버럭 고함쳐도 달아나는 군사를 멈추어 세울 수 없었다.

관우가 군사를 휘몰아 달려드니 여상의 군사는 크게 패해 반 이상이 사라지고 나머지는 부랴부랴 번성으로 달려 들어갔다. 조인은 허도로 사람을 보내 조조에게 급한 소리를 했다.

"관우가 양양을 깨뜨리고 번성을 에워싸 사납게 공격합니다. 어서 대장을 보내 구원해주시기 바랍니다."

조조가 한 사람을 가리켰다.

"자네가 가서 번성의 포위를 풀게."

조조 말에 그가 얼른 나서는데 사람들이 보니 우금이었다.

"장수 한 사람을 선봉으로 내주시어 함께 가게 해주십시오."

"누가 감히 선봉으로 나서겠는가?"

조조의 물음에 한 사람이 선뜻 나섰다.

"제가 개와 말의 힘을 다해 관 아무개를 사로잡아 휘하에 바치겠습니다."

조조가 그 사람을 보고 대단히 기뻐했다.

이야말로

동쪽 오가 와서 틈 엿보기 전에
북쪽 위에서 먼저 군사 보내더라

이 사람은 누구일까?

74

관우는 강물로 우금 사로잡아

방덕은 관 들고 죽기로써 싸우고
관우는 물 놓아 조조 군사 빠뜨려

조조 앞에 선뜻 나선 사람은 바로 방덕이었다. 조조는 대단히 기뻐했다.

"운장은 세상에 위엄이 떨쳐 적수를 만나지 못했는데, 이제 영명(방덕의 자)을 만났으니 참으로 강적이 되겠네."

우금의 벼슬을 정남장군으로 높이고 방덕을 정서도선봉으로 높여 일곱 갈래 군사를 크게 일으켜 번성으로 나아가게 하니 모두 북방의 튼튼하고 건장한 사나이들이었다.

【'일곱 갈래 군사'에 대해 설이 많은데, 나관중 본의 주해에 따르면 한나라 군대는 다섯 사람이 한 오(伍)가 되고, 다섯 오가 한 대(隊)가 되며, 한 군(軍)은 1만 2500명이니 일곱 갈래면 8만 7500명이라 했다.】

군사를 거느린 장수 동형과 동초가 우금에게 인사하며 말했다.

"장군께서 일곱 갈래 강한 군사를 거느리고 번성의 위험을 풀어주러 가시는데, 방덕을 선봉으로 삼으면 일을 그르치지 않을까 걱정입니다."

동형의 말에 우금이 놀라 까닭을 묻자 설명했다.

"방덕은 원래 마초의 부장으로 옛 주인이 촉에서 오호대장으로 있고, 친형 방유도 서천에서 벼슬을 하니 그를 선봉으로 삼으면 '불에 기름을 끼얹는[火上加油화상가유]' 격이 되지 않을까 걱정입니다. 장군은 어찌하여 위왕께 말씀드려 다른 사람으로 바꾸지 않으십니까?"

우금이 그날 밤 승상부에 들어가 아뢰자 조조는 문득 깨닫고 방덕을 섬돌 아래로 불러 선봉 도장을 내놓게 했다. 방덕은 깜짝 놀랐다.

"저는 대왕을 위해 힘을 다하려 하는데 어찌하여 그러십니까?"

"내가 처음에는 의심하지 않았으나 마초와 자네 형 방유가 서천에서 유비를 보좌하고 있으니, 내가 의심하지 않더라도 뭇사람 입을 어찌 막겠는가?"

방덕은 섬돌에 머리를 탁탁 조아려 얼굴에 피를 흘리며 애타게 말했다.

"저는 한중에서 대왕께 항복하고 두터운 은혜에 감격해 간과 뇌수를 땅에 쏟더라도 보답할 길이 없는데 어찌 이 덕을 의심하십니까? 이 덕이 옛날 고향에서 형과 함께 살 때 형수가 몹시 어질지 못해 술기운을 빌려 칼을 들어 죽였습니다. 형은 이 덕을 뼈에 사무치게 미워해 다시는 만나지 말자고 맹세를 했으니 정이 이미 끊겼습니다. 옛 주인 마초는 용맹하나 꾀가 없어, 군사가 패하고 땅을 잃어 홀로 서천에 들어가 이 덕과 다른 주인을 섬기니 옛 의리가 사라진 지 역시 오래입니다. 이 덕은 대왕의 은혜로운 보살핌에 감동하는데 어찌 다른 마음이 싹트겠습니까? 깊이 살펴보시기 바랍니다."

조조는 손수 방덕을 부축해 일으키고 위로했다.

"내가 이전부터 경이 충성스럽고 의로운 줄을 잘 아네. 아까는 특별히 사람들 마음을 안정시키려 했을 뿐이니 경은 힘을 내어 공로를 세우게. 경이 나를 저버리지 않는다면 나도 절대 경을 저버리지 않겠네."

방덕은 절을 해 고맙다고 인사하고 집으로 돌아가는 길에 목수에게 말해 나무 관을 하나 짜게 했다. 이튿날 사람들을 잔칫상에 청하고 관을 대청에 내놓으니 친척과 벗들이 보고 모두 놀랐다. 방덕이 잔을 들고 설명했다.

"내가 위왕의 두터운 은혜를 입고 목숨을 바쳐 보답하기로 맹세했소. 번성으로 가서 관 아무개와 결전을 벌이게 되는데, 내가 그를 죽이지 못하면 반드시 그의 손에 죽게 될 것이고 혹여 그에게 죽임을 당하지 않으면 스스로 죽어야 할 것이오. 미리 관을 마련했으니 절대 헛걸음을 하고 돌아오지 않겠다는 각오를 보여주려는 것이오."

사람들은 모두 탄식했다.

방덕은 아내 이씨와 아들 방회(龐會)를 불렀다.

"내가 선봉이 되었으니 의리로 보아 싸움터에서 목숨을 바쳐야 하오. 내가 죽으면 내 아들을 잘 기르시오. 아들은 특이한 상이 있으니 자라서 반드시 나를 위해 원수를 갚을 것이오."

아내와 아들은 통곡하며 방덕을 떠나보냈다. 떠나기 전에 방덕은 부하 장수들에게 말했다.

"자네들은 여러 해 나를 따라다녀 서로 속마음을 잘 아네. 내가 큰일을 부탁하니 부디 내 마음을 저버리지 말기 바라네. 내가 번성으로 가서 관 아무개와 죽기를 무릅쓰고 싸울 텐데, 내가 죽임을 당하면 주검을 이 관에 넣게. 만약 관 아무개를 죽이면 머리를 이 관에 담아 위왕께 바치려 하네."

부하 장수들은 똑같이 말했다.

"장군께서 이처럼 충성스럽고 용맹하시니 저희가 어찌 힘을 다해 싸우지 않겠습니까!"

방덕은 군사를 이끌고 나아갔다.

누가 이야기를 전해주자 조조는 즐거워했다.

"방덕의 충성과 용맹이 이러하니 내가 무엇을 근심하겠나!"

곁에 있던 가후가 귀띔했다.

"방덕이 혈기에 찬 용맹으로 관우와 죽기를 무릅쓰고 결전을 벌이려 하니 신은 은근히 걱정스럽습니다."

조조는 그 말을 옳게 여겨 급히 방덕에게 사람을 보내 경고했다.

"운장은 슬기와 용맹을 두루 갖추었으니 절대 얕보아서는 아니 되네. 칠 만하면 치고 칠 수 없으면 조심스레 지키는 것이 바람직하네."

방덕은 조조의 명을 듣고 장수들에게 선언했다.

"대왕께서는 어찌 이처럼 관 아무개를 무겁게 보시나? 나는 이번에 관우가 30년 쌓은 명성을 반드시 꺾고야 말 것이오."

우금이 말했다.

"위왕 말씀은 누구도 따르지 않을 수 없네."

방덕이 군사를 재촉해 번성으로 가서 무력을 뽐내고 위풍을 자랑하며 징과 북을 울리자 소식이 화살처럼 관우에게 날아갔다. 관우는 발끈해 낯빛이 변하더니 아름다운 수염을 부르르 떨며 무섭게 화를 냈다.

"천하 영웅들이 모두 내 이름을 듣고 두려워하며 탄복하지 않는 사람이 없거늘 방덕이라는 되어 먹지 못한 녀석이 어찌 감히 나를 얕본단 말이냐? 관평은 계속 번성을 공격하라. 내가 그 변변찮은 놈을 베어 한을 풀겠다!"

관평이 말렸다.

"아버님께서는 태산같이 무거우신 몸으로 한낱 돌멩이와 높낮이를 다투셔서는 아니 됩니다. 이 아들이 아버님을 대신해 방덕과 싸우러 가겠습니다."

"내가 싸움터에 나오고부터 군사 앞에 서지 않은 적이 없었다. 방덕이 어떤 녀석인데 감히 나를 모욕한단 말이냐?"

"아들이 듣자니 세상 사람들은 '버마재비가 발끈 화를 내더라도 어찌 수레

바퀴를 막을 수 있느냐'고 합니다. 참새를 잡기 위해 진귀한 구슬을 날려서는 아니 되고, 파리 때문에 화를 내며 검을 뽑으면 헛되이 신 같은 위엄을 낭비한다고 합니다. 헤아려보면 방덕이야 쥐 같은 자인데 아버님께서 수고스럽게 친히 맞서실 게 있습니까?"

관우가 일렀다.

"네가 먼저 시험 삼아 가보아라. 내가 곧 뒤따라 후원하겠다."

관평이 군사를 거느리고 나가 방덕을 맞받아 진을 치는데 위군 진에 검은 깃발이 한 폭 세워졌으니 거기에는 '남안 방덕'이라는 흰 글자 네 개가 큼직하게 쓰여 있었다. 푸른 전포에 은 갑옷을 걸친 방덕이 강철 칼을 들고 백마에 올라 진 앞으로 나오자 뒤에 500명 군사가 바짝 따라서고 보졸 몇 사람이 어깨에 관을 메고 나오니 관평이 욕을 퍼부었다.

"서강 군졸 나부랭이야! 주인을 배반한 도적놈아! 네 어찌 감히 나를 모욕하느냐!"

방덕이 군졸에게 물었다.

"저게 누구냐?"

"관우 양자 관평입니다."

방덕이 외쳤다.

"나는 위왕 명을 받들고 네 아비 머리를 가지러 왔다. 너는 아직 대가리 부스럼도 낫지 않은 어린놈이라 죽이지 않을 테니 어서 아비를 불러오너라!"

관평이 크게 노해 칼을 춤추며 달려가자 방덕도 칼을 들고 마주나와 30합을 싸웠으나 승부가 나지 않아 양쪽에서 징을 울려 불러들였다. 관우가 듣고 크게 노해 요화에게 번성을 공격하게 하고 친히 방덕과 싸우러 가서 칼을 가로 들고 말을 달렸다.

"관운장이 여기 있다! 방덕은 어찌하여 어서 와서 죽임을 당하지 않느냐!"

북소리가 울리며 방덕이 말을 달려 나왔다.

"위왕 명을 받들고 특별히 네 머리를 가지러 왔다. 너희가 믿지 않을까 염려해 여기 관을 준비했으니 죽음이 두려우면 어서 말에서 내려 항복하라!"

관우가 꾸짖었다.

"가늠해보면 너야말로 하찮은 사내일 뿐인데 무슨 재주가 있겠느냐! 아쉽게도 내 청룡도가 너 따위 쥐 같은 도적을 베게 되었구나!"

그가 말을 달리며 칼을 춤추자 방덕도 칼을 휘두르며 나와 100여 합을 싸웠으나 두 장수는 점점 정신이 또렷해졌다. 양쪽 군사들은 놀라운 싸움을 구경하느라 정신이 없었다. 방덕이 잘못되기나 할까 두려워 위군에서 징을 울려 군사를 거두자 관평 또한 징을 울려 두 장수는 각기 물러섰다.

방덕이 영채로 돌아와 말했다.

"사람들이 관공을 영웅이라 하더니 오늘에야 믿을 수 있겠구나."

우금이 이르러 물었다.

"장군이 운장과 싸워 100합을 넘겼으나 우세를 차지하지 못했다던데 어찌하여 잠시 군사를 물려 피하지 않소?"

방덕이 선뜻 대답했다.

"위왕께서는 장군을 대장으로 임명하셨는데 어찌 이렇게 약하게 구시오? 내가 내일 관 아무개와 결판을 낼 테니 맹세코 물러서거나 피하지 않겠소!"

말을 마치자 수염과 머리카락이 곤두서니 우금은 영채로 돌아갔다.

관우는 영채로 돌아와 관평에게 말했다.

"방덕은 칼을 다루는 법이 익숙해 참으로 내 적수더라."

관평이 권했다.

"속담에 '갓 태어난 송아지 호랑이 무서운 줄 모른다[初生之犢不懼虎초생지독불구호]'고 했습니다. 아버님께서는 이자를 베더라도 그저 서강 군졸 나부랭이 하나를 죽일 뿐이니 만약 실수라도 생기면 큰아버님 부탁을 무겁게 여기는 노릇이 아닙니다."

관우는 무서운 호통으로 대꾸했다.

"이놈아, 내가 이자를 죽이지 않고서야 어찌 한을 풀겠느냐! 내 뜻은 이미 굳어졌으니 더 말하지 마라!"

이튿날 관우가 군사를 이끌고 나가자 방덕도 나와 일제히 말을 달려 어울렸다. 50여 합에 이르러 방덕이 칼을 끌며 달아나자 관우가 쫓아가니 관평도 아버지가 실수할까 두려워 역시 쫓아갔다. 관우가 말을 달리며 욕을 퍼부었다.

"방가 놈아! 네가 칼을 끄는 계책을 쓰려 하지만 내 어찌 너를 무서워하겠느냐?"

방덕은 짐짓 칼을 끄는 시늉을 하다 칼을 안장에 걸고 슬며시 활을 꺼내 화살을 쏘았다. 관평이 보고 높이 외쳤다.

"적장은 몰래 활을 쏘지 마라!"

관우가 급히 눈을 크게 뜨고 보았지만 시위 소리가 울리며 화살이 벌써 이르러 왼팔에 꽂혔다. 관평이 말을 달려와 관우를 구해 영채로 돌아갔다.

고삐를 당겨 말을 돌린 방덕이 칼을 휘두르며 쫓아가는데 별안간 진에서 징이 요란스레 울리니 후군에 무슨 일이 생기지 않았나 걱정해 급히 돌아갔다.

방덕이 화살로 관우를 맞히자 우금은 그가 큰 공을 세울까 겁내 징을 울려 군사를 거두게 한 것이었다. 방덕이 돌아와 우금에게 물었다.

"어찌하여 징을 울렸소?"

"위왕의 경고가 있소. 운장은 슬기와 용맹을 두루 갖추었다고 말이오. 그가 화살에 맞았으나 속임수가 있을까 두려워 군사를 거둔 것이오."

방덕이 아쉬워했다.

"징을 울리지 않았으면 내가 벌써 이 사람을 베었을 것이오."

우금이 능청스레 말했다.

"예로부터 '급히 움직이면 잘 걷지 못한다[緊行無好步긴행무호보]'는 말이 있으니 천천히 꾀해야 하오."

관우가 영채로 돌아와 화살을 뽑으니 다행히 깊이 박히지 않아 쇠붙이에 다친 상처에 쓰는 금창약을 바르고 장수들에게 말했다.

"내가 맹세코 이 화살 원수를 갚겠다!"

장수들이 권했다.

"장군께서는 며칠 편안히 쉬고 싸우셔도 늦지 않습니다."

이튿날 또 방덕이 군사를 이끌고 와서 싸움을 걸어 관우가 바로 나가려 했으나 장수들이 말렸다. 방덕이 군사를 시켜 상스러운 욕을 퍼부었으나 관평은 요충지를 지키며 관우에게 말하지 않았다. 방덕이 10여 일 싸움을 걸었으나 나와 맞서는 사람이 없자 우금과 상의했다.

"보아하니 관우는 화살 상처가 도져 움직이지 못하는 게 분명하오. 이 기회를 빌려 일곱 갈래 군사를 거느리고 우르르 영채로 쳐들어가면 번성의 포위를 구할 수 있소."

우금은 방덕이 성공할까 두려워 위왕 경고를 방패 삼아 군사를 움직이지 않았다. 방덕은 거듭 군사를 움직이자고 했으나 우금은 허락하지 않고 일곱 갈래 군사를 모두 번성 북쪽 10리 떨어진 곳으로 옮겨, 산에 의지해 영채를 세웠다. 우금의 군사가 큰길을 막고, 방덕의 군사는 골짜기 뒤에 주둔시켰다. 방덕이 나가 공을 세우지 못하게 하려는 것이었다.

관평은 관우의 화살 상처가 아물자 우금이 번성 북쪽으로 옮겼다고 보고했다. 관우가 말을 타고 높은 언덕에 올라 바라보니 번성 성벽 위에는 깃발들이 정연하지 못해 군사들이 어지러이 움직이고, 북쪽 산골짜기 안에 군사가 있었다. 자세히 살펴보니 가까운 양강의 물살이 매우 세차 길잡이에게 물었다.

"저쪽 산골짜기는 이름이 무엇이냐?"

"증구천입니다."

【'증(罾)'은 물고기를 잡는 삼태기니 그 지세를 가늠할 만했다.】

대답을 듣고 관우는 대단히 기뻐했다.

"우금이 반드시 나에게 잡힌다."

"장군께서 어찌 아십니까?"

"물고기가 삼태기 입에 들어갔으니 어찌 오래 살겠느냐?"

【우금의 성인 '우(于)'와 물고기 '어(魚)'가 중국어에서는 똑같이 '위'로 발음된다. 물고기가 그물 입에 들어갔으니 오래 버틸 수 없다는 뜻이다.】

장수들은 그 말을 믿지 않았다.

때는 8월인데 며칠째 소나기가 내려, 관우가 배와 뗏목을 갖추고 물에서 쓸 기구들을 마련하게 하자 관평이 물었다.

"뭍에서 대치하는데 물에서 쓰는 기구는 무엇하려 하십니까?"

"우금의 일곱 갈래 군사가 넓고 안전한 땅에 있지 않고 험하고 좁은 증구천에 모였다. 비가 주룩주룩 내려 양강 물이 불어 넘치는데 내가 사람을 보내 여러 곳 물목을 막았으니 곧 물이 가득 찰 것이다. 높은 곳에서 배를 타고 물을 터뜨리면 번성과 증구천 군사는 모두 물고기와 자라 밥이 된다."

관평은 절을 하며 탄복했다.

위군이 증구천에 주둔하는데 연이어 며칠 큰비가 그치지 않자 하급 장수 성하가 우금을 찾아갔다.

"우리 대군이 강어귀에 있는데 지세가 아주 낮고, 흙산이 있기는 하지만 영채에서 멉니다. 비가 많이 내려 군사들이 고생하는데 형주 군사가 높은 언덕으로 옮겨 배와 뗏목을 마련한다고 합니다. 강물이 불어나면 위급해지니 일찍 대비하셔야 합니다."

우금이 꾸짖었다.

"같잖은 녀석이 군사의 마음을 흩으려 하느냐? 다시 뭐라고 말하는 자는 목을 치겠다!"

낯이 벌게져 물러간 성하가 방덕을 찾아가니 대찬성이었다.

"자네가 제대로 보았네. 우 장군이 군사를 옮기려 하지 않으면 내가 거느린 군사만이라도 내일 다른 곳으로 옮기겠네."

그날 밤 비바람이 세차게 몰아쳐 방덕이 장막 안에 앉아 있는데, 만 마리 말이 내닫는 듯 지축을 흔드는 소리가 나며 싸움을 알리는 북소리가 울렸다. 깜짝 놀라 달려 나와 말에 오르자 사방에서 홍수가 급하게 몰려왔다. 일곱 갈래 군사가 어지러이 도망치는데 물결에 흘러가고 파도에 말려든 자가 얼마인지 숫자를 헤아릴 수 없었다. 평지에 물이 10자 넘게 고여 우금과 방덕은 각기 장수들을 데리고 작은 산으로 피했다.

날이 밝자 관우와 장수들이 큰 배를 타고 깃발을 휘두르며 북 치고 고함지르며 내려왔다. 우금이 돌아보니 사방에 길이라고는 없고 옆에 겨우 50여 명이 남았을 뿐이라 도망칠 수도 없어 항복하겠다고 소리쳤다. 관우는 우금과 무리의 갑옷을 벗겨 배에 가두고 방덕을 잡으러 갔다.

방덕과 동형, 동초, 성하와 보졸 500명이 갑옷을 걸치지 못한 채 둑 위에서 있었다. 관우가 오는 것을 본 방덕은 두려워하지 않고 선뜻 싸우려고 나섰으나 관우가 배를 풀어 네 방향으로 방덕을 단단히 에워싸고 군사들이 일제히 활을 쏘아 태반이 화살에 맞아 죽었다. 형세가 위급해지자 동형과 동초가

周倉水中擒龐德
乙酉春日 蔡雄畫

방덕에게 권했다.

"군사의 반은 잃거나 다쳤고 사방에 길이 없으니 항복합시다."

방덕은 크게 노했다.

"내가 위왕의 두터운 은혜를 입었거늘 어찌 다른 사람에게 굽히겠느냐?"

칼을 휘둘러 동형과 동초의 목을 베었다.

"다시 항복의 말을 꺼내는 자는 이 두 사람과 같은 꼴이 될 것이다!"

남은 사람들은 모두 힘을 떨쳐 적을 막았다. 동틀 무렵부터 벌어진 싸움이 한낮에 이르는데 방덕의 용기와 힘은 점점 늘어났다. 관우가 군사를 재촉해 화살과 돌멩이를 비 오듯 날리는데 방덕은 군졸들에게 짧은 병기를 들고 싸우게 했다. 방덕이 성하를 돌아보았다.

"듣자니 '용맹한 장수는 죽음을 겁내 구차하게 피하려 하지 않고, 장한 사나이는 절개를 굽혀 목숨을 구하지 않는다[勇將不怯死以苟免용장불겁사이구면 壯士不毁節而求生장사불훼절이구생]'고 하네. 오늘은 내가 죽는 날일세! 자네는 힘을 다해 죽기를 무릅쓰고 싸우게."

성하가 명령에 따라 나아가자 관우가 화살을 날려 물에 떨어뜨렸다. 군졸들은 모두 항복하고 방덕이 혼자 남아 싸우는데 형주 군사 수십 명이 쪽배를 몰아 둑으로 다가가자 방덕은 칼을 들고 몸을 훌쩍 날려 쪽배에 오르더니 단숨에 10여 명을 찍어 죽였다. 다른 군사들은 배를 버리고 물에 뛰어들어 목숨을 건졌다.

방덕이 한 손에 칼을 들고 짧은 노를 저어 번성으로 가려 하는데 상류에서 한 장수가 삿대를 저어 큰 배를 몰고 와 부딪치니 쪽배가 엎어져 방덕은 물에 빠졌다. 큰 배의 장수가 물에 뛰어들어 방덕을 사로잡아 끌어올렸다. 장수는 주창이었다. 원래 헤엄을 잘 쳤는데 형주에서 살면서 물에 더욱 익숙해졌고

◀ 주창은 물에 뛰어들어 방덕 사로잡다.

힘도 세어 방덕을 사로잡을 수 있었다. 우금의 일곱 갈래 군사는 모두 물에서 죽고, 헤엄을 칠 줄 아는 자들은 갈 길이 없어 항복하고 말았다.

관우가 언덕에 돌아와 장막 윗자리에 앉자 무사들이 우금을 압송해 왔다. 우금이 땅에 엎드려 목숨을 살려달라고 애걸하자 관우가 물었다.

"네가 어찌 감히 나에게 항거하느냐?"

우금이 비굴하게 빌었다.

"위에서 명령해 보내니 제 마음대로 움직일 수 없었소이다. 군후께서 가엾게 여겨주시면 반드시 목숨을 바쳐 보답하겠소이다."

관우는 수염을 틀어쥐고 웃었다.

"내가 너를 죽이면 개나 돼지를 죽이는 격이니 공연히 내 칼과 도끼만 더러워질 뿐이다!"

관우는 우금을 묶어 형주 감옥으로 보내 처분을 기다리게 했다. 그다음 방덕이 끌려오는데 눈썹을 곤두세우고 무릎을 꿇지 않아 관우가 물었다.

"네 형이 한중에 있고 너희 옛 주인도 촉에서 대장 노릇을 하는데 너는 어찌하여 일찍 항복하지 않았느냐?"

방덕은 크게 노했다.

"되어 먹지 못한 놈아, 항복이라니 무슨 소리냐! 우리 위왕께서는 갑옷 군사 100만을 거느리고 위엄을 천하에 떨치시는데, 유비는 시원치 않은 재주만 가졌을 뿐이니 내가 칼에 맞고 죽을지언정 어찌 항복하겠느냐?"

방덕이 욕을 그치지 않아 관우는 장막 밖으로 끌어내 목을 치게 했다. 방덕이 목을 길게 늘여 형벌을 받자 관우는 가엾게 여겨 묻어주었다.

물이 아직 물러가지 않아 다시 싸움배에 올라 장졸들을 이끌고 번성을 공격하러 갔다. 번성 주위에는 흰 파도가 솟구치면서 물이 점점 불어나 성벽이 차츰 물에 젖어 무너졌다. 사람들이 흙을 지고 벽돌을 날랐으나 막아

낼 수 없자 장수들은 넋이 허공에 떠 급히 조인에게 청을 드렸다.

"오늘 위험은 사람 힘으로는 구할 수 없습니다. 관우의 군사가 아직 포위를 마무리 짓지 못한 틈을 타 밤에 배를 타고 떠나면 비록 성은 잃더라도 몸은 지킬 수 있습니다."

조인이 배를 갖추어 떠나려 하자 만총이 말렸다.

"아니 됩니다. 산의 물이 급하게 몰려왔으니 어찌 오래가겠습니까? 열흘이 지나지 않아 저절로 빠집니다. 관우는 여기 와서 성을 공격하면서 이미 다른 장수를 겹성 아래로 보내 허도 이남의 고을들이 소란스러워졌습니다. 그가 선불리 나아가지 못하는 것은 우리 군사가 뒤를 칠까 걱정해서입니다. 지금 성을 버리고 가면 황하 남쪽은 나라 소유가 되지 못하니 장군은 성을 단단히 지켜 나라의 장벽이 되시기 바랍니다."

【겹성은 허도에서 가까운데, 정사 《삼국지》에 의하면 그때 허도 남부의 적지 않은 관리들이 관우가 보낸 도장과 끈을 받아, 관우가 밀어 올리기만 하면 바로 귀순하려 했다. 그런데도 관우가 북상하지 못한 이유를 만총이 지적한 것이다.】

조인은 두 손을 모아 잡고 감사드렸다.

"백녕의 가르침이 아니었으면 내가 대사를 그르칠 뻔했소."

그는 백마를 타고 성벽에 올라 장수들을 모았다.

"나는 위왕 명을 받들고 이 성을 지킨다! 성을 버리려는 자는 목을 치겠다!"

백마를 본보기로 삼아 목을 쳐 물에 던지자 장수들이 모두 맹세했다.

"저희는 죽음을 무릅쓰고 성을 지키겠습니다!"

조인이 성 위에 활과 쇠뇌를 수백 벌 차려놓자 장졸들은 밤낮으로 성을 지키며 누구도 감히 게으름을 피우거나 맥을 풀지 못했다. 성안 주민들이 늙은이와 어린아이 할 것 없이 모두 흙과 돌을 날라 성벽 구멍을 메우니 열흘이 되지 않아 물이 거의 빠졌다.

관우는 우금을 비롯한 위의 장수와 군졸들을 사로잡은 뒤 천하에 위엄이 더욱 떨쳐 놀라지 않는 사람이 없었다. 갑자기 둘째 아들 흥(興)이 아버지와 형님을 보러 영채로 오자 그에게 장수들의 공로를 적어 성도로 가서 한중왕을 뵙고 모두 벼슬을 올려달라고 청하게 했다.

그런 뒤 군사를 반으로 나누어 겹성 아래로 보내고 사방으로 번성을 공격했다. 관우가 친히 북문에 가서 말을 세우고 채찍을 쳐들어 성을 가리켰다.

"너희 쥐 같은 무리가 일찍 항복하지 않고 언제까지 기다리느냐? 성을 깨뜨리면 풀 한 포기 남기지 않겠다!"

적루 위에서 조인이 바라보니 관우가 가슴을 가리는 엄심갑만 걸치고 푸른 전포를 비스듬히 헤쳐 몸이 드러나 있었다. 급히 활잡이, 쇠뇌잡이 500명을 불러 일제히 살을 날렸다. 관우가 고삐를 잡아당겨 말을 돌리는데 오른팔에 쇠뇌 살이 꽂혀 몸을 뒤집으며 말에서 떨어졌다.

이야말로

물속의 일곱 군사 넋을 잃자마자
눈먼 화살 한 대에 몸을 상했네

관우 목숨은 어떻게 될까?

75

화타는 뼈 갉아 관우 팔 치료

관운장은 뼈를 갉아 독 치료하고

여자명은 흰옷 입고 강을 건너다

관우가 말에서 떨어지자 조인이 성 밖으로 공격해 나왔다. 관평이 힘을 떨쳐 물리치고 관우를 구해 팔에서 쇠뇌 살을 뽑았으나 살촉에 발린 독이 이미 뼈에 스며들어, 살갗이 시퍼렇게 변하고 팔이 퉁퉁 부어 움직일 수 없었다. 관평은 급히 장수들과 상의했다.

"아버님께서 팔을 다치셨으니 어찌 적들과 싸우시겠소? 잠시 형주로 돌아가 조리하는 편이 낫겠소."

관평이 장수들과 함께 장막에 들어가 뵙자 관우는 전혀 아파하는 기색 없이 윗자리에 앉아 있었다.

"저희는 군후께서 팔을 다치셔서 적을 무찌르기가 불편하실까 하여 잠시 형주로 돌아가면 좋겠다고 의논했습니다."

관우는 화를 냈다.

"내가 바로 번성을 손에 넣어 뒤쪽 걱정을 없애고 허도로 달려가 역적 조조를 제거해 황실을 안정시키려 하는데, 어찌 자그마한 상처 때문에 큰일을 그르칠 수 있겠느냐? 너희가 감히 군사의 사기를 꺾으려 하느냐?"

관평과 장수들은 말없이 물러갔으나 관우는 아무래도 팔이 아팠다. 관우가 군사를 물리지 않고 상처도 아물지 않아 장수들은 사방으로 명의를 수소문했다.

어느 날 강동에서 한 사람이 쪽배를 타고 와 영채 앞에 이르러 관평을 찾았다. 모난 두건을 쓰고 넓은 옷을 입었는데, 팔에 푸른 주머니를 걸고 있었다.

"이 몸은 패국 초군 사람으로 성은 화(華)에 이름은 타(佗)요, 자는 원화(元化)라 합니다. 관 장군은 천하의 영웅이신데 독화살에 다치셨다고 하여 특별히 치료해 드리러 왔소이다."

"혹시 옛날 오의 주태를 치료한 분이 아니십니까?"

"그렇소이다."

관평은 너무나 기뻐 장수들과 함께 화타를 안내해 장막 안으로 들어갔다. 관우는 팔이 아팠으나 군사의 사기가 꺾일까 염려해 내색하지 않고 마침 마량과 바둑을 두고 있었다. 예절을 차려 인사를 마치고 화타가 팔을 보여주기를 청해, 관우가 옷을 벗어 윗몸을 드러내고 팔을 보이자 화타가 말했다.

"쇠뇌 살촉에 바곳(투구꽃) 독을 발라 독기가 뼛속까지 스며들었으니 빨리 치료하지 않으면 팔을 못 쓰게 됩니다."

관우가 물었다.

"어떤 방법으로 치료해야 하오?"

"저에게 치료법이 있습니다만 군후께서 두려워하실까 걱정입니다."

관우는 웃으며 대꾸했다.

"나는 죽음조차 집으로 돌아가는 것 정도로 아는데 두려울 게 무엇이오?"

화타가 치료법을 설명했다.

"조용한 곳에 기둥을 세우고 큼직한 고리를 박아 팔을 고리 안에 걸고 밧줄로 묶습니다. 이불로 머리를 감싸고 뾰족한 칼로 살을 째고 뼈를 드러내, 거기 스민 독을 칼로 깨끗이 긁어낸 후 약을 바르고 상처를 꿰맵니다. 그래야 무사한데 군후께서 견디실 수 있을지 걱정입니다."

"그거야 쉬운 일이지! 기둥과 고리는 준비해 무엇하겠소?"

관우는 웃으며 술상을 차려 화타를 대접하고, 술을 몇 잔 마신 후 마량과 계속 바둑을 두면서 팔을 내밀어 째도록 했다. 화타는 뾰족한 칼을 들고 한 사람에게 큼직한 대야를 받쳐 피를 받게 했다.

"곧 손을 쓸 테니 군후께서는 놀라지 마십시오."

화타 말에 관우는 아무렇지 않게 대답했다.

"마음대로 다루시오. 내 어찌 속된 자들처럼 아픔을 두려워하겠소?"

화타가 관우의 팔에 칼을 대고 가죽과 살을 헤쳐 뼈가 드러나니 이미 시퍼렇게 변해 있었다. 화타가 칼로 뼈를 긁는데 벅벅 소리가 사람들의 귀를 울려, 장막 아래위에서 보는 사람들이 모두 얼굴을 싸쥐고 낯빛이 하얗게 질렸다. 관우는 술을 마시고 고기를 먹으며 이야기하고 웃으면서 바둑을 두는데, 조금도 아픈 기색이 없었다.

잠시 후 피가 대야에 가득 넘치는데, 화타는 뼈에 스민 독을 말끔히 긁어낸 후 약을 바르고 실로 상처를 꿰맸다. 관우는 껄껄 웃으며 자리에서 일어나 장수들에게 말했다.

"이 팔을 예나 다름없이 펴는데 전혀 아프지 않으니 선생은 참으로 신의(神醫)로다!"

화타가 감탄했다.

"저는 평생 의원 노릇을 하지만 이런 일은 처음입니다. 군후께서는 참으로 하늘의 신이십니다!"

關雲長刮骨療毒
乙酉春
蕭雄畫

관우가 다시 술상을 차려 고마운 뜻을 나타내니 화타가 당부했다.

"군후의 상처가 낫더라도 여전히 팔을 아끼셔야 하니 절대 노기가 치밀어 상처가 덧나게 하지 마십시오. 100일이 지나면 전과 같이 회복됩니다."

관우가 금 100냥을 사례로 내놓자 화타는 사절했다.

"저는 군후의 높은 의로움을 받들어 특별히 와서 치료했으니 어찌 보답을 바랍니까?"

화타는 기어이 금을 받지 않고 상처에 바를 약을 한 첩 남기고 떠났다.

관우가 우금을 사로잡고 방덕을 베어 위엄이 크게 떨치니 온 나라가 놀랐다. 허도에서 조조도 놀라 사람들을 모아 상의했다.

"내가 예전부터 운장의 슬기와 용맹이 세상의 으뜸임을 아는데, 형주와 양양을 차지했으니 호랑이에게 날개가 돋친 격일세. 우금이 사로잡히고 방덕이 머리를 잘려 위군의 날카로운 기세가 꺾였으니 만약 그가 곧바로 허도로 달려오면 어찌하는가? 내가 수도를 옮겨 피할까 하네."

사마의가 충고했다.

"아니 됩니다. 우금을 비롯한 장졸들은 물에 잠겼을 뿐이지 싸움에 진 것은 아니니 나라 대계에는 별 손해가 없습니다. 지금 손권과 유비 사이가 틀어져 운장이 뜻을 이루면 손권이 좋아하지 않습니다. 대왕께서는 오로 사자를 보내 이로움과 해로움을 따져 손권에게 가만히 군사를 일으켜 운장의 뒤를 밟아 치도록 하십시오. 일이 이루어지는 날, 강남땅을 떼어 주겠다고 약속하시면 번성의 위험이 풀립니다."

조조는 수도를 허도에 그대로 두기로 하고 탄식했다.

"우금이 나를 따라다니기 30년인데 위험에 부딪혀서는 방덕에게도 미치지

◀ 화타가 칼로 뼈를 긁어도 관우는 태연히

못할 줄이야! 오로 사자를 띄워 글을 보내고, 반드시 대장 한 사람을 보내 운장의 날카로운 기세를 막아야 하네."

섬돌 아래에서 한 장수가 나섰다.

"제가 가고 싶습니다!"

서황이었다. 조조는 정예 군사 5만을 주어 서황을 주장으로, 여건을 부장으로 하여 낙양 남쪽 양릉파로 나아가 주둔하면서 오에서 호응하기를 기다려 진군하라고 명했다.

조조의 글을 받은 손권이 상의하자 장소가 걱정했다.

"운장이 우금을 사로잡고 방덕을 베어, 위엄이 세상에 떨치니 조조가 수도를 옮겨 기세를 피할 생각까지 했다고 합니다. 번성이 위급해져 조조가 구원을 바라는데 일이 이루어진 뒤에 말을 뒤집을까 걱정됩니다."

이때 별안간 육구의 여몽이 와서 말씀을 올렸다.

【여몽은 노숙의 뒤를 이어 육구에서 오군을 거느리고 있었다.】

"관우가 번성을 에워싸고 터무니없이 우쭐거리며 천하에 적수가 없는 듯이 여기니 그가 없는 틈을 타 형주를 치면 됩니다. 형주를 얻으면 그를 사로잡을 수 있는데 지금 바로 치지 않으면 뒷날 강동의 큰 걱정거리가 됩니다. 주공께서는 살펴보시기 바랍니다."

손권이 엉뚱한 소리를 했다.

"내가 북쪽으로 가서 서주를 치려고 하는데 어떻소?"

"조조는 머나먼 하북에 있어 미처 동쪽을 돌볼 사이가 없고, 서주를 지키는 군사도 많지 않으니 그곳을 꾀하면 자연히 이기실 수 있습니다. 하오나 그 지세는 육지 싸움에는 이로우나 물싸움에는 이롭지 않아서 얻는다 해도 8만 군사로는 지켜내기 어렵습니다. 먼저 형주를 쳐서 장강을 통째로 차지한 뒤 다시 좋은 방도를 찾는 것이 좋습니다."

손권이 마음속 말을 했다.

"내가 실은 형주를 손에 넣고 싶었는데 특별히 경을 시험해보았을 뿐이오. 경은 속히 나를 위해 움직여주시오. 내가 뒤이어 군사를 일으키겠소."

여몽이 육구로 돌아가자 정탐꾼이 보고했다.

"강변을 따라 아래위로 20리, 혹은 30리를 두고 높은 언덕마다 봉화대가 생겼습니다."

형주 군사가 이미 대비했다는 말을 듣고 여몽은 깜짝 놀랐다.

"급히 손을 쓰기 어렵다. 오후 앞에서 형주를 치기로 약속했는데 어찌한단 말이냐?"

거듭 궁리해도 뾰족한 계책이 없어 여몽은 병을 핑계로 바깥에 나오지 않았다. 소식을 듣고 손권이 안타까워하자 육손이 짚었다.

"여자명 병은 거짓입니다."

"백언(육손의 자)이 거짓을 안다니 한번 가보게."

육손이 육구로 달려가 여몽을 보니 얼굴에 병색이 없었다.

"주공의 명을 받들고 삼가 병문안하러 왔습니다."

"천한 몸이 우연히 병이 났는데 수고스럽게 오시다니요?"

"주공께서 무거운 책임을 맡기셨는데 움직이지 않고 힘들어하시니 어찌하여 그러십니까?"

한참이 지나도록 여몽이 말이 없자 육손이 또 물었다.

"어리석은 저에게 작은 처방이 있어 장군 병을 고칠 수 있는데 어떨지 모르겠습니다."

여몽은 곁의 사람들을 물리치고 부탁했다.

"어서 좋은 처방을 가르쳐주시기 바라오."

"장군 병은 두 가지 때문인데 형주 군사가 잘 정돈되어 있고 강변을 따라 봉화대가 세워진 것이지요. 저에게 계책이 있으니 강변을 지키는 군사가 봉화를 올리지 못하고 형주 군사가 손을 묶고 귀순하게 할 수 있습니다."

여몽은 놀랐다.

"백언 말은 내 폐부를 꿰뚫었으니 좋은 계책을 듣고 싶소!"

"관우는 스스로 영웅이라 믿고 적수가 없다 여기니 반드시 패하고 맙니다. 병법에 '적을 가볍게 보는 자는 반드시 사로잡힌다[而易敵者이이적자 必擒於人필금어인]'고 했습니다. 그가 걱정하는 사람은 오직 장군뿐이니 장군은 병을 핑계로 벼슬을 내놓고 육구의 책임을 다른 사람에게 넘기십시오. 그 사람을 보내 낮은 자세로 관우를 찬미해 더욱 교만하게 만들면, 관우는 반드시 형주 군사를 번성으로 돌립니다. 그 때 군사 한 대를 움직여 기이한 계책으로 습격하면 형주는 반드시 손안에 들어옵니다."

여몽은 크게 기뻐 병을 핑계로 손권에게 글을 보내 사직을 청했다. 육손이 건업으로 돌아가 계책을 자세히 설명하자 손권은 여몽을 건업으로 불렀다.

"육구의 책임을 옛날에 주공근은 노자경을 추천해 대신하게 했고, 후에 자경은 또 경을 추천해 뒤를 잇게 했소. 경도 재주와 신망을 두루 갖춘 사람을 추천해 대신하도록 해야 하오."

여몽이 다른 생각을 말했다.

"신망이 알려진 사람을 쓰면 관우가 틀림없이 경계합니다. 육손은 깊이 생각하고 멀리 내다보지만 이름이 알려지지 않았으니 관우가 마음에 두지 않을 것입니다. 그를 쓰시어 신을 대신하게 하면 반드시 일을 이룹니다."

손권이 그날로 육손을 편장군, 우도독으로 임명해 여몽 대신 육구를 지키게 하자 육손은 겸손하게 사양했다.

"저는 어리고 배운 것이 없어 무거운 책임을 맡지 못합니다."

"자명이 경을 보증해 추천했으니 틀림없네. 사양하지 말게."

손권의 권유에 육손은 절을 하고 도장과 끈을 받아 육구로 달려갔다. 기병과 보병, 수군을 인수한 뒤 바로 글을 지어 이름난 말과 훌륭한 비단, 좋은 술 따위의 예물을 갖추어 관우에게 사자를 보냈다.

그동안 관우는 화살 상처를 치료하느라 군사를 움직이지 않는데 갑자기 오의 정세를 알리는 보고가 올라오고, 새로 육구를 맡은 육손의 사자가 왔다 하여 불러들였다.

"손중모가 식견이 얕아 어린아이를 장수로 삼았구나."

사자는 엎드려 부들부들 떨며 찾아온 뜻을 아뢰었다.

"육 장군이 글을 올리고 예물을 갖춘 것은 첫째로 군후께 축하를 드리기 위함이고, 둘째로 양쪽에서 사이좋게 보내시기를 바라서이니 웃으며 받아주시면 참으로 다행이겠습니다."

관우가 글을 읽어보니 내용이 지극히 공손해, 얼굴을 쳐들고 껄껄 웃으며 예물을 받고 사자를 돌려보냈다.

사자가 돌아가 관우가 기꺼워하며 더는 강동을 근심하는 뜻이 없더라고 전하자 육손은 가만히 알아보았다. 과연 관우가 형주 군사를 반 이상 빼내 번성으로 보내고, 화살 상처가 낫기만 하면 곧 진군하려 한다는 것을 알고 손권에게 보고했다. 손권은 여몽을 불렀다.

"관우가 군사를 반 이상 빼냈으니 이제 형주를 칠 수 있소. 경이 내 아우 교(皎)와 함께 대군을 이끌고 나아가면 어떠하오?"

손교의 자는 숙명(叔明)으로 손권의 숙부 손정의 둘째 아들이었다. 여몽이 대답했다.

"주공께서 이 몽을 쓸 만하다고 여기시면 몽만 써주시고, 숙명을 쓸 만하다고 보시면 숙명만 쓰십시오. 주공께서는 전날 주유와 정보의 일을 듣지 못하셨습니까? 주유가 좌도독, 정보가 우도독이 되어 일은 주유가 결정했으나 정보는 오래된 신하로서 주유 아래에 있는 것이 싫어 사이가 껄끄러웠습니다. 후에 정보는 주유의 재주를 보고서야 탄복했는데, 몽의 재주는 주유에 미치지 못하고 주공과 친하기는 숙명이 정보보다 더하니 서로 어울리지 못할까 두렵습니다."

손권는 크게 깨달아 여몽을 대도독으로 임명해 강동 여러 길의 군사를 모두 지휘하게 하면서 손교는 군량과 말먹이 풀을 맡아 지원하게 했다. 여몽은 3만 군사와 쾌속선 80여 척을 거느리고, 물에 익숙한 자들을 골라 장사꾼으로 꾸며 모두 흰옷을 입고 배 위에서 노를 젓게 했다. 정예 군사는 구록이라 부르는 선창이 깊은 큰 배 속에 감추었다.

【구록은 오 땅의 특유한 배인데, 제일 큰 것은 길이가 200자나 되고 700여 명을 실을 수 있었다.】

한당을 비롯한 장수들을 잇달아 나아가게 하고 나머지 장졸들은 오후 손권을 따라 후대가 되어 여러 길의 군사를 구하게 했다.

군사를 나누어 움직이기를 마친 여몽은 오후에게 아뢰어 조조에게 사자를 띄워 관우의 뒤를 습격해 달라 하고, 흰옷 입은 가짜 장사꾼들에게 쾌속선을 몰아 심양강으로 나아가게 했다. 가짜 장사꾼들이 밤에 낮을 이어 북쪽 기슭에 닿자 강변 봉화대를 지키는 군사들이 신분을 물어, 미리 준비한 대로 대답했다.

"우리는 장사꾼인데 강에서 바람에 막혀 잠깐 피하러 왔습니다."

군사들에게 뇌물을 주니 강변에 정박하게 내버려 두었다.

밤이 되자 큰 배 안의 정예 군사가 일제히 뛰어나와 봉화대를 지키는 군사를 밧줄로 묶고, 80여 척 배의 군사가 모두 뛰어나와 봉화대 군사를 잡아 들여 한 사람도 놓치지 않았다. 그들이 기세 좋게 형주로 나아갔으나 움직임을 알아챈 사람이 아무도 없었다.

형주에 이르러 여몽은 봉화대 군사를 끌어내 좋은 말로 달래고 후한 상을 내리면서, 성을 지키는 군사를 속여 성문을 열고 불을 질러 신호로 삼게 했다. 그들이 한밤중에 성 아래에 이르자 성안에서 알아보고 바로 성문을 열었다. 그들이 '우와!' 소리 지르며 쳐들어가 성안에서 불을 지르자 오군이 일제히 달려 들어갔다.

여몽이 명령을 돌렸다.

"한 사람이라도 죽이거나 백성의 물건을 하나라도 빼앗는 자는 군법으로 처벌한다!"

주민들을 털끝 하나 다치지 않자 날이 밝으니 집마다 향불을 피우며 오군을 맞이했다. 여몽은 형주 관리들을 자기 자리에 계속 있게 하고 관우의 식솔은 다른 집에 데려가 사람들이 해치지 못하게 했다.

어느 날, 큰비가 쏟아져 여몽이 말에 올라 부하 몇을 데리고 형주성의 네 문을 돌아보는데 한 군졸이 백성의 삿갓을 집어 군대의 갑옷을 덮는 것을 보고 호령해 붙잡고 보니 같은 고향 사람이었다.

"내가 평생 고향 사람이나 성이 같은 사람은 해치지 않기로 맹세했는데 너는 고향이 같으나 명령을 따르지 않고 잘못을 범했으니 군법에 따라 처벌해야 한다. 내 맹세는 개인의 것이고 군령은 공적인 것이니 어찌 개인의 맹세 때문에 공적인 법을 어지럽힐 수 있겠느냐?"

군졸이 눈물을 흘리며 빌었다.

"저는 빗물이 군대의 갑옷을 적실까 두려워 삿갓을 빌려 덮은 것이지 개인적으로 쓴 것이 아니니 고향 사람 정을 보아 용서해주시기 바랍니다!"

"나도 잘 알기는 하나 백성의 물건은 가져오지 말아야 했다."

여몽이 매섭게 호령해 그의 목을 치고 머리를 두루 돌려 보인 뒤 주검을 거두어 묻어주고 눈물을 흘리니 모든 군사가 떨면서 엄숙해졌다. 길에 물건이 떨어져도 줍지 않을 지경이었다.

며칠 후 손권이 와서 수고를 위로하고 전과 같이 반준을 치중으로 삼아 형주의 정사를 맡게 했다. 우금을 감옥에서 풀어 돌려보내고, 백성을 안정시키며 장졸들에게 상을 내린 후 잔치를 베풀어 축하하고 여몽에게 물었다.

"형주는 얻었지만 부사인이 지키는 공안과 미방이 막는 남군은 어찌해야 하오?"

선뜻 한 사람이 나섰다.

"활 한 장, 화살 한 대도 쓰지 않고 제가 썩을 줄 모르는 세 치 혀를 믿고 공안의 부사인을 달래어 항복을 드리게 하겠습니다."

사람들이 보니 우번이라 손권이 물었다.

"중상은 어떤 계책으로 부사인을 귀순시킬 수 있소?"

"저는 어릴 적부터 부사인과 사이가 두터웠으니 이익과 해로움을 따져 설득하면 반드시 주공 아래로 들어옵니다."

손권이 크게 기뻐 500명 군사를 내주어 우번이 공안으로 달려가자 부사인은 형주를 잃었다는 소식을 듣고 성문을 닫아걸고 굳게 지켰다. 우번이 항복을 권하는 글을 성안으로 쏘아 보내자 부사인이 받아보고 생각을 굴렸다.

'관공이 떠나며 나를 미워했으니 일찍 항복하는 게 좋다.'

부사인이 성문을 활짝 열고 맞아들이니 우번은 손권이 너그러워 현명한 이를 예절로 대하고 아랫사람을 따뜻하게 보살핀다고 설득했다. 부사인은 도장과 끈을 지니고 형주로 가서 항복했다. 손권이 기뻐 그에게 그대로 공안을 지키게 하려 하자 여몽이 가만히 아뢰었다.

"관우를 잡지 못했는데 부사인을 공안에 남겨두면 반드시 변이 생깁니다.

그를 남군으로 보내 미방을 귀순시키는 것이 좋습니다."

손권이 부사인을 불렀다.

"미방이 경과 사이가 좋으니 그를 귀순시키면 후한 상을 내리겠소."

부사인은 시원스레 명을 받들어 10여 명 기병을 이끌고 남군으로 갔다.

이야말로

오늘 공안에서 지킬 뜻이 없으니
이전에 왕보가 좋은 말을 했었지

이번에 가는 일은 어찌 될까?

76

옥은 부서져도 빛깔 변치 않아

서공명은 면수에서 크게 싸우고
관운장은 패하여 맥성으로 가다

형주를 잃었다는 소식을 듣고 미방이 걱정하는데 공안을 지키는 부사인이 찾아왔다.

"내가 충성스럽지 않은 게 아니라 형세가 위급하고 힘이 빠져 더는 버틸 수 없어서 오에 항복했으니 장군도 일찌감치 항복하는 것이 좋겠소."

미방은 선뜻 응낙하지 않았다.

"한중왕의 두터운 은혜를 입었는데 어찌 배반하겠소?"

"관공이 우리 두 사람을 몹시 미워하니 이기고 돌아오면 가볍게 용서하지 않을 것이오. 깊이 생각해보시오."

"우리 형제는 한중왕을 섬긴 지 오래인데 어찌 하루아침에 배반한단 말이오?"

미방이 머뭇거리는데 마침 관우가 사자를 보냈다.

"군후께서 군량이 모자라 특별히 남군, 공안 두 곳의 쌀 10만 섬을 가지러

왔습니다. 두 장군에게 밤낮을 이어 군영으로 날라 오라고 이르시면서 하루 어기면 40대, 이틀 어기면 80대를 때리고, 사흘 늦으면 목을 치겠다고 하셨습니다."

미방은 깜짝 놀라 부사인에게 말했다.

"형주가 오의 손에 들어갔으니 어찌 그곳을 지나 군량을 나르오?"

부사인이 날카롭게 소리쳤다.

"더 의심할 게 없소!"

검을 뽑아 바로 사자를 베니 미방이 깜짝 놀랐다.

"어찌 이러시오?"

"관공의 뜻은 우리 두 사람 목을 치려는 것이니 어찌 손을 묶고 죽여주기를 기다리겠소? 공이 오에 항복하지 않으면 반드시 관공에게 죽임을 당하오."

이때 별안간 여몽의 군사가 성 아래에 다가오자 미방은 놀라 부사인과 함께 성을 나가 항복했다. 손권은 두 사람에게 후한 상을 내리고 백성을 안정시킨 후 잔치를 베풀어 삼군을 위로했다.

조조가 허도에서 형주 일을 상의하는데 오에서 손권이 글을 보내, 형주를 습격하려 하니 관우를 뒤에서 협공해달라고 부탁하면서 이렇게 끝을 맺었다.

'관우가 대비하지 못하도록 소식을 흘리지 마십시오.'

주부 동소가 제안했다.

"군사를 부리는 법은 각기 다르니 이번에는 비밀을 지키지 마십시오. 번성이 에워싸여 사람들이 목을 길게 빼고 구원을 바라는데, 손권의 말을 들어 비밀을 지키면 번성이 아침저녁으로 위험해집니다. 번성을 잃으면 형주 기세가 더욱 커지니 어찌 공략할 수 있겠습니까? 번성으로 글을 보내 군사의 마음을 달래고, 관우에게도 오에서 형주를 습격한다는 것을 알려야 합니다. 형주를 잃을까 두려워 속히 군사를 물릴 것이니 그때 서공명에게 몰아치게 하면 완전한 성공을 얻을 수 있습니다."

조조는 양쪽으로 글을 보내고 서황에게 사람을 보내 급히 싸우라 재촉한 후, 친히 대군을 거느리고 양릉 언덕으로 가서 조인을 구하려 했다.

서황이 조조의 명을 받고 알아보니 관평은 언성에 주둔하고 요화는 사총에 주둔해 앞뒤로 12개 영채가 줄줄이 이어졌다고 하여, 부장 서상과 여건에게 짐짓 '서황'이라고 쓴 깃발을 들고 언성으로 가서 관평과 싸우게 하고, 500명 정예 군사를 이끌고 언성의 뒤를 치러 갔다.

관평은 서황이 몸소 군사를 이끌고 왔다는 말을 듣고 3000명 군사를 이끌고 나아가 서상과 싸웠다. 겨우 세 번 어울리자 서상이 달아나고 여건이 나와 대여섯 합 싸우다 또 달아나 20여 리를 쫓아가며 무찔렀다. 이때 갑자기 언성 안에서 불이 일어나 급히 구하러 돌아서자 군사 한 떼가 앞을 가로막고 서황이 높이 외쳤다.

"관평 조카님은 죽고 사는 것도 모르는구나! 형주가 이미 오에 넘어갔는데도 여전히 여기서 미쳐 날뛰다니!"

관평이 말을 달려 서황에게 덮쳐들었으나 서너 합도 싸우지 못해 삼군이 소리를 지르고 성안에서 불길이 거세졌다. 관평이 싸울 엄두가 나지 않아 길을 뚫고 사총 영채로 달려가자 요화가 맞아들였다.

"여몽이 형주를 차지했다 하오. 군사들 마음이 허둥거리니 어쩌면 좋겠소?"

"틀림없이 헛소문이오. 다시 말하는 자가 있으면 목을 치시오."

갑자기 보고가 들어왔다.

"북쪽 첫 영채가 서황의 공격을 받습니다."

"첫 영채를 잃으면 다른 영채들이 안전하지 못하오! 여기는 면수와 가까워 적이 감히 오지 못하니 내가 장군과 같이 가서 첫 영채를 구하겠소."

관평의 말에 요화가 장수들을 불러 분부했다.

"영채를 굳게 지키며 적이 오면 불을 올려 신호를 보내라."

장수들이 대답했다.

"사총 영채는 녹각을 열 겹이나 박아 하늘을 나는 새도 들어오지 못하는데 어찌 적을 걱정하겠습니까!"

관평과 요화는 사총의 군사를 모두 일으켜 첫 영채로 달려갔다. 관평이 바라보니 위군이 나지막한 산에 주둔하고 있어서 요화에게 제의했다.

"서황이 불리한 곳에 있으니 밤에 영채를 습격하면 되겠소."

요화는 보다 신중했다.

"군사 반을 나누어 가시오. 내가 반을 데리고 영채를 지키겠소."

그날 밤 관평이 군사를 이끌고 위군 영채로 달려갔으나 사람 하나 보이지 않았다. 서황이 계책을 부렸음을 알고 부리나케 물러서는데 서상과 여건이 양쪽으로 덤벼들어 크게 패하고 영채로 돌아갔다.

위군이 쫓아가 첫 영채를 에워싸자 관평과 요화는 버티지 못하고 사총 영채로 달려갔다. 영채 안에서 불길이 솟구쳐 급히 달려가 보니 영채에 꽂힌 것은 모두 위군 깃발이었다. 두 사람이 군사를 물려 번성으로 통하는 큰길로 달아나자 앞에서 군사가 가로막으니 대장은 서황이었다. 관평과 요화는 힘을 다해 죽기로써 싸워 큰 영채로 돌아와 관우에게 보고했다.

"서황이 언성을 비롯한 여러 곳을 빼앗고, 조조가 대군을 이끌고 세 길로 나누어 옵니다. 여몽이 형주를 빼앗았다고 전하는 사람들이 많습니다."

관우가 호통쳤다.

"적이 헛소문으로 우리 군사의 마음을 흔들려는 수작이다! 오에서는 여몽이 병세가 위중해 어린아이 육손이 대신했으니 걱정할 나위가 없다."

이때 서황의 군사가 이르러 관우가 말을 갖추라 명하자 관평이 말렸다.

"아버님 몸이 낫지 않았으니 나가 싸우셔서는 아니 됩니다."

"서황은 옛날 나와 사귄 적이 있어 그 재주를 잘 안다. 그가 물러가지 않으면 목을 베어 위의 장수들에게 경고하겠다."

관우가 칼을 들고 말에 올라 선뜻 나아가니 위군이 바라보고 놀라 두려워하지 않는 자가 없었다. 관우는 고삐를 잡아당겨 말을 세우고 물었다.

"서공명은 어디 있는가?"

서황이 말을 달려 나와 몸을 약간 일으켜 인사했다.

"군후와 헤어지고 어느덧 몇 해가 지났으나 군후의 수염과 머리카락이 희끗희끗해질 줄은 몰랐구려. 옛날 한창나이에 군후를 따르며 가르침을 많이 받아 고마운 마음은 한시도 잊지 않았소. 이제 군후의 영웅 풍채가 세상에 떨치니 옛 친구는 탄복하면서 부러워하는데, 지금 다행히 만나 뵈니 목마른 사람이 물을 생각하듯 그리던 마음이 참으로 위안을 받는구려."

관우가 물었다.

"내가 공명과 사귄 정이 깊고 두터워 남과 다른데, 어찌하여 내 아들을 여러 번 궁지에 빠뜨렸소?"

그 말을 듣고 서황은 장수들을 돌아보며 날카롭게 외쳤다.

"운장의 머리를 얻는 자는 천 냥 금을 준다!"

"공명은 어찌 그런 말을 하는가?"

"오늘은 나랏일이니 감히 사사로운 정으로 폐하지 못하겠소!"

서황이 커다란 도끼를 휘두르며 달려들자 관우는 크게 노해 칼을 휘둘러 80여 합을 싸웠다. 관우는 누구보다 무예가 뛰어나나 오른팔이 제대로 힘을 내지 못해 혹시 실수라도 할까 두려워 관평이 급히 징을 울렸다. 관우는 말을 돌려 영채로 돌아갔다.

사방에서 고함이 요란하게 울리며 번성에서 조인이 달려 나와 서황과 협공하니 형주 군사는 크게 어지러워졌다. 관우가 장수들을 이끌고 양강 상류로 달려가자 위군이 쫓아왔다. 관우가 급히 양강을 건너 양양을 향해 달려가는데 별안간 유성마가 달려와 보고했다.

"형주를 여몽에게 빼앗기고 군후의 식솔이 오의 손에 들어갔습니다."

관우가 깜짝 놀라 양양으로 가지 못하고 공안으로 향하는데 또 정탐꾼이 달려왔다.

"공안의 부사인이 오에 항복했습니다."

뒤를 이어 보고가 들어왔다.

"부사인이 남군으로 가서 군후의 사자를 죽이고 미방과 함께 오에 항복했습니다."

관우는 노기가 치밀어 상처가 터지면서 쓰러져 까무러쳤다. 장수들이 구해 정신을 차리자 관우가 사마 왕보에게 말했다.

"내가 그대 말을 듣지 않아 몹시 후회되는데 이런 일이 생겼네그려!"

그런데 궁금한 것이 있었다.

"강변 봉화대에서는 어찌하여 불을 올리지 않았느냐?"

"여몽이 정예 군사를 배에 감추어 장사꾼으로 꾸미고 강을 건너와서 봉화대 군사를 모두 사로잡았습니다."

관우는 발을 구르며 한숨을 쉬었다.

"내가 간사한 도적놈 꾀에 걸렸으니 무슨 낯으로 형님을 뵙겠느냐?"

군량 보급을 맡은 조루가 제안했다.

"일이 급해졌으니 성도로 사람을 보내 구원을 청하고 육로로 형주를 치면 됩니다."

관우는 마량과 이적에게 성도로 달려가 구원을 청하게 하고 형주를 치러 갔다. 관우가 몸소 선두를 거느리고 요화와 관평이 뒤를 막았다.

번성의 포위가 풀려 조인이 군사들에게 상을 내리고 관우를 쫓아가려 하자 사마 조엄(趙儼)이 말렸다.

"옛날에 손권은 관우와 손을 잡고 자기들이 지친 틈을 타서 우리가 칠까 두려워 듣기 좋은 말로 위왕을 위해 힘을 내겠다고 했으나 실은 틈을 노려 변을 일으키고 승부를 구경하려고 했을 뿐입니다. 관우가 패해 외로운 군사가 허둥지둥 달아나는데 그래도 남겨두어 손권의 걱정거리로 삼는 것이 좋습니다. 공이 쫓아가시면 반드시 잡는다고 하기 어렵고, 손권이 생각을 바꾸어 우리 근심거리를 만들 수도 있습니다. 깊이 생각하십시오."

조인은 관우를 쫓지 않고 장수들을 이끌고 조조를 찾아가 눈물을 흘리며 패한 죄에 벌을 주기를 청했다. 조조가 위로했다.

"하늘이 정한 운일 뿐 자네들 죄가 아닐세."

조조는 방덕의 주검을 찾아 친히 절해 제사를 지내고 업군으로 옮겨 좋은 땅에 묻게 했다. 삼군에 후한 상을 내리고 사총 영채를 찾아가 둘러보고 장수들에게 말했다.

"형주 군사가 해자를 깊이 파고 녹각을 몇 겹이나 박았건만 서공명은 그 속으로 깊숙이 들어가 완전한 공로를 세웠네. 내가 군사를 부린 지 30년이 넘도록 감히 적의 포위 속으로 곧바로 들어가지 못했는데 공명은 참으로 용기와 식견이 모두 뛰어난 인물일세!"

사람들이 탄복하고 조조는 군사를 돌려 마파로 가서 주둔했다. 서황의 군사가 이르자 조조가 친히 영채에서 나와 맞이하는데 군사의 대오가 조금도 흐트러지지 않아 조조는 대단히 기뻐 칭찬했다.

"서 장군은 참으로 주아부(周亞夫)의 기풍이 있소!"

【전한 명장 주아부는 기원전 158년, 흉노 침입에 대비해 장안 부근 세류 땅을 지켰는데 기율이 매우 엄했다.】

조조는 서황을 평남장군으로 봉해 하후상과 함께 양양을 지키며 관우의 군사를 막게 했다. 형주가 아직 안정되지 않아 조조는 마파에서 소식을 기다렸다.

관우는 형주로 통하는 길에서 나아가기도 어렵고 물러서기도 힘들어 조루에게 물었다.

"앞에는 오군이 있고 뒤에는 위군이 있는데 내가 그 가운데에 있네. 구원병이 오지 않으니 어찌해야 하겠나?"

"옛적에 여몽은 육구에 있을 때 군후께 글을 보내 양쪽에서 사이좋게 지내면서 함께 조조를 치자고 약속한 적이 있는데, 도리어 조조를 도와 우리를 습격하니 동맹을 배반한 것입니다. 군후께서는 잠시 여기에 군사를 멈추시고 여몽에게 글을 보내 나무라고 그가 어찌 대답하는지 보시지요."

관우는 글을 지어 형주로 보냈다. 여몽은 형주에서 두루 명령을 돌리고 있었다.

'관공을 따라 출정한 장졸의 식솔을 건드리면 안 된다. 식량을 내주고 병에 걸리면 치료해 주어야 한다.'

출정한 장졸들의 식솔은 은혜에 감격해 이전과 다름없이 편안히 지내며 흔들리지 않았다. 관우의 사자가 오자 여몽은 성 밖으로 나가 예절로 맞이해 말머리를 나란히 하고 성안으로 들어갔다. 관우로부터 사자가 왔다는 말을 듣고 형주 사람들은 거리와 골목을 메우며 나와 기뻐했다. 여몽이 관우의 글을 읽고 말했다.

"이 몽이 옛날에 관 장군과 좋은 사이를 맺은 것은 개인의 사사로운 일이고, 오늘은 주공 명령을 받아 움직이니 공적인 일이라 나 스스로 결정할 수 없네. 돌아가 장군께 좋은 말로 내 뜻을 전해주게."

잔치를 베풀어 사자를 대접하고 역관에서 쉬게 하자 관우를 따라 출정한 장졸들 식솔이 찾아와 혈육의 소식을 물었다. 편지를 전해달라고 부탁하는 이도 있고 말로 전해달라는 사람도 있어, 모두 집안에는 별 탈이 없고 옷이나 음식이 모자라지 않는다고 말했다.

사자가 떠나자 여몽은 친히 배웅해 성 밖까지 나갔다. 사자는 관우에게 돌아와 여몽의 말을 전하고 덧붙였다.

"군후의 존귀한 식솔과 장졸들 집안은 모두 별 탈이 없습니다. 먹고 쓸 것을 제때에 내주어 모자라지 않다고 하니 걱정하지 마십시오."

관우는 크게 노했다.

"간사한 도적놈의 계책이다! 내가 살아서 이 도적을 죽이지 못하면 죽어서라도 반드시 없애 한을 풀겠다!"

관우가 호통쳐 사자가 영채에서 나오자 장수들이 모두 찾아와 집안일을 묻는데 사자의 대답은 한결같았다.

"모두 편안히 잘 지내고 있습니다. 여몽이 은혜를 베풀어 돌봐주고 있습니다."

그가 편지를 전해주니 장졸들은 기뻐하면서 싸울 마음이 없어져, 관우가 형주를 치러 가자 가만히 달아나 형주로 돌아가는 자들이 많았다. 관우가 더욱 한스럽고 분해 군사를 재촉하는데 별안간 고함이 울리며 군사 한 대가 길을 가로막고 대장 장흠이 높이 외쳤다.

"관우는 어찌 빨리 항복하지 않는가?"

"나는 한의 장수인데 어찌 도적에게 항복하겠느냐?"

관우가 말을 다그쳐 덮쳐들자 세 번도 어울리지 못해 장흠은 패하고 달아났다. 관우가 20여 리를 쫓아가자 갑자기 고함이 일어나며 한당과 주태가 양쪽에서 달려 나와 장흠과 힘을 합쳐 세 길로 협공하니 관우는 급히 군사를 돌렸다. 몇 리도 가지 못해 남산 언덕 위에 사람들이 모인 것이 보이며 흰 깃발 한 폭이 나부꼈다. 형주 토박이라는 뜻으로 '형주토인' 네 글자가 쓰여 있고 사람들이 외쳤다.

"이 고장 사람들은 어서 항복하라!"

관우가 크게 노해 언덕 위로 달려 올라가 사람들을 물리치려 하는데 군사 두 대가 뛰어나오니 정봉과 서성이었다. 장흠을 비롯한 세 길의 군사까지 합쳐 고함이 땅을 흔들고 북과 나팔이 하늘을 울렸다.

관우의 군사는 차츰 줄어들었다. 해가 저물 때까지 싸우다 관우가 멀리 바라보니 사방 언덕 위에 서 있는 사람들이 모두 형주의 민병들이었다. 아우는 형을 부르고 형은 아우를 부르며, 어버이는 아들을 찾고 아들은 아비를 찾아 고함이 그칠 줄 모르니 군졸들 마음이 변해 모두 부름에 응해 갔다. 관우가 말리고 호통쳤으나 소용이 없어 겨우 300여 명만 남았을 뿐이었다.

그날 밤중까지 싸우자 동쪽에서 고함이 울리더니 관평과 요화가 두 길로 달려와 겹겹의 포위를 뚫었다. 관평이 권했다.

"군사들 마음이 흐트러졌으니 성을 얻어 잠시 쉬면서 구원병을 기다리셔야 합니다. 맥성은 작지만 주둔하기에는 넉넉합니다."

관우가 남은 군사를 재촉해 맥성으로 들어가 네 문을 단단히 닫아걸고 사람들과 상의하자 조루가 제의했다.

"상용이 이곳과 가까운데 유봉과 맹달이 지키니 어서 사람을 보내 구원병을 청하십시오. 그들 도움을 받으며 서천에서 대군이 오기를 기다리면 장졸들 마음이 가라앉습니다."

네 방향으로 오군이 성을 에워싸 관우가 성벽에 올라 바라보니 대오가 정연하고 사람과 말이 씩씩했다.

"누가 오군을 뚫고 상용으로 가서 구원을 청하겠느냐?"

"제가 가겠습니다!"

요화가 대답하자 관우가 걱정했다.

"겹겹의 포위를 뚫지 못할까 걱정일세."

"목숨을 걸면 어디로인들 가지 못하겠습니까?"

요화가 비장하게 말하자 관평이 나섰다.

"내가 장군을 호송해 포위를 뚫겠소."

요화는 관우의 글을 몸에 감추고 말에 올라 성을 나갔다. 오의 장수 정봉이 길을 막았으나 관평이 힘을 떨쳐 싸우자 못 견디고 달아나 요화는 상용으로 달려갔다. 상용을 지키던 유봉과 맹달이 관우의 군사가 패했다는 소식을 듣고 의논하는데 요화가 달려왔다.

"관공께서 싸움에 지고 맥성에 에워싸이시어 지극히 위급한데 촉의 구원병은 하루 이틀 사이에 올 수 없습니다. 특히 저에게 명해 포위를 뚫고 구원을 청하게 하셨으니 두 장군은 속히 군사를 일으켜 구해주시기 바랍니다. 조금이라도 늦어지면 관공께서 적의 손에 들어가십니다."

"장군은 좀 쉬면서 우리가 상의하도록 해주시오."

유봉이 말해 요화는 역관으로 가서 상용에서 군사를 내기만 기다리는데, 맹달이 유봉에게 말했다.

"오군은 정예하고 장수는 용맹해 형주 아홉 군은 모두 그들에게 넘어가고 손바닥만 한 맥성만 남았소. 또 조조가 40만 대군을 마파에 주둔했다 하니 우리 작은 산성 무리로 어찌 양쪽의 강한 군사를 당하겠소? 양을 몰아 호랑이 굴에 넣는 격이니 섣불리 싸워서는 아니 되오."

"그것은 나도 알지만 관공은 내 숙부인데 어찌 구하지 않을 수 있겠소?"

유봉의 말에 맹달은 웃음을 터뜨렸다.

"장군은 관공을 숙부로 여기지만 관공은 장군을 조카로 보지 않을 것이오.

이 사람이 들은 바로는 한중왕께서 처음 장군을 아들로 삼으실 때 벌써 관공은 좋아하지 않았다 하오. 한중왕께서 왕위에 오르신 뒤 후계자를 정하려고 제갈공명에게 물으니 그가 대답했다 하오. '이는 집안일이니 관운장, 장익덕에게 물으시면 됩니다.' 한중왕께서 형주로 사람을 보내 관공에게 물었더니, 장군은 양자이니 친아들을 밀어내고 후계자로 세울 수 없다면서 멀리 보내 산골 작은 성인 상용이나 지키게 하라고 권했다 하오. 이 일은 누구나 아는데 장군만 모른단 말이오? 어찌 오늘 숙부와 조카의 의리에 얽매여 위험을 무릅쓰고 섣불리 움직이려 하오?"

유봉은 귀가 솔깃했으나 근심스러운 구석이 있었다.

"그 말이 옳기는 하나 무슨 말로 거절해야 하오?"

"상용이 우리 손에 들어온 지 얼마 되지 않아 민심이 안정되지 못했으니, 잃기라도 할까 두려워 함부로 군사를 일으키지 못하겠다고 말하시오."

이튿날 유봉이 그대로 답하니 요화는 깜짝 놀라 머리를 땅에 탁탁 찧었다.

"그러면 관공이 끝장납니다!"

맹달이 끼어들었다.

"우리가 가더라도 한 잔의 물로 어찌 수레의 불을 끄겠소? 장군은 어서 돌아가 촉군이 오기를 기다리면 될 것이오."

요화가 엉엉 울며 애걸했으나 유봉과 맹달은 소매를 떨치고 안으로 들어가 버렸다.

'반드시 한중왕께 달려가 구원을 청해야겠다!'

요화는 욕을 퍼부으며 성을 나가 성도를 향해 달려갔다.

관우가 맥성에서 상용 군사가 오기만을 학수고대하는데 아무 소식이 없었다. 군사가 겨우 500여 명 남았는데 반 이상이 상처를 입었고, 성안에 식량이 없어 몹시 고통스러웠다. 갑자기 보고가 들어왔다.

"성 아래에서 한 사람이 군후를 뵙고 할 말이 있다고 합니다."

관우가 들여보내게 하여 만나보니 제갈근이었다.

"오후 명을 받들고 특별히 장군을 권하러 왔소. 예로부터 '시기의 변화를 아는 자가 준걸[識時務者爲俊杰식시무자위준걸]'이라 하였소. 장군이 다스리던 아홉 군은 모두 다른 사람에게 속하고 외로운 성만 하나 남았는데, 안에는 식량과 말먹이 풀이 없고 밖으로는 구원하러 오는 군사가 없어 위험이 코앞에 닥쳤소. 장군은 어찌하여 오후께 귀순해 다시 형주를 지키면서 식솔을 보존하지 않으시오? 깊이 생각하시기 바라오."

관우가 정색했다.

"나는 해량 땅의 한낱 무예를 하는 사내였을 뿐인데 우리 주공께서 나를 손발(형제)로 대접해주셨소. 어찌 의리를 저버리고 적의 나라에 가겠소? 성이 깨진다면 죽음이 있을 뿐이오. 아들은 효성을 다하면서 죽고, 신하는 충성을 바치면서 죽소. '옥은 부서져도 흰 빛깔이 변하지 않고, 참대는 타더라도 마디가 망가지지 않는다[玉可碎옥가쇄 而不可改其白이불가개기백, 竹可焚죽가분 而不可毁其節이불가훼기절]'고 했소. 몸은 비록 죽더라도 이름은 죽백(竹帛, 역사책)에 길이 빛날 것이니 더 말하지 말고 어서 성을 나가시오. 내가 손권과 목숨을 걸고 결전을 벌이겠소!"

제갈근이 또 권했다.

"오후께서는 장군과 옛날 진(秦)과 진(晋)처럼 사돈을 맺어 힘을 합쳐 조조를 깨뜨리고 함께 한의 황실을 보좌하려 하실 뿐 다른 뜻이 없소. 장군은 어찌 이처럼 그릇된 것을 고집하시오?"

관평이 검을 뽑아 제갈근을 베려 하자 관우가 말렸다.

"그 아우 공명이 촉에서 네 큰아버지를 보좌하는데, 그를 죽이면 형제의 정을 상하게 하느니라."

관우가 좌우에 호령해 내보내니 제갈근은 얼굴에 부끄러운 기색이 가득해 성을 나가 손권에게 돌아갔다.

"운장은 마음이 쇠와 돌처럼 단단해 설득할 수 없습니다."

"참으로 충신이오!"

손권은 감탄하더니 답답한 듯 말했다.

"어찌해야 하겠소?"

"제가 점을 쳐 길흉을 알아보겠습니다."

여범이 시초 49대로 점을 쳐 적이 멀리 달아난다는 괘를 뽑자 손권이 여몽에게 물었다.

"적이 멀리 달아난다는데 경은 어떤 계책으로 사로잡겠소?"

여몽이 웃었다.

"제가 비밀히 정한 계책과 맞아떨어집니다. 관우에게 하늘로 솟구칠 날개가 돋더라도 제 그물을 벗어나지 못합니다!"

이야말로

용이 도랑에서 헤엄치면 새우가 조롱하고
봉황이 새장에 갇히면 까마귀가 업신여겨

여몽의 계책은 어떠할까?

77

미염공 죽자 적토마 굶어 죽어

옥천산서 관우 영검한 모습 보이고

낙양성에서 조조는 신에 감동하다

여몽이 계책을 말했다.

"제가 헤아려보면 관우는 군사가 적어 큰길로 달아나지 않고 맥성 북쪽 험준한 오솔길로 갑니다. 주연(朱然)에게 맥성 북쪽 20리 되는 곳에 5000명 군사를 매복시켜, 그들이 이르면 싸우지 말고 뒤를 쫓게만 하면 그들은 싸울 마음이 없어 임저로 달아납니다. 반장에게 500명 군사를 주어 임저 후미진 산속 오솔길에 매복시키면 사로잡을 수 있습니다. 맥성을 공격하되 북문을 비워 그가 달아나도록 하십시오."

손권은 그래도 미심쩍어 여범에게 다시 점을 치게 했다.

"적이 서북쪽으로 달아나는데 오늘 밤을 넘기 전에 사로잡힙니다."

손권이 명령을 내려 주연과 반장은 군사를 매복하러 갔다.

관우가 기병과 보병을 점검하니 겨우 300여 명이 남았는데 식량과 말먹이 풀이 바닥났다. 그날 밤 성 밖에서 오군이 여러 장졸 이름을 불러 성벽을 넘어 달아나는 자가 많고 구원병이 오지 않아 어찌해볼 길이 없는 관우가 왕보에게 물었다.

"그대 말을 듣지 않아 다시 후회되네! 오늘 위급해졌으니 어찌하면 되겠나?"

왕보가 울었다.

"오늘 일은 자아(강태공)가 다시 태어나도 길이 없습니다."

조루가 조언했다.

"상용의 구원병이 오지 않는 것은 유봉과 맹달이 군사를 움직이지 않기 때문입니다. 군후께서는 외로운 성을 버리고 서천으로 달려가 다시 군사를 정돈해 형주를 되찾으셔야 합니다."

"나도 그렇게 하려 하오."

관우가 성벽에 올라 살펴보니 북문에는 적군이 많지 않았다. 북문으로 나가면 후미진 산길이 서천으로 통한다는 것을 알고 그날 밤에 그 길로 나가기로 하자 왕보가 울었다.

"군후께서는 몸조심하십시오. 저는 100여 명 군사와 함께 죽기로써 이 성을 지키며 비록 성이 깨지더라도 몸은 항복하지 않을 것이오니, 오직 군후께서 구원하러 오시기만 기다리겠습니다!"

관우도 눈물을 흘리며 왕보와 헤어졌다. 주창을 남겨 왕보와 함께 맥성을 지키게 하고 관평, 조루와 같이 군졸 200여 명을 이끌고 북문으로 나갔다. 날이 저물었는데 오군은 관우를 보자 감히 막지 못하고 사방으로 흩어졌다. 관우가 칼을 들고 나아가는데 밤이 깊어지자 산속 우묵한 곳에서 징과 북이 일제히 울리며 군사가 일어나니 대장은 주연이었다.

"관우는 달아나지 마라! 일찍 항복해 죽음을 면하라!"

관우가 크게 노해 칼을 휘두르며 달려가자 주연은 맞서보지도 않고 달아났다. 관우가 기세를 몰아 쫓아가는데 다시 북소리가 울리며 매복한 군사가 모두 일어나니 감히 맞서지 못하고 임저의 오솔길로 달려갔다. 주연이 휘몰아쳐 관우는 또 군사가 줄었다.

얼마 안 가 앞에서 다시 불빛이 환하게 일어나며 반장이 칼을 춤추며 달려왔다. 관우가 크게 노해 칼을 휘두르며 맞서자 반장도 겨우 세 번 어울리고 달아났다. 관우가 감히 싸움에 미련을 두지 못하고 급히 산길을 달려가자 관평이 쫓아와 조루가 어지러운 싸움 중에 죽었다고 전했다. 관우는 몹시 서글프고 쓸쓸해 관평에게 뒤를 막게 하고 몸소 앞에서 길을 뚫었다. 따르는 군사는 겨우 10여 명뿐이었다.

결석 땅에 이르니 길 양쪽에 갈대와 시든 풀이 가득하고 나무가 우거졌다. 관우가 달려가자 '우와!' 고함이 터지며 매복한 군사가 모두 일어나, 사람을 걸어서 당기는 긴 갈고리와 밧줄들이 일제히 솟구쳐 관우 말의 다리를 걸어 넘어뜨렸다. 그 서슬에 몸을 뒤집으며 말에서 떨어진 관우는 반장 아래 장수 마충(馬忠)에게 잡히고 말았다.

아버지가 붙잡혔다는 소식을 듣고 관평이 부리나케 달려가자 반장과 주연의 군사가 일제히 몰려와 철통같이 에워쌌다. 관평은 홀로 외로운 싸움을 벌이다 힘이 다해 역시 오군에게 붙잡혔다.

그날 밤 손권은 일을 잘 마무리하지 못할까 걱정되어 장수들을 이끌고 임저로 달려갔다. 날이 밝아오는데, 관우 부자가 사로잡혔다는 보고를 듣고 대단히 기뻐 장수들을 장막 안에 모으니 잠시 후 마충 무리가 관우를 에워싸고 들어왔다. 손권이 말을 붙였다.

"내가 장군의 훌륭한 덕성을 흠모한 지 오래라 진과 진처럼 사돈을 맺으려 했는데 어찌 거절하셨소? 장군은 스스로 천하에 적수가 없다고 여겼건만 오늘은 또 어찌 나에게 잡히셨소? 장군이 오늘 와서는 손권에게 탄복하시오?"

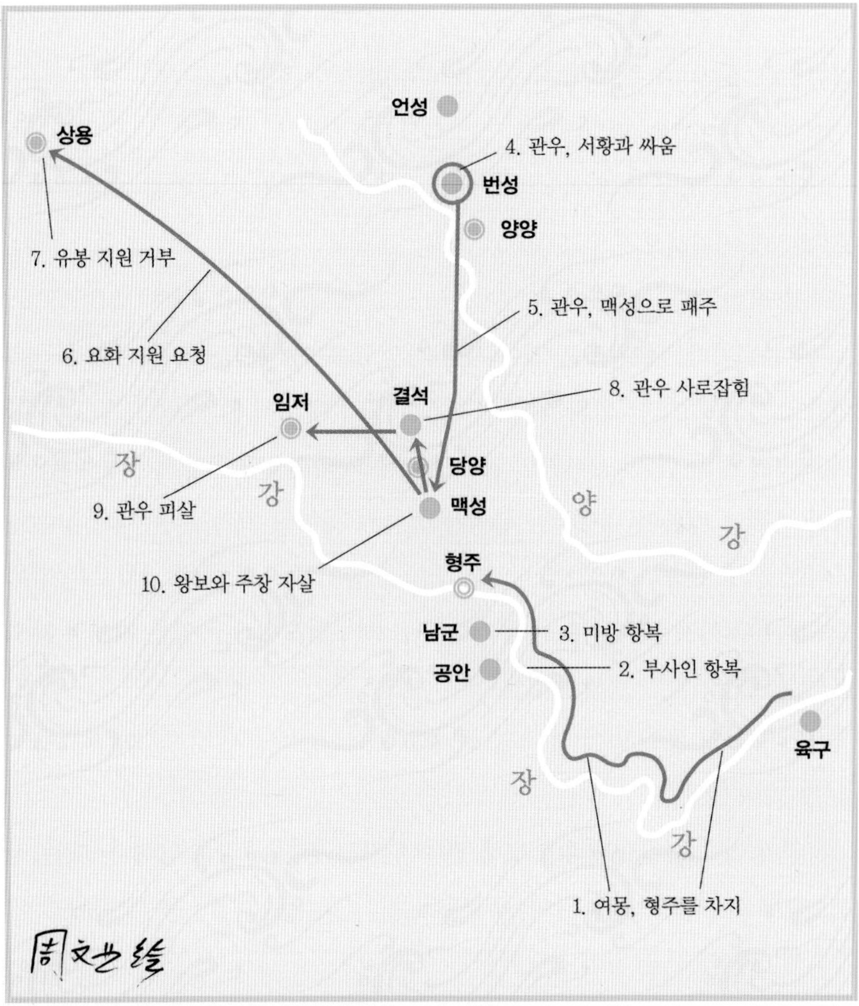

비운의 영웅 관우, 그 실패의 모든 과정 (219~220년)

관우는 목소리를 가다듬어 날카롭게 욕했다.

"이 눈알 푸른 어린놈아! 자줏빛 수염 쥐새끼야! 나는 유황숙과 복숭아 뜰에서 형제의 의를 맺으며 한의 황실을 보좌하기로 맹세를 다졌거늘 어찌 너희 한을 배반한 도적들과 같은 무리가 되겠느냐? 내가 실수해 간사한 계책에 걸렸으니 죽음만이 있을 뿐인데 구태여 잔말을 할 게 무어냐!"

손권은 사람들을 돌아보았다.

"운장은 이 세상 호걸이라 내가 매우 사랑하오. 예절로 대접해 귀순을 권하고 싶은데 어떠하오?"

주부 좌함(左咸)이 말렸다.

"아니 됩니다. 옛날 조조가 이 사람을 얻었을 때, 후작으로 봉하고 벼슬을 내렸으며, 사흘에 한 번씩 작은 잔치를 베풀고 닷새에 한 번씩 큰 잔치에 청했습니다. 말에 한 번 올라가면 금을 집어주고 내려오면 은을 주었습니다. 이처럼 은혜를 베풀어 대했건만 결국은 붙들지 못하고 그가 관을 깨고 장수를 죽이며 가게 했습니다. 후에는 그의 핍박을 받아 수도를 옮겨 날카로운 기세를 피하려고까지 했습니다. 주공께서 그를 사로잡으셨으니 얼른 없애지 않으면 뒷날 걱정거리가 될까 두렵습니다."

손권은 한참 동안 말이 없다 입을 열었다.

"그 말이 맞네."

손권이 밖으로 끌어내라고 명해 관우 부자는 함께 죽임을 당했다. 때는 건안 24년(219년) 12월, 관우 나이 58세였다.

후세 사람이 시를 지어 찬탄했다.

한 말 인재들 역사에 적수 없는데
그중에 관운장 유달리 빼어났더라
신 같은 위엄으로 무예 떨치고
점잖은 몸가짐 보면 글도 알았지
하늘과 해 대하니 마음은 거울 같고

《춘추》 알아 의로움이 구름에 닿는다
밝은 명성 만고에 길이 빛나니
삼국시대만의 으뜸은 아니었더라

관우가 죽자 그가 타던 적토마는 마충 손에 들어갔다. 마충이 손권에게 바쳤더니 손권이 다시 내려주어 타게 했으나 말은 며칠이나 여물을 먹지 않고 굶어 죽었다. 청룡도는 반장에게 내렸다.

맥성에 있던 왕보는 뼈가 떨리고 살이 푸들거려 주창에게 말했다.

"어젯밤 꿈에 주공을 뵈었는데 온몸이 피투성이가 되어 내 앞에 서시었소. 급히 말씀을 묻다 갑자기 놀라 깨어났으니 길흉이 어떠한지 모르겠소."

이때 별안간 오군이 성 아래에서 관우 부자의 머리를 들고 항복을 권한다고 하여 왕보와 주창이 깜짝 놀라 성 위에 올라 보니 과연 관우 부자의 머리였다. 왕보는 '으악!' 외마디 소리를 지르고 성벽에서 떨어져 죽고, 주창 또한 스스로 목을 베어 죽었다. 맥성도 오에 넘어갔다.

관우의 넋은 흩어지지 않고 구름을 타고 허공을 떠돌다 형문주 당양현 옥천산에 이르렀다. 이 산 위에는 늙은 스님이 하나 있어 법명을 보정이라 했다. 사수관 진국사에서 장로 노릇을 했는데, 후에 구름처럼 천하를 떠돌다 이곳에 이르러 산이 좋고 물이 맑음을 보고 풀을 엮어 암자를 세웠다. 날마다 조용히 앉아 도를 깨우쳤으니 옆에는 산 밑에 내려가 밥을 얻는 어린 행자 하나만 있었다.

그날 밤 달이 휘영청 밝고 바람이 잔잔해 보정이 말없이 암자에 앉아 있는데 별안간 공중에서 웬 사람이 높이 외치는 소리가 들렸다.

"내 머리를 돌려다오!"

보정이 눈을 들어 바라보니 공중에서 한 사람이 적토마를 타고 청룡도를

玉泉山關公顯聖
乙酉春 葉雄畫

들었는데, 왼쪽에는 얼굴이 흰 장군이 있고, 오른쪽에는 검은 얼굴에 수염이 곱슬곱슬한 사람이 따랐다. 세 사람이 일제히 구름을 눌러 옥천산 꼭대기에 이르니 보정은 관우를 알아보고 손에 든 먼지떨이로 암자 문을 치며 말했다.

"운장은 어디 계시오?"

관우의 영검한 넋이 갑자기 깨닫고 말에서 내려, 바람을 타고 암자 앞으로 내려와 두 손을 모아 쥐고 물었다.

"스님은 어떤 분이시오? 법호를 알려주기 바라오."

"늙은 중은 보정이올시다. 옛날 사수관 앞 진국사에서 군후와 만난 적이 있는데 오늘 어찌 잊으셨소?"

그제야 보정을 알아본 관우가 청했다.

"전날 스님 구원을 받아 은혜를 가슴 깊이 새기고 잊지 않았소. 저희가 화를 만나 죽었으니 밝은 가르침을 내려 그릇된 길에서 벗어나도록 해주시기 바라오."

"옛날은 틀렸고 오늘은 옳다는 따위로 논하지 마시오 [昔非今是석비금시 一切休論일체휴론]. 뒤의 결과와 앞의 원인은 서로 조금도 어긋나지 않는 법이오 [後果前因후과전인 彼此不爽피차불상]. 지금 장군은 여몽의 해를 입고 '내 머리를 돌려다오!' 높이 외치는데, 그렇다면 안량, 문추와 다섯 관을 지키던 여섯 장수를 비롯한 사람들은 머리를 누구에게 찾아 달라 하겠소?"

관우는 문득 크게 깨달아 땅에 머리를 조아리고 절해 불법(佛法)에 귀의하고 떠났다. 후에 그는 늘 옥천산에서 영검한 모습을 보여 백성을 보호하니, 마을 사람들은 그 덕에 감격해 산꼭대기에 사당을 짓고 사계절 제사를 지냈다. 후세 사람이 사당에 대구를 적었다.

◀ 관우의 넋이 옥천산 보정 스님에게

붉은 얼굴에 붉은 마음 품었나니
바람 좇는 붉은 토끼 같은 말을 타고
힘차게 내달릴 때 붉은 황제 잊는 법 없었고

푸른 등 밝혀 푸른 역사 보나니
반달처럼 휘어진 푸른 용 서린 칼 들어
작은 일 하나 푸른 하늘에 부끄럽지 않았더라

【사마천의 《사기》 〈고조본기〉에 한 고조 유방이 적제(붉은 황제)의 아들이라고 알려져, '붉은 황제'는 한의 황제를 가리켰다. 또 옛날에는 푸른 참대에 글을 적었으니 청사(靑史), 즉 푸른 역사라는 말이 생겼다.】

관우를 해치고 형주 땅을 모두 차지한 손권은 삼군에 상을 내리고 잔치를 베풀어 장수들을 모아 공로를 경축했다. 그는 여몽을 상석에 앉히고 장수들을 돌아보았다.

"내가 오랫동안 형주를 얻지 못했는데 오늘 손쉽게 얻었으니 모두 자명의 공로요."

여몽이 거듭 겸손하게 과찬이라고 사양하니 손권이 계속했다.

"옛날에 주랑은 지략이 뛰어나 적벽에서 조조를 깨뜨렸는데 불행히도 일찍 돌아갔소. 그래서 노자경이 그를 대신했소. 자경은 나를 처음 볼 때 벌써 제왕의 큰 책략을 이야기했으니 이는 첫째로 통쾌한 일이오. 조조가 물을 따라 동쪽으로 내려올 때 여러 사람이 모두 나에게 항복을 권했으나 자경만은 홀로 나에게 공근을 불러 조조에 대항하기를 권했으니 이는 둘째로 속 시원한 일이오. 다만 형주를 유비에게 빌려주기를 나에게 권한 것은 자경의 실수인데, 자명이 계책을 정해 얻은 형주를 손에 넣었으니 자경과 주랑보다 훨씬 낫소!"

손권은 친히 잔에 술을 따라 여몽에게 내렸다. 술을 받아 마시려던 여몽이 별안간 잔을 내던지고 손권을 덥석 틀어잡더니 날카로운 소리로 욕을 퍼부었다.

"이 눈알 푸른 어린놈아! 자줏빛 수염 쥐새끼야! 네가 아직도 나를 아느냐?"

장수들이 깜짝 놀라 급히 손권을 구하려 하자 여몽은 손권을 밀어 쓰러뜨리고 성큼성큼 나아가 손권의 자리에 앉더니 두 눈썹을 곤두세우고 눈을 부릅뜨며 크게 호통쳤다.

"내가 황건을 깨뜨린 후 천하를 가로세로로 누비기를 30년이 넘었다. 너희가 하루아침의 간사한 계책으로 나를 해쳤으니 내가 살아서 네 살을 씹지 못했지만 죽어서 여몽, 이 도적놈 넋을 빼앗아야겠다! 나는 한수정후 관운장이다!"

손권은 깜짝 놀라 황급히 높은 장수와 낮은 군졸들을 거느리고 모두 바닥에 엎드려 절했다. 그러자 여몽이 땅에 쓰러져 눈, 귀, 코, 입, 일곱 구멍으로 피를 흘리며 죽으니 그 모습을 보고 무서워하지 않는 사람이 없었다.

손권은 여몽의 주검을 관에 넣어 묻고 남군 태수 벼슬과 잔릉후 작위를 주었다. 작위는 여몽의 아들 여패가 잇게 했다. 여몽이 죽을 때 나이 42세, 때는 건안 24년(219년) 12월 초이레였다. 손권은 이때부터 관우 일에 감탄해 놀라움을 금치 못하는데 별안간 건업에서 장소가 찾아왔다.

"주공께서 관공 부자를 죽이셨으니 강동의 화가 멀지 않습니다. 이 사람은 복숭아 뜰에서 유비와 의형제를 맺을 때 살고 죽기를 같이 하겠노라고 맹세했는데, 유비는 이미 서천과 동천의 군사를 얻고 제갈량의 꾀와 장비, 황충, 마초, 조운의 용맹을 아울러 차지했습니다. 관공 부자가 죽임을 당했음을 알면 유비는 반드시 군사를 모조리 일으켜 원수를 갚을 텐데, 오에서 맞서기 어렵지 않을까 두렵습니다."

손권은 깜짝 놀라 발을 굴렀다.

"내 생각이 짧았소! 어찌해야 하오?"

장소가 안심시켰다.

"주공께서는 걱정하지 마십시오. 저에게 계책이 하나 있으니 촉의 군사가 오를 침범하지 못하게 하여 형주가 바위처럼 끄떡없게 할 수 있습니다."

"어떤 계책이오?"

"지금 조조가 100만 무리를 거느리고 호랑이가 먹이를 노리듯 중원을 노려봅니다. 유비가 급히 복수하려면 반드시 조조와 화합해야 합니다. 만약 양쪽에서 군사가 오면 오가 위급해지니 먼저 손을 써서 관우의 머리를 조조에게 보내는 것이 좋습니다. 조조가 시킨 일임을 분명히 밝히면 유비가 조조를 미워해 촉군은 오로 오지 않고 위로 갑니다. 우리가 그 승부를 살펴보면서 대처하면 이것이 상책입니다."

손권은 즉시 관우의 머리를 나무함에 담아 조조에게 보냈다. 마파에서 낙양으로 돌아온 조조는 오에서 관우의 머리를 보냈다는 말을 듣고 기뻐했다.

"운장이 죽었으니 내가 밤에 다리를 쭉 펴고 자게 되었네!"

섬돌 아래에서 한 사람이 나섰다.

"이것은 오에서 화를 떠넘기려는 수작입니다."

주부 사마의였다. 그가 오에서 관우의 머리를 보낸 뜻을 풀이하자 조조가 물었다.

"중달 말이 맞네. 어떤 계책으로 풀어야 하는가?"

"지극히 쉬운 일입니다. 대왕께서는 관우의 머리에 향나무로 깎은 몸을 붙여 대신의 예로 장례를 치르십시오. 유비가 이 일을 알면 손권을 미워해 반드시 힘을 다해 남방을 정벌할 것입니다. 우리는 승부를 살펴보다 촉이 이기면 오를 치고, 오가 이기면 촉을 칩니다. 두 곳 가운데 한 곳을 얻으면 나머지 한 곳도 오래 가지 못합니다."

조조가 오의 사자를 불러들여 나무함을 열어보니 관우의 얼굴이 평소나 다름없었다. 조조는 웃으며 말을 걸었다.

"운장은 헤어진 뒤 별 탈 없으셨소?"

말이 끝나기도 전에 관우의 머리가 입을 벌리고 눈을 뜨는데, 수염을 거스르고 머리카락이 곤두섰다. 조조가 깜짝 놀라 자빠져 부하들이 급히 구하니 한참이 지나서야 정신을 차렸다.

"관 장군은 참으로 하늘의 신이로다!"

관우가 영검한 넋을 드러내 여몽 몸에 붙어 손권을 욕하고 여몽의 목숨을 빼앗은 일을 오의 사자에게 듣고 조조는 더욱 두려워했다. 짐승을 잡고 달콤한 술을 차려 제사를 지낸 후, 침향나무를 깎아 몸을 만들어 후작을 묻는 예절에 따라 낙양성 남문밖에 묻었다. 조조는 백관이 모두 나와 영구를 전송하게 하고 친히 엎드려 제사를 지낸 후 관우에게 형왕(荊王) 칭호를 올리고 관리를 보내 무덤을 지키게 했다.

이보다 앞서 한중왕 유비가 동천에서 성도로 돌아오자 법정이 아뢰었다.

"대왕의 전 부인은 세상을 뜨셨고 손 부인 또한 남쪽으로 가셨으니 반드시 다시 오신다고 보기 어렵습니다. 인륜의 도리는 폐할 수 없으니 왕비를 얻어 내정을 돌보시게 해야 합니다."

한중왕이 수긍하자 법정이 또 아뢰었다.

"오의에게 누이가 있어 아름답고 어집니다. 전에 관상쟁이가 상을 보고 반드시 매우 귀하게 된다고 말했답니다. 유언의 아들 유모에게 시집갔는데, 유모가 일찍 죽어 지금껏 홀로 사니 대왕께서 왕비로 얻으십시오."

한중왕이 사절했다.

"유모는 나와 종친이니 이치로 보아 그래서는 아니 되오."

법정이 말했다.

"가까운 사이를 따진다면 진문공과 회영(懷嬴) 사이와 무엇이 다르겠습니까?"

【회영은 춘추시대 진(秦) 목공 딸이었다. 진(晉)이 혼란해져 진에 망명한 회공의 아들 어(圉)에게 시집갔으나 어가 자기 나라로 돌아가 권력 싸움에 죽고 말았다. 후에 목공이 어의 큰아버지 중이(重耳)를 도와 진(晉)의 주인으로 만들면서 회영을 다시 그에게 시집보냈다. 중이가 바로 춘추시대 다섯 패자의 하나인 진문공이다. 진문공이 죽은 뒤 회영은 두 나라 사이에 갈등이 생길 때 강한 영향력을 발휘했다.】

한중왕은 법정의 제의를 받아들여 오씨를 왕비로 삼았다. 오씨는 후에 아들 둘을 낳으니 맏이 영(永)과 둘째 리(理)였다.

동천과 서천은 백성이 편안하고 나라가 부유하며 밭에 곡식이 무르익었는데, 형주에서 사람이 와서 관우가 오의 청혼을 딱 잘라 거절했다는 말을 전하니 제갈량이 걱정했다.

"형주가 위급해졌습니다! 다른 사람을 보내 관공을 대신하게 하고 이리 불러오십시오."

그 후 형주에서 승리의 소식을 전하는 사자들이 꼬리를 물고, 관흥까지 와서 관우가 일곱 군을 물에 잠기게 한 일을 상세히 이야기하는데 다시 소식이 전해졌다.

"관공이 강변에 봉화대를 많이 세워 엄밀하게 방비해 만에 하나도 실수가 없습니다."

한중왕은 마음을 놓았다. 그런데 어느 날, 공연히 온몸이 떨리고 앉으나 서나 불안했다. 밤이 되어 편안히 잠을 이루지 못해 자리에서 일어나 촛불을 밝히고 책을 보는데 정신이 가물가물해 상에 엎드리자 찬바람이 휙 일어나 등불이 깜빡 꺼졌다 다시 환해졌다. 한중왕이 머리를 드니 등불 아래 한 사람이 서 있었다.

"어떤 사람인데 깊은 밤에 내 안방에 들어왔느냐?"

한중왕이 물었으나 대답을 하지 않았다. 하도 의심스러워 자리에서 일어나 살펴보니 관우가 등불 그림자 속에서 자기를 피하는 것이었다.

"아우는 헤어진 다음 별 탈 없는가? 깊은 밤에 왔으니 반드시 큰 사연이 있을 걸세. 자네와 나는 형제인데 어찌 피하는가?"

관우가 눈물을 흘리며 청했다.

"형님께서 군사를 일으켜 이 아우의 한을 씻어주시기 바랍니다!"

그 말을 하고 찬바람이 일어나면서 관우는 사라졌다. 깜짝 놀라 정신을 차리니 꿈이었다. 너무나 의심스러워 앞의 궁전으로 나가 제갈량을 청해 꿈을 풀어달라고 했다.

"대왕께서 관공을 너무 그리워하셔서 꿈을 꾼 것이니 의심하실 게 무엇입니까?"

제갈량의 풀이에도 의심을 풀지 못해 거듭 걱정하니 그는 좋은 말로 달래고 궁전을 나갔다. 제갈량이 중문밖으로 나오는데 허정이 마주 왔다.

【제갈량보다 30세 더 많은 허정은 70세였다. 품계가 제일 높은 태부 벼슬의 노대신이 한밤중에 궁전으로 오는 것은 심상찮은 일이었다.】

"방금 군사의 저택에 가서 기밀을 전하려다 궁궐에 들어갔다 해서 여기까지 왔소."

"무슨 기밀입니까?"

"방금 듣자니 오의 여몽이 형주를 습격해 관공이 죽임을 당했다 하오. 그래

劉备成都
驚噩耗
乙酉春
蔡雄畫

서 특별히 군사를 찾아와 보고하는 바요."

"제가 밤에 천상을 살펴보니 장수별이 형초 땅에 떨어졌습니다. 틀림없이 운장이 화를 입은 것 같으나 한중왕께서 걱정하실까 두려워 감히 말씀드리지 못했습니다."

별안간 궁전 안에서 한 사람이 돌아 나와 제갈량의 옷소매를 덥석 잡았다.

"이처럼 흉한 소식을 군사는 어찌하여 나에게 말하지 않았소!"

한중왕이었다. 제갈량과 허정은 엎드려 아뢰었다.

"모두 전해 들은 말이라 깊이 믿을 바가 못 되니 대왕께서는 걱정하지 마시기 바랍니다."

"나와 운장은 살고 죽음을 같이 하기로 맹세했으니 잘못되면 내 어찌 홀로 살겠소?"

이때 형주에서 마량과 이적이 왔다고 아뢰어 불러들이자 형주를 잃고 관우가 패해 구원을 청하는 사연을 고하고 표문을 받쳐 올렸다. 한중왕이 미처 봉을 뜯기도 전에 다시 요화가 달려와 울면서 유봉과 맹달이 구원병을 내지 않은 일을 자세히 고해 깜짝 놀랐다.

"그렇다면 내 아우가 끝장난다!"

"유봉과 맹달이 이처럼 무례하니 목을 쳐야 마땅합니다. 대왕께서는 마음 놓으십시오. 이 양이 직접 군사를 거느리고 가서 형주와 양양의 위급을 구하겠습니다."

제갈량이 아뢰었으나 한중왕은 눈물을 흘렸다.

"운장이 잘못되면 절대 나 혼자 살지 않겠소! 내가 군사를 거느리고 구하러 가겠소!"

낭중의 장비에게도 알리고 사람들을 모으는데, 날이 밝기 전에 보고가 들

◀ 제갈량과 허정에게 한중왕이 달려와

어왔다.

"관공이 밤에 임저로 달아나다 오의 장수에게 잡혔습니다. 의리를 지키고 절개를 굽히지 않아 아버지와 아들이 함께 신으로 돌아갔습니다."

한중왕은 '으악!' 소리치더니 땅에 쓰러져 정신을 잃었다.

이야말로

지난 날 생사 함께 하려던 맹세 그리니
오늘 어찌 아우 홀로 목숨 내놓게 하랴?

유비 목숨은 어찌 될까?

78

신의(神醫) 죽이고 간웅도 떠나

풍 치료하다 신 같은 의원 죽고

유언 전하고 간웅도 명이 끝나다

관우 부자가 죽임을 당했다는 말을 듣고 한중왕이 쓰러지자 사람들이 급히 구해 내전으로 들어갔다. 제갈량이 권했다.

"대왕께서는 걱정을 줄이십시오. 예로부터 '죽고 사는 데에는 정해진 운명이 있다[死生有命사생유명]'고 했습니다. 관공은 평소 고집이 세고 자부심이 강해 오늘 이런 화를 당했으니 대왕께서는 먼저 존귀한 몸을 보양하시면서 천천히 원수를 갚으셔야 합니다."

"나는 관운장, 장익덕 두 아우와 형제 의를 맺을 때 살고 죽음을 같이 하겠다고 맹세했는데, 운장이 죽었으니 내가 어찌 홀로 부귀를 누리겠소?"

한중왕의 말이 끝나기도 전에 관흥이 소리 내어 울며 궁궐로 들어오자 한중왕은 그를 보고 또 '으악!' 소리치더니 땅에 쓰러졌다. 관원들이 구해 정신을 차렸으나 하루에 서너 번 울다 기절하고 사흘 동안 물 한 모금 마시지 않고 통곡만 하니, 눈물이 옷깃을 적시는데 얼룩얼룩 핏자국이 났다. 제갈량과 신하들이 거듭 마음을 풀라고 권했으나 한중왕의 생각은 외곬이었다.

"내가 오와 같은 해를 쪼이지 않고 같은 달을 쳐다보지 않겠소!"

제갈량이 새로운 소식을 알렸다.

"오에서 관공의 머리를 조조에게 바쳤는데, 조조는 후작을 묻는 예절에 따라 제사를 지내고 묻었답니다. 오에서 화를 떠넘기려는 수작인데 조조가 알아채고 후한 예절로 묻었으니 대왕께서 오를 미워하기를 노린 것입니다."

제갈량이 조조의 꾀를 밝혔으나 한중왕은 자기 생각만 했다.

"내가 군사를 거느리고 오에게 죄를 물어 한을 풀겠소!"

"아니 됩니다. 지금 오에서는 우리가 위를 정벌하기를 바라고, 위는 우리가 오를 치기를 기다립니다. 그들은 모두 교활한 계책을 가지고 틈을 엿보아 우리를 치려는 것이니 대왕께서는 잠시 군사를 움직이지 마셔야 합니다. 먼저 관공을 위해 장례를 치르고 오와 위의 사이가 벌어지기를 기다려 그때 정벌하면 됩니다."

신하들이 거듭 권하고 말려 한중왕은 음식을 받고 명령을 돌려 서천, 동천의 높고 낮은 군사에게 모두 상복을 입게 했다. 한중왕은 친히 남문밖에 나가 관우의 넋을 부르며 제사를 지내고 종일 소리 내어 울었다.

조조는 낙양에서 관우를 묻고 밤마다 눈만 감으면 관우가 보여서 너무 두려워 신하들과 상의했다.

"낙양 행궁의 옛 궁전에는 요귀가 많으니 새 궁전을 지어 들어가십시오."

"건시전(建始殿)이라는 새 궁전을 짓고 싶지만 훌륭한 장인이 없어 걱정일세."

가후가 한 사람을 추천했다.

"낙양에 소월(蘇越)이라는 솜씨 좋은 장인이 있는데 교묘한 구상이 으뜸입니다."

조조가 불러 그림을 그리게 하자 소월은 아홉 칸짜리 큰 궁전을 그렸다. 앞뒤에 보기 좋은 복도와 누각들이 있어 조조가 좋아했다.

"네 그림이 내 뜻에 잘 어울리는데 대들보감이 없을까 걱정이다."

"성 밖으로 30리를 나가면 못이 하나 있어 이름을 약룡담이라 합니다. 못 앞에 약룡사라는 사당이 있는데 옆에 큰 배나무가 한 그루 있습니다. 높이가 100여 자나 되어 건시전 대들보로 삼을 만합니다."

소월이 말해 조조가 장인들을 보내 나무를 찍게 하자 이튿날 돌아왔다.

"이 나무는 톱으로도 켜지지 않고 도끼도 날이 들어가지 않아 벨 수가 없습니다."

조조는 믿기지 않아 수백 명 기병을 거느리고 몸소 가보았다. 머리를 쳐들어 우뚝 솟은 나무를 보니 귀인이 타는 수레의 해 가리개와 비슷한데, 쭉 뻗어 올라 구름에 솟구칠 듯하고 조금도 굽지 않고 옹이가 맺히지 않았다. 조조가 나무를 찍으라고 명하자 마을 늙은이들이 나타나 말렸다.

"이 나무는 수백 년을 자랐습니다. 그 위에 신선이 사시니 찍어서는 아니 될까 합니다."

조조는 크게 노했다.

"내가 40여 년 천하를 두루 돌며 위로 천자부터 아래로 백성에 이르기까지 나를 두려워하지 않는 사람이 없었다. 어떤 요사한 신이 감히 내 뜻을 어긴단 말이냐!"

조조가 직접 허리에 찬 검을 뽑아 나무를 찍자 '댕강!' 하는 소리와 함께 피가 튀어 온몸에 묻으니, 깜짝 놀라 검을 던지고 말에 올라 궁전으로 돌아갔다.

그날 밤 조조가 잠자리에 편안히 누울 수가 없어 일어나 앉아 나지막한 상에 기대어 깜빡 잠이 들려고 하는데 별안간 검은 옷을 입고 머리를 풀어헤친 사람이 검을 들고 나타나 조조를 가리키며 호통쳤다.

"나는 배나무의 신이다. 네가 황제 자리를 빼앗으려고 궁전을 지으면서 어찌 내 신나무를 베느냐! 내가 네 명이 끝났음을 알고 특별히 죽이러 왔노라!"

조조는 깜짝 놀라 소리쳤다.

"무사들은 어디 있느냐?"

그 사람이 검을 들어 조조를 찍어, '으악!' 높이 소리치다 놀라 깨어나자 머리가 아파 도저히 견딜 수 없었다. 급히 명령을 내려 용한 의원들을 두루 청해 치료했으나 낫지 않아 사람들이 모두 걱정에 싸였는데, 화흠이 궁전에 들어왔다.

"대왕께서는 신의 화타가 있음을 아십니까?"

"강동의 주태를 치료한 사람 말이오? 이름은 들어보았으나 그 재주는 모르오."

화흠이 화타의 의술을 길게 이야기했다.

그 의술의 묘함은 세상에 보기 드뭅니다. 병에 걸린 자가 있으면 혹은 약을 먹이고, 혹은 침을 찌르며, 혹은 뜸을 뜨는데 손을 대기만 하면 낫습니다. 오장육부에 병이 생겨 약이 힘을 내지 못하면 마폐탕을 마시게 하여 병자가 취했을 때 뾰족한 칼로 배를 갈라 약물로 장부를 씻는데 조금도 아픈 줄을 모릅니다. 병든 자리를 씻은 뒤 약실로 꿰매고 약을 바르면 20일이나 한 달이 지나 곧 아무니, 그 신묘함이 바로 이러합니다.

어느 날 화타가 길을 가다 한 사람이 끙끙 앓는 소리를 들었습니다.

'이것은 음식이 내려가지 않아 생긴 병이다.'

물어보니 과연 그렇다고 하여 마늘을 찧어 물에 담근 즙 세 홉을 마시게 하니 2-3자 길이의 뱀을 한 마리 토하더니 곧 음식이 내려갔다고 합니다.

광릉 태수 진등은 가슴이 답답하고 얼굴이 벌겋게 되어 음식을 먹을 수 없어 화타를 청했습니다. 화타가 약을 주어 마시게 했더니 벌레 세 홉을 토했는데 모두 머리가 빨갛고 대가리와 꼬리가 꿈틀거렸습니다. 진등이 병이 난 까닭을 물으니 화타가 알려주었습니다.

'비린 물고기를 많이 먹어 이런 독이 생겼으니 오늘은 비록 나았지만 3년

후에는 반드시 다시 도져 구할 수 없습니다.'

진등은 과연 3년이 지나 죽었습니다.

또 한 사람이 눈썹 사이에 혹이 돋아 간지러워 견딜 수 없어 화타에게 보였습니다.

'안에 날아다니는 물건이 있소.'

화타 말에 사람들은 웃었습니다. 그러나 화타가 칼로 혹을 째자 노란 참새 한 마리가 포르르 날아가더니 병이 곧 나았습니다.

한 사람은 개에게 발가락을 물렸는데 후에 고깃덩이 두 개가 돋아나 하나는 아프고 하나는 가려워 참을 수 없어 화타가 살펴보고 말했습니다.

'아픈 곳에는 바늘이 열 개 들어 있고 가려운 곳에는 검은 바둑돌과 흰 바둑돌이 한 개씩 들어 있소.'

사람들은 믿지 않았으나 화타가 칼로 고깃덩이를 베었더니 과연 그의 말과 같았습니다. 이 사람은 참으로 편작(扁鵲)이나 창공(倉公)과 같은 명의입니다! 지금 금성에 사니 여기서 멀지 않은데, 대왕께서는 어찌 그를 부르지 않으십니까?

【편작은 전국시대 명의 진월인(秦越人)이고, 창공은 전한의 명의 순우의(淳于意)다.】

조조가 급히 화타를 청해 맥을 짚어보고 병을 살펴보게 하니 그가 말했다.

"대왕의 머리가 아픈 것은 풍(風)에 걸렸기 때문입니다."

"내가 평생 편두통을 앓는데 무시로 발작해 대엿새 먹지도 마시지도 못하니 아주 고통스럽다. 너는 어떤 방법으로 고칠 수 있느냐?"

"병의 뿌리가 머릿속에 있어 풍의 근원인 점액이 나오지 못하니 탕약이나 마셔서는 고칠 수 없습니다. 저에게 치료법이 하나 있는데, 먼저 마폐탕을 드신 후 날카로운 도끼로 머리를 쪼개고 풍의 근원을 꺼내야만 병의 뿌리를 없앨 수 있습니다."

기절초풍할 치료법에 조조는 크게 노했다.

"네가 나를 죽이려 하느냐?"

"대왕께서는 관공이 독화살에 맞아 팔을 다친 일을 들으셨을 텐데, 제가 뼈를 긁어 독을 치료했으나 관공은 전혀 두려워하는 기색이 없었습니다. 대왕께서는 자그마한 병에 걸리셨을 뿐이거늘 어찌 이렇게 의심이 많으십니까?"

"팔이 아픈 거야 뼈를 긁을 수도 있겠지만 어찌 머리를 쪼갤 수 있느냐? 너는 틀림없이 관공과 정이 깊어 이 기회를 틈타 복수하려는 게 아니냐?"

조조는 화타를 잡아 감옥에 넣고 사연을 말할 때까지 고문하게 했다. 가후가 충고했다.

"이런 훌륭한 의원은 세상에 비슷한 사람을 찾기 어려우니 죽여서는 아니 됩니다."

평소에는 가후를 존중하는 조조였으나 이번에는 사정없이 꾸짖었다.

"이 사람이 기회를 보아 나를 해치려 하니 길평과 다름없다!"

조조가 급히 다그쳐 고문하라고 명하니 화타는 고문을 견디다 못해 억울하지만 위왕을 죽이려 했다고 시인했다.

이때 감옥에 옥졸이 하나 있었는데, 성이 오씨라 모두 오 압옥이라 불렀다. 이 사람이 날마다 술과 음식을 가져다 바치니 화타는 그 은혜에 감동해 알려주었다.

"내가 곧 죽게 되었는데 청낭서(靑囊書, 푸른 주머니에 든 책)가 세상에 전해지지 못해 한스럽소. 공의 두터운 정이 고맙지만 보답할 길이 없는데 내가 글을 써 줄 테니 우리 집에 가서 청낭서를 가져오시오. 공에게 선물해 내 의술을 잇게 하겠소."

오 압옥은 대단히 기뻐했다.

"제가 책을 얻게 되면 지금 하는 일을 그만두고 천하의 병자들을 고치면서 선생의 덕을 전하겠습니다."

화타가 글을 주어 오 압옥이 청낭서를 받아와 전해주니 죽 훑어보더니 그에게 선물했다. 오 압옥은 집으로 돌아가 책을 숨겨두었다.

열흘이 지나 조조의 병세가 깊어지는데 화타는 그만 감방에서 죽고 말았다. 오 압옥은 관을 사서 화타의 장례를 치르고, 옥졸 일을 그만두고 집으로 돌아가 청낭서의 의술을 배우려 했다. 그런데 집에 들어서자 아내가 책을 불에 태우고 있는 게 아닌가. 깜짝 놀라 책을 구해냈으나 다 타고 한두 장 남았을 뿐이었다. 화가 치밀어 나무라자 아내가 대꾸했다.

"글쎄, 잘 배워 화타와 같이 신묘한 의술을 지닌다 해도 나중에는 감방에서 죽을 것이니 이 책은 배워서 무엇해요!"

오 압옥은 한숨을 쉬고 아내를 더 욕하지 못했다. 이리하여 청낭서는 세상에 전해지지 못하고 그저 닭이나 돼지를 거세하는 시시한 방법만 후세에 알려졌으니, 바로 타다 남은 한두 장에 적힌 내용이었다.

조조는 화타를 죽인 뒤부터 병이 점점 깊어져 오와 촉의 일을 근심하는데 갑자기 오에서 글을 올렸다.

'신(臣) 손권은 하늘이 정해준 운명이 이미 대왕께 돌아갔음을 안 지 오래이거늘 엎드려 바라오니 일찍 대위(大位, 황제 자리)에 오르시어 장수를 보내 유비를 멸망시키고 서천과 동천을 평정하시옵소서. 신은 곧 부하들을 거느리고 땅을 바치며 귀순하겠습니다.'

조조는 글을 읽고 허허 웃으며 신하들에게 돌려보였다.

"이 아이가 나에게 화롯불 위에 앉으라 하는 건가?"

시중 진군(陳群)을 비롯한 관원들이 아뢰었다.

"한의 황실은 쇠약해진 지 오래고 전하의 공덕은 높디높아 만백성이 우러릅니다. 손권이 신으로 자칭하고 명령에 따르겠다고 하니, 이는 하늘과 사람이 함께 호응하고 각기 다른 기운이 소리를 합치는 것입니다. 전하께서는 하늘에 응하고 사람 마음에 따라 어서 대위를 바로잡으셔야 합니다."

조조는 웃었다.

"내가 여러 해 한을 섬기며 비록 공덕이 백성에게 미치기는 했으나 자리가 왕에 이르러 명분과 벼슬이 이미 극치에 다다랐거늘 어찌 감히 다른 것을 바라겠는가? 만약 하늘이 정해준 운명이 나에게 돌아온다면 나는 주문왕이 되고 싶네."

【주문왕은 천하의 세 몫에서 두 몫을 차지하고도 죽을 때까지 천자인 상의 임금을 존중했다. 그 후 아들 무왕이 아버지 자리를 이은 후 상의 마지막 임금 주를 없애고 천하의 주인이 되었으니 조조 말은 자기 아들이 황제가 되기를 바라는 것이 분명했다.】

사마의가 권했다.

"손권이 신하로 칭하고 대왕께 붙었으니 벼슬과 작위를 내리시어 그에게 유비를 막도록 하십시오."

조조는 헌제에게 표문을 올려 손권을 표기장군 남창후로 봉해 형주 자사를 겸하게 하고 그날로 황제의 임명장을 지닌 사자를 오로 보냈다.

조조의 병세는 날이 갈수록 더해갔다. 그러던 어느 날 밤, 말 세 필이 한 구유에서 여물을 먹는 꿈을 꾸고 새벽이 되어 가후에게 물었다.

"내가 전날 말 세 필이 한 구유에 있는 것을 보고 말 마(馬) 자 성씨를 가진 마등과 마휴, 마철 부자가 화를 일으키지 않나 의심했는데, 그들은 이미 죽었소. 어젯밤에 또 말 세 필이 한 구유에 있는 것을 보았으니 무슨 일인지 그 길흉을 말해주오."

가후가 좋게 풀이했다.

"녹마(祿馬)는 길한 징조입니다. 녹마가 구유에 돌아오는데 무엇을 의심하십니까?"

【옛사람들은 인간이 얼마나 많은 녹을 먹는가는 미리 정해져 있다고 믿어, 녹을 먹을 운명을 뜻하는 녹명(祿命)은 하늘의 말을 타고 다닌다고 생각했다. 그 말이 구유에 들어왔으니 좋은 일이 아닐 수 없었다. 구유라는 '조(槽)'와 조조의 성 '조(曹)'는 음이 같아, 그 꿈을 좋은 뜻으로 풀었다.】

조조는 더 의심하지 않았다.
후세 사람이 지은 시가 있다.

말 세 마리 한 구유 모여 일도 참 이상하다
어느새 진(晉)나라 기초 다져진 줄 몰랐지
조아만은 간웅 지략 많았다지만
조정에 나설 사마사 내다볼 순 없었지

【사마사(司馬師)는 사마의의 아들로 뒤에 나오는데, 역시 그 성에 말 마(馬) 자가 있다.】

그날 밤 조조가 침실에 누워 있는데 밤중이 되자 머리가 흐릿하고 눈이 아찔했다. 자리에서 일어나 나지막한 상에 엎드렸는데, 별안간 비단을 찢는 소리가 울려 놀라 살펴보니 복 황후, 동 귀인, 복 황후가 낳은 두 황자 그리고 복 황후의 아버지 복완과 동 귀인의 오라버니 동승을 비롯한 20여 명이 온몸이 피투성이가 되어 음산한 구름 속에 서서 목숨을 내놓으라고 소리치는 것이었다.

조조가 급히 일어서서 검을 뽑아 허공을 찍자 요란한 소리가 울리며 궁전 서남쪽 귀퉁이가 무너졌다. 조조가 놀라 넘어지니 모시는 자들이 구해 다른

傳遺命曹操數終
乙酉春 萧雄畫

궁전으로 옮겨 간호했다. 이튿날 밤 또 궁전 밖에서 사내와 여인들 울음소리가 그치지 않아 날이 새자 신하들을 불렀다.

"나는 40년 가까이 싸움터에 몸담으며 괴이한 일을 믿은 적이 없는데 오늘 어이하여 이렇게 되었는가?"

"대왕께서는 도사들에게 명하시어 단을 쌓고 빌어 액을 푸셔야 합니다."

"성인께서는 '하늘에 죄를 지으면 빌어도 소용없다[獲罪於天획죄어천 無所禱也무소도야]'고 하셨네. 하늘이 정해준 목숨이 이미 끝났는데 어찌 구할 수 있겠는가?"

조조는 허락하지 않았다.

이튿날 조조는 기가 윗몸으로 올려 받쳐 앞을 볼 수 없게 되었다.

조조가 일을 상의하려고 급히 불러 하후돈이 궁전 문 앞에 이르자 복 황후, 동 귀인과 두 황자, 복완, 동승을 비롯한 여러 사람이 음산한 구름 속에 서 있어 깜짝 놀라 땅에 쓰러졌다. 측근들이 부축해 집으로 돌아가니 하후돈도 이때부터 병에 걸렸다.

조조가 심복인 전장군 조홍, 시중 진군, 태중대부 가후, 주부 사마의를 침상 앞에 불러 뒷일을 부탁하자 그들은 머리를 조아렸다.

"대왕께서는 옥체를 잘 보양하십시오. 며칠 지나면 병이 깨끗이 나으실 것입니다."

조조가 네 사람에게 부탁했다.

"내가 40년 가까이 천하를 가로세로 누비며 뭇 영웅을 모두 물리쳐 없앴는데 강동의 손권과 서촉의 유비만 그러지 못했네. 이제 병세가 위독해 다시는 경들과 더불어 이야기할 수 없으니 특별히 집안일을 부탁하네. 맏아들 조앙은 유씨가 낳았는데 불행히도 젊은 나이에 죽고, 지금 변씨가 낳은 아들 넷이 있어 셋째 식을 평생 사랑했는데, 사람됨이 겉에 뜨고 성실한 마음이 부족하

◀ 조조는 심복 네 사람을 불러 뒷일 부탁

며 술을 좋아하고 방종하여 세자로 세우지 않았네. 둘째 창은 용맹하나 꾀가 없고, 넷째 웅은 병이 많아 몸을 보존하기 어렵네. 다만 맏아들 비가 충실하고 순박하며 공손하고 조심스러워 내 사업을 이을 만하니 경들은 그를 잘 보좌해 주게."

사람들은 눈물을 흘리며 명령을 받들고 나갔다. 조조는 사람을 시켜 지니고 있던 좋은 향을 가져다 시첩들에게 나누어 주며 당부했다.

"내가 죽은 다음 너희는 여자의 재주를 부지런히 익혀야 한다. 비단신을 지어 팔면 돈을 얻어 스스로 먹고살 수 있을 것이다."

그는 시첩들을 동작대에 들게 하고 날마다 제사를 지내되 반드시 여자 기생을 시켜 음악을 울리면서 제사 음식을 올려야 한다고 명했다.

조조는 또 창덕부 강무성 밖에 사람들을 속이는 가짜 무덤 72개를 만들라는 명을 남겼다.

"후세 사람이 내가 묻힌 곳을 알지 못하게 하라. 무덤이 파헤쳐질까 두렵다."

부탁을 마치고 땅이 꺼지게 한숨을 내쉬더니 눈물을 비 오듯 흘리며 숨이 넘어갔다. 나이 66세, 건안 25년(220년) 봄 정월 하순이었다.

후세 사람이 '업중가' 한 편을 지어 조조를 위해 탄식했다.

업이란 업성이오, 물은 장수라
기이한 사람 여기서 일어나네
웅대한 꾀 지니고 글재주도 갖추었거늘
군신에 형제에다 부자로 이어졌네
영웅은 속된 생각 품지 않았으니
움직임에 어찌 남의 눈치 보았으랴

공신과 죄인은 두 사람이 아니오
악명과 미명은 원래 한 몸에 달렸지
문장에 신이 있고 패권에 기개 있어
어찌 구차하게 남과 같이 행동하랴
강물 건너 대 쌓아 태항산에 닿으니
기운과 이치 어울려 높고 낮음 이룬다
이런 사람 반역하지 않을 리 있으랴
작게는 패자요 크게는 왕 아닐까?
패왕이 어쩌다 여자 같은 소리 내니
별수 없이 가슴속에 불평이 이누나
장막 마주해 무익함 알면서도
향 나누어주니 무정하다 할 수 없네
오호라!
옛사람 일함에 크고 작음 가리지 않고
적막하나 호화로우나 모두 뜻 있었더라
서생은 가볍게 무덤 속 사람 평가하나
무덤 안 사람은 샌님 티를 비웃는다

조조가 죽자 신하들은 슬피 울며 세자 조비, 언릉후 조창, 임치후 조식, 소회후 조웅에게 사람을 보내 부고를 전하고, 금으로 만든 관에 주검을 담고 다시 은으로 만든 겉 관에 넣어 영구를 업군으로 모셨다.

조비가 목 놓아 울면서 백관을 거느리고 성 밖으로 10리를 나와, 길에 엎드려 영구를 맞이해 성안에 들어가 편전에 모셨다. 사람들이 상복을 입고 궁전에 모여 우는데 별안간 한 사람이 썩 나섰다.

"세자께서는 슬픔을 그치고 먼저 대사를 의논하시기 바랍니다."

사람들이 보니 중서자 벼슬을 하는 사마부였다.

【태자 궁전을 맡은 중서자는 황제의 시중과 비슷한 고급 고문으로, 사마의의 아우인 사마부는 세자를 모시는 중요한 신하였다.】

"위왕께서 돌아가셔서 천하가 놀라 흔들리니 어서 뒤를 이을 왕을 세워 안정시키셔야 하거늘 어이하여 눈물만 흘리십니까?"

"세자께서 왕위를 이으셔야 하는데 아직 천자께서 봉하시는 조서를 받지 못했으니 어찌 함부로 움직이겠소?"

신하들 말에 군사를 맡은 병부상서 진교가 선언했다.

"왕이 왕국 밖에서 돌아가실 때 아들들이 사사로이 왕으로 오르면 변이 일어나고 사직이 위급해지오."

진교는 검을 뽑아 들고 두루마기 소매를 썩 잘랐다.

"오늘 바로 세자를 청해 왕위를 잇도록 하겠소. 다른 뜻을 가진 사람이 있으면 이 두루마기가 본보기요!"

그 서슬 푸른 말과 행동에 모두 무서워했다.

별안간 허도에서 화흠이 나는 듯이 말을 달려 궁전에 들어왔다.

"위왕께서 세상을 뜨시어 천하가 놀라 흔들리는데 어찌하여 일찍 세자를 받들어 왕위를 잇지 않소?"

"황제 조서를 받지 못해, 왕후 변씨 명을 받아 세자를 왕으로 모실까 의논 중입니다."

"내가 황제 조서를 가져왔소."

그 말에 사람들이 모두 자리에서 풀쩍 뛰어 일어나 축하하니 화흠은 품속에서 헌제가 조비를 위왕으로 봉한다는 조서를 펼쳐 들고 읽었다. 원래 화흠은 조씨에 아부하느라 미리 조서를 지어, 위세로 헌제를 핍박해 받아낸 것이다.

헌제가 어쩔 수 없이 조서를 내려 조비를 위왕으로 봉하고 승상 직과 기주 자사 벼슬을 받게 하니 조비는 그날로 왕위에 올라 신하들의 절을 받았다. 조비가 잔치를 베풀어 축하하는데 별안간 장안에서 언릉후 조창이 10만 대군을 거느리고 온다는 보고가 들어와 깜짝 놀랐다.

"노랑 수염 아우는 성질이 강하고 무예에 정통하오. 군사를 거느리고 먼 길을 왔으니 반드시 왕위를 다툴 것인데 어찌해야 하오?"

섬돌 아래에서 한 사람이 나섰다.

"신이 가서 언릉후를 한마디로 설득하겠습니다."

사람들이 한 소리로 찬성했다.

"대부가 아니면 이 화를 풀 수 없소."

이야말로

조씨 가문 조비와 조창 일 좀 보자
원씨 집안 원담과 원상 꼴이 되려나

이 사람은 누구일까?

【 알고 보면 더 재미있어 】

조조 무덤은 어디에?

"이 아이가 나에게 화롯불 위에 앉으라 하는 건가?"

손권이 어서 대위에 오르라고 권하자 조조가 내뱉은 말이다. 화롯불 위에 앉으면 뜨거워 견디기 어려운데 조조 말에는 더 깊은 뜻이 담겨 있다. 왕조 교체의 오행순환설에 의하면 한의 황실은 불의 덕으로 임금이 되었다고 하니 불 위에 앉는다는 말은 한을 뒤엎고 황제가 된다는 의미다.

한의 황실을 받든다는 명분으로 20여 년간 권력을 거머쥔 조조는 황제보다 훨씬 힘이 셌다. 그러나 직접 황제가 되면 우호세력들이 떨어져 나가고 반대세력들이 좋은 명분을 갖게 되어 연쇄반응을 일으키게 된다. 손권의 공손한 말에는 그런 음험한 계산이 들어있었고, 조조는 그 속셈을 꿰뚫어 본 것이다.

조조의 일생에 대해 여러 말이 많지만 살아있는 마지막 순간까지 잃지 않은 정확한 판단력과 냉철함에는 누구든 감탄하게 된다. 이런 정치 9단쯤 될 조조가 가짜 무덤을 대량으로 만들라고 지시했다는 말이 사실일까? 정말 자신이 묻힌 곳을 사람들이 찾지 못하도록 위장하라는 말을 했을까?

소설에서는 그러고도 남겠지만 실존 인물 조조의 무덤은 실제로 대단히 허술했다. 원래 조조는 호화롭게 묻는 것을 반대해온 사람이다. 정사《삼국지》에는 조조가 죽기 전에 남긴 글이 분명히 실려 있다.

'나는 머리가 아프면 스스로 입관 때 쓰는 두건을 쓰겠다. 내가 죽으면 백관은 울음소리를 열다섯 번만 내고, 장례가 끝나면 곧 상복을 벗어라. 새로 봉분을 쌓지 말고 업성 서쪽 언덕에 묻어라.'

그가 특히 강조한 것은 무덤에 금은보화를 넣지 말라는 것이었다. 그 뜻을 잘 아는 조비가 설명했듯이 주검이 들판에 던져지는 것을 피하기 위해서였다. 후한 말, 수십 년 어지러운 전쟁을 통해 거창하게 가꾼 무덤일수록 더 많이 파헤쳐지는 것을 보아온 조조로서는 요란한 무덤을 원하지 않았을 것이다.

조비는 아버지를 봉긋 솟은 언덕에 묻어 인공 봉분을 만들지 않았고 나무도 심지 않았다. 무덤에 지은 집도 얼마나 부실했던지 몇 해 만에 허물어져, 그곳에 있던 수레와 말과 옷을 찾아와 보관하면서 조비가 '선제의 검소한 뜻을 따르라'고 강조할 정도였다.

조조의 무덤이 허름하고 귀중품이 없는 것이 잘 알려져, 도굴꾼들이 날뛰던 시대에도 삽질을 피하기 어려웠던 다른 제왕들 무덤과는 달리 무사했다. 당 태종이 고구려를 침략하러 가던 길에 조조 무덤을 찾아 제사를 지냈다고 하니 당나라 초년(7세기 초)까지는 조조 무덤이 사람들에게 잘 알려져 있었고, 따라서 의총이라는 말도 나오지 않았다.

말 세 필이 한 구유에서 여물을 먹는 조조의 꿈 뒤에 이은 시에는 사마사 이름만 나오는데, 사마의와 아들 사마사, 그 아우 사마소(司馬昭)가 차례로 권력을 잡으면서 위(魏)가 망하고 말았으니, 세 필 말은 사마씨 부자를 뜻하는 것이라고 해야겠다.

79

콩깍지를 태워 콩을 삶는구나

형이 아우 핍박해 조식은 시를 짓고

조카가 숙부 해쳐 유봉은 죽임 받다

말 한마디로 조창을 설득하겠다고 나선 사람은 하동군 양릉현 출신으로 자가 양도(梁道)인 간의대부 가규(賈逵)였다. 그가 조비의 명을 받들고 성을 나가 맞이하자 조창이 먼저 물었다.

"선왕의 도장과 끈은 어디 있는가?"

가규는 정색하고 대답했다.

"집안에는 맏아들이 있고 나라에는 임금을 이을 태자가 계시니 선왕의 도장과 끈은 군후께서 물으실 일이 아닙니다."

조창이 아무 말 못 하고 함께 궁문 앞에 이르자 가규가 물었다.

"군후께서는 영전에 절을 올리러 오셨습니까? 아니면 왕위를 빼앗으러 오셨습니까?"

"나는 부고를 받고 달려왔을 뿐 다른 마음은 없소."

"그런데 어찌 군사를 거느리고 성안에 들어오십니까?"

가규의 말에 조창은 즉시 군사를 물리고 혼자 궁에 들어가 조비를 뵈며 끌어안고 목 놓아 울었다. 조창이 데리고 온 군사를 모두 넘기자 조비는 그를 언릉으로 돌려보내 지키게 했다.

【이후 조창은 책에 모습을 드러내지 않는데, 조비가 황제에 오른 이듬해에 작위가 공(公)으로 오르고 다음 해에는 임성왕이 되었으며 그 다음 해에 허도에 왔다가 병으로 죽었다. 어떤 기록에는 울화병으로 죽었다 하고 어떤 책에는 조비가 독약으로 죽였다고 하는데 실상은 알 수 없다. 그가 조조의 도장과 끈을 말한 것은 자기가 왕이 되려는 것이 아니라 아우 조식을 왕으로 만들려는 뜻이었다고 한다.】

조비는 무사히 왕위를 차지하고 연호를 바꾸어 건안 25년이 연강(延康) 원년이 되었다. 가후를 태위로 봉하고 화흠을 상국으로, 왕랑을 어사대부로 삼으며 높고 낮은 신하들의 벼슬을 모두 올리고 상을 내렸다. 조조의 시호를 무왕(武王)으로 정하고 업군 고릉에 묻었다.

우금에게 무덤 만드는 일을 맡겨 그가 명을 받들고 가보니 능묘에 지은 집의 벽에 그림이 그려져 있는데 관우가 일곱 갈래 군사를 물에 잠기게 하는 장면이었다. 관우는 엄숙하게 높이 앉고 방덕은 분노해 굴복하지 않는데, 우금은 땅에 엎드려 목숨을 살려달라고 애걸하는 장면이었다.

우금이 패하고 사로잡혀 절개를 지켜 죽지 않고 항복한 후 돌아왔다고 사람됨을 너절하게 여겨, 조비가 벽에 그림을 그리게 하여 부끄럽게 만든 것이다. 그림을 보고 우금은 부끄럽고 화가 나서 병에 걸려 오래지 않아 죽었다.

일이 대충 마무리되자 화흠이 조비에게 아뢰었다.

"언릉후는 대왕께 군사를 넘기고 돌아갔는데 임치후 조식과 소회후 조웅은 부고를 받고도 오지 않았으니 죄를 물어야 합니다."

조비가 두 곳으로 사자를 보내 죄를 물으니 며칠 후 소회로 갔던 사자가 돌아왔다.

"소회후는 죄가 두려워 스스로 목을 매어 죽었습니다."

조비는 후한 장례를 치러 묻어주고 소회왕 칭호를 추증했다. 하루가 지나 임치로 갔던 사자가 돌아왔다.

"임치후는 날마다 정의(丁儀), 정이(丁廙) 형제와 더불어 술을 마시면서 거만하고 무례하게 굽니다. 대왕의 사자가 이르렀는데도 앉아서 움직이지 않고 정의가 욕을 했습니다. '선왕께서는 옛날에 우리 주공을 세자로 세우려 하셨는데, 신하들이 헐뜯어 훼방을 놓았다. 선왕께서 돌아가신 지 오래지 않은데 벌써 혈육의 죄를 따지느냐?' 정이가 또 말했습니다. '우리 주공께서는 총명이 세상의 으뜸이라 응당 대위를 이으셔야 하거늘 임금으로 세워지지 못하셨다. 너희 조정 신하들은 어찌 이처럼 인재를 알아보지 못하느냐!' 그러자 임치후가 화를 내면서 무사들에게 호령해 신을 몽둥이로 마구 두들겨 내쫓았습니다."

조비는 허저에게 호위군 3000명을 거느리고 임치로 달려가 조식과 사람들을 잡아오게 했다.

허저가 명을 받들고 임치에 이르자 성을 지키는 장수가 막았으나 당장 목을 베고 성안으로 들어가니 누구도 그 기세를 막지 못했다. 허저가 임치후의 대청으로 달려 들어가 보니 조식과 정의, 정이가 취해 쓰러져 있어서 묶어 수레에 싣고, 임치의 높고 낮은 신하들도 모두 붙들어 끌고 왔다.

조비가 명령을 내려 먼저 정의, 정이를 비롯한 사람들의 목을 베었다. 정의의 자는 정례(正禮)고 정이는 경례(敬禮)로 패군 사람들이었는데, 한때는 이름을 드날리던 문사들이라 아쉽게 여기는 사람들이 많았다.

이때 조비의 어머니 변씨는 조웅이 목을 매어 죽었다는 소식을 듣고 매우 슬퍼하는데, 또 조식이 붙들려오고 그의 무리가 주검으로 변했다는 말을 들고 깜짝 놀라 급히 궁전으로 나와 조비를 불렀다. 조비가 황급히 절을 하니 변씨는 울면서 하소연했다.

"네 아우 식은 평생 술을 좋아하고 거리낌 없이 행동했으니, 스스로 가슴속에 든 재주를 믿어 방종하게 군 것이다. 너는 한 핏줄에서 나오고 같은 젖을 먹고 자란 정을 생각해 그 목숨을 살려주어라. 그래야 내가 구천에 가더라도 눈을 감을 수 있을 것이다."

"이 아들도 아우의 재주를 깊이 사랑하는데 어찌 해치겠습니까? 따끔하게 경고를 하여 품성을 바로잡으려는 것일 뿐이니 어머님께서는 걱정하지 마십시오."

조비가 어머니 듣기 좋게 말하니 변씨는 눈물을 뿌리며 안으로 들어가고, 조비는 조식을 편전으로 불러들였다. 옆에서 화흠이 물었다.

"방금 태후께서 자건을 죽이지 말라고 권하지 않으셨습니까?"

"그렇소."

"자건은 재주를 지니고 슬기를 갖추었으니 용과 같은 사람이라 연못 속에 가만히 있을 물고기가 아닙니다. 일찍 없애지 않으시면 뒷날 반드시 걱정거리가 됩니다."

"어머님 명을 어길 수 없소."

조비가 곤란해하자 화흠이 꾀를 냈다.

"사람들은 자건이 입만 열면 훌륭한 글이 줄줄 나온다고 하던데, 신은 그 말을 깊이 믿지 못하겠으니 주상께서 시험해보십시오. 소문과 같지 못하면 목을 베고, 과연 그렇게 글을 지으면 벼슬을 깎아 천하 문인들 입을 막으십시오."

조식이 편전에 들어와 황송해 하며 엎드려 벌을 청하자 조비가 명했다.

"나는 너와 정을 보면 비록 형과 아우이지만 의리를 따지면 임금과 신하인데, 네가 감히 재주를 믿고 예의를 멸시하다니 말이 되느냐? 전에 아버님께서 계실 때, 너는 늘 문장을 내놓아 자랑했으나 나는 그것이 다른 사람이 지은 글이라고 생각했다. 시간을 정할 테니 일곱 걸음 안에 시 한 수를 읊어라. 과연 시를 지으면 벌을 면해주겠지만 짓지 못하면 무겁게 죄를 다스려 용서하지 않겠다!"

조식이 대답했다.

"시의 제목을 내려주시기 바랍니다."

이때 궁전에 수묵화 한 폭이 걸려 있었다. 소 두 마리가 토담 아래에서 싸우다 한 마리가 우물에 빠져 죽는 그림이라 조비가 가리키며 말했다.

"이 그림을 시제로 삼는다. 시에 '소 두 마리가 담 밑에서 싸우다 한 마리가 우물에 빠져 죽네' 따위로 있는 그대로를 말하는 글귀가 나와서는 아니 된다."

조식이 한 걸음 한 걸음 일곱 발짝을 내디디며 어느덧 시 한 수가 나왔다.

고깃덩이 둘이 나란히 길을 가는데
머리 위에는 휘둥그레 뼈가 달렸네
두 고기 흙산 아래에서 만나
후닥닥 다툼이 벌어졌지
두 적수가 똑같이 강하지 못해
한 고깃덩이 흙 굴에 누웠구나
힘이 상대보다 약해서가 아니라
성한 기운 모조리 뿜지 못해서였네

조비와 신하들은 모두 놀랐다. 조비가 더욱 힘든 조건을 내놓았다.

"일곱 걸음에 시 한 수를 짓는 것도 내가 보기에는 너무 늦다. 시제가 떨어지자마자 바로 시를 지을 수 있느냐?"

조식이 대답했다.

"시제를 주시기 바랍니다."

"나와 너는 형제다. 이것이 시제다. 역시 '형제'라는 말이 그대로 나와서는 아니 된다."

조식은 아예 생각할 틈도 없이 입을 벌려 시 한 수를 읊었다.

콩을 삶으면서 콩깍지를 태우니
콩은 가마에서 눈물 흘리네
원래 한 뿌리에서 자라났건만
어이하여 이리도 급하게 들볶나

조비는 시를 듣고 눈물이 주르르 흘렸다. 이때 어머니 변씨가 궁전 뒤에서 나왔다.

"형은 어찌 이처럼 심하게 아우를 핍박하느냐?"

조비는 황급히 자리에서 일어나 답했다.

"나라의 법을 버리고 없애서는 아니 되므로 이럴 따름입니다. 저는 천하에 용납하지 못하는 것이 없는데 하물며 혈육이겠습니까?"

조비가 작위를 낮추어 안향후로 만드니 조식은 절을 올리고 안향 땅으로 떠났다.

【뒷날 조식은 견성후로 작위가 바뀌고 다음에 옹구왕이 되었다. 봉지가 자꾸 바뀌면서 할 일 없이 살던 조식은 거듭 황제에게 글을 올려 자신을 써주기를 바랐으나 조비와 그 아들 명제(明帝) 조예(曹叡)의 경계대상 1호가 되어 오히려 의심만 자아냈다. 41세에 진왕 자리에서 죽으니 때는 태화 5년(231년)이었다.

조식이 편안할 때 지은 글에서는 재주는 넘치지만 특별한 감성은 엿보이지 않

兄逼弟
曹植賦詩
乙酉春
羕雄畫

는데, 뒤쪽으로 밀려난 뒤에는 정이 넘치는 시와 글을 많이 지어 당시 가장 우수한 시인으로 평가받았다. 후세 시인 사령운(謝靈運)은 이렇게 말했다.

"천하의 재주가 한 섬이라면 조자건이 여덟 말을 차지하고 내가 한 말을 가졌으며 나머지 한 말을 천하 사람들이 나누어 가졌다."】

조비가 위왕 자리를 잇고 법령이 완전히 새롭게 바뀌었다. 그러나 한 헌제를 핍박하는 것이 아버지보다 더했다.

소식이 성도에 전해지자 한중왕 유비가 놀라 신하들과 상의했다.

"조조가 죽고 조비가 자리를 이었는데 천자를 핍박함이 조조보다 심하다 하오. 오의 손권은 손을 모아 쥐고 그의 신하로 자칭했으니 내가 먼저 오를 정벌해 운장 원수를 갚고, 그 뒤에 중원을 토벌해 나라를 어지럽히는 도적들을 없애야겠소."

요화가 반열에서 나와 울며 땅에 엎드렸다.

"관공 부자께서 죽임을 당하신 것은 유봉과 맹달의 죄이니 두 도적에게 죽임을 내리시기 빕니다."

한중왕이 사람을 보내 그들을 잡으려 하자 제갈량이 말렸다.

"아니 됩니다. 천천히 꾀하셔야지 서두르면 변이 생깁니다. 두 사람 벼슬을 태수로 높여 각기 떼어놓으면 산 채로 잡아 올 수 있습니다."

한중왕은 상용으로 사자를 보내 유봉의 벼슬을 높이고 면죽으로 옮겨 지키게 했다.

맹달과 사이가 좋은 팽양이 내막을 알고 급히 맹달에게 글을 보내려다 사자가 성도 남문에서 검문에 걸려 마초에게 끌려갔다. 마초가 사연을 알고 찾

◀ 콩을 삶으면서 콩깍지를 태우니

아가자 팽양이 술을 대접해 몇 잔 마시고 슬쩍 건드려보았다.

"전에는 한중왕께서 공을 후하게 대접하셨는데 어찌 이렇게 박해지셨소?"

술에 취한 팽양이 화가 치밀어 욕을 뱉었다.

"늙은 군졸 나부랭이가 황당하게 구니 반드시 보복하겠소!"

마초가 또 떠보았다.

"이 사람도 원망하는 마음을 먹은 지 오래요."

팽양이 잘 되었다 싶었는지 세게 나갔다.

"장군이 군사를 일으켜 맹달과 손을 잡고 바깥에서 움직이시오. 이 몸이 서천 군사를 이끌고 안에서 호응하면 대사를 꾀할 수 있소."

"선생 말씀이 참으로 옳소. 내일 다시 의논합시다."

팽양에게 맞장구를 쳐준 마초가 글을 들고 가서 상세히 이야기하니 한중왕은 크게 노해 팽양을 붙잡아 옥에 가두었다. 팽양이 후회하는데 한중왕이 제갈량에게 물었다.

"팽양이 반란의 뜻이 있으니 어찌 다스려야 하오?"

제갈량이 대답했다.

"비록 미친 선비에 지나지 않지만 그대로 두면 화가 됩니다."

한중왕이 명해 팽양을 죽이니 맹달이 소식을 듣고 깜짝 놀라 어쩔 줄 모르는데, 사자가 와서 유봉을 서천으로 불러 면죽을 지키게 했다. 맹달은 급히 상용과 방릉 도위 신탐, 신의(申儀) 형제와 상의했다.

"나와 법효직은 함께 한중왕을 위해 공을 세웠는데 효직이 죽자 공을 잊고 나를 해치려 하니 어찌해야 하오?"

【이보다 앞서 법정이 죽자 유비는 너무 가슴 아파 며칠이나 통곡하고, 시호를 내려 익후(翼侯)라 했다. 법정이 자신의 날개[翼익]가 되어 준 업적을 기리는 것이었다. 법정은 유비 생전에 시호를 준 유일한 신하였으니 얼마나 무겁게 여겼는지 알

수 있다.】

"한중왕이 공을 해치지 못하게 할 계책이 있습니다."

신탐이 말해 맹달은 크게 기뻐 어떤 계책인지 물었다.

"우리 형제는 위로 가려고 마음먹은 지 오랩니다. 공도 한중왕에게 표문을 올리고 위왕에게 가십시오. 조비가 반드시 중용할 것이니 우리도 뒤이어 귀순하겠습니다."

맹달은 불현듯 깨달아 표문을 지어 사자를 보내고 그날 밤으로 50여 명 기병을 이끌고 위로 갔다. 사자가 성도에 이르러 맹달의 일을 아뢰고 표문을 올렸다.

신 달이 엎드려 생각하매, 전하께서 장차 이윤과 여망 같은 업적을 쌓으시고 제환공과 진문공의 공로를 따르려 하시거늘, 대사가 이미 상당한 규모를 갖추고 오와 초 땅에 세력을 뻗치시어 재주 있는 인재들이 소문을 듣고 찾아옵니다. 신은 전하께 들어온 이래 잘못이 산처럼 쌓였으니 신이 스스로 잘 아는데 전하께서 어찌 모르시겠습니까? 지금 왕조에는 빼어난 인재들이 가득 모였는데, 신은 안으로는 전하를 보좌할 그릇이 없고 밖으로는 군사를 거느릴 재주가 없어, 공신 줄에 들기는 하지만 실로 부끄럽습니다.

신이 듣자오니 범려는 작은 징조를 알아 오호에 배를 띄우고, 구범(舅犯)은 죄를 빌어 황하에서 서성거렸다 합니다. 일이 이루어져 군신이 모일 때 그들이 도리어 몸을 지키게 해달라고 청한 것은 무엇 때문이겠습니까? 따르거나 떠나는 명분을 깨끗이 하기 위해서입니다. 게다가 신은 지위가 낮고 식견이 짧아 큰 공로를 세우지 못하여, 스스로 가두어주시기를 청할 자격마저 없으니 은근히 옛날의 현명한 이를 부러워하고 먼 뒷날의 수치를 생각합니다.

옛날 신생(申生)은 지극히 효성스러웠건만 어버이의 의심을 받았고, 오자서(伍子胥)는 더없이 충성스러웠으나 임금에게 죽임을 당했습니다. 몽염(蒙恬)은 나라 땅을 넓혔으나 사형을 받았고, 악의는 제나라를 이겼지만 헐뜯는 말을 들었습니다. 신은 그런 이야기가 담긴 책을 볼 때마다 감정이 북받쳐 눈물을 흘리지 않은 적이 없거늘 이제 직접 그런 일을 당하니 더욱 슬퍼집니다.

근래에 형주가 패망해 대신들이 절개를 잃고 백의 하나도 돌아오지 못했습니다. 유독 신만은 할 일을 찾아 스스로 방릉과 상용을 지켰고, 그 뒤에 몸을 놓아주시기를 청해 스스로 밖으로 추방되었습니다. 엎드려 생각하니 전하께서 성은을 베풀고 깨달으시어 신의 마음을 가엾게 여기고 신의 행동을 슬퍼해 주시기 바랍니다. 신은 실로 소인이라 마지막까지 전하를 모시지 못합니다. 스스로 알면서도 그렇게 하니 어찌 죄가 아니라 하겠습니까? 신이 늘 듣나니 '교분을 끊으며 나쁜 말을 하지 않고, 신하가 떠나며 원망하는 말을 하지 않는다[交絕無惡聲교절무악성 去臣無怨辭거신무원사]'고 합니다. 신의 잘못을 털어놓아 가르침을 바라오니 군왕께서 용서해주시기를 빕니다. 신은 황송해 마지아니하옵니다.

【춘추시대 월의 대신 범려는 월왕 구천을 도와 원수 오를 이겼으나 슬그머니 떠났다. 구천이 함께 걱정할 수는 있어도 함께 즐거움을 누릴 수는 없다고 여긴 것이다. 호수에서 배를 타다가 후에 장사로 부자가 되어 도주공(陶朱公)이라는 이름으로 역사에 기록되었다.

진문공 중이는 권력 싸움에서 밀려 제로 망명하고, 미녀를 아내로 맞아 즐겁게 살면서 진으로 돌아갈 생각을 하지 않았다. 그러자 부하 구범이 동료들과 함께 중이를 취하게 하여 수레에 실어 제를 떠났다. 중이가 19년 동안이나 떠돌다 진으로 돌아가는데, 황하 앞에 이르자 구범은 중이가 자기 공로는 잊고 잘못만 기억할까 두려워 사죄하면서 떠나려 했다. 중이가 잘못을 나무라지 않겠다고 다짐한 후에야 그를 따라 귀국했다.

신생의 아버지는 후처의 계책에 걸려 아들이 자기를 독살하려 한다고 의심했다. 오자서는 오왕 부차에게 충성해 월왕 구천을 경계하라고 거듭 충고했으나 받아들여지지 않자 죽었다.

진시황의 대장으로 만리장성을 쌓은 몽염은 진시황의 둘째 아들 호해가 황제가 된 뒤 죽임을 당했고, 제갈량이 자신을 비유한 전국시대 명장 악의는 약한 연의 군사를 이끌고 제를 깨뜨렸지만 다른 신하들이 헐뜯는 바람에 군권을 잃고 몸을 피했다. 이 네 사람은 모두 잘못이 없는데도 억울한 일을 당했다.】

한중왕은 표문을 읽고 크게 노했다.

"하찮은 녀석이 나를 배반하고도 감히 글로 희롱하다니!"

당장 군사를 일으켜 맹달을 잡으려 하자 제갈량이 말렸다.

"유봉에게 명해 잡아 오게 하십시오. 두 호랑이가 싸우면 유봉은 이기든 지든 반드시 성도로 돌아옵니다. 그때 없애면 두 가지 해를 뿌리 뽑을 수 있습니다."

한중왕이 명령을 전하자 유봉은 맹달을 잡으러 떠났다.

이때 조비가 신하들과 의논하는데 가까이에서 아뢰었다.

"촉 장수 맹달이 찾아와 항복을 드립니다."

조비는 즉시 맹달을 불러들였다.

"그대는 혹시 거짓으로 항복하는 것이 아닌가?"

"신이 관우의 위험을 구하지 않았다고 한중왕이 죽이려 하여 항복하는 것입니다."

조비가 믿지 않는데 별안간 유봉이 5만 군사를 이끌고 양양으로 달려와 맹달을 찾는다고 했다.

"그대가 참마음으로 항복한다면 양양에 가서 유봉의 머리를 가져오게."

"신이 이익과 해로움으로 설득해, 유봉까지 항복을 드리게 하겠습니다."

그 말이 마음에 들어 조비는 맹달을 산기상시로 임명하고 건무장군에 평양정후 작위를 내리며, 신성 태수를 맡아 양양과 번성을 지키게 했다.

양양에서는 하후상과 서황이 상용의 여러 군을 치려고 궁리하는데, 맹달이 이르러 알아보니 유봉이 성에서 50리 떨어진 곳에 영채를 세웠다고 했다. 맹달이 촉군 영채로 글을 보내 항복을 권하자 유봉은 크게 노했다.

"이 도적놈이 우리 숙부와 조카의 의리를 망치더니 부자의 정까지 벌어지게 하여 나를 충성스럽지 못하고 효성스럽지 못한 사람으로 만들려 하는구나!"

글을 찢으며 사자의 목을 치고는 이튿날 양양으로 달려가니 맹달도 군사를 거느리고 나왔다. 유봉이 진문 앞에 말을 세우고 칼을 들어 맹달을 가리키며 욕했다.

"나라를 배반한 도적놈이 감히 허튼소리를 지껄이느냐?"

맹달이 대꾸했다.

"너는 죽음이 코앞에 닥쳤는데도 정신을 못 차리니 새나 짐승과 다를 게 무어냐?"

유봉이 말을 다그쳐 덮쳐들자 맹달은 세 합도 맞서지 못해 달아났다. 유봉이 쫓아가자 고함이 일며 매복한 군사가 뛰쳐나오니 왼쪽으로는 하후상, 오른쪽으로는 서황이 달려오고, 맹달도 돌아서서 협공해, 유봉은 크게 패하고 밤새 상용으로 달아났다. 뒤에서 위군이 쫓아와 성 아래에서 유봉이 빨리 문을 열라고 소리치자 성 위에서 화살이 어지러이 날아오며 적루 위에서 신탐이 외쳤다.

"나는 이미 위에 항복했느니라!"

유봉은 크게 노해 성을 공격하려 했으나 뒤에서 위군이 쫓아와 방릉으로 달려갔다. 그러나 방릉성 위에도 이미 위의 깃발들이 꽂혀 있었다. 신의가 적루 위에서 깃발을 휘두르자 성 뒤에서 군사 한 떼가 달려 나오는데 깃발에 '우장군 서황'이라는 다섯 글자가 큼직하게 쓰여 있었다.

유봉이 급히 서천으로 달아나자 서황이 쫓아가며 무찔러 겨우 기병 100여 명만 데리고 성도로 들어갔다. 유봉이 울며 땅에 엎드려 아뢰자 한중왕은 화를 냈다.

"욕된 아들놈이 무슨 낯으로 나를 다시 보느냐?"

"숙부의 난을 이 아들이 외면한 것이 아니고 맹달이 막았습니다."

한중왕은 더욱 부아가 치밀었다.

"너도 사람의 음식을 먹고 사람 옷을 입었으니 흙으로 빚고 나무로 깎은 꼭두각시는 아닐 텐데 어찌하여 도적놈이 헐뜯도록 놓아두었단 말이냐!"

밖으로 끌어내 목을 치게 한 뒤에야 한중왕은 유봉이 맹달의 글을 찢고 사자를 죽인 일을 듣고 속으로 뉘우쳤다. 거기에 또 관우를 떠올리니 슬프고 가슴이 아파 군사를 움직이지 못했다.

위왕 조비는 갑옷 입은 군사 30만을 거느리고 남방으로 순시를 나가 패국 초현에 가서 조상들 무덤에 큰 제사를 지냈다. 고향 늙은이들이 먼지를 일으키면서 길에 나와 잔을 들고 술을 올리며 한 고조가 임금이 된 후 고향 패현에 돌아갔던 일을 본떴다.

그해 7월, 대장군 하후돈이 병세가 위독해 조비는 업군으로 돌아갔으나 그가 이르렀을 때는 이미 죽은 다음이라 상복을 입고 후한 예절로 묻어주었다.

그해 8월, 여러 곳에서 갖가지 상서로운 일이 일어났다고 했다. 석읍현에는 봉황이 오고, 임치성에는 기린이 나타났으며, 업군에는 누런 용이 모습을 드러냈다는 것이다. 중랑장 이복과 태사승 허지가 상의했다.

"이같이 상서로운 징조는 위가 한을 이어받음을 말해주는 것이오. 황제 자리를 물려받는 수선(受禪) 예식을 갖추고 한의 황제에게 천하를 위왕께 양보하도록 해야 하겠소."

화흠, 왕랑, 가후를 비롯한 문관과 무장 40여 명과 함께 내전으로 들어가 헌제에게 황제 자리를 위왕 조비에게 넘기라고 아뢰었다.

이야말로

위의 사직이 오늘 세워지려니
한의 강산이 어느덧 옮겨지네

헌제는 어떻게 대답할까?

80

천하는 덕 있는 자에게 돌아가

조비는 황제 폐하여 한나라 찬탈하고

한왕은 자리 바로 해 황제 자리 잇다

신하들이 황궁에 들어가 헌제를 뵙고, 화흠이 아뢰었다.

"엎드려 살펴보매 위왕께서 자리에 오르신 뒤 은덕이 사방에 펼쳐지고 어진 마음이 만물에 미칩니다. 옛날 사람들을 초월하고 지금 사람들을 뛰어넘으니 비록 요 임금과 순 임금이라 해도 이렇게는 하지 못했습니다. 이에 여러 신하가 모여 의논한 결과, 한의 황제 자리는 이미 사라지게 되었으니 폐하께서는 요 임금과 순 임금의 길을 본받아 산천과 사직을 위왕께 넘기시어 위로는 하늘의 뜻에 따르고 아래로는 백성의 마음에 맞추시기 바랍니다. 그러면 폐하께서는 편안하고 한가한 복을 누리시게 되어 조상들이 참으로 다행이겠고 백성이 정말로 행운이겠습니다. 신들은 이렇게 의논을 정하고 폐하께 아룁니다."

헌제는 깜짝 놀라 한참을 아무 말도 못 하다 입을 열고 신하들을 바라보며 울었다.

"고조께서 석 자 길이 검을 들어 뱀을 베신 후 의로운 군사를 일으켜 진을 평정하고 초를 무너뜨려 새로운 기업을 창조하시고 400년을 전해 내려왔소. 짐은 비록 재주 없으나 그리 나쁜 짓을 하지 않았는데 어찌 조상의 큰 기업을 쉽사리 버릴 수 있겠소? 백관은 다시 공정하게 상의하기 바라오."

화흠은 이복과 허지를 이끌고 헌제 앞에 다가가 아뢰었다.

"폐하께서 믿지 못하시겠으면 두 사람 말을 들어보십시오."

이복이 아뢰었다.

"위왕께서 왕위에 오르신 뒤 기린이 태어나고 봉황이 찾아오며, 누런 용이 나타나고 좋은 이삭이 달렸으며 단 이슬이 내렸습니다. 하늘이 상서로운 징조를 알리는 바이니 위가 한을 대신해야 한다는 뜻입니다."

허지가 또 아뢰었다.

"신들은 하늘을 우러러보는 일을 맡아 밤에 천상을 살피는데, 염한의 운은 이미 끝나 폐하의 황제별은 밝지 못합니다. 그런데 위의 천상은 하늘가에 닿고 땅끝에 이르러 이루 말로 그려내기 어렵습니다. 이는 《도참(圖讖)》에 응했으니 예언에는 이렇게 적혀 있습니다. '귀신이 변두리에 있고 위가 이어졌으니, 한을 대신해야 함은 더 말할 것도 없어라.' 그러니 폐하께서는 일찍 황제 자리를 넘기셔야 합니다. 귀신[鬼귀]이 변두리에 있고 위(委)가 이어진 것은 위(魏) 자입니다. 위가 한의 황제 자리를 넘겨받아야 한다는 뜻이니 잘 생각해보시기 바랍니다."

【《도참》은 미래의 길흉을 예언하는 책이다.】

"상서로운 징조와 《도참》은 모두 허망한 일인데, 어찌 그런 일로 조상의 기업을 버리라고 하는가?"

헌제의 물음에 화흠이 아뢰었다.

"폐하께서는 틀렸습니다. 옛날 삼황과 오제는 덕을 보아 서로 물려주었으니 덕이 없는 이가 덕이 있는 이에게 양보했습니다. 삼황이 사라진 다음에야 나라마다 자손들에게 자리를 전했습니다. 그러다 하의 마지막 임금 걸과 상의 마지막 임금 주가 무도해 천하 사람들이 정벌하고, 춘추시대에는 강한 패자들이 서로 삼키며 복이 있는 자가 자리를 차지했습니다. 후에 여러 나라가 진에 들어갔다가 다시 한으로 돌아왔으니 천하란 한 사람 천하가 아니라 천하 사람들 천하이며 덕이 있는 자가 차지하는 것입니다. 조상 대대로 물려온 것이 아니니 폐하께서는 일찍 물러서시는 편이 좋습니다. 늦으면 변이 생깁니다."

왕랑이 또 아뢰었다.

"예로부터 흥하면 반드시 망하고 성하면 반드시 쇠약하기 마련입니다[有興必有廢유흥필유폐 有盛必有衰유성필유쇠]. 어찌 망하지 않는 나라가 있고, 쇠약해지지 않는 집안이 있습니까? 한의 황실은 400여 년 전해져 폐하에 이르러 운이 이미 바닥났으니 어서 물러서서 피하심이 바람직합니다."

헌제가 목 놓아 울며 뒤쪽 궁전으로 들어가니 신하들은 비웃으며 물러갔다.

이튿날 신하들이 또 큰 궁전에 모여 환관을 들여보내 청했으나 헌제가 근심스럽고 두려워 감히 나가지 못하자 조 황후가 물었다.

"백관이 조회를 여시라고 청하는데 어찌 거절하십니까?"

헌제는 눈물을 흘리며 사실을 말해주었다.

"그대 오라비가 황제 자리를 빼앗으려고 신하들을 시켜 짐을 핍박해 나가지 않노라."

조 황후는 크게 노했다.

"내 오라비가 어찌 이따위 거스르는 짓을 한단 말입니까?"

조홍과 조휴가 들어와 헌제에게 궁전에 나가기를 청하자 조 황후가 욕을 퍼부었다.

"모두 너희 더러운 도적놈들이 부귀를 탐내 함께 반역을 꾸몄구나! 내 아버님은 공로가 세상을 뒤덮고 위엄을 천하에 떨치셨음에도 감히 신성한 그릇(황제 자리)을 빼앗지 못하셨다. 내 오라버니는 자리를 이은 지 얼마 되지도 않는데 벌써 한을 빼앗을 궁리를 하니 황천이 반드시 너희에게 복을 내리지 않으리라!"

조 황후가 통곡하며 뒤쪽 궁궐로 들어가니 좌우에서 시중드는 자들도 모두 훌쩍이며 눈물을 흘렸다. 조홍과 조휴가 궁전에 나가기를 강요해 헌제가 견디다 못해 옷을 갈아입고 앞의 궁전으로 나가자 화흠이 아뢰었다.

"폐하께서는 신들이 올린 공론을 따르시어 화를 면하시기 바랍니다."

헌제가 통곡했다.

"경들은 모두 한의 녹을 먹은 지 오래고, 경들 가운데는 한의 공신 자손도 많은데 어찌 이처럼 신하답지 못한 노릇을 한단 말이오?"

화흠이 재촉했다.

"폐하께서 뭇사람 말을 따르지 않으시면 궁궐 안에서 아침저녁으로 화가 일어날까 두려워 이러는 것이니 폐하께 충성하지 않는 것이 아닙니다."

헌제가 성을 냈다.

"누가 감히 짐을 시해한단 말이오?"

화흠이 질세라 날카롭게 응대했다.

"천하 사람들이 모두 폐하께서 황제의 복이 없으시어 사방이 크게 어지러워졌음을 압니다! 위왕께서 조정에 계시지 않는다면 폐하를 시해하려는 자가 어찌 하나둘에 그치겠습니까? 폐하께서는 아직도 은혜를 모르고 덕을 갚을 줄 모르시니, 천하 사람들이 함께 폐하를 칠 때까지 시일을 끄시겠단 말씀입니까?"

헌제도 기를 꺾지 않았다.

“옛날에 걸과 주는 무도해 백성을 잔인하게 해쳐 천하 사람들이 그를 정벌하게 되었소. 짐은 이 자리에 올라 30여 년 성실하고 부지런히 정사를 보면서 예에 맞지 않는 일은 조금도 하지 않았소. 천하 사람들 가운데 누가 나를 친단 말이오?”

화흠도 성을 내 소리쳤다.

“폐하는 덕도 없고 복도 없이 대위를 차지하니 잔인한 폭군보다 더 심하십니다!”

헌제가 놀라 소매를 떨치고 일어나자 왕랑이 눈짓해, 화흠이 앞으로 훌쩍 뛰어나가 용포를 덥석 틀어잡고 무시무시한 기세로 다그쳤다.

“허락하는지 않는지 어서 말씀하시오!”

헌제가 부들부들 떨며 대답하지 못하자 조홍과 조휴가 검을 뽑아 들고 높이 외쳤다.

“부보랑은 어디 있느냐?”

【부보랑은 군사를 움직일 때 쓰는 부(符)와 옥새를 맡은 신하였다.】

부보랑 조필(祖弼)이 물음에 맞추어 나섰다.

“부보랑이 여기 있다!”

조홍이 옥새를 달라고 하자 조필이 꾸짖었다.

“옥새는 천자의 보물인데 어찌 멋대로 달라고 하느냐!”

조홍이 끌어내 목을 치라고 호령하니 조필은 쉴 새 없이 욕을 퍼부으며 죽임을 당했다. 헌제는 걷잡을 수 없이 와들와들 떨었다. 살펴보니 섬돌 아래 갑옷 입고 과를 든 수백 명 무사가 모두 위군이라 헌제는 눈물을 흘리다 못해 피까지 나오며 탄식했다.

"조상의 천하를 오늘 망하게 할 줄이야 누가 알았겠소? 짐이 죽어 땅에 묻히면 무슨 얼굴로 돌아가신 황제들을 뵈옵겠소?"

드디어 헌제는 눈물을 흘리며 신하들에게 말했다.

"짐은 천하를 위왕에게 선양하고 남은 생명을 부지해 하늘이 정해준 목숨을 살겠소."

가후가 말했다.

"위왕께서 반드시 저버리지 않으실 것이니 폐하께서는 급히 조서를 내려 뭇사람 마음을 안정시키십시오."

헌제는 별수 없이 진군에게 명해 나라를 넘기는 조서를 짓게 하고, 화흠에게 조서와 옥새를 지니고 백관을 이끌고 위왕 궁으로 가서 조비에게 바치게 했다. 조비가 대단히 기뻐하는데 화흠이 조서를 펼쳐 읽었다.

"짐은 황제 자리에 앉아 32년이 되었는데 천하가 흔들렸으나 다행히 조상의 영검한 넋에 힘입어 다시 보존되었노라. 이제 하늘의 별들을 우러러 눈여겨보고 백성의 마음을 굽어 살펴보니, 염정(炎精)의 운은 끝나고 하늘의 운이 조씨에게 돌아갔더라. 전대 위왕은 빛나는 무공을 쌓고 현재 위왕은 미덕을 밝혀, 하늘이 바라는 바에 응했음을 역수(曆數)가 분명히 알게 해주더라. 대체로 '큰 도리의 움직임은 천하를 세상 사람의 것으로 안다[大道之行대도지행 天下爲公천하위공]'고 하며, 요 임금은 아들에게 사사로이 나라를 넘기지 않아 이름이 후세에 무한히 뻗쳤으니 짐은 은근히 부러워했노라. 요 임금의 사적을 본받아 승상 위왕에게 자리를 넘기니 왕은 사양하지 말지어다."

【염정은 화덕으로 흥한 유씨를 가리키며, 역수는 하늘의 도리, 혹은 왕조가 교체되는 순서를 말한다.】

조비가 조서를 받으려 하자 사마의가 충고했다.

"아니 됩니다. 비록 조서와 옥새가 여기 오기는 했지만 전하께서는 표문을 올려 겸손하게 사양하시어 천하 사람들의 비방을 뿌리 뽑으셔야 합니다."

조비가 왕랑에게 표문을 짓게 하여 자신은 덕이 모자라니 달리 현명한 이를 구해 황제 자리를 잇게 하시라며 사양하자 헌제는 표문을 읽고 매우 의심스러워 신하들에게 물었다.

"위왕이 겸손하게 사양하니 어찌해야 하오?"

화흠이 방도를 제시했다.

"옛날 위무왕(조조)께서 왕위를 받으실 때 세 번 사양하셨는데, 폐하께서 조서를 내려 사절하지 못하도록 하시어 그 후에야 왕위를 받으셨습니다. 이제 폐하께서 다시 조서를 내리시면 위왕은 폐하의 뜻을 따를 것입니다."

헌제는 다시 오에서 넘어온 환계에게 조서를 짓게 하여 고조 사당을 관리하는 고묘사 장음(張音)에게 절과 옥새를 받쳐 들고 위왕 궁으로 가서 펼쳐 읽게 했다.

"그대 위왕은 글을 올려 겸손하게 사양했더라. 짐이 가만히 생각하니 한의 도는 쇠퇴한 지 이미 오래인데 다행히 무왕 조조가 하늘이 제시한 운을 따라 신 같은 위엄을 떨쳐 흉악한 무리를 베어 없애고 세상을 깨끗이 했노라. 위왕 비는 앞사람이 끝내지 못한 사업을 이었으니 지극한 덕성이 빛을 뿌리고, 성한 기운과 가르침이 온 세상에 펼쳐지며, 어진 기풍이 천하에 퍼져 하늘이 정한 운수는 실로 그대 몸에 응했노라. 옛날 우순이 큰 공로 스무 가지를 세웠더니 요 임금이 천하를 넘겼고, 대우는 물길을 내어 홍수를 다스린 공적으로 순 임금이 제위를 넘겼노라. 한은 요의 운을 이었으니 마땅히 성인에게 자리를 옮기는 의로움이 있어, 하늘의 분명한 명령을 받들고 땅의 신에 따라 대리 어사대부 장음에게 절을 들고 황제의 도장과 끈을 받들어 가져가게 하니 위왕은 받으시라."

조비는 조서를 받고 즐거워하며 가후에게 말했다.

"비록 두 번 조서가 내렸으나 그래도 천하 사람들과 후세 사람들이 빼앗았다고 말하지 않을까 두렵소."

"이는 지극히 쉬운 일입니다. 다시 장음에게 명해 도장과 끈을 가져가게 하시고 화흠을 시켜 한의 황제에게 수선단을 쌓도록 하십시오. 좋은 날짜와 시간을 골라 백관을 모두 단 아래에 모아놓고 천자에게 친히 옥새와 끈을 받쳐 들고 천하를 대왕께 넘기도록 하시면 뭇사람 의심을 풀 수 있고 천하 사람들의 논의를 끊을 수 있습니다."

조비는 크게 기뻐 장음을 되돌려 보내면서 지난번과 같이 표문을 지어 겸손하게 사양했다. 장음이 돌아오자 헌제는 신하들에게 물었다.

"위왕이 또 사양하니 무슨 뜻이오?"

화흠이 아뢰었다.

"폐하께서는 단을 하나 쌓고 수선단이라 하십시오. 대신들과 백성을 모아 위왕께 분명하게 자리를 넘기시면 폐하의 자손은 반드시 위의 은덕을 입을 것입니다."

헌제는 종묘 제사를 맡은 태상원 관원들을 보내 허도 동남쪽 영천군 영음현 번양정에 땅을 골라 3층짜리 높은 단을 세우게 하고, 10월 경오일 황제 자리를 위왕에게 선양하기로 했다.

정해진 날이 되자 헌제는 위왕 조비를 단 위에 청해 황제 자리를 넘겨받도록 했다. 단 아래에는 문무백관 400여 명이 모이고, 황제를 호위하는 어림호분군 30여 만과 흉노의 선우와 나라 밖 사람들이 둘러섰다. 헌제가 친히 옥새를 두 손으로 받쳐 올려 조비가 받고, 신하들은 단 아래에 꿇어앉아 황제 자리를 물려주는 책문을 들었다.

◀ 화흠은 헌제를 단 아래 꿇어 앉히고

"그대 위왕에게 알리노라! 옛날 요 임금께서 순 임금에게 자리를 넘기셨고, 순 임금께서 우 임금에게 명해 세상을 다스리게 하셨으니, 하늘이 정해준 운명은 어느 한 집안에 고정된 것이 아니라 덕이 있는 이에게 돌아갔노라. 한의 도(道)가 쇠퇴해져 세상이 질서를 잃고 황제 자리가 짐에 이르러 천하가 크게 어지러워져, 흉악한 무리가 나쁜 짓을 저지르고 나라가 크게 흔들렸더라. 다행히 전대 위왕의 신 같은 영명함에 힘입어 사방의 난을 구하고 세상을 깨끗이 했으며, 종묘가 보존되었으니 어찌 나 한 사람만 이익을 보았겠는가? 전국 만백성이 모두 그 덕을 보았더라. 현재 위왕은 삼가 전대의 사업을 이어받고 덕을 펴 문무의 대업을 회복하고 돌아간 어버이의 큰 사업을 빛냈노라. 하늘이 상서로운 징조를 내려 사람과 신이 그것을 전하는데 그대가 정사를 보좌하니 뭇사람이 짐에게 추천했더라. 사람들은 모두 그대가 순 임금과 걸맞으니 내가 요 임금 본을 따라 공손하게 자리를 넘기라고 했노라. 오호! 하늘의 역수가 그대에게 달렸으니 대례를 받아들여 만국을 이어받아 향수(享受)하며, 하늘의 명에 따를지어다!"

책문을 다 읽자 위왕 조비는 성대한 예식을 치러 황제 자리에 올랐다. 가후가 백관을 이끌고 단 아래에 엎드려 축하드리자 조비는 연호를 바꾸고 나라 이름을 대위(大魏)라 했다. 천하에 대사령을 내리고 아버지 조조의 시호를 높여 태조무황제로 칭하니 화흠이 아뢰었다.

"하늘에는 두 해가 있어서는 아니 되고 백성에게는 두 왕이 있을 수 없습니다. 한의 황제는 천하를 폐하께 넘겼으니 응당 물러서서 먼 고장으로 떠나야 합니다. 유씨를 어느 땅에 안치하는지 분명한 성지를 내리십시오."

화흠은 헌제를 부축해 단 아래 꿇어 앉히고 성지를 듣게 했다. 조비가 헌제를 산양공으로 봉하고 그날 바로 떠나게 하니 화흠은 허리에 찬 검에 손을 얹고 헌제를 가리키며 날카롭게 명했다.

"한 임금을 세우고 한 임금을 폐하는 것은 옛날부터 내려온 일반의 도리요. 지금 폐하께서 인자하시어 차마 그대를 해치지 않고 산양공으로 봉해주셨으니 오늘 곧 떠나시오. 조서를 받들지 않고는 조정에 들어오지 못하오!"

헌제가 눈물을 머금고 절해 고맙다 인사하고 말에 올라 떠나니 단 아래 군사와 백성은 슬퍼하지 않는 자가 없었다.

조비가 신하들에게 말했다.

"순(舜)과 우(禹)의 일을 짐이 알았노라!"

신하들은 모두 세 번 '만세!'를 외쳤다.

신하들이 조비에게 하늘땅에 감사드리기를 청해 조비가 막 절을 하는데, 느닷없이 단 앞에서 괴상한 바람이 휘익 불어대면서 모래가 흩날리고 돌멩이가 구르는 것이 소나기가 내리듯 급했다. 얼굴을 맞댄 사람들도 서로 가려볼 수 없고 단 위의 불과 촛불이 모두 꺼졌다.

조비가 놀라 단 위에 쓰러지니 사람들이 급히 구해 단에서 내려와 한참이 지나서야 정신을 차리고, 신하들이 부축해 궁궐로 들어갔다. 며칠이나 조회에 나오지 못하던 조비는 몸이 좀 나아서야 궁전에 나와 신하들의 축하를 받았다. 화흠을 사도로 봉하고 왕랑을 사공으로 봉했으며, 높고 낮은 신하들도 모두 벼슬을 올려주고 상을 내렸다. 병이 낫지 않자 조비는 허도의 궁궐에 요사한 귀신이 많다고 여기고 낙양으로 가서 궁궐을 크게 늘렸다.

성도에 소식이 전해지자 한중왕은 종일 통곡하면서 신하들에게 상복을 입게 하여 멀리 중원 쪽을 바라보며 제사를 지내고, 효민황제라는 시호를 올렸다. 근심이 쌓여 병에 걸린 한중왕은 정사를 모두 제갈량에게 부탁했다.

제갈량은 태부 허정과 임금의 잘잘못을 간하는 광록대부 초주와 상의해 천하에 하루라도 황제가 계시지 않으면 아니 된다면서 한중왕을 황제로 올리려

했다. 초주가 아뢰었다.

"요사이 상서로운 바람과 경사스러운 구름의 좋은 징조가 있습니다. 성도 서북쪽에서 누런 기운이 몇백 자 솟구쳐 하늘로 올라가고 임금별이 나타나 달처럼 환하게 비추었습니다. 이는 바로 한중왕께서 황제 자리에 오르시어 한의 정통을 이으셔야 함을 말해주는 것이니 무엇을 의심하겠습니까?"

제갈량과 허정이 높고 낮은 신하들을 이끌고 표문을 올려 황제 자리에 오르기를 청하자 한중왕은 깜짝 놀랐다.

"경들은 나를 충성스럽지 못하고 의롭지 못한 사람으로 만들려 하오?"

제갈량이 아뢰었다.

"아닙니다. 조비가 한을 빼앗고 스스로 황제가 되었는데, 대왕께서는 한의 황실 후예이시니 이치로 보아 정통을 이어 한의 제사가 이어지도록 해야 합니다."

한중왕은 발끈해 낯빛이 변했다.

"내 어찌 역적이 한 짓을 본받겠소!"

소매를 떨치고 일어나 뒤쪽 궁전으로 들어가니 신하들은 모두 흩어졌다.

사흘 후, 제갈량이 또 신하들을 이끌고 조정에 들어가 한중왕을 모시자 신하들은 모두 엎드리고 허정이 아뢰었다.

"지금 한의 천자께서 역적 조비에게 찬탈을 당하셨는데, 대왕께서 황제 자리에 오르시어 역적을 토벌하지 않으면 충성스럽고 의롭다 하실 수 없습니다. 천하 사람들은 모두 대왕께서 황제가 되시어 효민황제를 위해 한을 씻어주기를 바라니, 신들의 논의를 따르지 않으시면 백성의 소망을 잃게 됩니다."

한중왕은 사절했다.

"나는 비록 경제의 후손이기는 하지만 탁군의 한낱 시골 사내에 지나지 않소. 이 하늘 아래, 저 땅끝까지 백성에게 은덕을 베풀지 못했는데 하루아침에 스스로 황제가 되면 찬탈이나 무엇이 다르겠소! 나는 죽을지언정 충성스럽지 못하고 효성스럽지 못한 인간이 되지는 않겠소. 경들은 나에게 뒷날 만 년 동안 욕을 먹도록 하지 마시오!"

제갈량은 몇 번이고 애타게 권해도 한중왕이 따르지 않자 계책을 정해 신하들에게 알리고, 병을 핑계로 집에서 나오지 않았다. 제갈량의 병세가 위독하다는 말을 듣고 한중왕이 친히 군사부로 찾아가 침상 곁에 섰다.

"군사는 무슨 병에 걸렸소?"

"근심으로 가슴이 불타는 듯해 목숨이 길지 않겠습니다."

"무슨 일을 그토록 근심하오?"

제갈량은 대답하지 않았다. 한중왕이 몇 번을 물어도 눈을 감고 대답하지 않다 겨우 후유 한숨을 쉬었다.

"신이 초가에서 나온 이후 대왕께서는 말씀을 올리면 들어주고 계책을 드리면 써주셨습니다. 그리하여 대왕께서 다행히 동천과 서천 땅을 차지하시니 신이 옛날에 드린 말씀이 어긋나지 않게 되었습니다. 그런데 지금 조비가 황제 자리를 빼앗아 한의 제사가 끊기게 되어, 문무백관이 모두 대왕을 받들어 황제로 모시고 위를 무너뜨리고 유씨를 일으켜 공명을 이루려 애쓰는데, 뜻밖에도 대왕께서 한사코 거절하시니 신하들은 희망을 잃어 오래지 않아 모두 흩어지게 되었습니다. 신하들이 흩어지면 양천을 지키기 어려우니 신이 어찌 근심스럽지 않겠습니까?"

"나는 거절하는 게 아니라 사람들이 욕할까 두려울 뿐이오."

한중왕의 대답에 제갈량이 다시 설득했다.

"성인께서는 '명분이 바르지 않으면 말이 서지 못한다[名不正명부정 則言不順즉언불순]'고 하셨습니다. 지금 대왕께서는 명분이 바르고 말도 떳떳하신데 무엇을 더 의논할 여지가 있습니까? '하늘이 줄 때 받지 않으면 오히려 재앙을 입는다[天與弗取천여불취 反受基咎반수기구]'는 말을 들어보지 못하셨습니까?"

한중왕이 더는 말을 자르지 않았다.

"군사의 병이 나은 뒤 일을 행해도 늦지 않소."

그 말이 떨어지자 제갈량이 침상에서 얼른 일어나 병풍을 툭 치니 바깥에서 신하들이 우르르 들어와 엎드렸다.

"대왕께서 허락하셨으니 빨리 날짜를 골라 대례를 올립시다."

한중왕이 보니 태부 허정부터 낮은 신하까지 다 모여 있었다.

"나를 의롭지 못하게 만든 것은 모두 경들이오!"

제갈량이 아뢰었다.

"이미 허락하셨으니 곧 단을 쌓고 좋은 날짜를 잡겠습니다."

한중왕을 배웅해 왕궁으로 돌아가게 하고, 박사 허자와 간의랑 맹광에게 맡겨 성도 무담 남쪽에 단을 쌓게 했다. 모든 준비를 마친 후 신하들은 황제 행차를 갖추고 한중왕을 단에 올려 제사 지내기를 청했다. 유비가 단에 오르자 초주가 단 위에서 목청을 돋우어 제문을 읽었다.

"건안 26년(221년) 4월 병오일, 황제 비(備)는 외람되오나 황천과 후토에 분명히 아룁니다. 한이 천하를 얻어 여러 대를 이었으니, 한때 왕망이 황제 자리를 훔쳤으나 광무 황제께서 죽임을 내려 사직이 다시 보존되었습니다. 전날 조조가 무력을 믿고 잔인한 짓을 하며 황후와 황자를 살해해 죄악이 하늘에 사무치는데, 조조의 아들 조비는 함부로 흉악한 짓을 하여 황제 자리를 훔쳐 차지했습니다. 이에 비의 부하와 장졸들은 슬프고 분하고 마음이 북받쳐, 폐하게 된 한의 제사를 어서 잇고, 고조와 광무제 두 선조를 본받아 하늘을 대신해 역적을 토벌해야 한다고 믿습니다. 그러나 비는 덕이 없어 황제 자리를 차지하기 부끄러울까 두려워 만백성과 밖으로 머나먼 곳의 우두머리들에게도 물었으나 모두 말하기를 '하늘의 명에 답하지 않으면 아니 되고, 조상의 사업을 오래 폐해서는 아니 되며, 세상에 주인이 없어서는 아니 된다'고 했습니다. 온 땅의 사람들이 눈을 들어 바라봄이 모두 이 비 한 몸에 쏠렸습니다. 비는 하늘의 명백한 명령이 두렵고, 고조와 광무제의 사업이 땅 밑에 묻히는 것을 참을 수 없어 삼가 좋은 날짜를 골라 단에 올라 제사를 지내며 하늘과 땅의 신에게 알립니다. 황제의 새(璽, 옥새)와 수(綬, 끈)를 받고 사방을 어루만져 다스리겠습니다. 신들께서 한의 황실에 복을 내리시어 세상이 영원히 안정되게 해주시기를 빕니다."

제문을 읽은 뒤 제갈량이 신하들을 거느리고 옥새를 바쳐 올리니 한중왕은 두 손으로 받들어 단 위에 올리고 거듭 사절했다.

"이 비는 재주와 덕성이 없으니 그것을 갖춘 이에게 받게 하시오."

제갈량이 아뢰었다.

"대왕께서는 온 세상을 평정하시어 공덕이 천하에 뚜렷이 알려졌으며 게다가 대한의 황실 후예이시니 바른 자리에 오르셔야 합니다. 이미 하늘의 신에게 제사를 지내 알렸거늘 어찌 또 사양하십니까!"

백관은 모두 만세를 높이 외쳤다. 신하들이 절을 올려 인사를 마치자 유비는 정식 황제가 되고 연호를 바꾸어 장무(章武) 원년(221년)으로 정했다.

왕비 오씨를 황후로 세우고 맏아들 선을 태자로 봉하며, 둘째 영은 노왕, 셋째 리는 양왕으로 봉했다. 제갈량은 승상, 허정은 사도로 임명했다. 높고 낮은 신하들도 벼슬을 높이며 상을 주고 천하에 대사령을 내려 모든 죄인을 풀어주니 서천과 동천의 군사와 백성은 모두 기뻐 날뛰었다.

【이때부터 유비가 소설에서 선주(先主)로 불리게 되는데 역사나 야사에서 유비에게만 붙이는 특유한 칭호였다.】

이튿날 조회를 열어 백관이 절을 드리고 문반과 무반으로 늘어서자 선주가 조서를 내렸다.

"짐이 복숭아 뜰에서 관운장, 장익덕과 결의하여 형제를 맺은 후 살고 죽음을 같이하겠다고 맹세했노라. 불행히도 운장이 오의 손권에게 해를 당했으니 복수하지 않으면 맹세를 저버리는 것이니라. 짐은 나라의 군사를 일으켜 오를 정벌하고 역적을 사로잡아 이 한을 씻으려 하노라……."

그 말이 끝나기 전에 반열에서 한 사람이 선뜻 나와 섬돌 아래에 엎드렸다.

"아니 됩니다."

선주가 보니 호위장군 조운이었다.

이야말로

임금이 하늘 대신 정벌하기 전에
신하가 바른 말씀을 드리는구나

조운은 어떤 충고를 할까?

【 알고 보면 더 재미있어 】

조비는 헌제의 처남이자 사위

삼국(三國) 가운데 하나는 조씨의 위(魏)고, 하나는 손씨의 오(吳)다. 다른 하나는 유씨가 세웠는데 그 이름은 무엇이었을까? 나관중 본에는 대촉(大蜀)이라 했고, 모종강 본에는 이름이 없다. 제갈량은 한(漢)의 승상으로 자처하는데, 소설에서는 군사와 장수들을 촉군이나 촉장이라 부른다. 정사에는 한이라 나온다. 전한, 후한을 계승했다는 뜻이다. 그리하여 사람들은 습관적으로 촉한(蜀漢)이라 불렀다. 중국 역사에는 한이라는 왕조가 너무 많기 때문이다. 따라서 후에는 촉으로 유씨 정권을 가리켰다.

헌제는 자리에서 물러난 뒤에도 여전히 한의 역법에 따라 연호를 쓰고, 천자의 예식과 규격대로 교외에서 하늘땅에 제사를 지내며, 위의 조정에 글을 올릴 때 신(臣)이라 칭하지 않았다. 위 황제가 태묘에 제사를 지낼 때는 제사에 쓰인 고기를 내려주었다.

헌제 유협은 234년에 54세로 죽었으니, 묘하게도 제갈량과 같은 해에 태어나 같은 해에 죽었다. 그 후대가 산양공 작위를 이었는데, 산양국이 근 100년 이어지다 유협의 고손자 추(秋)가 호인들 손에 죽어 나라가 사라졌다. 가장 우스운 일은 유협이 딸 둘을 조비의 비(妃)로 바친 것이다. 유협의 아내가 조비의 누이동생이므로 조비는 유협의 처남인데 사위가 되었으니 엉터리 정략결혼이었다.

81

장비도 부하 칼에 목숨 잃어

형 원수 갚기 급해 장비 해를 당하고
아우 원한 씻으려 선주 군사 일으키다

선주가 군사를 일으켜 동쪽으로 정벌을 나가려 하자 조운이 충고를 올렸다.

"나라의 도적은 조조이지 손권이 아닙니다. 조비가 한을 빼앗아 하늘과 사람이 함께 분노하니 폐하께서는 어서 관중을 공략하시어 위하 상류에 군사를 주둔하고 흉악한 역적을 토벌하셔야 합니다. 관동의 의사들이 반드시 식량을 싸 들고 말을 채찍질해 폐하를 맞이할 것입니다. 만약 위를 버리고 오를 정벌하다 군사들이 일단 어울려 싸우면 급히 그만둘 수 없으니 폐하께서는 살펴 보시기 바랍니다."

그러나 선주는 고집을 꺾지 않았다.

"손권이 짐의 아우를 해치고, 부사인, 미방, 반장, 마충과 이를 가는 원한이 맺혔으니 종족을 몰살하지 않으면 짐의 한을 풀 수 없는데 경은 어찌하여 막는가?"

조운도 쉽게 물러서지 않았다.

"한의 도적과 맺은 원수는 공적인 일이고, 형제의 원수는 사적인 일이니 먼저 천하를 무겁게 여기시기 바랍니다."

"짐이 아우 원수를 갚지 않고는 만 리 강산이 무엇이 귀하겠는가?"

선주는 조운의 충고를 듣지 않고 군사를 일으켜 오를 정벌한다는 명령을 내리고, 사자를 오계(五溪)로 보내 번병 5만 명을 빌려 지원하기로 했다.

【오계는 무릉에 사는 만인(蠻人)들의 다섯 계파를 말한다. 옛날 파(巴) 땅에 살던 만인들이 동쪽으로 옮겨 형주 무릉군에 정착했다. 무릉은 전에 유비가 차지하다 오의 손에 들어갔는데, 유비가 형주 태생 마량을 보내 만인들을 불러 오 토벌에 나서게 한 것이다.】

낭중으로도 사자를 보내 장비의 벼슬을 거기장군으로 올리고, 백관의 불법 행위를 감독하는 사예교위에 임명하며, 서향후로 봉하고, 낭중 태수도 겸하게 했다.

낭중에서 장비는 관우가 오군 손에 잘못되었다는 소식을 듣고 아침저녁으로 엉엉 울다 다시 소리 없이 눈물을 흘리는데 피가 옷깃을 적셨다. 슬픔을 진정시키라고 장수들이 술을 권해 취하면 노여움이 더욱 커져 조금이라도 비위를 거스르는 자가 있으면 채찍질을 했다. 날마다 남쪽을 바라보고 이를 갈면서 눈을 부릅뜨고 씩씩거리다 목 놓아 울곤 하다, 선주의 사자가 이르러 벼슬과 작위를 받고는 북쪽을 향해 절을 올리고 술상을 차려 사자를 대접했다.

"우리 형님이 해를 입어 원수가 바다같이 깊은데 조정 신하들은 어찌하여 빨리 군사를 일으키자고 아뢰지 않는가?"

"먼저 위를 치고 후에 오를 정벌하라고 권하는 이가 많습니다."

사자의 대답에 장비는 화를 냈다.

"그게 무슨 소린가! 옛날 우리 세 사람이 복숭아 뜰에서 형제를 맺을 때 살고 죽기를 같이 하자고 맹세했는데, 불행히도 둘째 형님이 중도에 돌아갔으니 어찌 원수를 갚지 않을 수 있겠나? 마땅히 천자를 뵙고 군사의 선봉이 되어, 상복을 입고 오를 정벌해 도적을 사로잡고 둘째 형님 제사를 지내 전날의 맹세를 지켜야지!"

장비는 사자와 함께 성도를 향해 길을 떠났다.

선주가 날마다 몸소 연무청에 가서 군사를 조련하면서 날짜를 정해 대군을 일으키고, 천자의 행차를 움직여 친히 정벌을 떠나려 하니 대신들이 승상부에 몰려가 제갈량에게 청했다.

"천자께서 대위에 오르시어 친히 군사를 거느리면 사직을 무겁게 아는 일이 아닙니다. 승상께서는 나라의 큰일을 맡으셨는데 어찌 충고를 드려 말리지 않으십니까?"

"내가 여러 번 애써 말렸으나 천자께서 한사코 듣지 않으셨소. 오늘 여러분이 나와 함께 교련장에 가서 말씀을 올립시다."

제갈량이 백관을 이끌고 교련장으로 가서 선주를 뵈었다.

"폐하께서 소중한 자리에 오르신 지 오래지 않으니 북쪽으로 나아가 한의 도적을 토벌해 큰 뜻을 펼치려 하실 때만 친히 육사(六師, 천자의 군사)를 거느리실 수 있습니다. 오 하나만 정벌하시려면 상장 하나에 명해 공격하게 하시면 되는데 친히 수고스럽게 성스러운 행차를 움직이실 게 무엇입니까?"

제갈량이 하도 애써 말려 선주가 속으로 조금 마음을 돌리려 하는데, 별안간 장비가 이르러 땅에 넙죽 엎드리며 선주의 발을 끌어안고 울음을 터뜨렸다.

"폐하께서는 황제가 되시더니 벌써 복숭아 뜰의 맹세를 잊으셨습니까? 어찌 둘째 형님 원수를 갚지 않으십니까?"

장비의 등을 두드리는 선주도 울음이 나왔다.

"대신들이 말려 감히 선불리 움직이지 못했네."

장비는 단호했다.

"신하들이야 모두 부귀를 누리니 옛날 맹세를 알 리 있습니까? 폐하께서 가지 않으신다면 신은 이 한 몸을 바쳐 둘째 형님을 위해 복수하겠습니다! 원수를 갚지 못하면 죽을지언정 폐하를 다시 뵙지 않겠습니다!"

선주는 마음을 굳히고 말았다.

"짐이 경과 함께 가겠네. 경은 낭중에서 군사를 거느리고 떠나게. 짐이 강주에서 경과 만나 함께 오를 정벌해 원한을 풀겠네!"

장비가 얼른 말을 받았다.

"어찌 감히 잠시인들 늦출 수 있겠습니까?"

장비가 떠나려 하자 선주가 신신당부했다.

"짐은 전부터 경이 술을 마시면 무섭게 성을 내며 부하들을 매질하는 것을 잘 아네. 매질하고도 그들을 좌우에 놓아두니 이는 화를 부르는 노릇일세. 이후에는 반드시 너그러워져야지 이전 같아서는 아니 되네."

이튿날 선주가 군사를 거느리고 떠나려 하는데 학사 진복이 아뢰었다.

"폐하께서 이번 걸음에 관공을 위해 복수하려 하시는데, 신이 가만히 생각하니 그렇게 하셔서는 아니 됩니다. 폐하께서 만승(萬乘)의 몸을 버리고 작은 의리를 따르시니 이는 옛사람이 바람직하게 여기지 않은 바입니다. 게다가 관공은 현명한 이를 얕보고 사람을 오만하게 대하며 강하다고 자부해 목숨을 잃고 말았으니, 이는 하늘이 그를 망하게 한 것이라 폐하께서는 깊이 생각하시기 바랍니다."

【만 대의 수레를 뜻하는 '만승'은 만 대의 수레를 거느린 황제의 대명사였다.】

선주는 짜증이 났으나 그래도 점잖게 말했다.

"운장과 짐은 한 몸이나 다름없는 의리가 있으니 어찌 잊을 수 있겠는가?"

진복은 땅에 엎드려 일어나지 않았다.

"폐하께서 신의 말을 듣지 않으시면 일이 잘못되지나 않을까 두렵습니다."

선주는 그만 크게 노했다.

"짐이 군사를 일으키는데, 어찌 이처럼 상서롭지 못한 말을 하느냐?"

선주가 궁궐 밖으로 끌어내 목을 치라고 호령하자 진복은 얼굴빛 하나 변치 않은 채 선주를 돌아보며 웃었다.

"신은 죽어도 한이 없사오나 새로 세운 기업이 무너질까 두렵습니다!"

신하들이 모두 빌어 선주는 물러섰다.

"잠시 가두었다 원수를 갚고 돌아와 처리하겠노라."

제갈량이 소식을 듣고 진복을 구하려고 표문을 올렸다.

'신 양을 비롯한 사람들은 오의 도적이 간사한 계책을 써서 형주가 망하는 화를 만들고, 장수별이 두수와 우수에서 떨어지게 했으며, 하늘을 받치는 기둥이 초 땅에서 부러지게 했으니 슬프고 가슴 아파 실로 잊을 수가 없습니다. 그러나 생각해보면 한의 솥을 옮긴 죄를 지은 자는 조조요, 유씨의 임금 자리를 바꾼 악을 저지른 자는 손권이 아닙니다. 만약 위의 도적이 제거되면 오의 강도는 저절로 순종합니다. 폐하께서는 진복이 드린 말씀을 솥에 새기고 돌에 쪼아 후세에 길이 전할 좋은 말로 받아들이셔서 군사의 힘을 기르며 다른 쪽으로 최선을 찾으시기 바랍니다. 그러면 사직이 참으로 다행이겠고 천하가 실로 행운이겠습니다.'

【옛날 솥인 정(鼎)은 둥근 것은 발이 셋, 모난 것은 발이 넷이다. 하나라 우 임금이 정 아홉 개를 주조했다 하여 상과 주에서는 임금 자리를 전하는 중요한 기구로 삼았고, 정권이나 황제의 대명사가 되었다.】

선주는 표문을 읽고 땅에 던졌다.

"짐의 뜻은 이미 굳어졌으니 더 말리지 말라!"

제갈 승상에게 태자를 보좌해 서천과 동천을 지키게 하고, 표기장군 마초와 마대는 진북장군 위연을 도와 한중을 지켜 위군을 막게 하며, 호위장군 조운은 뒤를 지원하면서 식량과 말먹이 풀을 감독하게 했다. 황권과 정기는 참모가 되고 마량과 진진은 문서를 관리하며 황충은 선봉이 되고 풍습과 장남은 부장이 되었다. 서천의 장수 수백 명과 오계의 번장들도 합쳐 군사가 도합 75만이었다. 장무 원년 7월 병인일을 골라 출병했다.

이보다 앞서 장비는 낭중으로 돌아가 장수들에게 명령을 내렸다.

"사흘 안으로 흰 깃발, 흰 갑옷을 마련해 삼군이 입고 오를 정벌한다!"

이튿날 장막 아래 끝자리 장수 범강과 장달이 들어와 아뢰었다.

"흰 깃발과 흰 갑옷을 일시에 갖출 수 없으니 기한을 늘려주셔야 마련할 수 있겠습니다."

장비는 벌컥 화를 냈다.

"내가 빨리 원수를 갚고 싶어 내일 바로 역적들 땅에 이르지 못하는 것이 한스러운데 어찌 감히 군령을 어기느냐!"

무사들에게 호령해 두 사람을 나무에 묶고 등을 50대씩 후려갈기게 했다. 매질이 끝나자 장비는 두 장수를 가리키며 말했다.

"내일까지 모두 갖추어야 한다. 기한을 어기면 너희를 베어 머리를 뭇사람에게 보이겠다!"

혹독한 매질에 가슴이 터지고 입안에 피가 가득한 두 사람은 영채로 돌아가 상의했다.

"오늘 형벌을 받았는데 무슨 수로 내일 깃발과 갑옷을 갖추나? 그자는 성질이 불같아서 갖추지 못하면 틀림없이 죽임을 당할 걸세!"

장달이 말했다.

"죽임을 당할 바에야 우리가 먼저 그를 죽이는 게 낫지 않나?"

"가까이 다가가지 못하니 어찌하겠나?"

"우리가 죽지 않을 목숨이라면 그가 침상에 누울 때 잔뜩 취할 것이고, 우리가 죽을 목숨이라면 그가 취하지 않을 테지."

이날 장비는 장막 안에서 정신이 흐릿하고 몸놀림이 시원치 않아 장수들에게 물었다.

"내가 가슴이 놀라 뛰고 앉으나 누우나 불안하니 무슨 뜻이냐?"

"군후께서 자나 깨나 관공을 그리워하시기 때문입니다."

장비는 장수들과 술을 나누어 마시고 저도 모르게 곤드레만드레 취해 장막 안에 누웠다. 밤이 되자 범강과 장달이 단검을 감추고 가만히 장막에 들어가 중요한 기밀을 아뢰겠다며 침상 앞에 이르렀다.

장비는 잘 때도 눈을 감지 않아 그날 밤에도 눈을 뜨고 자는데, 수염까지 일어서서 두 사람은 손을 쓸 엄두를 내지 못했다. 그런데 곧 코 고는 소리가 우레 울리듯 해, 그제야 감히 앞으로 다가가 배에 단검을 박아 넣으니 장비는 '으악!' 소리치고 죽었다. 이때 나이 55세였다.

후세 사람이 시를 지어 탄식했다.

> 안희현에서 독우 매질하더니
> 황건 깨끗이 쓸어 유씨 보좌했네
> 호뢰관 위에 명성 먼저 떨쳤고
> 장판교 아래에 물 거슬러 흘렀네
> 의리로 엄안 풀어 촉 안정시키고
> 슬기로 장합 속여 중주 평정했네
> 동오 이기지 못하고 몸 먼저 죽으니

낭중 땅에 남은 가을 풀 쓸쓸하더라

장비의 머리를 벤 두 사람은 밤을 틈타 수십 명을 이끌고 오로 도망쳤다. 이튿날 장졸들이 소식을 듣고 쫓아갔으나 잡지 못했다.

이때 장비 아래에 오반(吳班)이라는 장수가 있었다.

【오반은 오의의 집안 아우로 아버지가 바로 대장군 하진이 환관들에게 죽자 청쇄문밖에서 불을 지르고 하묘를 죽인 오광이다.】

전에 형주에 있다 서천으로 오자 선주가 아문장으로 삼아 장비를 도와 낭중현을 다스리게 했다. 그가 표문을 올려 천자에게 슬픈 소식을 아뢰고 장비의 맏아들 포(苞)에게 관을 마련해 주검을 담게 하여 선주에게 달려가게 했다.

이때 선주가 정한 날짜에 출병하니 백관이 제갈량을 따라 성도에서 10리를 나가 배웅하고 돌아갔다. 제갈량은 불안해하면서 사람들에게 말했다.

"법효직이 살아 있다면 반드시 주상께서 동쪽으로 가시지 못하게 막았을 것이오."

그날 밤 선주는 가슴이 후드득거리고 살이 푸들푸들 떨려 잠을 잘 수 없었다. 장막을 나와 하늘을 우러러보는데 별안간 서북쪽에서 곡식을 되는 말만큼이나 큰 별이 땅에 떨어져 덜컥 의심이 들었다. 사람을 보내 길흉을 물으니 제갈량이 답을 보냈다.

"상장을 잃게 될 징조이니 사흘 안으로 놀라운 소식이 있을 것입니다."

선주가 군사를 멈추고 움직이지 않는데 갑자기 소식이 왔다.

"낭중 장거기의 장수 오반이 표문을 올렸습니다."

선주는 발을 굴렀다.

"아! 막내아우가 끝장났구나!"

표문은 과연 장비가 죽었다는 소식을 전하는 것이었다. 선주가 목 놓아 울다 쓰러져 까무러치니 사람들이 부랴부랴 구해 겨우 정신을 차렸다.

이튿날 군사 한 떼가 세찬 바람처럼 달려온다 하여 선주가 영채를 나와 바라보니 흰 전포에 은 갑옷을 입은 소년 장수가 말안장에서 굴러내려 땅에 엎드려 울었다. 장포였다.

"범강과 장달이 아비를 죽이고 머리를 오로 가져갔습니다!"

선주는 지극히 슬프고 가슴 아파 물도 마시지 못하고 밥도 넘기지 못했다. 신하들이 애써 충고했다.

"폐하께서 아우 원수를 갚으려 하시면서 스스로 용체를 무너뜨리면 어찌하십니까?"

선주는 그제야 음식을 받고 장포에게 말했다.

"경이 오반과 함께 감히 선봉이 되어 아버지 복수를 하겠느냐?"

"나라를 위하고 아비를 위해서라면 만 번 죽어도 마다하지 않겠습니다!"

선주가 장포를 보내 군사를 일으키려고 하는데 또 군사 한 떼가 상복을 입고 바람처럼 몰려온다 하여 선주가 놀랍고 의심스러워 기다리니, 잠시 후 흰 전포 입고 은 갑옷 걸친 소년 장수가 들어와 바닥에 엎드려 울음을 터뜨렸다. 관흥이었다. 그를 보자 선주는 관우가 떠올라 또 목 놓아 울었다. 신하들이 애써 권했다.

"예로부터 용(龍, 황제)의 눈물이 땅에 떨어지면 3년 가뭄이 든다고 합니다. 폐하께서는 사직을 무겁게 여기셔야지 스스로 자신을 버리셔서는 아니 됩니다."

이런 말로 마음을 돌리기에는 선주의 슬픔이 너무나 컸다.

"짐은 무명옷 입은 백성이었을 때 관운장, 장익덕과 더불어 형제의 의를 맺으며 살고 죽음을 함께 하겠노라고 맹세했는데, 짐이 천자가 되어 두 아우와 함께 부귀를 누리려 하자 불행히도 둘 다 제 명대로 살지 못하고 죽었다! 두 조카를 보니 어찌 아픔에 속이 끊기지 않겠는가!"

또 머리를 땅에 부딪치며 울어 신하들이 상의하자 진진이 가르쳐 주었다.

"듣자니 성도 청성산 서쪽에 한 분이 숨어 사시는데 성은 이(李), 이름은 의(意)라 하오. 300세를 넘겼는데 위로는 천문에 통하고 아래로는 지리를 살피며 가운데로는 사람이 살고 죽으며 길하고 흉하게 되는 일을 모두 아는 당대의 신선이라 하오. 어찌 천자께 아뢰어 이 노인을 청해 길흉을 묻지 않소? 우리가 말씀을 올리기보다 훨씬 나을 것이오."

신하들이 모두 찬성해 선주께 아뢰자 진진에게 이의를 부르게 했다.

진진이 청성산에 이르러 토박이의 안내로 산골짜기 깊이 들어가 신선의 암자를 바라보니, 맑은 구름이 은은하게 감돌아 상서로운 기운이 범상치 않은데 별안간 아이 하나가 마주나와 물었다.

"오시는 분은 혹시 진효기 님 아니세요?"

진진은 깜짝 놀랐다.

"신선 동자가 어찌 내 성과 자를 아는가?"

"어제 저희 스승님께서 말씀하셨어요. 오늘 황제의 조서가 이르는데 사자는 반드시 진효기 님이시라고요."

"참으로 신선이시로구나! 사람들 말이 헛소문이 아님을 알겠다!"

진진이 감탄하고 아이와 같이 암자에 들어가 절하고 천자의 조서를 올렸으나 이의는 늙었음을 핑계로 떠나려 하지 않았다. 진진이 애원했다.

"천자께서 급히 신선님을 만나보려 하시니 움직이기를 아끼지 않으시면 다행이겠습니다. 신선님께서 가시지 않으면 저도 돌아갈 수 없습니다."

진진이 거듭거듭 청해 이의는 어쩔 수 없이 길에 올라 선주를 뵈었다. 선주가 보니 머리카락은 학의 깃털처럼 하얀데 얼굴은 어린아이처럼 발그스레하고 눈알은 푸르며 눈동자는 네모나 반짝반짝 빛을 뿌렸다. 몸매는 늙은 잣나무 비슷했다. 보통 사람이 아님을 알고 선주가 극진한 예의를 갖추자 이의가 말을 꺼냈다.

"이 늙은이는 거친 산에 사는 촌사람이라 배운 게 적고 식견이 부족합니다. 부끄럽게도 폐하의 부름을 받았으니 어떤 말씀을 내리려 하시는지요?"

"짐이 관운장, 장익덕 두 아우와 살고 죽음을 함께 하는 정을 맺은 지 30년이 넘었소. 두 아우가 해를 입어 짐이 친히 대군을 거느리고 원수를 갚으려 하는데 길흉이 어떤지 모르겠소. 오랫동안 노 신선께서 오묘한 비밀을 잘 안다는 말을 들었으니 가르침을 내리시기 바라오."

이의는 대답을 피했다.

"하늘이 정해준 운수는 늙은이가 알 바가 아닙니다."

선주가 거듭 물으며 답을 가르쳐달라고 청하자 이의는 종이와 붓을 가져오게 하여 군사와 말, 싸움 기구를 40장 남짓 그렸다. 그림을 다 그리고는 또 한 장 한 장 갈기갈기 찢어버렸다. 그런 뒤 또 그림 한 장을 그렸다. 큰 사람이 반듯이 누웠는데 곁에서 한 사람이 큰 사람을 묻으려고 땅을 파고, 그 위에는 흰 '백(白)'자를 큼직하게 썼다. 그리고는 아무 말도 없이 머리를 조아려 인사하고 돌아갔다. 선주는 불쾌해 신하들에게 말했다.

"미친 늙은이로다! 믿을 나위가 없지."

그림을 불태우게 하고 모두 다그쳐 나아가라고 군사를 재촉하는데 장포가 들어와 아뢰었다.

"오반의 군사가 이르렀으니 신이 선봉이 되기를 바랍니다."

선주가 장하게 여겨 선봉 도장과 끈을 내려 장포가 받아 왼쪽 팔꿈치에 걸려고 하는데, 한 소년 장수가 선뜻 나섰다.

"도장을 나에게 넘겨다오! 너에게만 원수를 갚을 마음이 있고 나에게는 한을 풀 뜻이 없는 줄 아느냐?"

선주가 보니 관흥이 눈물을 흘리며 절하는 것이었다.

"신의 아비와 형이 오의 해를 입었습니다. 신은 쓸모없는 몸뚱이를 던져 위로는 아비와 형의 원수를 갚고 아래로는 신의 수치를 씻으려 하오니 폐하께서 선봉 직위를 내려주시기 빕니다."

장포가 대들었다.

"아버지 원수가 오에 있는데 어찌 산 채로 잡지 않겠느냐? 내가 이미 조서를 받들었다."

"네가 어찌 선봉 책임을 질 수 있느냐?"

관흥이 묻자 장포가 대답했다.

"나는 어릴 적부터 무예를 배워 화살을 날리면 빗나가는 법이 없다."

선주가 방법을 내놓았다.

"짐은 조카들 무예를 보아 우열을 정하겠다."

장포는 100걸음 밖에 깃발을 한 폭 벌려 세우고 동그랗게 붉은 칠을 해 과녁으로 삼았다. 장포가 활을 들어 화살을 연거푸 세 대 날리자 셋 다 붉은 동그라미를 맞혀 사람들은 모두 훌륭한 솜씨라고 칭찬했다. 관흥이 활을 당기더니 시답지 않다는 듯 말했다.

"붉은 동그라미를 맞히는 거야 무엇이 기이한가?"

마침 머리 위로 기러기가 줄을 지어 지나가자 관흥이 하늘을 손가락질하며 말했다.

"내가 세 번째 기러기를 쏘겠소."

화살을 날리자 시위 소리와 함께 기러기가 땅에 떨어져 사람들은 다 같이 갈채를 보냈다. 크게 노한 장포는 몸을 날려 말에 올라 아버지가 쓰던 18자 강철 창을 꼬나 들고 높이 외쳤다.

"감히 나하고 무예를 겨루어보겠느냐?"

小關張
爭先鋒
印乙酉春
蔡雄畫

관흥도 말에 올라 집안에 전해 내려온 긴 칼을 들고 말을 달려 나아갔다.

“너만 창을 쓸 줄 알고 나는 칼을 다루지 못하는 줄 아느냐!”

두 장수가 싸우려 하자 선주가 호통쳤다.

“두 조카는 무례하게 굴지 말라!”

관흥과 장포가 황급히 말에서 내려 병기를 버리고 엎드려 빌자 선주가 훈계했다.

“짐은 탁군에서 너희 아버지들과 성이 다른 형제를 맺고 혈육처럼 지내왔다. 지금 너희 두 사람도 형제이니 마음을 같이하고 힘을 합쳐 아버지 원수를 갚아야지 어찌 서로 다투어 큰 뜻을 잃으려 하느냐! 아버지가 돌아간 지 오래지 않은데도 이러하거늘 이후에는 또 얼마나 심하게 굴겠느냐?”

두 사람이 절하고 물러서니 선주가 물었다.

“두 사람이 누가 나이가 위냐?”

장포가 대답했다.

“신이 관흥보다 한 살 위입니다.”

선주가 관흥을 시켜 장포에게 절을 올려 형님으로 모시게 하니 두 사람은 바로 장막 앞에서 화살을 꺾으며 영원히 서로 구해주기를 맹세했다. 선주는 조서를 내려 오반을 선봉으로 삼고 장포와 관흥에게 정예 군사 3000명을 거느리고 황제 행차를 호위하게 했다. 촉의 70만 대군이 물과 뭍으로 함께 나아가, 배와 말들이 두 줄을 이루어 기세 좋게 오로 달려갔다.

손권이 소식을 듣고 대책을 묻자 부하들은 모두 낯빛이 질려 서로 얼굴만 바라보는데, 제갈근이 나섰다.

“저는 군후의 녹을 먹은 지 오래인데 보답할 길이 없었습니다. 이번에 남은 목숨을 버리고 촉주를 찾아가, 이익과 해로움을 따져 두 나라가 화해하고 함

◀ 선주는 두 조카를 훈계하다.

께 조비를 토벌하게 하여, 강남 백성이 진창에 빠지고 불구덩이에 들어가는 일이 없도록 하겠습니다."

손권은 제갈근을 사자로 보내 선주를 설득하게 했다.

이야말로

두 나라가 싸워도 사자는 통하는데
말로 어려움 풀려면 그에게 달렸네

제갈근의 이번 걸음은 어찌 될까?

82

큰 것 버리고 작은 것을 찾다

[棄大就小기대취소]

손권은 위에 항복해 구석을 받고

선주는 오 정벌해 대군 공 세우다

장무 원년 가을 8월, 선주는 대군을 일으켜 기관(夔關)에 이르고 천자의 행차를 백제성에 멈추었다. 선두는 이미 천구를 나갔다.

【백제성은 이름난 장강 삼협(三峽)의 시작이다. 첫째 협곡은 구당협으로 백제성 동남쪽으로 8킬로미터를 뻗었다. 삼협 가운데 가장 짧고 좁으며 가파르고 위험하다. 서쪽 입구는 기문이고 동쪽은 무협에 이르는데, 해발 1100미터 이상 되는 산봉우리들이 양쪽으로 늘어서고 강물이 가장 좁은 곳은 폭이 100여 미터밖에 되지 않아 물살이 거셌다.】

가까이에서 모시는 신하가 아뢰었다.

"오의 사자 제갈근이 왔습니다."

선주가 들여보내지 말라고 하자 황권이 권했다.

"그의 아우가 촉에서 승상으로 있으니 그는 반드시 일이 있어서 왔는데 어찌 거절하십니까? 불러들여 말을 들어보셔야 합니다. 들을 만하면 들어주고 들어줄 수 없으면 그의 입을 빌려 손권에게 폐하의 뜻을 전하게 하여 싸움의 명분을 알리십시오."

선주가 옳게 여기고 부르자 제갈근이 인사하고 말했다.

"신의 아우가 오랫동안 폐하를 섬겨, 신은 허리를 자를 도끼를 피하지 않고 특별히 달려와 형주 일을 아룁니다. 전에 관공이 형주에 계실 때 오후께서 여러 번 청혼하셨으나 허락하지 않았습니다. 후에 관공이 양양을 차지하자 조조가 오후께 거듭 글을 보내 형주를 습격하라고 부추겼지만 승낙하지 않으셨는데, 여몽이 관공과 사이가 나빠 함부로 군사를 일으켜 일을 크게 만들어 오후께서는 뉘우치십니다. 이것은 여몽의 죄이지 오후의 잘못이 아닌데, 여몽은 이미 죽었습니다. 또 손 부인께서는 항상 폐하께 돌아가기를 바라셨는데, 오후께서 신을 사자로 삼아 부인을 보내드리고, 항복한 장수들을 묶어 돌려드리며, 형주를 돌려드려 영원히 좋은 동맹을 맺고 힘을 합쳐 조비를 쓸어 없애고 한을 빼앗은 죄를 다스리려 하십니다."

선주는 분노했다.

"짐의 아우를 해치고 오늘 감히 교묘한 말로 꾀려 하는가?"

"신은 가벼움과 무거움, 큰일과 작은 일을 들어 말씀드립니다. 폐하께서는 한의 황숙으로서 한의 황제가 조비에게 자리를 빼앗겼는데도 죄인을 없앨 생각은 아니 하시고, 성이 다른 형제를 위해 만승의 존귀한 몸을 굽혀 몸소 대군을 거느리고 험한 산을 넘고 큰 강물을 지나 달려오셨습니다. 이는 큰 의리를 버리고 작은 의리를 찾으시는 것입니다. 중원은 나라 땅이고 장안과 낙양, 두 수도는 한이 창업한 고장입니다. 폐하께서는 중원과 두 수도를 차지하려 하시지 않고 다만 형주만을 다투시니, 이는 무거운 것을 버리고 가벼운 것을 얻으시려는 노릇입니다. 폐하께서 황제의 자리에 오르시니 천하 사람들은 모두 한의 황실을 흥하게 일으키고 강산을 회복하려 하시는 줄로 아는데, 폐하께서 위에 묻지 않고 오를 정벌하려 하시니 제가 가만히 따져보면 바람직하지 않다고 생각됩니다."

선주는 크게 노했다.

"내 아우를 죽인 원수와는 같은 하늘을 이고 살 수 없으니, 군사를 물리기 바란다면 짐이 죽어야 그렇게 될 것이다! 승상 얼굴을 보지 않았으면 먼저 그대 머리를 베었으리라! 살려 보내줄 테니 손권에게 일러라. 목을 씻고 칼 받기를 기다리라고! 짐은 강남을 쓸어 없애지 않으면 만에 하나도 한이 풀리지 않을 것이다!"

선주가 듣지 않아 제갈근은 강남으로 돌아갔다.

그 전에 제갈근이 유비를 만나러 떠나자 장소가 손권에게 속삭였다.

"제갈자유가 촉군의 세력이 큰 것을 보고 짐짓 화해를 구한다는 구실로 오를 배신해 촉에 들어가니 반드시 돌아오지 않습니다."

손권의 생각은 달랐다.

"자유는 나하고 사나 죽으나 변치 않기로 맹세했으니 나는 자유를 저버리지 않고, 자유도 나를 배신하지 않소. 옛날 자유가 시상에 있을 때 공명이 오에 왔소. 내가 자유에게 아우를 오에 붙잡아두라고 하자 자유가 말했소. '아우는 이미 현덕을 섬기는데 그 의리로 보아 두 마음이 없습니다. 아우가 여기에 남지 않는 것은 바로 이 근이 거기로 가지 않는 것과 같습니다.' 그 말은 신(神)의 밝음에 닿을 만하오. 오늘 어찌 촉에 항복하겠소? 나와 자유는 마음으로 어울리는 관계이니 다른 사람의 말 때문에 벌어질 사이가 아니오."

이때 제갈근이 돌아왔다고 하자 손권이 물었다.

"내 말이 어떠하오?"

장소는 부끄러운 빛이 가득해 물러갔다. 제갈근이 선주가 화해를 거절한다고 전해 손권이 근심하자 섬돌 아래에서 한 사람이 나섰다.

"저에게 계책이 하나 있으니 이 위험을 풀 수 있습니다."

오후의 물음에 대답을 올리는 중대부 조자(趙咨)였다.

"주공께서 표문을 지으시면 제가 위의 황제 조비를 찾아가 이해관계를 따져 한중을 습격하게 하겠습니다. 그러면 촉군은 자연히 위험해집니다."

"그 계책이 좋소. 경은 이번에 가거든 오의 기상을 잃지 않기 바라오."

"조금이라도 잘못을 저지르면 곧장 장강에 뛰어들어 죽지 않고 무슨 낯으로 강남의 빼어난 인물들을 보겠습니까?"

손권이 기뻐 자신을 조비의 신하로 칭하는 표문을 지어주자 조자는 쉬지 않고 허도로 달려가 먼저 태위 가후를 비롯한 높고 낮은 사람들을 만났다. 다음날 조회가 열려 가후가 반열에서 나와 오에서 표문을 올렸다고 아뢰자 조비가 웃으며 꼬집었다.

"촉군을 물리치기 위해 그러는 것 아니오?"

사자를 불러들이자 조자가 황궁의 붉은 섬돌 아래에 엎드려 절을 올렸다. 조비는 표문을 읽고 조자에게 물었다.

"오후는 어떤 주인인가?"

조자가 서슴없이 대답했다.

"똑똑하고, 밝고, 어질고, 슬기롭고, 장하고, 책략이 있으십니다."

조비는 빙그레 웃었다.

"경의 칭찬이 너무 과하지 않은가?"

"폐하께서는 신의 풀이를 들어보십시오."

"경의 말이 이치에 맞으면 짐은 곧 아뢴 바를 들어주겠네."

"신은 과하지 않았습니다. 오후께서 노숙을 보통 사람들 속에서 받아들이

셨으니 이는 똑똑하심입니다. 여몽을 군사들 가운데에서 뽑아 쓰셨으니 이는 밝으심입니다. 우금을 잡았으나 해치지 않으셨으니 이는 어지심입니다. 형주를 손에 넣으며 칼에 피를 묻히지 않으셨으니 이는 슬기로우심입니다. 또한 삼강(三江)을 차지하고 호랑이처럼 천하를 노려보심은 장하심입니다. 폐하께 몸을 굽히셨으니 이는 책략이십니다. 이로써 논해보면 어찌 똑똑하고, 밝고, 어질고, 슬기롭고, 장하고, 책략이 있는 주인이 아니시겠습니까?"

조비는 또 물었다.

"오주는 학문을 아는가?"

"오주께서는 강에 배 1만 척을 띄우고 갑옷 입은 무사 100만을 거느리시며, 현명한 이를 임명하고 유능한 자를 써주시면서 뜻은 세상을 경영하는 데에 두셨습니다. 조금만 한가한 틈이 생기면 여러 가지 책을 두루 보시고 역사책을 빠짐없이 읽어 그 중요한 뜻을 받아들이실 뿐, 선비들처럼 좋은 글귀나 따오지는 않으십니다."

"짐이 오를 정벌하려 하는데 가능하겠는가?"

까다로운 질문이었으나 조자는 막힘이 없었다.

"큰 나라에 정벌 군사가 있다면 작은 나라에는 방어 계책이 있습니다."

"오는 위를 두려워하는가?"

"오는 갑옷 입은 군사가 100만이나 되고 장강과 한수를 늪으로 삼는데 두려울 게 무엇이겠습니까?"

빈틈없는 대답이 놀라운 듯 조비는 질문을 바꾸었다.

"오에 대부 같은 사람이 몇이나 되오?"

"총명하고 특별히 뛰어난 이는 80여 명이고 신 같은 무리는 수레에 싣고 곡식을 되는 말로 되더라도 이루 다 헤아릴 수 없습니다."

조비는 감탄인지 탄식인지 알 수 없는 한숨을 쉬었다.

"옛말에 '사자가 되어 사방으로 나가면서 임금의 명에 욕되지 않게 한다[使于四方사우사방 不辱君命불욕군명]'더니 경이 바로 이 말에 합당하다 하겠소."

조비는 조서를 내려 태상경 형정(邢貞)에게 책문을 지니고 가서 손권을 오왕에 봉하고 구석을 더해주게 했다. 조자가 은혜에 감사드리고 성을 나가자 대부 유엽이 조비에게 아뢰었다.

"손권은 촉군 기세가 두려워 항복을 청하는 것입니다. 신의 어리석은 소견으로 보면 촉과 오가 군사를 어울려 싸우는 것은 하늘이 그들을 망하게 하는 것입니다. 대장 한 사람을 보내 몇만 군사를 이끌고 장강을 건너 습격하면, 촉은 밖을 치고 위는 안을 치니 오는 열흘도 지나지 않아 망합니다. 오가 망하면 촉은 외로워지는데 폐하께서는 어찌 움직이지 않으십니까?"

"손권이 예절을 차려 굴복했는데 짐이 그를 치면 천하 사람들 앞에서 신용을 잃는 것이오. 짐이 이제 막 큰 자리에 올랐으니 그런 간사한 꾀를 써서는 아니 되오. 천하에 항복하려는 자들 마음이 꺾이니 받아들이는 편이 옳소."

유엽은 보다 깊이 분석했다.

"손권은 빼어난 재주를 지녔지만 망한 한의 표기장군, 남창후에 지나지 않습니다. 벼슬이 작으면 세력이 약하고 중원을 두려워하는 마음을 품는데, 왕의 자리를 더해주면 폐하보다 다만 한 급이 낮을 뿐입니다. 폐하께서 거짓 항복을 믿어 자리를 높이고 세력을 키워주시면 호랑이에게 날개를 붙여주는 격입니다. 손권이 만약 촉군을 물리친 뒤 겉으로는 예절을 차려 중원을 섬기면서도 안으로는 성의가 없으면, 차츰 태만해져 폐하를 노여워하시게 만드는데, 폐하께서 군사를 일으켜 정벌하시면 손권은 강남 백성에게 알립니다. '나는 신하의 예절을 잃지 않고 중원을 섬겼는데 군사를 일으켜 오니, 반드시 우리 백성을 잡고, 금과 비단을 빼앗으며, 강남 여자들을 얻어 첩과 시녀로 만들려는 것이다.' 오의 온 백성이 그 말을 믿어 아래위가 한마음이 되면 싸우는 힘이 열 배 늘어납니다. 폐하께서 지금 그들이 위험한 틈을 타 없애지 않으시면 뒷날 반드시 뉘우치시게 됩니다."

조비는 생각을 굽히지 않았다.

"그렇지 않소. 짐은 오도 돕지 않고 촉도 돕지 않겠소. 짐은 정통을 차지했으니 태산처럼 끄떡없소. 다만 오와 촉이 군사를 어울려 싸우는 것만 구경하겠소. 한 나라가 망하면 한 나라만 남는데 그때 없애면 어려울 게 무엇이오? 짐의 뜻은 굳어졌으니 경은 더 말하지 마오."

태상경 형정이 왕을 봉해주는 책서와 구석을 지니고 조자와 함께 오로 가니 손권은 부하들과 촉군을 막을 대책을 상의하다 보고를 받았다.

"위의 황제가 주공을 왕으로 봉했으니 멀리 나가 맞아들이셔야 예절에 어울립니다."

고옹이 말렸다.

"주공께서는 스스로 상장군으로 일컬으시고 구주백(九州伯)의 자리에 오르셔야 하거늘 어찌 위의 황제가 봉하는 벼슬을 받으십니까?"

【아득한 옛날에 세상을 다스리던 임금은 천하를 아홉 주로 나누었다 하여, 구주백은 아홉 주를 거느리는 우두머리를 가리킨다.】

손권이 대답했다.

"옛날 패공이 항우가 봉하는 벼슬을 받은 것은 시기가 그렇게 만들었기 때문이니 내가 어찌 거절하겠소?"

【진이 망하고 세력이 가장 큰 군벌은 항우였다. 그가 마음 내키는 대로 사람들에게 벼슬을 내리자 패공 유방은 몹시 불만스러웠으나 별 말 없이 항우가 준 '한왕' 칭호를 받아들이고 항우가 떼어준 구석진 파촉과 한중 땅으로 갔다. 그 후 차츰 힘을 길러 드디어 항우를 이겼는데, 처음에 약한 세력으로 항우와 부딪혀 깨졌

으면 뒷날 한은 태어날 수 없었다.】

손권은 사람들을 거느리고 위의 사자를 맞이하러 성 밖으로 나갔다. 형정이 황제의 사자임을 믿고 수레에서 내리지도 않고 오의 사람들을 흘겨보니 장소가 크게 노했다.

"예절은 공손하게 지키지 않는 법이 없고, 법은 엄숙하게 집행하지 않는 적이 없다 하는데 그대가 감히 우쭐거리니 강남에 병기가 없는 줄 아오?"

형정이 황급히 수레에서 내려 손권을 뵙고 그와 수레를 나란히 하여 성안으로 들어가니 별안간 수레 뒤에서 한 사람이 목 놓아 울었다.

"우리가 몸을 던지고 목숨을 내놓아 주공을 위해 위를 아우르고 촉을 삼키지 못해, 주공께서 다른 사람이 봉하는 벼슬을 받게 되었으니 이 역시 욕된 일이 아닌가!"

말을 마치고 그 사람은 말에서 굴러내려 머리를 땅에 짓찧으며 울었다. 사람들이 보니 서성이라 형정은 한숨을 쉬었다.

'강동의 무장과 문관들이 이러하니 손권은 남의 아래에 오래 있을 사람이 아니다!'

손권이 벼슬과 작위를 받자 백관이 축하했다. 의식을 마친 뒤 손권은 아름다운 옥과 구슬 따위 보물을 골라 위의 황제에게 보내 은혜에 감사드렸다.

이때 보고가 들어왔다.

"촉주가 대군을 이끌어 만왕 사마가의 번병 몇만과 합치고 동계의 한인 장수 두로와 유녕의 군사까지 아울러 물과 뭍으로 동시에 나오는데, 성세가 하늘을 울립니다. 물로 오는 군사는 이미 무협을 나왔고, 뭍으로 오는 군사는 벌써 자귀에 이르렀습니다."

【삼협의 둘째 협곡인 무협은 길이 45킬로미터로 양쪽에 아름답기로 이름난 무

산의 열두 봉우리가 있다. 이 협곡을 지나면 촉 땅에서 벗어나 형주 땅에 들어선다. 자귀는 무협의 동쪽 끝에서 80킬로미터 떨어진 형주 남군의 현이었다.】

손권은 왕이 되었지만 위주가 도와주지 않아 걱정이었다.

"촉군이 세력이 크니 어찌해야 하오?"

신하들이 입을 벌리지 못하자 손권이 한숨을 쉬었다.

"주랑이 돌아간 다음에는 노숙이 있었고, 노숙이 간 다음에는 여몽이 있었는데, 이제 여몽마저 떠났으니 근심을 나눌 사람이 없구려!"

이때 반열에서 한 소년 장수가 선뜻 나와 엎드렸다.

"신은 비록 어리나 병서를 좀 배웠으니 군사 몇만을 얻어 촉을 깨뜨리게 해주십시오. 유비를 사로잡아 위로는 대왕의 은혜에 보답하고 아래로는 백성의 고통을 구하겠습니다!"

손권이 보니 손환(孫桓)이었다. 그의 아버지 손하는 원래 성이 유(兪)씨였다. 손책이 사랑해 친동생처럼 대하면서 손씨 성을 내려, 손하도 역시 오왕 종족이 되었다. 손하에게 네 아들이 있어 손환이 맏이였는데, 활 잘 쏘고 말 잘 타며 늘 오왕을 따라 정벌에 나가면서 거듭 기이한 공로를 세워, 이때 25세로 무위도위 벼슬에 있었다.

손권이 계책을 물어 그가 대답했다.

"신에게 대장 둘이 있습니다. 이이와 사정인데 만 사람이 당하지 못할 용맹을 지녔으니, 몇만 군사만 주시면 유비를 사로잡으러 가겠습니다."

"조카는 영용하나 나이가 어리니 한 사람을 얻어 도움을 받아야 한다."

손권의 말에 호위장군 주연이 나섰다.

"신이 소장군과 함께 유비를 잡겠습니다."

손권은 수군과 육군 5만을 점검해 손환을 좌도독으로 봉하고, 주연을 우도독으로 삼아 그날로 군사를 일으켰다. 촉군이 자귀에서 동남쪽으로 100여 리 떨어진 의도에 이르러 영채를 세운 것을 알고, 주연은 2만 5000명 수군을 이끌고 장강에 영채를 만들고, 손환은 2만 5000명 군사를 이끌고 의도의 경계에 주둔해 앞뒤에 영채 셋을 세웠다.

장수 오반이 선봉을 맡아 서천을 나온 이후 촉군은 가는 곳마다 적이 소문만 듣고도 항복하고 먼발치에서 보기만 해도 귀순해 칼에 피 한 방울 묻히지 않고 의도에 이르렀다. 손환이 영채를 세운 것을 알고 오반이 급히 아뢰니, 이미 자귀에 이른 선주가 노했다.

"이따위 어린아이가 어찌 감히 짐과 맞선단 말이냐?"

관흥이 아뢰었다.

"손권이 어린아이를 장수로 삼았으니 폐하께서 구태여 대장을 보내실 것도 없이 신이 가서 사로잡겠습니다."

"짐은 너희의 장한 기개를 보고 싶다."

선주의 명을 받들어 관흥이 절을 올리고 떠나려 하자 장포도 나섰다.

"관흥이 역적을 토벌하러 가니 신도 같이 가겠습니다."

"두 조카가 함께 가면 아주 좋다. 반드시 함부로 움직여서는 아니 된다."

두 사람이 선봉과 함께 나아가자 손환은 여러 영채의 군사를 모두 일으켰다. 양쪽에서 진을 치고 손환이 이이와 사정을 데리고 진문 앞에 나오니 촉군도 장수 둘을 에워싸고 나왔다. 둘 다 은 투구에 은 갑옷을 걸치고 백마를 탔으며 흰 깃발이 따라왔다. 왼쪽의 장포는 18자 강철 창을 꼬나 들고 오른쪽의 관흥은 큰 칼을 가로 들었는데, 장포가 욕을 퍼부었다.

"손환, 이 되지 못한 녀석아! 죽음이 앞에 닥쳤는데 황제에 항거하느냐!"

손환도 질세라 욕을 했다.

"유비는 신을 팔고 삿자리나 짜던 너절한 놈인데 어찌 감히 망령되이 황제

칭호를 일컫느냐! 네 아비는 머리 없는 귀신이 되었는데 네가 또 죽여 달라고 왔으니 정말 미련하기 그지없구나!"

장포가 크게 노해 창을 꼬나 들고 말을 달리자 손환 뒤에서 사정이 달려 나와 30여 합을 싸우다 달아났다. 다시 이이가 금칠한 도끼를 휘두르며 달려 나와 20여 합을 싸우고는 힘들어하는 것을 보고 오군 비장 담웅이 가만히 화살을 날리니 장포의 말이 맞아 아픔을 견디지 못하고 돌아오다 풀썩 쓰러졌다. 장포가 땅에 나뒹굴자 이이가 급히 달려와 도끼를 휘둘러 머리를 겨누고 내리찍었다. 그런데 별안간 붉은 빛이 번쩍이더니 이이의 머리가 땅에 떨어졌다. 장포의 말이 쓰러지고 이이가 쫓아오는 것을 보고 관흥이 번개같이 달려가 칼을 휘둘러 말 아래로 떨어뜨린 것이다. 관흥이 장포를 구하고 기세를 몰아 들이치자 손환은 크게 패했다.

이튿날 손환이 또 군사를 이끌고 오자 관흥이 장포와 함께 진 앞에 나가 싸움을 걸었다. 손환이 노해 말을 다그쳐 관흥과 맞붙었으나 겨우 30여 합을 못 견디고 돌아가니 두 소년 장수는 오군의 영채까지 쳐들어갔다.

그 기세를 몰아 오반이 군사를 휘몰아 들이쳤다. 장포가 용맹을 떨쳐 오군 속으로 쳐들어가 사정을 한 창에 찔러 죽이자 오군은 사방으로 달아났다. 싸움에 이긴 촉군이 군사를 거두는데 관흥이 보이지 않았다.

"안국(관흥의 자)이 잘못되면 내가 홀로 살지 않겠다!"

장포가 놀라 찾아가는데 몇 리를 가지 못해 관흥이 왼손에 칼을 들고 오른손에는 장수를 하나 끼고 오는 것이었다.

"그게 누구인가?"

"어지러운 군사 속에서 원수를 만나 사로잡아 오는 길일세."

자세히 물으니 어제 몰래 화살을 날린 담웅이었다. 장포는 크게 기뻐 관흥과 함께 영채로 돌아와 담웅의 머리를 베어 죽은 말의 제사를 지내고, 선주에게 표문을 올려 승리 소식을 보고했다.

장수 셋과 많은 군사를 잃은 손환은 촉군을 막을 수 없어 오로 사람을 보내 구원을 청했다. 이때 촉군 장수 장남과 풍습이 오반에게 제의했다.

"오군이 패했으니 영채를 습격하면 됩니다."

오반은 신중했다.

"손환은 장졸을 많이 잃었으나 주연의 수군은 강 위에 영채를 세웠는데 조금도 손실을 보지 않았소. 오늘 영채를 습격하러 갔다가 수군이 올라와 돌아올 길을 끊으면 어찌하오?"

장남이 계책을 내놓았다.

"이 일은 지극히 쉽습니다. 관 장군과 장 장군에게 일러 각기 5000명씩 이끌고 산골짜기에 매복해, 주연이 구하러 오면 좌우에서 일제히 나아가 협공하게 하면 됩니다."

오반이 한 수 보탰다.

"군졸들 몇을 거짓으로 항복시켜 주연에게 영채 습격을 미리 알리는 것이 좋겠소. 주연은 불길이 일어나는 것을 보면 반드시 구하러 올 것이니 그때 매복한 군사들이 나아가 치게 하면 대사가 이루어지오."

손환의 군사가 줄고 장수가 죽었다는 소식을 듣고 주연이 구하러 가려 하는데 길에 매복한 군사가 항복한 촉군 몇을 데리고 왔다.

"우리는 풍습의 군사인데 상을 내리고 벌을 주는 것이 밝지 못해 도망쳤습니다. 중요한 기밀이 있으니, 오늘 밤 풍습이 손 장군 영채를 습격하면서 불을 지르는 것을 신호로 삼기로 했습니다."

주연이 군사를 이끌고 가서 손환을 구하려 하자 부하 장수 최우가 말렸다.

"한낱 군졸 나부랭이 말을 믿을 수 없으니 실수라도 하면 수군과 육군이 모두 끝장납니다. 장군께서는 수군 영채를 튼튼히 지키십시오. 제가 장군을 대신해 다녀오겠습니다."

주연은 최우에게 1만 명을 이끌고 가게 했다.

그날 밤 풍습과 장남, 오반이 세 길로 손환 영채로 쳐들어가 사방에 불을 지르자 오군이 크게 어지러워져 달아나 최우가 구하러 가는데, 골짜기에서 북소리가 울리며 관흥과 장포가 나타났다. 최우가 깜짝 놀라 달아나니 장포가 냉큼 사로잡아 영채로 끌고 갔다.

주연은 형세가 위급해졌다는 보고를 듣고 배를 띄워 하류로 물러가고, 패한 군사를 이끌고 달아나던 손환이 부하들에게 물었다.

"저 앞 어느 곳에 성벽이 튼튼하고 식량이 많으냐?"

"북쪽으로 곧장 가면 이릉성인데 군사를 주둔할 수 있습니다."

손환이 군사를 이끌고 급히 이릉으로 달아나 겨우 성에 들어서자 오반을 비롯한 촉군이 쫓아와 네 방향으로 단단히 에워쌌다.

관흥과 장포가 최우를 압송해 자귀에 이르니 선주는 성지를 내려 목을 치고 삼군에 큰 상을 내렸다. 이때부터 촉군은 위풍을 크게 떨쳐 오의 장수들 간담이 서늘해졌다.

이릉성에 갇힌 손환이 사람을 보내 구원을 청하자 오왕은 깜짝 놀라 신하들과 상의했다. 장소가 아뢰었다.

"옛날 장수들이 많이 돌아갔으나 아직 10여 명이나 남았습니다. 한당을 장수로 삼고 주태를 부장, 반장을 선봉으로 뽑아, 능통에게 후군을 맡기고 감녕에게 어려움을 구하게 하여 10만 군사를 일으켜 막으십시오."

손권이 장수들을 불러 속히 떠나게 하는데 감녕은 마침 이질에 걸려 병든 몸으로 싸우러 나갔다.

선주는 무협과 부근의 건평군에서 이릉까지 700여 리에 걸쳐 영채 40여 개를 세우고, 관흥과 장포가 거듭 공로를 세우자 감탄했다.

"옛날 짐을 따르던 장수들은 모두 늙어 쓸모없게 되었으나 이처럼 영웅다운 두 조카가 나타났으니 짐이 어찌 손권을 걱정하겠는가!"

별안간 한당과 주태가 왔다는 보고가 들어와 선주가 맞설 장수를 보내려 하는데 가까이에서 아뢰었다.

"노장군 황충이 대여섯 사람을 이끌고 오로 가버렸습니다."

"황한승은 짐을 배반할 사람이 아니다. 짐이 실수로 늙은이들은 쓸모없다고 말하자 그것을 인정하지 않으려고 힘을 떨쳐 오군과 싸우러 간 것이다."

선주는 웃으며 대답하고 관흥과 장포를 불러 분부했다.

"황한승이 이번에 가면 틀림없이 실수할 것이니 조카들은 수고를 아끼지 말고 가서 힘껏 도우라. 그가 조금이라도 공로를 세우면 곧 돌아오게 하여 잘못되지 않도록 하라."

두 소년 장수는 황충을 도우러 갔다.

이야말로

늙은 신하 늘 임금께 충성할 뜻 품고
젊은 장수 나라에 보답할 공로 이루네

황충은 싸우러 가서 이길 수 있을까?

83

촉 황제 이긴 오의 젊은 선비

효정에서 싸우다 선주는 원수 얻고
강구 지키면서 선비는 대장이 되다

장무 2년(222년) 정월, 선주를 따라 오를 정벌하던 무위후장군 황충은 선주가 늙은 장수들은 쓸모없다고 하자 바로 칼을 들고 말에 올라 심복 대여섯을 이끌고 이릉 영채로 달려갔다. 오반과 장수들이 맞이해 물었다.

"노장군께서 무슨 일로 오셨습니까?"

"내가 장사에서 우리 천자를 따르고부터 지금까지 부지런히 힘을 많이 썼네. 이제 나이가 70이 넘었지만 고기 열 근을 먹을 수 있고 두 섬의 힘이 드는 활을 당기며 천리마를 탈 수 있으니 아직 늙었다고 말할 수 없는데, 어제 천자께서 우리가 늙어 쓸모없게 되었다고 하셔서 힘껏 싸우러 왔네. 내가 적의 장수를 베는 것을 보게. 정말 늙었나, 늙지 않았나!"

이때 오의 선두가 다가와 정탐하는 군사가 영채 앞에 이르렀다고 하자 황충은 선뜻 일어나 말에 올랐다.

"노장군께서는 선불리 나아가지 마십시오."

풍습과 장수들이 말렸으나 황충이 말을 달려 가버려 오반이 풍습에게 돕게 했다. 황충은 오군 진 앞으로 달려가 유독 선봉 반장만 골라 싸움을 걸었다. 반장이 부하 장수 사적과 함께 나오는데, 사적이 보니 나이가 많아 만만한 늙은이라고 깔보고 창을 꼬나 들고 달려왔으나 세 합도 안 되어 황충이 한칼 휘두르자 말 아래로 떨어져버렸다.

반장이 크게 노해 관우의 청룡도를 휘두르며 달려왔으나 황충이 힘을 떨쳐 사납게 덮치자 역시 견디지 못하고 말을 돌려 달아났다. 황충은 기세를 몰아 쫓아가며 무찔러 완전한 승리를 거두고 돌아섰다. 돌아오는 길에 관흥과 장포를 만나자 관흥이 권했다.

"성지를 받들어 장군님을 도우러 왔습니다. 공로를 세우셨으니 영채로 돌아가시지요."

황충은 말을 듣지 않았다.

이튿날 반장이 다시 와서 싸움을 걸어 황충은 선뜻 말에 올랐다. 관흥과 장포가 싸우겠다고 했으나 들어주지 않고, 오반이 돕겠다고 나섰지만 따르지 않았다. 홀로 5000명 군사를 이끌고 나가니 몇 번 어울리지 못해 반장은 칼을 끌며 달아났다. 황충이 말을 달려가며 높이 외쳤다.

"적장은 달아나지 마라! 내가 오늘 관공을 위해 원수를 갚겠다!"

30여 리를 쫓아가자 사방에서 고함도 요란스레 군사들이 뛰어나와 주태와 한당, 반장과 능통이 철통같이 에워쌌다. 이때 느닷없이 세찬 바람이 몰아쳐 황충이 급히 물러서는데 산비탈 위에서 마충이 화살을 날려 황충의 어깻죽지에 꽂혔다. 황충이 말에서 굴러떨어지려 하자 오군이 일제히 달려왔다.

위급한 순간에 뒤에서 요란하게 고함 지르며 두 갈래 군사가 쳐들어가니 장포와 관흥이었다. 오군은 기세를 당하지 못해 흐트러지고 두 소년 장수는 황충을 호위해 천자의 큰 영채로 달려갔다. 나이가 많아 피가 부족한 황충은 화살 상처가 터져 몹시 아프고 부상이 심했다. 선주가 천자의 행차를 움직여 황충을 찾아와 살펴보며 팔을 다독거렸다.

"노장군을 상하게 만든 것은 짐의 잘못이오!"

황충이 감사를 올렸다.

"신은 한낱 무예만 아는 사내일 뿐인데 다행히 폐하를 만났습니다. 신은 올해 70하고도 다섯이라 목숨도 오래 산 셈입니다. 폐하께서는 용체를 보존하시어 중원을 얻으시기 바랍니다!"

말을 마치고 정신을 잃은 황충은 그날 밤 천자의 영채에서 돌아갔다. 선주는 슬픔이 그치지 않으며 관을 갖추어 성도로 옮겨 묻도록 하고 한숨을 쉬었다.

"오호대장이 이미 세 사람이 돌아갔구나. 짐은 아직 원수를 갚지 못했는데, 참으로 슬픈 일이로다!"

선주는 어림군을 거느리고 이릉에서 남으로 움직여 의도 북쪽 효정 땅에 장수들을 모으고, 여덟 길로 군사를 나누어 물과 뭍으로 함께 나아갔다. 황권이 물길로 나아가는 군사를 이끌고, 선주는 몸소 대군을 거느리고 뭍으로 나아갔다.

한당과 주태는 유비가 천자의 행차를 움직여 정벌하러 온다는 소식을 듣고 군사를 이끌고 나가 맞이해 진을 치고 진 앞으로 말을 달려나갔다. 촉군 진영의 깃발들이 양쪽으로 갈라지며 선주 유비가 몸소 나왔다. 황제가 쓰는 금테를 두른 누런 해 가리개 아래에 말을 세운 선주의 좌우에는 흰 털소의 꼬리로 장식한 깃발과 금칠을 한 도끼가 있어 생사를 틀어쥔 권력을 말해주고, 숱한 깃발과 절들이 앞뒤로 에워쌌다.

한당이 높이 외쳤다.

"폐하께서는 촉의 주인이 되셨는데 어찌하여 선불리 몸소 나오십니까? 실수라도 하시면 뭐우친들 무슨 소용이 있겠습니까!"

선주는 멀리 떨어진 한당을 가리키며 욕했다.

"너희 오의 개들이 짐의 손발 같은 형제를 해쳤으니 짐은 맹세코 너희와 같은 하늘을 이고, 같은 땅을 밟지 않겠다!"

한당이 장수들을 돌아보았다.

"누가 감히 촉군을 들이치겠나?"

부하 장수 하순이 창을 꼬나 들고 말을 달려나가니 선주 뒤에서 장포가 18자 긴 창을 꼬나 들고 버럭 호통치며 달려갔다. 하순이 속이 떨려 달아나려 하자 주태의 아우 주평이 칼을 휘두르며 말을 달려 나오니 관흥이 칼을 들고 맞받아 나갔다. 장포가 버럭 호통치며 한 창에 하순을 말에서 떨어뜨리자 그 서슬에 깜짝 놀란 주평은 손을 놀려보지도 못하고 관흥의 칼에 맞고 땅에 떨어졌다.

두 소년 장수가 곧장 한당과 주태에게 달려들자 두 사람은 황급히 진 안으로 물러 들어갔다. 선주가 감탄했다.

"호랑이 아버지에게 개 아들[虎父犬子호부견자]이 있을 수 없구나!"

선주가 황제 채찍을 들어 앞을 가리키자 촉군이 일제히 달려나가 오군은 크게 패했다. 여덟 길 군사가 샘솟는 기세로 한바탕 족쳐대자 오군의 주검이 들판에 가득하고 피가 흘러 강물을 이루었다.

감녕이 배 안에서 병을 치료하다 촉군 대부대가 몰려온다는 말을 듣고 급히 말에 오르니 만병 한 떼가 달려왔다. 모두 머리카락을 풀어헤치고 신을 신지 않은 맨발 바람으로 활과 쇠뇌를 다루며 긴 창과 방패, 칼과 도끼를 들었는데 앞장선 사람은 사마가였다. 얼굴이 피를 뿜은 듯 시뻘겋고 푸른 눈알이 툭 튀어나왔는데 무기는 철질려골타라는 보기 드문 것이었다. 또 허리에 활을 두 벌 차, 위풍이 참으로 늠름했다.

감녕이 기세에 눌려 감히 싸우지 못하고 말을 돌려 달아나자 사마가가 화살을 날려 머리에 맞았다. 감녕이 머리에 화살이 꽂힌 채 달아나 부지구에 있는 큰 나무 밑에 앉아 죽으니 나무 위에 까마귀 몇백 마리가 모여 주검을 에워쌌다. 오왕은 감녕이 죽었다는 소식을 듣고 슬퍼하며 후한 장례를 치르고 사당을 지어 제사를 지냈다.

선주가 기세를 몰아 효정을 얻으니 오군은 사방으로 흩어져 도망갔다. 선주가 군사를 거두어 점검하는데 관흥이 보이지 않아 황급히 장포와 장수들을 보내 찾게 했다.

이때 오군의 진으로 쳐들어간 관흥은 마침 원수 반장과 마주쳐 말을 몰아 쫓아갔다. 반장이 놀라 산골짜기 안으로 달아나 어디론가 사라져 사방으로 찾아다니는데 날이 저물었다. 다행히 달과 별이 빛을 뿌려주어 후미진 산속으로 찾아 들어가자 이미 한밤중이 되었다. 산속에 모여 있는 어느 집에 이르러 문을 두드리니 노인이 나왔다.

"나는 싸움하는 장수요. 길을 잃고 헤매다 이곳으로 오게 되었는데, 배가 고프니 밥을 좀 주시오."

노인이 관흥을 안내해 집 안으로 들어가자 대청 위에 촛불을 밝혀놓았는데 중간에 관우의 신상이 있었다. 관흥이 목 놓아 울음을 터뜨리며 절을 올리니 노인이 물었다.

"장군은 어찌 울며 절하십니까?"

"이분은 내 아버님이시오."

관흥 말에 노인은 곧바로 땅에 엎드려 절을 했다. 이번에는 관흥이 물었다.

"어찌하여 내 아버지를 공양하시오?"

"여기는 모두 신을 받드는 곳입니다. 군후께서 살아계실 때도 집집마다 모셨거늘 하물며 지금은 신이 되시지 않았습니까? 이 늙은것은 그저 촉군이 빨리 원수를 갚기만 바랄 뿐인데 오늘 장군께서 오셨으니 백성의 복입니다."

關興深山斬仇人
乙酉春 葉雄

노인은 술과 음식을 내어 관흥을 대접하고, 말안장을 벗겨 숨을 돌리게 하고 여물을 먹였다.

시간이 지나자 또 누가 문을 두드려 노인이 나가보니 바로 오군 장수 반장이었다. 그도 역시 길을 잃고 찾아든 것이었다. 반장이 초당으로 막 들어서는데 관흥이 허리에 찬 검을 틀어쥐며 크게 호통쳤다.

"악한 도적놈은 달아나지 마라!"

반장이 홱 돌아서서 바깥으로 뛰쳐나가자 느닷없이 밖에서 한 사람이 들어오니, 얼굴은 무르익은 대추 같고 눈은 봉황의 눈 비슷한데 눈썹은 누운 누에처럼 휘었고 턱 밑에는 아름다운 수염이 흩날렸다. 푸른 전포를 걸치고 금 갑옷을 입은 그 사람이 허리에 찬 검에 손을 얹고 문 안으로 들어섰다. 관우의 신이 나타난 것이다.

'으악!' 비명을 지른 반장이 몸을 다시 돌리려 하는데 어느새 관흥의 손이 번쩍 올라갔다가 검이 휙 내려왔다. 반장이 쓰러지자 관흥은 염통을 꺼내 피를 뚝뚝 흘리며 관우의 신상에 제사를 지냈다. 아버지가 쓰던 청룡언월도를 얻은 관흥은 반장의 머리를 베어 말에 달고 노인에게 감사 인사를 한 후 영채로 떠났다. 노인은 반장의 주검을 끌어내 태워버렸다.

【땅에 묻혀야 복인 줄 알던 시대에 불에 태워버렸으니 큰 저주였다.】

관흥이 몇 리도 가지 못해 사람들이 말하고 말들이 울부짖는 소리가 나면서 군사 한 떼가 다가오니 앞장선 장수는 반장의 부하 마충이었다. 마충이 보니 관흥이 반장을 죽여 머리를 말에 달고 청룡도까지 그의 손에 들려 있자 발끈해 덤벼들었다.

관흥 또한 아버지를 죽인 원수를 보자 분노가 하늘에 솟구쳐 청룡도를 쳐

◀ 반장이 관우에 놀라자 관흥이 칼을 내리쳐

들어 마충을 향해 내리찍는데 마충의 300명 군사가 달려와 소리치며 관흥을 에워쌌다. 바로 이때 서북쪽에서 군사 한 떼가 달려오니 다름 아닌 장포의 군사였다. 구원병이 이른 것을 보고 마충이 황급히 물러서자 그를 놓칠세라 관흥과 장포가 힘을 합쳐 쫓아갔다.

몇 리를 가지 못해 앞에서 미방과 부사인이 마충을 찾아 나와 양쪽 군사가 어울려 어지러이 싸우는데 뒤에서 또 능통이 달려와, 군사가 적은 장포와 관흥은 급히 물러섰다. 두 사람이 효정으로 돌아와 반장의 머리를 바치고 사연을 이야기하니 선주는 매우 놀라 장졸들에게 상을 내렸다.

마충은 영채로 돌아가 한당과 주태를 만나고 패한 군사를 모아 요충지를 지키는데 상한 군사가 헤아릴 수 없이 많았다. 마충이 부사인과 미방을 이끌고 강변에 주둔하자 밤에 군사들이 우는 소리가 그치지 않았다. 미방이 가만히 들어보니 한 무리 군졸들이 말하는 것이었다.

"우리는 모두 형주 군사였는데 여몽이 간사한 계책으로 주공을 해쳐, 유황숙께서 천자의 행차를 움직여 정벌하시니 오는 곧 끝장나게 되었네! 황숙께서 미워하시는 놈은 미방과 부사인이니 우리가 두 놈을 죽이고 촉군 영채로 달려가 항복하면 그 공로가 작지 않을 걸세."

"너무 성급하게 굴지 말고 적당한 틈을 보아 손을 쓰면 되네."

미방은 놀라 부사인과 상의했다.

"군졸들 마음이 변해 우리가 목숨을 부지하기 어렵게 되었소. 촉주께서 미워하시는 자는 마충이니 우리가 그를 죽여 머리를 바치는 것이 좋겠소. 우리는 어쩔 수 없어 오에 항복했는데 이번에 친히 오신 것을 알고 특별히 찾아와 죄를 빈다고 애원하면 될 것이오."

"아니 되오. 가면 반드시 화를 만날 것이오."

부사인이 반대하자 미방이 설득했다.

"촉주는 인자하며 순박하고 덕이 많소. 더욱이 아두 태자는 내 생질이 아니오? 촉주는 내가 처남인 것을 생각해서라도 반드시 우리를 해치지 않을 것이오."

부사인도 마음을 움직여 두 사람은 밤중에 장막에 들어가 마충을 죽이고 머리를 베어, 수십 명 기병을 이끌고 효정으로 갔다. 장남과 풍습을 만나 사연을 이야기하고, 이튿날 천자의 영채로 가서 선주를 뵙고 마충의 머리를 바치며 울었다.

"신들은 실로 반란의 뜻이 없었는데 여몽이 간사한 계책으로 관공께서 이미 돌아가셨다고 속였습니다. 그가 속임수로 성문을 열어 저희는 어쩔 수 없이 항복했으나 폐하께서 오셨다는 말을 듣고 한을 풀어드리려고 특별히 이 도적을 죽였습니다. 엎드려 비오니 신들을 용서해주십시오!"

선주는 크게 노했다.

"짐이 성도를 떠난 지 오래이거늘 너희는 어찌하여 일찍 와서 죄를 빌지 않았느냐? 형세가 위급해지자 찾아와 교묘한 말로 목숨을 부지하려 하는데, 짐이 너희를 용서하면 땅속에 가서 무슨 얼굴로 아우를 보겠느냐!"

선주는 관흥에게 황제의 영채 안에 관우의 위패를 모시게 하고, 몸소 마충의 머리를 두 손으로 받쳐 들고 제사를 지냈다. 그리고 관흥에게 명해 미방과 부사인의 옷을 벗겨 위패 앞에 꿇어 앉히고 친히 조각조각 칼질해 관우의 넋을 달랬다.

장포가 장막에 들어와 울면서 선주 앞에 절했다.

"둘째 큰아버님 원수들은 모두 죽임을 당했는데 신은 언제나 아비 원수를 갚겠습니까?"

선주가 위로했다.

"조카는 걱정하지 마라. 짐은 강남을 쑥대밭으로 만들어 오의 무리를 죽인

후, 두 도적을 잡아 네가 손수 죽여 아버지 제사를 지내게 해주겠다."

장포는 눈물을 흘리며 감사드리고 물러갔다.

선주의 위엄 있는 명성이 크게 떨치자 강남 사람들은 간이 콩알만 해져 밤낮으로 울었다. 미방과 부사인이 마충을 죽이고 촉의 황제에게 돌아갔다가 죽은 것을 알게 된 한당과 주태가 놀라 급히 오왕에게 아뢰니 손권은 백관을 모아 상의했다. 보즐이 아뢰었다.

"촉주가 미워하는 자는 여몽과 반장, 마충, 미방, 부사인입니다. 이 사람들이 모두 죽고 범강과 장달이 오에 남았는데 주상께서는 어찌 그자들을 붙잡지 않으십니까? 두 사람을 사로잡아 장비의 머리와 함께 돌려보내고 형주를 넘겨주며, 손 부인을 돌려보내면서 표문을 보내 화해를 구하십시오. 다시 옛날 정을 회복해 함께 위를 쓸어 없애자고 달래면 촉군은 물러갑니다."

손권은 침향나무 함에 장비의 머리를 넣고, 범강과 장달을 꽁꽁 묶어 죄수를 압송하는 수레에 실어 정병을 사자로 삼아 효정으로 보냈다.

선주가 군사를 일으켜 전진하려 하는데 밑에서 아뢰었다.

"오에서 장거기의 머리를 보내오고, 범강과 장달을 묶어 보냈습니다."

선주는 저도 모르게 두 손을 이마에 갖다 댔다.

【두 손을 이마에 갖다 대는 것은 옛날 사람들이 뜻밖의 행운을 만났을 때 축하를 나타내는 동작이었다.】

"이는 하늘이 내려주신 것으로 막내의 넋이 영검해서다!"

선주는 장포에게 장비의 위패를 모시게 했다. 선주가 보니 장비의 머리는 얼굴빛이 전혀 변하지 않아 또 목 놓아 울었다. 장포가 직접 날카로운 칼을 들어 범강과 장달의 살점을 조금씩 떼어내 죽이고 제사를 지내 아버지 넋을 달랬다.

제사가 끝난 뒤에도 선주가 원한이 가시지 않아 기어이 오를 멸망시키려 하자 마량이 아뢰었다.

"원수들이 모두 죽임을 당했으니 그 한을 씻게 되었습니다. 오의 대부 정병이 여기 왔는데, 형주를 돌려주고 손 부인을 보내드리며 영원히 동맹을 맺어 함께 위를 멸망시키자고 합니다. 그가 지금 엎드려 성지를 기다리고 있습니다."

선주는 버럭 화를 냈다.

"짐이 이를 가는 원수는 손권이다. 그와 화해하면 두 아우의 맹세를 저버리는 것이니 지금 먼저 오를 멸하고 다음에 위를 없애겠다!"

당장 사자를 죽여 오와 관계를 끊으려 했으나 사람들이 애써 말려 겨우 목숨을 건진 정병이 머리를 싸쥐고 돌아가 아뢰니 손권은 놀라 몸가짐이 흐트러졌다. 감택이 반열에서 나와 아뢰었다.

"하늘을 받치는 기둥이 있는데 어찌 쓰시지 않습니까?"

"그게 누구요?"

"옛날 오의 대사를 주랑에게 맡겼고, 다음에는 노자경이 대신했습니다. 자경이 돌아간 다음에는 여자명에 의해 일이 정해졌는데, 자명은 갔지만 육백언(육손)이 형주에 있습니다. 이 사람은 비록 젊지만 빼어난 재주와 놀라운 지략을 지녀, 신이 따져보건대 주랑에 못지않으니 관우를 깨뜨릴 때의 꾀가 전부 그에게서 나왔습니다. 주상께서 이 사람을 쓰시면 틀림없이 촉을 깨뜨립니다. 만에 하나 그가 실수라도 하여 일이 잘못되기라도 하면 신은 그와 같은 죄로 벌을 받겠습니다."

손권은 금방 깨달았다.

"덕윤 말이 없었으면 대사를 그르칠 뻔했소!"

장소가 반대했다.

"육손은 한낱 서생에 불과해 유비의 적수가 아니니 쓰셔서는 아니 됩니다."

고옹도 반대했다.

“육손은 어리고 신망이 얕아서 여러 사람이 달갑게 여기지 않아, 그의 말을 듣지 않을까 두렵습니다. 사람들이 그의 말을 따르지 않으면 화가 생기고 난이 일어나 반드시 대사를 그르치게 됩니다.”

보즐도 장소, 고옹과 같은 생각이었다.

“육손은 재주가 그저 한 군이나 다스리기에 알맞을 뿐이니 대사를 맡기면 감당하지 못할 것입니다.”

감택이 목청을 돋우어 외쳤다.

“육백언을 쓰시지 않으면 오가 끝장납니다! 신은 온 집안 식솔의 목숨을 걸고 보증하겠습니다!”

“나도 이전부터 육백언이 기이한 인재임을 아오. 내 뜻은 이미 굳어졌으니 경들은 더 말하지 마오.”

손권은 마음을 굳히고 육손을 불렀다. 그는 오군 오현 사람으로 원래 이름은 의(議)인데 후에 손으로 고쳤다. 할아버지는 한의 수도 낙양 성문교위를 지낸 육우이고, 아버지는 구강군 도위로 있던 육준이었다. 키가 여덟 자에 얼굴은 아름다운 옥과 같은데 진서장군 벼슬에 있었다.

육손이 부름을 받고 오자 손권이 일렀다.

“촉군이 경계에 이르렀으니 경에게 군사를 맡겨 유비를 깨뜨리려 하네.”

육손은 사절했다.

“문무백관은 대왕의 오랜 신하들인데, 신이 나이가 어리고 재주가 없어 어찌 그들을 다룰 수 있겠습니까?”

“감덕윤은 집안 식솔의 목숨을 걸고 경을 보증했고, 나도 전부터 경의 재주를 알아 대도독으로 임명하니 사절하지 말게.”

“문무백관이 달갑게 여기지 않아 신의 말을 듣지 않으면 어찌하시겠습니까?”

손권은 차고 있던 검을 풀어 육손에게 주었다.

"명령을 듣지 않는 자가 있으면 목을 치고 후에 아뢰게."

사람을 죽이는 권한까지 받았으나 육손은 꼼꼼했다.

"무거운 책임을 맡았으니 어찌 명령에 따르지 않겠습니까? 대왕께서 내일 모든 이들이 보는 앞에서 검을 내려주시기 바랍니다."

감택도 손권에게 권했다.

"옛날에 장수를 임명할 때는 반드시 단을 쌓고 무리를 모아 백모의 깃발과 금칠 도끼, 장수의 도장과 끈, 병부를 내렸습니다. 그런 뒤에야 위엄이 서고 명령이 엄숙해졌으니 대왕께서도 그에 따르시기 바랍니다. 좋은 날짜를 골라 단을 쌓고 백언을 대도독으로 임명해 절과 월을 내리시면 사람들이 모두 그의 뜻을 따르게 됩니다."

손권은 밤을 새워 단을 쌓게 하고 백관을 모아 육손을 대도독에 임명하면서 군령을 어긴 자를 처벌할 권한을 주었다. 장수들을 감독하는 우호군 벼슬을 더해주고 누후 작위를 봉했다. 그 자리에서 손권은 보검과 함께 도장과 끈을 내려 여섯 군, 81개 고을과 형주 여러 길의 군사를 모두 맡기며 당부했다.

"경성의 문 안은 내가 맡고, 문밖은 모두 장군이 통제하시오."

육손은 명령을 받들고 단에서 내려와 서성과 정봉을 호위장수로 삼아 그날로 군사를 움직이며, 여러 길의 군사들에게 물과 뭍으로 나아가도록 했다.

문서가 육손보다 먼저 효정에 이르자 한당과 주태는 깜짝 놀랐다.

"주상께서는 어이하여 이런 어린 샌님에게 군사를 전부 맡기시나?"

육손이 효정에 이르니 장수들은 모두 달가워하지 않아, 육손이 장막 윗자리에 앉아 일을 의논하려 하자 마지못해 인사를 올렸다. 육손이 명을 내렸다.

"주상께서 나를 대장으로 임명하시어 군사를 거느리고 촉군을 깨뜨리게 하셨소. 군에는 정해진 법이 있으니 여러분이 모두 엄밀히 지켜주기 바라오. 어긴 자는 법으로 다스릴 것인데, 나라 법은 가까운 사람이라고 사정을 보아주지 않으니 뉘우칠 일을 하지 말도록 하시오."

사람들이 입을 다물고 말하지 않자 주태가 나섰다.

"안동장군 손환은 주상 조카인데 이릉성 안에 갇혀 있소. 성안에는 식량과 말먹이 풀이 없고 성 밖에는 구원하는 군사가 없으니, 도독께서 어서 좋은 계책을 써서 손환을 구해 주상 마음을 편안하게 해드리기를 청하오."

육손이 배짱 좋게 말했다.

"나는 이전부터 손 안동이 장졸들 마음을 많이 얻었음을 아니 그는 반드시 굳게 지켜낼 것이오. 구태여 일부러 구하지 않아도 내가 촉을 깨뜨린 뒤에는 자연히 나오게 될 것이오."

사람들이 속으로 비웃으며 물러가자 한당이 주태에게 말했다.

"이런 어린아이를 장수로 삼았으니 오가 끝장나게 되었소! 공은 그가 하는 짓을 보셨소?"

"내가 말로 슬쩍 떠보았으나 계책이 없는데 어찌 촉을 깨뜨릴 수 있겠소!"

이튿날 육손이 장수들에게 관과 요충지들을 단단히 지키고 굳게 막기만 하고 섣불리 나가 싸우지 말라는 명령을 내리자 장수들은 모두 비겁하다고 비웃었다. 또 하루가 지나 육손이 장막 윗자리에 올라 장수들을 불렀다.

"나는 삼가 대왕의 명령을 받들고 모든 군사를 총지휘하게 되었소. 어제 여러 곳을 굳게 지키라고 명했는데 따르려 하지 않으니 어찌 그러는 것이오?"

육손의 말이 부드럽지 않고 가시가 돋치자 나이 많은 한당이 대답했다.

"나는 파로장군(손견)을 따라 강남을 평정하면서 수백 번 싸움을 겪었고, 다른 장수들은 토역장군(손책)을 따랐거나 지금 대왕을 따라 무거운 갑옷을 걸치고 날카로운 무기를 들어 목숨을 걸고 싸운 분들이오. 주상께서 공을 대도독으로 임명하시어 촉군을 물리치게 하셨으니, 어서 계책을 정하고 군사를 움직여 나아가 대사를 이루어야 하는데, 굳게 지키면서 싸우지 말라고 하니 하늘이 스스로 적을 죽여주기를 기다리자는 것이오? 나는 살기를 탐내 죽음을 두려워하는 사람이 아니오. 어찌 우리의 날카로운 기세를 꺾으시오?"

장막 아래 장수들도 모두 한당의 말에 응했다.

"한 장군 말이 맞소! 우리는 죽기를 무릅쓰고 싸우고 싶소!"

육손이 검을 뽑아 들고 소리를 높였다.

"유비는 위엄이 천하에 떨쳐 조조까지 두려워했으니 실로 쉽게 이길 수 있는 상대가 아니오. 여러 장수는 나라의 은혜를 입었으니 화목하게 힘을 합쳐 촉군을 깨뜨려 대왕께 보답해야 하오. 나에게 마땅히 묘책이 있으나 아직은 드러내 밝힐 수 없는데, 여러분이 믿지 못하고 군령을 어기려 하니 이게 무슨 도리요? 이 몸은 한낱 선비지만 주상께서 무거운 짐을 맡기신 것은 나에게 조금이라도 취할 만한 점이 있어, 모욕을 참고 무거운 짐을 질 수 있기 때문이오. 여러분은 요충지들을 잘 지키고 험한 곳들을 막기만 하면 되니 함부로 움직여서는 아니 되오! 명령을 어기는 자가 있으면 당장 목을 칠 것이니 더 말하지 말고 물러가시오!"

장수들은 모두 분해 씩씩거리며 물러갔다.

선주는 효정에서 천구까지 700리 땅에 군사를 주둔해 영채가 40개나 되었다. 낮에는 깃발이 해를 가리고 밤에는 불빛이 하늘을 밝히는데 정탐꾼이 보고했다.

"오에서 육손을 대도독으로 임명해 군사를 총지휘하게 했는데, 장수들에게 험한 요충지들을 지키게 하면서 나아가지 말게 했습니다."

"육손은 어떤 사람이냐?"

선주의 물음에 마량이 아뢰었다.

"육손은 오의 한낱 선비지만 나이는 어려도 재주가 많고 모략이 깊습니다.

전에 형주를 습격한 것도 모두 이 사람의 간사한 계책이었습니다."

"되지 못한 놈이 간사한 계책으로 아우를 해쳤구나! 그를 사로잡겠다!"

크게 노한 선주가 진군 명령을 내리자 마량이 아뢰었다.

"그의 재주는 주랑에 못지않으니 가볍게 보시면 아니 됩니다."

선주는 대수롭지 않게 대꾸했다.

"짐은 오래도록 군사를 부리며 늙어왔는데 어찌 입에서 젖내도 가시지 않은 어린놈보다 못하겠는가? 경은 공연히 의심하지 말고 짐이 그를 사로잡는 것이나 구경하게!"

선주는 친히 선두를 거느리고 여러 관과 나루터, 요충지들을 공격했다. 선주의 군사가 나왔다고 한당이 보고를 올리자 육손은 함부로 움직일까 염려해 직접 촉군을 살펴보려고 달려왔다. 한당이 산 위에 말을 세우고 바라보니 촉군이 산과 들을 뒤덮으며 밀려오는데 군중에 누런 비단 해 가리개가 어슴푸레 보였다. 한당은 육손과 말머리를 나란히 하고 해 가리개를 가리켰다.

"저 안에 유비가 있으니 내가 당장 나가 사로잡겠소."

육손이 느긋하게 말렸다.

"유비가 동쪽으로 내려오면서 10여 차례나 이겨 날카로운 기세가 한창 성하오. 지금은 높은 곳을 차지하고 험한 곳을 지켜야지 선불리 나아가서는 아니 되오. 나아가면 이롭지 못하니 장졸들에게 상을 내리고 격려해 굳게 지키면서 적의 변화를 기다려야 하오. 적이 넓은 평원을 달리며 한창 뜻을 이룬 터에 우리가 굳게 지키며 나아가지 않으면, 그들은 싸우려 해도 뜻대로 되지 않아 산속의 숲으로 옮겨갈 것이오. 그때 내가 기이한 계책으로 물리치겠소. 장군은 불같은 성미를 가라앉히고 승리를 이룰 계책을 세워야 하오."

한당은 입으로는 응했으나 마음속으로는 시답지 않았다. 선주는 선두를 시켜 갖은 상스러운 욕을 퍼부으며 싸움을 걸었으나 육손이 장졸들에게 내린 명령은 더욱 엄했다.

"귀를 틀어막고 듣지 마라. 나가 맞서서는 아니 된다!"

참지 못한 장졸들이 함부로 움직일까 걱정되어 육손은 친히 관과 요충지들을 빠짐없이 돌며 군사를 위로하고 굳게 지키라고 격려했다. 선주는 오군이 나오지 않자 속이 탔다. 마량이 간했다.

"육손은 모략이 많습니다. 폐하께서 먼 길을 오셔서 봄부터 여름까지 싸움을 거시는데 적이 나오지 않는 것은 우리 군사의 변화를 기다리자는 속셈이니 깊이 생각하시기 바랍니다."

"그에게 무슨 꾀가 있겠나? 그저 나를 겁내는 것이지. 이미 여러 번 패했으니 어찌 감히 다시 나오겠나?"

선봉 풍습이 아뢰었다.

"날씨가 무더운데 땡볕에 주둔하니 물을 길어 먹기가 힘듭니다."

선주는 영채를 모두 산속 숲이 우거지고 물이 가까운 곳으로 옮기라는 명령을 내렸다. 여름을 편히 보내고 가을이 오기를 기다려 힘을 합쳐 진군하라는 성지를 받들고 풍습은 영채들을 숲이 우거진 서늘한 곳으로 옮겼다. 마량이 아뢰었다.

"우리 군사가 움직이다 적이 오면 어찌하시겠습니까?"

"오반에게 1만여 명 약한 군사를 이끌고 오군 영채 가까운 평지에 주둔하게 했으니 짐이 다시 8000명 정예를 골라 산골짜기 안에 매복하겠네. 우리가 영채를 옮기는 것을 알면 육손은 반드시 틈을 타 치러 올 것이니, 그때 오반이 짐짓 못 이기는 척 도망쳐 적을 유인하면 짐이 군사를 이끌고 나가 돌아갈 길을 끊겠네. 그러면 어린 녀석을 사로잡을 수 있네."

선주의 대답에 사람들은 감탄했다.

"폐하의 신묘한 헤아림은 신하들이 미치지 못할 바입니다!"

마량이 제안했다.

“제갈 승상이 지금 위군의 침범을 걱정해 동천 요충지들을 돌아보고 있답니다. 폐하께서는 어찌 여러 영채가 옮긴 곳을 그려 승상에게 묻지 않으십니까?”

선주는 시큰둥했다.

“짐도 병법을 제법 아는데 굳이 승상에게 물을 게 있나?”

“옛말에 ‘아울러 들으면 사리에 밝고, 한쪽 말만 들으면 사리에 어둡다[兼聽則明겸청즉명 偏聽則蔽편청즉폐]’고 했습니다. 깊이 생각하시기 바랍니다.”

선주는 내키지 않았지만 허락했다.

“경이 각 영채를 돌며 사면팔방으로 닿는 곳과 통하는 길을 그려 동천에 가서 승상에게 물어보고, 어려운 점이 있으면 와서 보고하게.”

마량이 명령을 받들어 떠나고 선주가 숲속 그늘진 곳으로 군사를 옮겨 더위를 피하게 하니, 오군의 한당과 주태가 소식을 듣고 육손을 찾아가 자세히 보고하며 한바탕 들이치자고 했다.

이야말로

촉 황제 꾀가 있어 매복을 설치하는데
오 군사 용맹 즐기니 반드시 잡히리라

육손은 과연 그 말을 들을까?

84

강가에서 살기 뻗치는 팔진도

육손은 칠백 리 영채 불사르고
공명은 교묘하게 팔진도 펼쳐

장무 2년 6월, 날씨는 무덥고 비는 내리지 않았다. 선주가 서늘한 곳으로 영채를 옮기자 한당과 주태가 급히 보고하니 육손은 대단히 기뻐하며 장수들을 거느리고 촉군 동정을 살폈다. 평지에는 1만 명가량이 주둔하는데 반 이상이 늙고 약한 군사이고 깃발에 '선봉 오반'이라고 쓰여 있었다. 주태가 나섰다.

"나는 이런 군사를 이기는 것쯤은 어린아이 장난으로 아오. 당장 한 장군과 함께 가서 치고 싶소. 이기지 못하면 기꺼이 군법에 따라 처분을 받겠소."

육손이 한참 바라보다 채찍을 들어 가리켰다.

"저 앞 산골짜기에 은은히 살기가 뻗치는 것을 보면 반드시 매복이 있소. 약한 군사를 밖에 내보내 우리를 유인하는 것이니 절대 나아가서는 아니 되오."

그 말을 듣고 장수들은 육손이 겁이 많다고 투덜거렸다.

이튿날 오반이 관 앞에 와서 싸움을 걸었다. 군사가 무력을 뽐내고 위풍을 자랑하며 입에 담지 못할 욕을 퍼붓는데, 옷을 벗고 알몸을 드러낸 자들도 많앉다. 땅에 편히 앉은 자도 있고 아예 드러누운 자까지 있었다. 서성과 정봉이 육손에게 재촉했다.

"촉군이 우리를 너무 얕보니 나아가 쓸어버려야 합니다!"

육손은 싱긋 웃었다.

"공들은 끓어 넘치는 혈기와 용맹만 믿고 손자와 오기의 묘한 병법은 모르시오? 이것은 우리를 유인하는 계책이니 사흘 후면 반드시 속임수가 드러날 것이오."

서성이 믿을 수 없다는 듯 말했다.

"사흘 후면 적이 영채를 모두 옮길 텐데 어찌 공격할 수 있습니까?"

"나는 바로 적이 영채를 모두 옮기게 하려는 것이오."

장수들은 비웃으며 물러갔다.

사흘이 지나 육손이 장수들을 관 위에 모아 바라보니 오반의 군사는 이미 물러가고 없었다. 그런데 육손이 손가락질을 했다.

"살기가 일어났소. 유비가 산골짜기에서 나올 것이오."

그 말이 끝나기도 전에 촉군 정예 부대가 나타났다. 투구 쓰고 갑옷 입어 온몸을 단단히 감싼 장졸들이 무기를 틀어쥐고 늠름하게 선주를 에워싸고 지나가니 오군은 놀라 간담이 서늘해졌다. 육손이 선언했다.

"여러분이 오반을 치자고 할 때 말린 것은 바로 이 때문이었소. 매복한 군사가 나왔으니 열흘 안으로 반드시 적을 깨뜨릴 것이오."

장수들이 물었다.

"적을 깨뜨리려면 안정되기 전에 들이쳐야 하는데, 지금은 적의 영채가 700리에 이어지고 마주 대치하기가 7개월이나 되어 모두 튼튼히 지키는데 어찌 깨뜨릴 수 있습니까?"

육손이 침착하게 대답했다.

"유비는 세상의 사나운 영웅으로 계책도 많소. 그의 군사가 처음 왔을 때는 법도가 엄하고 정숙했으나, 오랫동안 대치했는데도 틈을 타지 못하자 맥이 풀리고 사기가 꺾였으니 지금이 바로 공격할 때요."

그제야 장수들은 탄복했다. 촉군을 깨뜨릴 계책을 세운 육손이 글을 올려 보고하자 손권은 크게 기뻐했다.

"강동에 또 이런 기이한 인재가 생겼으니 내가 무엇을 걱정하겠소! 장수들은 모두 그가 나약하다고 했으나 나 혼자 믿지 않았는데, 글을 보니 과연 그렇구려."

손권은 대부대를 일으켜 육손을 지원하러 떠났다.

이때 효정에서 선주가 수군에게 강을 따라 내려가게 하면서 강변에 수군 영채들을 세우고 오의 경내로 깊숙이 들어가니 황권이 충고했다.

"수군이 강을 따라 내려가면 나아가기는 쉬워도 물러서기는 어렵습니다. 신이 선두가 될 터이니 폐하께서는 뒤쪽에 계셔야 만에 하나라도 잘못되시지 않습니다."

선주는 대수롭지 않게 여겼다.

"오의 도적들이 간담이 서늘해졌는데 짐이 기세를 몰아 달려간다고 아니 될 게 무엇인가?"

신하들이 애써 말렸으나 선주는 따르지 않고 군사를 두 길로 나누었다. 황권에게 강북 군사를 총지휘해 위의 침범을 막게 하고, 자신은 강남 여러 군사를 거느리고 장강을 끼고 영채들을 세워 앞으로 나아가려 했다.

낙양에서 위주 조비가 자세한 보고를 받고 얼굴을 쳐들고 웃었다.

"유비가 패하게 되었구나!"

신하들이 까닭을 물어 그가 설명했다.

"그는 병법을 모르오. 세상에 영채를 700리나 이어놓고 적을 공격하는 법이 어디 있소? 게다가 나무와 풀이 우거진 곳, 높고 평평한 곳, 낮고 습한 곳, 지세가 험한 곳에 군사를 주둔하는 것은 병법에서 몹시 꺼리는 바요. 유비는 반드시 오의 육손에게 패하니 열흘 안으로 소식이 올 것이오."

신하들이 믿지 못하고 방어를 청하자 조비가 설명했다.

"육손이 이기면 오군을 모두 이끌고 서천을 치러 갈 것이니 나라 안이 텅 빌 것이오. 짐이 짐짓 군사를 보내 돕겠다면서 세 길로 진군하면 오를 얻기는 식은 죽 먹기요."

사람들은 모두 절하며 탄복했다. 조비가 군사를 나누어 조인은 유수로 나아가게 하고, 조휴는 동구로 나아가게 하며, 조진(曹眞)은 남군으로 나아가게 했다.

【장강 북쪽의 동구에서 유수를 거쳐 훨씬 서남쪽의 남군에 이르기까지 긴 전선을 펼쳐 단숨에 오를 공격할 계획이었다. 조진은 조조의 집안 조카로, 조씨 일가가 총출동했다.】

"세 길 군사들은 날짜를 정해 가만히 오를 습격하시오. 짐이 몸소 지원하겠소."

이때 마량은 동천에 이르러 제갈량에게 영채 그림을 올렸다.

"지금 영채들을 옮겨 장강을 끼고 새로 세웠는데 가로로 700리를 차지하고 주둔지를 40여 개 만들었습니다. 모두 시냇물에 가깝고 숲이 우거진 곳에 있습니다. 주상께서 그림을 승상께 보여드리게 하셨습니다."

제갈량은 그림을 모두 보고는 상을 치며 신음했다.

"누가 주상께 영채를 이렇게 세우시게 했는지, 목을 쳐야 한다!"

"모두 주상께서 하신 일이지 다른 사람 계책이 아닙니다."

제갈량은 '휴!' 한숨을 쉬었다.

"한의 운이 끝장났구나!"

마량이 까닭을 묻자 제갈량이 무겁게 대답했다.

"나무와 풀이 우거진 곳, 높고 평평한 곳, 낮고 습한 곳, 지세가 험한 곳에 영채를 세우는 것은 병법에서 크게 꺼리는 바일세. 적이 불로 공격하면 어찌 막겠나? 또 영채를 700리나 이어놓고 어찌 적을 막아내겠는가? 화가 멀지 않았네! 육손이 단단히 지키면서 나와 싸우지 않은 것은 바로 이렇게 되기를 기다린 것이니 그대는 한 시가 급하게 돌아가 주상께 여러 영채를 옮기도록 하게. 이렇게 해서는 절대로 아니 되네."

"이미 오군이 이겼다면 어찌해야 합니까?"

"육손은 감히 쫓아오지 못하니 성도는 걱정할 것 없네."

마량이 이상하게 여겼다.

"육손이 어찌하여 쫓아오지 못합니까?"

"위군이 뒤를 습격할까 두려워서일세. 주상께서 만약 패하시면 백제성으로 피하셔야 하네. 내가 서천으로 들어올 때 이미 10만 군사를 어복포에 매복시켜 놓았네."

마량은 깜짝 놀랐다.

"저는 어복포를 여러 번 오고 갔으나 군졸 하나 보지 못했는데 승상께서는 어찌 이런 농을 하십니까?"

"후에 반드시 보게 될 터이니 더 힘들여 묻지 말게."

마량은 표문을 받아 부리나케 선주의 영채로 달려가고, 제갈량은 성도로 돌아가 군사를 움직여 선주를 구할 채비를 했다.

이즈음 육손은 촉군이 마음을 풀고 더는 오군을 방비하지 않는 것을 보고 장막 윗자리에 올라 높고 낮은 장수들을 모두 모이게 했다.

"나는 주공 명령을 받든 이후 한 번도 나가 싸우지 않았소. 이제 촉군을 살펴보아 그 동정을 충분히 알았으니 먼저 강의 남쪽 영채를 하나 습격하려 하는데 누가 감히 가겠소?"

한당, 주태, 능통을 비롯한 쟁쟁한 장수들이 모두 나섰으나 육손은 전부 물러서게 하고 섬돌 아래 끝자리 장수 순우단을 불렀다.

"5000명 군사를 줄 테니 강남의 네 번째 영채를 습격하라. 촉군 장수 부동이 지키는 곳이니 바로 오늘 밤에 성공해야 한다. 내가 군사를 거느리고 지원하겠다."

다음으로 서성과 정봉을 불렀다.

"각기 3000명을 거느리고 영채에서 5리 되는 곳에 주둔해 순우단이 패하고 돌아오면 추격 군사를 물리치시오. 그러나 쫓아가서는 아니 되오."

해가 뉘엿뉘엿 서산에 질 무렵 순우단이 군사를 이끌고 나아가 촉군 영채에 이르렀을 때는 한밤중이었다. 순우단의 명령으로 북 치고 소리 지르며 쳐들어가니 부동이 군사를 이끌고 나와 창을 꼬나 들고 덮치자 순우단은 견디지 못하고 달아났다.

고함도 요란하게 군사 한 떼가 달려와 가로막으니 앞장선 대장은 조융이었다. 순우단은 기를 쓰고 길을 뚫어 달아났다. 어느새 군사를 태반이나 잃었는데 산 뒤에서 또 만병 한 떼가 나와 길을 막으니 앞장선 장수는 사마가였다. 순우단이 죽기로 싸워 겨우 몸을 빼어 기병 100여 명만 데리고 달아나는데 등 뒤로 세 갈래 군사가 쫓아왔다. 죽기를 무릅쓰고 달려 오군의 영채에 거의 이르자 서성과 정봉이 달려 나와 추격 군사를 물리치고 구해서 영채로 돌아갔다.

순우단이 몸에 화살이 꽂힌 채 돌아와 패한 죄를 빌자 육손이 말했다.

"너희 잘못이 아니다. 내가 적의 허실을 시험해본 것이니 이미 촉을 깨뜨릴 계책을 세웠다."

서성과 정봉이 걱정했다.

"적의 세력이 크니 공연히 장졸들만 잃게 될 뿐입니다."

"내 계책은 다만 제갈량만 속이지 못할 뿐인데 하늘이 도와 다행히 그가 여기 없으니 곧 큰 공을 이루게 되었소."

육손은 높고 낮은 장수들에게 명령을 내렸다.

"주연은 물길로 진군해 다음 날 오후 동남풍이 세차게 불면 배에 풀을 가득 싣고 계책에 따라 움직인다. 한당은 장강 북쪽 기슭을 치고, 주태는 남쪽 기슭을 공격하되, 사람마다 풀을 한 단씩 들고 그 안에 유황과 염초를 감추며, 각기 불씨를 지니고 일제히 나아가 촉군 영채에 이르면 바람을 따라 불을 지른다. 촉군의 40곳 영채 중 20곳만 불태우니 하나씩 건너뛰어 불을 붙인다. 군사는 모두 비상식량을 마련해 잠시도 물러서지 말고 밤에 낮을 이어 쫓아가야 하며 유비를 사로잡아야 멈출 수 있다."

군령을 받은 장수들은 모두 떠났다.

이때 선주가 영채에서 오를 깨뜨릴 계책을 궁리하는데, 바람도 없이 장막 앞의 중군 깃발이 저절로 넘어지자 제주 벼슬을 하는 정기에게 물었다.

"이것은 무슨 징조인가?"

"오늘 밤 적이 영채를 습격하러 올지 모릅니다."

"어젯밤에 온 적을 모두 죽였는데 어찌 감히 다시 오나?"

"어제는 육손이 우리를 시험한 것뿐이라면 어찌하시겠습니까?"

부하가 보고했다.

"산 위에서 보니 오군이 모두 산을 따라 동쪽으로 옮겼습니다."

"우리에게 의심하게 만들려는 군사다."

선주가 단정하더니 모두 움직이지 말라고 명하고 관흥과 장포에게 500명씩 기병을 이끌고 순찰하게 했다. 해가 질 무렵, 관흥이 돌아와 아뢰었다.

"강북 영채에서 불이 일어납니다."

선주는 급히 관흥을 강북으로 보내고 장포에게 강남으로 가서 상황을 알아보게 했다.

"적이 오면 급히 돌아와 보고하라."

밤이 되자 갑자기 동남풍이 이는데 천자의 본영 왼쪽 영채에서 불길이 일어 군사들이 불을 끄려고 서두르자 오른쪽 영채에도 불이 퍼져나갔다. 바람은 세차고 불길은 사나워 숲으로 급히 옮겨붙는데 고함이 요란하게 울렸다. 양쪽 영채 군사가 일제히 천자의 본영으로 달려오자 뒤를 따라 오군이 쳐들어오는데, 그 숫자를 가늠할 수 없었다.

선주가 황급히 말에 올라 풍습의 영채로 달려가 보니 그 안에서도 불빛이 하늘을 비추어 장강 남북이 대낮처럼 훤해졌다. 풍습은 재빨리 말에 올라 수십 명 기병을 이끌고 달아나다 오군 장수 서성의 군사와 맞닥뜨려 싸움이 벌어졌다. 선주가 말 머리를 돌려 서쪽으로 달아나자 서성이 풍습을 버리고 쫓아왔다. 선주가 놀라서 말을 다그치는데 앞에 또 오군 한 대가 늘어섰으니 장수는 정봉이었다. 양쪽에서 협공해 선주는 사방에 피할 길이 보이지 않았다.

이때 요란한 고함과 함께 군사 한 떼가 겹겹의 포위 속으로 쳐들어왔다. 장포의 군사였다. 장포가 선주를 구해 어림군을 이끌고 달아나는데 앞에서 또 군사 한 대가 달려왔다. 다행히 부동이 거느린 촉군이었다. 두 장수가 군사를 합쳐 달려가자 뒤에서 오군이 급하게 추격했다.

선주가 간신히 어느 산에 이르러보니 마안산이었다. 장포와 부동이 모시고 올라가자 고함도 요란하게 육손의 대부대가 산을 에워싸, 장포와 부동은 죽기로써 길목을 막았다. 선주가 멀리 바라보니 온 들판에 불빛이 환한데 강물에 촉군의 주검이 가득 흘러갔다.

이튿날 오군이 점점 늘어나 산의 네 방향에 불을 지르니 촉군은 연기와 불에 밀려 이리 뛰고 저리 피했다. 선주가 어쩔 줄 몰라 당황하는데 한 장수가 불을 뚫고 기병 몇을 데리고 달려 올라왔다. 관흥이었다.

"사방으로 불이 다가오니 여기 오래 머무르셔서는 아니 됩니다. 폐하께서는 어서 백제성으로 달려가시어 군사를 다시 거두시면 됩니다."

선주가 물었다.

"누가 감히 뒤를 막겠느냐?"

부동이 아뢰었다.

"신이 목숨을 걸고 적을 막겠습니다!"

관흥이 앞장서고 장포가 가운데에 서며 부동이 뒤를 막아서 선주를 호위해 산 아래로 달려 내려갔다. 선주가 달아나자 오군은 서로 먼저 공로를 세우려고 장수와 군사들이 하늘을 가리고 땅을 뒤덮으며 쫓아왔다.

선주가 장졸들에게 명령했다.

"전포와 갑옷을 벗어 길을 메우고 불을 질러 적을 막아라!"

정신없이 달아나는데 고함이 울리며 오군 장수 주연이 달려와 앞길을 막으니 선주는 자기도 모르게 외쳤다.

"짐이 여기서 죽는구나!"

관흥과 장포가 달려나갔으나 어지러이 날리는 화살에 막혀 둘 다 심하게 부상만 입고 돌아왔다. 다시 뒤에서 고함이 일어나며 육손이 직접 대군을 이끌고 산골짜기를 달려 나왔다.

선주가 앞뒤로 적을 맞아 어찌할 바 모르는데 하늘이 푸릇푸릇 밝아오면서 별안간 앞에서 고함이 솟구치며 주연의 군사가 이리저리 냇물에 떨어지고 바위 아래로 굴렀다. 군사 한 대가 오군을 뚫고 천자를 구하러 온 것이었다. 선주가 기쁨에 넘쳐 바라보니 조운이었다.

서천 강주를 지키던 조운은 촉과 오가 싸운다는 소식을 듣고 군사를 이끌고 달려오다 갑자기 동남에서 불빛이 하늘로 솟구쳐 알아보니, 뜻밖에도 선주가 오군에 에워싸여 궁지에 빠졌다는 말을 듣고 용맹을 떨쳐 쳐들어온 것이었다. 조운이 왔다고 하자 육손은 급히 명령을 내려 군사를 뒤로 물렸다.

정신없이 싸우던 조운은 뜻밖에 주연과 마주치자 말을 두 번 어울리기도 전에 한 창 내찔러 말에서 떨어뜨리고 오군을 쫓아버렸다. 조운이 구해 백제성으로 달려가자 선주가 물었다.

"짐은 몸을 뺐으나 장졸들은 어찌하는가?"

"적이 뒤에 바짝 다가왔으니 늦추셔서는 아니 됩니다. 폐하께서는 먼저 백제성에 들어가 쉬십시오. 신이 장졸들을 구하겠습니다."

선주는 겨우 100여 명을 데리고 백제성으로 들어갔다.

뒤를 막던 부동이 오군에 철통같이 에워싸이자 정봉이 높이 외쳤다.

"촉군은 모두 죽거나 항복하고 너희 주인 유비도 이미 사로잡혔다. 너는 힘이 다하고 세력이 외로워졌는데 어찌 항복하지 않느냐?"

"나는 한의 장수인데 어찌 오의 개들에게 항복하겠느냐?"

정봉을 호되게 꾸짖은 부동은 창을 꼬나 들고 말을 달리며 죽기를 무릅쓰고 싸웠다. 100합을 넘기며 아무리 이리 치고 저리 달려도 몸을 뺄 수 없게 되자 땅이 꺼지게 한숨을 쉬고는 피를 토하며 오군 속에서 죽었다.

촉군의 제주 정기는 홀몸으로 말을 달려 강변으로 가서 수군을 불러 적과 싸우게 했으나 오군이 쫓아오자 촉의 수군은 뿔뿔이 달아났다. 정기의 부하 장수가 외쳤다.

"적이 왔습니다! 정 제주는 어서 갑시다!"

정기는 분노해 외쳤다.

"나는 주상을 따라 싸우면서 적 앞에서 달아난 적이 없다!"

그 말이 끝나기도 전에 오군이 몰려와 동서남북 어느 쪽으로도 갈 길이 없게 되자 정기는 검을 뽑아 스스로 목을 베었다.

오랫동안 이릉성을 에워싸고 있던 오반과 장남은 풍습이 달려와 촉군이 패했다는 소식을 전하자 선주를 구하러 달려갔다. 그제야 손환은 포위를 벗어났다.

장남과 풍습이 급히 달려가는데 앞에서는 오군이 덮쳐오고 뒤에서는 손환이 성을 나와 쫓아왔다. 두 사람은 힘을 떨쳐 싸웠으나 몸을 빼지 못하고 어지러운 싸움 중에 죽고 말았다.

오반은 간신히 겹겹의 포위를 뚫었으나 오군에게 쫓기는데 다행히 조운이 구해주어 백제성으로 들어갔다. 만왕 사마가는 홀로 말을 달려 달아나다 주태와 부딪쳐 20여 합을 싸우다 죽고 말았다. 두로와 유녕은 오군에 항복했다. 촉군 영채들에 있던 군량과 말먹이 풀, 군수품은 모두 오군의 차지가 되고 장졸들은 항복한 자를 헤아릴 수 없었다.

오에 있던 손 부인은 촉군이 효정에서 패했다는 소식을 듣고 선주가 군사들 속에서 죽었다는 헛소문을 믿어, 수레를 강변으로 몰고 가 서쪽을 바라보며 울다 장강에 뛰어들어 죽었다. 후세 사람이 강변에 사당을 짓고 '효희사(梟姬祠)'라 이름 지으니, 용맹한 여인의 사당이라는 뜻이었다.

완전한 승리를 거둔 육손은 서쪽으로 쫓아가 기관에서 멀지 않은 곳에 이르렀다. 말 위에서 바라보니 앞산 옆 강가에서 서늘한 살기가 하늘로 솟구쳐 말을 세우고 장수들을 돌아보았다.

"저 앞에 틀림없이 군사가 매복했으니 섣불리 나아가서는 아니 되오."

10여 리를 물러나 널찍한 곳에 진을 치고 정탐꾼을 보내 알아보게 했으나 그곳에는 어떤 군사도 없다고 했다. 육손이 믿을 수가 없어 높은 곳에 올라 바라보니 여전히 살기가 솟구쳤다. 다시 부하들을 보내 자세히 살펴보게 했으나 대답은 똑같았다.

"앞에는 사람 하나, 말 한 필 없습니다."

붉은 해가 서산으로 넘어가자 살기가 점점 강해졌다. 어쩌면 좋을지 몰라 머뭇거리던 육손이 심복에게 한 번 더 가서 샅샅이 살펴보게 하니 돌아와 보고했다.

"강변에는 어지러이 쌓은 돌무더기들만 80여 개가 있을 뿐, 사람은 보이지 않습니다."

의심이 커진 육손이 근처에서 토박이를 찾아보게 하니 잠시 후 몇 사람을 데리고 왔다.

"누가 돌을 쌓아 무더기를 만들었느냐? 어지러운 돌무더기들 속에서 어찌 살기가 뻗치느냐?"

"여기는 이름이 어복포입니다. 제갈량이 서천으로 들어갈 때 여기 이르렀는데, 돌을 골라 모래톱에 진을 쳤습니다. 그때부터 그 안에서 늘 구름 같은 기운이 일어납니다."

육손이 말에 올라 수십 명 기병을 이끌고 돌진[石陣석진]을 보러 갔다. 산비탈에 말을 세우고 바라보니 사면팔방으로 문이 있어서 웃었다.

"이것은 사람을 홀리려는 수작이니 뭐 대단한 점이 있겠느냐!"

기병 몇을 데리고 돌진에 들어가니 부하 장수가 불렀다.

"해가 저물었습니다. 도독께서는 어서 돌아가시지요."

육손이 돌진을 나오려 하자 별안간 세찬 바람이 몰아치며 모래가 흩날리고 돌멩이가 굴러 하늘을 가리고 땅을 덮었다. 날카로운 검처럼 괴상한 돌이 들쭉날쭉 나타나고, 모래가 가로 펴지며, 흙이 올라와 산처럼 겹치고, 강물 흐르는 소리가 싸움을 재촉하는 북소리처럼 울려 깜짝 놀랐다.

"내가 제갈량 계책에 걸렸구나!"

급히 되돌아 나오려 했으나 길이 보이지 않아 놀라 당황하는데 느닷없이 한 노인이 말 앞에 나타나 웃었다.

"장군은 이 진을 나가려 하시오?"

"어르신께서 이끌어 꺼내주시기 바랍니다."

노인은 지팡이를 짚고 천천히 걸어 거침없이 돌진을 나왔다. 노인이 산비탈까지 이끌어 나오자 육손이 물었다.

"어르신은 어떤 분이신가요?"

"이 늙은이는 제갈공명의 장인 되는 황승언이오. 옛날 사위가 서천으로 들어갈 때 여기에 돌진을 쳤으니 그 이름을 '팔진도(八陣圖)'라 하오. 문 여덟 개가 둔갑에 따라 반복되는데 날마다 때마다 변화가 끝이 없어 정예 군사 10만과 맞먹소. 떠날 때 그가 이 늙은이에게 부탁했소. '후에 오의 대장이 진에서 길을 잃으면 이끌어 내주지 마십시오.' 이 늙은이는 방금 바위 위에서 장군이 죽는 문으로 들어가는 것을 보고 이 진을 모르니 반드시 홀릴 것이라 짐작했소. 이 늙은이는 평생 착한 일을 하기 좋아해, 장군이 여기 빠져 죽는 것을 차마 볼 수 없어 특별히 사는 문으로 이끌고 나왔소."

육손이 물었다.

"어르신은 이 진법을 배우셨습니까?"

"변화가 무궁하여 배울 수 없소."

육손은 황급히 말에서 내려 절해 고맙다고 인사하고 돌아갔다.

후세에 당나라 시인 두보(杜甫)가 '팔진도'라는 시를 지었다.

공로는 셋으로 갈라진 나라 뒤덮고
명성은 팔진도로 이루어졌네
강물은 흐르나 돌은 돌지 않는데
선주는 오를 잘못 쳐서 한을 남겼네

육손은 영채로 돌아와 한숨을 쉬었다.

"제갈공명은 참으로 누운 용이다! 나는 그에 미치지 못한다!"

군사를 되돌리라는 명령을 내리자 사람들이 물었다.

"유비가 싸움에 지고 세력이 약해져 작은 성에 들어가 있으니 기세를 타고 몰아치면 됩니다. 한낱 돌진을 만나 물러가니 어찌 그러십니까?"

육손이 속사정을 말해주었다.

"돌진이 무서워 물러가는 게 아니다. 헤아려보면 위주 조비는 간사함이 아비와 다름없어 내가 촉군을 쫓아가는 것을 알면 반드시 빈틈을 타고 오를 공격한다. 우리가 서천으로 깊숙이 들어가면 급히 물러서기 어렵다."

육손이 대군을 거느리고 오로 돌아가고 이틀도 지나지 않아 세 곳에서 유성마가 달려왔다.

"위군 조인은 유수로 나오고, 조휴는 동구로 나오며, 조진은 남군으로 나옵니다. 세 길 군사 수십만이 밤에 낮을 이어 우리 경계에 이르렀습니다."

육손이 웃었다.

"내 짐작을 벗어나지 못했구나. 내가 이미 군사들에게 막게 했다."

이야말로

장한 뜻 서촉 막 삼키려 했으나
이기려면 먼저 북쪽을 막아야지

육손은 어떻게 위의 군사 물리칠까?

85

유비는 제갈량에게 고아 부탁

선주는 조서 남겨 고아를 부탁하고
제갈량 앉아서 다섯 군사 물리치다

장무 2년 6월, 오의 육손이 효정과 이릉에서 촉군을 크게 깨뜨리니 선주는 백제성으로 달아나고 조운이 성을 지켰다. 마량이 이르러 대군이 이미 패한 것을 보고 한없이 안타까워하며 제갈량의 말을 전하자 선주는 한숨을 쉬었다.

“짐이 일찍이 승상 말을 들었으면 오늘의 패배는 없었을 것이다. 무슨 낯으로 성도로 돌아가 신하들을 본단 말인가!”

선주는 백제성에 머물며 그곳 역관을 손질해 영안궁이라 하였다. 풍습과 장남, 부동, 정기, 사마가 등이 모두 싸움터에서 죽은 것을 알고 서글픔을 그치지 않는데 근시가 아뢰었다.

“황권이 강북 군사를 이끌고 위에 항복했으니 식솔을 잡아 죄를 물으십시오.”

“황권은 오군에게 막혀 돌아올 길이 없어 어쩔 수 없이 항복했을 것이다.

짐이 황권을 저버린 것이지 황권이 짐을 버린 것이 아닌데 식솔을 처벌할 게 무어냐?"

선주는 황권의 식솔에게 전과 같이 녹을 내려 편안히 살게 했다.

이때 황권이 위군에 항복하자 조비가 물었다.

"경이 짐에게 항복했으니 진평과 한신을 따르려 하는가?"

【진평과 한신은 항우의 부하였으나 잘 써주지 않자 유방에게 갔다. 거기서 한신은 군사 재능을 마음껏 펼치고 진평은 기이한 꾀를 많이 냈다. 조비도 아버지 조조처럼, 항복하는 사람들을 옛 명인에 비유하며 힘을 내기를 바랐다.】

황권은 눈물을 흘리며 아뢰었다.

"신은 촉 황제의 은혜를 입고 특별히 두터운 대접을 받았습니다. 황제께서 신에게 강북 여러 군사를 감독하게 하셨는데 육손 때문에 길이 막혔습니다. 신은 촉으로 돌아가려고 보니 길이 없고, 오에 항복하려고 보니 아니 되는 노릇이라 어쩔 수 없이 폐하께 의지합니다. 싸움에 진 장수가 죽음을 면하면 다행인데 어찌 감히 옛사람을 따르겠습니까?"

황권의 말이 솔직해 조비가 대단히 기뻐하며 진남장군에 봉했으나 황권이 기어이 사절하자 옆에서 아뢰었다.

"촉주가 황권의 식솔을 모두 죽였다고 합니다."

그러자 황권이 바로 항변했다.

"촉 황제는 신과 마음을 털어놓고 믿는 사이라 신의 참마음을 아시니 반드시 식솔을 죽이지 않으실 것입니다."

조비는 그 말을 옳게 여겼다.

조비가 가후에게 물었다.

"짐이 천하를 통일하려면 먼저 촉을 쳐야 하오, 오를 손에 넣어야 하오?"

"유비는 재주가 있고 제갈량이 나라를 잘 다스립니다. 손권은 허실을 꿰뚫어 볼 줄 알고 육손이 군사를 요충지에 주둔시켰으며, 사이에 강과 호수가 있어 급히 공략하기 어렵습니다. 신이 살펴보건대 우리 장수 중에는 손권과 유비의 적수가 없습니다. 폐하께서 하늘 같은 위엄으로 가시더라도 만에 하나 실수가 없으리라고 장담할 수 없습니다. 경계를 굳게 지키면서 양쪽 변화를 기다리셔야 합니다."

조비는 마음에 들지 않는 듯했다.

"짐이 이미 세 길로 대군을 보내 오를 정벌하게 했는데 어찌 이기지 못하겠소?"

상서 유엽이 말했다.

"오의 육손이 70만 촉군을 깨뜨려 사람들이 모두 마음을 합치고, 강과 호수가 막아주니 급히 이길 수 없습니다. 육손은 이미 대비를 했을 것입니다."

"경이 전에는 오를 정벌하라고 권하더니 지금은 막으니 어찌 된 일이오?"

"시기가 다르기 때문입니다. 전에는 오가 촉에 거듭 패해 형세가 꺾였으나 지금은 완전한 승리를 거두어 기세가 백 배 늘어났으니 공격할 수 없습니다."

"짐의 뜻은 이미 굳어졌소. 경은 더 말하지 마오."

조비가 친히 어림군을 거느리고 세 길 군사를 지원하러 떠나는데, 정탐꾼이 달려와 오에서 이미 싸움 준비를 끝냈다고 보고했다. 동구에서는 여범이 조휴를 막고, 남군에서는 제갈근이 조진을 막으며, 유수에서는 주환(朱桓)이 조인을 막는다는 것이었다. 유엽이 다시 말렸다.

"오에서 대비를 했으니 가시면 이익이 없을까 두렵습니다."

조비는 그 말에 따르지 않고 군사를 이끌고 나아갔다.

나이가 27세밖에 되지 않는 오군 장수 주환은 담이 크고 지략이 많아 손권이 매우 아꼈다. 유수성을 지키던 주환은 조인이 대군을 이끌고 선계를 치러

간다는 말을 듣고 군사를 전부 선계로 보내고, 기병 5000명만 남겨 성을 지키는데 조인이 대장 상조를 보내 제갈건, 왕쌍과 함께 5만 명 정예 군사를 이끌고 달려온다고 했다. 장졸들 얼굴에 두려워하는 기색이 떠오르자 주환은 허리에 찬 검을 틀어쥐고 소리쳤다.

"이기고 지는 것은 장수에게 달렸을 뿐 군사의 많고 적음과는 관계가 없다. 병법에는 '주인 군사는 손님 군사의 절반일 때도 이길 수 있다'고 했다. 이것은 널찍한 평지에서 싸우는 경우인데, 지금 조인은 천 리를 달려와 사람과 말이 피곤하지만 나는 너희와 함께 높은 성을 차지하고 남쪽으로는 장강에 닿으며 북쪽으로는 험한 산을 등졌다. 편안히 앉아 적이 지치기를 기다리고 주인으로서 손님을 누르니 이는 백 번 싸워 백 번 이길 형세다. 조비가 몸소 오더라도 걱정할 나위가 없거늘 조인이야 말해 무엇하겠느냐?"

명령을 돌려 깃발을 눕히고 북을 울리지 말게 하여 지키는 군사가 없는 것처럼 보이게 했다.

위군 장수 상조가 유수성을 치러 와서 멀리 바라보니 성 위에 군사가 보이지 않아 급히 재촉해 나아가 성에 이르자 갑자기 포 소리가 '탕!' 울리더니 깃발들이 일제히 일어섰다.

주환이 칼을 들고 나는 듯이 말을 달려 나오더니 세 번도 어울리지 않아 상조를 말 아래로 떨어뜨렸다. 오군이 기세를 몰아 들이치자 위군은 크게 패하여 죽은 자를 헤아릴 수 없었다. 주환은 무수한 깃발과 병기, 군마를 얻었다. 뒤를 이어 조인이 군사를 거느리고 오다 선계에서 오군에게 크게 패하고 돌아가니 보고가 뒤를 이었다.

"조진과 하후상이 남군을 에워쌌는데, 성안에서 육손이 쳐 나오고 성 밖에서 제갈근이 협공해 크게 패했습니다."

"조휴도 여범에게 패했습니다."

조비는 세 길 군사가 모두 패한 것을 알고 한숨을 쉬었다.

"짐이 가후와 유엽의 말을 듣지 않아 패하고 말았구나!"

때는 여름이라 무서운 전염병이 돌아 군사가 수없이 죽으니 조비는 결국 낙양으로 돌아갔다.

오와 위는 이때부터 사이가 다시 껄끄러워졌다.

선주는 영안궁에서 자리에 누워 일어나지 못했다. 성도로 돌아가려고 해도 신하들 보기가 부끄러운데 날이 갈수록 병이 심해졌다. 장무 3년(223년) 4월이 되자 선주는 날마다 두 아우를 그리며 울어 병이 더욱 심해졌다. 두 눈이 흐릿해지고 시중드는 자들도 보기가 귀찮았다.

선주가 밤에 측근을 물리치고 홀로 침상에 누웠는데, 느닷없이 음산한 바람이 일어 등불이 흔들리다 다시 밝아지자 그림자 속에 두 사람이 서 있는 것이 보였다.

"짐의 마음이 뒤숭숭해 물러가라고 했는데 왜 또 왔느냐!"

매섭게 꾸짖어도 두 사람은 물러가지 않았다. 선주가 몸을 일으켜 보니 윗자리는 관우고 아랫자리는 장비였다.

"오오, 두 아우는 아직 살아있었구나."

관우가 인사했다.

"신(臣)들은 사람이 아니라 귀신입니다. 상제께서 우리 둘이 평생 믿음과 의리를 저버리지 않았다고 신(神)으로 봉하셨습니다. 형님이 아우들과 만나실 날이 머지않습니다."

선주는 두 사람을 붙잡고 목 놓아 울었다. 그러다 놀라 정신을 차리니 아우들이 보이지 않아 한숨을 쉬었다.

"짐이 오래지 않아 인간 세상을 떠나겠구나!"

白帝城劉备托孤
乙酉春
燕雄畫

성도로 사자를 보내 승상 제갈량과 상서령 이엄 등에게 영안궁으로 와서 마지막 성지를 받들게 했다. 제갈량은 태자 유선에게 성도를 지키게 하고 선주의 둘째 아들 노왕 유영, 셋째 아들 양왕 유리와 함께 영안궁으로 황제를 뵈러 갔다. 선주의 병세가 위독해 황급히 침상 앞에 엎드려 절을 올리자 선주가 곁에 앉히더니 등을 어루만지며 부탁했다.

"짐은 승상을 얻고부터 다행히 크게 일어서서 황제의 사업을 이루었소. 그러나 슬기가 모자라고 식견이 짧은데도 승상 말을 듣지 않아 스스로 패전을 부르고 말았소. 뉘우치고 한스러워 오늘내일 죽게 되었는데 태자가 나약하니 대사를 승상에게 부탁할 수밖에 없구려."

선주가 온 얼굴에 철철 눈물을 흘려 제갈량도 눈물을 흘렸다.

"폐하께서는 용체를 잘 보존하시어 천하 사람들 소망에 어울리시기 빕니다."

선주가 눈을 들어 두루 돌아보니 마량의 아우 마속이 곁에 있어, 잠시 신하들을 모두 물러가게 하고 제갈량에게 물었다.

"승상이 보기에는 마속이 재주가 어떠하오?"

"이 사람도 당대의 빼어난 인재입니다."

"그렇지 않소. 짐이 이 사람을 보니 말이 실속보다 앞서[言過其實언과기실] 크게 써서는 아니 되오. 승상은 깊이 살펴보아야 할 것이오."

선주는 생각하는 바를 이른 뒤 신하들을 다시 불러들이고 마지막 조서를 써서 제갈량에게 넘겨주었다.

"짐은 책을 많이 읽지 않아 그저 대강만 알뿐이오. 성인께서는 '새가 장차 죽게 되면 그 우짖음이 슬프고, 사람이 곧 죽게 되면 그 말이 반드시 선하다[鳥之將死조지장사 其鳴也哀기명야애 人之將死인지장사 其言也善기언야선]'고 하셨소. 짐은 경들과 함께 역적 조비를 쓸어 없애고 한의 황실을 보좌하려 했으나 불

◀ 유비, 제갈량에게 마지막 조서 넘기고

행히도 중도에서 헤어지게 되었소. 승상이 수고스러우나 조서를 태자 선(禪)에게 전하면서 가볍게 여기지 말도록 권하시오. 무릇 모든 일을 승상이 가르치기 바라오."

【'새가 장차 죽게 되면……'은 《논어》 〈태백〉 편에 나오는 것으로 공자의 제자 증자(曾子)의 말인데, 후세에는 참으로 널리 알려진 속담이 되었다.】

제갈량을 비롯한 신하들은 눈물을 흘리며 엎드려 절했다.

"폐하께서는 용체를 잘 보존하시기 바랍니다. 신들은 개와 말의 수고를 다해 폐하께서 저희를 알아주신 은혜에 보답하겠습니다."

선주는 제갈량을 부축해 일으키게 하고 한 손으로 눈물을 훔치며 한 손으로 제갈량의 손을 꼭 잡았다.

"짐이 이제 죽게 되었으니 마음속 말을 전하겠소."

"무슨 성스러운 명령이 있으십니까?"

"그대 재주는 조비보다 열 배는 나으니 반드시 나라를 안정시키고 드디어 대사를 이룰 것이오. 나를 잇는 아들이 보좌할 만하면 보좌하고, 아들에게 재주가 없어 보좌할 만하지 않으면 그대가 스스로 성도의 주인이 되시오."

제갈량은 온몸에 식은땀이 배어 나와 순식간에 철철 넘쳐흐르며 손발을 어찌 놀리면 좋을지 몰라 눈물을 흘리며 엎드렸다.

"신이 어찌 감히 팔다리의 힘을 다하고 죽을 때까지 충성을 다 바치지 않겠습니까!"

제갈량이 바닥에 머리를 탁탁 조아리자 이마에 피가 흘렀다. 선주는 다시 제갈량을 청해 침상 옆에 앉히더니 노왕 유영과 양왕 유리를 가까이 불러 분부했다.

"너희는 짐의 말을 깊이 가슴에 새겨라. 짐이 죽은 뒤 너희 세 형제는 승상을 아버지처럼 모셔야지 소홀히 해서는 절대 아니 된다."

두 왕에게 명해 승상에게 절을 올리게 하니 제갈량이 답했다.

"신이 비록 간과 뇌수를 땅에 쏟더라도 어찌 폐하께서 신을 알아주고 써주신 은혜에 보답할 수 있겠습니까!"

선주는 신하들에게 말했다.

"짐은 고아를 승상에게 부탁하고 아들들에게 아버지처럼 섬기라고 했네. 경들은 모두 짐의 바람을 저버려서는 아니 되네."

선주는 뒤이어 조운에게 부탁했다.

"짐은 환난 속에서 경과 만나 지금까지 함께 보냈는데 뜻밖에도 여기서 헤어지게 되었소. 경은 짐과 오래 사귄 정을 떠올려 아침저녁으로 내 아들을 돌보아 짐의 말을 저버리지 않도록 해주오."

조운도 눈물을 흘리며 절했다.

"신이 감히 개와 말의 수고를 바치지 않을 수 있겠습니까!"

선주는 신하들을 두루 둘러보았다.

"경들에게는 짐이 하나하나 나누어 부탁할 수 없으니 모두 스스로 자기를 사랑하기를 바라네."

선주가 말을 마치고 세상을 떠나니 나이 63세였다. 때는 장무 3년 4월 24일이었다.

뒷날 두보가 시를 지어 탄식했다.

촉 임금 오 엿보아 삼협으로 나가더니
돌아갈 때도 영안궁에 계셨더라
천자 깃발 푸른 털 산 밖에 달아나고
옥으로 장식한 궁전 들판의 절로 변했네

옛 사당 소나무엔 학이 깃들고
해마다 여름 겨울 늙은이들 제사 지내네
무후 사당과 오래 가까이 있으니
한 몸 이룬 임금 신하 제사를 같이 받네

–'고적을 읊으며'의 네 번째

선주가 돌아가자 신하들은 슬퍼하지 않는 사람이 없었다. 제갈량이 신하들을 이끌고 선주의 유해가 든 가래나무 관을 모시고 성도로 돌아가니 태자 유선이 성 밖으로 나와 영구를 맞아 정전 안에 모시고, 슬피 울며 예식을 마친 뒤 선주가 남긴 조서를 펼쳐 읽었다.

"짐이 처음에 병이 들었을 때는 설사를 했을 뿐인데 후에 잡다한 병이 생겨 나중에는 고칠 수 없게 되었다. 짐이 들으니 '사람이 50세를 살면 일찍 죽었다 하지 않는다'고 하는데 짐의 나이가 60하고도 남음이 있으니 죽은들 무슨 한이 있겠느냐! 다만 경의 형제들을 마음에 떠올릴 따름이니, 노력하라, 노력하라! 악한 짓은 작다 하여 저질러서는 아니 되고, 착한 노릇은 작다 하여 하지 않는 법이 없도록 하라[勿以惡小而爲之물이악소이위지 勿以善小而不爲물이선소이불위]. 현명함과 덕성만이 사람 마음을 얻을 수 있는데[惟賢惟德유현유덕 可以服人가이복인] 경의 아버지는 덕이 얇으니 본받을 나위가 없다. 경은 승상과 함께 일을 하면서 아버지처럼 섬겨라. 소홀하지 마라! 잊지 마라! 경과 형제들은 더욱 좋은 명성을 얻도록 노력하라[更求聞達경구문달]. 간절히 부탁하노라! 지극히 간절히 부탁하노라!"

유선이 조서를 다 읽자 제갈량이 청했다.

"나라에는 하루도 임금이 계시지 않으면 아니 되니 태자를 세워 한의 정통을 이으셔야 하오."

신하들은 태자 유선을 모셔 황제 자리에 오르게 하고 연호를 건흥(建興)으로 고쳤다. 유선의 자는 공사(公嗣)이니 이 해에 나이 17세였다. 유선은 제갈량의 작위를 높여 무향후(武鄕侯)로 봉하고 익주 자사를 겸하게 했다.

【이때부터 제갈량은 제갈무후 혹은 무후로 불리게 되었다. 작위 이름만 보고 제갈량이 향후였다고 아는 사람이 적지 않은데, 무향은 현 이름이니 제갈량은 현후(縣侯)였다. 장비의 작위 서향후의 서향도 역시 장비 고향 부근에 있는 현 이름이었다. 당시는 고향을 식읍으로 받는 것을 큰 영광으로 여겨, 무향현과 서향현이 촉 땅에 없었으나 두 사람의 식읍이 된 것이다. 이렇게 멀리 있는 땅에 작위를 봉하는 것을 요봉(遙封)이라 했다. 이때부터 유선은 후주(後主)라는 칭호로 알려졌다.】

후주는 선주를 혜릉에 묻고 시호를 소열황제라 했다. 선주의 황후 오씨를 높여 황태후로 모셔서 양로궁에 들여보내고, 친어머니 감 부인에게는 소열황후 시호를 드렸다. 미 부인도 시호를 추가해 황후로 높였다. 후주는 신하들의 벼슬을 높이며 상을 주고 천하에 대사령을 내렸다.

위에서 이 일을 알고 위주 조비는 크게 기뻐했다.

"유비가 죽었으니 짐이 걱정이 사라졌소. 그쪽에 주인이 없는 틈을 타서 어찌 군사를 일으켜 정벌하지 않겠소?"

가후가 충고했다.

"유비는 죽었으나 반드시 고아를 제갈량에게 부탁했으며, 제갈량은 유비가 자기를 알아주고 써준 은혜에 감격해 마음과 힘을 다해 보좌할 것이니 조급히 정벌하셔서는 아니 됩니다."

한 사람이 반열에서 선뜻 나왔다.

"이때 진군하지 않고 또 어느 때를 기다리겠습니까?"

사람들이 보니 병부상서로 벼슬이 오른 사마의였다. 조비가 크게 기뻐 계책을 묻자 그가 대답했다.

"다만 중원의 군사만 일으켜서는 급히 이기기 어려우니, 다섯 길로 대군을 일으켜 사방으로 협공해 제갈량이 머리와 꼬리가 서로 구하지 못하게 만들면 공략할 수 있습니다."

다섯 길 대군이 어떤 군사냐고 조비가 물어 사마의가 대답했다.

"국서를 보내 서번 국왕 가비능에게 금과 비단을 주고 요서 강병 10만을 일으켜 서평관을 치게 하시면 이것이 한 갈래 군사입니다. 국서를 지어 벼슬을 내리는 훈령과 상으로 주는 재물과 함께 남만으로 보내 만왕 맹획(孟獲)에게 10만 군사를 일으켜 익주, 영창, 장가, 월준, 네 군을 공격해 서천 남쪽을 치게 하시면 이것이 두 갈래 군사입니다. 오에 사자를 보내 좋은 사이를 맺고 땅을 떼어 주겠다고 약속하면서 손권에게 10만 군사를 일으켜 동천 협구로 나아가 부성을 치게 하시면 이것이 세 갈래 군사입니다. 항복한 장수 맹달에게 상용 군사 10만을 일으켜 서쪽으로 나아가 한중을 치게 하시면 이것이 네 갈래 군사입니다. 대장군 조진을 대도독으로 임명해 10만 군사를 거느리고 양평관으로 나아가 서천을 치도록 하시면 이것이 다섯 갈래 군사입니다. 도합 50만 대군이 다섯 길로 함께 나아가면 제갈량이 여망의 재주가 있은들 어찌 버티겠습니까?"

조비는 대단히 기뻐 재주 있는 신하 넷을 사자로 명해 가만히 떠나보내고, 조진을 대도독으로 임명해 10만 군사를 거느리고 양평관을 치게 했다. 장료를 비롯한 조조 시절의 옛 장수들은 모두 열후로 봉을 받아 기주, 서주, 청주, 합비를 비롯한 여러 곳에서 관과 나루터, 요충지들을 지키고 있어서 움직이지 않았다.

촉에서는 후주 유선이 황제에 오른 뒤, 선주 때의 신하들이 많이 죽었는데 일일이 다 말할 수 없다. 무릇 조정에서 벼슬아치를 뽑고, 법을 정하며, 돈과 식량을 거두고, 송사를 판단하는 일은 모두 제갈 승상 책임이었다.

후주는 아직 황후가 없어 제갈량과 신하들이 의논했다.

"돌아간 거기장군 장비의 딸이 아주 어진데, 17세라 정궁 황후로 받아들일 수 있습니다."

후주는 장비의 딸을 황후로 맞았다.

건흥 원년(223년) 가을 8월, 모시는 신하가 보고를 올렸다.

"위가 다섯 길 대군을 움직여 쳐들어오려 합니다. 그런데 승상께서는 며칠이나 댁에서 나오시지 않습니다."

후주가 깜짝 놀라 성지를 내려 제갈량을 조정으로 불렀으나 사자는 반나절이 지나서야 돌아와 보고했다.

"승상께서 병이 들어 바깥에 나오시지 못한다고 합니다."

후주는 더욱 당황했다. 이튿날 황문시랑 동윤(董允)과 간의대부 두경(杜瓊)을 보내 승상 앞에 가서 큰일을 알리게 했으나 승상부에서 들여보내지 않아, 두경이 문 지키는 사람을 통해 말씀을 올렸다.

"선제께서 아드님을 승상께 부탁하시고, 주상께서 금방 귀한 자리에 오르셨는데, 조비가 다섯 길 군사로 경계를 침범하니 매우 위급합니다. 그런데 어찌하여 나오시지 않습니까?"

얼마 후 그 사람이 나와 승상의 답을 전했다.

"병이 좀 나으시어 내일 조정에 나가 의논하시겠답니다."

이튿날 숱한 대신들이 새벽부터 승상부 앞에서 기다렸으나 한낮이 지나고 저녁이 되도록 제갈량은 모습을 드러내지 않아, 두경이 궁궐에 들어가 아뢰었다.

"폐하께서 친히 승상부에 가셔서 계책을 물으시기 바랍니다."

후주는 자기가 어려서 승상이 탓할까 두려워 신하들을 이끌고 양로궁에 가서 아뢰니 황태후가 깜짝 놀랐다.

"승상이 어찌 이러느냐? 선제께서 부탁하신 뜻을 저버리니 내가 직접 가보아야겠다."

동윤이 아뢰었다.

"마마께서는 가볍게 가셔서는 아니 됩니다. 승상께 소견이 있으실 것이니 먼저 주상께서 가셔서 아니 되면 마마께서 선제를 모신 태묘로 불러 물으셔도 됩니다."

이튿날 후주가 승상부에 찾아가니 문지기들이 황급히 땅에 엎드렸다.

"승상께서 어느 곳에 계시느냐?"

"어느 곳에 계신지 모릅니다. 사람을 들여보내지 말라고만 하셨습니다."

후주는 가마에서 내려 혼자 안으로 들어갔다. 세 번째 문을 지나자 참대 지팡이를 짚은 제갈량이 홀로 작은 연못에서 물고기를 바라보고 있었다. 후주는 뒤에 한참 서 있다 조용히 물었다.

"승상께서는 즐거우시오?"

제갈량이 후주를 보고는 황급히 지팡이를 버리고 엎드렸다.

"신은 만 번 죽어 마땅합니다!"

후주는 제갈량을 부축해 일으켰다.

"지금 조비가 다섯 길로 경계를 범해 매우 위급한데 상부는 어이하여 승상부에서 나오지 않으시오?"

【'상부(相父)'는 '상보'라고도 하는데 옛날 주무왕이 강태공을 상부(尙父)라 부르고, 제환공이 관중을 중부(仲父)라 불렀으며, 항우가 늙은 모사 범증을 아부(亞父)라 부른 것과 비슷한 뜻이다. 임금이 원로대신을 부르는 최상의 칭호였으니 아버지처럼 존경한다는 표시였다.】

제갈량은 껄껄 웃더니 후주를 모시고 안방으로 들어갔다.

"다섯 길 군사가 오는 것을 신이 어찌 모르겠습니까? 신은 속으로 생각하는 일이 있어 연못가에 서 있었습니다."

"그러면 어찌하시겠소?"

"강왕 가비능과 만왕 맹획, 반란한 장수 맹달과 위군 장수 조진, 이 네 길 군사는 신이 이미 모두 물리쳤습니다. 다만 손권에 대해서는 계책을 세웠으나 반드시 똑똑한 사람을 사자로 삼아야 하는데, 마땅한 사람을 얻지 못해 궁리하는 중이었으니 폐하께서는 근심하실 게 무엇입니까?"

말을 듣고 후주는 놀랍고도 기뻤다.

"상부께서는 과연 귀신도 헤아리지 못할 묘한 비결을 지니셨소. 군사를 물리친 계책을 듣고 싶소."

제갈량이 차근차근 설명했다.

"선제께서 폐하를 부탁하셨는데 신이 어찌 아침저녁으로 게으름을 피우겠습니까. 성도의 신하들은 각자 담당한 일이나 맡아볼 뿐이니 병법의 묘한 이치를 모릅니다. 계책은 다른 사람이 알지 못하게 함을 귀하게 여기니 어찌 여럿에게 흘리겠습니까? 이 늙은 신하는 먼저 서번의 국왕 가비능이 강인 군사를 이끌고 서평관을 침범하는 것을 알았습니다. 신이 헤아려보니 마초는 대대로 서강에서 살아오면서 그들 마음을 얻어, 강인들은 마초를 신 같은 위엄을 지니고 하늘에서 내려온 장군으로 여깁니다. 사람을 보내 밤낮으로 달려 마초에게 격문을 전하게 하고, 서평관을 단단히 지키면서 군사를 네 길로 나누어 날마다 번갈아 막게 했습니다. 그들이 순순히 우리 뜻을 따르면 금과 비단을 주어 돌려보내고, 우리 뜻을 거스르면 군사로 막으니 이 한 갈래는 근심이 없게 되었습니다. 남만의 맹획이 네 군을 침범하는 것 역시 위연에게 격문을 띄워, 군사 한 대를 거느리고 왼쪽으로 나갔다 오른쪽으로 들어오고, 오른쪽으로 나갔다 왼쪽으로 들어오게 하여 적이 의심하도록 했습니다. 만병들은 자기 땅을 떠나서는 용기와 힘만 믿어 의심이 많고, 의심스러운 군사를 보면 감히 나오지 못하니 이 한 길도 걱정할 나위가 없습니다."

제갈량은 계속 하나하나 가르쳐 주었다.

"신은 맹달이 한중으로 나오는 것도 알았습니다. 맹달은 이엄과 살고 죽기를 같이 하는 친구로 사귄 적이 있습니다. 신이 성도로 돌아올 때 이엄을 남겨 영안궁을 지키게 했는데, 신이 글을 지어 이엄의 친필 편지로 꾸며 맹달에게 보냈습니다. 맹달은 틀림없이 병을 핑계로 나오지 않으며 군사의 사기를 꺾을 것이니 마찬가지로 근심할 필요가 없습니다. 신은 조진이 양평관을 침범하는 것도 알았습니다. 그 고장은 험하고 가팔라 지킬 만하므로 조운에게 군사 한 대를 이끌고 관을 지키며 나가 싸우지 말게 했습니다. 우리 군사가 나가지 않으면 조진은 오래지 않아 제풀에 물러가니 이 네 길의 군사들은 모조리 걱정할 나위가 없습니다. 신은 그래도 만에 하나 실수가 있을까 염려해 관흥과 장포, 두 장수를 움직여 각기 3만 군사를 이끌고 요충지에 주둔하면서 여러 길을 구원하게 했습니다. 이렇게 여러 군사를 움직이면서 모두 성도를 거치지 않았으니 아는 사람이 없습니다. 그리고 오군은 얼른 움직일 가능성이 작습니다. 네 길 군사가 쳐들어가 서천이 위급해지면 반드시 치러 오지만 네 길 군사가 되돌아가면 어찌 움직이겠습니까? 신이 헤아려보니 손권은 조비가 세 길로 침범해 오를 삼키려 한 원한을 떠올리고 그의 말을 들으려 하지 않습니다. 그렇기는 하지만 말솜씨 좋은 사람을 보내 이익과 해로움을 따져 설득해 근심을 풀어야 합니다. 그러면 다른 네 길 군사는 걱정할 게 없습니다. 어찌 폐하께서 수고스럽게 성가를 움직여 여기까지 오실 일이 있으시겠습니까?"

후주는 한시름 놓았다.

"태후께서도 상부를 만나러 오시려 하셨소. 짐은 상부 말을 들으니 꿈에서 깬 것 같은데 무엇을 걱정하겠소!"

제갈량은 후주와 술을 몇 잔 마시고 배웅하러 승상부를 나갔다. 신하들이 문밖에 빙 둘러서서 보니 후주의 얼굴에 기쁜 빛이 떠올랐다. 후주가 가마를 타고 궁궐로 돌아가자 사람들 마음에 의문이 생겼다.

제갈량이 살펴보니 신하들 가운데 한 사람이 하늘을 우러러 웃는데 얼굴에 즐거운 빛이 있었다. 의양 신야 사람인데 성은 등(鄧)이고 이름은 지(芝), 자는 백묘(伯苗)로, 호적을 관장하는 호부상서로 있었다. 후한 개국공신이며 사마였던 등우의 후예였다. 제갈량은 가만히 등지를 남아 있게 하고, 사람들이 돌아간 후 서원으로 청해 물었다.

"지금 촉과 위, 오가 솥의 발처럼 세 나라로 나뉘었는데, 두 나라를 정벌하고 천하를 통일해 한의 중흥을 이룩하려면 먼저 어느 나라를 쳐야 하오?"

"저의 어리석은 뜻으로 논해보면 위는 비록 한을 훔친 도적이지만 세력이 아주 커서 급히 흔들기 어려우므로 서서히 도모해야 합니다. 주상께서 방금 귀한 자리에 오르시어 아직 민심이 안정되지 못했으니 오와는 입술과 이의 사이를 맺어[結爲脣齒결위순치] 선제의 옛 원한을 말끔히 씻어야 합니다. 이것은 멀리 내다보는 계책[長久之計장구지계]인데 승상의 높으신 뜻은 어떠하신지 모르겠습니다."

제갈량은 허허 웃었다.

"내가 궁리한 지 오래지만 마땅한 사람을 얻지 못했는데 오늘에야 비로소 얻었소!"

"승상께서는 그 사람에게 어떤 일을 맡기려 하십니까?"

"그를 오로 보내 그들과 손잡으려 하오. 공이 이 뜻을 알고 있으니 반드시 천자의 명령이 욕되지 않게 할 것이오. 이 사명을 멋지게 완성할 이는 공이 아니면 없소.”

등지가 겸손하게 말했다.

“이 사람은 재주가 모자라고 슬기가 부족해 사명을 감당하지 못할까 두렵습니다.”

“내일 천자께 아뢰고 한번 다녀오기를 청할 테니 절대 사절하지 마시오.”

제갈량의 말에 등지는 군말 없이 승낙하고 물러갔다.

이튿날 제갈량은 후주에게 아뢰고 오 사람들을 설득하도록 등지를 떠나보냈다.

이야말로

오의 사람 창과 방패 거두자마자
촉의 사자 옥과 비단 가지고 가네

등지는 이번 걸음이 순조로울까?

86

오의 기름 가마 뛰어든 촉 사자

장온 힐난해 진복은 하늘을 논하고

조비 깨뜨려 서성은 불로 공격하다

오에서 육손이 위군을 물리치자 오왕 손권은 보국장군에 임명하고 남군 강릉현을 식읍으로 하는 강릉후로 봉하며 형주 자사를 겸하게 했다. 이때부터 오의 군권은 모두 육손에게 들어갔다.

장소와 고옹이 연호를 고치기를 아뢰어, 손권은 더는 위의 연호를 쓰지 않고 황무(黃武) 원년(222년)이라 정했다. 이때 별안간 위에서 사자를 보내 위주의 뜻을 전했다.

"전날 촉에서 구원을 바라, 일시 밝지 못해 세 길로 군사를 보내 응했소. 지금 몹시 뉘우치고 네 길로 동천, 서천을 치려 하니 오에서 군사를 보내 지원해주시기 바라오. 촉 땅을 얻으면 절반씩 나누기로 하지요."

【위가 세 길로 오를 친 일을 변명하면서 촉의 요청에 따랐다고 거짓말을 했다.】

손권이 장소와 고옹에게 의견을 묻자 장소가 대답했다.

"육백언은 고명한 소견이 있을 것이니 물어보시지요."

손권은 육손을 불러 말을 들었다.

"조비는 중원에 자리를 틀고 앉아 급히 어찌해볼 수 없으니 그 말을 따르지 않으면 원수가 됩니다. 신이 헤아려보면 위와 오에는 제갈량의 적수가 없으니 먼저 대충 승낙해 군사를 정돈하고 네 길의 형편을 알아보십시오. 네 길 군사가 성공해 서천이 위급해져서 제갈량이 어찌할 수 없게 되면 군사를 내어 위의 요청에 응해 먼저 성도를 손에 넣으시면 됩니다. 네 길 군사가 물러서면 달리 상의하시지요."

손권은 그 말에 따라 위의 사자에게 말했다.

"군수물자를 다 갖추지 못했으니 좋은 날 길을 떠나겠소."

사자가 돌아가고 손권이 네 길의 형편을 알아보니 서번 군사와 남만의 맹획은 마초와 위연에게 막혀 물러갔다 하고, 상용의 맹달은 갑자기 병에 걸려 움직이지 못한다 하고, 조진의 군사는 양평관으로 나아가다 조운이 여러 군데 험한 길을 막자, 말 그대로 '한 장수가 관을 지키면 만 사내가 열지 못한다[一將守關일장수관 萬夫莫開만부막개]'는 격이 되어 야곡 길에 막혀 있다 돌아갔다는 것이다. 소식을 듣고 손권은 감탄했다.

"육백언은 참으로 신묘하게 헤아렸소. 내가 함부로 움직였으면 촉과 원한을 맺을 뻔했소."

이때 마침 촉에서 등지가 오니 장소가 알 만하다는 듯 말했다.

"제갈량이 우리 군사를 물리치려고 세객을 보냈습니다."

손권이 물었다.

"어떻게 대답해야 하오?"

"궁전 앞에 커다란 솥을 걸고 기름 수백 근을 부어 아래에 불을 피웁니다. 기름이 펄펄 끓기를 기다려 건장한 무사 1000명을 뽑아 각기 병기를 손에 들고 궁궐 문에서 궁전 위까지 늘여 세우고 등지를 불러들입니다. 이 사람이 입을 열기 전에 역이기가 제나라를 설득하던 옛일을 들어 삶아 죽이겠다고 하시고 그가 어찌 대답하는지 보십시오."

【초야의 선비였던 역이기는 유방 수하에 들어가, 유방이 항우와 천하를 다툴 때 제왕 전광을 설득해 유방 편을 들게 했다. 전광이 그의 말을 믿고 경계를 소홀히 할 때, 유방의 대장 한신이 공로를 세우려고 갑자기 제를 들이치자 전광은 역이기가 자기를 속였다고 기름 가마에 넣어 죽였다.】

손권은 궁전 앞에 기름 가마를 걸고 무사들을 좌우에 늘어서게 하여 단단히 준비하고 등지를 불러들였다.

등지가 옷매무시를 바로잡고 관을 똑바로 쓰고 궁궐로 들어가는데, 문 앞에 이르니 위풍이 늠름한 무사들이 저마다 강철 칼이 아니면 커다란 도끼, 기다란 극, 날카로운 검을 들고 궁전 위까지 두 줄로 늘어서 있었다.

뜻을 알아챈 등지는 두려워하는 기색 없이 고개를 번듯이 쳐들고 궁전 앞까지 당당히 걸어갔다. 기름이 펄펄 끓는 가마가 눈에 띄고 좌우의 무사들이 무서운 눈길로 노려보았으나 등지는 빙그레 웃기만 했다. 손권을 모시는 신하가 안내해 주렴 앞에 이르니, 등지는 두 손을 맞잡고 허리를 한 번 굽혔다 폈 뿐 엎드려 공손히 절을 하지 않았다.

손권은 진주 주렴을 걷어 올리게 하고 버럭 호통쳤다.

"어찌하여 절하지 않느냐?"

등지는 고개를 번쩍 들고 태연히 대답했다.

"높은 나라 황제의 사자는 작은 나라 주인에게 절을 하지 않는 법이오."

손권은 발끈했다.

"너는 스스로 자신을 헤아리지 못하고 세 치 혀를 놀려 역이기가 제를 설득한 일을 본받으려 하느냐? 어서 기름 가마에나 들어가거라!"

등지는 껄껄 웃었다.

"오에 현명한 이들이 많다 하더니 이렇게 선비 한 사람을 두려워할 줄이야!"

"내가 어찌 한낱 변변찮은 사내를 겁낸단 말이냐?"

"등백묘를 두려워하지 않는다면 어찌하여 내가 설득할까 걱정하시오?"

"네가 제갈량 세객이 되어 나에게 위와 사이를 끊고 촉으로 오라는 것 아니냐?"

"나는 촉의 한낱 선비로 특별히 오의 이익을 가르쳐주러 왔소. 그런데 군사를 세우고 솥을 걸어 사자 한 사람을 거절하니, 그 마음이 사람 하나 받아들이지 못할 정도로 좁디좁을 줄이야 어찌 알았겠소!"

손권은 부끄러워 호통쳐 무사들을 물리치고, 등지를 궁전 위로 불러 자리에 앉혔다.

"오와 위의 이로움과 해로움이 어떠하오? 오와 촉의 편하고 좋은 점은 어떠하오? 선생이 나를 위해 가르쳐주기 바라오."

등지가 대답하지 않고 되물었다.

"대왕께서는 촉과 화해하려 하십니까, 위와 화해하려 하십니까?"

"내가 촉주와 화해하고 싶으나 그가 나이가 젊고 식견이 짧아 좋게 시작했다 끝까지 잘 가지 못해 위의 비웃음을 받을까 걱정이오."

그러자 등지는 더 비꼬지 않고 준비한 말을 털어놓았다.

"대왕께서는 이 세상에 알려진 호걸이시고, 제갈 승상도 한 시대에 첫손가락을 꼽을 인물입니다. 촉은 험한 산천을 차지하고, 오는 삼강이 튼튼하게 막아줍니다. 두 나라가 화해해 손을 잡고 서로 입술과 이가 되면, 나아가서는 천하를 삼킬 수 있고 물러서서는 솥의 발처럼 나란히 설 수 있습니다. 지금 대왕께서 만일 예물을 바치고 위에 귀순해 신하가 되시면 위에서는 반드시 대왕께서 조정에 가시어 황제를 만나기를 바라고, 태자를 불러 궁전의 내시로 삼으려 들 것입니다. 대왕께서 따르지 않으시면 위는 군사를 일으킵니다. 그때 촉도 물길을 따라 내려오면 강남땅이 더는 대왕의 것이 아니 됩니다. 대왕께서 어리석은 이 사람 말이 이치에 어긋난다고 여기시면 저는 바로 대왕 앞에서 죽어 세객이라는 이름을 듣지 않도록 하겠습니다."

말을 마치자 등지는 옷자락을 걷어들고 궁전에서 내려가 기름 가마를 향해 몸을 솟구쳤다. 손권은 급히 명해 등지를 말리고 뒤쪽 궁전으로 청해 귀한 손님의 예절로 대했다.

"선생 말씀이 바로 내 뜻과 같소. 내가 촉주와 손을 잡으려 하는데 선생이 나를 위해 소개해 주겠소?"

바라던 말이었으나 등지는 선뜻 응낙하지 않았다.

"이 작은 신하를 삶아 죽이려 하신 이도 대왕이시고, 이 작은 신하를 부리려 하시는 이도 대왕이십니다. 대왕께서 아직도 의심을 버리지 못해 마음을 다잡지 못하셨으니 어찌 사람의 믿음을 받을 수 있겠습니까?"

"내 뜻은 이미 굳어졌으니 선생은 의심하지 마시오."

오왕은 등지를 역관에 머물게 하고 신하들에게 물었다.

"내가 강남 81개 고을을 다스리고 형주 땅도 가졌으나 오히려 구석지고 후미진 촉보다 못하오. 촉에는 등지가 있어 주인이 욕을 보지 않게 하는데, 오에는 촉에 들어가 내 뜻을 전할 사람이 없지 않소?"

한 사람이 반열에서 나와 아뢰었다.

"신이 사자가 되고 싶습니다."

사람들이 보니 오군 오현 사람으로 성은 장(張)이고 이름은 온(溫), 자는 혜서(惠恕)로, 중랑장으로 있었다.

"경이 촉에 가서 제갈량에게 내 마음을 제대로 전하지 못할까 걱정일세."

장온은 자신만만했다.

"공명도 사람인데 신이 어찌 그를 무서워하겠습니까?"

손권은 장온에게 후한 상을 내리고 등지와 함께 촉으로 가서 좋은 사이를 맺게 했다.

이에 앞서 제갈량은 등지가 떠나자 후주에게 아뢰었다.

"등지는 반드시 일을 이룹니다. 그가 일을 이루면 오에서 현명한 이를 뽑아 답례 사자를 보냅니다. 폐하께서는 예절을 차려 대하시어 사자가 오로 돌아가 동맹의 좋은 뜻을 이루게 하십시오. 오가 우리와 화해하면 위는 감히 군사를 내지 못합니다. 오와 위가 조용해지면 신은 남쪽으로 정벌을 나가 만인들 땅을 평정하고, 그 후 위를 공략하겠습니다. 위를 무너뜨리면 오도 오래가지 못하니 천하 통일 사업을 다시 일으킬 수 있습니다."

오에서 장온을 보내 등지와 함께 서천으로 들어온다고 하자 후주는 문무백관을 궁전의 붉은 층계 아래에 모으고 두 사람을 들어오게 했다. 장온은 스스로 뜻을 이루었다고 여겨 고개를 번쩍 들고 궁전으로 올라와 후주에게 인사했다. 후주는 두꺼운 비단 방석을 내려서 앉게 하고 연회를 베풀어 대접하며 존경하는 태도를 보였다. 잔치가 끝나자 백관이 장온을 역관까지 배웅했다.

이튿날 제갈량이 다시 장온을 청해 잔치를 베풀었다.

"선제께서는 오와 사이가 안 좋으셨으나 이미 돌아가셨소. 지금 황제께서는 오왕을 매우 존경하시어, 묵은 원한을 풀고 영원히 동맹을 맺어 힘을 합쳐 위를 깨뜨리려 하시니 대부께서 돌아가 좋은 말로 아뢰어주시기 바라오."

장온은 선선히 승낙했다. 차츰 술기운이 오르자 장온이 즐거이 웃고 떠드는데 오만한 빛이 짙었다.

이튿날 후주가 장온에게 금과 비단을 내리고 성도 남쪽 역관에서 잔치를 베풀어 대신들에게 전송하게 했다. 제갈량이 장온에게 정성껏 술을 권하고 사람들이 마시는데, 느닷없이 술 취한 사람이 하나 머리를 번듯이 들고 들어와 두 손을 마주 잡고 몸을 굽실하며 인사하더니 술상에 들어와 앉았다. 장온이 이상스럽게 여겨 제갈량에게 물었다.

"저 사람은 누구입니까?"

"성은 진(秦)이고 이름은 복(宓)이며 자는 자칙(子勅)으로 익주 학사로 있소."

장온이 씩 웃으며 진복에게 말을 걸었다.

"명색이 학사라면 가슴속에 무언가 배운 게 있소?"

진복은 정색했다.

"촉에서는 키가 석 자밖에 되지 않는 어린아이도 모두 학문을 배우거늘 어찌 이 몸이 배운 게 없겠소?"

"무엇을 배웠는지 말씀 좀 해주시겠소?"

"위로는 천문에 이르고 아래로는 지리에 닿기까지 삼교구류와 제자백가(諸子百家)를 꿰뚫지 못한 것이 없고, 옛날과 지금의 흥하고 망한 경과와 사연, 성현의 경전을 보지 않은 것이 없소."

"공이 큰소리를 치니 하늘을 들어 물어보겠소. 하늘에 머리가 있소?"

진복은 서슴없이 대답했다.

"머리가 있소."

"머리가 어느 쪽에 있소?"

"서방에 있소. 《시경》에 이르기를 '서쪽 땅을 돌아본다[乃眷西顧내권서고]'고 했으니 이로써 미루어 보아 하늘의 머리는 서쪽에 있소."

【《시경》의 〈대아 문왕 황의〉 편에 나오는 말이다. 선비가 《시경》을 아는 거야 별일이 아니나 갑자기 질문을 받고 얼른 찾아내기는 쉽지 않다. 엄밀히 따진다면 이치에 닿지 않는 말이지만 기지가 번뜩이는 대답이었다.】

장온이 또 물었다.

"하늘에 귀가 있소?"

"하늘은 높은 곳에 있지만 낮은 곳의 소리를 듣소. 《시경》에 이르기를 '학이 깊은 늪에서 울면 소리가 하늘에 들린다 [鶴鳴九皐학명구고 聲聞于天성문우천]'고 했으니, 귀가 없으면 하늘이 어찌 듣겠소?"

【〈소아 동 학명〉 편에 나오는 말이다.】

"하늘에 발이 있소?"

점점 더 까다로운 질문이 나왔으나 진복은 주저하는 빛이 없었다.

"발이 있소. 역시 《시경》에 이르기를 '하늘의 걸음이 어렵다 [天步艱難천보간난]'고 했거늘, 발이 없으면 어찌 걷겠소?"

【〈소아 문왕 백화〉 편에 나오는 말로, 사실은 '시대의 운이 어렵다'는 뜻인데 진복이 재치를 부렸다.】

"하늘에 성이 있소?"

"어찌 성이 없겠소?"

"성이 무어요?"

"유씨요."

"어떻게 아시오?"

"하늘의 아드님(천자)이 유씨이시니 그로써 알 수 있소."

장온이 또 물었다.

"해는 동쪽에서 떠오르오?"

【해는 군주의 상징인데 오는 촉의 동쪽에 있으니 참된 군주는 동방에 있다고 은근히 자랑하는 말이었다.】

"동에서 떠오르나 서쪽으로 지오."

【동오가 서촉의 손에 들어오지 않겠느냐는 말이었다.】

진복의 대답이 분명하고, 물음이 떨어지기 바쁘게 물 흐르듯 하니 자리에 앉은 사람들은 모두 놀랐다. 장온이 할 말이 없어지자 진복이 물었다.

"선생은 오의 명사이신데 하늘의 일을 들어 물음을 내렸으니 반드시 하늘의 이치를 잘 아실 것이오. 옛날에 혼돈이 갈라지고 음양이 나뉘어 가볍고 맑은 것은 위로 떠 올라 하늘이 되고, 무겁고 흐린 것은 아래로 내려와 굳어져 땅이 되었소. 뒷날 공공씨가 싸움에 지고 홧김에 불주산을 머리로 들이받으니 하늘을 받치는 기둥이 부러지고 땅을 잡아맨 밧줄이 끊겨 하늘은 서북쪽으로 기울고 땅은 동남쪽이 꺼졌다 하오. 하늘은 가볍고 맑은 것이 위로 떠 올라 이루어졌다는데 어찌 그것이 서북쪽으로 기울어지겠소? 그렇다면 가볍고 맑은 것들 말고 또 어떤 물건들이 있는지, 선생이 나를 위해 가르쳐주시기 바라오."

【혼돈은 '태초의 원시 상태'이고, 공공씨는 신화 속 인물이다.】

장온은 대답하지 못해 삿자리 바깥으로 나가 서서 사과했다.

"촉 땅에 빼어난 인재들이 이렇게 많은 줄 몰랐습니다! 방금 말씀을 들으니 이 몸은 길을 꽉 가로막았던 풀이 확 걷힌 듯 눈앞이 환해집니다."

제갈량은 장온이 무안해할까 싶어 말로 풀어주었다.

"잔칫상에서 던지는 질문은 농담에 지나지 않소. 공은 나라를 안정시키는 도리를 잘 아시는데 어찌 입술과 이의 장난에 얽매이겠소!"

장온은 절을 해 고맙다고 인사했다. 제갈량이 다시 등지에게 장온과 함께 오에 가서 답례하게 하니 두 사람은 가서 손권을 뵈었다. 장온은 궁전 앞에 엎드려 후주와 제갈량의 덕을 구구히 칭송했다.

"영원히 사이좋게 동맹을 맺으려고 다시 등 상서를 보냈습니다."

손권은 대단히 기뻐 잔치를 베풀고 등지에게 물었다.

"오와 촉이 마음을 합쳐 위를 없애고 천하가 태평해져 두 주인이 나누어 다스리면 어찌 즐겁지 않겠소?"

"하늘에는 두 해가 있을 수 없고, 백성에게는 두 임금이 있을 수 없다 합니다. 위를 멸망시킨 다음 하늘이 정해준 운명이 누구에게 돌아갈지 대왕께서 모르신다면, 임금 되신 이들은 각기 덕성을 쌓으시고, 신하 된 자들은 각기 충성을 다 바쳐야 합니다. 그러면 전쟁이 벌어지기 마련이니 어찌 편안히 즐길 수 있겠습니까?"

"그대의 성실함이 이 정도에 이르렀구려!"

손권은 껄껄 웃으며 등지에게 후한 선물을 주어 촉으로 돌려보냈다. 이때부터 오와 촉은 좋은 사이가 되어 서로 통했다.

위왕 조비가 소식을 듣고 크게 노했다.

"오와 촉이 손을 잡으면 반드시 중원을 꾀할 것이니 짐이 먼저 정벌해야 한다."

그는 신하들을 모아 군사를 일으켜 오를 정벌할 일을 상의했다. 이때 대사마 조인과 태위 가후는 이미 죽어 조비가 후한 장례를 치른 다음이라 시중 신비(辛毗)가 반열에서 나와 아뢰었다.

"중원은 땅은 넓으나 백성이 적어 군사를 부려도 이로움이 없습니다. 오늘 따져보면 10년 동안 군사를 기르며 농사를 짓는 것이 더 좋습니다. 식량이 넉넉하고 백성이 충분히 늘어난 뒤에 군사를 움직여야 오와 촉을 깨뜨릴 수 있습니다."

조비가 화를 냈다.

"그것은 어리석은 선비의 주장이오! 지금 오와 촉이 손을 잡고 곧 경계를 침범하려 하는데 무슨 틈이 있어 10년을 기다리겠소!"

군사를 일으켜 오를 정벌하려 들자 사마의가 아뢰었다.

"오는 험한 장강이 막아주어 배가 없으면 건널 수 없습니다. 폐하께서 천자의 행차를 움직여 친히 정벌하시려면 크고 작은 싸움배를 마련해 채하와 영수를 거쳐 회수로 들어가서 수춘을 지나 광릉에 이르러, 강구를 건너 남서를 치십시오. 이것이 상책입니다."

조비는 밤낮으로 재촉해 크고 긴 용주(龍舟, 황제의 배) 한 척을 만들었다. 길이 200여 자에 2000여 명을 태울 수 있었다. 싸움배 3000여 척도 마련했다.

위의 황초(黃初) 5년(224년) 8월, 조비는 높고 낮은 장수들을 모아 조진에게 선두를 거느리게 하고, 장료와 장합, 문빙, 서황을 대장으로 세워 먼저 떠나게 했다. 허저와 여건은 중군호위가 되고, 조휴는 뒤를 맡으며, 유엽과 장제는 참모가 되었다. 앞뒤로 수군과 육군 30여 만이 날짜를 정해 떠나는데, 조비는 사마의를 상서복야로 임명해 나라 정사를 맡게 했다.

소식이 오에 날아가 손권이 대책을 상의하자 고옹이 말했다.

"주상께서는 촉과 손을 잡으셨으니 제갈량에게 글을 보내, 군사를 일으켜 한중으로 나아가 위군의 형세를 나누도록 하시고, 대장 한 사람을 남서에 주둔시켜 위군을 막으시면 됩니다."

"육백언이 아니면 이 큰 책임을 맡을 수 없소."

고옹이 반대했다.

"육백언은 형주를 지키니 가볍게 움직여서는 아니 됩니다. 그가 없는 동안 하후상이 형주를 쳐들어오면 위험합니다."

"그것은 알지만 그를 대신할 사람이 없으니 어찌하오?"

한 사람이 반열에서 나섰다.

"대왕께서는 어이하여 신하들을 얕보십니까? 신은 비록 재주 없으나 군사 한 대를 이끌고 위군을 막으려 합니다. 조비가 장강을 건너오면 반드시 사로잡아 전하께 바치겠습니다. 그가 강을 건너오지 않으면 위군의 태반을 죽여 다시는 눈을 똑바로 뜨고 오를 보지 못하게 하겠습니다. 말한 대로 하지 못하면 구족을 멸하십시오!"

서성이었다. 손권은 크게 기뻐했다.

"경이 강남을 지킨다면 내가 무엇을 근심하겠소!"

서성을 안동장군으로 봉해 건업, 남서의 군사를 모두 거느리게 했다. 서성이 싸움 기구를 마련하고 깃발들을 만들어 장강을 보호하며 언덕을 지킬 채비를 하는데 별안간 한 사람이 나섰다.

"오늘 대왕께서 장군에게 무거운 책임을 맡기셨는데, 위군을 깨뜨리고 조비를 사로잡으려면 어찌하여 일찍 장강을 건너 회남 땅에서 맞이하지 않으십니까? 조비 군사가 올 때까지 기다리면 미처 싸울 시간이 없고, 그쪽 군사가 장강에 이르면 강남 백성이 놀라게 됩니다."

서성이 보니 오왕의 조카 손소(孫韶)였다. 자는 공례(公禮)로 양위장군으로 있는데 한때 장강 북쪽 광릉을 지킨 적이 있었다. 손소는 나이가 어리지만 의기양양하며 담력이 크고 용기가 좋았다. 서성이 설명했다.

"조비의 세력이 큰 데다 명장을 선봉으로 삼았으니 강을 건너 맞서서는 아니 되네. 그들 배가 북쪽 기슭에 모이기를 기다려 내가 마땅히 계책을 써서 깨뜨리겠네."

손소가 나름대로 주장을 폈다.

"내 밑에 3000명 군사가 있고 광릉 길과 지세를 잘 아니, 강북으로 건너가 죽기를 무릅쓰고 싸우고 싶습니다. 이기지 못하면 군법에 따라 처분을 받겠습니다."

서성은 따르지 않았다. 손소가 부득부득 가겠다고 고집했으나 서성은 한사코 허락하지 않았다. 손소가 끝까지 가겠다고 버티자 서성이 분노했다.

"네가 이처럼 명령을 듣지 않으니 내가 어찌 장수들을 통제하겠느냐? 여봐라, 이 자를 밖으로 끌어내 목을 쳐라!"

무사들이 손소를 에워싸고 영채 문밖으로 나가 죄인을 처단하는 검은 깃발을 세웠으나 반드시 누군가 구하러 올 것으로 짐작해 칼을 대지 못했다. 손소의 부하 장수가 나는 듯이 달려가 보고하니 손권이 급히 구하러 왔다. 서성이 다시 사람을 보내 손소의 머리를 어서 바치라고 재촉하는데 어느덧 손권이 이르러 무사들을 쫓아버리자 손소가 울며 아뢰었다.

"신은 지난날 광릉에 있으면서 지리를 잘 알아두었습니다. 그곳에서 조비와 맞서지 않고 장강까지 내려오기를 기다리면 우리 오는 바로 끝장납니다!"

손권이 영채로 들어가자 서성이 맞이했다.

"대왕께서는 신을 도독으로 임명해 위군을 막게 하셨습니다. 양위장군이 군법을 따르지 않고 명령을 듣지 않아 목을 치려 하는데 어찌하여 용서하려 하십니까?"

"손소는 장한 혈기를 믿고 군법을 범했으니 화를 풀기 바라오."

서성이 딱 잘라 말했다.

"법은 신하가 세운 것이 아니고 대왕께서 세우신 것도 아니며 나라가 정한 것입니다. 사이가 가깝다고 용서해주면 어찌 무리를 호령하겠습니까?"

손권이 사정했다.

"이 아이가 친족이라면 장군 마음대로 처리하게 하지 내가 어찌 감히 구하겠소? 손소는 법을 범했으니 장군 뜻대로 처리해야 하오. 그런데 이 아이는 원래 손백해(손환의 아버지 손하)의 조카요. 어려서 아버지를 잃고 백해에게 의지해 자랐소. 원래 성은 유씨지만 내 형이 몹시 사랑해 손씨 성을 내렸소. 나를 위해 꽤 많은 공을 세웠는데 그를 죽이면 형의 의리를 저버리고, 유씨 대가 끊어지게 되오."

서성이 마지못해 응낙했다.

"대왕을 보아 죽을죄를 잠시 적어두겠습니다."

손권이 손소를 불러 서성에게 절을 하고 잘못을 빌라고 하자 절을 하기는 커녕 날카롭게 부르짖었다.

"나는 군사를 이끌고 가서 조비를 깨뜨려야만 하오! 죽어도 당신에게 굴복하지 않겠소!"

서성은 화가 나 낯빛이 달라졌다. 손권은 손소를 꾸짖어 물리치고 서성에게 말했다.

"이 아이가 없더라도 군사에 무슨 손해가 있겠소? 다시는 쓰지 마시오."

말을 마치고 손권은 돌아갔다.

그날 밤에 부하가 서성에게 보고했다.

"손소가 데리고 있는 군사 3000명을 이끌고 가만히 강을 건너갔습니다."

서성은 손소가 잘못되기나 하면 오왕이 무안해할까 걱정해 정봉을 불러 비밀 계책을 주어, 3000명 군사를 거느리고 강을 건너 지원하게 했다.

위주가 용주를 몰아 광릉에 이르자 선두를 이끈 조진이 군사를 거느리고 장강 기슭에 늘어서 있어서 조비가 물었다.

"강기슭에는 군사가 얼마나 있던가?"

"강 건너 멀리 바라보니 사람 하나 보이지 않고 깃발과 영채도 없습니다."

"간사한 계책이니 짐이 허실을 알아보겠네."

위군은 물길을 넓게 열고 용주를 장강에 대어 강기슭에 멈추었다. 배 위에는 용과 봉황, 해와 달을 수놓은 다섯 빛깔 깃발들을 세우고 천자의 의장과 수레 따위를 차려놓아 눈부실 지경이었다. 조비가 배 안에 단정히 앉아 멀리 강남을 바라보니 남쪽 기슭에는 사람 하나 얼씬거리지 않아 유엽과 장제를 돌아보았다.

"강을 건널 수 있겠소?"

유엽이 말했다.

"병법에 허허실실이라 했습니다. 그들이 대군이 오는 것을 보았는데 어찌 군사를 정돈해 대비하지 않겠습니까? 폐하께서 함부로 움직이셔서는 아니 됩니다. 사나흘 기다리며 동정을 살펴보신 뒤 선봉을 보내 강을 건너 그 속을 떠보도록 하십시오."

【허허실실은 허와 실의 변화를 이용해 싸우는 것을 말한다.】

"경의 말이 바로 짐의 뜻과 맞아떨어지오."

조비는 찬성하고 날이 저물자 강에 머물러 잤다. 그날 밤은 달이 없는데 군사들이 등불을 들고 하늘땅을 비추니 대낮 같았다. 멀리 강남을 바라보니 불빛 한 점 보이지 않아 군사들은 사람 하나 없는 땅으로 알았다. 조비가 좌우에 물었다.

"어찌 이러하냐?"

"천자의 군대가 왔다는 소문을 듣고 모두 오금이 저려 뺑소니친 것 같습니다."

조비는 속으로 은근히 오의 사람들을 비웃었다. 이튿날, 날이 차츰 밝아오는데 짙은 안개가 끼어 얼굴을 맞대고도 알아볼 수 없었다. 잠시 후 바람이 일어나 안개가 흩어지고 구름이 걷혀 바라보니 강남 일대에 성이 세워져 길게 이어졌는데, 햇빛 속에 성루 위에서 창칼이 눈부시게 번뜩이고 성벽을 따라 깃발과 신호 띠들이 두루 꽂혀 있었다.

잠깐 사이에 정탐꾼이 몇 차례나 달려왔다.

"남서에서 석두성까지 강변을 따라 수백 리에 성벽과 배, 수레가 연이었습니다. 모두 하룻밤 사이에 이루어진 것입니다."

조비는 깜짝 놀랐다. 사실은 서성이 갈대를 묶어 사람 모양을 만들고, 푸른 옷을 입히고 깃발을 들게 하여 가짜 성벽과 거짓 성루 위에 세워 놓은 것이었다. 그러나 위군은 성 위의 수많은 군사에 간담이 서늘해지지 않을 수 없었다. 조비가 한숨을 쉬었다.

"위에는 무사가 많아 숱한 무리를 이루었지만 모두 쓸모없구나. 강남 인물이 이러하니 공략할 수 없다!"

조비가 놀라워하는데 별안간 바람이 사납게 몰아치며 흰 파도가 하늘에 솟구쳐 강물이 용포를 적셨다. 용주가 넘어지려 하여 조진이 황제를 구하라고 명해, 문빙이 급히 쪽배를 몰아 용주로 다가갔다. 용주 위의 사람들은 바로 서지 못하고 비틀거렸다. 문빙이 용주에 뛰어올라 조비를 업고 쪽배로 내려와 급히 샛강인 회하로 향하자 별안간 보고가 들어왔다.

"조운이 군사를 이끌고 양평관을 나와 장안으로 달려옵니다."

조비가 깜짝 놀라 낯빛이 하얗게 질리며 즉시 군사를 돌리라고 명하자 장졸들은 제각기 달아났다. 뒤에서 오군이 쫓아와 조비는 황제가 쓰는 물건을 모두 버리게 했다.

조비가 다시 용주에 올라 회하에 들어가려 하는데, 별안간 북과 나팔이 일제히 울리고 고함이 요란하게 일어나며 옆으로 군사가 달려오니 앞장선 대장은 손소였다. 위군은 드센 공격을 막지 못해 태반이 부상하거나 물에 빠지고 장수들이 힘을 떨쳐 겨우 위주를 구했다.

위주가 회하로 들어가 30리도 가지 못해 강가 갈대에 불이 붙었다. 갈대에는 미리 물고기 기름을 뿌려놓아 불길이 활활 거세지며 바람 따라 하늘로 솟구쳐 용주를 막아버렸다. 용주에 불이 붙자 조비는 깜짝 놀라 급히 쪽배로 내려가 기슭에 올라 말을 탔다.

이때 언덕 위에서 군사가 달려오니 앞장선 장수는 정봉이었다. 장료가 급히 말을 달려갔으나 정봉이 화살을 날려 그의 허리를 맞혔다. 서황이 장료를 구하고 함께 위주를 호위해 달아나니 위군이 잃은 장졸을 헤아릴 수 없었다.

뒤에서 손소와 정봉이 말과 수레, 배, 싸움 기구를 셀 수 없이 빼앗았다. 위군은 크게 패하고 돌아갔다. 오군 장수 서성이 완벽한 공을 세우자 오왕은 큰 상을 내렸다.

장료는 허도로 돌아가 화살 상처가 터져 죽고 말았다. 조비가 후한 장례를 치러준 것은 더 말할 나위도 없다.

군사를 이끌고 양평관을 짓쳐나간 조운은 별안간 승상의 문서를 받았다. 익주군의 늙은 수령 옹개가 만왕 맹획과 손잡고 만병 10만을 일으켜 네 군을 침략해, 승상이 직접 남방 정벌을 떠나려 하니 조운은 군사를 되돌리고 마초는 양평관을 굳게 지키라는 내용이었다. 조운은 군사를 거두어 돌아갔다.

위주 조비는 촉군이 물러갔다는 소식을 듣고도 여전히 굳게 지키면서 선불리 움직이지 못하고, 제갈량은 성도에서 군사를 정돈해 친히 남방 정벌을 준비했다.

이야말로

오에서 북쪽 위나라를 물리치자
촉에서 남쪽 오랑캐와 싸우누나

누가 이기는지 알아보기로 하자.

87

뒤쪽 근심 없애려 남만 정벌

남쪽 도적 치며 승상은 대군 일으키고

조정 군사와 맞서다 만왕 처음 잡히다

제갈 승상이 성도에서 크고 작은 일을 공정하게 처리하자 양천 백성은 밤에 문을 닫지 않고, 길에 물건을 놓아두어도 가져가는 사람이 없었다. 몇 해 풍년이 들어 늙은이와 어린아이들이 배를 두드리며 노래를 부르고 나랏일이 있으면 서로 하려고 앞을 다투었다. 군사 기구와 자재는 갖추어지지 않은 것이 없고 식량은 곳간에 그득하며 재물은 창고에 넘쳤다.

건흥 3년(225년) 익주군에서 급보를 올렸다.

"만왕 맹획이 만병 10만을 일으켜 변경을 침범해, 전한 십방후 옹치의 후손 건녕 태수 옹개(雍闓)와 손잡고 반란을 일으켰습니다."

【옹치는 한 고조 유방의 장수인데 유방을 얕잡아보아 여러 번 모욕했다. 유방이 천하를 얻은 후 장량과 함께 지나가는데 장수들이 모여 수군거렸다. 장량은 유방이 벼슬을 내리지 않아 그들이 반란을 꾀한다고 일러주었다. 유방이 놀라 대책을 묻자 장량이 되물었다.

"폐하께서 누구를 가장 미워하시는지 장수들이 알고 있습니까?"

"옹치가 나를 여러 번 모욕했으나 공로가 커서 죽이지 못했소."

"옹치에게 먼저 작위를 내리시면 장수들 마음이 안정됩니다."

유방이 옹치를 후작으로 봉하자 장수들은 과연 마음을 놓았다.

"옹치 같은 자도 벼슬을 했으니 우리도 벼슬을 얻겠구나."

전한 초기에는 옹치가 골칫거리였는데 400여 년이 지나서는 그 후대가 또 반란을 일으켰다.】

보고가 이어졌다.

"장가 태수 주포와 월준 태수 고정(高定)은 성을 바치고, 영창 태수 왕항(王伉)은 반란에 가담하지 않았습니다. 옹개와 주포, 고정의 군사가 맹획의 길잡이가 되어 영창을 공격합니다. 왕항이 군의 공조로 있는 여개(呂凱)와 함께 백성을 모아 죽기를 무릅쓰고 성을 지키는데 형세가 매우 위급합니다."

제갈량은 조정에 들어가 후주에게 아뢰었다.

"신이 살펴보니 남만이 굴복하지 않으면 나라의 큰 걱정거리가 됩니다. 신이 직접 대군을 거느리고 정벌해야 하겠습니다."

후주가 근심스러워했다.

"동쪽에는 손권이 있고 북쪽에는 조비가 있는데, 상부께서 짐을 버리고 가신 후 오와 위가 쳐들어오면 어찌하오?"

"손권은 우리와 화해하고 손을 잡았으니 다른 마음이 없고, 혹시 있더라도 이엄이 백제성에 있어 충분히 육손을 막을 수 있습니다. 조비는 금방 패하여 기세가 꺾였으니 멀리 올 수 없고, 마초가 한중의 여러 관을 지키고 있으니 걱정하실 것 없습니다. 신은 또 관흥과 장포를 남겨, 일이 생기면 군사를 나누어 구하도록 하여 조금도 실수 없이 폐하를 지켜드리겠습니다. 지금 신은 먼저 남쪽으로 가서 만인들 땅을 소탕하고, 그다음 북쪽을 정벌해 돌아가신 황제께서 세 번 찾아주신 은혜를 갚고, 아드님을 부탁하신 무거운 책임에 응하겠습니다."

"짐은 나이가 어리고 아는 것이 없으니 상부께서 모두 알아서 하시오."

후주의 말이 끝나기도 전에 반열에서 한 사람이 나섰다.

"아니 됩니다! 아니 됩니다!"

남양 사람 왕련(王連)이었다. 그의 자는 문의(文儀)로 간의대부를 맡았다.

"남방은 오곡이 나지 않는 거친 풍토로 습하고 더운 땅의 독기 때문에 병이 많은 고장입니다. 승상께서 나라의 무거운 짐을 맡으시면서 멀리 정벌을 나가는 것은 옳지 않습니다. 옹개 따위는 옴과 같은 병이니 대장 한 사람을 보내 토벌하시면 됩니다."

제갈량이 자상하게 설명해 주었다.

"남만은 나라에서 멀리 떨어져 황제의 올바른 가르침을 받지 못해 굴복시키기 어려우니 내가 직접 가야 하네. 강한 수단과 부드러운 방법을 모두 쓰면서 여러 가지를 살펴보아야 하니 가볍게 다른 사람에게 부탁해서는 아니 되네."

제갈량은 장완을 참군으로, 비위(費褘)를 장사로, 동궐과 번건은 갖가지 일을 맡은 관리로 썼다. 조운과 위연을 대장으로 임명해 군사를 거느리게 하고, 왕평과 장익을 부장으로 삼아 서천과 동천의 장수 수십 명을 거느리고 군사 50만을 일으켜 익주를 향해 나아갔다.

이때 관우의 셋째아들 관삭(關索)이 대군 속으로 제갈량을 찾아왔다.

"형주를 잃고 난리를 피해 포가장에서 병을 치료했습니다. 서천으로 와서 선제를 뵙고 원수를 갚으려 했으나 병이 낫지 않아 길을 떠날 수 없었습니다. 근래에 병이 나아 알아보니 오의 원수들은 모두 죽임을 당했다고 하더군요. 천자를 뵈러 서천으로 들어오다 마침 길에서 남방 정벌에 따라가는 군사를 만나 여기 와서 승상을 뵙습니다."

제갈량은 놀라워하며 성도에 보고하고 관삭을 선봉으로 세워 남방 정벌에 함께하게 했다. 사람과 말의 대부대가 대오에 맞추어 나아가는데 지나는 곳마다 털끝만큼도 백성을 건드리지 않았다.

제갈량이 몸소 대군을 거느리고 온다는 소식을 듣고 옹개는 고정, 주포와 세 길로 나누어 각기 5만 군사를 이끌고 나왔다. 가운데 길의 고정은 악환을 선봉으로 삼았는데 얼굴은 못생겼으나 키가 아홉 자에 방천극 한 자루를 다루니 만 사람이 당하지 못할 용맹을 지녔다.

제갈량이 대군을 거느리고 익주 경계에 이르자 선두의 위연과 장익, 왕평이 악환과 마주쳐 진을 치고 위연이 말을 달려나갔다.

"역적은 빨리 항복을 올려라!"

악환이 맞받아 나오자 위연이 바로 달아나 쫓아가는데, 몇 리도 가지 못해 장익과 왕평이 양쪽으로 달려와 길을 끊고 위연이 되돌아서서 사로잡아 버렸다. 악환을 큰 영채로 끌고 가자 제갈량은 밧줄을 풀어주게 하고 술과 음식을 내려 대접했다.

"너는 누구 장수냐?"

"고정의 장수입니다."

"고정은 충성스럽고 의로운 사람인데 옹개 꾐에 빠져 이렇게 된 것을 내가 안다. 너를 보내줄 테니 고 태수가 큰 화를 입지 않도록 빨리 귀순하라고 권해라."

악환이 절을 하고 돌아가 제갈량의 은덕을 말하자 고정도 감격하는데 옹개가 찾아왔다.

"악환이 어찌 돌아왔소?"

"제갈량이 은혜를 베풀어 놓아주었소."

"우리 사이를 벌어지게 하려고 꾀를 쓴 것이오."

옹개의 말에 고정이 의심하며 머뭇거리는데, 촉군이 와서 싸움을 건다 하여 옹개가 3만 군사를 이끌고 나가자 위연이 욕을 퍼부었다.

"은혜를 잊고 의리를 저버리며 나라를 배반한 도적놈아! 어찌 일찍 항복하지 않느냐?"

옹개가 노해 말을 다그쳐 어울렸으나 몇 합도 견디지 못하고 달아나니 위연은 20여 리를 쫓아가며 무찔렀다.

이튿날 옹개가 또 군사를 일으켜 싸우러 왔으나 제갈량은 나오지 않았다. 다음날도 마찬가지였다. 나흘째 되는 날 옹개와 고정이 다시 군사를 나누어 촉군 영채를 치러 가자 제갈량이 위연과 조운에게 두 길로 매복해 일시에 들이치게 하여 태반이 죽거나 다치고 사로잡힌 군사가 헤아릴 수 없었다. 사로잡힌 자들이 영채로 끌려가자 옹개와 고정의 군사를 따로 나누어 놓고 소문을 퍼뜨렸다.

"고정의 군사는 살려주고 옹개의 군사는 죽인다."

잡힌 군사들이 가만히 기억하는데 제갈량이 옹개의 군사를 데려와 물었다.

"너희는 누구 군사냐?"

군사들은 거짓말을 했다.

"고정의 군사입니다."

제갈량이 살려주어 술과 음식을 내리고 배웅해 옹개 군사는 모두 영채로 돌아갔다.

제갈량이 또 고정의 군사를 불러와 묻자 대답이 한결같았다.

"우리가 진짜 고정의 군사입니다."

제갈량은 역시 술과 음식을 넉넉히 내리며 엉뚱한 말을 했다.

"옹개가 사람을 보내 너희 주인과 주포의 머리를 바치며 항복하겠다고 했으나 나는 차마 그러라고 할 수 없었다. 너희가 고정의 군사라니 놓아주는데 다시는 배반하지 마라. 또 잡혀 오면 절대 용서하지 않는다."

군사들이 돌아가 보고하자 고정은 가만히 옹개의 영채를 살펴보았다. 촉군에 잡혔다 돌아온 옹개의 군사 중에 제갈량의 은덕을 칭송하며 고정에게 오려는 자들이 많았다. 그래도 마음이 놓이지 않아 고정이 제갈량의 영채에도 사람을 보내 살펴보다가 그 사람이 그만 매복한 군사에게 잡혀 끌려가자 제갈량은 짐짓 옹개의 사람으로 아는 척하고 물었다.

"너희 주인은 고정과 주포의 머리를 바치겠다고 약속하고 어찌 이렇게 늦느냐? 네가 이처럼 꼼꼼하지 못하니 어떻게 정탐꾼 노릇을 하겠느냐!"

그에게도 술과 음식을 내리고 밀서 한 통을 주었다.

"이 글을 옹개에게 가져가 빨리 손을 쓰라고 일러라. 일을 그르쳐서는 아니 된다."

정탐꾼이 부리나케 돌아가 제갈량의 글을 올리고 말을 전하자 고정은 크게 노했다.

"나는 참마음으로 옹개를 대하는데 그는 나를 해치려 드니 용서할 수 없다!"

고정이 악환을 부르자 그가 제안했다.

"제갈 승상은 어진 사람이니 배반하면 이롭지 못합니다. 우리가 반란을 꾀하게 된 것은 옹개 탓이니 그를 죽이고 제갈 승상에게 의지하는 것이 좋습니다."

"어떻게 손을 써야 하나?"

"술상을 차리고 옹개를 청하십시오. 그가 다른 마음을 먹지 않았으면 태연히 올 것이고, 오지 않으면 다른 마음을 품은 것이니, 주공께서 앞을 공격하시고 제가 영채 뒤 오솔길에 매복하면 옹개를 사로잡을 수 있습니다."

고정이 옳게 여기고 청했으나 옹개는 전날 제갈량이 돌려보낸 군사들 말이 의심스러워 오지 않았다. 밤에 고정이 옹개 영채를 들이치자 제갈량이 돌려 보낸 군사들은 고정의 덕을 떠올리고 그에게 붙어버렸다.

싸우지도 않고 영채가 어지러워지자 옹개는 오솔길로 달아났으나 곧 북소리가 울리는 곳에서 군사 한 떼가 나타나더니 악환이 방천극을 휘둘러 말 아래로 떨어뜨렸다. 옹개의 군사는 모두 항복했다.

고정이 양쪽 군사를 이끌고 제갈량을 찾아가 항복하고 옹개의 머리를 바쳤다. 그러나 장막 윗자리에 높직이 앉은 제갈량은 반기기는커녕 무섭게 호령하는 것이었다.

"고정을 끌어내 목을 치고 보고하라!"

고정이 죄가 없다고 극구 변명하자 제갈량은 웃었다.

"네가 거짓으로 항복하면서 감히 나를 속이느냐!"

제갈량은 편지 한 통을 꺼내 보여주었다.

"주포가 항복의 글을 올려, 너와 옹개는 생사를 같이하는 친구라던데 네가 어찌 이 사람을 죽일 수 있느냐? 그러니 속임수가 아니면 무엇이냐?"

"주포의 이간책이니 승상께서는 절대 믿으셔서는 아니 됩니다!"

"그 말도 그럴듯하니 네가 주포를 잡아 오면 참마음인 줄 알겠다."

"승상께서는 의심하지 마십시오. 가서 주포를 잡아 오겠습니다."

고정이 악환과 함께 군사를 이끌고 주포의 영채로 달려가 10리쯤 앞에 이르자 산 뒤에서 주포가 돌아 나와 반가워하며 달려오니 고정이 욕을 퍼부었다.

"너는 어찌하여 제갈 승상께 글을 보내 나를 해치느냐?"

주포가 눈이 휘둥그레져 대답을 못 하자 악환이 재빨리 달려가 방천극을 내찔러 말 아래로 떨어뜨렸다. 고정이 날카롭게 외쳤다.

"귀순하지 않으면 모조리 죽인다!"

주포의 군사가 일제히 엎드려 항복하자 고정은 그 군사까지 이끌고 제갈량을 찾아와 주포의 머리를 바쳤다. 제갈량은 껄껄 웃었다.

"내가 일부러 그대에게 두 도적을 죽여 충성을 나타내게 했네."

고정을 익주 태수로 임명해 세 군을 다스리게 하고 악환을 장수로 삼으니 세 길 군사는 모두 평정되었다. 그러자 영창 태수 왕항이 성을 나와 맞이해 제갈량은 성에 들어갔다.

"누가 공과 함께 이 성을 걱정 없이 지켜냈소?"

"영창군 불위 사람으로 자는 계평(季平)인 여개의 힘이었습니다."

제갈량은 여개를 태수부로 청했다.

"공은 영창의 고명한 선비라는 말을 들은 지 오래인데 다행히 성을 지켜주었소. 내가 남만 땅을 평정하려 하는데 공에게 어떤 고명한 소견이 있소?"

여개는 얼른 그림 한 장을 꺼내 바쳤다.

"저는 벼슬길에 처음 들어설 때부터 남방 사람들이 반란을 꾀한 지 오래임을 알았습니다. 가만히 경내로 사람을 들여보내 군사를 주둔하고 싸울 만한 곳들을 골라 그림 한 폭을 그려 이름을 '평만지장도'라 했는데, 감히 승상께 올리니 살펴보십시오. 만인을 정벌하는 데에 도움이 될 것입니다."

【평만지장도는 '만인을 손금 보듯 자세히 알아 평정하는 그림'이라는 뜻이다.】

제갈량은 대단히 기뻐 여개를 참모인 행군교수 겸 향도관으로 삼고 남만 경내로 깊숙이 들어갔다. 한참 행군하는데 천자의 사자가 와서 보내 맞아들이니 흰 관을 쓰고 흰옷을 입은 사람이 들어오는데 마속이었다. 얼마 전 형 마량이 돌아가 상복을 입은 것이다.

"주상 명을 받들고 장졸들에게 술과 비단을 내리러 왔습니다."

조서를 받고 명령에 따라 나누어주자 장졸들이 즐거워했다. 제갈량은 마속과 마주 앉아 이야기를 나누었다. 마속의 생각이 밝고 높으며 여러 방면에 모르는 것이 없어 마음속으로 몹시 사랑하고 존중해 의견을 물었다.

"내가 천자의 조서를 받들고 만인 땅을 평정하는데, 유상에게 훌륭한 소견이 있을 것이니 좋은 가르침을 바라네."

"어리석은 제가 한 말씀 드리니 승상께서 생각해보시기 바랍니다. 남만은 나라에서 멀리 떨어지고 산이 험한 것을 믿고 순종하지 않은 지 오래라 오늘 깨뜨리더라도 내일 다시 배반합니다. 승상의 대군이 이르면 반드시 만인을 평정하시겠지만, 군사를 되돌려 북쪽으로 나아가 조비를 정벌하시면 나라 안이 빈 것을 알고 만인들은 다시 반란을 꾀합니다. 그렇다고 만인들을 모두 죽여 씨를 말리려 한다면, 그럴 수도 없거니와 어진 사람의 마음도 아닙니다. 대체로 군사를 부리는 도리는 '마음을 공격하는 것이 상수요, 성을 공격하는 것은 하수다[攻心爲上공심위상 攻城爲下공성위하], 마음 싸움은 위고 군사 싸움은 아래다[心戰爲上심전위상 兵戰爲下병전위하]'라고 했으니 승상께서는 마음만 굴복시키시면 됩니다."

"유상은 내 폐부를 꿰뚫어 보는구려!"

제갈량은 감탄하고 마속을 참군으로 삼아 전진했다.

이때 만왕 맹획은 제갈량이 슬기롭게 옹개를 깨뜨린 것을 알고 세 동(洞, 만인 행정구역)의 군사 수령들과 상의했다. 첫 동은 금환삼결이고 둘째 동은 동도나, 셋째 동은 아회남이었다.

"제갈 승상이 대군을 거느리고 경계를 침범하니 힘을 합쳐 싸우지 않을 수 없는데, 너희는 어찌하여 먼저 가서 그를 사로잡지 않느냐?"

맹획의 말에 맞추어 금환삼결이 당장 가겠다고 서두르니 동도나와 아회남도 가겠다고 다투었다. 맹획이 달랬다.

"세 사람이 세 길로 군사를 나누어 가서 이기는 사람은 동의 주인이 된다."

세 사람은 각기 5만 명씩 만병을 이끌고 세 길로 나아갔다.

제갈량이 소식을 듣고 조운과 위연을 불렀다. 두 장수가 오자 그들에게는 명령을 내리지 않고, 다시 왕평과 마충(오군 마충과 다름)을 불러 당부했다.

"만병이 세 길로 나오는데, 자룡과 문장을 보내고 싶어도 지리를 몰라 쓰지 못하니 그대들이 두 길로 나아가 맞붙게. 자룡과 문장에게 뒤를 돕게 할 테니 오늘 군사를 정돈해 내일 동틀 무렵 나아가게."

두 사람이 떠나자 또 장억(張嶷)과 장익을 불러 분부했다.

"두 사람이 군사 한 대를 이끌고 가운데 길로 나아가 적을 맞이하는데, 오늘 군사를 점검하고 왕평, 마충과 약속해 내일 함께 나아가게. 내가 자룡과 문장을 보내고 싶으나 두 사람이 지리를 모르니 감히 쓸 수 없네."

장억과 장익은 명령을 받들고 나갔다. 조운과 위연은 자기들을 써주지 않아 부아가 치미는데 제갈량이 설명했다.

"내가 두 장군을 쓰지 않으려는 게 아니라 나이 든 사람들이 험한 곳으로 가다 만인들에게 당하기나 하면 날카로운 기세를 잃을까 두렵소."

조운이 물었다.

"우리가 지리를 알면 어찌하시겠습니까?"

제갈량은 예사롭게 대꾸했다.

"두 장군은 그저 조심하고 함부로 움직여서는 아니 되오."

두 사람은 뿌루퉁해 물러가 조운이 위연을 영채로 청했다.

"우리 두 사람이 선봉을 맡았는데 승상께서 우리가 지리를 모른다고 써주지 않고 어린 후배들만 불러 쓰니 너무 부끄럽지 않은가?"

"우리가 당장 말에 올라 직접 가서 알아봅시다. 토박이를 잡아 길을 안내하게 해서 만병과 싸우면 대사가 이루어집니다."

두 사람이 말에 올라 가운데 길로 나아가니 몇 리를 가지 못해 멀리서 먼지가 보얗게 일며 만병 수십 명이 말을 달려오다 두 사람을 보고 놀라 달아났다. 조운과 위연이 그중 몇을 붙잡아 영채로 데려와 술과 고기를 대접하고 자세히 길을 물었다.

"앞에는 금환삼결의 큰 영채가 있는데 산 입구에 자리 잡았고, 영채 곁의 동쪽 길과 서쪽 길은 오계동과 통해 동도나와 아회남의 영채들 뒤로 갈 수 있습니다."

두 사람은 정예 군사 5000명을 이끌고 만병들에게 길을 안내하게 했다. 이미 밤이 깊었으나 달빛이 환해 앞으로 나아가 금환삼결의 영채에 이르니 이른 새벽이었다. 만병들이 아침밥을 지으며 싸우려고 준비하는데 별안간 조운과 위연이 두 길로 쳐들어가자 크게 어지러워졌다. 조운이 중군으로 쳐들어가 금환삼결을 찔러 말 아래로 떨어뜨리고 머리를 베자 군사들은 흩어져 달아났다.

위연은 동쪽 길로 나아가 동도나의 영채를 들이치고, 조운은 서쪽 길로 달려가 아회남의 영채를 습격했다. 이미 날은 훤하게 밝았는데 위연이 달려들자 동도나가 군사를 이끌고 나왔다. 그러자 별안간 영채 앞문에서 고함이 일어나며 만병들이 크게 어지러워지니 왕평의 군사가 이른 것이었다. 앞뒤로 협공하자 만병들이 달아나 위연이 쫓아갔으나 동도나는 잡지 못했다.

다른 쪽에서는 조운이 아회남의 영채 뒤에 이르는데 마침 앞에서 마충이 쳐들어와 협공하니 만병들은 크게 패하고, 아회남은 어지러운 틈을 타 달아났다.

장수들이 각기 군사를 거두고 돌아오자 제갈량이 물었다.

"두 동의 수령은 달아났는데, 금환삼결의 머리는 어디 있는고?"

조운이 금환삼결의 머리를 바쳐 공로를 보고하자 장수들이 말했다.

"동도나와 아회남은 말을 버리고 산을 넘어 달아나 따라잡지 못했습니다."

제갈량은 허허 웃었다.

"두 사람은 내가 이미 사로잡았네."

장수들이 믿지 않는데 이윽고 장억이 동도나를 잡아 오고, 장익이 아회남을 끌고 와 모두 놀랐다.

"나는 여개의 그림을 보고 이미 그들의 영채들을 알아 일부러 귀에 거슬리는 말로 자룡과 문장을 자극해 날카로운 기세를 만들었네. 두 장군이 만인들 땅으로 깊숙이 들어가 먼저 금환삼결을 깨뜨린 후 왼쪽과 오른쪽 영채 뒤를 습격하게 하고 왕평과 마충에게 호응하도록 한 걸세. 자룡과 문장이 아니면 이 일을 할 수 없었네. 동도나와 아회남이 반드시 산길로 달아날 것을 헤아려 미리 장억과 장익을 보내 군사를 매복하게 하고, 관삭에게 군사를 풀어 두 사람을 사로잡게 했네."

장수들은 모두 바닥에 엎드렸다.

"승상의 헤아림은 귀신도 알지 못하겠습니다!"

제갈량은 동도나와 아회남을 끌어와 밧줄을 풀어주고 술과 음식을 내렸다.

"너희는 동으로 돌아가거라. 악한 자를 도와서는 아니 된다."

두 사람이 눈물을 흘리며 절을 하고 오솔길을 통해 돌아가니 제갈량이 장수들에게 말했다.

"내일 맹획이 직접 군사를 이끌고 올 것이니 여기서 사로잡겠네."

조운과 위연이 계책을 듣고 5000명씩 군사를 이끌고 가자, 왕평과 관삭에게 계책을 이르고 군사 한 대를 이끌게 했다. 준비를 마친 제갈량은 장막 윗자리에 앉아 맹획을 기다렸다.

만왕 맹획은 세 동의 수령들이 제갈량에게 잡히고 군사가 흩어진 것을 알고 크게 노해 만병을 일으켜 나아가다 왕평의 군사와 마주쳐 진을 쳤다. 왕평이 말 위에서 바라보니 기병 수백 명이 벌려선 가운데로 맹획이 말을 타고 나

오는데 차림새가 굉장했다.

머리에는 보석을 박은 붉은 금관을 쓰고 몸에는 이삭 모양의 술을 단 붉은 비단 전포를 걸쳤는데, 허리에는 옥을 갈아 사자 모습을 만든 고리가 달린 띠를 매고, 발에는 앞이 매부리처럼 뾰족한 푸른 장화를 신었다. 올라탄 말은 털이 곱슬곱슬한 적토마요, 허리에 드리운 보검 두 자루에는 보물이 박히고 솔 무늬가 새겨졌다. 맹획은 고개를 번듯 쳐들고 왕평의 군사를 살피더니 거느린 장수들을 돌아보았다.

"제갈량이 군사를 잘 부린다고 하던데 지금 이 진을 보면 깃발이 마구 뒤섞이고 대오가 어지러우며, 창칼과 싸움 기구들이 나보다 나은 게 없으니 모두 헛소문이었구나. 이런 줄 알았으면 내가 이미 옛날에 반란을 일으켰을 것이다. 누가 촉군 장수를 사로잡아 우리 군사의 위엄을 떨치겠느냐."

곧바로 망아장이라는 장수가 절두대도라 부르는 끝이 뭉툭한 큰칼을 휘두르며 말을 달려 나왔다. 왕평이 바로 달아나니 맹획이 군사를 몰아 기세 좋게 쫓아가자 관삭이 나타나 대충 싸우더니 역시 달아나 20여 리를 물러섰다. 맹획이 신나게 쫓아가는데 고함이 일어나며 장억과 장익이 나타나 뒷길을 끊고 왕평과 관삭도 군사를 되돌려 만병은 크게 패했다.

맹획이 죽기를 무릅쓰고 금대산으로 달아나니 등 뒤로 세 길 군사가 쫓아오는데 별안간 앞에서 조운의 군사가 길을 막았다. 맹획이 놀라 황급히 오솔길로 달아나자 조운이 한바탕 몰아쳐 만병은 사로잡힌 자가 헤아릴 수 없었다.

맹획이 겨우 수십 명을 데리고 산골짜기로 달려가자 등 뒤로 추격 군사가 바짝 쫓아왔다. 길이 좁아 맹획은 말을 버리고 산으로 기어올라 고개를 넘어 달아났다. 별안간 산골짜기에서 북소리가 '둥!' 울리더니 500명 보병을 매복한 위연이 나타났다. 맹획은 손도 써보지 못하고 사로잡히고 군사는 모두 항

◀ 남만왕 맹획은 첫 번째로 촉군과 싸워

복했다.

위연이 맹획을 묶어 영채로 돌아가자 제갈량은 벌써 소를 죽이고 양을 잡아 큰 잔치를 베풀었다. 장막 안에 일곱 겹 무사를 늘여 세워 창칼과 검, 극이 번쩍번쩍 빛을 뿌려 서릿발 같았다. 황제가 내린 황금 도끼와 자루가 휘어진 해 가리개를 들게 하고 앞뒤에 새털로 치장한 큰 깃발을 세우며, 양옆에 어림군을 늘여 세워 배치가 아주 엄정했다.

제갈량은 윗자리에 단정히 앉아 줄줄이 잡혀오는 만병들을 풀어주게 하고 위로했다.

"너희는 좋은 백성인데 불행히도 맹획에게 매어 놀라게 되었다. 생각해보면 너희 부모와 형제, 아내와 자식들은 반드시 문에 기대어 너희가 돌아오기를 기다릴 것이다. 싸움에 패했다는 말을 들으면 가슴이 찢어지고 창자가 끊어지며 눈에서 피가 흐를 것이니 너희를 모두 놓아주어 부모와 형제, 아내와 자식들 마음을 편안히 해주고자 한다."

제갈량이 술과 음식을 대접하고 쌀과 먹을 것을 주어 떠나게 하니 만병들은 은혜에 깊이 감동되어 눈물을 흘리며 절을 올리고 떠났다. 이윽고 무사들이 꽁꽁 묶인 맹획을 끌고 와 꿇어 앉히자 제갈량이 물었다.

"선제께서 너희를 나쁘게 대하지 않으셨는데 어찌 감히 배반하느냐?"

맹획이 반박했다.

"동천과 서천은 다른 사람 것인데 너희 주인이 빼앗아 스스로 황제라 일컬었다. 나는 대대로 이곳에서 살아왔는데, 너희가 무례하게 내 땅을 침범하고도 내가 반란을 일으켰다고 하니 이게 무슨 소리냐?"

제갈량은 말을 바꾸었다.

"내가 너를 사로잡았으니 진심으로 항복하겠느냐?"

맹획은 꿋꿋했다.

"산속에서 길이 좁아 잠깐 실수로 너희 손에 걸렸을 뿐인데 어찌 굴복하겠느냐?"

"네가 항복하지 않겠다면 내가 놓아 보낼 텐데 어떠하냐?"

제갈량의 말이 뜻하지 않은 것이라면 맹획의 대답 역시 예상 밖이었다.

"나를 돌려보내면 군사를 정돈해 다시 승부를 겨루어 또 사로잡히면 굴복하겠다."

제갈량은 맹획을 풀어주고, 술과 음식을 대접하며, 안장 얹은 말을 내주고, 부하를 보내 배웅해 영채로 돌아가게 했다.

이야말로

도적이 손에 들어와도 놓아주는데
교훈 받지 못한 자 항복하지 않아

맹획이 다시 와서 싸우면 어찌 될까?

88

마음 얻으려고 몸을 살려 주다

노수를 건너 다시 번왕을 묶고

거짓 항복 알아 세 번 맹획 잡다

제갈량이 맹획을 놓아주자 장수들이 물었다.

"그는 남만의 대두목으로 다행히 사로잡았으니 남방이 곧 안정될 텐데 어찌 놓아주십니까?"

제갈량은 빙그레 웃었다.

"내가 이 사람을 사로잡는 것은 주머니에 든 물건 꺼내는 것과 같으니 놓아주어 그 마음을 굴복시켜야 하네. 그러면 마땅히 남방이 평정되네."

장수들은 말을 듣고도 믿지 못했다.

맹획이 노수(瀘水)에 이르러 부하의 패한 군사들과 만나자 대장을 찾아다니던 만병들은 놀랍고 기뻐 절을 하며 물었다.

"대왕께서는 어떻게 돌아오셨습니까?"

맹획은 거짓말을 했다.

"촉인들이 장막 안에 가두고 감시했는데 내가 10여 명을 쳐 죽이고 캄캄한

어둠을 틈타 빠져나왔다. 마침 기병 한 무리를 만나서 죽이고 말을 빼앗아 달려왔다."

사람들은 기뻐 날뛰며 맹획을 에워싸고 노수를 건너 영채를 세웠다. 각 동의 추장들을 부르고 촉군이 놓아준 만병들을 찾으니 어느덧 기병 10여 만이 되었다. 동도나와 아회남은 동에 돌아와 있다가 맹획이 부르자 촉군이 겁이 났으나 어쩔 수 없이 군사를 이끌고 왔다. 맹획이 명령을 내렸다.

"내가 제갈량의 계책을 알았으니 그와 싸워서는 안 된다. 싸우면 그 간사한 계책에 걸린다. 서천 군사는 먼 길을 오느라 고생하고 날씨도 무더우니 어찌 오래 머무를 수 있느냐? 우리는 험한 노수를 차지했으니 배와 뗏목을 모두 남쪽 기슭에 매어두어야 한다. 일대에 토성을 쌓고 도랑을 깊이 파며 보루를 높이 쌓자. 그러면 제갈량이 무슨 꾀를 부리는지 두고 보자!"

추장들은 배와 뗏목을 매어놓고 토성을 쌓았다. 산에 의지해 벼랑에 가까운 곳에는 적루를 높이 세우고 적루 위에는 활과 쇠뇌, 돌 포탄을 늘어놓아 오래 지킬 채비를 했다. 군량과 말먹이 풀도 여러 동에서 많이 날라 오니 맹획은 만에 하나도 실수가 없는 계책이라고 믿어 근심 걱정이 없었다.

제갈량이 대군을 거느리고 나아가 선두가 노수에 이르자 정탐꾼이 달려와 보고했다.

"노수에는 배와 뗏목이라곤 없고 물살이 아주 세찹니다. 맞은편 기슭에 토성을 쌓고 만병들이 지킵니다."

때는 5월이라 날씨가 더운데 남방은 특히 더위가 무서워 군사들은 갑옷도 입지 못할 형편이었다. 제갈량은 노수에 가서 훑어보고 영채로 돌아와 장수들에게 명령을 내렸다.

"맹획의 군사가 노수 남쪽에 주둔하면서 도랑을 깊이 파고 보루를 높이 쌓아 우리 군사를 막는데, 내가 이미 군사를 거느리고 왔으니 어찌 빈손으로 돌아가겠는가? 장수들은 산에 의지해 숲이 무성한 곳을 찾아 사람과 말을 쉬게 하게."

노수에서 100리 떨어진 곳으로 여개를 보내 그늘지고 서늘한 곳에 영채 넷을 세우고 왕평, 장억, 장익, 관삭에게 하나씩 지키게 했다. 안팎에 초막을 쳐 말을 가려주고, 장졸들은 서늘한 곳에서 무더위를 피하게 했다. 참군 장완이 둘러보고 장막에 들어와 물었다.

"여개가 지은 영채들은 좋지 않으니 옛날 선제께서 오에 패하실 때의 지세입니다. 만병들이 슬그머니 노수를 건너와 불을 지르면 어떻게 대처하시겠습니까?"

제갈량은 웃었다.

"공은 너무 의심하지 마오. 내가 마땅히 묘책이 있소."

장완의 무리는 그 뜻을 알지 못했다.

이때 촉에서 마대를 시켜 더위를 치료하는 약과 군량을 보내와 네 영채에 나누어 주었다. 인사를 마치고 제갈량이 마대에게 물었다.

"군사를 얼마나 데려왔는가?"

"3000명 데려왔습니다."

"여기 군사는 여러 번 싸워 피곤하니 자네 군사를 쓰려 하는데, 나아가려 할지 모르겠네."

"같은 조정 군사인데 무엇을 따집니까? 승상께서 쓰신다면 죽더라도 마다하지 않겠습니다."

마대의 말을 듣고 제갈량이 생각을 내놓았다.

"맹획이 노수를 막아 건널 길이 없으니 그들의 군량 길을 끊어 제풀에 어지러워지게 해야 하네. 여기서 150리 떨어진 노수 하류의 사구는 물살이 느려 뗏목을 만들어 건널 수 있으니 자네는 데리고 온 군사를 이끌고 물을 건너 만인들 동으로 가서 먼저 군량 길을 끊고, 동도나와 아회남을 만나 안에서 호응하도록 하게. 일을 그르쳐서는 아니 되네."

마대가 기꺼이 군사를 거느리고 사구에 이르러 물을 건너는데, 물이 얕아 많은 군사가 뗏목을 타지 않고 그냥 물에 들어갔다. 그 군사들이 강 가운데에 이르자 픽픽 쓰러지니 다른 군사들이 급히 구해 기슭으로 옮겼으나 입과 코로 피를 흘리며 죽어버렸다.

마대가 깜짝 놀라 급히 달려와 보고하자 제갈량이 토박이 길잡이에게 물었다.

"날씨가 무더워 노수에 독이 모였습니다. 낮에는 몹시 더워 독기가 기승을 부리니 이때 물을 건너면 그 독에 다치고, 물을 마시면 반드시 죽습니다. 고요한 밤에 물이 식어 독기가 일어나지 않을 때 배불리 먹고 건너야 합니다."

제갈량은 토박이에게 길을 안내하게 하여 건강한 군사 500명을 골라 마대를 따라 보냈다. 군사가 사구에 이르러 마대의 남은 군사와 함께 뗏목을 타고 한밤중에 물을 건너니 과연 무사했다. 마대가 건강한 군사 2000명을 뽑아 만인들이 군량 나르는 길목인 협산욕으로 가서 사람 하나 말 한 필만 겨우 지나갈 수 있는 곳에 영채를 세웠다. 그런 줄도 모르고 만인들이 군량을 날라 오다 수레 100여 대를 빼앗겼다.

맹획은 싸움에는 신경 쓰지 않고 술만 마시며 추장들에게 큰소리쳤다.

"제갈량과 맞서지 않고 험한 노수에 의지해 기다리면 그들은 무서운 더위를 견디지 못해 곧 물러간다. 그때 뒤를 쫓으면 제갈량을 사로잡을 수 있다."

맹획이 허허 웃는데 자리에 있던 추장이 걱정했다.

"사구 물이 얕아 촉군이 가만히 건너오면 큰일이니 군사를 보내 지켜야 합니다."

"너는 이 고장 사람이면서도 모르느냐? 나는 촉군이 사구를 건너게 하려는 것이다. 반드시 물에서 죽고 말 테니까."

"혹시 토박이가 밤에 건너는 법을 가르쳐주면 어찌합니까?"

"공연히 자꾸 의심하지 마라. 내 경내 사람들이 어찌 적을 돕겠느냐? 촉군이 물을 건너다 죽으면 누가 감히 다시 건너겠느냐?"

갑자기 보고가 들어왔다.

"숫자를 알 수 없는 촉군이 가만히 노수를 건너 협산욕의 군량 길을 끊었습니다. 깃발에 '평북장군 마대'라고 쓰여 있습니다."

"그따위 사람 축에 끼지도 못할 놈이야 어디 말할 나위나 있겠느냐?"

맹획은 별것 아니라고 웃더니 부장 망아장에게 3000명을 이끌고 가게 했다. 만병들이 협산욕에 이르자 마대가 산 앞에 2000명을 벌려 세워, 망아장이 말을 달려나갔으나 마대가 한칼에 말 아래로 떨어뜨렸다. 보고를 듣고 맹획은 동도나에게 3000명을 주어 보내고, 노수를 건너는 사람이 있을까 염려해 아회남에게도 3000명을 이끌고 사구를 지키게 했다.

동도나가 협산욕에 가서 진을 치자 마대 군사 중에 그를 알아본 자가 있어서 그가 촉군에 잡혔다 풀려난 일을 말해주었다. 마대가 말에 올라 욕을 했다.

"의리 없고 은혜를 저버린 놈아! 승상께서 목숨을 살려주셨는데 다시 배반하니 부끄럽지 않으냐!"

동도나는 얼굴에 부끄러운 빛이 가득해 싸우지 않고 돌아가 맹획을 만났다.

"마대는 영웅이라 용맹을 이길 수 없습니다."

맹획은 크게 노했다.

"네가 제갈량의 은혜를 입은 것을 안다. 그래서 싸우지도 않고 물러섰으니 져주려는 게 아니냐? 저놈을 밖으로 끌어내 목을 쳐라!"

추장들이 애써 빌어 동도나를 죽이지는 않았으나 몽둥이로 100대를 때리게 하고 영채로 돌려보냈다. 추장들이 동도나를 찾아왔다.

"우리는 비록 만인의 땅에 살고 있으나 감히 중국을 침범하지 못했고, 중국도 우리를 침범한 적이 없는데 맹획이 세력을 믿고 핍박해 부득이 반란에 가담했소. 제갈량의 신묘한 헤아림은 도저히 짐작할 수가 없어 조조와 손권도 두려워하거늘 하물며 우리 만인들이겠소? 우리는 그가 목숨을 살려준 은혜를 입었는데 보답할 길이 없소. 죽기를 무릅쓰고 맹획을 죽이고 제갈량에게 의지해 백성이 진창에 빠지고 불에 덴 듯이 고생하지 않도록 해야 하오. 그러면 우리 아내와 자식들도 지킬 수 있소."

동도나가 군사들에게 물었다.

"자네들 마음은 어떠한가?"

그들 중에도 제갈량이 놓아주어 돌아온 사람들이 있어 소리를 합쳐 대답했다.

"말씀에 따르겠습니다."

동도나가 100여 명을 이끌고 큰 영채로 달려가니 맹획은 잔뜩 취해 장막에 누워 있고 장막 아래에 두 장수가 서 있었다. 동도나가 강철 칼을 들고 그들에게 말했다.

"너희도 제갈 승상이 목숨을 살려준 은혜를 입었으니 보답해야 한다!"

두 장수가 흔쾌히 대답했다.

"장군께서 손을 쓰실 것도 없습니다. 저희가 맹획을 묶어 제갈 승상께 바치겠습니다."

두 장수는 장막에 들어가 잠든 맹획을 꽁꽁 묶어 사람들과 함께 노수를 건너갔다. 제갈량은 벌써 내막을 훤히 알고 여러 영채에 명령을 돌려 군사 기물을 정돈하게 했다. 동도나가 먼저 들어와 맹획을 잡은 일을 자세히 이야기하자 제갈량은 후한 상을 내리고 사람들을 데리고 가게 했다. 그리고 맹획을 데려오게 하여 빙그레 웃으며 물었다.

孔明携孟獲巡營
乙酉春
秉雄

"다시 잡히면 항복하겠다고 했는데 오늘 어찌하겠느냐?"

맹획은 뻣뻣했다.

"네 재주가 아니라 내 부하가 해쳐 이렇게 되었으니 어찌 굴복하겠느냐?"

"다시 돌려보내면 어찌하겠느냐?"

맹획은 말투를 조금 바꾸었다.

"나는 비록 만인이지만 병법을 제법 아오. 나를 돌려보내면 군사를 거느리고 다시 승부를 걸겠소. 승상이 또 나를 사로잡으면 마음을 기울이고 쓸개를 토해내며 귀순해 더는 감히 뜻을 바꾸지 않겠소."

"다시 사로잡혀도 항복하지 않으면 반드시 용서하지 않으리라."

제갈량은 밧줄을 풀어주고 술과 음식을 내리며 맹획을 장막 윗자리에 앉혔다.

"내가 일찍이 초가를 나와 싸우면 이기지 못한 적이 없고 공격하면 차지하지 못한 곳이 없다. 너희는 만인의 땅에 사는 사람으로 어찌하여 순종하지 않느냐?"

맹획은 입을 꾹 다물고 대답하지 않았다.

맹획이 다 먹고 마시자 제갈량은 그와 함께 나란히 말에 올라 여러 영채에 쌓아놓은 군량과 말먹이 풀과 싸움 기구들을 돌아보았다. 영채마다 갑옷과 전포를 반듯하게 차려입은 군사들이 정신을 가다듬고 똑바로 줄지어 있으니 제갈량은 그들을 가리키며 맹획에게 말했다.

"너희가 항복하지 않으면 참으로 어리석은 일이다. 내가 이처럼 정예 군사와 용맹한 장수들을 거느리고 군량과 말먹이 풀이 넉넉하며 싸움 기구를 충실히 갖추었으니 어찌 나를 이기겠느냐? 내가 천자께 아뢰어 네가 왕의 자리를 잃지 않고 아들에 아들을 이어, 손자에 손자를 이어 영원히 너희 땅을 다

◀ 제갈량, 맹획과 함께 영채를 돌아봐

스리게 할 테니 네 뜻은 어떠하냐?"

맹획이 공손하게 대답했다.

"제가 항복하려 해도 동 안의 사람들 마음이 아직 굽히려 하지 않습니다. 승상께서 놓아 돌려보내 주시면 사람들에게 항복을 권해 마음을 합쳐 귀순하겠습니다."

제갈량은 즐거워하면서 큰 영채로 돌아와 날이 저물 때까지 함께 술을 마시고 친히 노수까지 배웅해 배를 내어 돌려보냈다.

영채로 돌아간 맹획은 밤에 칼잡이들을 매복시키고 동도나와 아회남을 불러 한칼에 죽여 냇물에 던졌다. 심복들에게 험한 요충지들을 지키게 하고, 마대와 싸우려고 협산욕으로 나아갔으나 사람 하나 보이지 않았다. 촉군은 전날 군량과 말먹이 풀을 날라 다시 노수를 건너 큰 영채로 돌아갔다고 했다. 맹획은 동으로 돌아가 친동생 맹우(孟優)와 상의했다.

"내가 제갈량의 허실을 알았으니 너는 내가 시키는 대로만 해라."

맹우는 계책을 받들어 100여 명 만병을 이끌고 수레에 금과 보배, 상아, 무소뿔 따위를 싣고 노수를 건너 제갈량의 큰 영채로 갔다. 강을 건너자 앞에서 북과 나팔이 일제히 울리며 군사가 벌려서더니 앞장선 대장 마대가 찾아온 이유를 듣고 제갈량에게 사람을 보냈다.

"맹획이 아우 맹우를 시켜 보물을 바치게 합니다."

제갈량은 장막 안에서 일을 의논하다 마속을 돌아보며 물었다.

"자네는 그가 여기 온 뜻을 아는가?"

"감히 내놓고 말씀드릴 수 없으니 가만히 종이에 써서 바치게 해주십시오. 승상 뜻에 맞는지 모르겠습니다."

마속이 종이에 글을 써 올리자 제갈량은 손뼉을 치며 껄껄 웃었다.

"맹획을 사로잡으려고 내가 이미 사람들에게 계책대로 움직이게 했는데,

자네 생각이 나와 똑같네."

조운과 위연을 불러 가만히 이르고 왕평과 마충, 관삭에게도 자세한 명령을 내린 후 맹우를 불러들이니 그가 두 번 절하고 고했다.

"형 맹획이 승상께서 목숨을 살려주신 은혜에 감격해 금과 보물을 얼마쯤 갖추어 보냈으니 장졸들에게 상을 내리는 데에 보탬이 되었으면 합니다. 다음에 따로 천자께 올리는 예물이 있습니다."

"형은 지금 어디 있느냐?"

"승상의 하늘 같은 은혜에 감동해 은갱산으로 보물을 마련하러 갔으니 곧 돌아올 것입니다."

"너는 몇 사람을 데리고 왔느냐?"

"감히 많이 데려오지 못하고 100여 명이 따라왔는데 모두 짐을 나르는 자들입니다."

제갈량이 따라온 자들을 불러 살펴보니 죄다 눈알이 푸르고 얼굴이 검으며 머리카락은 누렇고 수염은 붉었다. 귀에는 금귀고리를 달고 머리카락은 헝클어졌으며 발에는 신을 신지 않았는데 키 크고 힘깨나 쓸 사내들이었다. 제갈량은 모두 자리에 앉히고 장수들을 시켜 술을 권하면서 극진히 대접했다.

맹획이 아우를 기다리는데 부하 둘이 돌아왔다.

"제갈량이 예물을 받고 대단히 흐뭇해 둘째 대왕을 따라간 자들을 불러 소를 잡고 양을 죽여 잔치를 베풉니다. 둘째 대왕께서 가만히 저희를 시켜 대왕께 보고하고 오늘 밤 안팎에서 호응해 대사를 이루자고 하셨습니다."

맹획은 만병 3만을 점검하고 여러 동의 추장을 불렀다.

"군사들은 모두 불붙이는 화기를 준비하라. 오늘 밤 촉군 영채에 이르면 불을 지르는 것을 신호로 일제히 쳐들어간다. 나는 중군으로 쳐들어가 제갈량을 사로잡겠다."

만병은 노수를 건너 촉군 영채로 쳐들어갔다. 맹획이 심복 100여 명을 이끌고 큰 영채로 달려가는데 막는 군사가 아무도 없었다. 거침없이 달려 들어가니 영채 안이 텅 비어 사람 하나 보이지 않았다. 급히 중군 장막으로 달려가자 등불과 촛불이 환한데 맹우와 만병들이 취해 쓰러져 있었다. 제갈량이 권한 술에 약이 들어 있어 모두 정신을 잃은 것이다.

맹획이 흔들어 깨어난 자들은 자기 입만 가리킬 뿐 말 한마디 하지 못했다. 계책에 걸렸음을 알고 급히 맹우의 무리를 구해 돌아가려 하는데 요란한 고함이 울리며 군사가 들이닥치니 촉군 장수 왕평이었다. 깜짝 놀라 왼쪽으로 피하자 위연의 군사가 달려와 다시 오른쪽으로 말을 돌렸으나 조운이 덮쳐들어 빠져나갈 길이 없었다.

맹획이 군사를 버리고 홀로 말을 달려 노수에 이르니 수십 명 만병이 쪽배 한 척을 몰고 와 다급히 소리쳐 기슭에 멈추게 했다. 그가 말을 끌고 배에 오르자 신호 소리가 나면서 만병들이 꽁꽁 묶었다. 제갈량의 계책에 따라 마대가 군사를 이끌고 만병으로 꾸며 배를 젓다 맹획을 꾀어 사로잡은 것이다.

사로잡힌 만병들에게 제갈량이 항복을 권하자 귀순하는 자들이 헤아릴 수 없었다. 제갈량은 하나하나 위로해 해치지 않았다. 곧 마대가 맹획을 묶어오고 조운이 맹우를 잡아 왔다. 위연과 마충, 왕평, 관삭도 여러 동의 추장들을 사로잡아 오니 제갈량은 맹획을 가리키며 웃었다.

"아우를 시켜 예물을 바치면서 거짓 항복을 올리게 했는데, 그런 얄팍한 속임수로 어찌 나를 홀릴 수 있겠느냐? 나에게 또 잡혔으니 내 말을 고분고분 듣겠느냐?"

맹획은 아직도 뻣뻣했다.

"아우가 음식을 탐하다 너희 독을 먹었기 때문이다. 내가 먼저 오고 아우가 뒤에 군사를 몰아 호응했으면 틀림없이 성공했을 것이다. 하늘이 패하게 한 것이지 내가 재주 없어서 진 게 아닌데 어찌 순종하겠느냐?"

"세 번이나 잡히고도 어찌하여 감격해 복종하지 않느냐?"

맹획이 머리를 숙이고 아무 말이 없자 제갈량은 빙그레 웃었다.

"내가 다시 너를 놓아주어 돌려보내겠다."

맹획이 입을 열었다.

"승상이 우리 형제를 돌려보내 주면 집안 장정들을 모아 다시 한바탕 크게 싸우겠소. 그때도 나를 잡으면 다시는 변하지 않고 항복하겠소."

"다시 잡으면 절대 용서하지 않겠네. 깊이 조심하고 군사 책략을 부지런히 공부하며, 심복들을 다독거리고 좋은 계책을 세워 뉘우치지 않도록 하게."

제갈량은 맹획, 맹우와 여러 추장을 놓아주었다.

이때 촉군은 이미 노수를 건넜다. 맹획 무리가 노수를 건너보니 기슭에 장졸들이 늘어서서 진을 쳤는데 깃발들이 분분히 나부꼈다. 맹획이 앞에 이르자 높직이 앉은 마대가 검을 들어 가리키며 을러댔다.

"또 붙잡히면 반드시 곱게 놓아주지 않겠다!"

맹획이 '예예' 대답하며 자기 영채로 급히 달려가니 조운이 벌써 차지해 군사들을 늘여 세우고, 큰 깃발 아래 앉아 허리에 찬 검을 틀어쥐고 훈계했다.

"승상께서 후하게 대접해주시니 큰 은혜를 잊지 마라!"

맹획은 연거푸 '예예' 대답하면서 지나갔다.

경계를 이루는 산비탈을 막 나가려 하는데 정예 군사 1000명을 비탈 위에 벌려 세운 위연이 말을 세우고 또 날카롭게 호통쳤다.

"내가 이미 너희 소굴에 깊숙이 들어와 험한 곳을 빼앗았다. 그런데도 어리석은 생각에서 벗어나지 못하고 대군에 항거하느냐! 다시 너를 잡으면 주검을 만 토막 낼 것이니 절대 용서하지 않겠다!"

맹획 무리는 머리를 싸쥐고 놀란 쥐새끼 도망가듯 빼소니쳐 자기들 동을 향해 달려갔다.

후세 사람이 시를 지어 찬탄했다.

오월에 군사 몰아 불모의 땅 들어가니
달 밝은 밤 노수에 나쁜 기운 높더라
세 번 찾아준 은혜 갚으려 맹세 다졌으니
일곱 번 놓아주는 수고 꺼릴 수 있으랴

-9세기 당나라 시인 호증(胡曾)의 '노수'

제갈량은 노수를 건너 영채를 세운 후, 삼군에 후한 상을 내리고 장수들을 모아 말했다.

"맹획이 두 번째 잡혔을 때, 여러 영채를 빠짐없이 보여주어 허실을 알게 한 것은 바로 그가 영채를 습격하러 오도록 꾄 걸세. 나는 맹획이 병법에 꽤나 밝은 줄을 알아, 겉으로는 군사와 말, 군량, 말먹이 풀을 자랑했지만 실은 우리 빈 구석을 보여주어 그가 불로 공격하도록 만들었네. 그가 아우를 시켜 예물을 바친 것은 안에서 호응하게 하려는 의도가 아니겠는가. 내가 세 번 그를 사로잡고도 죽이지 않은 것은 실로 그 마음을 고스란히 얻고 그 종족을 없애지 않기 위해서니 마유상의 생각이 나와 같네. 자네들에게 분명히 알려주니 수고를 마다하지 않고 심혈을 기울여 나라에 보답하세."

장수들은 절을 드리며 감탄했다.

"승상께서는 슬기와 어지신 마음, 용기, 세 가지를 모두 넉넉히 갖추셨으니 자아와 자방이라도 미치지 못합니다."

"내가 어찌 감히 옛사람과 견주겠는가? 모두 자네들 힘에 의지해 함께 공로를 세우고 업적을 쌓을 뿐일세!"

제갈량의 말에 장수들은 모두 즐거워했다.

세 번 사로잡히는 수모를 당한 맹획은 분이 치밀어 씩씩거리며 은갱동으로 돌아가 심복들에게 금과 구슬, 보물을 주어 여러 곳으로 보내 건장한 만인 군졸 수십만을 빌려 날짜를 정해 모이게 했다.

여러 대의 사람과 말이 구름이 쌓이고 안개가 끼듯 몰려와 맹획의 명령에 따라 움직이게 되자 제갈량이 벌써 알고 웃었다.

"내가 바로 만병들이 모두 와서 내 재주를 보게 하려던 참이다!"

그는 곧 작은 수레에 올라 나아갔다.

이야말로

동주의 위풍 사납지 않고야
군사 재주 높음이 드러날까

승부는 어찌 될까?

(3권 끝)

중국 12판본 아우른 세계 최고 원본 | 최종 원색 완성본

본삼국지

제3권 천하 셋으로 나누다

초판 1쇄 발행 / 2005년 7월 20일
초판 8쇄 발행 / 2012년 4월 10일
재판(혁신판) 1쇄 발행 / 2014년 1월 1일
3판(완성판) 발행 / 2019년 12월 2일

지은이 / 나관중 · 모종강
옮긴이 / 리동혁
펴낸이 / 박국용

편집 / 곽 창
교열 / 신인영

펴낸 곳 / 도서출판 금토
주소 / 경기도 용인시 수지구 태봉로 17, 205-302
전화 / 070-4202-6252
팩스 / 031-264-6252
e메일 / kumtokr@hanmail.net

1996년 3월 6일 출판등록 제 16-1273호

ISBN 979 - 11 - 90064 - 07 - 1 (04820) 〈전4권 세트〉
979 - 11 - 90064 - 05 - 7 (04820) 〈제3권〉

* 값 / 각권 14,000원 / 세트(전4권) / 56,000원